No mentirás

LA **T** RAMA

No mentirás

Blas Ruiz Grau

Papel certificado por el Forest Stewardship Council®

Primera edición: marzo de 2019
Primera reimpresión: marzo de 2019

© 2019, Blas Ruiz Grau
Autor representado por MJR Agencia Literaria
© 2019, Penguin Random House Grupo Editorial, S. A. U.
Travessera de Gràcia, 47-49. 08021 Barcelona

Printed in Spain – Impreso en España

ISBN: 978-84-666-6570-4
Depósito legal: B-2.157-2019

Compuesto en Infillibres, S. L.

Impreso en Black Print CPI Ibérica
Sant Andreu de la Barca (Barcelona)

BS 6 5 7 0 4

Penguin
Random House
Grupo Editorial

*A Mari y a Leo, porque cuando abráis los
ojos, os prometo que estaré*

¿Por qué nos caemos, Bruce? Para aprender a levantarnos.

Thomas Wayne a Bruce Wayne
Batman Begins

Nota del autor

Estimado lector, quería contarte que Mors sí existe. Evidentemente, no con este nombre, pero no creo que te sea demasiado difícil ubicarlo si investigas un poco. Lo que sí quería contarte es que, a pesar de que sus calles son calcadas a las del pueblo real, incluidas plazas y lugares remarcables, los personajes son una invención mía. Ni siquiera están «basados en», por lo que si este libro lo leen las personas que desempeñan esa labor en el verdadero Mors, espero que no sientan ninguna ofensa, pues en verdad no tiene que ver con ellos.

Los asesinos en serie citados como referencia en este libro sí existen. Todos menos uno. No creo que te sea complicado averiguar cuál.

1

Miércoles, 7 de octubre de 2009, 23.25 h.

«Son nuestros actos los que decidirán, en un futuro, si podremos dormir cuando caiga la noche.»

La frase podría ser una idiotez. No salió de la mente de ningún sabio. Qué va.

Es increíble la de veces que oí a mi padre pronunciar estas palabras. Creo que, durante un tiempo, no hacía más que repetir en bucle la dichosa frase. Por unos años desaparecieron de mi recuerdo. Desde hace unas semanas, no oigo otra cosa en mi cabeza.

Ojalá pudiera sacarlas de ahí.

Supongo que, al igual que pasó con él, he llegado a ese punto que ya no tiene retorno. Ese mismo punto que le hizo parecer un loro que se pasaba todo el día repitiendo lo mismo. Como si no supiera decir otra cosa.

Qué curioso que ahora, precisamente ahora, me acuerde tanto de él. Mi padre, ese maldito hijo de puta. Pensar que tenía razón me enfurece y entristece. Puede que sean dos sentimientos que se contradicen el uno al otro, pero yo no puedo evitar tocar ambos polos con una misma mano. Lo peor de todo fueron los años en los que pensé que me había hecho a mí mismo sin tener una referencia clara. Un espejo en el que mirarme, que decían muchos. Claro que no había espejo. En realidad, lo que soy es una extensión de su persona. Una prolongación en la que es difícil distinguir dónde acababa él y dónde empiezo yo. Su sombra, su sucia sombra. También soy un maldito hijo de puta.

Tratar de engañarme y creer que es falta de amor propio es una idiotez. De esto siempre he ido sobrado. Quizá hasta el punto en el que lo único que me ha hecho ha sido traerme muchos problemas. Demasiados problemas.

Me levanto del sofá con determinación. Más de la que pensaba que podría tener en un momento así. No sé la de horas que llevo postrado en él. He perdido la noción del tiempo.

Comienzo a caminar lento, muy lento. Parezco un idiota mirándome las piernas como si quisiera que anduvieran más rápido. No puedo. He perdido parte del empuje que pensaba que tendría cuando me he levantado como un muelle del sofá. Es tanto el peso que acarreo que cada paso cuesta darlo. Parezco un mulo cargado hasta los topes al que ya le flaquean las patas. A pesar de esto, como el mulo, no me detengo, sé lo que tengo que hacer, ya lo he postergado demasiado. Ya no hay marcha atrás.

Vuelvo a comprobar el teléfono móvil. Lo llevo en el bolsillo con la batería cargada a la mitad, al menos es la suficiente para lo que necesito. Me ha costado dos días comprender la explicación de ese joven de la tienda de telefonía sobre cómo programar el envío de mensajes de texto. A pesar de ello, me he asegurado de que lo he hecho bien revisando paso a paso la hoja que me dio escrita cuando el muchacho ya estaba desesperado conmigo. He necesitado dos minutos para escribir seis palabras. Seis palabras en las que en todas se me ha colado alguna letra. Maldita tecnología, qué mal me he llevado siempre con ella. Seis palabras que se enviarán al número que tanto se ha empeñado la policía local que tengamos todos los vecinos para avisarlos ante cualquier emergencia. La orden se realizará a las seis de la mañana. Un mensaje claro y conciso. Sin adornos. Como los últimos años de mi vida.

Quién me ha visto y quién me ve.

Si quisiera ocultar lo nervioso que estoy, mi respiración me delataría. Parezco un corredor después de acabar una maratón. Por si esto no fuera suficiente, el corazón me late a un ritmo casi inhumano, parece que quiere abandonar mi caja torácica y se quiere salir del cuerpo. Puede que todo esto sea porque soy un hipocondríaco, pero no puedo evitar pensar estas cosas. Además, juraría que siento el riego de la sangre fluir por mis venas a una velocidad endiablada. Como si fuera un coche de alta gama en una autopista para uso y disfrute de él solo. Mis manos no dejan de sudar, las siento frías y sin vida, las muevo instintivamente para comprobar que siguen perteneciendo a mi cuerpo. Quien me viera pensaría que soy un sheriff del Oeste a punto de desenfundar su arma. Una nueva oleada de recuerdos, con sentimiento de culpabilidad incluido, me golpea a traición. Me da mucha rabia porque no puedo evitarlos, no tengo esa capacidad. Ni los recuerdos, ni la culpabilidad que me provocan. Más bien, no sé hacerlo. Soy un puto inútil, lo miremos por donde lo miremos. Lo que más me fastidia de esto es que anduve errado muchos años pensando que en mí residía el poder de controlarlos, que podía mantenerlos a raya. Yo mismo lo llamaba «mi barrera». Esa que me creaba, según yo decía, para poder defender esos casos que otros consideraban «de tener mucho estómago». Craso error. No había tal barrera. Así era como yo llamaba al dinero que me pagaban y que hacía que no me importara quién había hecho qué y por qué. No, cuando había billetes de por medio no había sentimientos. No los controlaba, era que no sabía ni que existieran. Otro error más que añadir a mi extensa lista.

Ahora los siento hasta tal punto que queman, duelen, me empujan, chillan, muerden con rabia...

He demostrado ser un imbécil, eso sí, pero no caeré en la equivocación de pensar que no merezco esto.

Lo merezco. Nadie lo merece más que yo.

Es increíble que en una distancia tan corta me haya dado tiempo a pensar tantas cosas. Al mismo tiempo que cruzo el umbral de la puerta, noto cómo una nueva arcada me sube del estómago hacia el esófago. Es imposible que pueda vomitar más aunque, quién sabe, esto mismo pensé las últimas dos veces y mi váter se llenó de sangre mezclada con bilis. O algo parecido, porque aquello olía a todo menos a humano. Me paro y trato de controlar el ansia por salir corriendo hacia el cuarto de baño. En realidad, controlo el ansia por salir corriendo, en general. No quiero volver a abrazarme a la taza. Sé que podría servirme como excusa para retrasar lo que voy a hacer y no quiero darme motivos para esto. Toca ya.

Me agarro al marco de la puerta e intento controlarme tragando saliva varias veces. Una vez leí, o me dijeron, no sé, que tragando mucha saliva uno podía controlar las náuseas. Lo más seguro es que solo sirva para que uno se sugestione. Sea como sea, no sé cuánto tiempo pasa, pero consigo reprimir las ganas de echarlo todo. A ver cuánto me dura.

Lo primero que hago al pasar al cuarto es mirar a mi alrededor; todo está dispuesto. Puede que haya objetos que jueguen un papel fundamental, pero estoy seguro de que lo más importante de todo es lo más pequeñito: el papel. Tiene gracia, porque el resto pone la piel de gallina con solo mirarlo. Me olvido de esto y me centro en el papel. Vuelvo a leerlo. Me hubiera gustado poder ver tu cara cuando te lo notifiquen. Bueno, en realidad me hubiera gustado verla en general, no sé, pero en esta situación hay un añadido que no me gusta perderme. Podría llamarlo morbo afectivo o cualquier gilipollez que se me pueda ocurrir, pero cómo me gustaría comprobar si todavía queda algo de cariño en tu interior hacia mí.

Sé que hace mucho lo hubo, pero ahora, sinceramente, lo dudo mucho. Seguro que el odio que sientes hacia mí es inmenso. No te culpo, no te puedo culpar. ¿Cómo hacerlo? El que lo jodió todo fui yo. Yo la cagué, yo me lo cargué todo. También es verdad que tuve mis motivos. O, al menos, eso quiero creer. Ojalá algún día pudieras entenderlos. Me da igual si compartes o no lo que hice, pero que al menos los entendieras sí me gustaría. Fíjate que no puedo más. No sería tan estúpido de buscar tu perdón; quizá, como mucho, tu comprensión. Sea como sea, soy tan cobarde que no lo voy a ver. Qué gracia creerme siempre tan valiente, tan decidido, tan de saber lo que siempre quería y en realidad lo único que fui es un cobarde. Un puto cobarde. Si no fuera así, no estaría a punto de hacer esto.

Qué diferentes somos de como creemos ser.

Miro hacia arriba, parece que aguantará. La silla está colocada con precisión. Pensar esto es una especie de eufemismo, porque otra persona que me hubiese visto moverla hasta cuarenta veces solo unos milímetros para colocarla en el lugar exacto pensaría que he desarrollado un TOC tardío. Antes de subirme a ella toco con las yemas de los dedos mi bolsillo. Ahí está, la única foto que traje conmigo. Ya vieja y arrugada de tanto manosearla, toda mi vida, todo lo que me importa, está en esa imagen. La saco con cuidado de no estropearla todavía más. La miro una última vez pensando que arrojaré alguna lágrima sobre ella, como tantas veces. Me es imposible, me he secado de tanto llorar.

Sí, otra cosa que apenas había hecho a lo largo de toda mi vida y que ahora no paro de hacer. La de vueltas que da todo.

Con la foto en la mano y, con cierto cuidado, coloco mi otra extremidad en el pomo superior de la silla para después apoyar mi pie derecho sobre el asiento. Me cuesta unos segundos tomar la decisión definitiva, pero no lo pienso más y aplico el impulso necesario para colocarme de pie sobre el mueble. Se tambalea algo, pero caerme ahora sería el menor de mis males. Con mi mano libre, busco la soga sin ni siquiera mirarla; el valor de hacerlo se ha esfumado y sé que si abro los ojos me puedo arrepentir. Sobre todo teniéndola tan cerca de mi cuello. Entonces sí que no sabré qué hacer.

Al tocar la cuerda, siento cómo todo el vello de mi cuerpo se eriza. Su tacto me recuerda su propósito y consigue que las piernas me tiemblen con violencia de nuevo. No es momento de flaqueos. Ya no. Respiro profundo un par de veces con los ojos cerrados y noto que, sin querer, doblo algo la foto, acto que intento solucionar de inmediato.

No lo pienso más y, sorprendiéndome a mí mismo, meto la cabeza en el lazo que yo mismo he preparado hace unos minutos. Agarro la instantánea haciendo una especie de tijera con mis dedos anular y meñique para, con el resto de los dedos de esa mano y todos los de la otra, adaptar el nudo hasta que toque mi nuca.

Aprieto fuerte los párpados, ya no quiero abrirlos más. La habitación, gris, triste y con olor a viejo, no hace sino acompañar a la escena. El olor a polvo mezclado con la humedad de la estancia no sería agradable para un olfato cualquiera, pero para mí son muchos años de costumbre los que me han inmunizado. No he elegido el lugar por ninguna particularidad, pero reconozco que parece el marco ideal para poner fin a todo. Así han sido los últimos veinte años. Quedan bien representados con las paredes de la estancia. Grises y tristes. Sin nada que dé un toque de vitalidad a todo esto.

No siempre fue así. Qué va. Aunque lejano, todavía me queda guardado algún recuerdo de lo que prometía ser una vida feliz. Una vida próspera, con la mujer ideal, con un niño fuera de serie, con un trabajo que traía a nuestra inmensa casa dinero a raudales. Comidas con gente importante, palmadas en la espalda casi a diario, viajes de ensueño... Una vida que yo me encargué de destrozar. No tenía que haber entrado en todo ese juego. Ojalá me hubiera conformado con lo que ya tenía, que era mucho.

Sí, yo lo destrocé todo. Yo rompí mi propia familia. Lo hice yo.

Yo y solo yo.

Respiro hondo por enésima vez. Llegó el momento. Pienso una última vez en ti. Solo espero que sepas dar los pasos correctos, creo que lo harás. Quiero creer que lo harás. Por favor, no me dejes como a un caso perdido. Cree que algo bueno queda en mí. Sigue los pasos.

Si no lo haces, nada de esto tendrá sentido.

Pobre iluso... ¿A quién pretendo engañar? ¿Es que lo tiene?

Rozo con mi dedo índice la fotografía, no necesito mirarla más, tengo la imagen grabada a fuego. No solo en mi mente, también en mi alma.

Mi cerebro comienza, sin que yo se lo pida, una cuenta atrás:

5...

4...

3...

2...

—Lo siento.

1...

Tan solo unos segundos después, la fotografía cayó al suelo, justo debajo de unos pies que habían quedado suspendidos en el aire. Se movían con un leve y siniestro contoneo.

2

Jueves, 8 de octubre de 2009, 06.40 h.
Madrid. Casa de Carlos Lorenzo

—¿Ya te vas? —Su voz, a pesar de que se acababa de despertar, le seguía sonando angelical.

Él la miró y sonrió, siempre hacía la misma pregunta. No sabía si es que era algo que le divertía o que, simplemente, no le sentaba nada bien madrugar.

—Ya lo sabes. Todos los días voy un rato al gimnasio antes de trabajar. Necesito activarme antes de comenzar a soportar soplapollas —respondió volviendo a darle la espalda.

—Tú sí que eres un soplapollas. Tienes un puto gimnasio en el sótano y prefieres ir a comerte el sudor de otros. ¡Qué asco! Con lo que huele eso... Ya lo de rarito se te queda corto —replicó ella mientras giraba la cabeza y la apretaba contra la almohada. No quedaba ni rastro del tono angelical.

Una nueva sonrisa se dibujó en su cara. Esperó unos segundos hasta hablar. Sabía que esto la ponía nerviosa.

—No es lo mismo. Ver a otros sudar la gota gorda me anima. Llámalo motivación o lo que te dé la gana, pero es así. Que a ti no te dé la gana mover el culo no quiere decir que no deba hacerlo yo.

Ella no contestó, pero él la oyó soplar fuerte hacia el almohadón.

—Cuando su majestad decida levantarse —continuó hablando—, deberá saber que Elvira le habrá preparado un suculento desayuno. Rico en calorías, como a su majestad le gusta. Después de esto podrá usted darse una reconfortante ducha, tocarse un ratito pensando en mí sudando en el gimnasio y la veré más tarde en la oficina. Claro, si a su majestad le apetece trabajar hoy.

—Vete a la mierda, Carlos —balbuceó sin volver la cabeza hacia él.

La miró por última vez, embelesado. Su espalda, desnuda, bailaba con la fina sábana de seda, que a su vez dibujaba el resto de su cuerpo y hacía que Carlos sintiera de nuevo la excitación en su entrepierna. Se metía mucho con ella con esto de estar o no en forma, pero lo cierto es que no necesitaba moldear ni un centímetro de su cuerpo. Era perfecta. Parecía esculpida sin haber dejado ni un solo rescoldo de su figura al azar. Todo medido. Refrenó el deseo que Gala provocaba en él y dio media vuelta. No había tiempo para más sexo. Ya hubo en cantidad durante la noche y ahora tocaba seguir con su rutina diaria tras un descanso medido de seis horas exactas.

Salió de la habitación en dirección al vestidor a sabiendas de que Gala no haría nada de lo que él le había indicado. Aceptar todo lo que él le proponía sería como admitir que ambos tenían una relación, y esto era algo que a los dos les daba auténtica grima. Ni siquiera querían definirse a sí mismos como follamigos, como ahora se llamaba al sexo sin compromiso. Odiaban las etiquetas, tan solo se acostaban cada vez que les venía en gana y al mismo tiempo podían seguir disfrutando de una vida plena el uno sin el otro.

Al menos eso querían creer, ya que ninguno de los dos tenía intención de besar por el momento otros labios que no fueran los mutuos. Algo raro, pero que ambos aceptaban de buena gana sin haber llegado a ningún tipo de acuerdo hablado.

Abrió el armario.

Localizó el chándal que solía vestir los jueves en el gimnasio, lo sacó y se lo enfundó con una camiseta técnica de manga corta bajo la chaqueta. Hizo lo propio con las deportivas Nike que solo usaba ese día en concreto. Sabía que en el exterior, a esas horas, el frío sería palpable a pesar de que dentro de su vivienda disfrutara de una temperatura envidiable. El moderno sistema de climatización que subía desde el suelo se encargaba de mantener los grados justos en cada momento del día, con una diferencia de dos grados centígrados entre la noche y el día. Ni frío ni calor. A él le gustaba así. Miró el reloj, también de la marca Nike, que se acababa de colocar en la muñeca izquierda utilizando el tercer agujero de la correa. No es que sintiera predilección por aquella marca, es que ese día tocaba lo que se estaba poniendo encima.

Muchos no entenderían todo lo que hacía, pero lo cierto era que estas solo eran unas pocas de sus mil manías.

Las 6.48.

En apenas unos diez minutos abriría el gimnasio. La conversación con Gala había sido breve, pero aun así le había hecho salir del tiempo que tenía asignado para cada uno de sus rituales. Se apresuró a entrar en el cuarto de baño y lavó rápido su cara. Acto seguido fue directo hacia la cocina. Elvira, como cada mañana, ya tenía listo su desayuno. Tomó de un trago el zumo de naranja —con tres naranjas, para ser exactos— recién exprimido, pegó un par de bocados a una de las tostadas —solo le gustaba comer la parte de arriba del pan, no la de abajo— y dejó el resto encima del plato. Sin perder tiempo agarró la bolsa con el traje embolsado que él mismo había elegido la noche anterior y se dirigió hacia la parte trasera de la vivienda para tomar las escaleras que lo conducirían hasta el garaje.

Ese día utilizaría el *Mercedes SLK 350* de color gris. Era el coche que conducía los miércoles, jueves y viernes. Entró en el vehículo, como era habitual en él, primero introduciendo el pie derecho, girándose y después el izquierdo.

Arrancó el motor del coche pasados diez segundos exactos desde que montó en él y cerró la puerta. Presionó el botón del mando con su mano izquierda y esperó a que la puerta estuviera abierta del todo. Contó cinco segundos y salió, pulsando el botón de nuevo con su mano izquierda.

Llegó al gimnasio en sus trece minutos habituales. Una vez allí, durante una hora justa hizo el mismo recorrido en los aparatos que hacía cada jueves de semana par del mes. Como cada día, intentaba concentrarse en el ejercicio que realizaba y no pensar en absoluto en aspectos de su trabajo, pero, también como cada día, le resultaba imposible. Quizá el no poder alejarse de los casos que llevaba entre manos le hacía ser tan infalible en lo suyo. Aunque también puede que fuera su obstinación en conseguir todo lo que se proponía siempre. Lo más seguro es que, al final, fuera una mezcla de todo. Bajó de la cinta de correr, secó el sudor de su frente, cara y cuello y miró su reloj. Por hoy, ya tenía suficiente.

Una vez duchado, peinado con su habitual estilo *Peaked Side-Crop* —tupé levantado hacia arriba, de forma discreta y ladeada— y enfundado en su traje de Armani de raya diplomática, seda y lana soho, decidió que había llegado la hora de dirigirse hacia donde todos los días pasaba la mayor parte de la jornada.

Subió hasta su oficina, situada en la planta treinta y ocho de la Torre de Cristal, del complejo conocido como Cuatro Torres Business Area, en lo que antes fuera la ciudad deportiva del Real Madrid C.F., junto al Paseo de la Castellana. Un letrero en el que se podía leer LORENZO Y ASOCIADOS anunciaba el que, casi con toda seguridad, era el más prestigioso bufete de abogados de toda la capital española.

Y esto no era algo que se dijera a sí mismo para convencerse de su éxito, sino que varios premios y distinciones que recibían casi anualmente así lo certificaban.

Los que creían conocer a Carlos Lorenzo decían que a sus treinta y seis años lo había conseguido todo, pero él ni mucho menos pensaba parecido. La ambición por querer superarse cada día más le había hecho llegar hasta donde estaba y, casi con toda seguridad, haría que su techo estuviera mucho más alto de lo que muchos pudieran pensar. Carlos lo quería todo y estaba dispuesto a conseguirlo a base de sudor, esfuerzo y muchas lágrimas, como había hecho desde que acabó la carrera con honores *cum laude*.

Entró en su despacho —el principal tras aquel entramado de puertas, por supuesto— después de haber realizado el ritual de los saludos de rigor con todo el que se encontró por el camino. La estancia era inmensa como para caber cinco mesas de trabajo y todavía quedar espacio para armarios con cientos de archivadores, en cambio, parecía casi vacía a los ojos de todo aquel que entrara por primera vez y, sobre todo, no conociera a su inquilino. Las paredes apenas presentaban decoración, a excepción de dos cuadros. Al contrario que los despachos de sus socios, él no lo tenía todo lleno de estanterías con libros sobre derecho. Creía en un nuevo tipo de abogacía en el que todo estaba informatizado. No quería perder tiempo buscando en páginas de libros lo que podía tener en apenas unos segundos tecleando en un buscador personalizado que le había programado el informático que tenían en nómina en el bufete. Carlos examinó su mesa. Perfecta, pulcra, ordenada, como él necesitaba tenerla. Estaba hecha por encargo. No buscaba exclusividad, pero sí máxima comodidad en un mueble —junto a la imponente silla de despacho de cuero curtido a mano— en el que pasaría la mayor parte de sus jornadas. Recordó la cara del propietario de Hellmans & Maurff cuando este le comentó que ninguno de los imponentes modelos que tenía le servía y que necesitaba algo que fuera más allá. El resultado era una elegante mesa esquinada de caoba natural y otras maderas nobles africanas que superaba los veinte mil euros. Una inversión necesaria, a su juicio. En una esquina de la misma, la cual él mismo había designado para tal cometido, quince informes —ni uno más, ni uno menos— esperaban a sus ojos para ser revisados. Sus secretarias sabían que hasta que él no diera la orden, no podían llevarle otros quince, perfectamente ordenados alfabéticamente y grapados a un centímetro del borde de la esquina superior izquierda.

Él se ocupaba de los casos que consideraba de mayor envergadura, mientras que Gala, así como el resto de los socios y otros abogados que tenía en nómina, lo hacían de los otros casos.

No es que no confiara en ellos para que se ocuparan de los casos que él mismo elegía. Era que él era la cabeza de todo aquello y por algún lado tenía que quedar demostrado. Por algo su apellido aparecía en los letreros. Además, que también por algo los clientes pagaban sus honorarios. Y no eran precisamente calderilla.

Antes de ponerse con los informes se acercó hasta el café que cada mañana tenía que tener preparado encima de su posavasos personalizado con el logo de la empresa. Los becarios estaban avisados de que a las siete cuarenta y cinco de la mañana, el café tenía que estar a noventa grados centígrados justos, hecho con una presión de ocho bares —que uno de los sensores de la moderna cafetera se encargaba de medir—, lleno a un setenta y cinco por ciento del vaso y con la mezcla de cafés que él mismo compraba por internet procedente de Colombia, de una plantación de confianza que uno de sus propios clientes tenía en el país.

Que ese cliente, además del café, se dedicara a otro tipo de plantaciones ya era cosa suya. A Carlos no le importaba el trasfondo de las historias que cada uno llevaba detrás. Esto lo aprendió de alguien hacía mucho tiempo. Para él, todo esto quedaba atrás cuando alguien cruzaba el umbral de su bufete. A partir de ese momento, solo le importaban los motivos que lo habían llevado hasta a él.

Tomó el café en cuatro sorbos, como siempre, mientras miraba hacia el mismo punto de todas las mañanas. A pesar de la altura en la que se encontraba ubicado su despacho, lo veía perfectamente. Un puesto de churros que estaba ahí desde el mismo día en el que él se trasladó a ese complejo.

Uno como el de toda la vida, de color blanco y en el que los años no parecían pasar, pues, a pesar de las modernísimas cafeterías que lo flanqueaban, el puesto siempre estaba hasta los topes de tipos trajeados a los que no les importaba la ingesta de colesterol y grasa que estaban a punto de realizar. Carlos siempre sonreía mientras lo miraba; provocaba en él un efecto relajante. No lo recordaba con exactitud, pero quizá algún buen recuerdo con ese tipo de puestos de cuando era pequeño había quedado anclado en su subconsciente.

Lo mejor era que tenía claro que no le gustaban. Por nada del mundo se echaría en la boca una de esas máquinas de provocar infartos.

Una vez se acabó el café, dejó la taza sobre la esquina en la cual, en cinco minutos exactos según su reloj, entraría la becaria de pelo rubio y liso —de la que no recordaba el nombre— y lo sacaría de su despacho. No le hablaría, no le diría nada. Ni los buenos días. El momento para saludar ya había pasado. Entonces sí comenzaría su jornada.

Pero algo sucedió que lo sacó de sus pensamientos y de su habitual rutina. A los tres minutos llamaron a la puerta de su despacho. Sintió que todos sus músculos se tensaban ya que aquello era inadmisible. Todos sabían que jamás debían hacerlo. Le importaba tres pitos que estuviera el rey esperándolo en la recepción.

La persona que aguardaba fuera sabía que la reacción de

Carlos sería de sorpresa absoluta, por lo que optó por entrar al no encontrar respuesta.

—Señor Lorenzo —dijo su secretaria, la principal, nada más entrar—, sé que no desea ser molestado hasta dentro de dos minutos, pero me he visto en la obligación de hacerlo. He preferido no utilizar el comunicador para esto, pues me parece algo de suma importancia.

Carlos pasó por alto sus ansias de haber mandado a la calle a esa mujer. Llevaba muchos años trabajando para él y nunca había sido así de indisciplinada. Ni siquiera cuando llegó, nueva. Es por esto que obvió el gravísimo incidente y decidió escucharla. Algo muy grave debía de ser.

—¿Y bien?

—Tengo en espera una llamada que le reclama. Se trata de la policía.

Carlos no pestañeó. Su secretaria no podía hablar en serio. Recibía a diario llamadas desde la policía. Se pasaba el día hablando con ellos, de hecho. No le importaba el caso que fuera, ¿de verdad consideraba aquello importante?

—¿Y? —volvió a preguntar haciendo uso de toda su paciencia ante el misticismo que parecía mostrar aquella mujer.

—No sé muy bien cómo decírselo, señor. Le he explicado que era imposible hablar con usted, le he dicho que no recibe llamadas hasta las 10.37 de cada día, pero ha habido algo que me ha hecho pensar que sí debía pasársela.

—Joder, ¡habla de una puta vez!

—Se trata de su padre.

A Carlos le cambió el tono de su tez hacia un blanco casi inmaculado. No reaccionó de inmediato, pero en apenas unos segundos se giró y dio la espalda a su secretaria.

—Cuélgales.

Remedios, que llevaba casi diez años trabajando para Carlos y creía conocerlo bastante bien, no esperó esa reacción por parte de su jefe. Tampoco es que pretendiera que saliera corriendo como una colegiala ante esa llamada de su amor platónico de instituto, pero tampoco ese rechazo absoluto.

—Pero...

—¡Haz lo que te digo!

No se atrevió a replicar. Con la cabeza gacha dio media vuelta y regresó sobre sus pasos. El abogado quedó de nuevo solo en su despacho.

Respiraba fuerte y hondo. Que aquella mujer hubiera nombrado a su padre lo había puesto muy nervioso. Solía controlar cada situación de su vida, cada minuto que pasaba, pero esa sensación de ahogo se le escapaba de las manos. Se levantó y fue hacia la máquina de agua que tenía en una de las esquinas, extrajo un vaso de plástico y vertió un poco de agua fría en él. Aflojando algo el nudo de su corbata, pegó un sorbo largo. Dio media vuelta y volvió a respirar profundo. Necesitaba calmarse.

Comenzó a observar el cuadro que siempre miraba en momentos de tensión. No tenía ni idea acerca de quién era el artista que lo había realizado, seguramente sería un don nadie, pero tenía algo que le relajaba. Al menos casi siempre. Era verdad que, cuando sucedía, solía ser con casos que llevaba entre manos, no con algo personal que le había pasado a él. Más que nada porque a él casi nunca le pasaba nada personal. Siempre de casa al trabajo y del trabajo a casa, pasando por el gimnasio. Mirar el cuadro no sirvió de nada. Observó su mano, la tenía temblorosa. ¿Qué era lo que le estaba pasando? Fue hacia la ventana y volvió a fijarse en el puesto de churros. Cerró y volvió a abrir los ojos en varias ocasiones, tratando de dejar la mente en blanco. Nada. Las palabras de la secretaria resonaban una y otra vez dentro de su cabeza.

A tomar por el culo, se dijo mientras avanzaba rumbo hacia la puerta.

La abrió de golpe y buscó con la mirada el puesto de su ayudante.

—Remedios, devuelve la llamada a donde me has comentado y me la pasas a mi despacho.

Esta lo miró sorprendida y se limitó a asentir.

Carlos regresó hacia su mesa y tomó asiento sin dejar de mirar al aparato telefónico. Solía instalarse el manos libres sobre la oreja a las 10.37 de cada jornada, pero si aquello ya escapaba a lo típico, sus actos a partir de ahora también.

El teléfono comenzó a sonar.

—¿Sí? —dijo nada más descolgar.

—Le paso, señor. La persona que le llama atiende al nombre de Julián Ramírez.

Carlos asintió, aunque Remedios no lo viera.

Esperó dos segundos.

—¿Carlos Lorenzo? —preguntó su interlocutor a modo de saludo.

—El mismo. Hable.

—Verá, mi nombre es Julián Ramírez. Soy jefe de la policía local de un pueblo llamado Mors, en la zona baja de Alicante. ¿El nombre de su padre es Fernando Lorenzo?

Carlos sintió una punzada en su estómago al oír ese nombre: hacía tantos años que no lo hacía que creía haberlo olvidado. Estaba comprobando que no.

—Sí. ¿Qué ocurre?

—Siento ser yo quien tenga que comunicarle esto y, sobre todo, siento ser tan directo, pero, verá, su padre ha fallecido.

El abogado, que en el fondo intuía una noticia de tal calibre, no supo identificar el torrente de emociones que fluyó por todo su cuerpo. Le era imposible definir si aquello era rabia, pena, alegría o una indiferencia fingida. El caso es que todo su interior quedó revuelto casi al instante.

—Señor, ¿sigue ahí? —preguntó el policía al no notar ninguna reacción por parte de Carlos.

—Sí —se limitó a responder.

—Bien, en ese caso le rogaría que viniera a Mors lo antes

posible. Debemos aclarar algunas circunstancias y usted nos podría ser de gran ayuda. Así, de paso, puede hacerse cargo si quiere de su funeral. Su padre era un hombre solitario y dudo mucho que alguien del pueblo lo haga.

—Lo siento, tengo mucho trabajo y me va a ser imposible poder asistir. Mandaré un cheque a la dirección que me diga para cubrir los gastos del entierro, pero no puedo personarme allí, me es imposible.

Hubo unos segundos de silencio que incomodaron bastante al abogado.

—Verá, hay algo que no le he contado y que puede que le haga cambiar de opinión. Se me hace duro, créame.

Carlos tragó saliva. Respiró profundo tomando aire por la nariz.

—Dispare.

El policía aguardó unos segundos antes de hablar. Como si estuviera midiendo sus palabras.

—Su padre se ha suicidado.

Carlos cerró los ojos y colgó el teléfono con tal fuerza que casi partió el auricular en dos.

3

Jueves, 8 de octubre de 2009, 07.37 h.
Alicante. Calle García Andreu

Nicolás cerró la puerta de su recién alquilado piso, guardó las llaves en el bolsillo de la fina chaqueta que llevaba y suspiró algo nervioso.

La vivienda se encontraba en el barrio alicantino de Benalúa, más en concreto, en la calle García Andreu. El patio de colegio que tenían justo enfrente se mostraba tranquilo en aquellos momentos, como esperando a la marabunta de niños que ya estarían preparándose en sus casas para entrar en un rato a revolucionarlo todo.

Era lo más cercano que había encontrado de comisaría. El alquiler en aquella zona no era precisamente barato, pero al compartir vivienda con Alfonso, se le hacía mucho más llevadero este gasto que, desde luego, él solo no hubiera podido afrontar. Si quería comer, claro. Sí, era considerablemente caro, y eso que la vivienda no era gran cosa. Sin reformar prácticamente desde que había sido construida, allá en el pleistoceno, como no paraba de repetir Alfonso, todo en el inmueble era antiguo: desde la pared que daba a la calle, pasando por el propio rellano, hasta, cómo no, el interior del piso. Al menos era amplio, eso sí, y aunque solo convivieran en su interior dos personas, ambos podían estar a sus anchas teniendo su propio espacio personal. La única pega que ambos ponían era la cocina, ya que hubieran preferido un par de habitaciones menos con tal de haber podido pasar de frente —y no de lado, como tenía prácticamente que hacer— por el interior de esta.

Nada más poner un pie en la calle, dejó que el viento de levante golpeara su rostro. No sabía por qué sentía ese nervio. No era un novato en el cuerpo, aunque sí lo era en el cargo que estaba a punto de empezar a desempeñar: inspector de policía.

Atrás quedaban las largas horas estudiando la oposición, los dos años en la academia de Ávila y, sobre todo, las largas horas patrullando un Madrid que cada día estaba peor, según su juicio. Ahora, ya en posesión de su título de licenciado en Ciencias Policiales, todo no hacía más que empezar y, la incertidumbre de si valdría o no para el puesto, hacía que las piernas le temblaran.

Pero esto no podía mostrarlo al exterior, claro. Había ensayado varias veces frente al espejo su cara de que todo iba a salir bien. Más o menos conseguía ponerla, aunque no podía evitar que de vez en cuando se le escapara algún atisbo de humanidad.

Y es que, según su amigo, este era su peor defecto: su humanidad.

Luego estaba lo otro. El tiempo pasaba y no podía sacarlo de su cabeza. La terapia que le obligaron a hacer en su día no había servido para nada, aunque tardó un tiempo en darse cuenta de esto, ya que al principio él mismo se engañaba con que sí. Muchas noches se despertaba recordando aquel momento, sudando, creyendo estar ahí de nuevo. Siempre intentaba animarse pensando que algún día acabaría superándolo, pero mientras, el recuerdo seguía doliendo como si todo hubiera ocurrido ayer mismo. Sobre todo tenía miedo de que volviera a ocurrir. No tenía por qué, claro, pero el miedo ahí estaba. Presente, con él, de la mano.

La voz de Alfonso lo sacó de su ensimismamiento.

—¿Otra vez? —Alfonso conocía la historia de Nicolás de sobra.

—Qué va, no —mintió el inspector a la vez que esbozaba una sonrisa nerviosa—, solo siento el clima mediterráneo.

—Claro, Álex Ubago. Bueno. ¿Vamos o qué?

El inspector asintió.

Ambos comenzaron a andar. Nicolás se sorprendió cuando Alfonso se detuvo al lado de su coche, aparcado en batería a unos metros de la puerta del edificio. El coche parecía haber sido fabricado hacía cien años, pero sabía que su amigo lo cuidaba como si lo hubiera comprado la semana anterior. Su aspecto siempre era impecable y el olor que había dentro del vehículo era embriagador. Cuando un día él se comprara uno, querría cuidarlo la mitad de bien de lo que su amigo lo hacía.

—Alfonso, venga, no me jodas, estamos a ciento cincuenta metros de la comisaría, ¿de verdad vamos a ir en coche?

—Te recuerdo que ya no somos agentes, socio. Ahora no tenemos coche patrulla, y si tenemos que desplazarnos a cualquier punto, lo tendremos que hacer en nuestro propio vehículo.

—No digas tonterías, hay coches en el parque móvil para lo que necesitemos. Además, ¿acaso piensas que haremos otra cosa que no sea papeleo?

—De verdad, cuando te pones negativo, no hay quien te aguante. Yo me voy en mi coche. Tengo ganas de aparcarlo en un lugar que los inspectores tengamos asignado. Empieza a pensar a lo grande, hombre. Ya no somos unos don nadie, chaval. Ahora somos gente respetable.

Nicolás sonrió al mismo tiempo que montaba en el asiento

del copiloto. Alfonso lo hizo unos segundos después tras pasar la palma de su mano por el techo del vehículo.

Arrancó el motor y puso rumbo hacia la calle Foglietti, por la cual continuó unos metros hasta girar hacia la calle Alona. Un giro más y ya estaban en su destino, en la calle Isabel la Católica. Alfonso no utilizó el aparcamiento que tenían habilitado ya que tuvieron la enorme suerte de encontrar un lugar a escasos metros de la entrada principal. Ambos bajaron del coche y miraron la impresionante fachada de su nuevo lugar de trabajo.

El edificio, revestido de zócalo y con cuatro imponentes plantas con amplios ventanales, estaba diseñado para mostrar al mundo su importancia. Las caras de ambos inspectores demostraban que, desde luego, su cometido lo cumplía. Parecía nuevo, como si lo fueran a estrenar ellos.

—¿Preparado? —preguntó Alfonso a su amigo.

Este se limitó a asentir. El momento había llegado. Su momento había llegado.

Con decisión subieron la rampa de acceso y entraron previo saludo al agente que custodiaba la entrada con un fusil en las manos.

Alfonso se dirigió a un mostrador con una mampara aparentemente blindada que daba la bienvenida. A sus espaldas, el bullicio de la gente que esperaba para renovar sus DNI y pasaportes le hizo alzar la voz algo más de lo normal.

—Preguntamos por el inspector jefe de la UDEV Lucas Montalvo, somos los inspectores Alfonso Gutiérrez y Nicolás Valdés, comenzamos hoy a trabajar aquí —dijo este a una policía vestida de uniforme que estaba sentada tras esa mampara. No quitaba la vista de una pantalla de considerables dimensiones que mostraba lo que veían las cámaras ubicadas en los alrededores y en zonas principales del edificio.

—Muy bien, ¿me enseñan sus placas?

Alfonso asintió e instó a Nicolás a que también lo hiciera.

Los dos la enseñaron y la agente hizo un gesto afirmativo con la cabeza a la vez que apuntaba algo en una hoja de papel.

—Está bien, suban por esas escaleras de ahí hasta llegar a la primera planta. Toman el pasillo hacia la derecha y al fondo está su despacho, verán su nombre en la puerta. Bienvenidos —contestó a la vez que volvía a mirar hacia la pantalla.

Los dos inspectores hicieron caso y subieron.

Una vez en la planta superior, la actividad en ella distaba mucho de lo que en un momento habían podido imaginar: había más tranquilidad que otra cosa. Nada que ver con la comisaría de la que ambos provenían, en pleno centro de la capital española y en la que siempre había alguien corriendo de un lado para otro. La cantidad de crímenes y reyertas que se atendían a diario era asombrosa, todo lo contrario a lo que se veía en las noticias, que apenas mostraban nada.

Ambos se miraron y pusieron cara de asombro. Se encaminaron hacia el lugar que la agente les había indicado.

Al llegar, Nicolás tocó de forma suave la puerta acristalada con sus nudillos.

—Pase —sonó una fuerte voz desde el interior.

Nada más entrar, los dos inspectores comprobaron que el inspector jefe Montalvo era un hombre entrado en años y, por qué no decirlo, en carnes. Su pelo blanco —y su cara, algo arrugada ya— delataba que no debía de quedar demasiado para que ese hombre dejara la placa y la pistola, y se dedicara a partir de ese momento a sus quehaceres.

—¿Son Valdés y Gutiérrez? —preguntó sin ni siquiera saludarlos.

Asintieron.

—Bien, tomen asiento —continuó—. Supongo que ya sabrán que soy el inspector jefe Montalvo, por lo que no me andaré con tonterías de presentaciones. Creo que la pregunta de por qué coño han elegido esta comisaría es obligatoria.

—¿Perdón? —Nicolás no pudo ocultar su sorpresa ante tales palabras.

—¿Usted es?

—Nicolás Valdés.

—Creo que he sido claro, inspector Valdés. Necesito saber por qué han escogido esta comisaría. El comisario y yo nos lo hemos preguntado varias veces durante los dos últimos días.

—Mire, inspector jefe, siento decepcionarle si espera otro tipo de respuesta. Nosotros vimos que había dos plazas y no lo pensamos ni un segundo. No es fácil encontrarlas así como así. Queríamos seguir trabajando juntos.

Montalvo arqueó una ceja ante la sinceridad del inspector.

—¿Qué son, novios o algo así?

—No, coño, somos amigos y nos compenetramos bien, eso es todo.

—No lo digo por nada, me importa una mierda a lo que se dediquen fuera de aquí, pero aquí tenemos un código muy estricto con las relaciones entre compañeros de trabajo.

—No es nuestro caso. Lo que no entiendo es por qué considera tan raro que hayamos querido optar a este destino.

—Porque me cuesta creer esto que dice, pues sé de buena tinta que hubieran tenido plaza si lo hubieran querido en su comisaría, en el distrito centro de Madrid. Conozco al comisario Huertas y he hablado con él acerca de ustedes. Entiendo que en la capital las cosas son algo más complicadas, por decirlo de algún modo, pero no esperen encontrar tranquilidad aquí. Todo lo contrario. Tenemos localizadas numerosas bandas latinas, mafias y un sinfín de hijos de puta. Lo más sensato sería que hubieran escogido algo más tranquilo para coger algo de bagaje como inspectores. No serán los primeros que vienen a Alicante dispuestos a tomar el sol y se encuentran con la provincia con mayor índice de criminalidad por habitante de toda España.

Nicolás lo sabía, se había informado muy bien antes de llegar acerca de su nuevo destino. Aunque era sincero con su respuesta, pues no había otras plazas juntas disponibles en todo el país para dos inspectores nuevos. También era cierto eso de que en Madrid hubieran tenido plaza con total seguridad, pero no se sentía preparado para ir tan deprisa. Necesitaba andar paso a paso, siempre lo había necesitado en todos los ámbitos de su vida. No solía asustarle nada, pero la cautela era una de sus mayores virtudes y, antes de regresar a la capital, a su antigua comisaría —y por qué no soñarlo, a una más grande como la Unidad Central de Homicidios y Desaparecidos en el Complejo Policial de Canillas—, necesitaba ganar algo de experiencia.

De forma paulatina, estaba seguro de que la lograría en aquel lugar. No dudaba de eso que le había contado el inspector jefe acerca del índice de criminalidad, pero sí sabía que allí serían al principio como unos simples becarios dispuestos a comerse todo el trabajo sucio —papeleos, sobre todo—, y esto les ayudaría a habituarse. A empezar poco a poco. Supuso que de buenas a primeras no se les asignarían casos de importancia, aunque una minúscula parte en su interior, la que todo el mundo tenía y le empujaba a hacer ciertas cosas sin pensar, deseaba que sí les dieran algo de acción.

Esa eterna lucha constante entre el sí y el no era la que le tocaba soportar casi a diario en todos los aspectos de su vida.

—Bueno, ya le digo yo que no hemos venido para tomar el sol, se lo aseguro. Ahora andan ocupados con un caso un tanto especial, ¿me equivoco? —preguntó Alfonso.

—Veo que usted también ha hecho los deberes. Sí, estamos ocupados con un caso de mierda que sirve más para justificar el poco sueldo que nos pagan que para otra cosa, temas de las altas esferas de aquí. Bueno, eso una mitad de mis hombres, la otra se encuentra tras los pasos de un ciudadano italiano que degolló a su esposa en la costa, en Torrevieja. Creo que una de las zonas que más les van a sorprender es Torrevieja —sonrió —, allí es donde de verdad se curten mis hombres, aunque solo nos llaman para actuaciones muy concretas; el resto lo lleva la Guardia Civil. Eso sí, la ciudad de Alicante es nuestra, como ya sabrán. De momento irán familiarizándose con las denuncias que hemos recibido en estas dos últimas semanas. Cuando ya lo hayan hecho y conozcan todo esto un poco más, comenzaré a introducirles en cualquiera de estos dos casos asignándoles algún cometido.

—Bien, nos pondremos a ello de inmediato.

—Una advertencia a los dos —añadió cambiando el gesto de su rostro—: si algo no soporto es a los aduladores. No quiero que me besen el culo, limítense a hacer su trabajo de la mejor forma posible y nos llevaremos bien. Como siempre se ha dicho: el camino se demuestra caminando.

Ambos asintieron.

—Y ahora, al salir, diríjanse a la primera puerta que hay tras esta, dentro está el subinspector Gómez. Díganle quiénes son y les acompañará a lo que serán sus respectivos puestos de trabajo. Cada mañana les esperaré en el *briefing* para comentar por encima cómo será la jornada, aunque aquí nunca se sabe cómo va a ir el día.

Dicho esto, agarró el ratón que tenía cerca de la mano y comenzó a mirar de forma fija la pantalla plana de su PC. El recibimiento había acabado.

Nicolás y Alfonso salieron sin despedirse, estaban seguros de que no hubieran obtenido respuesta de haberlo intentado.

—Menudo gilipollas —comentó Alfonso en voz baja nada más salir.

—No se lo tengas en cuenta. Hace un papel, si se nos muestra como un amigo, creerá que podemos perderle el respeto. Aquí ya sabes que hay que demostrar los galones.

—No somos críos, coño. Sé cómo tenemos que respetar a un superior.

—Ya, pero él no te conoce. No puedes dar por hecho que él lo sepa. Lo dicho, vamos a hacer nuestro trabajo bien y ya verás como al final todo va sobre ruedas. Supongo que lo iremos conociendo con el tiempo. Puede que hasta sea como un cacho de pan. Estaremos bien. Ya verás.

—Más te vale, porque yo en Madrid estaba la hostia de bien. Si me vine fue por ti, que le venderías hielo a un esquimal, cabrón.

Obedecieron a su superior y el subinspector Gómez les indicó dónde estaban sus puestos de trabajo.

Dos puertas más a la derecha se encontraba el despacho en el que trabajarían. Era bastante amplio ya que en él cabían a sus anchas seis mesas de trabajo como las que ya habían. Todas tenían una pantalla de ordenador y un teclado además de un ratón y, aunque estaban vacías en cuanto a papeles, parecían tener actividad reciente. Ambos supusieron que serían de sus compañeros inspectores. Al llegar a su mesa, la más alejada de la puerta y sin más objetos que los del resto de las mesas, Nicolás emitió un bufido sin que Alfonso lo pudiera ver —este se estaba acomodando en su nuevo puesto, situado justo en el otro extremo de la sala, cerca de la puerta—. No sabía muy bien cómo iba a ser todo a partir de ese momento y esto lo angustiaba. Por más que intentaba agarrar la sartén por el mango, se le resbalaba. Se había preparado a conciencia en Ávila para el puesto que iba a desempeñar, pero una cosa era la teoría y otra bien distinta la práctica, la realidad.

Deseó que esta realidad no le golpeara directamente en la cara, pues todavía no se sentía preparado del todo y podía salir noqueado de ese combate. Miró hacia la mesa de Alfonso, él sonreía. Sabía que, a pesar de sus quejas, estaba muy ilusionado ante su nuevo cargo y por más que lo intentara no lo podía disimular. A Nicolás le hubiera encantado poder sentir esa pasión que emanaba su amigo, pero había algo en su interior que no paraba de removerse de un lado a otro.

Decidió tomárselo todo con calma. Lo que tuviera que ser, sería.

Ocupó su asiento y puso en marcha el PC, cuya torre se encontraba frente a sus piernas. Supuso que en algún momento del día alguien le llevaría algún informe con esas denuncias que había comentado el inspector jefe y comenzaría a trabajar de verdad. Mientras tanto, tenía decidido familiarizarse con todo aquello.

Miró a su alrededor: la amplitud de aquel despacho era directamente proporcional a la soledad que sentía por dentro, a pesar de la compañía de su amigo. No quiso desesperarse, era su primer día y todo tenía que ir lento. Este era el guion. Aunque reconocía que lo hubiera roto al instante de haber tenido oportunidad. Otra vez ese impulso de locura.

Lo que no pudo imaginar es que iba a estrenarse tan pronto. Mucho menos el verse envuelto en algo de semejante magnitud que lo cambiaría para siempre.

4

Jueves, 8 de octubre de 2009, 11.22 h.
Camino a Mors

Carlos no podía creer lo que estaba haciendo.

No sabía, ni siquiera, a qué velocidad iba. Poco o nada le importaba la multa que pudiera caer tras semejante demostración de rapidez. Algo impropio en él, pues en autopista siempre establecía una velocidad fija con el controlador y no solía variarla nunca. Si hubiera tratado de buscar el dichoso botón, no lo hubiera encontrado ni en un millón de intentos. Su cerebro, en esos momentos, iba por libre.

Tanto que en su cabeza era imposible encontrar ni un solo pensamiento lúcido. Lo único que tenía claro era el nombre del lugar al que se dirigía. Todo lo demás lo guardaba en una bolsa llena de dudas, donde imperaba la pregunta: ¿por qué lo hacía realmente? Sabía que, por el momento, le iba a ser imposible encontrar una respuesta coherente.

Tampoco conseguía arrancar de ese amasijo de imágenes y palabras sin sentido la cara de Gala cuando él le contó cuál era su propósito. A pesar de lo metódico de su día a día, estaba acostumbrada a la típica llamada importante que daba al traste con todo y hacía que Carlos tuviera que reescribir su agenda unas cinco veces cada jornada. Pero aquello superaba cualquier situación.

Solo las palabras «Mi padre ha muerto, tengo que ir a un pueblo de Alicante. Volveré lo antes que pueda» sirvieron como explicación para su ausencia repentina. En realidad, ni intentándolo durante diez minutos le hubieran salido otras. Ella tampoco había podido contestarle mientras lo vio desaparecer por la puerta a toda velocidad.

Ya llevaba casi tres horas al volante, el GPS le indicaba que apenas quedaban unos kilómetros para su destino.

¿A qué velocidad he venido por la A31?

Continuó conduciendo atento a las indicaciones del aparato electrónico. Sin él, le hubiera sido imposible encontrar el lugar al que se dirigía, más que nada porque parecía estar perdido de la mano de Dios.

Observó el paisaje mientras conducía. Era raro, porque no lo había hecho desde que había salido de Madrid. Parecía que algo de consciencia había vuelto a él una vez empezó a transitar por esas carreteras secundarias que ahora pisaba. Esto le hizo levantar el pie del acelerador de manera considerable. Así, al menos, conseguiría llegar hasta su destino con vida. Había bastante soledad sobre los terrenos que iba dejando atrás con el coche. La mayoría de los terrenos eran tierras yermas, algunas con un poco más de vegetación que otras, que hacían que todo aquello pareciera más un paisaje desértico que otra cosa. Las otras, las cultivadas, también le llamaron la atención porque había una importante cantidad de huertos con unos árboles que parecían ser limoneros. Lo suponía porque, en verdad, nunca había visto uno de cerca. De todos modos, todo esto no es que lo disgustara del todo. Reconocía que, acostumbrado a hileras de cristales y hormigón armado, aquello era una algo muy agradable para los sentidos. Tranquilidad y soledad, conceptos hasta ahora casi desconocidos para él. Sintió mucho el no poder —o quizá no saber— apreciar aquella imagen como en verdad se merecía, pero se reconocía a sí mismo como un animal de jungla urbana. Prefería cientos de veces el ruido, la contaminación, ignorar a la gente y ser ignorado y, en general, el caos típico de Madrid. Sí, era un bicho raro, pero lo tenía asumido desde hacía ya mucho, por lo que no le afectaba.

Hasta donde él conocía a su padre —o él pensaba conocer, visto lo visto—, creía que era igual, pero parecía ser que no, pues el cambio de aires que se había dado había sido brutal. Era como haber pasado de la noche a la mañana.

El aparato lo fue guiando a través de las angostas carreteras hasta que llegó a su destino. Un viejo cartel rectangular de color blanco, con el borde rojo y con las letras en negro, así lo confirmaba. Estaba ubicado justo antes de llegar a una fábrica de considerables dimensiones y con aspecto de estar abandonada. Buen recibimiento. No necesitaba leer el cartel: no había dejado de pensar en el dichoso nombre desde que se lo había dicho el jefe de la policía local.

Mors, menudo nombrecito para un pueblo.

No supo por qué, pero ese pensamiento trajo consigo un escalofrío que le recorrió toda la espalda. Lo malo es que no había dejado de hacerlo en todas las veces que había recordado el nombre de la localidad.

No tenía ni idea de en qué calle había vivido estos años su padre, pero aquello no era problema porque, tras una nueva llamada por teléfono —algo más calmado, al menos en su exterior—, había quedado con el jefe de la policía local en sus dependencias, ubicadas en la plaza principal del pueblo.

El GPS le indicaba que la Plaza de España —que así era el nombre exacto del punto de encuentro— estaba apenas a unos ciento cincuenta metros. Al avanzar por el centro de la localidad, notó que la gente con la que se iba cruzando no le quitaba ojo al coche y, por consiguiente, al conductor. Era algo que le solía ocurrir con frecuencia debido a los vehículos de alta gama que conducía, pero aquel mirar era distinto. No era envidia, parecía haber algo más. Se asemejaba más a la desconfianza, o algo así. Además, por muy pequeño que fuera el pueblo no vivían en cavernas y seguro habrían visto decenas de coches parecidos paseando por sus calles, por lo que todavía era más extraño.

Tras un giro a la izquierda mientras avanzaba por la calle Mayor, avanzó unos pocos metros hasta encontrar un buen lugar donde poder dejar el coche aparcado. Justo entre otros dos coches. A pesar de la prisa que él mismo se había auto impuesto, no descendió del vehículo hasta que tuvo la certeza visual de encontrarse a la misma distancia del coche de delante que del de atrás. La tensión podría estar por las nubes, pero había cosas en él que no podía evitar.

Cerró la puerta del vehículo sin ningún interés en detenerse a observar la belleza del lugar. En él, parecía no haber pasado el tiempo en décadas. Una fuente de un material muy parecido al mármol, al menos en lo estético, presidía majestuosa el centro de la plaza. Era curioso porque su aspecto era de fuente, pero dentro, lejos de tener agua, estaba repleta de plantas muy cuidadas. Sobre ellas destacaban unas flores de colores rojo y blanco, si bien no tenía ni idea de a qué especie pertenecían. Otra curiosidad de la fuente era que en su mismísimo centro había una columna y en lo alto reposaba una imagen de una virgen. Carlos, que no era muy católico, leyó con desinterés que se trataba de la virgen de la Inmaculada. Alrededor de la falsa fuente, varios bancos daban la apariencia de protegerla, como si fuera la lideresa de un ejército y ellos los soldados que la flanqueaban. Dos de ellos estaban ocupados por lugareños de avanzada edad que no dejaban de mirar a Carlos mientras murmuraban cosas por lo bajo. Carlos estuvo seguro de que aquel debía de ser un día atípico para ellos y de que la presencia de cualquier extraño podría ser no muy bien recibida. Bordeando el conjunto, una serie de palmeras bastante altas se erguían delimitando el perímetro de la plaza.

El día había amanecido radiante en la capital, pero en Mors, en cambio, las nubes no dejaban ver ni un solo rayo de sol. La sensación térmica era distinta, el calor era húmedo, muy húmedo. Casi podría definirse como un bochorno insoportable. Esta sensación hacía que el traje que llevaba enfundado se le pegara al cuerpo y le produjera una sensación de asfixia que nunca había sentido antes. No supo si la situación también tendría que ver algo con esto. A pesar de ello, prefirió mantener la compostura y ni siquiera se aflojó el nudo de la corbata, que ahora parecía querer ahogarlo.

Tras un rápido vistazo, localizó la entrada a la jefatura de la policía local gracias a un cartel blanco con letras azules que tenía encima de la puerta. Se dirigió hacia allí sin poder dejar de mirar el conjunto al que pertenecía. Al parecer, el mismo edificio hacía las veces de ayuntamiento, jefatura de la policía local, hogar del pensionista y auditorio municipal. Carlos quedó asombrado con la eficiencia del que decidió construir esto.

Cuando se plantó frente a la puerta, trató de entrar y comprobó que estaba cerrado con llave.

Sin saber muy bien qué hacer ante tal contratiempo, se giró sobre sí mismo y observó que hacia él venía un policía a toda prisa. No tardó en llegar donde él estaba.

—¿Es usted Carlos Lorenzo? —preguntó casi con la lengua fuera.

El abogado se limitó a asentir. Quedó algo sorprendido al ver la juventud del muchacho. Parecía haber cumplido recientemente los veinte años, era imposible que tuviera más edad. Lo que sí era evidente eran las horas de gimnasio que este se había metido entre pecho y espalda, el atuendo no le cedía ni un solo centímetro. Hasta el punto que parecía que la camiseta le iba a reventar. Sus ojos se fueron a continuación en busca de sus orejas, donde varios agujeros —en los que ahora no había pendientes— demostraban que su juventud no era una mera suposición de Carlos.

—Mi nombre es Francisco Pons, junto con Julián y un compañero más formamos el cuerpo de policía local de Mors.

A Carlos le sorprendió mucho la manera de hablar del agente. Era un acento extraño, parecido al murciano pero a la vez muy alejado. Era esto, y el tono que empleaba, lo que le hacía parecer que estuviera más cantando que hablando.

—¿Solo son tres policías? —preguntó extrañado el abogado.

—Es un pueblo muy pequeño, señor. Tenemos censados algo menos de cinco mil habitantes. Nuestra figura es una mera formalidad. Lo único que hacemos es turnarnos a lo largo de todo el día para hacer patrullajes con el coche y poco más. En Mors nunca tenemos problemas de ningún tipo. —Francisco se percató del error de sus palabras al recordar el motivo de la visita de Carlos—. Bueno, casi nunca, lamento mucho lo ocurrido. —Le tendió la mano.

—No se preocupe —respondió el abogado al mismo tiempo que estrechaba la mano del joven con un apretón firme que tenía más que ensayado—. Había quedado con su jefe aquí mismo, ¿podría, de alguna forma, hacerle saber que he llegado?

—Dudo que tarde. Está en un pueblo vecino prestando declaración para el informe que está elaborando la Guardia Civil sobre el incidente. Me ha mandado salir a su encuentro mientras él regresa.

Carlos ahogó un suspiro de resignación, no quería parecer descortés ante el muchacho. Lo que sí necesitaba era acabar con todo aquello cuanto antes y volver a su vida. Apenas llevaba unos minutos en aquel pueblo y ya sentía una presión fuerte en el pecho. No estaba hecho para este tipo de situaciones. Sin darse cuenta, metió las manos en sus bolsillos.

Jamás lo hacía, esa imagen denotaba inseguridad. Al darse cuenta las sacó con rapidez.

—¿Dónde está el cuerpo de mi padre? —soltó de repente, dejando al policía casi noqueado por el impacto de la pregunta.

—Si no me equivoco está en Alicante, en Medicina Legal, pero no me haga mucho caso porque no lo sé a ciencia cierta. En cuanto llegue mi superior podrá preguntarle todo lo que necesite. Es más, olvide que se lo he dicho porque en teoría no estoy autorizado para contar nada a nadie ya que todavía hay una investigación abierta. Ni siquiera a usted. Discúlpeme.

El abogado no reprimió esta vez el bufido. Entendía la posición del policía, pero aquella situación lo estaba desesperando.

Pasaron casi cinco minutos en un incómodo silencio. En ese período, él miraba su reloj casi cada quince segundos y el muchacho consultó en varias ocasiones su terminal móvil; parecía que chateaba con alguien por la estúpida sonrisa que dibujaba en su boca. Al madrileño le pareció una falta de respeto, pero no dijo nada, aquello no era de su incumbencia. Además, estaba acostumbrado a que la nueva sociedad tecnológica actuara de manera tan maleducada.

—Ahí lo tiene —dijo el policía rompiendo el momento.

Carlos se giró hacia la posición hacia la que miraba el agente. Con paso decidido, se acercaba un hombre vestido con el mismo atuendo que Francisco, pero que reflejaba en su rostro bastante más experiencia —además de un galón en sus hombros—. Su cara ya estaba algo arrugada y la gorra no conseguía esconder las canas que pugnaban por ser mayoría en un pelo que antes había sido negro. Este hombre al menos sí tenía aspecto de policía, no de bombero de calendario. Aunque una prominente barriga hacía a Carlos dudar de su rápida respuesta ante una situación complicada. Venía acompañado de un guardia civil de mejor aspecto que el policía local.

—Buenos días, señor Lorenzo. Hemos hablado por teléfono. Soy el jefe de policía Julián Ramírez, le acompaño en el sentimiento.

El acento del jefe de policía era el mismo que el de su subordinado. Al parecer, era el predominante de la zona.

—Gracias —contestó sin saber muy bien en qué sentimiento le acompañaba.

—Le presento al sargento de la Guardia Civil Gonzalo Pedrosa. Es el encargado de la investigación por lo sucedido.

Ambos se dieron la mano.

—Si no le importa, pasemos al interior. Es un pueblo pequeño, pero sus habitantes son algo chismosos y no me gustaría que lo que hablemos sea tema de conversación en la carnicería o la peluquería.

—¿No vamos a casa de mi padre? ¿Está allí aún? —Carlos hizo esa pregunta con toda la intención del mundo. En ocasiones, hacerse el tonto era una de las mejores armas para obtener información. Y en eso él tenía un máster.

—No, su cuerpo está en Medicina Legal, en Alicante. Nos han prometido que pronto podrá disponer de él ya que la causa de la muerte parece estar bastante clara. Después, si me permite el atrevimiento, lo conveniente sería llevarlo a un tanatorio cercano. Pero no se preocupe, habrá tiempo para todo. Primero, el sargento Pedrosa necesita hablar con usted de algunas cosas.

Carlos asintió y aceptó, no le quedaba otra.

Pasaron al interior del edificio, una simple puerta de cristal con un estor de aluminio fino daba la bienvenida. Dentro no había mucho más: dos mesas tipo escritorio con sendos ordenadores de sobremesa y una estantería con archivadores eran toda la decoración, además de un calendario con el escudo del pueblo como única fotografía en él. El abogado estaba sorprendido, había estado en decenas de dependencias policiales, tanto locales como de mayor envergadura, por motivos laborales y esto no se parecía en nada a ninguna de ellas.

—¿No tienen ni siquiera calabozo? —quiso saber Carlos muy curioso ante lo que veían sus ojos.

—¿Para qué? Aquí nunca tenemos ningún tipo de problema, todos nos conocemos y nadie se dedica a incordiarnos. En caso de requerirse, actuaría la Guardia Civil del pueblo de al lado—dijo mirando al sargento— o la Policía Nacional de Orihuela o Alicante, según la magnitud y el tipo de caso. Aunque creo que no los hemos necesitado nunca. Ahora, si no le importa, vayamos al grano. Tome asiento.

—Me parece bien.

Carlos se agarró el pantalón de las rodillas antes de sentarse. Siempre lo hacía, era una forma de mantener su aspecto pulcro en todo momento. Para él, era indispensable.

—Comprendo que es un momento difícil para usted —comenzó a hablar el sargento Pedrosa—, pero es necesario que le haga estas preguntas. Como abogado que es, conoce sus derechos, pero quiero que sepa que son simples cuestiones rutinarias que haríamos a cualquier hijo de fallecido en circunstancias especiales. Como sabrá, debería grabar la conversación con su testimonio, pero no lo veo necesario. Igualmente si no quiere o no se siente con fuerzas para responder, lo comprenderé. ¿Ha entendido todo y está dispuesto a responder si las preguntas se lo permiten?

—Sí —contestó Carlos sin titubear.

El sargento extrajo un papel doblado de una carpeta de color azul que hasta ahora Carlos no había visto. Lo desdobló y comenzó a leer.

—Como ya le ha indicado por teléfono Ramírez, su padre se ha quitado la vida. Lo ha hecho mediante una improvisada horca y esto ha llevado a la intervención de la Policía Judicial.

Antes de seguir, también me gustaría informarle de que el caso lo lleva el Juzgado de Instrucción Número 1 de Orihuela, para cualquier tema legal que necesite. —Hizo una pausa—. Bien, dicho esto procedamos: ¿Sabe de algún motivo que le haya llevado a cometer tal acto?

—No tengo la menor idea, mi padre y yo no estábamos muy unidos.

—¿A qué se refiere?

—Hace dieciocho años que no sé nada de él.

—¿Por algún motivo en especial?

—Preferiría no hablar de ello.

El sargento lo miró durante unos segundos, sin pestañear.

—Como desee, pero necesito que sopese si algo de esto podría tener relación con lo ocurrido.

—Lo dudo, ¿tiene más preguntas?

—Emmm, sí... —dijo extrañado el guardia civil—, ¿había tratado de ponerse en contacto con usted en los últimos días?

—No, al menos que yo sepa.

—¿Está seguro?

Carlos levantó una ceja, no entendía la insistencia de aquel hombre, estuvo a nada de mandarlo a la mierda, pero no era el momento ni el lugar para ponerse así. Prefirió aguantar estoicamente aquella pantomima y volver a Madrid cuanto antes.

—Sí, lo estoy.

—Está bien, el resto de preguntas no me valen para nada. Si dice que no tenía relación con él, no podrá responderme, son todas acerca de su comportamiento en los últimos días. Para eso querría informarle que un experto en psicología forense tratará de indagar en los últimos meses de vida de su padre. También le digo que lo hará como una mera formalidad y no sé si llegará a averiguar algo. Ahora bien, hay algo que empieza a no encajarme en todo esto, y con ello comprenderá el énfasis en la última pregunta. ¿No se ha preguntado cómo hemos dado con usted si, según me ha dicho, no tenía relación con él? Según me ha comentado Ramírez, en el pueblo conocían bien a su padre y, al parecer, nadie sabía que tenía un hijo, ni siquiera que estuviera casado.

A Carlos, esta última parte no le sorprendía. Alguien tan cobarde de hacer lo que hizo no iría contando por ahí datos de su anterior vida. Ante la pregunta negó con la cabeza.

—Supimos que tenía un hijo por algo que voy a enseñarle. Estoy seguro de que lo hubiéramos acabado averiguando sin esto, pero digamos que lo ha acelerado.

El guardia civil volvió a abrir la carpeta azul y metió la mano dentro. Extrajo un par de papeles, al parecer, fotocopias. Carlos se preguntó si duraría mucho tiempo el juego de extraer las cosas con cuentagotas y no todo de una vez.

—Le explico porque puede que sea difícil de entender, todavía más después de lo que me ha contado. En este primer papel —dijo a la vez que lo colocaba encima de la mesa, de cara hacia Carlos—, puede ver una foto que parecía sostener en su mano en el momento del suicidio. Lo pensamos por la posición en la que estaba el cuerpo y la de la propia foto.

El guardia civil, con sus palabras, demostraba ser una persona carente de tacto alguno para hablar. A Carlos no le importaba demasiado, dada su especial situación con su padre, pero pensó en si sería igual con personas más sensibles que él.

El abogado miró bien la foto y la reconoció al instante. Hacía dieciocho años que no la veía, justo los mismos que hacía que su padre se había marchado, pero la recordó con total precisión. Las tres personas que aparecían en la instántanea eran él, su madre y su padre. La foto fue tomada en el jardín de la casa familiar que tenían en las afueras de la capital madrileña, en un tranquilo barrio donde los inmuebles no eran precisamente baratos. Sintió algo parecido a una punzada mientras la observaba: nunca hubiera imaginado que su padre se hubiera llevado la foto consigo. Tampoco que él hubiera sentido ese dolor al volver a verla.

—En el reverso de la foto —siguió hablando el sargento mientras señalaba la otra imagen que tenía el folio—, como puede ver, está escrito el nombre de los tres que aparecen en ella, así como la ubicación de donde fue tomada. La foto original se la han llevado a comandancia, a Alicante. No por nada, pero tenemos que tenerla un tiempo hasta que la jueza lo autorice y dé el caso por cerrado. Bueno, usted esto seguro que ya lo sabe. El problema es que yo la he visto con mis propios ojos y la tinta parecía muy reciente, como si su padre lo hubiera anotado anoche mismo, antes de ejecutar tan dura decisión. Además, en su mano derecha había restos de tinta de bolígrafo, por lo que concuerda.

Carlos miró al guardia civil con la boca un poco abierta y sin ser capaz de articular palabra. Aquello lo estaba descolocando.

—¿Qué me quiere decir?

—Creo que es bastante evidente, era como si su padre quisiera que pudiéramos localizarle con suma facilidad. Como si nos allanara el camino. De hecho, gracias a esto no ha sido difícil. Hemos buscado, a través de su nombre, su número de DNI gracias a nuestro programa SIGO, que accede a la DGT y localiza los permisos de conducir, entre otras cosas. Una vez conseguido todo esto, nos hemos topado de bruces con su fama como abogado en la capital. Esto no lo esperábamos porque, ya le digo, nos ha servido para tener el teléfono de su bufete con relativa facilidad.

—Todo eso está muy bien —comentó Carlos poniendo fin a todo el alarde de trabajo de investigación del que estaba haciendo gala el sargento. No le impresionaba en absoluto y por fin parecía que comenzaba a salir de la falsa sensación de shock en la que había entrado—. Pero esto no me aclara nada de por qué lo hizo, no tiene sentido alguno que dejara mi nombre escrito en la foto. Como ya le he dicho, no nos hablábamos. No me cabe en la cabeza que quisiera que me localizaran tan rápido. Pensaba que sería a la última persona en el mundo a la que querría que buscaran.

El sargento de la guardia civil tomó aire antes de hablar.

—Si esto no tiene sentido, prepárese para lo que le voy a mostrar.

Dicho esto, cogió el otro folio y lo colocó encima del primero. Carlos no se frotó los ojos para comprender si aquello era real o no porque tenía a aquellos dos hombres delante de él.

Aquello tenía que ser un sueño.

O una pesadilla, más bien.

Una nota, manuscrita al parecer también por su padre, decía lo siguiente:

En los cimientos de la Torre Blanca, comienza el camino hacia la verdad.

—¿Qué coño es esto de la Torre Blanca?

—¿No sabe qué significa esto? —preguntó el sargento.

Carlos miró sorprendido al guardia civil como si fuera evidente que no tenía la menor idea de lo que podía ser eso.

El sargento comprendió de inmediato la mirada, por lo que no insistió al abogado. El sonido del teléfono móvil del primero interrumpió aquel momento incómodo que se había formado.

Contestó.

Carlos no podía apartar los ojos de los dos folios que tenía enfrente, como si lo hubieran hipnotizado. ¿Sería verdad que su padre había facilitado la labor policial añadiendo su nombre a la fotografía para que así les fuera más fácil localizarlo? ¿Con qué fin? Después de lo ocurrido, ¿pensaba que le iba a importar su fallecimiento, fueran cuales fuesen las circunstancias? Para él ya hacía mucho que había muerto. Si se encontraba en Mors era para hacer lo correcto y hacerse cargo de los gastos del funeral de ese hombre. Mejor esto que tirarlo a una cuneta, como en verdad pensaba que merecía.

Los pensamientos se agolpaban en su cabeza cuando la voz del sargento lo sacó de ellos.

—La llamada venía de Medicina Legal. Van a trasladar el cuerpo de su padre al tanatorio.

—Pero ¿ya le han hecho la autopsia?

—Claro. Por lo habitual no se suelen hacer en caliente, bueno, creo que usted ya sabe lo que es esto —Carlos asintió—, pero al no haber volumen de trabajo en Medicina Legal y, ante indicios tan claros de suicidio, ya la han realizado. Como comprenderá, los resultados llegan directos al juez, pero supongo que si hubiera algo que remarcar me lo habrían dicho, y le aseguro que no ha sido así. De todas formas los resultados de tóxicos tardan en llegar, por lo que supongo que no dispondrá del informe del juzgado de instrucción hasta pasadas unas semanas.

—No se preocupe. No me corre prisa.

—De igual manera el informe preliminar le servirá como certificado de defunción. Supongo que de este sí dispondrá pronto. ¿Tiene alguna pregunta más?

—Sí. ¿Cómo lo han encontrado tan rápido?

—Vale, error mío, tendría que haberle dicho que lo raro no acababa con lo que le he contado antes. Ha sido a través de un mensaje de texto que su padre envió al número de teléfono móvil que tiene la policía local.

Carlos estaba sentado, pero de no haberlo estado hubiera necesitado esa silla. Escuchaba todo esto como un lejano eco en su cabeza. Como si no fuera real. Porque no podía serlo.

—¿Me está diciendo que mi padre envió un mensaje de texto antes de morir para que lo encontraran rápido? Me está tomando el pelo, supongo.

—No, señor, no bromearía con algo así. Sobre su primera pregunta: sí y no —matizó el sargento—. Las primeras conclusiones del forense de guardia han sido que llevaba unas horas muerto por no sé qué fenómenos cadavéricos, por lo que intuimos que programó el mensaje para que se enviara a una hora en concreto.

Carlos no sabía qué decir, aquello iba perdiendo el poco sentido que ya tenía según pasaban los minutos.

—Venga, no me joda. ¿Cómo espera que me crea esto? ¿Mi padre deja un mensaje de texto programado para que encuentren su cadáver? ¿Y qué más le daba que lo hicieran si ya estaba muerto?

—Yo, señor Lorenzo, como comprenderá... no le puedo decir más. Tampoco es lógico lo de la foto. No sé qué pretendía su padre con todo esto, lo que está claro es que quería que lo encontraran rápido y que le avisáramos a usted.

El abogado bajó la mirada y empezó a darle vueltas a todo. No entendía nada. Nada tenía sentido por más que se lo buscara.

—Por mi parte —sentenció el sargento—, poco más puedo añadir. Si es tan amable, ahora dé su teléfono móvil a Julián, así podré localizarle en caso de requerirlo ante cualquier novedad, pero por desgracia me temo que no la habrá. Todo está claro en cuanto a las causas de la muerte de su padre. Ahí es hasta donde podemos intervenir nosotros. —Se puso en pie y le tendió la mano—. De verdad, siento lo ocurrido.

Se estrecharon la mano. Carlos no dijo nada más y el guardia civil salió. El abogado se quedó solo en el habitáculo con el jefe de la policía local.

5

Jueves, 8 de octubre de 2009, 12.39 h.
Mors. Plaza de España

Carlos montó en el coche patrulla junto con Julián Ramírez, el jefe de la policía local. Tras mantener una breve conversación en las diminutas dependencias del cuerpo de seguridad de Mors, este último le había indicado que era la hora de dirigirse, si quería, al tanatorio al que llevarían en unos minutos el cuerpo sin vida de su padre. Ramírez le había comentado que tardaría en llegar alrededor de media hora, pero que sería conveniente ir saliendo ya hacia allí.

El abogado había aceptado sin saber muy bien qué le estaba diciendo ese hombre; su cabeza en ese momento no estaba en lo que nadie pudiera contarle. No dejaba de pensar en todo lo extraño que rodeaba el suicidio de su padre. La foto con su nombre, la nota, el mensaje de texto programado. ¿Qué clase de locura se había pasado por la cabeza de ese hombre para haber hecho las cosas de esta manera? A Carlos no le importaba que se hubiera quitado la vida, ya estaba muerto para él, pero las circunstancias que rodeaban su muerte hacían que no pudiera dejar de darle vueltas a todo.

Ni siquiera se dio cuenta del momento exacto en el que el

coche comenzó a andar. Abandonaron la plaza donde estaba ubicado el pequeño despacho y continuaron recto unos doscientos metros hasta llegar a un colegio que los obligaba a girar a izquierda o derecha. El jefe optó por la derecha y continuó recto hasta que llegó a la salida del pueblo. Carlos no prestaba atención a nada. De todos los detalles sorprendentes que le había nombrado el sargento de la Benemérita, el que más lo removía por dentro era la extraña nota manuscrita que habían encontrado. Las palabras escritas en ella se repetían una y otra vez, en bucle, dentro de su mente.

Estas, en un principio, eran claras, nada rebuscado, pero él no lograba encontrarles un sentido lógico.

«En los cimientos de la Torre Blanca, comienza el camino hacia la verdad.»

Un primer impulso le había llevado a preguntar al agente por la mencionada torre. No tenía ni idea de a qué se refería, no había oído hablar de tal torre en su vida. Al menos, no era algo cercano al pueblo, eso seguro.

Miraba ensimismado el paisaje. Los huertos de limoneros se seguían sucediendo, alternándose, tal y como había visto cuando estaba llegando al pueblo, con otros paisajes casi desérticos. Ese contraste parecía que predominaba por toda aquella zona. En muchos de esos terrenos sin cultivo había tractores arando la tierra con cientos de garzas a su alrededor, dispuestas a echarse un buen gusano a la boca en cuanto lo vieran asomar tras el labriego. Carlos extrajo un pañuelo de seda de su bolsillo y se lo pasó por la frente. El policía tenía el aire acondicionado del vehículo en marcha, pero aun así el calor era asfixiante para el madrileño.

—Supongo que es la primera vez que viene por nuestra zona —comentó Ramírez al percatarse del gesto del abogado—. Sí, el calor es asfixiante, la humedad es tan elevada que en agosto nos cuesta respirar una barbaridad. Aunque, bueno, esto según el año, también le digo. Este en concreto ha sido infernal. Supongo que en Madrid también disfrutarán de temperaturas altas, pero ni mucho menos es como aquí. Cuando estamos a cuarenta grados no se puede salir a la calle. Y créame que en las casas no hay aparato de aire acondicionado que sirva para estos casos. Cuando se mezcla la humedad del ambiente con el frío del aparato, se crea una combinación que hace que las gargantas siempre estén mal, así que hay que elegir entre sudor o fiebre. Una locura.

Carlos hizo caso omiso al monólogo del jefe de policía. No le interesaba en absoluto lo que le estaba contado. En su cabeza seguía presente la nota.

De igual manera, seguía sin sacar nada en claro.

Tras apenas diez minutos de trayecto —o menos, el abogado había perdido la noción del tiempo— por una carretera en la que Carlos no estuvo seguro de si llegaron a cruzarse con algún coche, se encontraron en el tanatorio.

El policía aparcó muy cerca de la entrada. Aparte de su coche solo había otro más, por lo que Carlos entendió que la cosa estaba tranquila. Ambos bajaron del vehículo. Entraron en el complejo, revestido de piedra de un tono muy parecido al beige. No era demasiado grande. Supuso que al estar rodeado de pueblos de pocos habitantes, no se necesitaba más.

Por dentro predominaba el mármol, lo que le confería un aspecto sobrio que, casi con toda seguridad, era lo que andaban buscando en su diseño.

Un hombre con profundas entradas en el pelo se dirigió hacia ellos nada más verlos entrar. Estaba perfectamente afeitado y su aspecto era pulcro e impoluto. El traje negro que llevaba era acorde al lugar en el que trabajaba.

—Buenas tardes ya, Julián —dijo dirigiéndose al agente—. Supongo que este señor es familiar del difunto.

—Exacto. Le presento a Carlos Lorenzo, hijo de Fernando. Señor Lorenzo, este es Matías Gómez, dueño y gerente del tanatorio. Está al tanto de todo lo que ha pasado.

—Le acompaño en el sentimiento. Siento conocerle en esta situación tan complicada —dijo Matías tendiendo la mano a Carlos.

Este la aceptó de buen grado mientras asentía levemente y apretaba su boca intentando mostrar una sonrisa lo más cordial posible.

—Por la parte del papeleo, no se preocupe —volvió a hablar el hombre—, ya lo tenemos casi todo arreglado. Solo nos falta un par de preguntas y ya estará todo dispuesto para cuando nos llegue el cuerpo de su padre.

—Bien, dígame.

—¿Querrá velatorio? Supongo que a la gente del pueblo que conocía a su padre le gustaría poder venir a despedirse de él y, ya de paso, darle a usted el pésame. Es lo que suele hacerse en estos casos. Contamos con unos paquetes de servicios que van desde lo más básico, como alquiler de la sala, acondicionamiento del familiar y un bonito ataúd de madera de roble, hasta algo más personalizado, siempre dentro de sus gustos. Por otro lado, lo normal es darle sepultura en el cementerio municipal, nosotros nos encargaríamos de...

—Disculpe, ¿ha dicho que se llamaba Matías? —preguntó de repente Carlos sin esperar una respuesta y cortando de manera tajante al hombre—. Le seré sincero, Matías, no tenía relación con él y, aunque todo eso que me cuenta está genial, no me interesa en absoluto. Desconozco cuál era la voluntad de mi padre respecto a este punto, pero yo no tengo tiempo para quedarme aquí. Creo que lo más rápido sería que lo incinerasen y punto. No quiero velatorios, no quiero pésames, no quiero nada. Eso sí, yo correré con los gastos que todo esto conlleve. Y de verdad, disculpe que sea tan directo.

El gerente de la funeraria levantó una ceja levemente y trató de recomponerse rápido. Cuando lo hizo, Carlos comprendió que ya estaba curtido en mil batallas debido a su trabajo, por lo que no le costó no torcer el gesto.

—No se preocupe, aquí estamos para cumplir con sus deseos. Si usted quiere lo que me ha comentado, así será. Pero ocurre algo: tanto para poder darle sepultura como para incinerarlo, si no me equivoco, necesitamos la entrada en el Registro Civil que certifique la defunción de su padre. Antes teníamos la figura del médico asistencial, que lo firmaba en el propio levantamiento, pero ahora no quieren pillarse los dedos con eso y solo lo hacen con cadáveres de muy avanzada edad o en casos muy concretos de enfermedad conocida. ¿Es así, Julián?

—Sí, y me temo que, por desgracia, hasta mañana a primera hora no se producirá la entrada en el Registro Civil. Con el propio informe preliminar de autopsia vale como certificado de defunción, pero mientras el forense lo rellena y el juzgado de instrucción lo firma, ya le digo que para hoy no va a estar. Por las tardes los jueces no hacen nada, a no ser que sea un caso de extrema gravedad y, con todos los respetos, este no lo es. Supongo que el forense no tardará en enviar el certificado al juzgado, pero no será hasta mañana cuando tengamos la aprobación.

Carlos no necesitaba la respuesta del policía, era algo que ya sabía él. En los casos de suicidio, aunque todas las pruebas fueran evidentes y apuntaran a este acto, nunca podían descartar que hubiera algo detrás que necesitaba una investigación. Era por eso que se hacía autopsia en el anatómico forense de turno. Después, se mandaba el informe con las conclusiones médicas de la causa de la muerte al juez, así como un informe preliminar elaborado por el cuerpo de seguridad encargado del caso que certificara que apuntaba claramente al suicidio y que se podía inhumar el cuerpo.

Esto lo enfurecía, ya que ni siquiera lo había pensado y ahora tenía un problema.

—¿Puedo, de alguna forma, dejarlo todo arreglado para no tener que estar aquí mañana y poder volver a las cientos de cosas que tengo que hacer?

El dueño del tanatorio suspiró mirando al policía: ese hombre era algo complicado de tratar.

—Mucho me temo que no. Bueno, usted puede hacer durante el día de hoy lo que quiera, volver a sus cosas o lo que quiera hacer, pero necesitaré su autorización mañana, una vez tengamos el consentimiento del juez.

—¿Y de verdad que no puedo dejar nada firmado? Dejaré mi documentación aquí si hace falta y enviaré a quién sea a recogerla mañana mismo.

—Lo siento... Como le digo, un familiar directo tiene que firmar el consentimiento con los datos de registro que nos enviará el juez. No puedo hacerlo de otra manera porque sería una irregularidad. Comprenda mi posición. No me la puedo jugar cuando hay un procedimiento judicial detrás.

Carlos dejó salir una importante cantidad de aire por su nariz, aquello no entraba dentro de sus planes y notaba que su sangre comenzaba a hervir. Hacía tan solo unas horas ni se acordaba de su padre después de tantos años y, ahora, se encontraba decidiendo qué hacer con sus restos mortales.

El asunto no podía pintar peor.

—¿Y si lo entierro en vez de quemarlo?

—Me temo que es igual, señor. Si no lo hiciera, el cuerpo pasaría de nuevo a Medicina Legal, a una cámara, a la espera de lo que haga la diputación con él. Entiendo la parte de que no se hablara con su padre, pero no sé si querría que su padre acabara así. Olvidado hasta acabar en una fosa común.

El abogado iba a contestar acerca de por dónde se pasaba él sus opiniones, pero prefirió no hacerlo.

—Señor Lorenzo —intervino el policía para rebajar en cierto modo la tensión que estaba creciendo en el ambiente—, no sé si querrá hacerlo o no, pero la pregunta es obligatoria. ¿Lo querrá ver cuando venga?

Aquello no pilló tan de imprevisto al abogado como hubieran supuesto aquellos dos hombres; venía preparado para esto. Le costaba hacerse a la idea de volver a ver el rostro de su padre casi veinte años después, pero era un trago que debía afrontar, pues, a pesar del dolor por todo lo que pasó, sabía que el pensamiento de no haberlo visto cuando tuvo oportunidad lo perseguiría siempre. Aunque fuera en esas circunstancias.

Tomó aire de nuevo mientras lo volvía a pensar a fondo; quería estar seguro. Finalmente, movió su cabeza en un gesto de asentimiento.

—Perfecto. Supongo que debe de estar a punto de llegar. Si nos deja unos minutos para que lo acondicionemos un poco, lo podrá ver enseguida. Si quieren, pueden pasar a la sala uno de velatorios, está vacía, bueno, todas lo están hoy. El caso es que no serán molestados por nadie.

—Gracias, Matías —contestó Ramírez.

El policía le indicó al abogado, con la palma de su mano abierta hacia delante, la dirección que debía tomar. La sala uno, como era lógico, era la primera de las ocho disponibles para velatorios. Ambos entraron en silencio y, de la misma forma, tomaron asiento separados el uno del otro.

El policía sacó de su bolsillo el teléfono móvil y le echó un vistazo rápido, por si tenía algún aviso. Carlos, que había desviado todas sus llamadas a Gala, se limitó a mirar la estancia, pues sabía que no tenía nada en él. La sobriedad reinaba por encima de todo. La pared, blanca e inmaculada, parecía aportar paz. A él, no demasiada, pero no se cerraba en banda y pensaba que a otros sí lo haría. Él era demasiado complicado para todo aquello. Miró hacia el enorme cristal que ahora tenía una cortina de color verde oscuro tapando lo que había tras él. Se imaginó por unos instantes el féretro de su padre tras el mismo y la sala llena de gente. Gente a la que él no conocía, pues no tenía ni idea de cómo había sido su vida en los últimos dieciocho años. Ni siquiera tenía la certeza de que fuera a venir nadie a despedirse de él.

El tiempo siguió corriendo mientras continuaba absorto en sus pensamientos. El dueño del tanatorio entró con cautela en la sala y miró al jefe de policía. Acto seguido hizo un gesto de asentimiento.

—Está bien, ¿podemos? —preguntó Ramírez.

—Claro, si son tan amables de acompañarme...

Ambos comenzaron a seguir al hombre. Este caminaba con paso firme hacia una puerta que parecía hecha de maderas nobles. Pasaron a través de ella y llegaron a una sala con una exposición de ataúdes y urnas. Otra puerta similar a la anterior, pero con un cartel de prohibido el paso en el centro y unas letras en las que se podía leer la palabra PRIVADO, les esperaba.

Al pasar por ella, llegaron a una habitación que se parecía bastante a una sala de autopsias, como las de las películas policíacas. Las paredes estaban revestidas de azulejos blancos, sin dibujo. Una mesa de metal presidía el centro de la estancia. Varias mesitas con todo tipo de artilugios la flanqueaban. Cómo no, una puerta gigantesca de lo que parecía ser una cámara frigorífica era lo que más llamaba la atención. Pensaba que habrían cámaras individuales, como en las morgues, pero al parecer tenían una común para todos los cadáveres que tuvieran.

—Es una sala multiusos. Muy de vez en cuando, el juez nos autoriza alguna reconstrucción menor en casos de accidente. Tenemos un tanatopractor bastante bueno para esos casos. Además, aquí maquillamos a los difuntos. Lo que va a ver ahora es duro, se lo advierto. Su padre ha sido maquillado rápido para disimular el tono azulado que había adquirido su rostro debido a la asfixia. Su cara está algo hinchada, pero no demasiado. Por lo que me han contado los mozos que lo han traído, la autopsia ha sido sencilla y no había indicios de nada que hiciera pensar otra cosa sino que su padre había decidido quitarse la vida, aunque supongo que ya le habrá adelantado algo la

Guardia Civil. No quiero que piense mal de mí, no lo he preguntado por morbo, respeto a tope lo que ha sucedido, pero quería saberlo porque no encontrar nada raro nos garantiza su cremación mañana mismo. Si en algún momento quiere girarse o que vuelva a guardar el cuerpo, no dude en hacerlo o pedírmelo. Comprendo todas las situaciones que puedan darse.

Carlos, de nuevo, se limitó a mover su cabeza. Estaba preparado. O eso quería creer.

Matías tiró de la manilla que abría la cámara en la que, supuestamente, acababan de meter el cuerpo sin vida del padre de Carlos. La puerta se abrió y el hombre entró para volver a los pocos segundos empujando una camilla en la que estaba postrado el cuerpo sin vida de Fernando Lorenzo, cubierto por una sábana blanca.

El dueño miró a Carlos y al no obtener una negativa comenzó a retirar la sábana.

La cara que vio por última vez hacía dieciocho años estaba de nuevo frente a él.

Carlos no sintió nada al ver el rostro de su padre. Era exactamente como lo recordaba, solo que con el evidente paso del tiempo en unas marcadas arrugas y alguna que otra cana en el pelo. Ni siquiera el aparatoso hilo de color negro que había servido para volver a juntar la parte superior de su cráneo tras la autopsia llamaba la atención del abogado. Solo ese rostro que hacía tanto que no veía. No sabía si era lo que realmente quería hacer, pero no dejaba de mirarlo. En verdad, tenía la cara algo hinchada, pero no era algo que provocara ningún efecto repulsivo en el abogado.

A su mente acudieron, de manera incontrolable, varios recuerdos. Ninguno de ellos suscitó ni pena ni alegría en su interior. En aquel instante se sentía indiferente, como si aquello no fuera con él, como si en realidad la persona que tenía delante fuera un completo desconocido a pesar de no poder dejar de mirar su cara. A pesar de los recuerdos. Puede que en verdad lo fuera. En casi veinte años habían pasado muchas cosas en su vida y este señor se lo había perdido todo. Quizá ni mereciera que estuviera ahí con él en ese preciso momento, en ese preciso instante, en ese preciso lugar.

—Puede volver a guardarlo en la cámara —comentó con toda la frialdad que encontró dentro de él.

El hombre asintió y obedeció la orden. En aquellos momentos, el familiar mandaba.

—Bien, mañana estaré aquí para firmar ese maldito papel, también rendiré cuentas con usted por todos los gastos. Supongo que tendré el aviso por parte del jefe en el minuto exacto en el que dispongan de la orden.

Julián se limitó a asentir.

—En ese caso no me queda nada más que hacer por aquí.

Matías comprendió que aquel encuentro había finalizado. Los acompañó hasta la salida y se despidió de forma cortés de los dos.

Volvieron a montar en el coche y emprendieron de nuevo rumbo hacia Mors.

Durante el trayecto no hablaron ni una palabra. Carlos no pensaba nada en concreto. La nota volvió a su mente, pero se mezclaba con la cara de su padre fallecido y la duda sobre qué hacer en aquellos instantes.

Bajaron del coche en el mismo punto de la plaza en el que se habían montado.

—¿Qué va a hacer? —quiso saber el jefe de policía.

—Tendré que buscarme alojamiento, supongo que habrá algún tipo de hotel por aquí cerca.

—En el pueblo no. Hay algunas casas rurales a las afueras, pero en el mismo pueblo no. Si busca algo más tipo hotel, como los de la ciudad, tiene varios a unos once kilómetros por la misma carretera por la que hemos venido ahora. No sé si habrá oído hablar alguna vez de Orihuela, cuna de Miguel Hernández.

Carlos asintió. Claro que había oído hablar.

—Pues bien —prosiguió el policía—, allí encontrará los mejores alojamientos de la zona. No es una época con demasiado turismo, por lo que no creo que le sea muy difícil encontrar cama.

—Bien, pues allí iré, aunque hubiera preferido estar más cerca para acabar cuanto antes una vez me llame.

—Entonces hay otra opción que no sé si se ha planteado, ¿ha pensado en quedarse en casa de su padre?

Carlos no supo qué responder. No, no lo había pensado.

—Supongo que no será plato de buen gusto —continuó hablando el policía—, pero para pasar una noche no es tan mala solución. Le aseguro que no verá nada relacionado con el incidente que le haga sentirse incómodo, la Guardia Civil ha enviado a un equipo de limpiezas traumáticas. Lo he pedido yo mismo.

El abogado conocía a esos equipos que mencionaba el policía. Se podría decir que se dedicaban a hacer un tipo de limpieza especial de escenarios en los cuales se había producido un homicidio, un suicidio, un accidente o cualquier otro infortunio que pudiera causar un problema psicológico a los familiares de la víctima al verlo en ese estado.

Sopesó las palabras del jefe. No era tan mala idea, desde luego. No le representaba el menor problema el quedarse allí. Al no haber ningún tipo de sentimiento, no pensaba que nada le afectara lo más mínimo. Además, estar cerca le iba mejor para acabar al día siguiente con aquel paripé cuanto antes.

—Está bien, me quedaré aquí. Supongo que no habrá ningún tipo de problema judicial por hacerlo.

—En absoluto. Todo está ya muy claro. Perfecto entonces, este es el número de mi teléfono móvil. Si es tan amable de darme el suyo por si necesito algo, se lo agradecería —dijo mientras le entregaba una tarjeta—. Si necesita cualquier cosa, llámeme. Las llaves de la casa las tiene Adela, la dueña del bar de enfrente de la casa de su padre. Le acompañaré hasta la puerta, está aquí al lado. Puede dejar el coche aquí mismo si lo desea, prometo echarle dos ojos, pero puede estar tranquilo, en este pueblo nunca pasa nada.

Carlos asintió y le dio también una tarjeta que llevaba dentro de la cartera. Siempre llevaba diez, por lo que si daba alguna, las solía reponer enseguida. En esa ocasión no iba a poder. Aquello le generaba algo de ansiedad. Pero quizá ese era el menor de sus problemas.

El policía cumplió con lo pactado y lo llevó hasta la puerta de la casa de su padre. Durante el trayecto, una vez más, no se dirigieron la palabra. En efecto, estaba cerca de la plaza, apenas a unos cien metros de ella tirando muy por arriba. Con la mirada le indicó el bar al que debía dirigirse —aunque en realidad no hacía falta, ya que era evidente que el negocio era ese— y se despidió argumentando tener cosas que hacer. La fachada de este evidenciaba el paso de los años. Las letras que anunciaban el local eran enormes y en relieve, muy antiguas, también.

Carlos no perdió ni un segundo y entró en el bar.

El negocio era más grande de lo que esperaba y, para su sorpresa, sus entradas daban a dos calles —por la que él había entrado y su paralela, que resultaba ser la calle Mayor, por la que había pasado ya hacía unas horas en dirección a la Plaza de España—. La entrada por la que accedió parecía ser una mezcla que aunaba un reservado con un apartado al fondo que hacía su función de almacén de productos no perecederos. Cinco estanterías largas componían el conjunto de decoración en la parte que hacía de almacén. Todas presentaban homogeneidad en cuanto a orden de productos. Esto le causó cierta paz involuntaria consigo mismo. Ver ese tipo de orden le proporcionaba placer. El conjunto de mesas y sillas —donde un grupo de hombres que superaba la setentena jugaba una partida al dominó— daba paso a una puerta acristalada por la que se accedía a lo que se podría llamar el verdadero bar. Una joven que no tendría más de veinticinco años estaba detrás de la barra pasando un paño húmedo por ella. Un grupo de personas de unos cuarenta años tomaba cañas de cerveza en el otro extremo de la misma. Mantenían una charla animada en la que la risa estaba siempre presente. A Carlos le llamó la atención la muchacha. No era excesivamente guapa, pero tenía algo que hacía que te quedaras mirándola durante un rato, sin pestañear. El abogado llegó a pensar que era por esos intensos ojos marrones, con unas pestañas que seguro rozarían unas gafas de sol. Su nariz era chiquitita, y eso hacía que sus labios parecieran más carnosos de lo que en realidad eran. Su pelo, de un tono castaño tirando más bien a rubio era el idóneo para su rostro. En esos momentos estaba peinada con una trenza algo ladeada que caía sobre su hombro derecho. No era ni alta ni baja.

—¿Es usted Adela? —preguntó Carlos a modo de saludo.

—Bien, acaba de echarme treinta años encima. No, es mi tía, ¿qué quiere? —respondió de manera brusca y seca.

—Verá, mi nombre es Carlos Lorenzo, soy hijo de Fernando, su vecino de enfrente. El jefe de la policía local me ha indicado que podía venir aquí a recoger las llaves de la casa de mi padre. ¿Sabe usted algo de eso?

El rostro de la joven se ablandó al oír la respuesta de Carlos.

—Perdone, no tenía ni idea de que fuera usted hijo de Fernando. Sí, mi tía me ha dicho que le diera las llaves a quien viniera pidiéndolas. Le acompaño en el sentimiento. Aquí, todos teníamos aprecio a su padre, era un gran hombre.

Carlos sonrió sin saber cómo tomarse este comentario. Si ella supiera lo que hizo, seguramente no pensaría igual. Pero no estaba allí para mantener un debate sobre la vida y milagros de Fernando Lorenzo. A nadie le importaba su verdadera cara. Mejor se la quedaba para él mismo y que otros pensaran lo que les diera la gana.

La joven se agachó buscando algo detrás de la barra. Acto seguido se reincorporó mostrando un manojo de llaves y se las entregó a Carlos.

—Gracias, es muy amable.

—No me las dé. Si necesita cualquier cosa, mi tía y yo estaremos encantadas de ayudarle.

Carlos miró las llaves antes de contestar. No se le daban demasiado bien las relaciones cordiales más allá de lo estrictamente profesional.

—Gracias, de corazón.

Esta vez sí sonrió con sinceridad. La amabilidad de la joven bien lo valía. Ambos se despidieron y la muchacha volvió a lo que fuera que estuviera haciendo.

Carlos salió del bar y fue directo hacia donde el policía local le había dicho que estaba la casa de su padre. Antes de abrir la puerta respiró hondo. Casi veinte años sin saber de él se reflejaban dentro del inmueble. A pesar de no sentir nada, aquello no era fácil.

Tras esto dio dos pasos atrás y miró la fachada. La casa, de color marrón suave con algunos tonos más oscuros alrededor de las ventanas, se encontraba en un bajo que tenía tres plantas de pisos encima. Se preguntó si viviría alguien en ellos. Observó que las persianas del primero estaban bajadas por completo. Las del segundo, así como las del tercero, también lo estaban, pero mostraban un aspecto un tanto destartalado. Parecía que no, no vivía nadie en esos pisos. En verdad no era algo que le importara demasiado, así que decidió centrarse en aquello a lo que iba.

Introdujo la llave en la puerta. Era de aluminio lacado en color marrón con unos cristales opacos de color verde emplomados.

Entró.

La casa no era nada del otro mundo. Un amplio recibidor en forma de comedor fue lo primero que encontró. Echó un vistazo a su alrededor. Ni una foto, ni un recuerdo de su vida anterior, tampoco de la actual. Nada salvo un par de estatuillas, un ajedrez con pinta de poco uso, dos trofeos —a saber de qué— y un par de libros desgastados en los que ni se podía ver siquiera el título. En esto sí que parecía haber cambiado, pues recordaba a su padre como a un gran amante de la lectura. En concreto de novela negra. Adoraba a Vázquez Montalbán y su Pepe Carvalho. Se acordó de la que fue, quizá, la última vez que pensó en su padre: el día que vio en las noticias que moría el prolífico escritor. Creía que corría el año 2003. Seis años después nunca había vuelto a sus pensamientos. Hasta el día de hoy, claro.

Siguió caminando por el interior de la casa sin perder detalle de lo que sus ojos veían. Nada que le llamara algo la atención, tan solo una vivienda antigua a la que parecía haberle dado una mano de pintura blanca no hacía demasiado. Olía muy fuerte a lejía. Seguro que era debido a la compañía esa de limpieza que había nombrado Ramírez. Al parecer no solo se habían limitado a la habitación donde había ocurrido la tragedia, sino a la mayor parte de la casa, pues esta se veía limpia. Aunque quizá hubiera sido su padre el encargado de tenerla como los chorros del oro. Le costó imaginar a su padre, al que él recordaba, pasando la escoba por ese suelo. Quizá era cierto eso de que la gente cambiaba según las circunstancias. No sabía cómo había sido su vida durante todos estos años, pero parecía que había tenido que adaptarse y reiniciarse a él mismo.

Fuera hacía calor, pero dentro aquello se asemejaba a una sauna. Se giró sobre sí mismo para saber cómo se las apañaba su padre para no acabar derretido. Miró hacia la izquierda y comprendió que el aparato de aire que había encima de una puerta que salía hacia una vieja cocina de exterior servía para encontrar algo de alivio. Aunque, si lo que decía el jefe de la policía era cierto, no sabía hasta qué punto aquello era una solución viable.

Volvió al comedor y tomó asiento en un sillón tapizado en colores suaves. Ahora solo le apetecía reordenar su mente y aclarar sus pensamientos. Algo harto difícil dadas las circunstancias, pero necesario al fin y al cabo. Sobre todo para tratar de encontrar significado a la nota.

A pesar de parecer atento a otras cosas, todavía no había podido dejar de pensar en ella. Analizaba cada palabra por separado como si así fuera a encontrar una clave que ni siquiera tenía claro que existiera. De todos modos, no quería dejar de intentarlo, aunque fuera por mera curiosidad.

Una persona tan meticulosa como Carlos necesitaba saber cuáles iban a ser sus siguientes pasos a dar. En este caso no fueron otros que pasar toda la tarde allí, sin salir. No le apetecía relacionarse con nadie ni que lo miraran como a un bicho raro, como cuando había llegado. Compraría cualquier cosa para cenar en cualquier sitio y trataría de dormir lo más temprano posible. No sabía si lograría esto último, pero necesitaba que llegara pronto el nuevo día para dejar todo aquello atrás y volver a su ordenada, recta y trazada vida.

Una cosa era lo que quería, otra bien distinta lo que pasó.

6

Viernes, 9 de octubre de 2009, 07.36 h.
Mors. Casa de Fernando Lorenzo

Amaneció. Quizá no tan rápido como a él le hubiera gustado, pero de forma inevitable, el nuevo día ya estaba aquí.

Le costó conciliar el sueño. No quiso hacer uso de la cama de su difunto padre; sentía aquel acto como una especie de vínculo que no estaba dispuesto a adoptar. Prefirió acomodarse como bien pudo en el duro sillón y ahí mismo tratar de dormir. A pesar de lo incómodo que estaba, tuvo que reconocer que había dormido durante toda la noche y, según recordaba, no se había despertado ni una sola vez.

Estaba algo cansado ante tanta emoción rara.

Ya había llamado a Gala para asegurarse de que todo iba tal y como tenía que ir en Madrid. Era la sexta vez que lo hacía desde que había llegado a Mors, aunque la primera de ese día. Ella en cada llamada lo tranquilizaba una y otra vez contándole que en el despacho todo estaba bajo control. Él siempre respiraba aliviado, aunque nunca quedaba del todo satisfecho. A menudo tenía que recordarse a sí mismo que a sus órdenes estaban los mejores abogados de toda la capital, no necesitaba un látigo constante para que trabajaran de forma correcta. Por suerte cada uno sabía lo que tenía que hacer. Además, habiendo delegado las responsabilidades mayores a Gala, se sentía mucho más seguro. Gala era la persona que más lo conocía y la única que podía hacer las cosas tal y como él las haría. Esto último es lo que no paraba de repetirse a él mismo, aunque no tener el control absoluto, bajo sus manos, lo tenía bastante agobiado. Necesitaba salir de allí cuanto antes para volver a tomar las riendas, como a él le gustaba.

Lo que peor estaba llevando era esa sensación de estar como fuera de lugar. Al encontrarse en un sitio totalmente desconocido para él, no podía seguir de manera milimétrica sus pautas habituales de rituales mañaneros. Aquello lo desquiciaba. Tenía programado cómo era cada minuto de su vida tanto si estaba en Madrid, en casa, como si se encontraba de viaje en cualquier hotel. Pero para estar ahí no. Llevaba la misma ropa que el día anterior, no recordaba haber hecho eso nunca. En toda su vida.

Algo aturdido se puso en pie. Miraba el teléfono móvil a casi cada paso que daba. Estaba ansioso por que el aparato comenzara a sonar en señal de que ya podía acabar con todo aquello.

Que no llegara solo hacía que esa sensación de ahogo que apretaba fuerte su pecho fuera cada vez más intensa. Tanto que creyó haber rebasado su límite ya varias veces.

Fue directo al aseo y orinó. Acto seguido se giró hacia el lavabo y se echó algo de agua en la cara después de haberse lavado las manos. No pudo evitar echar un ojo a los productos de higiene personal de su padre. No recordaba si antes usaba esos mismos o parecidos, aunque en verdad lo que no tenía claro era si no lo hacía porque no se acordaba, o si había hecho un esfuerzo por olvidar estos datos. Miró el cepillo de dientes y respiró profundo. En la vida se le hubiera ocurrido utilizar uno que no fuera el suyo. De hecho, rebuscó entre los cajones con la esperanza de encontrar uno nuevo de repuesto.

Al no tener éxito no le quedó más remedio que utilizar el que estaba dentro del poco higiénico vaso. No lo hubiera hecho si no se hubiera saltado ya dos cepillados y otra creciente ola de ansiedad no estuviera creciendo al lado del ahogo que ya le producía la propia situación que estaba viviendo.

Trató de serenarse intentando enfocar sus pensamientos hacia la dirección contraria.

En un rato podrás irte de este pueblucho, Carlos, todo volverá a la normalidad. Se dijo.

Salió tratando de dominar esa creciente ansiedad, aunque más que hacerlo se estaba engañando a sí mismo. No podía.

—¿Cuándo coño va a llegar la puta llamada? —dijo en voz alta.

Volvió a mirar el terminal por si lo que ocurría es que no tenía cobertura. Sí tenía, por lo que volvió a dejarlo. Observó sobre la mesa los restos de una lasaña precalentada que había comprado en una tienda muy pequeña que había apenas a unos metros de la casa. No solía comer ese tipo de mierdas, pero dadas las circunstancias, tampoco podía ponerse demasiado quisquilloso. Lo importante era pasar el trámite y ya. Cuando salió a comprarla, se cruzó de nuevo con la joven del bar. No recordaba bien cómo había dicho que se llamaba esa muchacha tan guapa. Se pararon y hablaron durante unos segundos. En realidad, más bien habló ella. El único dato medio importante que le reveló fue que su tía todavía no había llegado y que no se la podría presentar todavía.

No la conocería. Tampoco le importaba. Quedó unos segundos pensando si desayunar algo o no. Lo cierto era que no le apetecía demasiado, pero el día parecía presentarse duro y sabía que tenía que aportar algunas calorías al cuerpo para poder afrontarlo.

Todavía pugnando con sus pensamientos sobre qué hacer, el teléfono comenzó a sonar. Su estómago se encogió.

Por fin.

—¿Sí?

—Buenos días, señor Lorenzo.

—Buenos días. ¿Puedo ir ya a firmar el dichoso papelito? Creo recordar el camino, por lo que puedo ir yo con mi coche.

Un silencio muy incómodo vino a continuación. El abogado no supo por qué, pero intuyó que algo no andaba bien.

—¿Hola? —insistió.

—Señor, a ver... ir, debe ir, pero no a eso. Escúcheme, no sé cómo decirle esto... ha ocurrido algo.

El corazón de Carlos comenzó a bombear sangre a toda velocidad.

—¿Q... Q... Qué...? —acertó a decir, nervioso.

El jefe de la policía municipal le relató lo sucedido.

Carlos necesitó sentarse. Estaba blanco y sin poder articular palabra.

08.01 h. Alicante. Comisaría Provincial de la Policía Nacional

Nicolás llegó a su segunda jornada de trabajo teniendo bastante claro lo que iba a hacer durante todo el día.

Papeles y más papeles.

Supuso que sería algo temporal ya que, si de verdad querían que cogiera algo de rodaje, tendrían que asignarle algún tipo de caso. La idea de ir poco a poco en este puesto comenzaba a esfumarse y su cuerpo le pedía algo más. Volvió a pensar en eso del índice de criminalidad de la provincia y supuso que tarde o temprano le tocaría pasar a la acción. Esperó que fuera en el famoso caso del empresario que tenía a casi toda la comisaría patas arriba. Sería un buen comienzo. Algo no demasiado complicado y que requería una investigación de todo el entorno de la víctima a fondo. No estaba mal. Volvió a pensar y a autoconvencerse de que era una buena decisión no haberse quedado en Madrid. Aunque en Alicante —sobre todo en la costa, como había podido comprobar con los informes de denuncia que estaba revisando— hubiera un índice mayor de criminalidad, esto era debido a que tenía muchos menos habitantes que la capital española. Esto se traducía en que, pasara lo que pasase, el número de crímenes violentos siempre sería mayor en Madrid, aunque el índice seguiría siendo mayor en Alicante al dividir entre menos habitantes.

Madrid era otra cosa, eso estaba claro, pero ahora estaba en Alicante. Entre papeles.

Además, no era imbécil. Se quejaba en sus pensamientos por la falta de acción, pero seguramente era el ansia propia del novato que quería estrenar su puesto a toda costa. Pero ¿estaba realmente preparado? La respuesta la conocía de sobra. Era mejor ir poco a poco.

Un nuevo vaivén en sus propios pensamientos. ¿Cuántos iban ya?

Además, esto le había hecho pedir la guardia de un día festivo como aquel. Veía como un disparate descansar ya el segundo día de trabajo, por muy fiesta que fuera en la Comunidad Valenciana. Así que allí estaba.

Ya había conocido al resto de los ocupantes de las otras mesas del despacho y, con sinceridad, le había parecido que eran buena gente y, sobre todo, buenos compañeros. Supuso que con el tiempo los iría conociendo mejor, pero la primera impresión había sido buena.

Llevaba unos veinte minutos sumergido entre tanta letra cuando un agente uniformado se acercó hasta su mesa.

—¿Es usted el inspector Valdés?

—Afirmativo —respondió.

—El inspector jefe Montalvo quiere verle.

Nicolás asintió intentando no mostrar cara de sorpresa; trataba de negar lo que en realidad sentía.

Sin perder un segundo fue hasta el despacho.

Iba a golpear con sus nudillos, pero la voz de su jefe se le adelantó.

—Pase, no se quede ahí como un pasmarote.

El inspector obedeció.

—¿Cierro?

—Sí, por favor. Tome asiento.

El inspector jefe esperó hasta que Nicolás lo hiciera para comenzar a hablar.

—Tengo un caso para usted —dijo a la vez que arrojaba sobre la mesa una carpeta blanca con el logo de la Policía Nacional, justo enfrente de Nicolás.

—¿Para mí? —Ahora sí que no podía ocultar su sorpresa.

—Para eso ha pedido venir, ¿no? Aquí resolvemos casos. Somos la policía, ¿recuerda?

Nicolás respiró hondo. Tenía preguntas de auténtico novato. Con aquel hombre debía andar con ojo y tener algo más de cuidado al elegir sus palabras. Y sobre todo no mostrar flaqueza, eso nunca.

—Abra la carpeta, ahí está el informe del caso.

Así lo hizo, una única hoja era todo lo que había.

—Como puede observar, hay tan poco porque acabamos de recibir el aviso. Ya hay una patrulla allí de Orihuela. Le esperan para comenzar con la investigación. Científica también ha salido. Creo que ya sabe cómo tiene que proceder. Ahora no está en la academia. Según he visto, sus notas fueron brillantes, demuéstreme que no es bueno solo sobre el papel. ¿Tiene alguna pregunta?

—Sí, una muy básica. ¿Este caso no debería llevarlo la Guardia Civil por ser donde es?

—Así es, pero pasan dos cosas. El dueño ha hecho una llamada al 112, han llamado a la Guardia Civil por demarcación, pero no sé en qué mierdas anda el cuartelillo más cercano, así que el operador ha pasado el aviso a la Policía Nacional de Orihuela. Así que acudiremos nosotros. De hecho, ya hay un zeta allí. Debe tener en cuenta que la investigación inicial de este caso la llevaron a cabo los pitufos, así que no quiero ningún tipo de hostias con ellos. No nos interesa. Si llegan reclamando el caso, usted cierra la boquita y se viene. No sé si se personará la jueza allí, hoy es fiesta, pero si va, usted: ver, oír y callar. Lo que diga ella va al Vaticano y vuelve. Evite enfrentamientos por el caso, que ya hemos tenido cositas con ellos y ya lo que nos faltaba.

Nicolás sintió de golpe el peso de la responsabilidad sobre sus hombros. Se sentía capaz, pero al ser su primer caso como inspector, el miedo se estaba apoderando de todo. Echó un vistazo más a fondo al informe, con los nervios ante la asignación ni se había fijado bien en por qué los requerían. Intentó no abrir los ojos más de la cuenta, pero no pudo.

—¿Esto es verdad?

Montalvo asintió dos veces.

—Joder... Voy para allá. Con su permiso.

—No me decepcione.

—No lo haré.

Nicolás estaba a punto de salir cuando el inspector jefe le dijo algo.

—Valdés. Vuelvo a repetírselo, si la Guardia Civil lo reclama, para ellos. No quiero tonterías de novato. Ya sé que puede llegar al fondo de todo, pero no queremos historias.

Nicolás asintió y dio media vuelta.

Salió del despacho con una mezcla de emoción y cautela ante lo que se iba a enfrentar. Aquel parecía ser un caso gordo. Le sorprendió que tan pronto le fuera asignado algo de tal aparente magnitud. Necesitaba el coche de Alfonso. Para otros casos quizá sí tomara uno del parque móvil, pero acababa de llegar y no le interesaba llamar demasiado la atención entre sus compañeros. Sacó estos pensamientos de su cabeza y se centró. Ahora tocaba demostrar que nadie le había regalado nada e intentar esclarecer qué había sucedido.

Dentro del despacho, el inspector jefe Montalvo maldecía por haber tenido que asignar semejante caso a un inspector novato como Valdés. No había tenido otra opción. Por un lado era festivo y tenía a la mayoría de sus efectivos descansando. Por otro, tenía a sus mejores hombres tras la pista del asesino de un conocido empresario alicantino y a la otra mitad tras el italiano, en colaboración con la UCO. En el primer caso había mucho poder de por medio y no podía apartar a esos hombres; en el segundo, menos todavía. Él mismo estaba implicado en lo del empresario por petición expresa del comisario, así que solo le quedaba Valdés y el otro nuevo. Lo decidió a suertes. Esperó que este supiera hacer su trabajo por el momento. En cuanto tuviera libre a alguno de sus hombres, lo apartaría y pondría a otro al frente del caso. O quizá, con un poco de suerte, lo haría el juez y santas pascuas. Cuando decía que no quería que Valdés se enfrentara a nadie por el caso, en verdad lo que hacía era suplicar que la Guardia Civil lo acabara reclamando y él no tuviera que tener a un novato frente a algo así.

Ahora, a esperar a ver qué se encontraba Valdés allí.

08.53 h. Tanatorio comarcal

Carlos llegó con el corazón en un puño al tanatorio. En la puerta lo esperaba Ramírez fumándose un cigarro. Su rostro reflejaba la angustia que parecía tener por teléfono cuando lo había llamado. Observó que un coche patrulla de la Policía Nacional estaba aparcado a unos metros del suyo propio.

El jefe tiró el cigarro al suelo y, sin apagarlo, hizo una señal con la cabeza a Carlos y le indicó que lo siguiera hacia dentro.

—¿Qué cojones ha pasado? —dijo el abogado a modo de saludo.

—Sé lo que usted sabe. Y créame, estamos igual de sorprendidos —respondió sin darse la vuelta y sin detener el paso.

—Pero ¿acaso estamos locos o qué? —insistió—. Dígame que me están tomando el pelo. Esto no puede haber pasado de verdad.

Ramírez no respondió, entendía la actitud de Carlos, no había exagerado al decir que estaba tan sorprendido como él.

Siguieron andando hasta llegar a la puerta de la sala donde el tanatorio tenía montada la exposición de ataúdes. Ahora, dos agentes uniformados de la Policía Nacional custodiaban la entrada. Matías, el dueño del tanatorio, estaba sentado en un taburete con ruedas, con las manos en la cabeza.

—¿Qué ha pasado? —dijo Carlos a modo de saludo—. Quiero verlo.

—No podemos pasar hasta que los de la Policía Científica indiquen que podemos hacerlo —contestó levantando la cabeza—. Yo mismo lo he intentado varias veces y me han tirado para atrás. Tampoco puedo decirle nada más de lo que ya sabe. Joder —volvió a echarse las manos sobre la cabeza—, miren —les mostró la mano—, estoy temblando, hostias.

Carlos puso los brazos en jarras y giró sobre sí mismo.

—Tranquilo, Matías, todo se aclarará —intervino el jefe.

—¿En serio lo piensas? ¿Qué clase de explicación voy a dar yo ahora? Si esto trasciende, la gente va a dejar de confiar en nosotros. Es el fin, ¡el puto fin! ¡No se puede saber! ¡Esto no puede salir de aquí o nos vamos a la puta ruina!

Ramírez puso la mano sobre el hombro de su amigo y trató de consolarlo. En verdad temblaba mucho. El problema no solo era este, ya que, además, estaba blanco como un folio sin palabras. Entendía su postura y, aunque no podía hacer nada para que este se relajara, al menos quería darle a entender que estaba ahí para lo que necesitara.

Carlos, por su parte, seguía sin dar crédito a lo sucedido.

¿Qué narices estaba pasando? ¿Aquello era de verdad o todavía dormía en el incómodo sillón de la casa de su padre? Es más, ¿lo estaba haciendo en su placentero colchón de látex en Madrid y todo formaba parte de una pesadilla?

No podía ser cierto. Imposible.

—Esto no podíamos preverlo, señor Lorenzo —le dijo el jefe—, pero de todos modos metimos la pata en algo, señor Lorenzo.

Carlos lo miró sin decir nada.

—Ayer, cuando le dijimos que hoy tendría los papeles, lo hicimos demasiado rápido. No recordamos ninguno de los dos que hoy es festivo y los juzgados no trabajan de la misma forma. Solo servicios mínimos. No me malinterprete, no digo que esto no lo sea, pero dependía del juez que se quedara de guardia para que pudiéramos disponer de la autorización antes o después. Aunque, bueno, supongo que esto es lo de menos ahora.

Carlos suspiró y miró hacia delante. No. Esto no importaba una mierda ahora. El dichoso papelito había pasado de ser su mayor preocupación a la menor en apenas unos minutos.

Una voz lo sacó de sus pensamientos.

—Buenos días.

Todos se giraron hacia la voz.

Era un hombre joven, vestido con unos pantalones vaqueros algo desteñidos y una camiseta de manga corta de color verde con unas letras sin sentido en el centro. Tenía el pelo corto, los ojos azules y una barba de aspecto semidescuidado. Era alto y algo corpulento, no demasiado pero sí lo justo. Al parecer le gustaba pasar parte de su tiempo en el gimnasio. Su semblante se debatía entre la seriedad y el nerviosismo.

—Soy el inspector Nicolás Valdés, de la UDEV de la Policía Nacional de Alicante. Me envían de la comisaría provincial. Soy el encargado de este caso. ¿Quién de aquí es Matías Gómez?

El dueño del tanatorio se levantó enseguida. Todavía tembloroso, se acercó y le estrechó la mano.

—Según mi información, usted lo ha encontrado, ¿es así?

—Sí, he sido yo.

—¿Puede relatarme cómo ha sucedido todo antes de que pueda entrar y verlo yo mismo?

Matías tomó aire y tragó saliva.

—Verá, esta noche no he estado yo aquí. Tenemos otro difunto en la sala tres, se trata de una señora mayor. Muerte natural. He dejado a Laura, a una de mis empleadas, al cargo toda la noche. Esto acostumbra a estar muy tranquilo y, aunque hasta altas horas de la madrugada suele haber gente yendo y viniendo, nunca pasa nada. Yo he venido a primera hora, será fiesta pero aquí no sabemos de eso. Además, estábamos pendientes de que en cualquier momento llegara la orden para poder mandar al crematorio el cuerpo del señor Lorenzo. Al entrar en la sala, como cada mañana, me he encontrado la escena que verá. Antes de nada, he ido a preguntar a Laura que qué hacía esto así, y ella no sabía de qué le hablaba. Recuerdo perfectamente que, cuando me fui ayer, todo estaba como tenía que estar. Vamos, lo normal de todos los días. Con cautela, sin entender nada, me he acercado y he mirado. Ya sabe el resto.

Sin que nadie lo esperara, el hombre se echó a llorar. Aquello lo estaba afectando sobremanera. No era para menos. Ramírez volvió a ponerle la mano sobre el hombro. Estaba al borde de un ataque de ansiedad.

—¿Y no tiene idea de cómo puede haber ocurrido? ¿No

tiene cámaras de seguridad que puedan mostrar alguna imagen de lo sucedido?

—¿Bromea? Esto es un tanatorio —respondió con lágrimas en los ojos al tiempo que levantaba la cabeza—. ¿Para qué querría yo cámaras de seguridad? ¿Quién podría imaginar algo así? Los muertos están muertos. No se van a poner en pie.

Nicolás sopesó la respuesta del hombre. Tenía razón. Otra pregunta estúpida que había formulado. A ver si empezaba a pensar ya un poco más las cosas.

—Está bien, voy a ver cómo van los de Científica. Todavía no sé si puedo pasar yo mismo.

—¡Un momento! —exclamó Carlos—. Yo también entro.

—¿Y usted es...?

—Es Carlos Lorenzo, hijo del fallecido —se adelantó el jefe de policía.

—Es imposible que pueda entrar, espere a que hagamos nuestro trabajo.

—No me ha entendido. No le estoy pidiendo permiso, es mi padre y voy a entrar.

Nicolás se quedó mirando fijamente a aquel tipo, no le gustaba nada que nadie lo desafiara, mucho menos ahora que debía hacerse respetar. Decidió quitarle hierro al asunto y pasar por alto la afrenta.

—No se lo digo porque no quiera, hasta que los de Científica no lo consideren oportuno, no puedo entrar ni yo mismo. Tendrá que esperar y dejarnos hacer nuestro trabajo.

—Eso tiene solución —dijo una voz que provenía de la puerta custodiada por los dos agentes.

La voz pertenecía a un hombre vestido con un mono blanco, calzas y gorro del mismo color. Llevaba unas enormes gafas de plástico, como las que se usan en muchos trabajos con riesgo de que salte algo hacia el ojo. Al parecer había salido hacía unos segundos de la sala y esperó su oportunidad de poder hablar.

—¿Inspector Valdés? —preguntó al mismo tiempo que se quitaba uno de los guantes de nitrilo (llevaba dos pares puestos para ir cambiando solo los de fuera, según el indicio con el que trabajara)—. Soy el subinspector Gregorio Zapata, jefe de la Policía Científica. Un placer conocerle, aunque sea en estas circunstancias.

Nicolás le estrechó la mano con firmeza. Le sudaban un poco.

—¿Puedo pasar ya? —quiso saber este.

—Sí, nos hemos asegurado de establecer un camino de seguridad que ya hemos procesado sin encontrar nada relevante. Por el tipo de estancia, hemos considerado oportuno hacer un barrido en espiral, pero todavía no estamos seguros de que el suelo esté libre del todo de indicios. Si me sigue, puede echar un vistazo a la escena como nos la hemos encontrado nosotros antes de que sigamos con la búsqueda.

Nicolás se giró hacia Carlos.

—Le pido disculpas pero he de hacer mi trabajo. Le prometo que en breve podrá ver a su padre si lo desea, tan solo le pido un tiempo prudencial.

El abogado no encontró réplica porque el inspector no le dio tiempo, ya que se estaba colocando un traje estéril igual que el que llevaba el subinspector Zapata. Acto seguido pasó al interior.

La siguiente hora se le hizo eterna al abogado. No entendía por qué no salía nadie de ahí dentro para decirle que podía pasar a ver a su padre. Por un lado le extrañaba sentir esta ansia, pues seguía sin encontrar un sentimiento positivo hacia su persona, pero por otro necesitaba verlo. Lo único que tenía claro era que la situación estaba haciendo estragos en su subconsciente.

La puerta se abrió y por ella salieron tres hombres y mujeres ataviados de la misma forma que el inspector Zapata, que salió tras ellos con un enorme maletín metálico. Al cabo de un minuto salió Nicolás, vestido igual que ellos.

—Está bien, puede pasar, pero se está quietecito, donde yo le diga. Usted —dijo refiriéndose al gerente—, si es tan amable de proporcionar sus huellas al equipo, nos ayudaría muchísimo en la investigación. Además, necesitaríamos las de todos los que tengan acceso a las instalaciones, incluido el equipo de limpieza.

Matías asintió y obedeció a la petición.

El inspector ofreció un traje estéril y unas calzas a Carlos. Este, extrañado, se lo colocó todo. ¿No habían terminado ya con aquello? ¿Para tanto era?

Una vez ataviado, Nicolás pasó dentro. Caminaba recto, sin desviar sus pasos. Carlos hizo lo propio.

—No se ha puesto unos guantes porque no va a tocar nada. Científica ha hecho una búsqueda bastante generalizada dentro de la habitación, pero eso no significa que no pueda haber algo más. Continuarán enseguida —comentó el inspector.

Carlos no dijo nada, se limitó a seguir al policía.

Nicolás se acercó hasta la cámara. Estaba abierta, con la puerta de par en par, con la camilla fuera y con la sábana que tapaba el cuerpo sin vida del padre de Carlos retirada hacia un lado.

—Colóquese a mi lado si quiere ver a su padre. Le repito, no toque nada.

Carlos respiró hondo, sabía que esa imagen iba a ser dura, pero necesitaba verlo. Había evitado mirar en todo momento, pues no tenía del todo claro estar preparado para lo que supuestamente iba a ver. Obedeció al inspector y se colocó a su lado. Volvió a respirar, decidido a mirar.

Lo hizo.

Sintió que las piernas le fallaban al comprobar que lo que le habían dicho por teléfono era verdad. Hasta el momento le había sido imposible creerlo.

Alguien le había arrancado los ojos a su padre y se los había llevado.

7

Carlos regresó del cuarto de baño andando muy despacio. Estaba pálido, muy pálido. Apenas se podía ver algo de color en su rostro y sus ojos estaban inyectados en sangre por el esfuerzo. Sudaba en exceso, vomitar tres veces seguidas no le había sentado nada bien. Pero ¿a quién le sentaría bien?

Cuando llegó hasta la posición de los otros hombres, estos no le quitaban ojo, preocupados por su estado en esos momentos.

—¿Se encuentra mejor? —La voz de Nicolás le sonó lejana, a pesar de que le hablaba apenas a un metro de distancia.

—No.

—Necesito hacerle unas pregun...

—No me hablaba con mi padre, no sabía nada de mi padre, no sé qué coño está pasando. ¿Necesita saber algo más?

El inspector se quedó inmóvil, mirando al abogado. Entendía que en este tipo de situaciones el familiar estuviera muy afectado, pero en su caso parecía distinto. Veía dolor en su mirada, aunque quizá otro tipo de dolor. Más cercano al odio mezclado con la incomprensión por lo que estaba sucediendo. La última frase escupida por Carlos puede que explicara mejor este mirar. Puede que lo que más le doliera de todo era que algo tan horrible hubiera ocurrido estando padre e hijo en tal situación. Era algo que, desde luego, no le iba a preguntar.

—Está bien. El jefe de la policía local me ha comentado que usted no reside aquí, que vive en Madrid. ¿Qué planes tiene?

Carlos enarcó una ceja. Aguardó unos segundos hasta poder hablar. Estaba agotado del esfuerzo en el aseo.

—Ahora no sé nada. Como comprenderá, es una situación excepcional y no sé ni cómo actuar. Esto escapa de toda lógica.

—No le quito razón. Se lo pregunto por saber si puedo contar con usted mientras en el cuerpo investigamos lo sucedido. Me ha dicho que no se hablaba con su padre, pero esto no quiere decir necesariamente que no quiera saber cómo sigue el curso de la investigación. ¿Me equivoco?

El abogado quedó unos instantes pensativo.

—Sí... quiero saber cómo va todo, pero ahora mismo no sé si será desde aquí o desde mi domicilio. No sé absolutamente nada —contestó con desgana.

—Bien, en cualquier caso, tome mi tarjeta. —La extrajo del bolsillo trasero de su pantalón vaquero y se la entregó—. No importa la hora que sea, llámeme para lo que necesite. Si usted no lo hace, yo no tengo su número, por lo que no le molestaré. La decisión es solo suya.

Carlos guardó la tarjeta en el bolsillo sin ni siquiera mirarla.

Nicolás le dedicó una media sonrisa de despedida y dio media vuelta para regresar de nuevo a la sala donde estaba el cuerpo sin ojos de su padre.

El abogado se dirigió hacia Julián Ramírez, que hablaba con el dueño del tanatorio. Este, al parecer, ya estaba algo más recompuesto tras el desastre. Carlos comprendió que el vasito con restos de tila que había sobre una mesa de color beige había contribuido a esto.

—Yo aquí no pinto nada. Me marcho.

—Como desee, ¿qué va a hacer ahora?

—De momento iré a casa de mi padre. Necesito sentarme en soledad y pensar. No sé que haré de aquí a un rato. Le llamaré cuando lo decida.

—Está bien. Espero su llamada.

Carlos asintió, dio media vuelta y se encaminó hacia la salida.

Una vez fuera, dejó que el viento golpeara su cara. A pesar de ser un viento algo cálido para la época del año en la que estaban, esto le dio vida.

Montó en su coche intentando tomar una decisión sobre qué hacer a partir de ahora. En estos momentos era incapaz de pensar con claridad. Esperó dar con la solución antes de acabar perdiendo por completo la cabeza.

10.39 h. Tanatorio comarcal

—Entonces, resumiendo, ¿qué es lo que tenemos hasta ahora? —quiso saber Nicolás nada más entrar. En el interior estaba el subinspector Zapata echando un último vistazo antes de dar por finalizado su trabajo en la escena.

—Nada fuera de lo común, de momento. La cantidad de huellas que hemos encontrado es impresionante. Hemos tomado una reseña al gerente y en un rato tendremos la del resto de los trabajadores. Creo que en el laboratorio va a costar clasificarlas y sacar algo en claro. Aunque no lo parezca, según me ha comentado el dueño de esto, aquí dentro pasan muchas personas y me temo que tendremos un buen número de muestras dubitadas. Esto nos va a fastidiar bastante. Por lo demás, nada. Hay cabellos, hay mierda de todo tipo... Es un lugar bastante pulcro, pero es inevitable que haya restos que no tengan nada que ver con la investigación. ¿Lo que ha dicho antes aquí dentro iba en serio?

El inspector lo miró sin decir nada. No sabía a qué se refería.

—¿Va a solicitar al juez una nueva autopsia?

Nicolás suspiró. Estaba claro que algo turbio había en todo aquello. Un nuevo vistazo le indicaba que el cadáver estaba impoluto, como si la persona que había realizado tal acto hubiera aparecido de la nada, hubiera arrancado —con una precisión sorprendente, al parecer— los ojos del hombre y hubiera vuelto a volatilizarse. ¿Con qué fin? Si aquello había sido un suicidio como indicaban los informes de la muerte, no debería haber ocurrido aquello.

—Creo que sí. Necesito un nuevo punto de vista tras lo ocurrido.

—En mi humilde opinión, hace bien. Aunque esto va a enfadar a mucha gente, sobre todo a los forenses que ya la han realizado. Eso sí, si quiere mi punto de vista, hay algo que no me huele bien en todo esto. Tampoco sería tan grave que los forenses lo hayan visto tan claro que no hayan mirado más allá por si había algo más.

Nicolás asintió. Es justo lo que pensaba él. Ni mucho menos quería desmerecer el trabajo de los forenses, pero él mismo sabía que si huele a leche y sabe a leche, no puede ser otra cosa que leche. Por eso los forenses podrían haberse dejado llevar al no haber visto ninguna lesión extraña ni nada fuera de lo común a simple vista que indicara que no era otra cosa que un suicidio. Puede que no sacara nada más en claro, pero aun así quería intentarlo.

—Regreso a comisaría, dejaré a la patrulla hasta que sepamos si el juez nos autoriza o no una nueva autopsia. Por cierto, ¿dónde estará? ¿Es que no se piensa personar aquí?

Zapata comenzó a reír.

—Perdone que me ría, pero ni por asomo va a aparecer hoy por aquí. Creo que ya sabrá que hoy es fiesta.

—Sí, es la cantinela de todos hoy.

—Pues así es. El juez de guardia estará en su despacho echándose un solitario y cagándose en todo porque hoy le ha tocado pringar. Además, esto es un caso menor. Ni de coña pisa hoy esto.

—¿Menor? —preguntó Nicolás sorprendido.

—Para ellos sí. Si no hay asesinato o violencia demostrada no ponen un pie en un escenario. Y a veces ni eso, pues mandan al secretario judicial y listo. Es para enfadarse, desde luego, pero al final uno se acostumbra a esta desidia.

El inspector no supo qué contestar. En Madrid, al menos, él había visto otra cosa. Si bien era cierto que nunca había asistido a ningún caso en el que se hubiera producido un robo de una parte de un cuerpo humano, supuso que sí se personaría el juez. O eso quería creer.

—Bien, seguiré con lo que le he contado. Pediré la orden para una nueva autopsia, a ver si cuela. Por cierto, ¿dónde está Medicina Legal?

—No es muy complicado llegar desde nuestra comisaría, pero es mejor que le den las instrucciones desde allí, para situarse mejor.

—Perfecto. Espero entonces los resultados de Dactilografía.

El criminalista asintió. Si había algo, no se les escaparía.

Nicolás salió del edificio habiendo repartido previamente una tarjeta a Ramírez, que todavía estaba allí, y a Matías, el gerente. Tenía poca experiencia todavía como inspector, pero era lógico saber que cualquier testimonio, del tipo que fuera, podría ser fundamental para la resolución del caso.

Montó en el coche algo aturdido. Acababa de llegar y ya tenía un caso aparentemente complicado en sus manos. Agradeció no haber tenido, de momento, problemas con la Guardia Civil sobre el caso. Aunque el juez no lo considerara así, este podría ser un gran caso. Si aquello no le daba experiencia como inspector, nada lo haría.

Arrancó el motor y puso rumbo hacia Alicante.

11.12 h. Mors. Casa de Fernando Lorenzo

Carlos aparcó justo enfrente de la puerta de la casa de su padre. Se sorprendió a sí mismo de su capacidad de orientación, pues ni él sabía de ella. Recorrió el pueblo y llegó a su destino sin apenas complicaciones. Claro que el municipio no era demasiado grande, pero aun así, no sabía que tenía ese don.

Abrió la puerta y pasó dentro.

Se dejó caer sobre el sillón en el que había dormido la noche anterior. Su cabeza era un absoluto caos, su pecho respiraba a toda velocidad y su corazón latía a un ritmo desenfrenado. No estaba acostumbrado a no tener el control, aquello lo estaba sumiendo en una espiral de desesperación en la que nunca se había visto. Al menos en lo que él era capaz de recordar.

Masajeó sus sienes con las yemas de sus dedos. Lo hizo despacio, muy despacio. Le dolía horrores la cabeza. Necesitaba tomar algo pronto, ya que padecía de migrañas y sabía cómo se las gastaba ese tipo de dolor si no lo atajaba pronto. Pero en ese maldito lugar no tenía la medicación que solía tomar y ni siquiera sabía si su padre tendría algo, lo que fuera. Tendría que ir a comprar algo en la farmacia del pueblo antes de marcharse.

La imagen de su padre sin globos oculares lo asaltó a traición. Esa imagen sin expresión, vacía de vida, le taladró el cerebro haciendo que una nueva náusea viniera a toda velocidad. Podía parecer que haberlo visto sin vida el día anterior lo había inmunizado ante algo así, pero una cosa era como estaba en esa ocasión, con los párpados cerrados, simulando estar dormido, y otra bien distinta haber visto sus cuencas vacías. Era, sin duda, la imagen más horrible que había visto nunca.

Movió a ambos lados la cabeza sin importarle el dolor.

El estómago le rugió a continuación.

Era imposible que tuviera hambre después de las emociones vividas. Es más, era imposible que volviera a tener hambre en su vida.

Pero sí, sus tripas clamaban por algo de alimento, además con insistencia.

Se levantó y fue hacia la cocina interior —había otra junto al patio que a la vez servía como almacén para guardar un coche inexistente—. Abrió los armarios para ver si su padre tenía algo ya que por la noche ni lo había hecho. Tan solo un paquete de galletas María abierto. Por su aspecto, no parecían estar en buen estado.

Pero ¿este hombre de qué coño se alimentaba?

Quizá fuera una buena idea volver de nuevo a la tienda a la que había ido la tarde anterior y comprar algo para comer. O quizá incluso mejor pedir algo rápido para comer en el bar de enfrente.

En su mente cada vez predominaba más la idea de salir corriendo de ese pueblo de mala muerte. Alejarse de todo aquello puede que fuera la mejor solución. No sabía definirlo bien, pero sentía un halo opresivo en ese aire que respiraba. Jamás había creído en eso de huir de los problemas. Es más, era una idea que le repugnaba profundamente. Pero por una vez y, sin que sirviera de precedente, estaba dispuesto a saltarse su estúpido código y salir de allí lo antes posible. Correr. Huir. Lejos de allí acabaría enterándose de la misma manera de qué había sucedido con los ojos de su padre, si acaso ese inspector era capaz de averiguar algo. Mientras tanto, seguiría con su apacible —y ajetreada por igual— vida en la capital madrileña. Este lugar no estaba hecho para él.

Al fin y al cabo, ese hombre se había despreocupado de él

durante los últimos años de su vida, ¿por qué se iba a preocupar ahora él? Le importaba tres pares de narices si estaba siendo un mal hijo y si no debía emplear el famoso «ojo por ojo». Lo único que quería era olvidar pronto aquel episodio de su vida y pasar a otra cosa.

Casi convencido de lo que iba a hacer, salió de la vivienda en dirección al bar. Era la opción más rápida para poder echarse algo a la boca.

Al entrar esperó encontrar a la muchacha que le había alegrado la vista el día anterior, pero en su lugar encontró a una mujer mayor. Carlos calculó que tendría unos sesenta años al menos. Pelo rubio —sin duda producto de un tinte— con algunas canas, pero con una piel bastante fina. Era algo corpulenta sin llegar a serlo demasiado. Vestía con ropas que ni él mismo recordaba que existieran, disimuladas con un delantal blanco impoluto.

Al ver que estaba ordenando varias barras de pan en un expositor a medida que las sacaba de un saco de papel, se le ocurrió lo que podría comer.

—Buenos días, por lo que veo prepara usted bocadillos, ¿me equivoco?

—En absoluto. Y no solo eso, sino que preparo los mejores bocadillos de toda la comarca, se lo aseguro.

Carlos sonrió ante aquel alarde de poderío de la mujer. Le gustaba la gente segura de sí misma, tal y como lo era él.

—En ese caso no me puedo negar...

—Perfecto, pues entonces solo tiene que decirme con qué lo quiere.

—¿Qué me recomienda?

De pronto, el rostro de la mujer cambió y se quedó parada por unos instantes. Miraba a Carlos como si estuviera frente a un extraterrestre.

—¿Ocurre algo? —preguntó este sin entender la reacción de la mujer.

—Usted... tú... Eres el hijo de Fernando, ¿verdad?

El abogado quedó sin habla. De repente cayó en la cuenta de que su sobrina podría haberle relatado su encuentro de ayer. De todos modos y, hasta donde él sabía, no se parecía demasiado a su padre. Tampoco a su madre, pero desde luego a su padre no.

—Así es —dijo al fin.

—Hijo, no sabes cuánto siento lo que ha pasado. En el pueblo, en general, lo apreciábamos mucho, pero como comprenderás, nosotras le teníamos un cariño especial. Era una persona estupenda. Siempre amable con nosotras y con una sonrisa en la boca. Aunque últimamente la había perdido, no sé cómo explicarlo. Ya no era él mismo.

—Gracias, ha sido un mazazo —Mintió Carlos, pero es que no tenía ganas de explicar por enésima vez que no se hablaba con él.

—Desde luego. Menuda desgracia. Nadie podía sospechar que todo acabaría así. No he pegado ojo en toda la noche. Cualquier muerte es trágica, pero esto... —Hizo una leve pausa mientras agachaba la cabeza hacia el suelo—. Perdona, no debería haber dicho la última frase, pero es que estoy muy afectada. Pero, claro, qué te voy a contar a ti. Además, había hablado con él el día anterior y no podía sospechar lo que iba a acabar haciendo. No sé, supongo que este tipo de cosas deberían verse... Aunque, bueno, puede que sí que se comportara algo raro.

—¿A qué se refiere?

—Seguramente sean tonterías que yo misma quiero creer, pero lo noté distante, como si quisiera irse y no seguir hablando más conmigo. Y, de verdad, esto en él era rarísimo. Supongo que siempre hay días que nos levantamos torcidos, pero... no sé. Al menos conmigo siempre había sido muy amable, muy cordial, muy sonriente. Pero ese día parecía estar de mala leche. Pero era su actitud, no sus palabras... No sé si me explico.

—Sí —contestó un pensativo Carlos—. Creo que la entiendo.

—Por cierto, me he puesto a tutearte y espero que ahora no pienses que la grosera soy yo. Pero es que eres como de la familia, ¡y eso que no te conozco! A mí también me puedes tutear.

—Preferiría no hacerlo, por respeto a su edad. Y no, no me importa que me tutee. Es más, lo prefiero —dijo sonriendo.

—Se nota que no sois de por aquí cerca. Eres igualito a tu padre. Igual de educado. Madre mía. Así da gusto.

Esto fue como una especie de mazazo para el propio Carlos.

—Y dime, ¿te vas a quedar aquí, en el pueblo?

—En principio no, tengo mucho trabajo y aquí ya no puedo hacer nada más. Mi padre va a ser incinerado porque así lo quería —volvió a mentir—. En cuanto todo haya acabado, marcharé de nuevo a Madrid, que es donde vivo.

—Te entiendo. Perdona por haberte cortado en seco con lo del bocadillo, pero ha sido ver tus ojos y saber que eras el hijo de Fernando. Ambos tenéis la misma mirada.

Ahora el mazazo sí había sido de verdad.

—Mira, vamos a hacer una cosa. Olvídate del bocadillo. ¿Te gusta el arroz y costra?

—¿Perdón?

—Vale, me olvidaba de que en Madrid no teníais ni idea de lo que es la buena comida. Os coméis un cocido que da pena verlo, sin pelotas y nada.

La cara de Carlos lo decía todo. No sabía de lo que le estaba hablando.

—Si te quedaras unos días, ibas a saber lo que es un cocido con pelotas en condiciones, pero hoy tengo arroz y costra, que está igual o más rico. Bueno, ¿quieres un plato para probarlo o qué?

Carlos asintió.

Sin más, la mujer se giró y fue directa a lo que aparentaba

ser la cocina. Desde donde estaba, Carlos no la veía demasiado bien, pero no se veía demasiado grande. Supuso que les bastaba así, pero por las dimensiones del bar esperaba algo más. A los pocos minutos, Adela volvió con un plato de plástico en el que había una gran montaña de arroz apelotonada en algo que no supo bien qué era.

—Aquí tienes, hijo. Que aproveche. ¿Te lo vas a comer ya o te lo tapo con papel de aluminio? No te asustes porque esté hecho tan temprano. Entiende que hoy es un día especial y esto se me llena de gente enseguida. Prefiero tenerlo ya hecho y luego calentarlo para quien quiera. A la una ya empieza a llenarse esto para el aperitivo.

—No, me lo voy a comer ya, estoy hambriento. No se ofenda, pero... ¿qué?

—Es huevo al horno. De ahí que lo llamemos costra. Para que te quedes tranquilo, es arroz con carne de conejo y embutido. Cuando está ya hecho, le echamos huevo y al horno. Te aseguro que no has probado algo así en toda tu vida.

La curiosidad de Carlos estaba al alza. Desde luego olía que alimentaba.

—Dígame cuánto es.

—Por favor, ni me preguntes. El hijo de Fernando no paga aquí un plato de comida porque no quiero yo.

—Pero...

—Insisto. No me da la gana. Faltaría más. ¿Quieres algo de beber? Tengo cerveza fresca en la cámara de ahí. También hay refrescos, si así lo deseas.

—No, no, así está bien —comentó forzando una sonrisa—, en este caso muchísimas gracias.

—No tienes por qué dármelas. Por favor, antes de regresar a Madrid pasa a despedirte. Es una pena que no te quedes un tiempo. Mors es precioso, muy tranquilo. Acabamos de salir de las fiestas patronales y mucha gente viene a desconectar de todo. Es un pueblo en el que nunca pasa nada.

Carlos se preguntó cuántas veces ya había oído estas mismas palabras.

—Vendré a despedirme. Gracias de nuevo.

Sonrió y salió del bar. Adela era una bonachona, esto no admitía discusión. En cierto modo, le recordó a su madre y hasta le hizo sentir bien. Ya era hora, después de tanto ahogo.

Entró otra vez en la casa. Fue hasta la cocina, localizó dónde tenía su padre los vasos y se sirvió uno con agua del grifo para acompañar el plato de comida. La suerte es que no la llegó a probar, porque hubiera comprobado que era la peor agua que había bebido nunca. Antes de colocar el plato encima de una bandeja de plástico, con un tenedor tomó algo del arroz mezclado con el huevo cuajado al horno y se lo echó a la boca. Era lo más rico que había probado en toda su vida, sin lugar a dudas. En medio de ese éxtasis de su paladar, regresó al salón para tomar asiento en el sofá y comérselo tranquilo. De pronto, vio algo que llamó su atención.

Al lado de la puerta principal, muy cerca de un pilar, había algo blanco que parecía ser un papel.

Al principio no supo qué hacer, se quedó unos momentos en blanco, pero decidió actuar y extrajo un pañuelo de su bolsillo. Dejó la bandeja con el plato de comida y el vaso sobre un mueble viejo. Se acercó extrañado hasta el papel. Se agachó, lo agarró y lo giró una y otra vez, mirándolo extrañado. Estaba doblado en dos.

Lo desdobló. Había un mensaje.

Parque Juan Carlos I, papelera cercana a los columpios.

Sintió cómo su corazón se aceleraba de nuevo. ¿Qué narices hacía esta nota ahí? ¿Había estado todo el tiempo o la acababan de poner? Supuso que lo más lógico era que la hubieran introducido por debajo de la puerta, pero ya no sabía ni qué creer. Pensó en que realmente no se había fijado en ese punto desde que había entrado en la casa y en que podría haber estado ya esperándolo al llegar. Además, era tan chiquitita que apenas era visible si no te fijabas expresamente en ella.

Pero ¿qué importaba esto ahora?

Quienquiera que se lo hubiera dejado, quería decirle algo. Algo muy concreto, además.

Dudó durante unos segundos sobre qué hacer. ¿Avisaba a la policía sobre esto? Pensó que hacerlo era una tontería, ¿basándose en qué podría ser algo malo? Llegó a dudarlo hasta en un par de ocasiones más, pero se decantó por salir de la vivienda y acudir al lugar indicado en la nota. Necesitaba averiguar qué era. El plato de arroz y costra debería esperar.

Tardó apenas unos minutos en llegar a su destino. Un primer impulso casi lo llevó al bar a preguntar por ese parque, pero enseguida recordó el GPS y pensó que era mejor no mezclar a nadie en todo aquello. Sobre todo hasta que no estuviera seguro de lo que se trataba.

Bajó del coche y miró a su alrededor. Por suerte no había nadie cerca. Se veía una tienda de mayores dimensiones que la que había visitado la tarde anterior, cerca de la casa de su padre, a unos treinta metros más o menos. Parecía tranquila en aquellos instantes. Toda la zona parecía tranquila en esos momentos.

Localizó a toda prisa los citados columpios. Su respiración se entrecortaba a veces: era una persona que solía mentalizarse antes de dar cada paso en su vida y aquello se le estaba yendo de las manos. Demasiada improvisación. Demasiada emoción junta. No tenía ni idea de cómo gestionar todo aquello. Era nuevo para él.

Tras un rápido escáner, encontró la papelera a la que tenía que referirse la nota. Debía ser esa porque la siguiente más cercana se encontraba algo retirada.

A pesar de que sus piernas parecían no querer andar, fue

hacia ella a toda prisa. Notó cierto sudor frío recorriendo toda su columna mientras andaba.

Llegó a su destino.

Le temblaba todo el cuerpo.

Otra vez pensó en llamar a la policía.

Seguro que era lo más sensato, pero nada en todo aquello estaba dentro de los límites de la sensatez.

¿Y si era peligroso?

¿Y si era una trampa y alguien aparecía para hacerle daño?

Intentó sacar todos estos pensamientos de su cabeza. Si quien fuera que le hubiera dejado la nota hubiera querido, ya le habría hecho daño. Además, hacerle daño a él ¿por qué? Si todo estaba relacionado con su padre, él no tenía culpa de nada, fuera lo que fuese. Él solo estaba en ese pueblo de paso para hacerse cargo de los restos mortales de quien un día le dio la vida, nada más. Si estaba metido en algún tipo de lío era cosa suya, no de Carlos. Quizá hasta pudiera explicar a quien fuera que él no tenía nada que ver con su padre. Y si tenía algún tipo de deuda, hasta gustoso la pagaría con tal de que a él lo dejaran en paz. No le gustaba nada estar metido en historias de ese tipo.

O quizá lo que estaba haciendo era montarse una película demasiado rápido en su cabeza porque no sabía nada.

No lo pensó más e introdujo la mano. Había una bolsa de basura negra dentro de la propia bolsa de la papelera. La extrajo.

La dejó en el suelo.

Respiró hondo varias veces con los brazos en jarra sobre la cintura, estaba al borde del ataque de nervios. Miró una y otra vez a su alrededor por si alguien lo estaba observando. Puede que quien le había dejado la nota, quien quería que estuviera ahí, anduviera cerca. Intentó fijarse si en los coche que había aparcados más o menos cerca de aquel lugar se veía a alguien asomado a una de las ventanillas. Pero no, no se veía nada. Además, no había nadie a la vista. Daba miedo de lo solo que estaba.

Abrió la bolsa conteniendo el aire. También estaba algo asqueado por lo que estaba haciendo.

Dentro había una cajita de madera, no tenía decoración alguna. Era parecida a la caja de una pluma o bolígrafo caro, solo que algo más ancha y más gruesa.

La giró varias veces. No había nada escrito en ella. Ningún logo que pudiera identificarla. Nada.

Antes de abrirla echó un nuevo vistazo dentro de la bolsa. Tampoco contenía nada más.

Con el corazón latiéndole a casi doscientas pulsaciones por minuto quitó el pequeño cierre de la caja. Simulaba ser de oro, aunque se veía a la legua que no lo era.

No miró directamente el contenido. Le costó bajar la mirada para comprobarlo.

Al ver lo que contenía, no lo pudo evitar y vomitó una enorme cantidad de bilis.

Suerte que logró apartar la cabeza a tiempo para no hacerlo sobre el contenido de la caja.

Los ojos de su padre parecían mirarlo como si tuvieran vida propia.

8

Viernes, 9 de octubre de 2009, 12.50 h.
Mors. Parque Juan Carlos I

Nicolás bajó del coche con los nervios a flor de piel.

Acababa de aparcar en los aledaños de la comisaría cuando su teléfono sonó: un nuevo y sorprendente aviso llegaba desde Mors, el pueblo en el que vivía Fernando y que estaba cerca del tanatorio en el que había ocurrido todo.

Sin dudarlo y sin ni siquiera entrar en el edificio, montó de nuevo en el vehículo y a toda prisa fue para el pueblo. Cuando llegó, justo cuando cruzó el cartel blanco con los bordes rojos que anunciaba el nombre del pueblo, sintió un escalofrío que no esperaba. Ni siquiera había reparado en lo curioso del nombre de la población. Estaba tan centrado en otras cosas que no se daba cuenta de estos pequeños detalles. Otro punto a cambiar si quería ser un buen investigador.

Miró el parque, a pesar de lo que pudiera esperar, ningún curioso se encontraba en las cercanías, tan solo una patrulla de la Guardia Civil, un zeta de la Policía Nacional, el jefe de la policía local y lo que parecía ser otro agente de la policía del pueblo.

Y el señor Lorenzo, claro.

Si aquello hubiera sucedido en Madrid, decenas de viandantes se hubieran detenido a mirar lo que ocurría. Quizá no había pasado nadie cerca, pero le extrañaba. Mirando hacia una tienda de dimensiones más o menos considerables, pudo observar que una mujer y un hombre parecían hablar entre ellos y señalar hacia donde se encontraban. Encima de la tienda había un bloque de edificios donde también se asomaban algunas personas. Era como si les diera miedo saber lo que había sucedido. Era extraño. Fuera como fuese, la zona ya estaba acordonada y no serían molestados.

La unidad de Científica no había llegado todavía, pero supuso que sería cuestión de minutos que lo hiciera.

El verdadero problema se le presentaba con esa patrulla de la Guardia Civil allí. Si se habían personado, podrían reclamar el caso para ellos y él quedarse fuera. No quería bajo ningún concepto que sucediera esto, pero como le había dicho su jefe: si se daba la situación, ver, oír y callar. No quería líos tan pronto.

Se lo quedara él o no, aquel estaba resultando ser un segundo día de trabajo movidito. Y ahora, tal y como había dicho antes Zapata, aquello ya no era un caso menor, por lo que esperaba que el juez apareciera de un momento a otro.

—Buenas tardes a todos de nuevo.

Todos saludaron al inspector salvo Carlos, que parecía consternado, sentado en el bordillo de la acera, alejado de una cajita pequeña y una bolsa negra que estaban tirados en el suelo. Tenía las manos en la cabeza. Parecía muy afligido por lo que acababa de suceder. No era para menos. No sabía si surtiría efecto, pero el inspector decidió jugarse el todo por el todo y tomar el mando de la situación. Quizá así lo dejaran quedarse con el caso.

—Antes que nada, sepárense todo lo que puedan de los objetos, puede que Científica encuentre algo alrededor. Colóquense cerca de los accesos a esta plaza e impidan que nadie se pueda acercar. —Dio media vuelta al comprobar que todos (incluida la Guardia Civil, que no tenía por qué y esto le alegró enormemente) le obedecían y se dirigió hacia Carlos—. ¿Podría ser tan amable de explicarme por qué ha actuado así? Es usted un inconsciente.

Este levantó la cabeza y miró al inspector, sorprendido por la recriminación tan directa.

—Yo... no pensé...

—Vamos, no me joda. Le tenía por alguien más listo. Además, según he podido saber, usted es abogado, ¿no? Ya sabe cómo funciona todo. Lo sabe mejor que nadie. Entiendo su vínculo emocional, sea cual sea, pero le pido por favor que actúe con cabeza a partir de este momento. Ha estado a punto no solo de fastidiarnos un indicio que podría incriminar a alguien, sino además de poner su propia vida en riesgo. ¿Es que no ha pensado esto último? ¿Es tan valiente que accede a una provocación como esta sin pensar en lo que podría encontrarse aquí?

Carlos no sabía ni qué decir. Estaba en shock todavía.

Nicolás decidió dejar la reprimenda para otro momento, pues no iba a conseguir nada. Aquello era más importante de lo que parecía y tenía que ponerse manos a la obra cuanto antes.

Buscó con la mirada la cajita que Carlos había dejado caer al suelo de forma instintiva. Los ojos no habían salido de ella a pesar del golpe al caer. Era desagradable solo el hecho de pensarlo, pero supuso que era por la propia viscosidad de los ojos.

También era consciente de que no podía acercarse demasiado a ella y contaminar más la escena antes de que la procesaran, pero, aun así, no pudo evitarlo.

Con el mayor de los cuidados y asegurando cada paso que daba se colocó a escasos centímetros del objeto.

Se agachó y echó un primer vistazo sin tocar nada. Sintió

un escalofrío. No esperaba que los ojos aparecieran tan pronto. Bueno, en realidad no esperaba ni que aparecieran. Mucho menos de aquella manera.

Miles de hipótesis habían pasado por su mente mientras estaba en el tanatorio, con el cuerpo del difunto delante, pero la que más fuerza de todas tenía era la del mercado negro. ¿Que por qué se habían llevado los ojos y no otras partes u órganos más valiosos? A esto no podía darle respuesta. Además, tampoco sabía qué valor podrían tener en dicho mercado, pero era una de las primeras cosas que quería investigar una vez estuviera sentado en su puesto de trabajo. De todos modos, esto ya daba igual. Su teoría se había desmontado de golpe. No se habían llevado los ojos para venderlos.

Así que empezó a elucubrar una nueva teoría que, la verdad, le gustaba muchísimo menos que la del mercado negro.

Levantó la vista de los ojos y vio que el subinspector Zapata y su equipo acababan de llegar. El subinspector pasó el cordón y fue directo al inspector.

—Menudo día —dijo Zapata a modo de saludo—. La verdad es que últimamente no paramos, en verano se nos quintuplica el trabajo, y hasta que no entra bien el invierno, no decae la cosa. Aunque si le soy sincero, solemos trabajar más por la costa que por este tipo de pueblos. No es algo usual. Yo ni recuerdo cuándo fue la última vez que pisamos esta zona. A decir verdad, ni siquiera sé si la habíamos pisado.

—Pues ya —contestó Nicolás—, a mí, al menos, me han recibido con todos los honores.

Zapata sonrió levemente antes de colocarse la mascarilla; el resto del traje ya lo llevaba puesto.

—Esto será fácil. En exteriores y, más aún, en lugares como este, no podemos hacer demasiado. Tomaremos muestras en un radio de diez metros con epicentro en la caja. Para ello usaremos la técnica de barrido de peine; creo que ya sabe cómo es.

Nicolás asintió. Era una técnica tan literal en su nombre que no necesitaba demasiada explicación. Se delimitaba una zona en la que buscar indicios, se colocaban todos los técnicos, unos al lado de los otros, y comenzaban a andar a la vez peinando toda la zona acotada.

—De todos modos esto va a ser algo inútil. ¿Un parque infantil? No se me ocurre lugar más contaminado que este —continuó hablando—. Después, si eso, peinaremos unos metros más a la redonda en busca de cualquier rastro sospechoso haciendo una ligera espiral, pero... —Hizo un gesto con su cara indicando que iba a ser muy complicado.

—Haga lo que pueda, soy consciente.

—De momento nos centramos en recoger lo que sí tenemos. Zaragoza, proceda.

Uno de los técnicos se acercó al lugar y comenzó a tomar fotografías desde todos los ángulos posibles colocando un testigo métrico al lado de la caja.

Una vez hubo tomado un número suficiente de instantáneas, Zapata se agachó y agarró la caja con sus propias manos —enfundadas por dos pares de guantes de nitrilo— mientras otro miembro de su equipo preparaba una bolsa de pruebas. La observó por fuera con detenimiento. Nada fuera de lo común. Hizo que Zaragoza tomara unas fotografías más después de haberla colocado en mejor posición en el suelo.

Luego la volvió a agarrar y echó un vistazo a su interior. En un principio no vio nada y ya estaba dispuesto a introducirla dentro de la bolsa de pruebas, pero de pronto se paró y de nuevo miró con atención el interior.

Había algo en el fondo. Parecía un papel que había sido encajado y colocado como si fuera el mismísimo suelo de la caja.

—Fotografíe esto —indicó.

El policía obedeció. Después de eso, el subinspector introdujo unas pinzas y extrajo la nota con cuidado de no tocar los ojos con ellas. Aunque ya estaba manchada.

Volvió a pedir instantáneas del papel mientras lo sujetaba con la mano.

—¿Quiere abrirlo aquí o lo hace después de procesarlo?

Nicolás dudó unos instantes. Sabía cuál era el procedimiento —que no dejaba dudas y establecía que primero se sometía el objeto a los pertinentes análisis, luego se veía lo que era— pero también entendía la pregunta de Zapata. Esa nota iba dirigida al abogado, por lo que debía aprovechar la situación de tenerlo cerca por si necesitaba hacerle preguntas.

—Ábrala.

El subinspector tomó una de las esquinas del pliegue de abajo con extremo cuidado con sus dedos índice y pulgar. Con las pinzas que todavía llevaba, agarró la esquina superior del pliegue de arriba y la abrió.

Los ojos de ambos se abrieron como platos.

Giró su cabeza, hacia la posición de Carlos. No esperaba ningún mensaje en concreto, pero desde luego lo que acababa de leer lo había descolocado. Sin dudarlo un instante, se dirigió hacia el abogado, que seguía en su mundo.

—Necesito que me deje la nota que le ha traído hasta aquí. Tenemos que analizarla en busca de rastros. Además, quiero comprobar una cosa.

Carlos se incorporó de golpe ante la petición de Nicolás. Metió la mano en el bolsillo, extrajo la nota y se la entregó al inspector.

Este la leyó con detenimiento.

—Está manuscrita, algo muy poco común en estos casos. Dentro de la caja, había también una nota. Subinspector —dijo girándose hacia Zapata—, tráigala, por favor. —Volvió a girarse hacia Carlos—. Mírela con detenimiento. No la toque.

Se la mostró.

Este la leyó en voz alta.

—«Estos ojos lo vieron todo»... ¿Qué coño es esto?

—Esperaba que usted me lo dijera.

—¿Yo? ¿Y qué cojones voy a saber yo? ¿Es que no me ha oído cuando le he dicho que no sabía nada sobre mi padre?

—Perfectamente —respondió lo más tranquilo que pudo Nicolás ante el aumento de tono de Carlos—. Igualmente, necesito preguntar. Entienda que todo esto me esté desconcertando. ¿De verdad que no sabe a qué se puede referir?

—No, yo qué coño voy a saber...

Nicolás emitió un bufido lento, algo desesperado. La situación se estaba empezando a descontrolar y no sabía cómo recuperar las riendas. La falta de experiencia, supuso. Aquello no le estaba gustando en absoluto. Lo único que sí tenía claro es que ese mensaje le indicaba claramente que la cosa no quedaba ahí, que algo más sucedería a continuación. Notó cómo una cierta dosis de ansiedad le recorría el pecho. No podía enfrentarse a aquello. No estaba preparado todavía. Quizá no fuera tan mala idea que la Guardia Civil se hiciera cargo del caso. ¿Cómo iba a tener un caso de semejantes dimensiones si solo era un novato?

Además, esto de las dos notas manuscritas se podía interpretar de dos maneras: o que la persona era estúpida y estaba, de manera inconsciente, dejando una pista que seguir con grafólogos; o que no tenía miedo a nada y todo esto le parecía un juego.

Por el bien de todos esperó que fuera la primera opción. Aunque esto era correr demasiado. ¿Ese ímpetu del novato le estaba haciendo ver cosas donde no había nada?

—Está bien, no se preocupe —dijo al fin—. Vuelva a sentarse si quiere.

Nicolás se giró y comenzó a andar acompañado de Zapata de nuevo hasta el punto donde todavía estaba la bolsa negra tirada en el suelo.

—Continúen, por favor.

Dicho esto, el subinspector y su equipo siguieron procesando el escenario.

Nicolás notaba que sus nervios comenzaban a jugarle una mala pasada y su espalda comenzaba a sudar. Andaba algo perdido. Conocía a la perfección los pasos a dar en casos como este, solo que no sentía que su cerebro lo fuera a acompañar durante el duro viaje que estaba a punto de emprender.

O se tranquilizaba, o aquello no iba a llegar a buen puerto. Estuvo tentado de ir él mismo a hablar con los guardias civiles para explicarles la situación. Ya no quería el caso. ¿O sí? ¿Qué hacía? Decidió hacer uso del poco aplomo que pudo encontrar y echarle valor.

Se volvió buscando al jefe de policía de Mors. Estaba hablando con unos vecinos que ya se habían acercado a la escena. Esperó por el bien de todos que no fuera un bocazas. Se dirigió hacia donde estaba. A unos pocos metros lo llamó; necesitaba alejarlo de los curiosos.

—¿La Guardia Civil ha examinado la casa?

Ramírez levantó una ceja.

—No me mire así, responda.

—Hasta donde yo sé, no. No creo que haga falta. Tengo entendido que en un caso de suicidio, cuando el juez decreta la orden, se da el caso por cerrado y punto. En Mors sí, pero en España no creo que sea el único caso de suicidio, y si tuvieran que investigarse a fondo todos, no se daría abasto. Aun así me dijeron que un experto en psicología forense vendría al pueblo a investigar los últimos meses de Fernando. Pero también me dijeron en el puesto de la Guardia Civil que para que eso sucediera podrían pasar meses, así que...

—¿Y si no lo ha sido?

El policía municipal sonrió entrecerrando los ojos.

—Permítame la grosería de decirle que creo que ha visto demasiadas películas. Yo mismo vi la escena. De hecho, fui el primero que entró en la casa. Por mucho que quisiera empeñarme en imaginar que todo había sido preparado, mucho me temo que no. Supongo que todo esto de los ojos abre una vía diferente en la investigación, eso ya lo dirá usted, pero lo único claro es que el señor Lorenzo se ha suicidado. ¿Por qué? Dudo que lo sepamos con facilidad. Ni su propio hijo lo sabe. —Miró a Carlos, que estaba sentado en uno de los bordillos del parque, cabizbajo.

Nicolás se sintió mal por unos instantes al tener ganas de atizarle un puñetazo a ese hombre en toda la nariz, pero andaba algo perdido y lo último que necesitaba era que alguien le vacilara. Mucho menos que se mostrara condescendiente con él. Esto sí que no. Miró de nuevo a los técnicos de Científica, que hacían su trabajo buscando indicios por varias zonas de los alrededores.

Pensó que quizá el paso más lógico en ese momento era pedir sin más demora la orden para una nueva autopsia. Con la aparición de los ojos en dichas circunstancias, el juez no se la podía negar. Además de esto, necesitaba un registro de la casa del difunto, pero sabía que las dos órdenes no le iban a ser concedidas de manera inmediata y prefería optar por la de la autopsia.

Llamó a comisaría y, tras una breve explicación al inspector jefe —explicación que escuchó muy atento—, este accedió a hablar con el comisario para pedir la orden. Insistió varias veces en mandar a otro inspector, aunque no estuviera de servicio, para ayudarlo con todo aquello, pero Nicolás se negó. Quería seguir intentándolo.

Al colgar, probó algo que se le acababa de ocurrir.

Se dirigió hacia donde se encontraba Carlos.

—¿Puedo acompañarle a casa de su padre?

—Estoy bien —dijo sin alzar la cabeza.

—Insisto.

El abogado levantó la mirada y observó la cara del inspector. Tenía los ojos muy abiertos. No supo por qué, pero de repente comenzó a asentir.

Se levantó y se dirigió hacia su coche, Nicolás hizo lo propio hacia el suyo habiendo indicado previamente a Zapata los pasos a seguir. El juez seguía sin aparecer y él no se iba a pasar ahí la mañana como un pasmarote. Sus órdenes al subinspector no fueron demasiado concretas, pues confiaba en que ellos sabrían hacer bien su trabajo. Una vez dentro del vehículo, indicó con la mirada a Carlos que iría tras él.

Ambos emprendieron la marcha ante la atenta mirada de Julián Ramírez, el jefe de la policía local de Mors, que acababa de encenderse otro cigarrillo. Su gesto era mucho más serio que hacía unos minutos. Tiró el cigarro tras darle una sola calada. Expulsó el humo preocupado.

14.25 h. Mors. Casa de Fernando Lorenzo

Aparcaron frente a la puerta, en una calle en la que al parecer siempre había donde dejar el coche. Carlos no pudo evitar pensar en lo distinto que era aquello de Madrid.

Nicolás se acercó hasta el abogado y se detuvo en seco a su lado, justo enfrente de la puerta de entrada.

—Supongo que, como abogado que es, sabe que sin una orden yo no podría acceder al interior de la vivienda.

—A menos que yo le invite a pasar, claro está.

—Veo que ya ha salido del shock y que me comprende. Perfecto, le necesito así. Lo hago por adelantar trabajo, créame. Sé que anda consternado por lo que está sucediendo, que son demasiadas emociones en muy poco tiempo, pero le seré todo lo franco que puedo: no hay que ser un lumbreras para saber que hay algo detrás de la muerte de su padre. No descarto que en realidad fuera un suicidio, pero no me joda, ¿después de suicidarse ocurre esto? Lo siento, no me presenté a este puesto porque crea en las casualidades. Además, la nota era bien clara: su padre vio algo que le impulsó a suicidarse. En el caso, como ya digo, de que se suicidara.

Carlos lo miró sorprendido.

—Es solo una hipótesis, no me mire así —añadió Nicolás, que se percató enseguida de que quizá estuviera hablando más de la cuenta, otro error de novato—, pero cuantas más cosas vayamos descartando, más posibilidades tendremos de dar en el clavo.

—Está bien, pase —dijo el abogado con gesto cansado.

Nada más acceder al interior y cerrar Carlos la puerta, Nicolás comenzó a observarlo todo. Andaba muy despacio por el salón, como si estuviera analizando cada mota de polvo que pudiera haber en la casa.

—¿Sabe si todo está en su sitio? —preguntó dándose cuenta enseguida de que había vuelto a hacer una pregunta estúpida.

El abogado decidió, esta vez, darle una respuesta más calmada y menos borde.

—Es la primera vez que vengo. Tuve un problema hace años con mi padre, no sabía ni que vivía en este pueblo.

—Entiendo... —comentó Nicolás mientras seguía caminando despacio al mismo tiempo que lo miraba todo.

—Al parecer —añadió Carlos—, todo ocurrió aquí.

Pulsó el interruptor que había al lado de la puerta y mostró al inspector la habitación de su padre.

Al entrar, Nicolás observó que la habitación no presentaba ningún signo que le levantara sospecha. El cuarto era parco en decoración, las paredes tan solo estaban revestidas con un fino gotelé y ningún cuadro las adornaba. Una cama grande, con un colchón algo gordo, presidía el centro de la estancia. Un mueble con cajones que parecía haber sido comprado hacía demasiadas décadas descansaba enfrente de ella.

—¿Puedo? —preguntó Nicolás mirando hacia el mueble.

—Adelante, yo no he tocado nada. Ni siquiera sé qué hay ahí dentro.

Extrajo un par de guantes de nitrilo que llevaba de repuesto en el bolsillo, se los colocó y tiró de los enganches.

Ropa interior. Mal doblada, además.

Rebuscó algo, tratando de no desordenar nada.

Nada que llamara su atención.

Probó suerte con los dos cajones siguientes.

Camisetas, camisas y pantalones.

Nada que remarcar.

Nicolás sopló desesperado. Esperó, como en las películas, encontrar algo que le esclareciera todo, una pista definitiva. En su lugar solo halló ropa.

Se giró, se agachó y miró debajo de la cama.

Nada.

Se incorporó de nuevo.

Miró a Carlos tratando de ocultar su desesperación de no saber qué hacer. Pero le costaba horrores.

—Hay un fuerte olor a lejía o algún tipo de desinfectante. ¿Ha limpiado usted?

—No, la Guardia Civil envió ayer un equipo de limpiezas traumáticas. El jefe de los municipales me dijo que él mismo se lo había recomendado a ellos.

Nicolás enarcó una ceja ante este último comentario. Intentó que Carlos no se lo notara.

—Joder, entonces aquí no hago nada. En caso de haber alguna pista, ya se la han cargado. Dudo de que el equipo de Criminalística de la Guardia Civil tuviera en consideración otra posibilidad que no fuera el suicidio, por lo que no creo que peinaran a fondo la escena.

—Bueno, supongo que en un principio no se podía pensar en otra cosa.

—No me malinterprete, no les culpo de esto. Yo mismo

hubiera dictaminado que lo era en caso de haber estado aquí. De eso no tengo duda.

Nicolás anotó mentalmente el llamar al cuartel que atendió el caso y preguntar por este dato, aunque sospechaba la respuesta.

—En fin —continuó hablando—, de todas maneras, si usted viera algo, lo más mínimo que le pareciera sospechoso, por favor, avíseme. No sé qué hará, pero debido al cariz que ha tomado todo, tal vez debería quedarse un tiempo en este pueblo; puede sernos de ayuda. Tómeselo como unas vacaciones o algo así. Quizá sea el momento de reconciliarse con su padre, o al menos con su memoria. Igualmente, haga lo que quiera, pero si decide irse, hágamelo saber, por favor. Puede que tenga que localizarle para cualquier cosa que surja. Si alguien ha intentado ponerse en contacto con usted para que encontrara los ojos de su padre, podría convertirse en una pieza fundamental en esta investigación.

—¿Se refiere a un cebo? No sé si me hace demasiada gracia esto.

—No, no, perdone pero estoy algo torpe con mis palabras. Más bien, un enlace. De todos modos no se sienta presionado con esto. Haga lo que quiera hacer.

Carlos se quedó unos segundos pensativo. Esto de las vacaciones no iba con él, nunca había ido con él. Pero sí debía reconocer que aquella situación era excepcional. Más que tomarlo como unas vacaciones, quizá debiera hacerlo como algo necesario para averiguar la verdad. Le picaba un gusanillo que nunca antes había sentido y no sabía cómo actuar frente a él. Aunque, en caso de poder acercarse a la verdad, ¿querría averiguarla?

—No sé, puede que me quede unos días. Lo voy a pensar. Sea como sea, por favor, téngame al corriente de todo.

—Será el primero en saber lo que pueda contarle, ya sabe cómo funciona esto. Ni siquiera sé cómo actuará el juez con el sumario a partir de ahora, puede pasar de todo. Por cierto, ahora sí me gustaría que me diera su teléfono móvil. Si no, me va a ser imposible localizarlo —contestó Nicolás.

Dicho esto se encaminó hacia la salida quitándose los guantes y guardándoselos en el bolsillo. Justo al llegar a la puerta, se giró y ofreció su mano a Carlos.

—Espero que esto se resuelva pronto y atrapemos al indeseable que le está molestando.

—Espero que así sea —dijo Carlos al tiempo que le estrechaba la mano.

Nada más salir, su teléfono móvil comenzó a sonar. La llamada provenía de comisaría. Como esperaba, era el inspector jefe Montalvo.

—El cuerpo irá de camino hacia Medicina Legal en unos minutos, lo están preparando. El juez no ha puesto problemas, debido a la situación. Como también es algo excepcional, la autopsia se hará ahora. Si no, tendría que hacerse mañana a primera hora y, según se están poniendo las cosas, no sé si sería una buena idea. Persónese allí, es muy fácil llegar. ¿Conoce la avenida Aguilera? Es la perpendicular a la avenida de la RENFE.

—Sí, claro, esa ancha.

—Eso es. Pues debe seguirla en dirección a la salida de Alicante. No la deje hasta llegar... ¿Tiene GPS?

—Sí, claro.

—Pues busque «Tanatorio La Siempreviva» y que le lleve él. Nicolás no pudo disimular su sorpresa.

—¿La Siempreviva? ¿En serio?

—Sí, lo sé. Y supongo que también estará sorprendido de que sea un tanatorio donde le envío. Una vez allí le explicarán por qué. ¿Sale ya hacia allí?

—Afirmativo.

—Bien, cuando acabe, viene y me cuenta. Espero que sean buenas noticias.

Nicolás montó en el coche y emprendió rumbo de nuevo hacia Alicante. Esperaba tener más suerte en su siguiente paso de la que había tenido hasta el momento. La parte positiva era que, al menos, se sentía animado para seguir adelante.

14.42 h. Mors. Casa de Fernando Lorenzo

Carlos, una vez solo, creyó que lo mejor en aquel momento era llamar a Gala y explicarle la situación. Así lo hizo, esta no daba crédito a todo lo que escuchaba por el auricular de su teléfono móvil.

—De verdad, ¿quieres que vaya? —insistió una segunda vez.

—Ya te he dicho que no, de momento necesito estar solo. O reordeno mi cabeza o me dará algo. Ya me conoces, necesito tenerlo todo bajo control y esto es justo lo contrario. Puto caos de los cojones.

Gala aguardó unos instantes antes de hablar. Se le oía respirar profundo al otro lado de la línea.

—Está bien, sabes que estoy a una llamada de que pierda el culo en ir, ¿no?

—Sí.

—Pero ¿cuánto tiempo te vas a quedar?

—No lo sé, ni siquiera sé todavía si quiero hacerlo o no. Déjame que piense un rato. Lo mismo se me cruzan los cables, lo mando todo a tomar por el culo y me vuelvo.

—Siendo egoísta me gustaría que hicieras eso. Pues no te digo más, ya sabes. Un beso, ve contándome.

—Chao.

Colgó. En realidad se sentía solo, más solo que nunca, pero necesitaba de verdad recuperar el control. Si era posible, claro. Con el teléfono todavía en la mano, sintió la necesidad de hacer uso del cuarto de baño.

Cuando iba de camino, casi de manera inconsciente, su vista se posó en algo.

Recordó de pronto la primera nota que su padre le había dejado, justo antes de suicidarse. La que por circunstancias obvias había desaparecido momentáneamente de su cabeza.

Sintió que, por enésima vez, su corazón se aceleraba. Corrió hacia el objeto y lo agarró enseguida.

No se equivocó. Su padre lo había mandado justo ahí.

La torre blanca.

9

Viernes, 9 de octubre de 2009, 14.45h.
Mors. Casa de Fernando Lorenzo

En su mente había una imagen tan nítida del papel con el texto que había dejado su padre tras ahorcarse, que parecía que fuera ahora cuando lo estuviera mirando con sus propios ojos. Las circunstancias habían hecho que lo hubiera dejado apartado a un lado, pero ahora ocupaba todo el centro de sus pensamientos.

«En los cimientos de la Torre Blanca, comienza el camino hacia la verdad.»

Tan fácil, tan insultantemente sencillo...

Tan siniestro y terrorífico a la vez...

Su cabeza había hecho lo más lógico, lo que haría el noventa y nueve por ciento de los mortales: elaborar cientos de teorías estúpidas y sin sentido. Irse por los derroteros más inverosímiles cuando la solución estaba tan cerca, tan a mano.

Tanto, que estaba en las suyas propias.

Miró la pieza de ajedrez una vez más. Le dio la vuelta para observar de nuevo la nota que había, doblada e introducida con extrema habilidad, dentro del objeto. Repasó el resto de las piezas una a una. Era la única que tenía algo así, por lo que no había lugar para las dudas. Su padre había arrancado el plástico circular de la base para poder meter el papel.

No sabía qué hacer tras la mala experiencia con la nota que lo había llevado al parque Juan Carlos I. El policía había sido muy claro sobre cómo debía haber actuado, pero, claro, ahora era muy distinto porque no tenía ni idea de quién había dejado la otra, y en cambio era evidente que esta había sido su padre. Era diferente. No corría el mismo tipo de peligro, ¿no?

Estuvo dudando varios minutos. El debate entre el sí y el no era intenso y repleto de buenos argumentos por ambas partes. Los del primero lo convencieron y la sacó de su escondite.

Suspiró antes de abrirla.

El cosquilleo nervioso de su estómago le revelaba que, fuera lo que fuese, aquello no lo iba a dejar indiferente. ¿Le revelaría por qué narices había ocurrido, mejor dicho, estaba ocurriendo algo tan macabro?

Solo había una forma de averiguarlo.

Con la boca y la garganta seca de tanto aspirar aire, comenzó a desdoblar la hoja de papel. Al hacerlo, comprobó que no era demasiado grande

Leyó el texto, escrito al parecer de puño y letra por su padre. Su caligrafía era minúscula. Quizá algo necesario para escribir todo esto en un papel tan pequeñito.

Por tu seguridad y la de otros, no puedo revelar qué pasó, pero sí puedes averiguar por ti mismo la verdad. Yo, cuando estaba desesperado, siempre miraba hacia Dios. Y, por favor, no confíes en nadie.

La cara de Carlos al leer el texto era un poema. Tenía la nariz arrugada y los ojos algo entrecerrados. No entendía nada, no se explicaba por qué a su padre le había dado por hablar en clave ante una situación así.

¿Por qué no le contaba de una maldita vez qué había pasado para llegar a ese punto? ¿De verdad consideraba que el asunto era tan peligroso como para hacerlo así? Comprendía que los hechos ahora estaban hablando por sí solos, pero ¿él sabía que podría llegar a pasar esto?

Entendió que, ni en sus peores presagios, su padre hubiera imaginado que alguien le sustraería los ojos del cráneo y los utilizaría para enviar tan siniestro mensaje, pero esto no implicaba que no supiera que algo oscuro le rondaba, si se acabó quitando la vida. Entonces ¿por qué no hablar claro y dejarse de estúpidas adivinanzas?

Además, ¿esto iba dirigido a él? ¿Cómo suponía que tendría que querer averiguar nada después de haberlo dejado abandonado como a un perro? Si era así, su padre daba por hecho demasiadas cosas. Lo más lógico, teniendo en cuenta el cómo debería actuar no un hijo, sino una persona que había sufrido un desprecio de semejante magnitud, era que ni siquiera hubiera ido a ese pueblucho de mala muerte para hacerse cargo de él. Fueran cuales fuesen las circunstancias que rodearan su fallecimiento. Por otro lado, tampoco debía haber supuesto que fuera a quedarse porque tampoco entraba en lo racional. Parecía que su padre se había montado una película él mismo y hasta que nada de todo lo que estaba sucediendo fuera real.

Inmediatamente comenzó a pensar si no habría perdido la cabeza, lo que explicaría muchas cosas. La primera, que se hubiera suicidado. Quizá su cerebro no disponía del suficiente riego y esto explicaría que comenzara a ver fantasmas en todos lados. Unos fantasmas que lo perseguían y que lo habían llevado a dejar las notitas y colgarse de una soga. Puede que hasta fuera una llamada de atención. El reclamo de un viejo que ya estaba chocho y que se había quedado solo en la vida por una serie de malas decisiones. Lo malo es que todo esto se disipó al recordar la imagen de los ojos dentro de la caja. Puede que su padre intentara protegerlo de quien le hubiera hecho esto. Que alguien lo estuviera acosando por algún motivo. Lo peor es que esto le hacía plantearse nuevas preguntas que no iban a poder ser contestadas.

¿Protegerlo por qué? ¿Sabía de verdad que algo así podría ocurrir? Si lo sabía, ¿por qué no se había protegido él pidiendo ayuda a la policía? ¿Prefirió quitarse la vida antes de que le ocurriera algo peor?

Quizá fuera que huir era la solución más sencilla. Huir otra vez, claro. Si alguien era experto en quitarse de en medio antes de enfrentarse a sus problemas, ese era su padre. Lo peor es que no tenía ni idea de si esos mismos problemas que le hicieron desaparecer una primera vez eran los que habían conseguido que se apartara del todo. Para siempre. Quería odiarlo por haber hecho esto, pero no le salía. No podía recriminarle el haber acabado con los pies colgando sobre el suelo, pues, frente a una hipotética situación como la que podría estar pasando su padre, no sabía cómo hubiera actuado él. De hecho, sin ir más lejos, el día anterior mismo pensaba desaparecer y dejar todo aquello de lado, desentenderse. En definitiva, huir de un problema que, le gustara o no, también le concernía a él. Si no, ¿por qué alguien había hecho que encontrara los ojos extirpados de su padre? No sabía de qué manera, pero él estaba involucrado en todo aquello.

Las dudas de si llamar o no al inspector Valdés volvieron. La promesa de contarle cualquier cosa que recordara o averiguara seguía vigente para él. A pesar de lo que pudiera pensar la gente sobre los abogados, él era de los que cumplían sus promesas, pero las últimas palabras escritas en la nota le estaban haciendo replantearse si en verdad era una buena opción hacerlo.

«Por favor, no confíes en nadie.»

Pero claro, era un policía, y si no confiaba en la Policía, ¿en quién lo haría?

También existía la posibilidad de guardarse para sí mismo el secreto un tiempo, hasta que viera de qué manera se iban desarrollando los acontecimientos. Total, nadie sabía que había descubierto la nota. Además, así daría tiempo a Valdés de ir arrojando algo de luz sobre todo aquello. Aunque sus ojos demostraban lo perdido que iba, quizá el inspector sacara algo en claro en breve y aquella nota, en realidad, no llegara a servir para nada.

Creyó que esa era la mejor opción. Tal vez también porque no sabía ni cómo empezar a darle sentido a esas palabras de su padre.

Además, pensar que todo aquello le llevaría a algún punto de esclarecimiento era demasiado suponer. Quizá se devanara los sesos y todo le llevara hacia el desvarío de un pobre loco. Puede que lo de los ojos formara parte de una broma —demasiado macabra, eso sí—. En verdad había visto un caso similar ocurrido en Madrid, donde un perturbado, con el único propósito de molestar a unos vecinos con los que no se llevaba nada bien, entró en el cementerio de la Almudena, profanó una tumba y se llevó unos huesos de ella. Acto seguido, los colocó enfrente del portal de sus vecinos, haciendo que estos se llevaran el peor susto de su vida. Recordó la investigación que se abrió tras esto, donde sus fuentes en la policía le contaron que las cábalas hasta les llevaron a creer que era un tipo de mensaje satánico. Nadie pensó en la solución más sencilla, que no era otra que la de un pobre perturbado que solo quería molestar y que no pasaría de ahí.

¿Por qué no podría ser algo parecido? Puede que su padre le hubiera tocado los cojones a alguien y esta persona hubiera aprovechado su muerte para sacar su lado más friki. Ojalá fuera eso.

Volvió a doblar la nota tal y como estaba, la introdujo de nuevo en la pieza de ajedrez, limpió esta última de huellas

—aunque sabía que la nota también tendría algo de su identidad— por si acaso y lo dispuso todo tal y como estaba antes de encontrarla.

Tenía una memoria fotográfica, una cualidad que había descubierto desde bien pequeño y que le había traído muchas alegrías en época de exámenes. Era por esto que no necesitaba volver a leerla. Sabía que no olvidaría su contenido.

Decidió, aunque no le apetecía demasiado, salir a dar un paseo por el pueblo. La necesidad de aire puro imperaba, pero, sobre todo, puede que no le viniera mal del todo familiarizarse con las calles del municipio. Sentía miedo tras la nota recibida que lo llevó al parque, sí, pero Carlos Lorenzo no había llegado donde estaba dejándose amedrentar por pirados de tres al cuarto. Quizá una vuelta por las calles del pueblo le ayudara a despejar la mente y aclarar en cierto modo esa bruma que le impedía ver qué era lo mejor que podía hacer a partir de ahora. Además de todo lo anterior, la nevera estaba vacía. Así no podía seguir.

15.18 h. Alicante. Instituto de Medicina Legal. Tanatorio La Siempreviva

Nicolás entró por la parte trasera del complejo, por donde entraban y salían los coches fúnebres. Tuvo que aguardar unos segundos a que le abrieran una puerta corrediza automática de color blanco, que se desplazó con parsimonia mientras él golpeaba con paciencia el volante con sus dedos. Cuando pasó, no supo muy bien dónde tenía que aparcar. Un espacio reservado frente a un muro en el que se podía leer IML fue el escogido, pues supuso que ahí era el lugar idóneo. Bajó del vehículo y se dirigió a la entrada, que era una puerta de almacén gigantesca que estaba abierta de par en par.

Iba un poco perdido, por lo que preguntó a una de las personas que pasaron por allí vestidas con un polo de color azul claro y las letras de la empresa que controlaba el tanatorio. El joven, que tenía el pelo algo enmarañado, pero con un aspecto de bonachón bastante importante, se ofreció gustoso a ir a buscar a uno de los forenses para que lo recibiera allí abajo. Nicolás le dijo que no hacía falta, que él mismo iría al lugar en el que se encontrara, pero este insistió en ir a buscarlo.

Tras un par de minutos, un hombre de mediana edad, con barba, pelo peinado hacia atrás a lo Mario Conde y con cara sonriente se acercó hasta él.

—¿Es usted el inspector Nicolás Valdés? —preguntó a la vez que le ofrecía su mano.

—Así es, ¿usted es? —Le estrechó la mano.

—Juan Legazpi. Para servirle.

—Pues encantado. Supongo que es usted el forense que se va a encargar de la autopsia. ¿Ha llegado ya el cuerpo del señor Lorenzo?

—Me temo que todavía no. Pero eso no me viene del todo mal, ¿sabe? Su inspector jefe me ha llamado y me ha contado que es usted nuevo. Aquí nos gusta tratar bien a las nuevas incorporaciones, más que nada porque no sabemos cuándo nos podemos necesitar los unos a los otros, por lo que cuanto mejor sea la relación, mejor se resolverán los casos.

—Estoy de acuerdo.

—Puede parecerle normal estar de acuerdo, pero le sorprendería la de compañeros suyos que no parecen entender esto. Pero bueno, esto es como todo, supongo. Al final todos somos personas de un padre y una madre distintos, por lo que te puedes encontrar con un capullo en cualquier lugar. Incluso aquí —dijo sonriendo.

Nicolás también lo hizo. Le gustaba la actitud y la jovialidad del doctor Legazpi. Él también creía en la buena relación para un trabajo más efectivo.

—Bien, mientras esperamos, como le decía, podría enseñarle el complejo. Esta es la forma que tenemos de estrechar lazos con los nuevos. ¿Le apetece?

—Adelante.

El doctor giró y fue hacia su lado derecho, izquierdo para Nicolás, que lo siguió hasta que pasó por la primera puerta a la izquierda con la que se toparon. Era una sala de autopsias muy pequeña, con una mesa metálica en el centro y con algo más de ventilación que una sala normal —al menos las que había visto Nicolás hasta la fecha—. En uno de los lados, en el opuesto al que estaba la mesa con el instrumental, había un gran congelador con una forma similar a la de un ataúd.

—Esta es la sala de putrefactos, como la llamamos. Creo que no hace falta explicar para qué es ni para qué es esa gran campana extractora del techo. Supongo que alguna vez nos tocará hacerla aquí juntos, por esto se la enseño. El olor que hay aquí dentro... bueno, es el que es. También es verdad que podríamos decir que es ahora cuando en verdad huele bien. Ya sabe, esto es lo que hay.

Nicolás asintió. No le molestaba demasiado, pero sí era cierto que había un cierto tufillo a muerte inconfundible para quien había visto un cadáver con varios días a sus espaldas.

—Y ahora, si me acompaña, ahora sí le enseño nuestras instalaciones verdaderas, ya que aquí abajo, sobre todo, es donde trabajan los tanatopractores de la funeraria.

Ambos se dirigieron hacia el ascensor. La subida fue algo incómoda, pues les tocó subir con un operario que trasladaba un cadáver dentro de un ataúd hacia una de las salas de la primera planta, la que hacía la función de tanatorio. Una vez paró y salió, el médico habló.

—Supongo que una de las cosas que más le sorprende es que trabajemos aquí en vez de en unas dependencias solo para nosotros.

—Desde luego.

—Pues todavía deberíamos agradecerlo porque, aunque este lugar es espantoso para trabajar, al menos tenemos algo más o menos en condiciones. Otra de las opciones que se nos dio fue la del cementerio, así que imagine si esto está mejor o no. La empresa que gestiona este tanatorio ofreció gustosa estas instalaciones a la Consellería, por lo que aquí estamos. Tendríamos hasta que dar las gracias. También tenemos un pequeño apartado en los juzgados de Alicante, pero es tan pequeño y viejo que aquí le aseguro que estamos mejor. En fin. No disponemos de unas instalaciones tan maravillosas como en Valencia o Madrid, por poner algunos ejemplos, pero al menos no estamos demasiado mal.

El ascensor se abrió por segunda vez y salieron de él. Estaban en la segunda planta.

—Esta planta es enteramente nuestra. Esto sí se podría decir que es el IML. Aunque, bueno, como verá tampoco es que haya demasiado que enseñar. Ahí —señaló con sus dedos hacia una puerta doble— es donde hacemos las autopsias. No se la enseño ya porque en unos minutos la verá mejor. En esa cámara de ahí solemos tener a los pendientes de autopsias. Detrás de ella hay otra que sirve como congelador para los que esperan una orden judicial para ver qué se hace con sus cuerpos.

—¿Se refiere a los cadáveres sin familia o los que esperan a ser repatriados?

—Exacto. El segundo caso es fácil, pero el primero es uno de los más crueles que se puede vivir. No soporto el tema de las fosas comunes. Pero en fin, en algún lugar tendrán que descansar en paz.

Nicolás asintió.

—Y si me acompaña le enseño nuestros pequeños laboratorios de histopatología. No son gran cosa, pero nos sobra.

—¿Hacen análisis de tóxicos?

—Usted viene de Madrid o de Barcelona, ¿verdad?

Nicolás sonrió ante la pregunta.

—Madrid.

—No. Las muestras las guardamos en la cámara que le he dicho antes y las enviamos a Barcelona. Aquí apenas podemos saber si en sangre tenía alcohol y poco más. Supongo que si ha visitado ya el Anatómico Forense de Madrid, todo esto le parecerá una mierda —rio—, pero es lo que tenemos.

—No, no —contestó apurado—, no quería decir eso.

—No se preocupe. Estuve un año en Madrid y sé lo que es eso. Aunque a mi favor diré que es más viejo y que el olor a cocido permanente es repugnante.

—¿Cocido?

—Sí, no me diga que no lo ha olido. Es por la parte de antropología forense. Muchas veces, para poder estudiar los huesos de un cadáver hay que separarlos de la carne. Y esto se hace cociéndolos.

Nicolás no pudo evitar poner cara de sorpresa y sonreír.

—Y, ya por último, nuestro despacho. Le presentaré al resto del equipo que está hoy de guardia.

Antes de pasar, Nicolás posó su mirada sobre un cartel que había encima de la puerta. Estaba impreso en un folio. En él se podía leer: «La técnica necrópsica se acomodará a los procelosos designios del destino».

—¿Y esto? ¿Quién lo dijo? ¿Es un dicho? —preguntó el inspector.

—No, una cena de empresa y una noche de borrachera.

Accedieron al interior.

Dentro, la sala era increíblemente pequeña. Tres personas se dedicaban a sus quehaceres en la misma.

—Os presento al inspector Nicolás Valdés, de la UDEV de Isabel la Católica. Esta es la doctora García, ella es Pepi, nuestra auxiliar de autopsias y este es el doctor Gonzalo Giner, que creo que tiene unas palabras para usted —comentó sonriendo.

—Así que es el inspector que tumbó mi autopsia de ayer con el señor Lorenzo.

—No, yo... —contestó un apurado Nicolás.

—Es una broma. —Rio casi de inmediato—. No se crea que es la primera vez que pasa que damos por hecho algo, por todo lo que rodea a las circunstancias de la muerte, y tras la aparición de nuevas pistas tenemos que repetirla bajo otro punto de vista. Por eso queremos hacer siempre las autopsias al día siguiente del fallecimiento.

—A mí no me pasa —comentó con sorna Legazpi—, habla por ti.

—Bueno, por eso harás tú ahora la autopsia, listillo.

Todos rieron. Incluso Nicolás, que se sentía extrañamente bien en ese lugar.

Alguien golpeó la puerta con los nudillos. El doctor Legazpi se asomó y entró con un semblante algo más serio.

—Ha llegado la hora. Pepi, ayuda al mozo, por favor. Inspector, ¿me acompaña?

Ambos salieron del despacho y se colocaron justo enfrente de lo que se suponía que era la sala de autopsias. El doctor empezó a colocarse un traje estéril y animó también a Nicolás a hacerlo. Una vez ambos estuvieron vestidos —guantes, calzas y mascarillas incluidos—, pasaron al interior.

La sala no distaba demasiado de lo que Nicolás había visto en otras ocasiones. Dos mesas metálicas con planchas de aluminio para la colocación del cadáver presidían la estancia y era lo que más llamaba la atención de su interior. Lo siguiente, aparte del instrumental dispuesto de manera increíblemente ordenada, era una pizarra que había en una de las paredes donde, al parecer, el doctor iba haciendo las anotaciones que creyese necesarias en el proceso de la autopsia —peso de los órganos, tallaje del cadáver, enfermedades conocidas, anomalías...

El cuerpo de Fernando Lorenzo reposaba encima de una

de las mesas. Su aspecto era diferente respecto a cuando lo había visto en la cámara del tanatorio. La razón era que lo habían lavado a fondo para el procedimiento al que iban a someterlo y había perdido el maquillaje que le había puesto el tanatopractor. Esto hacía que hubiera recuperado el tono morado que su tez debía de tener todavía tras la asfixia con la horca. El doctor se acercó a él con determinación. Pepi, la auxiliar, lo miraba expectante.

—Puede acercarse si quiere, conmigo no tendrá problemas en este sentido. Me gusta comentar con la policía los aspectos que van surgiendo durante la autopsia. Me ha pedido, según su solicitud, que me centre principalmente en dos puntos, ¿no?

—Correcto, en cómo murió y en todo lo que me pueda contar de la extracción de los ojos.

El doctor tomó aire antes de hablar.

—Bien, de lo primero puedo contarle varias cosas solo viendo el cuerpo de manera externa, ninguna definitiva por supuesto, pero me juego la barba a que se acercarán bastante. Para confirmarlas necesitaremos que las muestras que tomó mi compañero nos arrojen resultados definitivos, pero bueno, ya sabe que esto no está en manos de nuestro laboratorio. De igual modo, si el juez quiere, meterá prisa. Así que supongo que no tardarán demasiado. Pero, mire, la cianosis es evidente en todo el cuerpo.

Nicolás asintió sin dejar de mirar el cuerpo; era justo en lo primero que se había fijado.

—Como creo que sabrá —continuó—, es uno de los signos más evidentes de la muerte por asfixia, que concuerda con la primera valoración. Al haber pasado otro día es mucho más evidente que en la primera autopsia. De ahí que siempre queramos hacerla al día siguiente y no en caliente, como ha dicho Gonzalo en el despacho. De todos modos, basarnos en solo esto es muy precipitado, así que para medio confirmarlo

voy a ver otra serie de signos que sí lo evidenciarían. Espere.
—Se alejó y volvió con un termómetro digital de oído. Le tomó la temperatura—. ¿Ve? Uno de ellos me lo confirma, como es el enfriamiento lento del cadáver. Aquí —dijo señalando el informe— me muestra que ayer tenía apenas cinco grados más de temperatura. Las muertes por asfixia conllevan un enfriamiento mucho más lento que las naturales o las provocadas de otra, digamos, manera. Haber podido ver sus ojos me hubiera ayudado a confirmar del todo mi hipótesis, la presencia de petequias en ellos hubiera sido algo casi definitivo, pero aunque parezca increíble, todavía no me han llegado, por lo que habrá que esperar. De todas formas, las condiciones en las que se hayan conservado pueden haberlas hecho desaparecer. Pero cuente con que ha sido por asfixia al noventa y nueve por ciento.

Nicolás se mordió los labios antes de hablar.

—La pregunta del millón: ¿cree que ha muerto por voluntad propia o le han, digamos, obligado a hacerlo?

El doctor enarcó una ceja mientras miraba fijamente al inspector. Había algo en sus ojos que le decía que le gustaba que no diera nada por hecho, por muy evidente que fuera, y que se hiciera este tipo de preguntas.

—Es pronto para asegurar esto también. Tendré que levantarle la piel para evidenciar que no hay coágulos en algunas partes de su cuerpo que demuestren algún tipo de lucha o golpe, pero no creo que aparezcan. Si fuera un cuerpo de una persona de color nos podríamos sorprender, pero en este caso me temo que no los habrá. No hay marcas de agresiones en su cuerpo, ni nada que me haga pensar que ha sido obligado, pero la experiencia me dice que nunca se sabe. Una de las cosas en las que me centraré será en la búsqueda de señales que me puedan hacer pensar que ha sido amenazado mediante un objeto, llámese arma blanca, de fuego o lo que sea, para realizar el acto. Quizá cuando levante la piel en la zona de la cabeza encuentre algo, en caso de ser así, pero me sigo resistiendo a creer esta hipótesis. Yo le diría que ha muerto por decisión propia.

Nicolás tragó saliva.

Entonces ¿por qué coño se han llevado los ojos de alguien que se ha quitado la vida?, se preguntó a sí mismo.

—Sobre el segundo de los puntos que me ha pedido —continuó hablando el forense—, se puede saber bastante echando un simple vistazo con esta lupa con luz. Veamos. Se aprecian dos leves heridas en los laterales de las cavidades. Tengo que observarlas con un mayor detenimiento, pero le diría que los ojos los han sacado con unas pinzas quirúrgicas de un tamaño mediano. Como estas.

Legazpi le mostró las pinzas que tenía junto a su material de trabajo.

—Las introdujo tal que así —hizo una demostración acercándolas en la posible posición a las cuencas del difunto—, tiró del globo hacia fuera y, una vez en el exterior, cortó el nervio. Previsiblemente lo hizo con un arma con mucho filo y sin sierra, pues el corte parece limpio. —Hizo una pausa mientras observaba lo mejor que podía el nervio óptico—. Le diré más, el corte, por desgracia, me indica que la persona sabía lo que estaba haciendo.

—¿Eso cómo lo sabe?

—Observe aquí. El corte es demasiado limpio. Es homogéneo a simple vista. Esto significa que lo hizo sin vacilar. Una persona inexperta utilizaría el objeto cortante como si de una sierra se tratara, aunque el objeto cortante sea liso. Así. —Imitó el movimiento con su mano—. Eso dejaría una serie de marcas imperfectas que aquí no se aprecian. En un rato haré una sección del mismo y lo observaré vía microscópica, pero no dudo en que se haya hecho sin vacilación. Y esto me preocupa, no sé si a usted.

Y tanto que le preocupaba. Ni más ni menos quería decir que no había sido cualquiera para gastar una broma. El responsable era consciente de lo que quería hacer y tenía preparación para ello. Esto podría englobarlo con facilidad en un grupo de personas que hubieran estudiado o tuvieran nociones de medicina, aunque era difícil y arriesgado aventurarse en algo así.

—No he leído el anterior informe de autopsia. Bueno, no lo más importante, solo algunas cosas que necesitaba saber ahora para adelantar y que no influirán en el nuevo. No lo he hecho para no dejarme llevar por las conclusiones que haya expuesto Gonzalo. No quiero decirle con esto que haya hecho mal en pedir una segunda valoración. Entiendo su posición, dadas las circunstancias.

—Gracias, no pretendo juzgar a nadie. Solo intento hacer mi trabajo.

—Por el momento y hasta que no me traigan los ojos —continuó el doctor—, no puedo decirle más en un primer examen preliminar, pero creo que ya es bastante saber cómo y con qué. El por qué y el quién será cosa suya, por lo que siento no poder ayudarle más por el momento. Prometo informarle de los resultados que vaya obteniendo según los tenga, pero por ahora, no puedo hacer más. Solo le pido paciencia. Quiero ser extremadamente minucioso en el nuevo análisis y esto requiere un tiempo prudente. Puede que me pase el resto del día realizando la autopsia.

Nicolás entendió aquello como una invitación amable a abandonar las dependencias. Posiblemente al forense le gustaba trabajar en soledad.

—Gracias, doctor Legazpi, me ha sido de gran ayuda. Cuento con usted para saber más y, sobre todo, para esclarecer algo todo este asunto. Le dejo mi tarjeta —extrajo una y se la dio—, llámeme ante cualquier dato nuevo que tenga.

—No dude en que lo haré. Y, de verdad, ha sido un auténtico placer conocerlo. Espero que nuestras futuras colaboraciones sean tan buenas como esta. Valoro mucho eso.

Nicolás volvió sobre sus pasos con la satisfacción de haber encontrado un buen grupo de profesionales. Para nada importaba cómo eran sus instalaciones porque el equipo humano prometía ser fantástico. Ahora solo faltaba que arrojara resultados en la investigación. Por lo pronto tocaba regresar a la comisaría y allí, con algo de más calma, repasaría todo lo que sabía hasta el momento. No parecía ser demasiado, pero quizá había algo que se le escapaba. Ya lo vería allí.

17.05 h. Calles de Mors

Carlos llevaba andando un buen rato ya, no sabía cuánto: iba más pendiente de sus propios pensamientos que de mirar su Rolex. El sol iba y venía, aunque era mayor el predominio de nubes que de claros. El calor seguía apretando con fuerza a pesar de todo. A esas horas, en Madrid, tenía que haber una temperatura envidiable. O quizá no tanto, pero al menos no haría un bochorno tan intenso como lo hacía allí.

A pesar de estar absorto en sus cosas, no quitaba ojo de cada lugar por el que pasaba. No podía negar que el pueblo tenía algo de encanto. No era quizá su ideal para vivir en él, demasiada tranquilidad, pero tenía algo. Las casas, salvo alguna excepción, parecían tener décadas en sus ladrillos. El policía local le había dicho que había unas cinco mil personas censadas, aunque a él no le daba esa sensación durante su paseo. Apenas se había cruzado con tres o cuatro mientras caminaba, y esto le hacía dudar sobre ese dato.

Quizá su padre necesitara esa tranquilidad.

Lo malo es que, al parecer, a pesar de haberla encontrado, había algo que lo perseguía y que había conseguido que hubiera acabado con los pies balanceándose sobre el suelo. De todos modos, ¿era esa soledad lo que buscaba?

¿Habría abandonado a su madre y a él sin dar explicaciones

porque necesitaba estar solo? ¿Tan harto estaba de su vida? ¿Habría podido el estrés con él y lo había mandado todo a paseo para comenzar de cero? Entendía en parte esa acumulación de estrés que podía llevar sobre su espalda, de hecho, él también solía vivir estresado, pero no por ello se imaginaba abandonando a su familia —en caso de haberla tenido— y desapareciendo tantos años sin dejar ningún rastro. De igual manera, si aquello ya era un acto de por sí raro, dejar señas para que encontraran a su hijo una vez él hubiera muerto se llevaba la palma.

¿O era que, en vez de soledad, lo que buscaba era esconderse de algo o de alguien?

No tenía respuestas para nada de esto. De hecho, lo único que conseguía era plantearse más preguntas, como por ejemplo: si huía de alguien, de algún problema, ¿se había quitado la vida porque lo había vuelto a encontrar? Porque, claro, ¿por qué quitarse la vida ahora y no antes? ¿Qué hizo que no lo hiciera durante estos dieciocho años? ¿Por qué ahora?

Y por si fueran pocos interrogantes, luego estaba el asunto de los ojos robados. ¿Quién y, sobre todo, por qué se había llevado los ojos de su padre para luego hacer que él los encontrara? ¿Qué tenía que ver él con todo esto?

Estaba claro que alguien trataba de decirle algo, aunque quizá solo quería asustarle. Pero si este era su empeño, desde luego lo estaba consiguiendo. Con creces, además.

¿Qué clase de perturbado se dedicaba a hacer cosas así? ¿Sería capaz de más?

Las preguntas se amontonaban en su mente y no lo dejaban pensar con claridad. No había logrado descifrar el sentido de algo cuando una nueva cuestión lo inquietaba y lo volvía a atormentar. No recordaba cuándo había sido la última vez que se había visto en una situación psicológica parecida, pero seguramente no había estado así durante los casi veinte años de abandono por parte de su padre.

Seguía sumido en sus propias y disparatadas hipótesis y, al mismo tiempo, observaba cada lugar que iba dejando atrás. Una tienda de todo a un euro —era increíble cómo había cambiado el concepto del «todo a cien» gracias al redondeo—, varios terrenos sin edificar con el hueco exacto para una casa no demasiado grande, amplios garajes con la puerta abierta que desde fuera se veían arreglados, como si sus dueños hicieran vida dentro de ellos...

La verdad es que, de alguna manera extraña y sin encontrar el motivo, se sentía algo más relajado que hacía un rato. ¿Era por ver que, a pesar de una desgracia así, la vida seguía como si nada hasta en un pueblo tan pequeño? Quizá hasta esto último podía ser considerado como una filosofía de vida. Aunque también era verdad que él mismo se veía imposibilitado para ni siquiera intentarlo. Era de los que le daban muchas vueltas a las cosas. Demasiadas vueltas.

Pasó por la puerta de una carnicería. En la entrada, un hombre algo obeso y con un mandil blanco aspiraba el humo de un cigarrillo encendido. Lo curioso de aquella imagen era que la carnicería estuviera abierta ya que, según le habían repetido por activa y por pasiva unas cuantas veces ya, ese día era festivo en la Comunidad Valenciana y la mayoría de los comercios estaban cerrados al público.

Ni estando con la cabeza tan hecha un lío conseguía olvidar sus mil y una manías. Bueno, quizá a esto no lo podía llamar manía, sino más bien una tradición: cenar cada viernes dos filetes de ternera acompañados de un par de copas de vino tinto. Lo primero empezó a hacerlo cuando su madre aún vivía. Lo segundo lo añadió con el paso de los años. No estaba en su hogar, donde se sentía cómodo haciendo esto, pero no por ello no iba a dejar de actuar, dentro de unos límites lógicos, como cada día. Más que nada porque, si no, hacía acto de presencia una gran dosis de ansiedad.

Se acercó a la entrada y agachó ligeramente la cabeza.

Dibujó un leve asentimiento que sirvió de saludo al corpulento hombre.

Este lo miró de arriba abajo mientras echaba humo por la nariz. En un primer momento no se movió de su sitio, como diciendo al abogado que no era un buen momento para entrar en su establecimiento, como si ese descanso fuera sagrado. Al ver que Carlos no se movió de su sitio, dio una última calada al cigarrillo y lo tiró impulsándolo con su dedo corazón, ayudado por el pulgar.

Dio media vuelta y se metió en su negocio. Andaba de lado a lado, parecía que le costaba mover semejante tonelaje. Por detrás dejaba entrever una coronilla libre de pelo, rondaría una edad parecida al padre de Carlos.

—Usted dirá —dijo al fin cuando consiguió llegar detrás del mostrador. Al abrir la boca para hablar, Carlos comprobó que le faltaban unos cuantos dientes y los que le quedaban no estaban precisamente limpios. A punto estuvo de salir por lo que le repugnó esa imagen, pero quería la carne.

—Buenas tardes—ante todo la educación—, póngame un par de filetes de ternera de clase A. No demasiado gordos; los cocinaré en la plancha.

El carnicero no dijo ni media palabra. Se agachó para coger la ternera, afiló un cuchillo e hizo una señal encima de la carne.

—Así está bien —comentó Carlos.

Cortó el par de filetes.

—¿Algo más?

—No, por el momento. ¿Cuánto es?

El carnicero se le quedó mirando fijamente con los ojos entrecerrados.

—¿Es usted de por aquí cerca?

El abogado decidió pasar por alto la grosería de preguntarle tan a saco.

—No, vivo en Madrid, pero pasaré unos días en Mors.

—El caso es que su cara me suena —dijo el carnicero mientras se rascaba la mejilla derecha.

—Dudo que me haya visto por aquí. ¿Cuánto le debo? —Carlos quería marcharse cuanto antes de aquel lugar.

El dependiente inspiró y pulsó unas teclas en la balanza que tenía enfrente.

—Cuatro con sesenta.

Carlos extrajo un billete de cinco euros de su cartera.

—Quédese con el cambio.

Dio media vuelta y se dispuso a salir.

—Un momento. —La voz del carnicero lo paró en seco—. ¿Es usted familiar de Fernando Lorenzo?

Carlos suspiró sin darse la vuelta. Odiaba que le preguntaran tanto, pero supuso que aquello era lo que tocaba en esos momentos. Seguro que no sería la última vez que le preguntaban durante su estancia allí.

—Sí, soy su hijo —respondió a la vez que giraba la cabeza.

Al hacerlo comprobó que el semblante del carnicero se había tornado algo más serio. Si acaso fuera posible.

—No sabe cuánto siento lo que ha pasado. Estamos todos jodidos. Entonces ¿pasará unos días en Mors?

—Sí, ya sabe, arreglo de papeleos —mintió.

—Ya. Siento que su visita al pueblo sea por algo así. De todas maneras, si necesita algo, solo dígamelo. Mi nombre es Javier Culiáñez, pero aquí todos me llaman «el Pancetas». Lo dicho, si necesita algo, lo que sea, no dude en pedirme ayuda. Y disfrute de la tranquilidad de Mors, el pueblo en el que nunca sucede nada.

El carnicero calló de golpe. Quizá se dio cuenta de que sus últimas palabras no habían sido acertadas.

—Gracias —Carlos intentó quitarle hierro al infortunado comentario fingiendo una sonrisa—, ahora he de marcharme.

—Hasta luego.

Volvió a girarse y salió a la calle. Creyó que ya estaba bien por el momento de paseos y, sobre todo, de interrogatorios. Necesitaba descansar.

Si se hubiera girado en ese momento, hubiera podido ver que el carnicero no le quitaba ojo mientras su rostro mostraba verdadera preocupación.

Cuando Carlos ya se hubo marchado, el carnicero buscó su teléfono móvil y marcó un número que no le costó demasiado encontrar.

Cuando su interlocutor contestó, el carnicero no se anduvo con rodeos.

—¿Qué coño está pasando aquí? —preguntó.

10

Nicolás pensó en tirarse sobre su asiento. De haberlo hecho, con la silla que le habían asignado, se hubiera roto la espalda. Y quizá hasta la silla.

En un acto más pasional que meditado, había acudido de nuevo a Mors y había pasado unos minutos en el parque, observando cada esquina del mismo y esperando que un rayo de luz le colocara la solución frente a sus ojos. La zona delimitada hacía unas horas para la investigación ya había sido levantada y se podía acceder al parque con normalidad. La visita no había servido para nada, pero era tal su desconcierto que no sabía qué camino elegir.

Era su segundo día y ya estaba metido hasta las trancas en un caso complicado. Las dudas de si estaba preparado o no lo seguían asaltando. Hasta ahora no se había preguntado si había superado aquel nefasto capítulo de su vida anterior, pero por momentos se iba dando cuenta de que quizá no era así. Le seguía persiguiendo en cada paso que daba, ahora más que nunca.

Y lo último que podía permitir era que aquello le afectara

tal y como lo hizo la otra vez. De ser así, no estaba ni seguro de poder continuar dentro del propio cuerpo policial.

Echó la cabeza para atrás. Nada más entrar había visto la carpeta que le esperaba encima de la mesa, pero primero necesitaba relajarse. Sin la mente despejada no sería capaz de nada —y aun así seguía dudando de que pudiera.

Recordó la técnica que le había enseñado la psiquiatra a la que tuvo que ir —obligado— unas cuantas veces después del incidente. No creía en esos mamarrachos sacacuartos —como él mismo los llamaba—, pero reconocía que aquello le había ayudado en más de una ocasión.

Levantó su mirada al cielo y respiró, muy despacio, hasta en tres ocasiones. Sabía que aquello carecía de base científica, pero fuera como fuese, a él le funcionaba. Y cuando no lo hacía, solo le quedaba algo que rara vez fallaba, pero que por desgracia ahora no podía hacer. Quizá en casa.

Al agachar la cabeza vio a su amigo Alfonso. Lo miraba, entre divertido y preocupado. Él también había ido a trabajar a pesar de ser festivo.

—¿Otra vez? —le dijo a modo de saludo. Estaban solos en el despacho.

Nicolás apretó sus labios y lanzó aire por la nariz. Esto debería haber servido como respuesta al inspector, pero aun así no pudo callarse.

—¿Todos los días me tienes que repetir la frase? No toda mi vida gira alrededor de eso.

—Ya. A otro lobo con ese cuento, Caperucita.

—¿Querías algo? —preguntó un tanto hastiado.

—Pues sí, ya que me lo preguntas, quería decirte que eres un cabrón. Llegas y triunfas. Ya tienes un caso gordo entre manos y yo, como un imbécil, todo el día entre papeleos y mierdas. De hecho, estoy esperando el momento en el que me digan que me vuelva a poner el uniforme y que vaya a registrar tugurios en busca de drogas. Creo que le has gustado al jefe.

—Lo dudo —respondió Nicolás mirándolo por el rabillo del ojo y con una voz que demostraba su cansancio.

—Tú verás, pero prueba de ello es que te espera en su despacho. Está enamorado de ti. Lo tienes loco. No puede pasar sin verte.

—Joder, no me acordaba...

Nicolás agarró la carpeta y de un salto se puso en pie. Puso rumbo al despacho.

—Luego me cuentas, Philip Marlowe.

La voz de Alfonso le sonaba lejana mientras iba derecho al habitáculo.

El inspector golpeó con sus nudillos en la puerta.

—Pase.

Así lo hizo.

—Tome asiento.

Obedeció sin dejar de mirar a los ojos a su jefe; no quería mostrar la flaqueza que sentía en ese momento.

—Cuénteme algo que no sepa —dijo directo.

—No sé lo que sabe, pero dudo de que pueda contarle nada nuevo. Tenemos muy poco todavía.

—Le seré franco, Valdés. Acabo de leer su expediente y puede que este caso se le vaya de las manos. Desconozco si ha superado el incidente que tuvo y, viendo el cariz que está tomando este caso, quizá sea conveniente que otro inspector tome las riendas. Eso sí, puede trabajar con él y emparparse de todo lo que pueda. Esto le dará experiencia y le hará curtirse para futuras investigaciones. No creí que esto llegara tan lejos, si le soy sincero, pero puede que nos enfrentemos a algo muy serio y tengo mis dudas sobre usted. ¿Entiende esto?

Nicolás miró sorprendido al inspector jefe; no esperaba que le retirara tan pronto la confianza. Una cosa era su propia inseguridad, que iba por dentro, pero otra muy distinta que no creyesen en sus posibilidades en su propio trabajo.

—¿Y bien? —quiso saber su jefe, que seguía esperando una respuesta.

—Creo que soy el inspector idóneo para este caso. Sí, he superado eso a lo que se refiere. Queda en mi pasado, todos tenemos uno y el mío es ese. No pienso obviarlo, pero ahora vivo el presente. Le aseguro que si sigo al frente del caso llegaré hasta el final, cueste lo que cueste. Si aun así usted decide apartarme y dárselo a otro, por supuesto que permaneceré dentro de la investigación. Creo que puedo aportar mucho y no quiero quedarme como un mero espectador. Pero si me da a elegir, quiero este caso.

El jefe quedó atónito ante la respuesta del inspector. Esperaba que de un momento a otro se viniera abajo y se apartara. Puede que fuera eso lo que le hizo tomar la siguiente decisión —o puede que fuera que hacía unos minutos que acababa de hablar con el comisario Huertas, el antiguo jefe de Nicolás en Madrid.

—Está bien, continuará al frente del caso pero me comunicará cada paso que dé al instante. Quiero conocer cada detalle de lo que sucede y va averiguando, ¿entendido? Comprenda mis dudas al apenas conocerle. Demuéstreme de qué está hecho, tendrá pocas oportunidades como esta. Además, cuando tomo la decisión de poner a un novato como usted frente a algo tan importante, es mi culo el que pende de un hilo. Si usted falla, yo fallo. Y no sé si sabe qué es lo que significará esto.

—Por supuesto —contestó sin vacilación.

—Y le aseguro que, aunque no lo parezca, soy muy comprensivo. Si en algún momento piensa que no puede llevar a cabo una investigación en condiciones, me lo dice. No puedo permitirme ningún titubeo. La Jefatura Nacional está muy encima de ciertas comisarías y no quiero que la nuestra pase a engrosar la lista. Vivimos muy tranquilos sin ojos encima de nosotros. Y ya es complicado con tanta violencia a nuestro alrededor.

—No dudaré, pero si lo hago, será el primero en saberlo.

—Bien, dicho esto, cuénteme todo.

—Estoy a la espera de que vayan llegando los resultados de Científica. Entiendo que al tener dos escenarios se les haya amontonado un poco el trabajo. Del parque no espero mucho. Sé que no han encontrado nada relevante, si no el subinspector me lo hubiera hecho saber. Mis esperanzas se basan en el análisis de las huellas halladas en la cámara frigorífica, en la propia camilla metálica o en el instrumental que utilizan los tanatopractores. Según me ha contado el forense, es muy probable que el objeto utilizado para la extracción de los ojos sea unas pinzas quirúrgicas, por lo que puede que obtengamos resultados cuando las analicen.

—Bueno, algo es algo. ¿Nada más?

—Por el momento no.

—Está bien, puede retirarse. Tráigame resultados pronto.

Nicolás asintió.

Se levantó y fue directo a la puerta.

—Valdés.

—¿Sí?

—No me decepcione.

Nicolás sonrió y se volvió a girar.

Salió del despacho.

Una vez fuera, se sentó de nuevo en su mesa y abrió la carpeta. La charla con su jefe le había dado alas, aunque se conocía y sabía que puede que fueran momentáneas. Quería demostrar lo que valía, costara lo que le costase.

Clasificó los informes en tres pequeñas pilas, separando declaraciones, los resultados de Científica y lo que había llegado por el momento del forense.

En las declaraciones no observó nada que no supiera. Tenía la del dueño del tanatorio y la de la empleada de la noche. Concordaban con lo que él mismo había escuchado.

Pasó a otros informes.

De Científica, a pesar de no tener nada esclarecedor, sí tenía algunos detalles que le hacían ir poniendo las cosas más claras. No había sangre —al menos reciente, pues se había usado el luminol para tratar de sacarla a la luz— en uno de los lavabos que había dentro de la propia sala para adecuar a los cadáveres. Esto indicaba que el autor del robo no había usado esa pila para lavar las pinzas, en caso de haberlas usado para la extracción de los ojos. En el otro sí había restos, pero tampoco es que pudiera ser algo concluyente, porque si ahí se solía lavar el instrumental, tendría su lógica. También era probable que lo hubiera podido limpiar con un pañuelo o similar. No tenía noticias de que se hubiera encontrado nada así en la papelera. Centraría la búsqueda de huellas en la zona que sí tenía sangre del lavabo, pero dudaba sacar nada en claro de allí.

Pisadas y huellas había unas cuantas. Pisadas no tantas como huellas. Según había declarado el gerente, el suelo se fregaba todos los días, pero no podía decir lo mismo de la limpieza de la cámara. Ahí se habían encontrado, al menos de manera evidente, cinco huellas dactilares diferentes.

Aunque eran completas, tampoco esperaba que sirvieran para mucho, pues previsiblemente, habiendo manipulado un cadáver, la persona llevaría guantes puestos. Sería lo lógico.

También se habían encontrado restos de cabellos y demás rastros, pero en un sitio al que accedía tanta gente y donde se manipulaban cadáveres, lo raro hubiera sido no encontrarlos.

En el informe también se podía leer que se habían enviado los dos papeles manuscritos encontrados a un experto grafólogo, pasando, claro está, primero por Rastros, por si había algo en ellos. Lo del grafólogo no le llamaba la atención. Sí, les diría que la persona que lo había escrito era de tal manera o con tal personalidad, pero eso no valía absolutamente nada ya que reduciría su búsqueda a millones de personas.

Tener eso y nada era lo mismo.

Decidió llamar a Zapata para ver cómo iban los análisis. Buscó el número en el listado que tenía en un archivo de Word, en el escritorio de su PC. Tras marcar la extensión, esperó unos segundos.

—¿Científica? —dijo una voz al contestar.

—¿Es usted el subinspector Zapata?

—Afirmativo.

—Soy el inspector Valdés, ¿tiene algo nuevo, aparte de lo que me ha puesto en el informe?

—Sí y no. Hemos identificado todas las huellas del escenario del tanatorio. Ha sido fácil, pues coinciden en su totalidad con los trabajadores. Pertenecen al gerente, la encargada del turno de noche, la limpiadora, un tanatopractor que ayuda a reconstruir accidentes menores y una tanatomaquilladora. No hay ninguna dubitada ya. Esto me hace pensar que, si alguien ajeno entra a ver un cadáver familiar o algo así, tiene las manos quietecitas. Una tontería, pero curioso, a decir verdad.

—Joder... Bueno, ya había pensado en la posibilidad de que quien haya hecho esto se haya puesto guantes. Al fin y al cabo manipulaba un cadáver, y no creo que apetezca hacerlo con las manos desnudas. En fin. ¿Ha revisado el instrumental quirúrgico? Me interesan sobre todo las pinzas.

—Esto es un poco más complicado. Referente a lo dactilar nos ha sido muy sencillo. Solo tiene unas huellas impresas en ellas y son del tanatopractor. Pero en el tema de rastros no va a ser tan fácil. El material es lavado y desinfectado con cada uso y esto no facilita las cosas. También es verdad que todavía no nos hemos puesto con esto último, pero será lo primero que haga en cuanto cuelgue. Es bastante probable que obtenga ADN de ellas y lo mandaré a Madrid para que sea analizado. Intentaré que lo comparen con el del difunto, pero hay demasiados factores en nuestra contra para que esto nos pueda ser útil. Hablamos de que pueden tardar semanas en analizar la muestra, dependiendo del trabajo que tengan y la prisa que les metan desde los juzgados, que no creo yo que sea mucha. Se toman su tiempo. Por otro lado, lo que se halle puede estar tan contaminado que sea imposible obtener una certeza de esa muestra. Pero por probar...

—Está bien —contestó Valdés resignado—. ¿Tiene algo más?

—No, por el momento.

—Llámeme a esta extensión si encuentra algo. Lo que sea.

—Está bien, inspector.

Colgó.

Tras los datos dados por Zapata, lo más lógico hubiera sido dirigir sus sospechas hacia el tanatopractor, pues sus huellas coincidían tanto en la cámara como en el instrumental, además de ser las únicas que había en este último, pero una rápida hojeada a las declaraciones de los trabajadores le sirvió para desechar esa idea: había estado toda la noche de guardia en el Hospital General de Alicante. Aun así haría una llamada para comprobarlo, por dejarlo reflejado en el informe y poco más.

Masajeó sus sienes despacio. Le dolía la cabeza. Demasiado pensamiento por segundo en muy poco espacio de tiempo.

Su teléfono móvil sonó.

Era el forense, el doctor Legazpi.

En la llamada no le contó nada que no le hubiera dicho antes, excepto que habían llegado los ojos a las dependencias y confirmaban sus sospechas: muerte por asfixia y globos oculares extraídos con unas pinzas quirúrgicas.

Seguía con la búsqueda de algún rastro debajo de la piel de la cabeza que le hubiera llevado a pensar que hubiera podido ser amenazado para obligarlo al suicidio. Pero ni él mismo se creía esa teoría.

También le contó que esperaban los resultados de los análisis de sus niveles estimados de adrenalina a la hora de la muerte, que confirmarían si murió en la improvisada horca y que se trataba de un suicidio. Pero a simple vista, el tipo de marcas dejadas en el cuello sí demostraban vitalidad en los tejidos una vez empezó el ahorcamiento. Lo que desechaba que la asfixia hubiera llegado por otro cauce y se hubiera disimulado con la horca.

Nicolás suspiró. No es que quisiera que fuera un asesinato, pero quizá todo tendría algo más de sentido, por poco que fuera, si la misma persona que hubiera acabado con la vida de Fernando Lorenzo le hubiera robado los ojos. Lo otro carecía de toda lógica.

Además abría una serie de preguntas que tenían menos lógica todavía. ¿La persona que le había robado los ojos había esperado al suicidio para poder hacerlo? Es decir, ¿había sido un acto planeado con anterioridad? ¿Había sido casual por la propia causalidad del acto de Fernando?

Se levantó y fue directo a la máquina de café de la esquina para tratar de huir de la ola de preguntas que le venía. Previo pago de treinta céntimos, pegó un sorbo al vaso de plástico. No escupió lo que tomó por puro respeto a sus compañeros. Con el café vertido en el lavabo del cuarto de baño regresó a su mesa. Repasó de nuevo las fotos en el ordenador. Estas, a su vez, estaban ubicadas en una carpeta del servidor a la que solo podían acceder él, el subinspector Zapata como encargado de Científica, el inspector jefe y el comisario.

Seguía sin ver nada que hiciera que sonara una campanilla en su cerebro.

Miró al cielo en repetidas ocasiones.

¿Su nuevo puesto de trabajo era así?

¿Mirar, observar y esperar a que se le apareciera la virgen y le revelara qué había pasado?

Comenzó a notar que la ansiedad se estaba apoderando de

él justo en el momento en el que comprobó que sus dedos golpeaban, uno a uno, la mesa. Miró el reloj; todavía le quedaban unos minutos de trabajo.

Trató de tranquilizarse por enésima vez, así no iba a conseguir nada.

Optó por buscar en el navegador de su PC información acerca de otros casos similares. Tras un tiempo y una decena de páginas abiertas, comprobó que, al menos en España, no había ningún caso como el que ahora le ocupaba. Ni siquiera parecido.

Pensó en las palabras que ese perturbado había dejado anotadas en el papel junto al trofeo que se había llevado.

«Estos ojos lo vieron todo.»

¿Qué habían visto exactamente esos ojos? «Todo» era una palabra demasiado amplia, en realidad no quería decir nada que pudiera aportar algo al caso, al menos de momento.

Sopesó la posibilidad de que Fernando Lorenzo hubiera cometido un acto delictivo en algún momento de su vida. Alguno que quizá le hubiera traído estas consecuencias ahora. Así que no dudó en buscar su nombre en la base de datos conocida como PERPOL. En ella figuraba el nombre y el tipo de delito de todo ciudadano que hubiera infringido la ley en territorio español.

Tras unos segundos comprobó que su nombre no aparecía, por lo que descartó esta hipótesis.

En aquel puzzle faltaban piezas, desde luego. No tenía la certeza de que algún día aparecieran y esto le frustraba. Era su primer caso como inspector e iba a acabar sin resolver si no conseguía atar los cabos. Conectar los puntos, como decía Steve Jobs en su famoso discurso.

Fuera como fuese, daría el todo por el todo. Si la verdad no salía a la luz, al menos no sería por no haberlo intentado.

Necesitaba alejarse un poco de aquello; sabía que la propia frustración hacía que sus pensamientos no fueran claros.

Repasó en varias ocasiones lo que tenía, pero sin tratar de forzarse para llegar a una conclusión.

Así pasó el tiempo que le quedaba hasta poder irse a casa.

Mañana sería otro día.

Y qué día.

11

Sábado, 10 de octubre de 2009, 07.42 h.
Mors. Casa de Fernando Lorenzo

Esa noche sí se había acostado en la cama de su padre. Necesitaba descansar como era debido y el sillón no era una opción compatible con lo que buscaba. Al menos si quería levantarse pareciendo un violinista sin violín. Tanta emoción lo había dejado agotado durante la jornada anterior, por lo que decidió dejar de lado el pudor que le provocaba el acostarse allí. Le costó bastante cerrar los ojos, las imágenes se sucedían en su mente y lo mantenían alerta, como si algo malo le fuese a suceder a él. Una vez que lo consiguió, no había vuelto a abrirlos hasta esa misma mañana. No recordaba qué había soñado, nunca solía hacerlo, pero hubiera dado todo su dinero por saber si lo acontecido durante el día anterior había aparecido en su subconsciente.

Sobre todo porque tenía el cuerpo agarrotado, como si solo hubiera sufrido pesadillas.

Nada más levantarse tomó una ducha. Por la noche ya no había hecho tanto calor como durante el día, pero aun así parecía haber sudado en cantidad. Dudó varias veces si hacerlo o no, pero volvió a dejar de lado sus reticencias y se puso ropa interior de su padre, algo holgada para su complexión, pero no tenía otra cosa. Con resignación se colocó el mismo traje y camisa por tercer día consecutivo. Mandó un SMS a Gala con la dirección de la casa para que le enviara parte de su ropa —a su elección, ya que ella conocía su gusto y sus manías, aunque a ser posible algo más adecuada al calor y la humedad de la zona—. Para ello le indicó que utilizara un servicio de mensajería ultrarrápido. Si iba a pasar varios días en aquel pueblo, lo necesitaba.

Tenía algo de hambre y, a pesar de que seguro que en Mors no conocerían su leche de soja alta en proteínas traída de Singapur, ni sus magdalenas bajas en hidratos pero con todo el sabor, algo tenía que echarse al cuerpo.

La opción más rápida y sencilla era desayunar en el bar de enfrente. No le apetecía demasiado encontrarse con tía y sobrina, pues no tenía demasiado ánimo para preguntas, pero no le quedaba otra que usar la poca estoicidad que le quedaba.

Salió de la casa y fue directo al bar.

Al entrar comprobó que, en aquella ocasión, tanto tía como sobrina se encontraban en el local. Ninguna de las dos hablaba con la otra, tan solo se dedicaban a sus quehaceres. Al parecer acababan de abrir el negocio.

El abogado se acercó a la barra.

—Buenos días —saludó Carlos en el tono más amigable que encontró.

Adela levantó la vista. En esos momentos se encontraba rellenando, al parecer, las cámaras frigoríficas con botes de refrescos. Alicia estaba con la cabeza agachada fregando unos vasos a mano.

—Buenos días, hijo. ¿Todavía sigues aquí? Pensé que habías vuelto a Madrid pero me extrañó que lo hubieras hecho sin despedirte, como me dijiste —comentó la mujer, algo seria.

—He decidido pasar unos días en Mors. Hace tiempo que

no disfruto de unas vacaciones y he pensado que podría estar bien —mintió.

Desconocía si Adela sabía lo que había pasado con los ojos de su padre. No tenía ni idea de cómo se propagaban las noticias en ese pueblo, pero supuso que, de no saberlo, no tardaría en conocer los hechos.

Alicia ni miraba hacia la posición del abogado, y esto le extrañó. Hacía dos días se había mostrado como una joven dicharachera, o al menos esta impresión le había dado. Puede que tuviera un mal día.

—Es una lástima que hayas elegido tan mal momento, hoy... —contestó la mujer con un semblante oscuro.

Carlos miró de pronto a Alicia, que comenzó a derramar lágrimas en silencio.

—¿Ha pasado algo? —quiso saber este, algo alarmado.

Adela miró a Alicia; era como si le costara que las palabras fluyeran con naturalidad.

—Es que no sé que está pasando últimamente en este pueblo, esto parece más una pesadilla que otra cosa...

—Por favor, hable.

Adela no pudo hablar. Fue Alicia la que, entre lágrimas, soltó la noticia.

—Han encontrado muerto al carnicero, al Pancetas.

Carlos no entendió muy bien por qué, pero tardó unos segundos en asimilar las palabras de la muchacha. Era como si no comprendiera el significado de la frase, como si aquellas palabras carecieran de sentido.

Pero fue justo cuando sí lo encontró, cuando sintió que sus piernas le fallaban a la vez que la cabeza le comenzaba a dar vueltas. Un torrente de preguntas le vino al mismo tiempo que se agarraba con su mano, temblorosa, a la barra metálica del bar.

Adela se echó para delante alertada por el flaqueo que acababa de mostrar Carlos, pero se tranquilizó cuando vio que este se recomponía rápido.

—¿Cómo que ha muerto? —acertó a preguntar.

La mujer tardó unos segundos en contestar, al parecer trataba de encontrar las palabras para hacerlo.

—El Pancetas nunca falla en abrir su carnicería, nunca. Lo hace incluso en fiestas, aunque sea medio día. Sin ir más lejos, acabamos de pasar las fiestas patronales del pueblo y, hasta donde yo sé, no ha cerrado ni un solo día. Siempre abre a las siete de la mañana. Su frase favorita, una que no para de repetir, es que si algún trabajador quiere carne del día, tiene el derecho a poder comprarla y llevársela a su trabajo. Esta mañana, al no estar a las siete y media su persiana levantada, Rodolfo, el mecánico, que tenía llaves de su casa para cualquier emergencia, ha ido a ver qué ocurría y... se lo ha encontrado...

—Pero... ¿ha sido muerte natural? ¿Un infarto o algo?

Adela negó con la cabeza. Esto hizo que los niveles de adrenalina de Carlos creciesen hasta el límite aguantado por el ser humano. No creía en Dios, pero rezaba internamente para que no le confirmase la siguiente pregunta.

—¿Se ha... —le costaba pronunciar la palabra— suicidado? ¿Como mi padre?

Adela volvió a negar, esta vez con los ojos anegados de lágrimas.

Este gesto hizo que Carlos abriera los ojos hasta que pareció que se le iban a salir de las órbitas. Solo quedaba una posibilidad.

Salió del bar corriendo ante la mirada atónita de tía y sobrina.

09.17 h. Mors. Casa del carnicero

Nicolás levantó el cordón de seguridad que habían colocado en la puerta. No podía negar que estaba nervioso, pero era algo que el exterior no debía saber. Reconocía haber dudado que su jefe lo mandara a aquel escenario. Sí, era cierto que él se estaba encargando del robo y posterior aparición de los ojos de Fernando Lorenzo, pero aquello era otro cantar. El caso había evolucionado, a peor, claramente.

Un nuevo nivel que pondría a prueba su aplomo y su valía en su recién estrenado puesto de trabajo.

Pensó en la casualidad de que se hubieran dado dos sucesos de semejante magnitud en un pueblo tan pequeño, en tan poco espacio de tiempo y, sobre todo, con la aparente tranquilidad que parecía respirarse en sus calles. A pesar de esto, y con lo poco que sabía, no quería establecer una relación entre ambos casos. Aunque su jefe sí parecía haberlo hecho mandándolo a él. O quizá no, porque le seguía extrañando estar al frente.

De todos modos no quería correr demasiado. Debía mantener la cabeza fría y tratar ambos hechos como casos aislados. Quizá al final uno acabara conectando con el otro de manera inevitable pero, hasta que no sucediera esto, no tenían nada que ver entre sí.

Maldijo su suerte. Había decenas de curiosos en los alrededores de la casa. Supuso que era normal, no creyó que todos los días pasara algo así. Ni siquiera en kilómetros a la redonda. Además, una cosa era el hallazgo de los ojos, ocurrido en un paraje algo más solitario, y otra bien distinta aquel escenario, en pleno centro del pueblo, rodeado de casas. Por suerte no vio prensa por ningún lado, si bien, aunque fueran televisiones locales, supuso que alguien acabaría llegando.

Nada más entrar observó que en una silla de madera había un hombre sentado. Tenía el cuerpo echado para delante y las manos puestas en la cara. Casi con toda seguridad era quien había encontrado el cadáver. No lloraba, pero el inspector pensó que parecía haber estado haciéndolo de forma abundante. Un agente uniformado estaba a su lado. No le ofrecía consuelo, no hubiera servido de nada.

El inspector trató de encontrar el tono más amigable que podía ofrecer.

—Buenos días, mi nombre es Nicolás Valdés, soy inspector de la UDEV, de la Policía Nacional de Alicante. ¿Usted es...? —preguntó a la vez que extraía una pequeña libreta que había tomado de la comisaría y un bolígrafo con el logo de la Policía Nacional.

El hombre levantó la cabeza y lo miró. Tenía la cara muy roja y los ojos llenos de lágrimas. Esto confirmaba que había estado llorando a base de bien.

—Bu... buenos días... Me llamo Rodolfo Pérez Marhuenda...

Nicolás lo anotó.

—¿Es usted quien lo ha encontrado y ha dado el aviso?

—Sí, señor, he sido yo —respondió titubeante.

—Bien —prosiguió el inspector a la vez que anotaba—. Sé que es duro, pero necesito que me relate, con todo tipo de detalles, cómo ha sido desde que ha decidido entrar hasta que hemos llegado.

El hombre tragó saliva antes de hablar.

—Yo soy... era... joder.... —Hizo una pausa.

—Tranquilo, es normal. Tómese el tiempo que necesite.

—Yo era —comenzó de nuevo desoyendo el consejo de Nicolás— muy amigo de Javier. Era un soltero de tres pares de cojones, siempre había pasado de echarse novia, nos gustaba a ambos ir... bueno, ya me entiende, con señoritas de compañía en un club cercano. Lo mismo esto no importa, pero me gustaría que entendiera por qué vivía solo. Bueno, yo también vivo solo por lo mismo que Javier. —Hizo una pausa. Nicolás observó que pensaba muy bien cada palabra antes de pronunciarla—. Los dos nos dimos llaves de nuestras casas por si algún día nos hacía falta entrar sin avisar. Él siempre me hacía bromas con que si un día no tenía abierta la carnicería a las siete y cinco minutos entrara, porque estaría muerto...

Comenzó a llorar.

Nicolás se agachó y colocó su cara frente a la del afligido hombre.

—Y entonces ha entrado y lo ha encontrado —continuó el policía a modo de ayuda.

—Sí...

—¿Y nos ha llamado directamente o ha hecho alguna otra cosa?

—No podía hacer nada por él, es... evidente... Estaba muy asustado. He sacado mi teléfono móvil y he llamado lo más rápido que he podido al 112. Ni siquiera sabía qué teclas pulsar, estaba agilipollado. La policía local ha venido muy rápido, luego una ambulancia y más tarde ustedes.

—Es muy importante para la investigación que recuerde si ha tocado algo, lo que sea.

—Nada, no he podido.

Nicolás anotó todo en la libreta.

—Bien, siento mucho todo lo que está pasando pero ha actuado de manera correcta. En estas situaciones, créame, no es fácil. Salga fuera, a la ambulancia, pida que le den algo para calmarse. En un rato vuelvo a hablar con usted. El agente le acompañará. Si necesita algo, no dude en pedírselo.

El hombre asintió. Ayudado por el agente, se incorporó. Nicolás se acercó al oído del policía.

—Que no hable con nadie, manténgalo en la ambulancia hasta que esté calmado del todo y le volvemos a tomar declaración, para ver si dice lo mismo.

El policía asintió.

Nicolás miró su libreta al mismo tiempo que ambos salían al exterior. Suspiró y se dirigió a uno de los miembros de la Policía Científica que acababa de salir. No haría demasiado que debían de haber llegado.

—¿En qué punto se encuentran? —quiso saber.

—Ya hemos establecido una zona delimitada para evitar

contaminaciones. Es un escenario complicado, por lo que hemos tenido que colocar flechas de papel en el suelo indicando el camino a seguir para no llevarnos por delante nada importante. Están sobre todo en los bordes, aunque hay una zona completamente libre cerca del cadáver.

—Entonces ya puedo pasar, ¿no?

—Así es, inspector.

Se colocó un par de calzas estériles sobre los zapatos, un traje blanco inmaculado, un par de guantes, una mascarilla en la boca y accedió a la escena. En ella ya trabajaban el subinspector Zapata y los suyos. Al parecer, ya se encontraban tomando las últimas instantáneas del cadáver y la escena.

El salón era quizá muy típico para un tipo de su edad que vivía solo. Apenas decoración y la que había no se podía definir como muy refinada. No tenía apenas libros en las estanterías, salvo varias guías de la liga española de fútbol que vendía un conocido periódico y otro que hablaba sobre la historia de Di Stéfano. Eso sí, el televisor de plasma era gigantesco. Había varios muebles con cajones, pero parecían estar en su sitio. El robo iba perdiendo fuerza como móvil del asesinato, si es que alguna vez la tuvo. Otra cosa en la que se fijó el inspector era la cantidad de polvo que se veía en dichas estanterías. Al parecer, la limpieza no era su fuerte. El hedor a sangre era evidente aun con la mascarilla puesta.

Se acercó todo lo que pudo al cadáver. Ahí estaba, tirado en el suelo, boca abajo, casi en el centro exacto de la habitación. No hacía falta ser un lince para adivinar con casi total seguridad la causa de la muerte. Si los restos de sesos derramados un par de metros a su alrededor no lo hacían —mezclados con astillas de huesos y alguna que otra pieza más grande y ensangrentada—, el orificio que se veía en el cuello, rojo oscuro de la sangre y negro por el tejido quemado por lo que probablemente era una bala, se encargaba de ello.

Le habían disparado en la base de la nuca.

Nicolás anotó en su libreta que tenía que preguntar a los vecinos si habían oído un disparo. Era imposible que no lo hubieran hecho. También anotó comprobar quiénes tenían licencia de armas en el pueblo.

Puede que esto ayudara.

Su mirada se desvió casi de inmediato hacia dos puntos que destacaban por encima del resto. El primero de ellos, quizá el de menos importancia, era un naipe que había sido colocado encima de la espalda del cadáver. Aquello le trajo recuerdos sobre un caso que había estudiado a fondo, el del conocido como «asesino de la baraja».

Quien fuera que hubiera hecho esto, ¿pretendía imitarlo?

Podría pensarse que sí, pues tanto el naipe como la supuesta causa de la muerte —un disparo en la cabeza— concordaba con las muertes que provocó en su día Alfredo Galán Sotillo, pero había un detalle que no tenía nada que ver con este caso.

A Javier Culiáñez le faltaban ambas manos. Este era el segundo punto que le llamó la atención.

Con un vistazo rápido observó que no se encontraban en la misma habitación. Nicolás imploró mentalmente para que no aparecieran con un mensajito, aunque algo le decía que así sería. También muy a su pesar, esto parecía confirmarle que ambos casos estaban, de alguna manera, relacionados.

No era complicado saber con qué se habían cortado las manos, pues una especie de hacha pequeña, puede que la que usaba Javier para cortar carne, estaba tirada al lado del cuerpo. Estaba ensangrentada, así que que no dejaba lugar a dudas.

Una voz femenina sacó de sus pensamientos al inspector.

—¿Qué puede contarme en primeras instancias?

Al girarse, vio que una mujer de unos cuarenta años le hablaba desde la puerta de la entrada al salón. Era bajita y algo metida en carnes. Vestía un elegante traje de dos piezas con falda y chaqueta de un color azulado. Su pelo, recogido en un moño por detrás de la cabeza, era rubio platino. Unas enormes gafas de pasta de color blanco llamaban mucho la atención y le conferían un aspecto moderno. Iba acompañada por un hombre joven, de unos treinta años recién cumplidos como mucho. Se estaba colocando el mono estéril y las calzas. Ya llevaba puesta la mascarilla y las gafas, por lo que no pudo verle bien la cara.

—Soy la jueza Teresa Fernández, del Juzgado de Instrucción Número 1 de Orihuela —dijo esta al observar que Nicolás no decía nada.

—Perdone. Yo soy el inspector Nicolás Valdés —contestó este acercándose con cuidado hacia su posición y posteriormente tendiéndole la mano.

—Encantada. —Ella le devolvió de manera cortés el saludo—. Me han contado que es usted nuevo aquí, en la Comisaría Provincial de Alicante.

—Así es. Hace apenas unos días que llegué y ya estoy metido hasta el cuello en un lío de narices. —Sonrió nervioso.

—Lo hará bien, estoy segura. Ahora cuénteme lo que sepa.

Nicolás tomó aire antes de hablar. Era la primera vez que hablaba cara a cara con un juez como responsable de una investigación y no quería parecer lo que precisamente era, un novato.

—No puedo contarle, de momento, más de lo que usted misma puede ver. Al parecer la muerte se ha debido a un disparo en la base del cráneo. Quien la haya provocado ha dejado un as de corazones y se ha llevado las manos de la víctima. Me atrevo a aventurar que las ha seccionado con el hacha que puede ver ahí mismo.

—Perfecto, ¿ha tomado declaración a quien lo encontró?

—De manera informal, sí. Ahora mandaré a un agente a hacerlo de forma oficial y se la pasará para que la lea y firme.

Por mi parte trataré de averiguar si tenía algún tipo de deuda o estaba metido en algún tipo de lío que le haya llevado a esto. La forma de actuar se parece mucho a la de un ajuste de cuentas, pero lo del naipe me desconcierta.

—¿Un imitador? —preguntó la jueza a sabiendas de a lo que trataba de referirse Nicolás.

—Puede que sí. Lo que no entiendo muy bien es el fin de este acto. Habrá que averiguar también cómo entró el agresor en la vivienda. Iremos trabajando habitación a habitación hasta conocer este dato. Si no hay nada forzado, querrá decir que la víctima conocía a su agresor y se reducirá algo el círculo.

—¿Cree que tiene relación con el incidente de ayer en el tanatorio?

—Es difícil de saber. Hay un nexo común, en ambos casos ha desaparecido una parte del cadáver, pero Fernando Lorenzo se suicidó. La segunda autopsia así lo ha confirmado.

—Lo sé, yo misma la autoricé.

—Ah, pensaba que... —contestó algo ruborizado.

—Le dijeron el juez y no la juez, ¿verdad? Tranquilo, me pasa constantemente. Los años pasan y las mujeres todavía nos tenemos que hacer valer para que simplemente nos reconozcan.

Nicolás sonrió. Sabía que tenía razón.

—Por cierto, no les he presentado. Este es el doctor Gálvez, es el forense de guardia en Medicina Legal para esta zona hoy.

Ambos asintieron a modo de saludo. Nicolás trató de recordar el apellido del otro doctor que le presentó el día anterior el doctor Legazpi, pero pronto recordó que su apellido sonaba algo más valenciano y descartó que ya lo conociera.

Nicolás se giró para localizar a Zapata con la mirada. Estaba justo al lado del cadáver, buscando indicios sin llegar a tocarlo.

—Subinspector, ¿puede actuar ya el forense?

—Un minuto y dejo libre esta zona.

Esperaron pacientes a que el subinspector diera el visto bueno. Una vez lo tuvieron, el forense comenzó a hacer su trabajo. Extrajo una grabadora del bolsillo de su mono blanco y comenzó a hablar.

—Estoy en Mors con el expediente número 155674 —recitó de memoria—. Varón, de cincuenta y cinco a sesenta años. A falta de confirmación oficial, su nombre es Javier Culiáñez. Yace en posición de decúbito abdominal con brazos y piernas en extensión. En un primer vistazo se aprecian con claridad dos cosas. Una: ha recibido un disparo, al parecer a quemarropa, por el tipo de quemazón que se aprecia en la zona del cuero cabelludo. Aunque eso habrá que confirmarlo en posterior estudio. No se tiene claro si la bala ha salido o no por la posición del cadáver; en el levantamiento lo podré comprobar. Dos: le han seccionado las manos a la altura de la muñeca. Se diría que se ha usado un hacha de carnicero. En posterior estudio determinaremos si ha sido así. Por la posición del cadáver prefiero no utilizar el termómetro hepático. Me guiaré por los fenómenos cadavéricos apreciables para aproximar la hora de la muerte, aunque será en posterior examen cuando se datará con exactitud.

Se acercó hasta el cadáver y tocó sus brazos.

—Miembros superiores rígidos. —Tocó su mandíbula y luego sus piernas—. Mandíbula también, miembros posteriores todavía no, aunque parece estar comenzando.

Levantó levemente el torso del hombre sin moverlo de la posición y le levantó algo la camiseta.

—Hay lividez en el torso, lo aprecio al levantarle la camiseta. No sé si tiene los ojos abiertos y no quiero moverle la cabeza por la rigidez de su cuello, pero apostaría a que tiene la mancha esclerótica de Sommer-Larcher, debido al resto de signos. Confirmación en posterior examen.

Hizo una pausa y pareció reflexionar mientras miraba un reloj de muñeca que llevaba oculto tras el traje estéril.

—Murió aproximadamente a las tres de la mañana, en una primera datación.

El inspector pensó en las palabras del forense. A las tres de la mañana alguien tendría que haber oído un disparo. El estruendo era demasiado fuerte y, aun durmiendo, la gente tendría que haberse despertado porque el silencio a esas horas debió de acentuar la detonación.

—Y eso ¿qué es?

Todos se giraron hacia donde la jueza indicaba con el dedo.

Encima de una mesa había un saco arrugado.

Nicolás se acercó a él con extremo cuidado de no pisar la zona delimitada.

—¿Han fotografiado esto? —preguntó en general al equipo de Científica. Al obtener varias señales afirmativas, se volvió hacia el objeto.

Agarró el saco con cuidado de no fastidiar cualquier tipo de indicio. Lo giró para observar si tenía algo de peculiar. Le pareció de lo más normal. Era de tela, le recordó a su infancia, cuando su abuelo materno, el que no era policía, en el pueblo, guardaba las patatas que él mismo sembraba en uno parecido.

Lo abrió con suma cautela; podía encontrarse cualquier cosa.

Sin embargo en su interior no había nada.

Se giró hacia la jueza.

—Puede que simplemente lo guardara ahí y no tenga nada que ver con esto. De todos modos, se procesará por si contiene algún resto.

Se lo entregó a un miembro del equipo que, sin perder tiempo, lo metió en una bolsa de considerables proporciones y lo etiquetó de manera pertinaz.

—Si han terminado con el cuerpo en la escena, ya pueden

proceder con el levantamiento del cadáver. Ordenaré que la furgoneta de Medicina Legal ponga su parte trasera justo en la puerta de la casa, así evitaremos que los vecinos tengan que contemplar ninguna imagen desagradable.

Dicho esto, salió unos instantes para regresar acompañada de dos hombres que, con sumo cuidado, colocaron el cuerpo sin vida de Javier Culiáñez dentro de una mortaja para su posterior traslado a la furgoneta que lo llevaría hasta Alicante.

Con la escena algo más despejada, el equipo criminalístico se sintió más libre para poder seguir trabajando. Nicolás los miraba atento, no quería perder detalle de lo que veía. El trabajo de Científica lo apasionaba. Cuando tuvo que elegir qué camino tomar en lo profesional, dudó durante un tiempo si quería formar parte activa de la parte judicial —a la que pertenecía— o de la científica. Se decantó por la primera, pero no por ello había dejado de interesarle la otra. Observó que ya lo estaban empolvando prácticamente todo con cerusa, el reactivo blanco que, por resbalamiento, revelaba huellas ocultas a los ojos de todo el mundo. Tuvieron cuidado de no hacerlo todavía cerca de la mesa donde habían hallado el saco, ya que aún estaba el subinspector utilizando la técnica de luz rasante —que consistía en poner una linterna de lado para, con la luz no directa, poder encontrar objetos adheridos al cristal casi invisibles al ojo humano (cabello, fibras, etc.)— sobre su superficie.

—Tenemos el proyectil —dijo de pronto una voz que hizo que Nicolás saliera de su ensimismamiento—. Estaba alojado en esa pared de ahí —comentó mientras señalaba con su dedo índice.

El policía lo sostenía con unas pinzas para mostrarlo a sus superiores.

—Perfecto. Fotografíelo con la pinza primero, luego con un testigo métrico, guárdelo en la bolsa y siga buscando por si encuentra el casquillo. Eso nos puede ayudar mucho.

El inspector observó un tiempo más el procedimiento de Científica. El escenario daba para mucho, por lo que aquello iba a ser eterno. Además, quedaba procesar el resto de la casa aunque fuera a grandes rasgos.

—Creo que ya tengo suficiente para empezar con la investigación. Ya saben cómo proceder. Jueza —se giró hacia ella—, espero poder contar con usted para lo que vaya necesitando, intentaré resolver este caso lo antes que pueda.

—Sé que lo hará.

Dicho esto, salió. Necesitaba algo de aire. El olor a muerte se le había metido hasta casi el cerebro. Le era imposible cerrar los ojos y no ver la enorme mancha de sangre seca que se había formado en el suelo.

12

Sábado, 10 de octubre de 2009, 10.35 h.
Mors. Exterior de casa del carnicero

Carlos se asomó entre la muchedumbre. La gente no paraba de hablar elaborando sus propias hipótesis, cada cual más disparatada. Ya llevaba mucho tiempo ahí, mezclado entre el gentío, pero los minutos volaban a la vez que los cientos de imágenes que su propia cabeza elaboraba sobre lo que estaría ocurriendo ahí dentro. Vio salir a alguien. Esperaba que fuera él.

Tuvo suerte. Lo era.

Una cámara de una televisión comarcal —ya habían llegado dos unidades de televisión diferentes— lo enfocó directamente. No había un reportero para preguntarle nada, por lo que nadie fue hasta su posición. Este caminaba mirando hacia el suelo, al parecer, metido en sus propios pensamientos.

Carlos se acercó hasta el punto en el que había divisado el coche que había conducido el día anterior, sabía que se dirigía allí. Cuando llegó, ambos se encontraron.

—¿Qué ha pasado ahí dentro? —preguntó sin rodeos.

Nicolás levantó la vista y vio al abogado.

—Parece que me mintieron al contarme que usted es uno

de los mejores abogados de Madrid, no sé cómo me pregunta eso. Sabe que no puedo contarle nada.

—Dígame, al menos, que no tiene nada que ver con lo de mi padre.

—Solo puedo decirle que es muy pronto para hablar —dijo con tono seco a la vez que abría la puerta del coche.

Carlos no necesitó una respuesta más concisa. Supo enseguida que sí, que algo tendría que ver, si no el policía le hubiera dicho lo contrario.

—Ahora, si me disculpa, tengo que ocuparme de seguir con la investigación.

—Me prometió tenerme al tanto.

Nicolás respiró profundo antes de hablar. No supo por qué, pero varias imágenes de su pasado acudieron a su cabeza. Necesitó unos cuantos segundos para serenarse y dejarlas en *stand by*, ya que sabía que volverían. Como siempre.

—Y así lo haré, soy un hombre de palabra. Pero ahora no tengo nada que contarle. He de irme. Tenga paciencia porque esto parece que va para largo.

Dicho esto, montó en el coche, lo arrancó y salió en dirección a Alicante ante la mirada atónita del abogado.

10.44 h. Mors. Casa de Fernando Lorenzo

Carlos llegó a casa de su padre, cerró la puerta y pegó la espalda contra el cristal que tenía esta en su parte central. Acto seguido echó su cabeza para atrás. Estaba abatido.

—¿Qué cojones está pasando en este puto pueblo? —dijo en voz alta.

Alguien se había cargado al carnicero y estaba seguro de que tenía algo que ver con lo que le había sucedido a su padre. No sabía de qué manera, pero algo tenía que ver.

¿No era Mors el pueblo en el que nunca pasaba nada?

Pues esto podía ser una mera casualidad.

Como ya venía siendo habitual, las preguntas empezaron a taladrar su cerebro. Y como también era costumbre ya, la falta de respuestas provocaba en él una ansiedad que conseguía que el aire le faltara en sus pulmones.

¿Acaso su padre y el carnicero tenían algún tipo de relación extra a la que podrían tener como comerciante y comprador?

Puede que una amistad o algo así. O todo lo contrario, quién sabía.

Necesitaba averiguarlo. Lo necesitaba ya.

Pensó en cómo había salido corriendo del bar de enfrente. Tanto Alicia como su tía habrían quedado con la boca abierta ante su reacción. Tenía que inventar una excusa o pensarían que no estaba en sus cabales.

Pero ¿es que acaso no estaba perdiendo poco a poco la cabeza?

Recordó las varias sesiones de tratamiento psiquiátrico a las que hacía años se sometió. La marcha de su padre hizo que entrara en una espiral de malas contestaciones, de necesidad de soledad, de rebeldía y cabezonería que tan solo la psiquiatra supo comprender. Dio gracias a que no necesitó demasiado tiempo y rápido pudo encauzar su vida. Centró toda esa ira en sacarse la carrera con honores para, después de las prácticas como becario, montar su propio bufete de la nada y crear lo que ahora era casi un imperio. No se dio cuenta, pero su máxima en la vida era lograr todo lo que su padre había logrado pero no destrozarlo, como él hizo.

Pensado así, podía parecer que casi no le había costado esfuerzo conseguirlo, pero lo cierto era que había trabajado y sudado como nadie para llegar al punto en el que estaba. Lo malo es que se daba cuenta de que todo esto no importaba ahora, en ese lugar, en aquella situación. Allí no era nada, no era nadie. Ni siquiera llegaba a peón en un tablero de ajedrez con unas normas de juego que no comprendía.

Salió de esos pensamientos. No alcanzaba a entender por qué los estaba teniendo en un momento como aquel. Acababan de asesinar a un hombre y posiblemente todo aquello tenía relación con lo que le había sucedido a su padre.

Quizá sí estuviera volviéndose loco.

Puede que estuviera negando sentimientos que se agolpaban tratando de salir a la luz, sentimientos que estaban removiendo su barrera emocional y que pugnaban por dominar una indiferencia que intentaba ser la ganadora, pero que poco a poco perdía fuerza.

Fuera como fuese, necesitaba averiguar qué relación podía tener el Pancetas con su padre. No tenía ni idea de cómo hacerlo, pero ahí tenía que estar la clave de todo.

11.15 h. Alicante. Comisaría Provincial de la Policía Nacional

Nada más llegar, Nicolás fue directo al despacho de su jefe.

—Adelante —contestó este.

El inspector entró y tomó asiento.

—Cuénteme cómo ha ido la inspección ocular —quiso saber su jefe.

Nicolás se lo relató todo con pelos y señales.

—Vaya —comentó el inspector jefe mientras se rascaba detrás de la oreja—. Reconozco que ha conseguido que se me erice el vello. Veo que ya sabe por dónde empezar, al menos. Compruebe todo lo que me ha comentado del «asesino de la baraja». No sé si será casual o nos ha salido un imitador. Nunca me he enfrentado a algo parecido, pero he leído que, en muchas ocasiones, simplemente lo hacen para despistar. Necesito que investigue sobre todo esto. —Se recostó en su asiento—. No quiero sonar repetitivo, pero este caso ha crecido demasiado para un novato como usted, ¿podrá?

—Podré y, disculpe la impertinencia, no necesito que cada dos por tres me esté preguntando si estoy bien y si el caso no es demasiado grande para mí —contestó tratando de ocultar algo su molestia, pero a la vez sonando todo lo claro que pretendía. Entendía las reticencias de su jefe, aunque no podía seguir así.

El inspector jefe pareció dudar unos instantes. Al final habló.

—Está bien, si necesita cualquier cosa, ya sabe, ni lo dude. Hombres, más medios, sin pasarse, pero atrape a quien haya hecho esto. Necesito, sobre todo, que averigüe si el autor del crimen ha sido una persona cuidadosa o torpe. Esto podría cambiarlo todo.

Nicolás asintió al tiempo que se echaba para delante antes de contestar.

—Verá, en realidad, sí necesito algo... Más bien, a alguien...

11.25 h. Alicante. Comisaría Provincial de la Policía Nacional

—No sé si darte las gracias o una hostia.

Nicolás sonrió a la vez que ayudaba a Alfonso a juntar la mesa de este con la suya propia, una enfrente de la otra.

—¿No decías que yo era un afortunado por trabajar en un caso así?

—Ya, pero una cosa es que me den un caso como el tuyo y otra es que me convierta en tu ayudante, mamón.

—No tienes que ser mi ayudante, trabajaremos codo con codo.

—Pues no es eso lo que ha dicho el remilgado del despacho. «Gutiérrez, Valdés me ha pedido su colaboración en este caso. A partir de ahora trabajará con él. Es bueno siempre establecer una jerarquía en cada grupo, por lo que no dará un paso sin que lo autorice Valdés, que a su vez me consultará a mí. ¿Entendido?» —repitió Alfonso imitando la ruda voz del inspector jefe.

—No le hagas caso. Lo de la jerarquía es una idiotez. Ya sabes que les gusta definir bien las voces de mando en cada cosa que hacen. Aunque luego, en realidad, todos quieren mandar y no manda nadie. Si le he pedido que trabajemos juntos es porque sé de lo que eres capaz. Esto me queda demasiado grande.

Alfonso lo miró y aprovechó para analizar la expresión de su rostro.

—¿Es por... eso...? —preguntó esperando que Nicolás no se molestara.

—No lo sé, supongo que es una mezcla de lo que pasó con que soy un novato en todo esto. Reconozco que estoy más nervioso de lo que debería.

—Pues, tío, no deberías estarlo. Yo creo que vales de sobra. Y si tú eres novato, que al menos ya has pisado la calle, imagina yo, que no he salido de aquí en tres días.

—Tampoco exageres con esto último. Y, sobre lo otro, ya, ¿tú qué me vas a decir? Y bueno, supongo que no debería estar nervioso. Debería relajarme para así poder centrarme en toda esta mierda. Al fin y al cabo, yo he elegido esto.

Alfonso asintió.

—Bueno —añadió este último—, pero reconoce la verdadera razón por la que me has elegido.

—Sorpréndeme. —Levantó una ceja.

—Estás hasta los huevos de conducir, quieres ir de copiloto y que yo te lleve a todos lados.

Nicolás sonrió a la vez que colocaba en línea las mesas.

Ya estaban listos para ponerse a trabajar juntos.

—Pues usted dirá, jefe. —Alfonso recalcó con sorna esta última palabra.

—Centrémonos primero en el entorno del carnicero.

Averigüemos si tenía algún tipo de antecedente. Esto puede que nos haga comprender un poco mejor por qué ha sucedido todo esto.

Alfonso asintió mientras abría la base de datos de PER-POL para buscar si tenía pasado delictivo.

—Los de Científica siguen en la casa, han enviado una remesa de indicios a laboratorio para que las cadenas de custodia se cumplan, pero todavía no están disponibles. Les queda mucho tiempo allí. Así que voy a transcribir la declaración del testigo que lo encontró, aunque si prefieres hacerlo tú...

—No, soy tu subordinado, no tu secretaria. Venga, dale.

Tras unos instantes observando la pantalla, Alfonso habló.

—¿Cómo dices que se llamaba su amigo?

Nicolás había dejado para lo último apuntar el nombre y apellidos del testigo —así como su DNI, dirección y otros datos de interés—. Es por esto que tuvo que leer sus notas para encontrarlo.

—Espera, aquí. Se llama Rodolfo...

—¿Pérez Marhuenda?

—Sí —contestó Nicolás extrañado—. ¿Cómo lo sabes?

—Porque al parecer no fue del todo sincero contigo. Mira.

Nicolás se levantó de su asiento y se colocó frente a la pantalla del otro inspector.

Echó un vistazo a lo que Alfonso indicaba con el dedo.

—Hay varias denuncias por parte de Rodolfo... —comentó Nicolás para sí mismo—. Tres son por agresiones, una de ellas porque dice que le había robado mil euros. Interesante.

—Bien, pues ahí lo tienes. La denuncia por robo data de hace menos de un mes. Si esto no te parece un móvil...

—No sé, hay algo que no me encaja en todo esto.

—Joder, Nicolás, no me jodas. No empieces. ¿Qué no te encaja? El carnicero le debía dinero porque, según el otro, le había robado mil euros. Este va a cobrárselos a su casa y se lo carga. En un último instante, se da cuenta de lo que ha hecho y de lo que le puede pasar si la justicia le cae encima, por lo que decide imitar a un famoso asesino en serie para despistar. Como no es muy avispado, recuerda al último que hubo aquí en España, «el asesino de la baraja», y se va a su casa a coger una carta con la que solía jugar el chinchón. Estoy seguro de que si vamos y rebuscamos, nos encontraremos el resto de los naipes y faltará el que habéis encontrado en la escena. Un chapuzas, lo que yo te diga.

—¿Y por qué se lleva las manos, según tú?

—Y yo qué sé, lo habrá hecho para tocarse con ella por las noches, no sé. Hay gente muy rara.

—Sigo diciendo que aquí hay algo que no me encaja. Cuando hablé con él no daba el perfil de haber podido cometer un crimen así. Parecía, no sé, poca cosa. Se necesita frialdad para cometerlo.

—¿Y quién sí da el perfil? Esto no es Hollywood, Nicolás. No se trata de que sea un perturbado de quien abusaron sus padres y que tiene el cadáver de su abuela momificado en el trastero. Se trata de alguien que, en un arrebato de ira, se la ha ido la mano y ahora trata de ocultarlo. Además, si hablamos de frialdad, podríamos suponer que con la misma que ha cometido el asesinato podría haberte mentido a ti. Refútame eso, anda.

No pudo.

—De todos modos, dudo de que supiera algo del incidente con los ojos de Fernando Lorenzo —insistió Nicolás—. ¿No es demasiada casualidad dos mutilaciones en tan poco espacio de tiempo?

—Tú lo has dicho, podría ser una casualidad. Además, ¿no hubiera sido más lógico que se hubiera llevado los ojos en caso de estar en lo cierto? ¿Por qué las manos? Que no, que este es un listo, que yo entiendo de eso.

Nicolás quedó pensativo durante unos instantes tras las palabras de Alfonso.

—Sea como sea, vamos a tener que hacerle una visita para preguntarle. No tenemos ninguna prueba contra él. A ver cómo reacciona ante las preguntas.

—Vale, yo se las haré —dijo el inspector Gutiérrez.

—No, que te conozco. Eres más bruto que un *arao*.

—Bueno, ahora lo hablamos. Vamos para el coche, anda, Luis Moya.

Nicolás echó la cabeza para atrás y suspiró.

—¿Qué? —quiso saber Alfonso mientras se levantaba de su asiento.

—Que esto acaba de empezar y ya estoy harto de tanto viajecito a ese pueblo. Me da un mal rollo impresionante.

12.31 h. Mors. Casa de Rodolfo Pérez

Nicolás acababa de salir de la casa del carnicero. El equipo de Científica seguía con el procesamiento de todo el inmueble y este quería que Alfonso viera con sus propios ojos el escenario. No había ninguna novedad que remarcar. Lo que sí llamaba la atención es que no hubiera señales de forzamiento en ninguno de los accesos. La teoría de que la víctima hubiera abierto la puerta a su asesino cobraba más fuerza.

Esto, a su vez, hacía cada vez más interesante la charla que iban a tener a continuación.

El inspector tocó el timbre de la casa de Rodolfo. Esperó paciente unos instantes. Advirtió que por la mirilla alguien los observaba. La persona que estaba dentro se percató de esto y no tuvo más remedio que abrir.

—¿Necesitan algo más? —preguntó el hombre con semblante serio.

—Le presento al inspector Alfonso Gutiérrez. No sé si me he presentado antes cuando hemos hablado. Soy el inspector Nicolás Valdés.

Le tendió la mano. Tuvo que esperar unos segundos hasta que Rodolfo decidiera dársela.

—¿Qué quieren?

—Tenemos algunas preguntas que hacerle.

—Ya les he contado todo. Estoy seguro de que no se me ha olvidado nada sobre cómo he encontrado a Javi. Ahora, si no les importa, me gustaría estar solo, con mis cosas. No me apetece hablar con nadie. No tengo más que contar.

—Ya... no es eso. Se trata de otro tipo de preguntas.

El rostro de Rodolfo cambió visiblemente.

—¿Cómo quiere que se lo diga? No tengo nada que contarles. Nada. Y si no les importa, no me encuentro demasiado bien, en la ambulancia me han dado no sé qué mierda y estoy algo mareado. Necesito descansar. El día está resultando ser una puta mierda.

Dicho esto, trató de cerrar la puerta. Alfonso, al ver el movimiento, se anticipó y colocó su pie para que la puerta no pudiera cerrarse del todo. Una vez lo impidió, dio un paso al frente.

—Verá —dijo—, esto lo podemos hacer de dos maneras. O bien nos invita a pasar y charlamos como amigos o nuestra relación pasa a ser de policía-detenido. Hemos encontrado algunas cosas que pueden hacerle viajar a comisaría. No creo que en el juzgado se opongan a dictar una orden de detención contra usted basándose en lo que ya tenemos. Usted decide.

El hombre apretó la mandíbula y, con una evidente resignación, soltó la puerta dando media vuelta y pasando al interior.

Ambos policías entraron. Nicolás cerró la puerta a sus espaldas, muy sorprendido por el método hollywoodiense que había empleado su amigo. Para que luego dijera que aquello no se parecía a una película.

Rodolfo entró en su salón para acto seguido tomar asiento en un sillón de color verde algo apagado. Su reposo en él fue total. Tanto que cerró los ojos, para pasmo de los dos inspectores.

—Tomen asiento. Ustedes dirán.

Ambos obedecieron. Nicolás no pudo evitar echar un vistazo a su alrededor y sorprenderse por la similitud de aquel salón con el del carnicero. De no ser por unos pequeños detalles, hubiera jurado que se encontraba en la escena del crimen. Parecía ser que ese era el estilo que se llevaba entre los solteros «de tres pares de cojones» —según había definido Rodolfo al carnicero esa misma mañana.

—Bien. —Nicolás tomó la palabra—. No sé por qué ha omitido esta mañana que había tenido problemas con Javier Culiáñez. Nos constan tres denuncias. En su declaración había dicho que era su mejor amigo. Yo, a mi mejor amigo no lo denunciaría en comisaría, intentaría hablar las cosas y resolverlas de un modo civilizado.

Rodolfo sonrió levemente antes de hablar al mismo tiempo que abría los ojos.

—Así que era eso. Esas denuncias son una gilipollez. Si se las puse fue para darle un escarmiento, no para otra cosa. Sí, es mi mejor amigo, pero tiene... tenía... una mala hostia casi tan grande como él. Había días que nos pasábamos con la botella y a él se le iba la cabeza. Discutíamos por tonterías, pero siempre acababa metiéndome un par de hostias. Era un animal muy bruto. Llegó un punto en el que me cansé de esto. Pensaba que con las denuncias se le quitarían las ganas de volver a hacerlo. Pero no. Siempre que bebíamos, igual.

Alfonso miró a Nicolás, extrañado ante esta declaración.

—A ver. Y haciendo uso de una lógica aplastante... ¿Habían pensado no ponerse hasta arriba de alcohol para evitar estos conflictos?

Rodolfo sonrió.

—¿Qué otra cosa nos quedaba? Por favor, miren a su alrededor. ¿Les parece que esto es una casa de una persona feliz?

Emborrachándonos y yéndonos de putas nos engañábamos pensando que teníamos una vida mejor. Sé que no lo van a entender, ustedes dos son policías y esto debe de ser emocionante de la hostia. Detrás todo el día de los malos. Pero nosotros no teníamos nada de esto. Vivimos en un pueblo de mierda, ganamos una mierda de dinero y las mujeres no se acercan a nosotros ni aunque tuviésemos la picha de oro. Bueno, acercársenos se nos acercaban, pero dentro del puticlub. Y sí, si se nos iba la mano con los gin-tonics, acabábamos a hostias y ya está. Tampoco creo que sea algo tan grave. Somos amigos, copón. Éramos —rectificó.

Nicolás no daba crédito a lo que oía.

—Pero ¿qué son? ¿Niños? No puede hablar en serio.

—Pues mire, si no lo quiere entender no lo haga, pero es así.

—¿Y la denuncia por el robo de los mil euros?

—Yo los tenía escondidos y un día, sin más, no estaban. Eran mis ahorros, no demasiado, como ve, pero tengo que reconocer que es porque no me suelo privar de nada. Puse la denuncia porque solo podía ser él el que se los hubiera llevado. Aquí no ha entrado nadie, nada más que él. Pensé que así se arrepentiría y me los acabaría devolviendo. Pero no. Fue un hijo de puta hasta el último momento.

—¿Y por eso decidió cobrárselos usted mismo? —preguntó Alfonso sin miramientos.

Nicolás le echó una mirada inquisitiva. Ya se había pasado.

—¿Qué coño insinúa? ¿Eh? ¡¿Qué coño insinúa?! —comenzó a gritar mientras se levantaba del sillón.

—Cálmese, por favor. —Nicolás intentó rebajar la tensión—. Disculpe la brusquedad de mi compañero. Necesito que me cuente qué hacía anoche entre las dos y las cuatro de la mañana.

—Tendría que mandarlos a tomar por el culo, pero mire,

llevan placa y seguro que no acaba bien la cosa. Así que le diré que estuve en el club Pink Ladies, es un local que hay en la carretera nacional de Alicante a Guardamar del Segura. Pueden preguntar ahí, siempre estoy con Lorelei, una puta colombiana de tetas caídas que no es gran cosa, pero complace por poco dinero. Hasta las seis de la mañana no he vuelto a casa. Me he acostado una hora y me he levantado peor que estaba. Ahí ha sido cuando he ido a casa de Javi.

—Entonces, no habrá oído el disparo ni nada parecido.

—Ya le he dicho que no estuve por aquí. En serio, si quieren les doy el número y llaman ya mismo, delante de mí.

Nicolás miró a Alfonso. Aquello no llevaba a ninguna parte. Comprobarían su coartada, que seguramente sería cierta, y poco más.

—Una última pregunta. ¿Sabe si Javier estaba metido en algún lío de drogas o de juego? Algo que pudiera traer una consecuencia como esta. Si era su mejor amigo, debe de saber algo.

—No que yo sepa. No algo gordo, quiero decir. Javi echaba algunos euros a las tragaperras. Con las drogas había tonteado lo justo, alguna vez nos habíamos metido algún tiro de coca en alguna que otra salida, ya sabe, para animarnos un poco. Pero no pasábamos de eso. Somos viejos, ¿sabe? Eso podía jodernos y acabar reventándonos el corazón. Que yo sepa, ni le debía nada a nadie ni tenía líos así gordos. Alguna pelea con dos hostias de por medio de vez en cuando, pero normalmente acababa llorando abrazado de la persona a la que había pegado.

Nicolás respiró hondo. No tenía más preguntas.

—Está bien. Si recuerda algo más, algo que crea que debamos saber, díganoslo.

Rodolfo se limitó a asentir. Acto seguido acompañó a los dos inspectores hasta la puerta. Cuando salieron de la vivienda, pegó su espalda contra la madera y suspiró muy hondo. Tocó su bolsillo para comprobar que los mil euros seguían ahí.

No estaba bien lo que había hecho, desde luego, pero por su amigo no podía hacer nada más. Así que cuando lo encontró en esas circunstancias, lo primero que hizo fue dirigirse al único lugar en el que podría tener escondido el dinero. Tras comprobar su suerte y recuperarlo, llamó al 112, tal y como había relatado.

Esperó que recuperar lo que era suyo no le trajera problemas y lo incriminaran por algo que él no había hecho.

13

Sábado, 10 de octubre de 2009, 12.51 h.
Mors. Bar de Adela

Carlos entró de nuevo en el bar. Alicia estaba pasando un paño por un cristal y Adela despedía a unos hombres que salían charlando animadamente entre sí. El abogado se extrañó de que, tras lo ocurrido, alguien pudiera mantener una actitud tan despreocupada. Él no podía, aunque trataba de disimularlo.

No sabía qué cara poner. Durante los últimos dos minutos se había dedicado a ensayar la excusa para justificar su huida, pero al entrar en el local se había quedado en blanco. No servía para jugar al póquer.

—Hola, señor Lorenzo —se adelantó Alicia al ver que este tenía cara de no saber qué decir.

—Hola... Siento lo de antes... y por favor, llámame Carlos.

—No tienes que disculparte —intervino Adela, que ahora estaba ordenando unas bandejas metálicas que tenía colocadas dentro de un pequeño refrigerador transparente encima de la barra—, es comprensible. Después de la muerte de tu padre es normal que estas cosas te impacten de esta manera. Yo todavía no puedo creer que esto esté sucediendo de verdad. Aquí las personas mueren de viejas, ¿me entiendes? No sé si me equivoco, pero nunca antes habíamos tenido un suicidio y un... lo que sea... —La mujer trató de evitar nombrar la palabra, puede que le sonara demasiado fuerte—. ¿Se ha dicho algo cerca de la casa del carnicero? ¿Hay algo nuevo?

Carlos negó con la cabeza apretando los labios. Agradeció mentalmente a la mujer el haberlo sacado de aquel embrollo de explicaciones absurdas.

—Espero que haya sido un hecho aislado y el mal no haya venido a nuestro pequeño pueblo.

—Tía, no digas tonterías —comentó Alicia sin dejar de limpiar el cristal.

—No son tonterías, recuerda el programa ese de la tele que vimos de los misterios. Muchas veces el mal llega a un lugar y comienzan a pasar desgracias como esta. No me dirás que no es extraño que haya pasado todo esto en tan poco tiempo. ¿Casualidad? Yo no creo en eso. Creo en el bien y el mal. Y aquí, ahora, hay algo malo, entre nosotros. Además, hace unos años, tu abuela me contó una historia sobre un mal parecido que acabó con muchos niños en toda esta zona. Me contó que tuvieron que venir varios santeros de fuera de España porque ninguno de los de aquí estaba capacitado para acabar con él. Les costó, pero al final lo consiguieron. Puede que sea lo mismo.

—Tía, en serio, ¿no has pensado que igual fue una epidemia de algo lo que acabó con esos niños?

—No, Alicia. Claro que no lo creo. Además, en caso de serlo, ¿qué hizo que llegara aquí? Un mal superior. Créeme porque sé de lo que hablo.

Carlos la miraba sin pestañear. No sabía qué contestarle porque ni él mismo sabía qué pensar o creer. Todo lo que estaba sucediendo lo estaba dejando noqueado mentalmente. Decidió cambiar de tema, era lo mejor.

—Que sea lo que tenga que ser —dijo—. Lo único que quería era disculparme por mi actitud de antes. Ahora me voy, que querría pasar por la tienda a llevarme unas cosas que necesito para los días que pasaré aquí.

Alicia dejó lo que estaba haciendo y se dirigió al abogado.

—Yo también tengo que ir a por un par de cosas. Si quieres, te acompaño. Merche, la dueña de la tienda, es un poco brusca con los desconocidos, así que si te ve conmigo seguro que te trata mejor.

Carlos no supo qué decir ante el ofrecimiento. Él había estado en la tienda y no le había dado esa impresión, pero si ella lo decía, es que tenía que ser cierto. Asintió tarde, ya que la joven ya se había acercado hasta él y lo esperaba para que echaran a andar. Se despidió de Adela levantando su mano derecha.

Salieron del bar y fueron directos a la tienda. A pesar de la poca distancia que separaba ambos negocios, al abogado se le hizo eterna, pues le incomodaba ir con la muchacha y no tener nada de que hablar. No es que no hubiera temas en sí, es que en verdad no le apetecía demasiado.

Cuando llegaron, Alicia se ofreció voluntaria para buscar las cosas que Carlos le iba diciendo que necesitaba.

Al mismo tiempo, Carlos fue dictándose mentalmente lo que creía que podía hacer falta en casa de su padre. Este no tenía de nada, casi ni productos de limpieza. Él no era un especialista en tareas del hogar, apenas sabía prepararse un par de comidas sencillas; y en cuestión de limpieza y orden, hacerse, como mucho, la cama. Se dejó aconsejar por Alicia en este sentido, llegando a llenar seis bolsas de plástico grandes entre comida y otros productos necesarios.

—Tengo que llevarme la mitad y volver a por la otra —comentó nada más pagar mientras miraba preocupado la cantidad de bolsas.

—No, para nada, yo te ayudo a llevarlas a tu casa. No me

cuesta nada —dijo Alicia, que se adelantó y agarró dos de las más pesadas.

—Pero...

—Nada.

Carlos sonrió con sinceridad. Una de las primeras veces que lo hacía desde que había llegado a ese pueblo. Agarró las otras cuatro y salió despidiéndose de la tendera, que a su vez sonreía también. A él no le había parecido una mujer difícil, desde luego.

El abogado abrió la puerta de la casa de su padre y dejó pasar primero a la muchacha. Pasó él después y cerró.

—¿Dónde las dejo? —quiso saber la joven.

—En la cocina mismo, ya me encargo yo de ordenarlo todo. Soy un poquito maniático con el orden, así que más vale que coloque cada cosa donde mi cabeza diga o puedo acabar volviéndome loco.

Alicia sonrió ante el comentario.

—Pues perdona que sea tan brusca, pero si con lo que ha pasado no te has vuelto ya, nada lo conseguirá. Yo no sé cómo actuaría en tu situación.

Carlos no dijo nada. Quiso contestar, pero no encontró el impulso necesario para poder hacerlo.

Comenzaron a andar hacia la cocina.

—Tienes que perdonar a mi tía —comentó la joven sin venir a cuento e insistiendo en entablar una conversación.

—¿Cómo?

—Por eso que dice de lo del mal y esas chorradas. Está muy afectada por lo que está pasando, todos lo estamos. Tiene razón en eso de que en Mors nunca ocurre nada. Y mira tú por dónde. No estamos acostumbrados a estas cosas.

—Creo que nadie podría estar acostumbrado, aunque las viera a diario.

Dejaron las bolsas encima de la mesa de la cocina.

—¿A qué te dedicas? —preguntó la joven.

—Soy abogado.

—Vaya, entonces, tú eres de ese grupo que has nombrado, ¿no? Por tu trabajo las verás a diario. Ahora se explica que puedas seguir adelante con esto.

—No. No te creas. Sí, he visto asesinatos, he defendido a familias de víctimas, pero también a los mismísimos asesinos.

Alicia lo miró con los ojos muy abiertos.

—No me mires así —continuó—, es mi trabajo hacerlo. Además, hice un juramente al acabar la carrera que me obliga moralmente a hacerlo. Una cosa es lo profesional, otra muy distinta lo que yo piense en realidad de la persona a la que me ha tocado defender. He pasado auténticas angustias mentales en según qué casos. Por suerte han sido pocas las veces que me he tenido que encargar de defender a un asesino. No es sencillo. Normalmente me contratan personas adineradas de la capital y alrededores para asuntos de divorcios, herencias y cosas así. Aunque te aseguro que en algunos casos de ese tipo también se pasa mal. Pero bueno, si te digo la verdad, he aprendido a crear una barrera que me impide rebasar lo personal y me permite centrarme en mi trabajo.

—Vamos, que tu trabajo es una mierda.

Carlos sonrió.

—Para nada. Lo adoro. Además, ¿existe la ocupación perfecta? Todo tiene sus pros y sus contras.

—Viendo el coche que conduces, supongo que ese será uno de los pros.

Carlos ahora rio.

—Se gana dinero, no me puedo quejar. Pero no lo he ganado de la noche a la mañana, he tratado de labrarme una reputación. Han sido muchos años de sacrificio y mucho sudor. Ahora es cuando por fin puedo dormir por las noches. Bueno... hasta hace unos días...

Alicia agachó la cabeza, entendía a qué se refería Carlos.

El timbre sonó.

Carlos miró extrañado hacia la puerta. Evidentemente no esperaba a nadie. Las únicas personas que se le ocurrían eran o los policías o la tía de Alicia.

—Te acompaño a recibir a quién sea y me marcho al bar con mi tía. Si no voy pronto, así como se están poniendo las cosas, hoy puede que le dé un ataque al corazón.

Fueron hacia la puerta y Carlos abrió. Un joven con gorra gris y naranja y un polo del mismo color le sonrió. Llevaba un paquete en la mano. Era del servicio ultraexprés de una agencia de transporte.

—Joder con Gala... Esto es eficiencia... —soltó en voz baja sin entender muy bien cómo le había dado tiempo. Era materialmente imposible.

—¿Carlos Lorenzo? —preguntó el muchacho.

—Así es.

—¿Me firma aquí y me escribe su DNI, por favor? —dijo mientras señalaba una PDA.

Carlos obedeció y en pocos segundos cumplió con la petición. El chaval le entregó el paquete, después el resguardo y volvió por donde había venido.

El abogado miró a Alicia y le mostró el paquete.

—Ropa. Me la ha enviado Gala, una compañera de trabajo.

—Pues poca te ha enviado.

Carlos miró el paquete y comprendió lo que Alicia le decía. No era demasiado grande, la verdad. Bueno, algo cabría, pero desde luego no demasiada ropa. ¿Serían solo sus calzoncillos? ¿Habría mandado dos paquetes y el otro todavía estaba por llegar? Aquello desde luego pesaba poco.

Extrañado, dejó el paquete en el suelo y tiró de la cinta adhesiva hasta que la arrancó, llevándose un pequeño rastro de cartón con ella. Abrió las solapas. Dentro había mucho plástico de burbujas, como el que se usaba para envolver objetos delicados.

Carlos empezó a sacarlo despacio, pues ya no creía que dentro hubiera calzoncillos. Puede que fuera algo frágil, por el tipo de envoltorio. En caso de ser así, no quería que se rompiera.

Ambos miraron el interior.

Alicia emitió tal grito que se oyó, prácticamente, en todo el pueblo.

13.29 h. Alicante. Comisaría Provincial de la Policía Nacional

—Es un puto asesino en serie.

Alfonso se había levantado a buscar agua para ambos mascullando esas palabras. Sentía algo inexplicable en el estómago, pero desde luego no era una sensación agradable. Era la misma que llevaba sintiendo Nicolás desde que había entrado en el caso.

Había mandado a un subinspector junto a la mitad del equipo de Científica que todavía se encontraba allí, en Mors. Tenía demasiado trabajo por delante para investigar y el viaje solo iba a retrasarlo más. Además, sabía de sobra que, en este caso, no iba a dilucidar nada. Todo estaba demasiado claro.

No debían de tardar demasiado en llegar a la casa del abogado; tenían órdenes tajantes de enviar las fotos de lo que encontraran enseguida. Aunque Nicolás ya se había hecho una idea mental.

Después de esto, las manos serían enviadas a Medicina Legal para iniciar la correspondiente investigación. El cadáver ya debería estar casi listo para la autopsia, que otra vez se haría en caliente, por lo que Nicolás esperaba la correspondiente llamada para salir por piernas. Que la autopsia se realizara ese mismo día tenía un doble significado para Nicolás, ya que entendió que la jueza había otorgado al caso una especial relevancia. Primero, por no esperar al día siguiente para conocer los detalles que pudiera arrojar el cuerpo en la mesa metálica; segundo, porque era sábado y esto, en el IML de Alicante significaba que nada de autopsias hasta lunes. Agradeció mentalmente que la magistrada hubiera acelerado el proceso porque, por el cariz que estaba tomando todo aquello, parecía que el tiempo era una pieza muy importante dentro de la partida.

Alfonso regresó con una botella de Bezoya bajo la axila. La había sacado de la máquina que había justo al lado de las escaleras. Nicolás fue el primero en beber un sorbo. Tenía la boca seca por el evidente nerviosismo que le recorría el cuerpo. Tras hacer lo mismo Alfonso, volvió a tomar asiento para simular que ambos estaban haciendo algo con sus ordenadores porque, en realidad, ninguno de los dos podía concentrarse en nada. Solo pensaban en lo que acababa de suceder y en que ojalá llegara pronto el mail con las fotos para poder verlo con sus ojos.

Un zumbido proveniente de los altavoces del PC del inspector Valdés hizo que el nudo del estómago se hiciera más evidente en los dos.

Alfonso se levantó, agarró la silla y la empujó hasta llevarla al lado de Nicolás. Este abrió el mail. Era el que esperaba, del subinspector Galoa, que era el que se estaba ocupando de la inspección ocular.

Descargó las dieciocho fotografías y abrió la primera.

La imagen que tenían en mente se parecía mucho a lo que veían sus ojos. La caja de cartón estaba abierta con las solapas hacia arriba. Un plástico de burbujas ensangrentado envolvía algo que, hacía unas horas, seguro que tenía un tono algo menos morado. Eran las supuestas manos del carnicero.

Nicolás suspiró al mismo tiempo que comenzaba a pasar fotos tomadas desde distintos ángulos. Se detuvo en lo que le interesaba. Una nota, de las mismas dimensiones que la hallada en el parque junto a los ojos del padre del abogado. En ella, manuscrito también, se podía leer el siguiente mensaje:

Estas manos, lo tocaron todo.

El inspector dio un duro golpe con el puño en el escritorio, haciendo que otro de sus compañeros, que en ese momento estaban en sus cosas, se girara hacia el punto en el que los dos trabajaban.

Alfonso levantó la vista y vio que los miraban como a bichos raros. Todavía no habían establecido lazos, aparte del saludo de rigor cada vez que se veían, y no quería que pensaran de ellos que estaban locos.

—Tranquilízate, coño. Si perdemos la calma, lo perdemos todo —comentó Alfonso con el tono más sosegado que fue capaz de encontrar.

—¿Cómo quieres que me calme? ¿Cómo nos enfrentamos a esto?

—Estamos preparados, Nicolás. Quien coño esté haciendo esto quiere jugar. ¿No? Pues juguemos. Pero tenemos que ser capaces de ver toda esta mierda con perspectiva. Si nos ofuscamos, ya te digo yo lo único que vamos a conseguir. Y no es nada bueno, no.

—No, Alfonso, no te equivoques. No estamos preparados. ¿Cómo lo vamos a estar para un asesino en serie? Tío, que acabamos de empezar, como aquel que dice.

—Vale, coño, pero no somos novatos en la policía. Tú ya tienes experiencia en esto... —Cuando se dio cuenta de lo que había dicho, la voz de Alfonso se apagó—. Lo siento.

—No, da igual, no lo sientas. Sí, algo sé, pero no era mi responsabilidad detenerlo, ya lo sabes. Ahora es diferente.

—Bueno, a ver, míralo desde otra perspectiva. Tío, no me alegro por las muertes, pero ¿qué probabilidades hay de que un inspector de la Policía Nacional se tope con un asesino en serie? Nulas. Esto no es como la gente piensa. No me digas que no soñabas con estar al frente de un caso así cuando veías películas como *Seven*, *Resurrección* y todas esas que te gustan tanto.

—¿Eres tonto, tío? Que eso son películas, mongolo. Esto es la realidad. Además, una cosa es imaginar y otra bien distinta vernos aquí metidos. Yo voy a hablar con el jefe, que le den el puto caso a uno de los veteranos.

Hizo el amago de levantarse, pero Alfonso lo agarró del brazo y lo obligó a permanecer sentado.

—Estate quieto ahí, cojones. O te doy dos hostias. Sabes que lo haré. ¿Cómo coño vas a rechazar el caso después de haber insistido en que sí lo querías? ¿Qué pretendes? ¿Ser el hazmerreír de esta comisaría? ¿De toda la Policía? Vamos a centrarnos y ya está, pero el caso es tuyo. Nuestro. Como lo quieras decir.

Nicolás respiraba acelerado, estaba al borde de un ataque de ansiedad. Se había estado preparando duro para un momento como aquel, pero la teoría no tenía nada que ver con la práctica. Ahora había vidas humanas de por medio. Si había un asesino en serie involucrado en el caso, podría morir más gente. ¿Cómo iba a evitar esto?

—Está bien, centrémonos —dijo sin haberse calmado demasiado—. ¿Qué es lo que realmente tenemos?

—Varias cosas. Primero, que no sabemos que sea un asesino en serie. Recuerda la definición que aprendimos en la academia: un asesino en serie es aquel que acaba con la vida...

—... de tres o más personas, dejando un tiempo de enfriamiento y en un lapso de tiempo mayor a un mes. Vale, Alfonso, esto ya lo sé, pero no me jodas, es a lo que huele todo esto. Además, tú mismo lo has dicho.

—Ya, a ver, es blanco y sabe a leche, pero ni se te ocurra poner en los informes que es un asesino en serie. No todavía. Aunque si quieres, entre nosotros, lo llamaremos así.

—Vale. ¿Qué más cosas?

—Pues que con esto que acaba de ocurrir confirmamos la relación entre la muerte del padre del abogado y la del carnicero. Puede que una haya sido suicidio y la otra asesinato, pero el envío de ambos «trofeos» al abogado establece una relación directa.

—Pero ¿por qué se los lleva? Creo que tendríamos que llegar a ese fondo para tratar de entender mejor sus motivaciones.

—¿Entender? ¿En serio? Yo no necesito entenderlo, necesito atraparlo. Me importa tres mierdas si se lleva esos objetos para masturbarse mientras los mira durante toda la noche. Lo que importa es establecer pautas de similitud entre una muerte y otra. Tiene que haber alguna relación entre Fernando y Javier. A la fuerza.

—A ver, está claro que la tiene que haber. Y lo de entender lo digo porque esto escapa a toda lógica en cuanto a los psicópatas, digamos, habituales. Cuando se llevan un trofeo es para recordarse a sí mismos lo que han hecho. Como bien has dicho, podrían masturbarse incluso mirándolos. Ed Kemper lo hacía. Pero lo que no hacen es enviárselos a nadie. Ese trofeo es para ellos, para nadie más.

—Esto no hace más que confirmar que seguro que es alguien que está tocando los huevos.

—Joder, ¿matando a una persona y cortándole las manos?

—Yo que sé, coño. Ya no sé ni qué decirte para que no salgas corriendo a darle el caso a otro.

—Vale, que no lo voy a hacer —comentó Nicolás mientras tomaba otro sorbo de agua. Seguía muy nervioso—. Sigamos con esto. En cuanto tengas tiempo, llama al club ese que ha nombrado el vecino del carnicero y confirma que estuvo allí anoche. Habría que averiguar también qué hizo la noche que desaparecieron los ojos de Fernando Lorenzo, pero creo que estamos de acuerdo en que no ha tenido nada que ver. Es solo un pobre imbécil.

Alfonso asintió mientras tomaba nota con un bolígrafo y un folio.

—Además de todo, voy a pedir a la jueza una orden para consultar las llamadas enviadas y recibidas por ambas víctimas. Puede que una llamada entre ellos mismos en las fechas próximas a sus muertes nos esclarezca algo.

—¿También del Rodolfo ese? —quiso saber Alfonso.

—No sé, yo creo que con lo del club sobra, aunque no nos cuesta nada pedirlas también.

Alfonso levantó la mirada y se quedó pensativo por unos instantes. Habló.

—De todas formas, si lo piensas, no sería nada raro que se hubieran llamado entre ellos. Lo sería si uno viviera en Las Rozas y el otro en Aranjuez y no tuvieran aparente relación. Pero macho, eran vecinos, yo que sé, se podrían haber llamado para algo. Yo te he llamado a veces para que me traigas algo estando yo en el salón y tú en tu habitación.

El inspector Valdés sopesó las palabras de su amigo. Quizá tuviera razón en esto, pero de igual modo no podía dejar de lado esa posibilidad, si quería hacer bien su trabajo.

—Lo más sensato —dijo Nicolás con la mirada algo perdida— sería que nos moviéramos primero por el ramal del «asesino de la baraja». Son demasiadas coincidencias. Si es un imitador, puede que sepamos cómo actuaría en caso de volver a hacerlo; si era solo para despistar, también lo podemos saber así.

—Ok, ¿de qué me ocupo en esta parte?

Nicolás pensó antes de hablar.

—Comprueba las licencias de armas de los censados en Mors, primero nos moveremos sobre este radio. Luego, si hace falta, lo ampliaremos a los pueblos colindantes, pero algo me dice que ha tenido que ser alguien del pueblo. Además, trata de localizar quién coño ha enviado el paquete, de qué compañía proviene, y averigua si pueden contarnos algo.

Esto no se ha materializado de la nada. Alguien ha tenido que enviarlo.

—¿Y sobre el abogado?

—Sí, claro, tenemos que averiguar por qué a él. De todos modos, yo le creo cuando dice que no tenía relación alguna con su padre. Esa forma en la que lo decía... No había mentira en ella.

—Pues por algo se lo han enviado a él. No me creo que lo hayan escogido al azar. Puede que la persona que lo esté haciendo considere que su padre debía pagar por algo y, de alguna manera, se lo esté haciendo pagar a él.

—Es una posibilidad. De todos modos, lo dicho, no nos confiemos con nada e investiguemos su entorno, sus últimos días y todo lo que podamos para saber si es casual o ha sido elegido por alguna razón.

Alfonso asintió, llevó la silla de nuevo frente a su PC y comenzó con las comprobaciones.

Nicolás accedió a los archivos centrales para buscar el caso del «asesino de la baraja». La información apareció en pantalla y comenzó a leer.

Alfredo Galán Sotillo, más conocido como «el asesino de la baraja», fue condenado a 142 años y tres meses de prisión por seis asesinatos y tres intentos de homicidio. Mató a sus víctimas con una pistola Tokarev TT-33 que se trajo a España de su paso como militar por Bosnia. Es conocido por su curiosa manera de marcar sus asesinatos con naipes.

Todas sus víctimas fueron asesinadas a quemarropa, lo que explica por qué no reaccionaron. Siempre disparaba en la cabeza, la nuca o la espalda.

Nicolás fue bajando el *scroll* de la pantalla y anotando cada dato de interés acerca del tema. Había muchas cosas que conocía del caso, ya que le interesó en su momento, pero otras tantas que no. Por ejemplo, no tenía ni idea de que el propio Galán fue a entregarse y no lo creyeron porque pensaban de él que era un pobre diablo drogado y borracho. Necesitó acudir una segunda vez y dar detalles de la investigación que él solo podría saber para que lo creyeran y lo detuvieran. Nicolás deseó con todas sus fuerzas que su asesino también lo imitara en esto. También leyó que Alfredo estuvo un tiempo en tratamiento psiquiátrico por estrés postraumático de cuando fue militar. Lo que más le impresionó fue un extracto de su propia confesión, donde decía que lo de los naipes se le ocurrió cuando encontraron uno al lado de su primera víctima y pensaron que había sido el asesino el que lo había hecho. A partir de ahí, lo tomó como una seña de identidad que hacía que su ego aumentara por momentos.

Salió de la historia de Galán y se centró en lo que tenía que hacer ahora. Necesitaba los informes de Balística para confirmar el tipo de pistola empleada en el asesinato, y a pesar de que en laboratorio tenían órdenes de máxima prioridad con el caso, sabía que los resultados no iban a llegar de inmediato.

Su teléfono fijo sonó. Era la extensión del inspector jefe Montalvo.

—Inspector Valdés —dijo Nicolás a modo de saludo.

—El forense va a comenzar con el reconocimiento y posterior autopsia del carnicero por orden expresa del juzgado de Orihuela. Supongo que querrá estar presente.

—Claro que sí. Gracias, jefe.

Nicolás colgó. Sabía que esa llamada era una orden directa de ir hacia Medicina Legal. Sin ella hubiera acudido igualmente.

—Alfonso, nos vamos de excursión. Comemos algo en cualquier bar por el camino. Luego seguimos. O empezamos, no sé.

Carlos sirvió un vaso a Alicia y otro a Adela. No sabía los gustos en cuanto a edulcorantes de cada una, por lo que optó por no echar nada a la tila y si lo necesitaban, siempre estaban a tiempo. Él también hubiera necesitado una, ya que le temblaban las manos tanto que hasta era incapaz de verter el líquido en el vaso sin derramar nada; pero quizá el ver el estado de histeria en el que había entrado primero la joven, seguido por el de su tía al enterarse de lo que había sucedido en casa de su padre, le hacía mantenerse asombrosamente firme. Tembloroso, pero firme.

Los tres se encontraban en la casa donde las dos vivían, justo arriba del bar. Tras el incidente no habían dudado en cerrarlo al público. La Policía Científica trabajaba todavía con el paquete recibido. Carlos no podía imaginar qué era lo que estaban haciendo durante tanto tiempo, pero en el fondo le daba igual. ¿Cómo le iba importar esto con la que le estaba cayendo?

Su cabeza no era capaz de pensar con nada de lucidez. ¿Por qué le habían mandado a él esto? ¿Quién del pueblo sabía que estaba en casa de su padre? ¿Estaba siendo vigilado? Las preguntas eran las mismas que se había planteado tras haber encontrado los ojos de su padre, pero es que eran las lógicas que uno podía hacerse en un momento así. De todos modos, no por ello no le incomodaban, ya que cada pensamiento le provocaba un molesto sudor frío. La sensación de agobio le apretaba fuerte el gaznate e impedía que pudiese respirar con normalidad. Además, también le dolía la cabeza. Lo peor es que sabía que le dolía más por las preguntas que se agolpaban dentro de ella que por las migrañas que de vez en cuando sufría.

Ojalá fuera por esto último.

Carlos observaba a las dos mujeres y vio que ambas se tomaron casi de un sorbo la tila.

—¿Mejor? —quiso saber.

—¿Tú qué crees? —respondió Alicia de malas maneras.

El abogado no respondió; entendía lo estúpido de su pregunta. Se recordó a sí mismo midiendo, hacía tan solo una semana, cada una de sus palabras antes de pronunciarlas para, en cada momento, expresarse justo como quería. Odiaba pronunciar una frase tonta o que diera lugar a algún tipo de ambigüedad. Hasta en esto era un maniático. Ahora era incapaz. El libre albedrío se había apropiado de su mente.

—¿Por qué cojones te han mandado por mensajería las manos del carnicero? —insistió la muchacha— ¿Me lo puedes explicar? En serio, ¿por qué a ti? ¿Qué tienes que ver con todo esto? ¿Es por eso por lo que saliste corriendo? ¿Lo conocías de algo? Ya no sé qué coño pensar de ti. No sé ni por qué te he dejado subir aquí, con nosotras. —La voz de la joven sonaba rota. Alicia respiraba rápido, muy seguido, demasiado. El abogado tuvo miedo de que hiperventilara y cayera al suelo mareada.

Carlos negó varias veces con la cabeza. No podía responder a la mayoría de las preguntas que su boca disparaba como una metralleta. Al igual que ella, no entendía nada de lo que estaba pasando. En la punta de la lengua tuvo el contarles lo que había sucedido con los ojos de su padre, pero no se atrevía a hacerlo. No sabía si serían capaces de digerirlo. No sabía ni si él mismo era capaz de hacerlo. Tampoco tenía claro que lo fueran a creer.

—No, no lo conocía de nada y, no, no sé qué coño está pasando. Pero me dan ganas de salir corriendo de aquí.

Iba a decir que pensaba que en ese pueblo estaban todos locos, pero ahí sí consiguió frenarse a tiempo. Agradeció a su cerebro el haberlo hecho, porque lo último que le apetecía, dadas las circunstancias, era una confrontación con tía y sobrina. Prefirió callar y seguir esperando a que la tila hiciera efecto en ellas. Mientras, los policías terminarían en casa de su padre y se llevarían «eso». Aunque no sabía si sería capaz de volver a poner un pie allí.

Reconsideró la idea de salir corriendo de allí. No regresar nunca.

Que le dieran a la verdad. No quería saberla.

14

Sábado, 10 de octubre de 2009, 14.34 h.
Alicante. Instituto de Medicina Legal

Nicolás golpeó con sus nudillos nuevamente en la puerta. Era la segunda vez que visitaba aquel lugar en un corto espacio de tiempo y algo le decía que no sería la última en los próximos días. Por increíble que pareciera, era como si lo conociera desde hacía años. Alfonso no disimuló su sorpresa al ver el lugar. Quizá, como él, lo imaginaba de cualquier forma menos como en realidad era.

—Adelante. —La voz del forense sonaba solemne.

Pasaron al interior después de vestirse de forma adecuada. El médico anotaba cosas en su libreta y al mismo tiempo en la pizarra de la pared mientras miraba de cerca la cara del fallecido. A su lado se encontraba Pepi, la auxiliar. Al llegar a la mesa de autopsias, otra vez la del fondo, Nicolás comprobó que, sin ropa, el difunto abultaba todavía más de lo que había podido ver en un principio. Sus ojos fueron directos a su rostro, desfigurado debido al orificio causado por la salida de bala. Acto seguido miró el corte limpio de las muñecas y a su mente vino la fotografía de las manos.

—Doctor... ¿Legazpi? —La pregunta sirvió como respuesta al mismo inspector—, este es Alfonso Gutiérrez, inspector, al igual que yo. Me ayuda con el caso. Alfonso, el doctor Legazpi.

—Encantado —contestó este algo menos dicharachero que el día anterior—. Anda que... luego le explican ustedes dos a mi mujer e hijos por qué no les he llevado hoy a Terra Mítica, tal y como les prometí hace más de un mes...

—Doctor, yo... —comentó un avergonzado Nicolás.

A través de la mascarilla se vio que el médico sonreía.

—Es broma, hombre. No niego que me fastidie venir a trabajar en mis días libres, pero si les soy sincero, el caso me está empezando a preocupar y entiendo que la jueza se haya puesto las pilas con él. Además, ¿qué narices? Me han evitado colas insufribles y unos precios que para qué.

Nicolás sonrió ante tal comentario. Le gustaba este hombre y su extraño humor.

—Bueno, empecemos. Como ven, no hace falta que me centre en que han encontrado una bala alojada en una de las paredes de la casa para confirmar que el proyectil entró y salió —comentó el forense a la vez que miraba el boquete de la cabeza.

—Ya veo, ya. Bien, vayamos por partes —dijo Nicolás a la vez que extraía la pequeña libreta del bolsillo que tenía el traje estéril—. Antes de nada, ¿en qué punto se encuentra de la inspección ocular?

—No he empezado todavía con lo que más le puede interesar, supuse que querría estar presente. El doctor Gálvez me ha ayudado con las fotografías y a desvestirlo. Acaba de ir a entregar la bolsa con la ropa a una patrulla para que se la lleve a su laboratorio. No había nada en los bolsillos. Además de esto, lo hemos pesado y medido. —Se giró y miró hacia la pizarra de la pared—. Su peso es de ciento cuarenta y siete kilos con cuatrocientos gramos. Ni qué decir que su obesidad es espantosa. Temo la grasa que podamos encontrar dentro de su cuerpo y que nos dificulte el análisis histopatológico de sus órganos. —Hizo una pequeña pausa y miró el cadáver durante unos segundos—. Mide un metro y setenta y dos centímetros. Hemos hecho también un estudio radiográfico y hemos comprobado que no hay más rastros de proyectil, por lo que, casi con toda seguridad, lo que han encontrado es lo que hay. Tampoco hemos hallado ni un solo rastro en su cuerpo. Hay ocasiones en las que encontramos fibras, cabellos o restos de piel. En este caso, nada de nada. Es por eso que ya hemos lavado el cadáver para poder hacer un mejor trabajo de inspección ocular en busca de hematomas superficiales.

Nicolás observó el agua ensangrentada que ya comenzaba a secarse y que se había colado por el desagüe que había en el centro de la sala de autopsias.

—El doctor Gálvez nos habló de las tres de la mañana como una posible hora de la muerte. ¿Nos lo puede confirmar?

El doctor Legazpi frunció el ceño a la vez que se giró hacia el cadáver.

—Como ya sabrá, el *rigor mortis* en condiciones normales que al parecer aquí se dan, alcanza su punto máximo en torno a las doce horas. Puede ver que el ciclo es completo, por lo que puedo afirmar que ya han pasado. Cuando hemos empezado a trabajar con él no lo era del todo, así que he visto el momento en el que ha alcanzado este punto. No he tenido tiempo de hacerle la prueba de concentración de potasio en el ojo. La del humor vítreo —se explicó al comprobar que los inspectores tenían cara de no saber de qué hablaba. Cuando vio que la expresión no variaba, siguió—. No la he hecho, más que nada, porque está lleno de sangre y primero debo emplear unos reactivos para descontaminar la muestra, pero calculo que efectivamente murió en torno a las tres de la madrugada. Supongo que no tardaré en confirmárselo al cien por cien.

—¿La causa es clara?

—Tal cual la ven nuestros ojos. Un disparo que ha entrado por la región occipital y ha salido dos centímetros por encima del ojo izquierdo fragmentando prácticamente todo el frontal y haciendo algo más complicados varios análisis.

—Mi pregunta es más clara todavía. ¿Lo hizo a quemarropa?

El doctor tomó aliento antes de hablar.

—Sin duda, mire. —Agarró el cadáver de los hombros y lo giró sobre uno de ellos. La rigidez ayudaba a que girara como un objeto sin articulaciones—. El orificio de entrada presenta quemazón. Si mira alrededor, verá este color negruzco, es humo. Además, hay restos de fulminante. Le dispararon a quemarropa. No hay discusión posible.

Tanto Nicolás como Alfonso tragaron saliva. La muerte coincidía casi al cien por cien con las provocadas por el «asesino de la baraja». Lo peor es que el autor parecía haberse documentado bien sobre el caso, ya que podría haberle disparado a distancia y no desde tan cerca. Había que tener mucha sangre fría para poder hacerlo.

Esto no hacía sino empeorar la situación.

El doctor Gálvez entró en la sala. No llevaba mascarilla como en la escena, por lo que Nicolás pudo ver que su rostro parecía más el de un joven de instituto que el de un médico forense. Su barba se componía de unos pocos pelos mal organizados que conferían al rostro todavía más aspecto de estar viviendo la pubertad. Tras el pertinaz saludo a los dos inspectores se colocó la mascarilla y se puso a disposición de Legazpi.

—El forense presente en el levantamiento no suele estar presente durante la autopsia. Pero qué coño, aquí hoy no están ni las águilas para recriminarnos nada —explicó el doctor Legazpi para justificar la presencia de su compañero.

—Cuénteme algo sobre la mutilación de las manos —quiso saber Nicolás.

—Es lo primero con lo que vamos a trabajar, pero antes tengo que extraer una serie de muestras. Ya sabrán que es necesario saber si hay algún tipo de fármaco, alcohol o drogas en su sangre para explicar en parte su muerte. De todos modos también sabrán que esto no es definitivo. Podría haberlas tomado él por voluntad propia, pero aun así se nos obliga a realizar un análisis de tóxicos en esta tipología de violencia. Si es tan amable, doctor —dijo refiriéndose a Gálvez.

Este obedeció y extrajo una muestra de sangre ayudado por una jeringuilla. Acto seguido tomó otra de orina pinchando con otra jeringa en la base del pubis. Ambos inspectores entendieron que era así porque ahí estaba la vejiga.

Una vez hecho esto, el doctor se centró en la herida de las muñecas.

—Creo que es evidente que el corte se hizo con el hacha que estaba junto al cuerpo. No es extraño, pues según he visto en las fotos, con algo así no sería tan difícil hacerlo. De igual manera, la sangre nos dirá si el ADN coincide, aunque creo que ya saben cómo funciona esto. En Madrid pueden tardar semanas en darles un resultado; depende de la pila de trabajo que tengan y de las ganas de hacerlo. Podríamos enviarlo a Valencia, pero me temo que todavía tardarían más. Así que tengamos paciencia. Aunque sigo pensando en que no es lo más importante. Volviendo a las heridas, por la forma limpia del corte diría que ha sido un golpe seco, certero y sin titubeos. Eso me pone la piel de gallina. Nuestro asesino no duda en sus acciones. No lo hizo en la extracción de los ojos del caso del suicidio y no lo ha hecho en este, desde luego. Porque entendemos que se trata de la misma persona, ¿no?

El inspector exhaló. A él también le hacía tiritar este dato y solo podía levantar los hombros para ser lo más correcto posible sin decir que sin duda sí.

—Tomaremos una muestra de tejido, un fragmento de epidermis y otro de músculo para mandarlos a histopatología, pero todo apunta a que la amputación se hizo *post mortem*. No parece haber reacción vital en los tejidos, pero mejor esperar a ver qué nos dice el microscopio. Nuestro laboratorio no es el más avanzado, pero al menos para esto nos da.

—Sí, que hubiera sido *post mortem* lo tenía casi claro —dijo Nicolás—. Supongo que si hubiera sido *ante mortem* la cantidad de sangre en la escena hubiera sido mucho mayor con la sangre bombeando.

—Así es. Ahora debería trabajar con la herida del cráneo, pero como la técnica del *peel off* me va a llevar algo de tiempo por las condiciones del disparo, si quiere le anticipo el contenido del estómago, por si hubiera algo relevante en lo que había tomado antes de que ocurriera esto.

—Por favor.

El doctor procedió y agarró su bisturí. Hizo la incisión de la manera clásica, en forma de «Y» empezando desde los hombros y concluyendo en el abdomen. Abrió la piel y revisó las costillas.

Habló hacia los presentes pero en dirección al micrófono de la grabadora que acababa de agarrar de la mesita de instrumentos.

—No se aprecian costillas rotas. Tampoco ningún hematoma en la zona de la piel que acabo de levantar. En realidad ninguna parte de su cuerpo presenta signos de lucha, por lo que parece que el agredido no pudo defenderse. Retiramos caja torácica y pasamos a revisar hígado, corazón y pulmones.

La forma en la que cortó las costillas para tener accesible esa zona los dejó sin aliento. Y eso que ya lo habían visto una vez, cuando en la academia les «obligaron» a presenciar una autopsia en el IML de Ávila. Las cortaban con un gigantesco cuchillo de sierra. O algo muy parecido. Después de serrarlas, sacaban el trozo con las costillas de una sola vez.

Una vez hecho, el doctor Gálvez tomó una nueva muestra

de sangre directamente del corazón. Después Legazpi comenzó a extraer los órganos uno a uno y a pasarlos a Gálvez, que los pesaba a la vez que tomaba una muestra de cada uno por separado. Mientras lo hacía, les explicó que este trabajo lo solía hacer, en casi todos los IML, el técnico de anatomía patológica, pero que ahí estaban tan limitados que no tenían a uno en aquellos momentos. Después de hacer esto, anotaba el peso en la pizarra de la pared.

Llegó el turno del estómago.

El doctor lo extrajo y lo pesó con cuidado de no derramar nada de su contenido sobre la antigua balanza de metal que se seguía utilizando. Anotó los resultados y procedió a su vaciado en una cubeta especial que tenía solo para esto.

Una gran cantidad de líquido viscoso mezclado con trozos de los que parecía comida poco masticada hizo acto de presencia. Una arcada en ambos inspectores también.

—Parece ser que había comido justo antes de la muerte, puesto que los ácidos no habían hecho todavía su trabajo. Esto no es nada relevante, pero sí curioso. La hora no es nada habitual para una persona normal. Pero, claro, viendo su tamaño tampoco es de extrañar. Habría que analizar bien el contenido, pero en un simple vistazo no hay nada que llame la atención.

—¿Puede que víctima y asesino cenaran juntos antes de la muerte del primero? —preguntó Alfonso a Nicolás.

—No lo sé. De cualquier modo, si lo hicieron no fue algo preparado en la casa. Yo mismo he visto la cocina y no ha sido utilizada en los últimos años. Te lo aseguro. También cabe la posibilidad de que cenara fuera de casa. Habrá que preguntar en los posibles lugares del pueblo a los que hubiera podido ir si fue así o no. Doctor, ¿hay algo más que nos pueda contar?

—Me temo que no, por el momento. Ahora nos vamos a centrar en la herida de bala. Iremos disecando la piel por planos y así podremos seguir la trayectoria de la bala sin provocar ningún cambio en la morfología. Veré si tiene algún tipo de infiltrado hemorrágico y algún otro tipo de indicadores de lesiones de vitalidad. Luego tomaré muestras del occipital y alguna vértebra cervical. Con eso procederemos a su esqueletización y así podremos caracterizar las lesiones con la ayuda de un antropólogo forense. Aunque me temo que tendrá que ser de fuera de nuestro instituto porque nosotros no disponemos de ninguno. Casi con seguridad tendré que tirar de Madrid.

—Perfecto, no he entendido la mitad de lo que me ha contado, pero hágalo. Si es tan amable, vaya haciéndome llegar los resultados según los vaya teniendo. Me interesa sobre todo saber qué tenía en la sangre cuando murió. Puede que estuviera sometido en el momento del disparo.

—Sin problema, supongo que de manera preliminar lo podrá tener en no demasiado tiempo. Si necesita algún análisis específico, por favor comuníquemelo para la solicitud que mandaré a Barcelona. Si no, me centraré en las sustancias típicas. Le deseo suerte para atrapar a ese hijo de puta.

Nicolás y Alfonso volvieron por donde habían llegado sin tener nada demasiado claro.

—Me gusta ese tipo —comentó Alfonso mientras bajaban por las escaleras.

15

Sábado, 10 de octubre de 2009, 15.54 h.
Mors. Casa de Adela

Carlos tenía la cabeza agachada desde hacía un buen rato pues no sabía qué cara tener para cuando Alicia o su tía lo miraran. Rascaba con la uña de su dedo índice el suelo. No pretendía nada con ese movimiento, solo liberar algo de tensión cuando, de vez en cuando, la apretaba con fuerza.

Tampoco sabía por qué seguía ahí, con ellas. Las relaciones personales, aparte de las estrictamente laborales, no eran lo suyo y, por lo habitual, intentaba evitar este tipo de situaciones cada vez que tenía oportunidad. Pero ahora no podía. No sabía definir exactamente el motivo que le empujaba a estar allí, pero ni siquiera sentía la necesidad de salir corriendo de aquella vivienda. Era raro, muy raro. Se preguntó si en realidad había cambiado tanto desde que había puesto un pie en aquel pueblo. La respuesta parecía ser evidente, pero no quería admitirla porque esto le enfurecía. Reconocer este cambio era como asumir una derrota contra unas fuertes convicciones que él creía que lo acompañaban desde hacía una ingente cantidad de años. Todo esto parecía haberse derrumbado de golpe. No entendía cómo nunca había variado su manera de ser y ahora, sin más, estaba actuando como en su vida pensó que lo fuera hacer. De hecho, todos sus días eran como si estuvieran programados para ser siempre igual. Y lo mejor es que él era feliz así. O creía serlo; tampoco se paraba a preguntarse si era así o no. No sabía si era la situación. Quizá era el pueblo. O sus gentes. No tenía ni idea de lo que era, pero le aterraba este cambio tan repentino. Por supuesto, tampoco quería reconocer esto.

Levantó la cabeza y miró a Adela de reojo. Seguía con el rostro descompuesto por lo que había sucedido. No era para menos. No podía esperar otra expresión por parte de la mujer, era comprensible. Buscó a Alicia con la mirada, no la encontró en la cocina en la que creía que estaban los tres sentados, cabizbajos. No se había dado cuenta de en qué momento se había marchado de allí. ¿Tan ensimismado estaba? Sus ojos se desviaron enseguida hacia una puerta que parecía dar acceso a una especie de terraza. Estaba a medio cerrar. Puede que hubiera salido de forma silenciosa por allí. Quizá necesitaba aire. Él también pensó que sería una buena idea.

Se levantó y probó suerte. Adela ni lo miró.

Allí se encontraba. Estaba fumando un cigarrillo.

La terraza era más bien pequeña. Además, las tres macetas de grandes dimensiones que contenían tres plantas iguales no contribuían a dar sensación de amplitud en ella. Aun así, los dos cabían sin problema respetando el espacio vital del otro. Un espacio que era fundamental para el abogado.

Le alivió pensar que todavía no había cambiado tanto.

—No sabía que fumaras —comentó Carlos para romper el hielo.

Alicia lo miró mientras sacaba el humo.

—No fumo. Son de mi tía. Esto me parece repugnante.

—¿Y por qué lo haces entonces?

—Es un acto absurdo. Casi tan absurdo como todo lo que está sucediendo estos días en este pueblo. Tan absurdo como que me estés ocultando algo. Vale que no quieras contarlo delante de mi tía, pero no me creo para nada tu historia. Ahora bien, no te puedo obligar a contarme nada si no quieres. Eso sí, aléjate de mí en tal caso. No me involucres si no vas a contarme la verdad. Déjame tranquila.

Carlos sintió una punzada en el estómago. Intentó disimularla mirando hacia delante. Observó la puerta de la casa de su padre. Estaba cerrada y la furgoneta en la que había llegado la policía científica ya no estaba. Tenían el consentimiento para marcharse una vez hubieran terminado simplemente cerrando la puerta. El abogado intuyó que ya no estaban.

—No sé a qué te refieres....

—Me sigues tomando por una imbécil. Entiendo que me ves joven y debes de pensar que soy estúpida solo por esto. Haz lo que quieras, no me conoces de nada. Yo a ti tampoco, pero creo que, después de lo que he visto hoy, merezco una explicación más o menos coherente. ¿Quieres que me crea que tu padre se suicida, tú decides quedarte aquí en vez de seguir con tu maravillosa vida, matan al carnicero y te envían sus manos a tu casa? Vale, puedo aceptar esta mierda si así lo deseas, pero no te creo. Y te lo vuelvo a repetir. Me puedes tomar por todo menos por imbécil. No lo soy, soy de todo menos ignorante.

Carlos respiró profundo antes de hablar. No es que no quisiera, es que no sabía por dónde empezar.

—No es tan sencillo, ni siquiera yo sé qué está pasando.

—Quizá si probaras a contármelo te podría ayudar —dijo la joven a la vez que tiraba el medio cigarrillo que le quedaba por el balcón.

El abogado no pudo evitar mirar asustado para abajo con miedo a que le hubiera dado a alguien. No fue así, pero no pudo reprimir su cara de espanto. Acto seguido miró a su alrededor una y otra vez antes de hablar.

—Aquí no, entiéndeme.

—Vale, como quieras.

Dio media vuelta y entró de nuevo en la cocina. Carlos la siguió por puro instinto.

—Tía, voy a acompañar a Carlos a casa de su padre. El pobre tiene miedo de entrar solo y a mí no me importa acompañarlo.

—¡¿Y tú no tienes miedo?! —preguntó Adela, alertada ante la petición.

—¿Por qué debería tenerlo? Esto no va conmigo, ni contigo, es cosa suya. Le acompaño y subo, ¿estarás bien?

La mujer no supo ni qué contestar, sorprendida ante la actitud de su sobrina.

Alicia lo tomó como un sí y se giró hacia Carlos, que la miraba como si tuviera frente a él a un extraterrestre.

¿De verdad la muchacha iba a dejar sola a su tía en ese estado de pánico en el que estaba sumida?

—Vamos.

Ya no le quedó duda de que sí.

No rechistó y salió de allí.

16.23 h. Mors. Casa de Fernando Lorenzo

Carlos cerró la puerta de casa de su padre en cuanto la joven hubo pasado. Colocó las llaves en la cerradura por dentro, lo hizo con su mano derecha, como siempre. Dio dos vueltas y esperó que la muchacha pensase que, en realidad, lo hacía por miedo, no porque fuera un maníaco y quisiera hacerle algo malo. Aunque en verdad era por su manía de tener siempre la puerta de casa cerrada desde dentro.

El gesto no pareció importarle a Alicia, cuyo rostro mostraba una impresionante serenidad. Sin pedir permiso, tomó asiento en el sofá del salón. Comenzó a mirar fijamente al abogado. Él se sintió incómodo enseguida. Nunca lo habían mirado con una cara así.

—Ya estamos solos. Cuenta.

Carlos resopló y se acercó hasta ella. Normalmente le gustaba la gente con una alta determinación a la hora de realizar cualquier acto, pero en aquellas circunstancias, quizá por todo lo que había sucedido, esto no le empujaba a ser totalmente sincero con ella. Aun así pensaba que tenía razón en cuanto a que merecía una explicación. No sabía muy bien por qué, pero se la debía. Puede que uno de los motivos principales fuera la imagen terrible que se quedaría grabada para siempre en la retina de la muchacha: las manos amputadas del carnicero. Solo por haber presenciado esto merecía saber qué era lo que él sabía hasta el momento. Además, contarlo puede que le liberara algo de la carga que sin querer se había echado sobre la espalda. Carlos tomó asiento también. Lo hizo titubeante, sin rastro del aplomo que solía caracterizarlo. Muy alejado de él. Se sentó en el sillón donde había dormido hacía dos noches. Previamente se había estirado el pantalón por la parte de las rodillas, cómo no. A pesar de estar sentado y no notar la tensión de tener que aguantar el peso de su cuerpo, todavía sentía cómo sus piernas le temblaban. Supuso que la situación de contarlo también lo ponía nervioso. Todo lo ponía nervioso ya. Se decidió a hablar.

—Está bien, te prometo que te lo voy a contar. Lo único es que quiero que sepas que todo esto es real. Te lo relato todo y después ya juzgas tú misma.

Ella asintió. Su expectación rebosaba ya sus propios límites.

Carlos cumplió con su promesa y relató con pelos y señales todo lo sucedido desde el mismo momento en el que, en su despacho, recibió la llamada que le hizo llegar a ese pueblo en el que comenzaron a pasar cosas tan siniestras como el episodio de los ojos o el de las manos.

La cara de Alicia fue variando según cada fase de la historia. En un primer momento mostraba escepticismo, quizá lógico al no saber si lo que le contaría tendría pies o cabeza. Seguidamente llegó la incredulidad. El episodio de la foto con su nombre y la nota que dejó su padre tuvieron la culpa. Su última mueca fue de terror. No era para menos, tras escuchar lo que sucedió con los ojos de su padre en el tanatorio y la forma en la que él los encontró. Esa cara ya no cambió cuando le siguió relatando lo poco que sabía del carnicero.

Cuando Carlos acabó de contárselo, el rostro de la muchacha era muy difícil de definir. Una mezcla de angustia, terror, asco y miedo.

—¿Y dices que te dejó una nota en el ajedrez, oculta? —quiso saber la joven.

A Carlos le pareció increíble que se hubiera quedado con esa parte de la historia tras los horrores que acababa de relatarle.

—Así es, pero no consigo entenderla. Sé que me quiere decir algo, pero no sé el qué. Tampoco es que haya tenido demasiado tiempo de ponerme a pensar profundamente en ella. Con la de cosas que están pasando en este puto lugar me es imposible centrarme. ¿No decíais que Mors es el pueblo en el que nunca pasa nada?

—Te juro que es así. A ver, que nací y me he criado aquí. Aquí se muere la gente, pero de vieja. Si es que por no haber no hay ni peleas. Este es un lugar tranquilo.

—Pues vaya con el pueblecito tranquilo.

—Y, escucha, ¿no has pensado en pasárselo a la Policía Nacional? Supongo que ellos deben de tener expertos para este tipo de jeroglíficos, no sé. Puede que sean capaces de resolverlo.

—Eso es en las películas, Alicia. En la vida real, una persona como tú y como yo tiene que ponerse a pensar de la misma forma que lo haríamos nosotros. No tienen una preparación específica para este tipo de juegos. Aquí solo vale la rapidez mental, y esto se tiene o no se tiene. Aunque, bueno, me da a mí que ahora mismo yo no tengo de eso. Estoy espesísimo y no puedo pensar nada con claridad.

Ambos quedaron unos instantes en silencio. Pensaban. Nada en concreto, pero pensaban.

—¿Y no sería más fácil haberte contado directamente el secreto en el mismo papel? —insistió la muchacha—. ¿Tiene que jugar a jueguecitos? Joder, que está muriendo gente.

—¿Cómo sabemos que mi padre podría saber que esto acabaría sucediendo? ¿Cómo pensarlo siquiera? A ver, yo no tengo dudas de que lo que le ha pasado al carnicero tiene algún tipo de relación con el suicidio de mi padre. Está claro, me han enviado ya dos partes de cadáveres, coño, pero no tengo ni idea de si tiene que ver con ese supuesto secreto, si no... La lógica nos podría decir que sí, pero yo qué sé. Esto es una mierda, no consigo pensar con claridad y, si no lo hago, no voy a llegar a ninguna parte. Yo tampoco entiendo por qué no me lo cuenta directamente. Es que no me puedo meter en su cabeza porque llevo dieciocho años sin saber de él. No me acuerdo ni de cómo era, el muy hijo de puta. Lo único que tengo claro es que, si no lo ha contado, es que debe de haber una razón de peso detrás de todo esto para que no lo haga.

—Pues qué quieres que te diga. Me cuesta creer que hayan razones lógicas de ningún tipo detrás de toda esta mierda. Por cierto, ¿por qué te lo mandan a ti?

Carlos se encogió de hombros mientras la miraba cansado. Llevaba todo el día haciéndose esa pregunta en bucle. Alicia se dio por respondida y suspiró, a la vez que colocaba los codos sobre sus rodillas y se agarraba las sienes con las palmas de las manos.

—Vale, tranquilo, ahora me lo has contado y por narices estoy contigo en esto.

—Oye, perdona, tú me lo has pedido.

—No, no quería decírtelo así. Sino que tal vez pueda ayudarte.

—¿Tú crees? —preguntó Carlos con cierta condescendencia. No quería que sonara tan evidente, pero lo hizo.

—Sí, señor abogado, no soy la típica niñita tonta de pueblo. O para lo que vosotros es típica, porque yo todavía no me he encontrado aquí ni una sola mujer tonta, pero bueno. Aquí —dijo tocándose con el índice la cabeza— hay algo. Quizá en tu vida de esnob no hayas conocido a muchas como yo, pero creo que te podrías sorprender.

—A ver, que yo no he dicho nada...

—No hace falta que lo digas. A ver si te crees que eres el primer madrileño que conozco que viene por aquí con sus aires y su señorío. Y lo peor es que no hace falta que vengáis de Madrid para tener esa actitud, ya que hasta gente que se fue de aquí a vivir a Alicante regresa mirándonos por encima del hombro. En serio, ¿qué os habéis creído? ¿Que tiramos cabras por el campanario?

—En serio, que yo no he dicho nada.

—Vale, pues por si acaso es mejor dejar las cosas claras. Soy de pueblo, sí, pero a mucha honra. Esto no quiere decir que no sepa leer ni sienta pasión al hacerlo.

Carlos prefirió no decir nada más. Estaba verdaderamente sorprendido por la reacción de Alicia. Puede que, sin querer, su actitud con ella sí hubiera sido tal y como ella la describía. Después de su alegato, desde luego que no la tomaría por tonta.

—Vale —continuó Alicia—, ¿me puedes enseñar la nota del ajedrez?

Carlos asintió a la vez que se levantaba y se dirigía hacia donde la tenía escondida. El mismo lugar en el que su padre la había dejado.

Se la entregó a Alicia. Esta la leyó en voz alta mientras él volvía a sentarse.

—«Por tu seguridad y la de otros, no puedo revelar qué pasó, pero sí puedes averiguar por ti mismo la verdad. Yo, cuando estaba desesperado, siempre miraba hacia Dios. Y por favor, no confíes en nadie.»

El abogado le dio unos instantes de margen, pero no fue demasiado rato, ya que estaba desesperado por conocer su opinión.

—¿Qué piensas? —quiso saber ansioso.

Alicia se tomó su tiempo para contestar. Buscaba las palabras.

—¿Dios? ¿De verdad?

—Así me quedé yo. Mi padre, hasta donde yo lo recuerdo, no era creyente. Aunque cualquiera sabe. Como te he dicho, hace tanto años que no sé de él que ya ni sé cómo era.

—Te advierto que yo tampoco lo soy —dijo Alicia mientras miraba hacia la ventana—, pero sí es cierto que hay ciertas cosas que pasan y que, de repente, nos hacen creer. No te hablo de mí, ¿eh? Pero he visto muchos casos aquí en el pueblo. Gente que no pisaba la iglesia ni equivocándose y, cuando un familiar suyo estaba enfermo, salía la primera en la procesión, al lado de la virgen. No será ni el primero ni el último que se agarra a una fe ante cualquier problema. Puede que lo que tu padre oculta lo hiciera.

—¿Crees que ese secreto le hizo creer en Dios? Yo qué sé, me parece tan raro...

—La verdad es que no lo sé, pero tampoco es que sea una locura. También están los casos que funcionan al revés. Bueno, si yo te contara lo religiosa que era mi tía... Pero de las que iban todas las tardes a misa de siete. Pues un día dejó de creer. ¿Qué pasó? Mi madre murió.

—Siento oír esto.

—No, si no te lo digo por nada. Era para que veas que si una persona puede dejar de creer por un problema, ¿por qué no hacerlo al revés?

—Ya, si ya sé que no es tan raro que pase... Anoche llegué a pensar en esto mismo que has dicho. Incluso consideré visitar hoy la iglesia por si allí encontraba las respuestas, pero dejé de verle sentido enseguida y he pensado que mejor no. Pero es que todas mis ideas son ahora así, de ir y venir. Lo que me parece bien ahora, en dos minutos lo mando a freír espárragos.

—Bueno, tampoco es tan raro que te pase. En el rato que estoy aquí, ni te imaginas la de cosas que se me están pasando por la cabeza. Ante una situación así, lo que menos se puede esperar es pensar con claridad.

Carlos asintió. No podía más que darle la razón.

Alicia se calló de pronto. Arrugó el entrecejo y movía su boca despacio, como si estuviera hablando en pensamientos consigo misma. Parecía estar dándole vueltas a algo.

—¿Qué piensas? —quiso saber Carlos.

—Es que en realidad todo puede tener siempre muchos sentidos...

—Claro, no me jodas...

—No me interrumpas, anda. Digo que quizá no se estuviera refiriendo a lo que pensamos, a lo evidente.

El abogado miraba fijamente a la joven, esperaba una respuesta, pero la muchacha parecía metida en sus propios pensamientos y no decía nada.

—En serio, no sé qué me dices. Claro que todo tiene mil interpretaciones, pero es que si nos ponemos en ese plan... —comentó este.

—Shhh —se limitó a decir la joven sin dejar de mirar al frente.

El madrileño arrugó la nariz. ¿Se le había ocurrido algo tan rápido? Eso era imposible. Había pensado más de mil veces ya en la dichosa nota y, a pesar de todas sus elucubraciones, tenía claro que ninguna de ellas tenía ningún sentido. Salvo la de visitar la iglesia. Aunque, ¿qué esperaba encontrar yendo al templo? ¿Su padre le había dejado un mensaje oculto dentro? Y oculto, ¿por qué? ¿Y dónde?

Las preguntas seguían asaltando su mente, no le daban tregua. Esto le hacía sentirse cansado, hastiado ya de tanta incógnita sin una posible respuesta certera. De repente, Alicia habló.

—A ver, Carlos, piensa por unos instantes, ¿dónde se supone que está Dios?

—¿En todas partes? —Aunque no pretendía que su respuesta pudiera parecer un vacile, sonaba así.

—Muy gracioso —respondió sin mostrar ni media sonrisa—. No, ¿dónde se dice siempre que está Dios? ¿Dónde quiere ir la gente cuando muere porque, según ellos, allí se encontrarán con Dios?

Carlos calló durante unos segundos para poder pensar. En condiciones normales estaba seguro de que tendría la respuesta de inmediato, pero estaba muy espeso. Como siguiera así, cuando regresara a Madrid, iba a perder todo lo conseguido en un santiamén. Necesitaba que volviera el Carlos tiburón, no el corderito.

—¿En el cielo? —respondió y preguntó a la vez.

—Exacto. Tu padre te dice que mires al cielo.

A la que miró fue a ella sin entender nada. Se alegró de que él no hubiera perdido la cabeza tan rápido como parecía que lo estaba haciendo ella. Empezaba a cansarse de este jueguecito que la muchacha había comenzado y que parecía divertirla.

—¿Y?

—Pues menos mal que la de pueblo no iba a ser capaz de ayudar al superabogado de la capital.

De pronto comenzó a mirar fijamente hacia un punto. Carlos, sin saber muy bien qué hacía, siguió con sus ojos hacia donde tenía plantados los suyos Alicia. Entonces lo comprendió.

—¡Joder! —exclamó.

—Por fin lo entiendes. No estoy segura, pero podría ser.

—Y tanto que podría —contestó el abogado a la vez que corría a por una silla—. Es más, nada de podría, ¡es!

La colocó frente al ajedrez. Se subió apoyando primero su pierna derecha, levantó los brazos y apartó la placa de escayola del techo.

El razonamiento de Alicia había sido exquisito. Su padre, con la metáfora de Dios, le estaba indicando que mirara hacia arriba. Dado que el papel lo había hallado en ese punto, no podía referirse a otro lugar que no fuera el que se disponía a comprobar. Tan complicado y a la vez tan sencillo. Lo más seguro es que hubiera pensado desde un primer momento el esconder el papel ahí, en el falso techo, pero, claro, ¿cómo lo iba a encontrar Carlos? ¿Qué podría decirle para que fuera a buscar en un punto tan complicado como aquel? Si lo enviaba primero hacia el ajedrez con el símil de la torre blanca, tan ambiguo y tan claro al mismo tiempo, después podría hacer lo mismo para que mirara hacia arriba y se topara con lo que le había dejado. Era algo así como un: sigue las flechas. Algo rebuscado, eso sí, pero con todo el sentido del mundo si no quería que nadie encontrara lo que fuera que había dejado.

Con algo de miedo por lo que pudiera encontrar, introdujo el brazo y comenzó a palpar, a ciegas. En un principio no notaba nada inusual, solo polvo y algunas piedrecitas de poco tamaño. Decidió dar una segunda oportunidad y hacerlo de manera un poco más pausada. Siguió palpando aunque esta vez más despacio, hasta donde su brazo era capaz de alcanzar. Quizá se hubiera aventurado demasiado y esa placa no fuera la que tenía que haber quitado. Aunque por asegurarse de que su padre no le quería decir esto, hubiera sido capaz de quitar todas las del salón. De pronto su mano se detuvo en algo, parecía un papel o algo similar. Lo agarró con cierta dificultad y, con mucho cuidado, lo sacó.

Que no estuviera tan lleno de polvo como todo lo que había ahí dentro ya fue un comienzo esperanzador. Había sido colocado en ese lugar hacía poco tiempo. Bajó de su improvisada escalera y lo desdobló, de nuevo tembloroso y con una incipiente sensación de nerviosismo creciéndole en la boca del estómago.

Carlos lo miró con los ojos muy abiertos y, sin poder articular palabra, se lo entregó a Alicia. Esta tampoco pudo disimular su sorpresa al observar lo que tenía en las manos.

Una carta.

16

Sábado, 10 de octubre de 2009, 16.53 h.
Alicante. Comisaría

Por lo que reflejaban sus caras, tanto Nicolás como Alfonso no parecían estar de muy buen humor. Apenas habían hablado el uno con el otro durante el trayecto de vuelta. Cada uno iba sumido en sus propios pensamientos.

Nicolás no dejaba de dar vueltas al asunto del «asesino de la baraja». Demasiadas coincidencias, demasiado en común. ¿Pero qué sentido tenía aquello? De todos modos, los aspectos en los que coincidía el crimen tampoco eran del otro mundo, ya que una simple búsqueda con un navegador de internet bastaba para obtener la información necesaria para copiarlos. Lo bueno es que había detalles que no se habían revelado a los medios y que no aparecían reflejados en este caso, por lo que el caso original no iba a dar un giro de ciento ochenta grados a pesar de la confesión de Galán. Pero esto abría otras vías no más halagüeñas.

Del nuevo caso le preocupaban varios puntos en concreto, pero ahora estaba centrado en dos.

Uno, que alguien se estuviera tomando tantas molestias para disfrazar un crimen de otro. No era lo habitual, claro estaba. Aunque quizá, desde el momento en el que se robaron los ojos de Fernando Lorenzo en el tanatorio, todo dejó de ser habitual. Lo segundo era que le preocupaba en exceso que fuera un imitador, no solo por lo primero, sino porque en muchos casos conseguían incluso superar al original, ya que trataban de no cometer los mismos errores. Solía ser gente que conocía al dedillo hasta el último detalle acerca de su referencia, y esto incluía los fallos cometidos. Este, al menos de momento, lo estaba demostrando. No era algo tan poco común, sobre todo fuera de España, pero lo que no encajaba dentro de la mente del inspector era por qué el asesino había elegido Mors.

¿Por qué ese lugar?

Era verdad que el nombre del pueblo acompañaba a los sucesos que estaban ocurriendo, pero no por ello aquello tenía la más mínima lógica. Los asesinos en serie —o imitadores— solían actuar en núcleos urbanos concentrados, no en pueblecitos dejados de la mano de Dios con apenas habitantes. Aquello tenía una explicación sencilla que a su vez se dividía en dos.

Por un lado estaba el eco que generaban sus actos.

La conducta narcisista que solía tener en la mayoría de los casos el homicida hacía que este buscara notoriedad, provocar caos y que su nombre resonara en boca de todos. Justamente esto es lo que buscó Alfredo Galán con sus asesinatos. Quería que se hablara de él y por esto eligió una gran ciudad como Madrid. No hay nada como dar un mazazo en la gran ciudad para que la prensa hable de ti.

Por otro lado, solían escoger núcleos urbanos grandes para, precisamente, eso: pasar desapercibidos entre tanta gente. Muchos incurrían en el error de pensar que a un psicópata se le veía venir a la legua. Nada más lejos. Los psicópatas son gente experta en camuflarse entre los demás. Son padres de familia, trabajadores incansables y miembros activos de la comunidad. Nada de esos personajes creados por la ficción que muestran al hombre solitario que vive atormentado bajo el yugo de su anciana madre. Mientras cometen sus actos, quieren pasar desapercibidos, que nadie repare en ellos. De ahí que necesiten a la gran ciudad para ello.

Aunque, si bien era cierto que ahora todo el mundo en el pueblo se preguntaría qué era lo que estaba sucediendo y que, probablemente, la prensa nacional acabaría haciéndose eco, no encajaba con el patrón lógico. Y, de hecho, esa falta de lógica era lo que lo hacía extremadamente peligroso. Difícil de prever. Ya no había patrón de comportamientos estudiados que les pudiera ayudar a dar dos pasos por delante.

Los pocos esquemas que Nicolás pudiera haber hecho en su cabeza estaban quebrados gracias a eso.

Ya en comisaría y tras las pertinaces explicaciones a un incrédulo inspector jefe Montalvo, ambos tomaron asiento.

En la mesa de Nicolás había dos informes. Uno de ellos era del forense. Los primeros análisis de sangre realizados al carnicero confirmaban que no tenía rastro de alcohol o drogas de primer orden en su su cuerpo en el momento de la muerte. Esto empeoraba bastante la situación porque añadía más fuerza todavía a la teoría de que este había abierto la puerta a su asesino. Lo conocía. Si no, ¿cómo entró en su casa a tan altas horas? ¿Cómo lo acabó sometiendo para meterle un balazo por la nuca? Tenía que haber cierta confianza entre ambos. Esto apuntaba claramente a alguien del pueblo.

El otro informe era de Científica.

—El análisis de la bala —anunció un inspector a otro agitando la carpeta y haciendo sonar los papeles de su interior.

—¿Y bien?

Nicolás lo abrió y comenzó a leer para sí mismo, pero en voz alta.

—Blablablabla... analizada la bala... blablablabla... con dimensiones 7,62 por 25 milímetros en su totalidad... blablablabla... concluimos a un 97 por ciento que la munición empleada pertenece a la gama 7,62 Tokarev.

—Espera —dijo Alfonso a la vez que miraba algo en su ordenador.

El inspector aguardó unos instantes mientras su compañero miraba la pantalla.

—Estaba claro, esa munición se usa principalmente en la pistola modelo Tokarev TT-33.

Nicolás puso los ojos en blanco a la vez que sentía un pinchazo en el estómago. Necesitó unos segundos para poder hablar.

—O sea, que es el puto mismo modelo de arma que usó Alfredo Galán Sotillo. Ya no hay duda, tenemos un imitador.

—Mierda, y ahora ¿qué hacemos?

—Yo estoy por salir corriendo de aquí. ¿Por qué una persona se toma tanta molestia en imitar a otra? ¿Qué es, un fanático del loco aquel?

—No lo sé, tío. Puede que tengamos que pedir una orden para revisar la correspondencia de Galán en la cárcel. ¿Eso se puede?

—Yo qué sé, yo creo que no. Es que nunca me había planteado algo así. De todos modos...

Nicolás se calló. Parecía pensar en algo.

—¿Qué?

—¿Sabes que nunca se encontró el arma de Galán?

—¿Y qué estás pensando? ¿Que es la misma arma? Eso es imposible.

—A no ser...

—No. Nicolás, no vayas por ahí porque no.

—¿Por qué no podría haberle ayudado alguien?

—¿Y confiesa él solo? ¿Es el aire este húmedo de Alicante lo que te ha ablandado el cerebro?

—No es tan descabellado. Piensa que Galán quería la

fama. Puede que fueran dos, pero él se llevó todas las culpas. ¿Por qué no?

—Porque se te está yendo la cabeza. Bájate de las nubes porque pareces yo con tanta tontería. A Galán no lo ayudó nadie. Además, ¿por qué iba a volver ahora? ¿Qué hace, seis años?

—Sí. Y no lo sé. Es por intentar darle algo de sentido a todo esto.

—Vale, vale, si yo te entiendo. Pero creo que ahí estás metiendo la pata. La teoría del imitador la acepto, pero eso de que fueran dos, se pillara solo a uno y el otro ahora vuelva... Demasiado rebuscado.

—Vale, pero como necesitamos confirmarlo, vamos a centrarnos en las cosas que podemos hacer por ahora.

—¿Como qué?

—Por lo pronto, y asumiendo que no fuera la misma pistola de los anteriores crímenes, rastrear la entrada en el país de esa arma. No se fabrica aquí, por lo que de alguna forma ha tenido que entrar. Voy a pedir que envíen la bala a Madrid para que sea analizada en el IBIS y comprueben dos cosas: si es la misma arma que la que utilizó Galán, así nos quitamos de encima esa teoría del ayudante; y, en caso de no serlo, si el arma que se ha utilizado ahora ha estado implicada en algún otro crimen. De todos modos, volviendo a la hipótesis del imitador, puede que el arma viniera de Bosnia, como la de Alfredo. Él era militar y se la trajo de allí, así que...

—¿Crees que el imitador también lo es?

—No necesariamente. Recuerda que los imitadores recrean los actos delictivos, no la vida del criminal en sí. Por eso es muy probable que sí haya comprado el arma en el mismo lugar, para ser fiel en la realización del crimen. En serio, vamos a centrarnos en buscar las entradas legales de esa arma procedentes de ese país, me da igual que sea a tiendas o a particulares. Sigamos cualquier rastro porque quizá nos podamos acercar así.

—¿De manera legal? —preguntó enarcando una ceja Alfonso.

—Sí, Galán lo hizo legal, por lo que nuestro imitador también lo hará. Si diera la casualidad de que además fuera militar el que lo ha hecho así, ya tendríamos a nuestro asesino, pero no pongamos tantas esperanzas en esto.

—¿Ves?

—¿Qué?

—Que este Nicolás, no el paranoico, me gusta más.

—Anda, tira.

Ambos se pusieron manos a la obra, accedieron al registro de armas del Ministerio del Interior, previo permiso del comisario —solicitado a través del inspector jefe— y decidieron dividir los resultados arrojados por la base de datos en dos, para ocuparse cada uno de uno y así agilizar algo la búsqueda.

Sorprendidos de ver la cantidad de unidades de ese modelo que había entrado en el país en el último año procedentes de Bosnia —al parecer allí había una fábrica—, dividieron los resultados en clubes de tiro privados, tiendas de armas con licencia para ese tipo de pistolas y particulares con todos los papeles en regla. La lógica les decía que esos últimos era en los que se tenían que centrar. La esperanza de que alguno de ellos tuviera su domicilio en un radio de menos de cien kilómetros se desvaneció enseguida. El más cercano se encontraba en Cuenca. Un total de seis referencias —divididas en personas físicas y empresas— fueron el objetivo de ambos inspectores, repartidas en tres para cada uno.

Tras un buen rato rastreando movimientos de cuatro de ellos, fueron descartados, pues lograron localizar a las personas y, sin levantar sospechas dentro de su entorno, las consiguieron ubicar demasiado lejos del crimen en las horas previas al mismo, por lo que era imposible que lo cometieran. Hubo dos que les costó algo más. Eran empresas. Una de ellas, en concreto, fue rechazada al poco tiempo, pues Alfonso averiguó que, tras ella, había un coleccionista excéntrico de casi noventa años, sin descendencia y con movilidad limitada debido a un avanzado lupus que lo tenía en silla de ruedas desde hacía una década. Decidieron centrarse en la última que quedaba, sin llegar, por supuesto, a desechar del todo el resto de las posibilidades.

—Tiene que ser esta. Mira —dijo Nicolás, instando a Alfonso a que se acercara hacia su monitor—, compró una unidad de esa pistola y solo seis balas. Según he leído, a la Tokarev se le puede poner varios modelos de munición y coincide en su totalidad con la del escenario, ¿no es mucha casualidad?

Alfonso asintió, sin decir nada.

—Además, ¿solo seis? —prosiguió—. Es muy raro. Si quisiera ir a alguna galería privada de tiro hubiera comprado más, ¿o solo va a realizar seis disparos? Y si fuera para coleccionar, ¿para qué querer las balas?

—De todas maneras, hay coleccionistas que sí que piden balas aunque no las vayan a disparar nunca. Yo conozco el caso de un tipo en Madrid que lo hace así. Me ha preguntado mil veces sobre cómo hacerse con algunos ejemplares antiguos de la Policía Nacional. Casi siempre quiere una bala acompañándolas para añadirla a la colección.

—Ya, Alfonso, pero una bala. No seis.

—Bueno... Si a eso le sumamos que su forma de matar es certera, con un solo disparo a quemarropa, tendría sentido pedir solo seis balas —admitió Alfonso, dándose cuenta de por dónde quería ir su amigo.

—Exacto. Puede que el asesino planee cometer cinco crímenes más. Es decir... ¿cinco naipes más?

El inspector sopesó las palabras de su colega, pero solo pudo encogerse de hombros como respuesta. Si estaba en lo cierto, ya podían correr para intentar detenerlo.

—Y bien, ¿qué tenemos de la empresa? —quiso saber Alfonso.

—Esto es lo que refuerza mi teoría. Apenas nada. Se llama Global Import & Export, pero aquí no figura quién está detrás de ella. Solo hay una dirección, que se encuentra en Extremadura. Apuesto a que es falsa.

—Vale, déjame unos segundos, buscaré información en el Registro Mercantil. Anota todo en tu dichosa libretita —dijo con una sonrisa socarrona.

Nicolás obedeció sonriendo a su amigo y comenzó a escribirlo todo, mientras, Alfonso, en su PC, intentaba reunir toda la información acerca de la empresa.

No le fue demasiado complicado, apenas tardó unos minutos en localizar lo que buscaba.

—Nicolás, agárrate a la silla.

Este miró al inspector con gesto preocupado, ya se esperaba cualquier cosa.

—La empresa, como decías, está inscrita en el Registro Mercantil de Extremadura, pero no te vas a creer quién está detrás de ella. Con DNI y todo, confirmado.

—Dilo, coño.

—Fernando Lorenzo, con residencia en Mors.

19.07 h. Mors. Casa de Fernando Lorenzo

Carlos acompañó a Alicia hasta la puerta de su casa, que estaba justo enfrente de donde se encontraban. La distancia era ridícula, pero parecía que se sentía más seguro haciéndolo de esta manera. Ambos habían intercambiado sus números de teléfono móvil. La joven tenía orden de mandar un SMS con el estado emocional de su tía, porque Carlos se había quedado preocupado por ella.

Aunque más preocupado estaba por lo que la muchacha quería hacer cuando llegara la noche. Esto sí que era una completa locura.

En parte lo veía como una opción lógica, pues si querían descubrir la verdad, tenían que hacerlo. Por otra, lo consideraba la mayor gilipollez que había hecho en toda su vida, incomparable a cualquier otro acto.

Ya dentro de la casa de su padre tomó asiento. No sabía muy bien por qué, pero había escondido la carta en uno de los laterales de ese sillón, entre el reposabrazos y el cojín grande. Bueno, quizá sí lo sabía. Tenía miedo, un miedo que no había sentido en toda su vida. Un miedo que nunca se imaginó sintiendo.

Sacó el papel y lo volvió a leer. No tenía dudas de que la destinataria de la misiva era su madre.

No sé ni cómo dirigirme a ti, con qué apelativo, así que me limitaré a decirte un simple hola.

Hola:

Te preguntarás cómo tengo la desfachatez de escribirte después de todo lo que ha pasado. Supongo que pensarás que soy un ser deleznable, no te culpo por ello. Yo también me siento así. Me gustaría poder contarte todo lo que se me ha pasado por la cabeza durante este tiempo, pero no habría papel suficiente en el mundo para poder recogerlo todo. Imposible.

Lo que sí tengo es la cara dura para darte las gracias por haber guardado silencio todo este tiempo. Lo que hice fue imperdonable, aun así, callaste. Quiero pensar que fue por amor, aunque si algo quedaba en ti de ese sentimiento, supongo que acabó de esfumarse tras mi marcha.

Jamás te pediría que entendieras mis motivos. Traté de explicártelos muchas veces, pero no había palabras en el mundo que pudieran dar sentido a mis actos. No me escudo en ello, solo que te prometo que no sé hacerlo.

Dudo que ni siquiera puedas leer esta carta porque no sé si te la haré llegar. Si no he tenido valor todo este tiempo para hablar contigo, ¿por qué iba a hacerlo ahora? Da igual, estas líneas están sirviendo para aliviar unos minutos mi ansiedad. Al menos unos minutos...

No sé cómo acabará. Tu silencio es importante, pero todo lo es. Tenemos el papel juramentado, aunque me preocupa la foto que tiene el Pancetas. Él dice que no pasa nada, pero nos puede relacionar directamente con los hechos y...

Joder, no sé qué coño hago escribiendo estas líneas. Pensarás que soy... Bueno, no podrás pensar peor de mí ya.

Sea como sea, quiero que entiendas que me preocupo por ti y por el fruto de nuestro amor, aunque no lo parezca, aunque me marchara.

Siempre te querré, créeme.

FERNANDO

Una lágrima cayó por el rostro de Carlos. Hacía muchísimos años que no lloraba, tantos que ni lo recordaba. Aquella situación estaba haciendo aflorar sentimientos que él mismo se había esforzado en tapar con el paso de los años. No se reconocía a sí mismo, y aunque todavía seguía siendo ese maniático empedernido, insoportable y controlalotodo, en realidad no era la misma persona que había llegado a Mors, tal y como había pensado ya en varias ocasiones. Todo aquello lo estaba dejando fuera de juego en un tiempo récord.

Tras releer la carta comprendió que el plan propuesto por Alicia quizá sí era la única opción posible.

Recibió el SMS prometido. Le costó algo descifrarlo, pues la muchacha había acortado varias palabras haciendo que estas perdieran su significado. Aun así, lo entendió. Su tía, aunque todavía visiblemente alterada, ya estaba algo más tranquila que hacía un rato.

Ahora tocaba esperar a que llegara la hora acordada. Tenía un nudo en el estómago.

Nunca se había colado en casa de nadie y se iba a estrenar a lo grande.

19.08 h. Alicante. Comisaría

—Es imposible, ¿cómo que Fernando Lorenzo?

Alfonso se había levantado de su asiento y había comenzado a andar de un lado a otro con los brazos en jarras. Sus compañeros lo miraban como si de un loco se tratara.

—¿Ha sido él quién lo ha orquestado todo? —preguntó desde la distancia.

—Reconozco que no me lo esperaba, pero no lo creo, bueno, no sé... Esto me está desconcertando. ¿Cómo va a ser él? Puede que el asesino haya utilizado su identidad para despistarnos, me cuesta creer que él mismo haya sido el artífice de todo esto. Aunque con el suicidio de por medio... Puede que la culpa lo estuviera machacando y hubiera pagado a alguien para que, una vez muerto él, se cometieran esos asesinatos. O no... Joder, estoy perdido, coño.

Alfonso regresó hasta su asiento.

—Saldremos de dudas en algo. Pediré el documento de constitución de la sociedad. Según veo en tu papel es una S.L.U., por lo que lo hizo él solo. Ese documento irá acompañado de una firma. Al mismo tiempo solicitaremos a Documentación Central su rúbrica del DNI, pediré un análisis grafológico y con eso sabremos si en realidad fue él o lo hizo otra persona suplantando su identidad.

Nicolás respiró aliviado por la solución propuesta por su amigo.

—Eres un genio —dijo al fin.

—No pienses que no lo sé. Ese cabrón es listo, pero nosotros lo somos más. Y seguro que hasta más guapos.

Miró su reloj.

—Hace una hora que debíamos habernos ido, hasta el lunes no tendremos lo que voy a pedir. Mañana es nuestro día libre. Descansemos un poco, nos vendrá bien.

Nicolás asintió mientras miraba el mail que le acababa de enviar el subinspector Zapata. La única huella dubitada hallada en la escena, en la casa del carnicero, ya tenía propietario y era del propio cadáver. Tenía también un informe acerca del procedimiento que habían utilizado para buscar rastros en la carta —reactivo de vapores de cianocrilato para las huellas, debido a que era un papel plastificado— y no habían encontrado nada. Alfonso tenía razón. Quizá un descanso era lo que necesitaba.

17

Domingo, 11 de octubre de 2009, 01.17 h.
Mors. Exterior de la casa del carnicero

Carlos miraba hacia arriba, preocupado. No entendía cómo Alicia pretendía llegar hasta ahí. Lo veía imposible.

—No sé cómo me he dejado liar por ti. Podríamos ir a la cárcel —susurró Carlos.

—Tú lo has dicho, podríamos, pero no lo haremos porque nadie se va a enterar de esto —respondió en un tono más o menos parecido.

Carlos dio un paso atrás y colocó los brazos en jarras mientras volvía a mirar hacia arriba. Resopló antes de seguir protestando.

—Es que no me creo que estemos aquí, joder. Ya no es solo allanamiento de morada, es que, además, estamos queriendo entrar en la escena de un crimen. Hasta que un juez no lo dicte, nadie puede entrar en esta casa, podríamos contaminar algún indicio. Bueno, y no solo eso, podríamos dejar nuestro rastro. Te recuerdo que están buscando algo que les lleve hasta el asesino. Entonces nos acusarían de obstrucción a la justicia y manipulación de indicios. Esto y otras cosas más. A mí me van a echar del colegio de abogados. Si es que esto no puede salir bien. Estoy por volverme por donde hemos venido.

Alicia lo miró con expresión de muy cansada.

—¿Quieres dejar de decir idioteces? Madre de Dios, me estás poniendo de los nervios.

—Joder, entiéndeme. Esto no está bien.

—Esta tarde no pensabas igual. Ahora no nos queda otra que seguir adelante. O hacemos esto o no conocerás la verdad sobre lo que sea que está pasando.

Carlos cerró los ojos y suspiró. Apenas conocía a la muchacha y ya sabía de ella que era una de las personas más tozudas con las que había topado en toda su vida. Tanto o más que él mismo.

Miró a su alrededor. Todo despejado. Supuso que no era algo tan raro debido a lo intempestivo de la hora. Al menos tuvieron la suerte de que la oscuridad se hubiera decidido a unirse a ellos. La noche era bastante cerrada, ya que unas nubes no demasiado amenazantes habían cubierto todo el cielo. La luna estaba desaparecida, por lo que también ayudaba y, si esto no fuera poco, dos de las farolas de la calle estaban apagadas. Así que la oscuridad no era total, pero sí muy intensa. Lo bueno era que, gracias a ella, era poco probable que alguien se asomara a su ventana tras escuchar algún tipo de ruido y les pudiera reconocer. A pesar de esto, su nivel de nerviosismo no decrecía.

—Está bien. Tú dirás qué hacemos.

—¿Ves este pequeño saliente para el agua? —dijo Alicia a la vez que señalaba hacia arriba.

—Sí.

—Vale, impúlsate y agárrate en él a la vez que pones tus pies arriba de estos zócalos. —Señaló la pared. El zócalo que se iniciaba en el suelo, de color marrón muy claro, acababa más o menos a un metro veinte de altura, dejando un mínimo espacio que Carlos consideraba imposible para que cupiera su cuarenta y cuatro de pie—. Una vez estés enganchado en los dos sitios, sueltas una mano y te agarras arriba, en la balaustrada. Con fuerza te impulsas, y ya estás en la terraza. Hay dos ventanas, arriba ya veremos cómo entrar. Pero lo principal es llegar hasta arriba del todo.

El abogado escuchó la explicación atónito. Parecía mentira que Alicia hubiera orquestado este plan. A simple vista era demasiado perfecto. Salvo porque él no se veía haciendo el Indiana Jones de una manera tan sencilla como lo había narrado la joven.

—Todo esto está muy bien sobre el papel. También me podrías haber dicho de subir de un solo salto. Ya puestos...

Alicia cerró los ojos algo desesperada ante tanta muestra de pesimismo por parte de abogado.

—Coño, déjame —dijo a la vez que apartaba a Carlos con su hombro—. Mira y aprende.

De un salto llegó al saliente, colocando a su vez los pies arriba del zócalo, con su brazo izquierdo alcanzó la balaustrada y luego con el derecho. Un impulso y ya estaba arriba.

—¿Ves? —comentó triunfante—, ahora tú. No es tan difícil, ya te lo he demostrado.

Carlos suspiró varias veces sin dejar de mirar todos los elementos que debía utilizar. Ella jugaba con ventaja porque pesaría, al menos, unos treinta kilos menos que él. Cerró los ojos, los abrió e imitó a su maestra en esto del *parkour*. Consiguió llegar hasta arriba con menos esfuerzo del que en principio creía.

Una vez alcanzaron su primera meta, respiró aliviado.

—Vale, ¿y ahora?

Alicia se acercó hasta una de las ventanas.

—Ayúdame, anda. Pero primero ponte esto.

Alicia extrajo del bolsillo de atrás de su pantalón un par de pares de guantes de látex. No parecían demasiado profesionales, pero para al menos no dejar huellas bastaban. El abogado agradeció que la muchacha estuviera en todo; él estaba tan nervioso que no era capaz de pensar con claridad. Cada vez tenía una sensación más fuerte de que la iba a fastidiar haciendo lo que estaba haciendo. Pero ya no había marcha atrás. Así que trató de dejar los miedos a un lado a la vez que se colocaba los guantes. Mientras lo hacía, se dio cuenta de lo que le temblaban las manos. No sabía si estaba más nervioso por lo que iba a hacer o por lo que se podría encontrar ahí dentro. La dichosa verdad le podía costar muy cara.

Con los guantes ya puestos, ayudó a Alicia a subir la persiana con cuidado de no hacer mucho ruido. Imaginaban que los vecinos estarían susceptibles después de lo ocurrido y muy pocos dormirían a pierna suelta.

—Bingo. La ventana está abierta. Sostén la persiana, entro yo y te abro.

Carlos no dejaba de mirar hacia ambos lados. Se sentía un delincuente y, conociendo como conocía la ley, le era imposible encontrar algo de calma para un momento tan delicado como aquel. Nunca, en toda su vida, había realizado un acto que estuviera al margen de la ley —si obviaba que muchas veces se sentía un delincuente defendiendo a políticos que habían malversado dinero—. Incluso recordaba una vez que, siendo pequeño, había robado un chicle en una tienda con un amigo y volvió, muy arrepentido, a pedir perdón al tendero y devolver el botín. Por cierto, si llega a saber el monumental enfado que agarró el dueño de la tienda, no hubiera vuelto. Fuera como fuese, no creía valer para eso.

La persiana comenzó a levantarse muy despacio. Carlos pudo entrar.

La habitación por la que accedieron era un completo desastre, toda llena de enredos y trastos inservibles amontonados en cajas que acumulaban polvo a raudales. El abogado se desilusionó bastante al verla, pues si ya creía que estaban buscando una aguja en un pajar, esto lo empeoraba todo.

—¿Cómo suponías que la ventana iba a estar abierta? ¿No era jugártela demasiado a ciegas?

—¿Qué a ciegas ni qué narices? Este hombre, como ves, era un puto cerdo. Lo de «Pancetas» te digo yo que le venía de mucho más allá de que vendiese carne. Sabía que los de la policía dejarían alguna ventana abierta para que se pudiera respirar aquí dentro por el olor a mierda de la casa. Lo más lógico, para que no entrase nadie por las de abajo, era que fueran las de arriba. Mira tú qué éxito han tenido. Hemos entrado y sigue oliendo a mierda pura.

Carlos no supo qué contestar. Estaba abrumado por el proceder de la joven. Su determinación en un caso como este lo estaba descolocando y ya no sabía ni qué tenía que pensar de ella.

—Creo que deberíamos bajar al salón —propuso Alicia.

—¿Estás loca? Ahí es donde lo han matado, no podemos. —Dio una vuelta sobre sí mismo con los brazos en jarras—. Me veo en la cárcel mañana mismo. Una cosa es entrar aquí, que ya es suficiente delito, y otra bajar. No pienso hacerlo.

—Joder, Carlos, no sé tú, pero las personas normales suelen guardar las fotos en álbumes y en cajones. Yo he estado en esta casa y he visto los muebles del salón. Hay una enorme cajonera, apuesto todo a que está ahí. El carnicero era muy básico, no lo veo ocultando cosas en la escayola como tu padre. Su cabeza no daba para tanto.

Carlos sopesó las palabras de Alicia. Quizá tuviera razón, pero la idea de pisar el escenario del crimen lo horrorizaba. ¿Pero qué remedio le quedaba? Decidió acatar.

—Está bien, pero sé cuidadosa. Lo digo por el bien de tu tía, no quiero que te vaya a visitar a la cárcel de mujeres.

Alicia sonrió. No sabía si era una broma del madrileño,

pero era lo más parecido a una, que ella hubiera oído de su boca desde que lo había conocido.

Alicia bajó primero, seguida muy de cerca por él, que no cesaba de mirar a los lados. Ni siquiera se acordó de su manía de comenzar siempre a bajar una escalera con el pie izquierdo. El miedo a ser descubierto no lo dejaba ser él mismo.

Llegaron hasta lo que se suponía que era el acceso al salón. Carlos se preparó para lo peor: lo imaginaba todo lleno de sangre, con un fuerte olor a muerte. Alicia accedió a la vez que respiraba hondo. Carlos la imitó.

Lo que encontró en el interior fue justo lo contrario a lo que esperaba. Puede que ya hubieran acabado de procesar todo el escenario porque no había una sola gota de sangre por ningún lado. Tampoco olía a muerte. En cambio, un fuerte aroma a algo cítrico lo llenaba todo. Parecía ser que un equipo de limpieza, como el que se había encargado de la casa de su padre, había acudido a dejarlo todo como los chorros del oro. El resultado, desde luego, era impecable.

Alicia, también sorprendida, comenzó a andar en dirección al mueble.

—Creo que es la vez que mejor ha olido esta casa desde que la ocupó el jabalí glotón.

—Joder, Alicia, un poco de respeto, que lo han asesinado...

—¿Respeto? Este no sabía lo que era eso. Menudo elemento. Deslenguado, socarrón, maleducado, salido, borracho... Tenía todo lo malo que puedes esperar de una persona.

—Algo bueno tendría, el pobre hombre.

—Sí, que era un trabajador nato. Esto lo único. Y que su carne era una maravilla. Todo lo cerdo que era él, todo lo rica que estaba la carne que vendía. Pero vamos, que cuando abría la boca daban ganas de no entrar más porque soltaba alguna de las suyas, de sus visitas a burdeles de toda la comarca, cosa que no ocultaba y de la que se sentía muy orgulloso. Y adiós.

Y, bueno, luego estaban las veces que llegaba hasta el culo de todo y no dudaba en mirarte de arriba abajo, deteniéndose, eso sí, en las tetas durante un buen rato. Te puedo asegurar que no he visto nunca peor cara de cerdo que la que tenía este tío cuando iba así. Y, bueno, que me mire a mí me da igual, ya soy mayor de edad, pero este no se cortaba con niñas de catorce y quince años. Sé que nunca ha pasado de ahí, de mirar, pero esto no quita que fuera un ser asqueroso.

Carlos se quedó unos instantes callado. Esto último que le contó Alicia le había revuelto las tripas.

—No sé qué decir... No lo llegué a conocer bien, solo le compré dos filetes de ternera la tarde anterior a que lo matasen. Aunque, la verdad, desde un primer momento no me dio buena espina el hombre. No sé, me miró con desprecio casi todo el tiempo. Incluso me llegó a reconocer.

—¿Lo hizo? —preguntó sorprendida.

—Sí. Ahí me dio la impresión de que cambiaba algo su actitud. De pronto, la mar de amistoso y ofreciéndome de todo. Pero... no sé, yo es que soy algo desconfiado...

—¿Qué?

—Pues que parecía que lo hacía impostado.

—Hombre, simpático nunca ha sido con nadie. Si lo hizo, ya te digo yo que era fingido.

—Bueno, da igual. Supongo que esto ya no importa.

Alicia no dijo nada, se limitó a seguir andando por el salón mirando de un lado a otro.

—No me imagino al Pancetas con una gran colección de fotos, por lo que si tiene alguna por aquí, debe de ser la que estamos buscando —comentó la muchacha mientras abría el primer cajón.

Una cubertería sin uso alguno apareció en él. Lo cerró y probó con el segundo.

En él sí había papeles, por lo que la foto podría estar entre ellos. Tras unos minutos revisándolos casi uno a uno, no encontraron nada. Lo cerró y abrió el tercer y último cajón. En él, solo había una cajita de puros de madera. Alicia la abrió con la esperanza de que estuviera ahí, pero solo encontró dentro lo que se podría esperar: puros.

Desanimada, volvió a guardar la cajita.

Se disponía a cerrar el cajón cuando Carlos le agarró la mano.

—Espera, déjame que compruebe algo.

Agarró la caja, la abrió y comenzó a manipular el interior de la tapa de arriba. Al ver que no podía hacer nada con él, pero seguro del acto que estaba realizando, comenzó a golpear suavemente la tapa por arriba. Una pequeña plancha de chapa muy fina cayó, dejando al mismo tiempo que cayese algo al suelo.

Antes siquiera de mirar si era la ansiada foto, Alicia no pudo evitar preguntar a Carlos por lo que había hecho.

—Muy fácil. Yo tenía una cajita igual que me dieron en un bautizo cuando dejaron de repartir puros. Recuerdo que quitaba esa chapa para guardar notitas y secretos que no quería que mis padres encontraran. Imaginé que sería un buen escondrijo.

—Me has dejado impresionada, serías un detective alucinante —comentó la joven para después mirar hacia el suelo—. Y bien, ¿haces tú los honores?

Carlos se agachó y recogió el objeto. En efecto, era una foto.

01.25 h. Alicante. Casa de Nicolás y Alfonso

Nicolás bebió agua y cerró la nevera. Dentro no había gran cosa aparte de algunas latas de cerveza —para Alfonso—, otras tantas de Nestea —para él— y dos botellas de agua. Una para cada uno. No solían comer ni cenar en esa casa y, cuando lo hacían, traían comida preparada, por lo que tener alimentos dentro hubiera significado que se echaran a perder. En la televisión no daban nada interesante, como casi siempre. Era por eso que no solía verla demasiado, por no decir nada. Si acaso alguna serie de vez en cuando. Le gustaban las de crímenes, quizá por su profesión. Pero quizá también por eso no las soportaba demasiado, pues mostraban el trabajo policial como un coser y cantar, enseñando una realidad muy distinta a lo que en verdad era. Sí, quizá era muy quisquilloso con esto y lo único que tenía que hacer era dejarse llevar mientras las veía, pero no podía. Le era imposible. Ya había estado un rato asomado en el balcón, hacía mucho que no solía concentrarse en la lectura de una buena novela y ya no sabía qué más hacer. Comenzó a andar por el pasillo, sin rumbo, dando la vuelta cuando llegaba el final y volviendo a hacer el recorrido. Así, una y otra vez. Se oía roncar a Alfonso; él sí descansaba con placidez. Era por esto que trataba de andar de puntillas por él, para no molestarlo.

Era ya la tercera noche que no conseguía pegar ojo, al menos de forma continuada. Hacía mucho tiempo que no estaba así, lidiando de nuevo con el insomnio. En concreto desde que ocurrió todo aquello. Se preguntaba si este caso no estaba haciendo que los fantasmas volvieran a asomarse. Deseaba que no fuera así, pero era algo que no podía controlar por mucho que lo intentara.

Trataba de no pensar en el caso, necesitaba dejar todo aquello en comisaría, pero en cuanto bajaba la guardia, las imágenes del cuerpo del carnicero le venían a la mente. No era, ni por asomo, el primer cuerpo sin vida —y en unas circunstancias especiales— que veía, pero sí era cierto que era el primero que estaba, por decirlo de algún modo, bajo su responsabilidad. No se acusaba a él mismo de la muerte al no haber podido prevenirla después del episodio de los ojos —no era imbécil, nadie hubiera podido hacerlo—, pero sí pensaba que cada muerte que ocurriera en este caso llevaba un poco de su sello también. Seguía tan alejado del asesino como en el mismo momento en el que comenzó el caso. No tenía, prácticamente, ningún hilo del que tirar. La frustración apretaba tanto por esto. Lo peor era pensar que en aquellos momentos el asesino podría estar actuando y él no podía hacer nada para impedirlo. Le dolía admitir que no había sido capaz ni de reducir un poquito la extensa lista de posibles sospechosos, que básicamente era todo el mundo. Podría ser cualquiera. Sin excepción.

Puede que fuera esto lo que no le dejaba cerrar los ojos. Pensó que, si los cerraba, alguien moriría. Era una tontería estar en ese estado de alerta, pero no dependía de su voluntad el hacerlo o no.

Suspiró. Estaba cansado de andar, pero no lo suficiente como para dormir. Entró de nuevo en su habitación y tomó asiento en su cama deshecha. Sacó del cajón de su mesita de noche el pequeño aparato de MP3 que había comprado hacía unas semanas en una conocida red de tiendas de electrónica. Antes que nada, palpó dentro del cajón y localizó el blíster de Orfidal que le habían recetado hacía unos años. Hacía tiempo que no lo tomaba, más que nada porque no había sentido la necesidad, pero ahora empezaba a dudar.

Lo estuvo palpando durante unos segundos. No sabía qué hacer. ¿Tomarse uno era admitir que todo estaba pudiendo con él tan pronto? Reconocía que el caso tenía su aquel y no era lo que se podía considerar como uno de los normales. Es que había tenido la buena y la mala suerte de estrenarse por todo lo alto. Deseó ser como Alfonso. No es que a él no le importara nada, ni mucho menos, pero sabía gestionar sus emociones de otra manera y en esto sí lo envidiaba. Quería poder hacerlo, apartar a un lado esa angustia, descansar y volver el próximo día de trabajo con energías renovadas. Pero no podía. No, sin ayuda. Y la única que tenía a mano era ese contenedor plastificado de pastillas. Antes de colocarse una debajo de la lengua comprobó que no estuvieran caducadas por el tiempo pasado —aunque de haberlo estado, también la hubiera tomado—. Cuando notó que la pastilla se había deshecho, tomó un sorbo de agua de la botella que tenía al lado. No es que el medicamento tuviera un sabor demasiado fuerte, es más, apenas era perceptible para su paladar, pero sí lo suficiente como para no querer que quedara ninguna huella de él en su gusto. Acto seguido, colocó los auriculares en sus oídos y apretó el botón de encendido.

Después de esto se echó para atrás y reposó su cabeza sobre el almohadón.

Sabía perfectamente qué canción iba a sonar la primera. Lo tenía programado para que siempre fuera así.

Este era el único método efectivo para poder encontrar la calma en los peores momentos. No siempre funcionaba, como hacía un rato, pero ahora estaba seguro de que sí lo iba a hacer.

Las primeras notas de *Carrie*, de Europe, comenzaron a sonar. Cerró los ojos y se dejó llevar.

When lights go down, I see no reason,
for you to cry, we've been through this before.
In every time, in every season,
god knows I've tried,
so please don't ask for more.
Can't you see it in my eyes,
this might be our last goodbye.
Carrie, carrie, things they change my friend,
carrie, carrie, maybe we'll meet again somewhere again

Sin darse cuenta, al terminar el primer estribillo, estaba durmiendo.

Cuando Carlos le pasó la fotografía a Alicia, esta no pudo evitar que la mirada se le fuera al mismo sitio que se había ido la del abogado nada más verla: al pedazo que había sido arrancado de la instanánea. Nada estaría fuera de lo normal de no ser porque en la foto había siete personas y el trozo que faltaba correspondía al de una octava.

—Pero ¿qué coño...? —acertó a decir Alicia.

—Reconozco a mi padre en la foto, es el de la derecha del todo, justo al lado del pedazo que falta.

La joven miró hacia donde le indicaba Carlos. Era verdad, ese era Fernando, solo que con unos cuantos años menos.

—¿Cuánto tiempo habrá pasado desde que se tomó esta foto?

—Puede que unos veinte o veinticinco años. Recuerdo cuando mi padre tenía este aspecto. Yo tendría unos quince años más o menos, por lo que no debo de andar demasiado desencaminado.

—¿Ese de ahí es el carnicero?

Carlos miró hacia donde Alicia tenía el dedo. Sí, era él, bastante más delgado, con todos los dientes y no tan desmejorado. Aunque solo lo había visto una vez, ese rostro era inconfundible.

La muchacha no disimulaba en su aversión hacia él mientras miraba la foto.

—No hay duda de que la foto es esta —comentó el abogado sin dejar de mirarla—. No sé quiénes son estos, pero no me da muy buena espina. Además, ¿quién coño falta en la foto? Logro ver algo de ropa al lado, pero no distingo nada.

—Seguro que el resto es gente del pueblo —contestó Alicia—, pero no tengo ni idea de quiénes son. En la foto, la mayoría lleva barba o bigote y así están irreconocibles. Puede que preguntando a mi tía nos dé la identidad de todos.

—No, ¿estás loca? ¿Cómo vas a involucrar a tu tía en esto? ¿Cómo le explicarías cómo te has hecho con esta foto? Ya la has visto esta tarde, está muy afectada por lo que está pasando. Supongo que como la mayoría de los habitantes de este pueblo. No es buena idea, lo siento. Tenemos que andar con pies de plomo. Te recuerdo que está muriendo gente. Además, va a pensar que todo es idea mía aunque le jures y perjures que no. Me matará a mí sin pensarlo. Y no le quito razón para querer hacerlo.

—Entonces ¿cómo quieres hacerlo?

—No lo sé, necesito pensar. Desde que he llegado aquí no he podido hacerlo todavía con claridad. Joder, no me reconozco, siempre lo analizo todo y ahora soy incapaz de hacer nada con un mínimo de lógica. Necesito estar tranquilo, al menos un día. Necesito recuperar la capacidad de valerme mentalmente por mí mismo o estoy seguro de que acabaré loco.

Alicia dio media vuelta y comenzó a dirigirse a la salida del salón.

—Como quieras, descansa mañana si quieres, pero al parecer el tiempo corre en tu contra. Tú verás lo que haces. Estoy convencida de que va a morir más gente.

18

Lunes, 12 de octubre de 2009, 07.57 h.
Mors. Casa de Fernando Lorenzo

Despertó sobresaltado. La última pesadilla había sido peor que las anteriores. Soñó con su padre. La imagen de sus ojos se le aparecía una y otra vez en sueños, recordándole que, en verdad, la realidad era bien parecida a un delirio. A veces ni podía distinguir si se encontraba en un momento u otro. Pero ese sueño había sido especialmente siniestro. Estaba en una especie de paraje solitario. El terreno le recordó a esos campos yermos que había atravesado de camino a Mors. Estaban solos, él y su padre, uno enfrente del otro. Había una distancia prudente entre ambos. Se miraban sin pestañear. Era curioso porque la imagen que veía de su padre era con el aspecto con el que lo había visto por última vez, en el tanatorio. Vestía bien, pero su expresión carecía de vida y su rostro estaba amoratado e hinchado, aunque sí tenía ojos. Lo sabía porque, a pesar de la distancia, los veía. De pronto, ambos comenzaron a andar. Él ni sabía por qué, pero lo hacía. La gran distancia fue superada en apenas unos pasos, cosas de los sueños, supuso. Una vez estuvieron a unos escasos centímetros, uno frente a otro, su padre alargó una mano y quiso darle algo. Él dudó, pero colocó la suya para aceptarlo. Su padre le dio lo que pretendía y Carlos se miraba la mano cerrada, ansioso por saber lo que era. La abrió y eran los ojos de su padre. Carlos, asustado, los dejó caer y miró hacia el rostro de su padre. Efectivamente, le faltaban los globos oculares y una gran mancha de sangre le cubría toda la cara. El abogado dio dos pasos para atrás, preso del pavor. Si la cosa hubiera acabado ahí, ya hubiera sido más que suficiente para él, pues su horror había rebasado todos los límites, pero su padre le habló. Esto lo terminó de romper en mil pedazos.

—Todo es culpa tuya.

La voz con la que le habló no era suya, eso estaba claro. Sonaba lúgubre, ronca, tétrica... No sabía describirla con las palabras exactas, pero hizo que tanto en sueños como en la realidad su vello se erizara.

Lo último que recordaba del sueño es que comenzó a dar varios pasos de espaldas y que cayó al suelo. Fue ahí cuando despertó y comenzó a dar las gracias por haberlo hecho.

Se incorporó algo en la cama y se abrazó a sus rodillas. Necesitó varios intentos para convencerse de que aquello no había pasado de verdad, de que no era real.

Estaba tembloroso y sudando a mares, empapado. Precisaba una ducha urgente.

Se levantó con miedo a que el cuerpo se le quebrara en dos mitades y fue directo al cuarto de baño. Se desvistió y pasó al plato de ducha.

Dejó un rato que el agua corriera por todo su cuerpo, quieto, sin moverse. Se sentía cansado, agotado mentalmente. Necesitaba que el agua lo purificara, que le ayudara a sentirse mejor, que recorriera todos sus músculos sin más pretensión que dejar pasar el tiempo mientras se empapaba con el agua. Esto y nada más. Como si el mundo hubiera dejado de existir fuera de ese metro cuadrado en el que estaba. Lo malo venía cuando sabía que esto no era verdad.

Aunque también era cierto que el día anterior le había venido muy bien para reencontrarse consigo mismo. No al cien por cien, eso ya era demasiado, pero sí en parte, al menos. Esto último lo sabía porque la mejor idea que había conseguido tener era la de darse una vuelta por el pueblo a ver si conseguía reconocer los rostros de la fotografía. Puede que no fuera una de sus mejores ocurrencias, pero ¿qué hacía para no involucrar a nadie más?

No tenía ni idea, pero al menos estaba algo más calmado y quizá esto le ayudara a pensar.

Ya había salido de la ducha y se estaba secando. Solía utilizar tres toallas para hacer esto cuando estaba en Madrid y, allí, tuvo la suerte de poder seguir haciéndolo, pues su padre tenía varias preparadas dentro de un armario. Ya había acabado con la de la cabeza y la que utilizaba para el torso, y se encontraba secándose con la de las piernas cuando su teléfono móvil sonó.

—¿Cómo estás? —dijo una voz conocida nada más descolgar.

—Estoy, punto.

—Vaya, no sé, esperaba otro tipo de respuesta.

—Lo sé, perdona, Gala. Este jodido pueblo me está volviendo loco. Me siento oprimido aquí.

—La solución es muy sencilla: vuelve.

Carlos quedó unos instantes en silencio.

—No puedo, ojalá pudiera hacerlo, esto es muy complicado. No siquiera sé cómo podría explicártelo.

—¿El qué es complicado? Prueba a hacerlo, quizá sí que te entienda. Mira, paso de todo, me voy para allá. No pienso dejarte solo.

—No. De verdad. Necesito que te mantengas al margen. Si vienes... —vaciló en el tono— corres...

—¿Qué corro? Carlos, ¿de qué coño estás hablando?

—Nada, en serio, estoy cansado, duermo pero no descanso. Tengo un taladro resonándome todo el puto tiempo en la cabeza. O en los oídos, no sé. Mira, hacemos una cosa, voy a intentar aguantar yo solo, te prometo que si te necesito te llamo y te vienes, pero déjame, he de llevar esto en solitario.

—Pero vamos a ver, Carlos. ¿Qué es lo que tienes que aguantar solo? Es que si no me cuentas nada, no te puedo ni comprender. Al menos podrías tener la decencia de darme una mínima explicación. Sé que no me debes nada, pero creía que éramos amigos.

—Y lo somos, Gala. Precisamente por eso no te puedo contar nada. Ya lo haré, tranquila.

—Hostia, Carlos. Sabes que cuando me dices que no me puedes contar nada, lo respeto. Pero, joder, llámalo intuición femenina o lo que te dé la gana, pero sé que te pasa algo raro. Que no es como las otras veces que no quieres contarme algo. Por favor. Déjate tus putas manías de lado y cuéntamelo.

—No es ninguna manía. No insistas, por favor. Ahora no.

Gala no contestó.

—¿Sigues ahí? —insistió Carlos.

—Sí —dijo al fin la madrileña—. Haz lo que te dé la gana. Siempre lo haces.

Colgó dejando al abogado con la palabra en la boca.

Parecía molesta, y aunque ella no lo entendiera, tenía que dejarla al margen. Al menos de momento. ¿Cómo meterla dentro de todo este follón sin poder garantizarle que no le iba a pasar nada? Si ni siquiera él mismo podía comprender lo que estaba sucediendo, ¿cómo explicarlo? Conocía a Gala y sabía que el enfado apenas le iba a durar. Cuando toda esta locura acabara y regresara a Madrid, podría explicárselo todo, con pelos y señales, y entonces entendería por qué no le había contado nada. Se sorprendió a sí mismo teniendo un pensamiento positivo del tipo de que todo iba a acabar bien.

Que todo se iba a resolver satisfactoriamente e iba a poder retomar su vida normal. La pregunta que se planteaba ahora era: ¿lo haría siendo el mismo o ese pueblo y lo que estaba pasando lo iba a marcar para siempre?

Sumido en estos pensamientos, le pareció que el timbre de la casa había sonado.

Se vistió a toda prisa —con el mismo traje. ¿Cuántos días hacía que lo llevaba ya? Una de las cosas que echaba en falta en el pueblo era una maldita tienda de ropa— y salió corriendo en dirección a la entrada.

Al abrir la puerta, un mensajero le saludó.

—Traigo dos paquetes para Carlos Lorenzo.

Este se quedó momentáneamente sin habla. Se temía lo peor.

—¿Señor?

—Eh... sí, soy yo. Pero ¿hoy no es fiesta? ¿Cómo es que reparten?

—Hay envíos que se pagan para que lleguen sea fiesta o no. Este es uno de ellos. Muy bien, pues si es tan amable de firmar aquí y escribirme su DNI, se los dejo aquí mismo.

Carlos lo hizo con el recuerdo del paquete del día anterior metido en la cabeza. El chaval se alejó y fue hasta el camión, que tenía aparcado a unos metros de la puerta. Al poco regresó con un paquete de grandes dimensiones y lo dejó con cuidado en el suelo. Al poco, dejó el otro, visiblemente más pequeño.

Carlos miró los paquetes sin saber qué hacer y con el corazón retumbando muy fuerte en su pecho. El repartidor se marchó sin decir nada.

Carlos dudó unos instantes sobre qué hacer, pero en esta ocasión pareció actuar la cordura y fue a buscar su teléfono móvil al cuarto de baño. Con él en la mano y a punto de avisar al inspector ese que estuvo en la casa, se fijó en que encima de uno de los paquetes había un albarán de entrega. Se agachó y comprobó, aliviado, que los dos paquetes provenían de Madrid. En concreto, los enviaba Gala Roch.

Era su ropa.

Por fin.

Cerró los ojos y respiró con la mano sobre su pecho. Si seguía con estos sobresaltos, la muerte iba a llegar a buscarlo antes de tiempo. Cerró la puerta del domicilio y maldijo su nivel de paranoia.

El timbre volvió a sonar. Debía de ser el mensajero, que se había olvidado de algo.

08.55 h. Alicante. Comisaría

Nicolás llegó acompañado por Alfonso a la comisaría. Antes de hacerlo habían parado a desayunar en un bar que hacía esquina, cercano a su lugar de trabajo. Cuando entró, notó que había algo de alboroto, demasiado para ser un lunes —además de festivo nacional, aunque volvían a «comerse» la guardia por ser novatos—, pero no le dio importancia.

El día libre no había servido para recargar sus pilas. Sí las de Alfonso, que por su rostro parecía despreocupado. No era así en el caso de Nicolás. Era incapaz de sacarse ni un segundo el caso de la cabeza, quizá fuera porque ni lo había intentado. No lo pudo hacer durante toda la noche: las pastillas no habían servido para nada y vio pasar sin remedio todas las horas del reloj. La sucesión de imágenes de ahora y las de hacía unos años no le daban un respiro. Comenzaba a pensar seriamente que iba a acabar desquiciado. Se prometió a sí mismo tratar de crear una barrera —otra vez— que sirviera para dejar lo del trabajo dentro de esas paredes. Supo que iba a ser muy complicado conseguirlo por su manera de ser. Si no había podido las otras veces... Aun así, quería intentarlo. Se lo debía a él mismo.

Subieron a su planta y, como esperaban, aquello sí que estaba tranquilo. Era posible que solo estuvieran ellos dos allí.

Llegó a su mesa y miró desde la distancia el PC, sin sentarse. Por desgracia, la búsqueda en internet, a falta de más resultados, era lo único que tenía. Al menos esperó que fueran rápidos en conseguirles el documento del Registro Mercantil, el análisis de la firma podría aclarar muchas cosas. También necesitaba la orden de la jueza para averiguar la procedencia del paquete enviado al abogado con las manos del carnicero, así como un registro exhaustivo de llamadas de sus teléfonos móviles. Sabía, por experiencia, que esto también solía tardar unos días y los días de fiesta de por medio no ayudaban nada. Tanta espera y tanta historia interminable lo estaban desesperando. De pronto, miró hacia su izquierda y vio venir como una exhalación a su jefe. ¿Hoy también había venido a trabajar? ¿Es que este hombre no descansaba? Lo malo era la cara que traía, parecía que se lo iban a llevar los demonios.

—¿Para qué cojones quieren el teléfono móvil? —preguntó enfurecido.

Nicolás lo miró perplejo, no sabía a qué se refería.

—Llevo dos putas horas intentando localizarles, joder.

Nicolás metió su mano en el bolsillo y, al sacarlo, vio que su iPhone 3 estaba apagado. Había olvidado encenderlo. No sabía cómo le había sucedido esto, ya que siempre solía llevarlo encendido por si le llegaba un aviso y había que salir corriendo. No es que alguna vez le hubiera pasado, pero imaginaba que por su puesto debía tenerlo siempre así. Por el gesto de Alfonso dedujo que él tampoco lo llevaba encendido. Sintió una punzada en el estómago por un fallo tan tonto.

—Lo siento, ha sido un error —dijo avergonzado ante la reprimenda de su jefe—, suelo llevarlo encendido casi siempre.

—Pues qué casualidad que ahora no. Con un caso así entre manos, no pueden no estar localizables, coño. He estado a punto de llamar a otro de sus compañeros y apartarlos del caso, por papanatas. Móntense en el puto coche y vayan echando hostias a Mors.

09.23 h. Mors. Casa de Fernando Lorenzo

Alicia entró en la casa sin ni siquiera dar los buenos días. Su rostro estaba descompuesto.

—¿Qué pasa? —preguntó el abogado sorprendido por que fuera ella, pero sobre todo por la forma en la que había entrado.

Esta andaba de un lado para otro incapaz de articular palabra. Estaba nerviosa, muy nerviosa. Casi tanto como hacía dos días cuando ocurrió el incidente con las manos del carnicero.

Carlos, viendo que aquello se le estaba yendo de las manos y no reaccionaba, la agarró de los hombros y trató de tranquilizarla. Lo hizo sin demasiado aplomo, ya que sus manos temblaban casi lo mismo que todo su cuerpo. Se temía lo peor.

—Está bien, respira hondo. Cálmate y cuéntame, muy despacio. ¿Qué ha sucedido?

Ella obedeció y comenzó a respirar por la nariz y lanzar el aire por la boca, aunque no daba demasiado resultado. El abogado esperó paciente a que lo hiciera unas cuantas veces, hasta que pareció al fin serenarse.

—Y ahora —siguió hablando—, cuéntame qué ha pasado, por favor.

Alicia lo miró directamente a los ojos. Los párpados le temblaban también. Él sintió que no podía aguantar más esta tensión, le iba a dar algo.

—Se han cargado al cartero, me cago en la puta, ¡se lo han cargado! —logró decir entre sollozos.

Ahora el que no podía decir nada era Carlos. Se quedó inmóvil, sin mover un músculo. No supo cuánto tiempo estuvo así, con las piernas ancladas al suelo y con el cuerpo pesándole más de una tonelada.

—Esto no puede estar pasando. No puede estar pasando —se repitió.

Alicia lo miraba con los ojos llenos de lágrimas. Buscaba un consuelo que Carlos era incapaz de poder ofrecerle, ya que estaba en estado de shock. Su cuerpo ya no temblaba, parecía más bien un seísmo, como si le estuvieran dando pequeños espasmos. Sentir cómo el cuerpo del abogado parecía estar pasando por lo mismo no la ayudaba. Es más, lo suyo por lo visto era mucho peor porque él no reaccionaba. Estaba como en otra parte. Alicia dejó que pasaran unos segundos y, al ver que él seguía sin recomponerse, decidió tomar el toro por los cuernos.

—Carlos, acércame la foto del carnicero. Necesito mirar sus caras y ver si es uno de los que salen en ella. Aunque estoy segura de que lo es.

Carlos no reaccionó de inmediato, le costó horrores salir del infierno al que había bajado. Cuando lo consiguió, corrió hacia el armario donde guardaba todo lo que tenía que ver con aquella historia, agarró la foto y volvió veloz.

Ella la agarró y se la acercó mucho a la cara. Necesitó limpiar el reguero de lágrimas que brotaba de sus ojos para poder distinguir lo que observaba. Empezó a mirar, uno a uno, los rostros, arrugando la nariz mientras lo hacía.

Se detuvo en uno.

—Tiene que ser este. —Señaló con su dedo a un hombre con el pelo algo largo y una prominente barba—. Ahora está... estaba... calvo y no llevaba barba, pero por los ojos... tiene que ser él.

—¿Estás segura?

—No, joder, ¡pero casi lo estoy!

—No se trata de casi o no casi. O es él o no.

—¡Que sí, coño!

Carlos miró hacia la ventana con un evidente gesto desencajado por el devenir de todo aquello.

—¿Sabes algo de lo que ha pasado? —preguntó mirándola a ella de nuevo—. ¿Sabes lo que le han hecho?

—No, ha sido enterarme y venirme corriendo. Mi tía no sabe nada, está en la cama con un dolor de cabeza terrible. Yo he cerrado el bar y me he venido corriendo. No había nadie dentro ahora. ¿Quieres que vayamos a su casa? Seguro que ya están todas las putas marujas fuera.

Carlos asintió sin dudarlo. Necesitaba ver con sus propios ojos lo que estaba pasando.

Salieron y comenzaron a andar en dirección a la casa del cartero. Según Alicia, se encontraba a cuatro manzanas de allí, no merecía la pena ir en coche. Querían correr, pero ninguno se sentía dispuesto ya que no creían que sus piernas estuvieran ahora para esto. Apenas se dirigieron la palabra durante el camino. Ninguno de los dos era capaz de salir de sus propios pensamientos. Cuando llegaron, evidentemente, había gente alrededor del cerco policial que se había montado, pero no tanta como quizá hubieran esperado.

Alicia, extrañada por esto, preguntó a una mujer de avanzada edad que miraba sin cesar hacia el interior de vivienda, tratando de poder ver algo. Parecía que la conocía.

—Montse, puede que le suene extraño lo que le voy a preguntar, pero para lo que parece que ha pasado, ¿no hay poca gente aquí fuera?

—Se están yendo, hija, y yo también me voy de aquí. No hace ni veinte minutos que he llegado y he escuchado cien veces ya la frase: «No pienso quedarme en este maldito pueblo ni un segundo más». Aquí todo el mundo tiene miedo, yo tengo miedo, Virgen Santísima. He llamado a mi hijo, que vive cerca de Valencia, y viene a por mí. En cuanto llegue, me voy corriendo. Este pueblo está maldito. Madre mía del amor hermoso...

Alicia lo comprendió. Aunque quizá no fuera una solución al problema, al menos era lógico que la gente de Mors quisiera alejarse del pueblo ante lo que estaba sucediendo. Lejos del problema, al menos, conservarían la vida. Estaba demostrado que nadie estaba seguro, aunque recordando la foto y aceptando la teoría que se había autoimpuesto creer, las mujeres no tenían de qué preocuparse, pues no había ninguna en la instantánea. Sintió el impulso de decírselo. Era tal el miedo reflejado en el rostro de la mujer que tenía la necesidad de tratar de calmarla. Pero ¿cómo hacerlo sin que la tomara por una chalada? O peor aún, ¿cómo explicaba que tenía la foto sin meterse en ningún lío? Lo habían hecho fatal, quizá, pero lo hecho, hecho estaba. Y la única opción viable era no decir ni una palabra. Así que, muy a su pesar, tuvo que optar por guardar silencio.

Miró a Carlos. Él, a su vez, miraba hacia dos hombres que se saludaban con cara de pocos amigos con el jefe de la policía local. Parecía conocerlos.

09.42 h. Mors. Casa del cartero

El inspector anotó la fecha en su libreta utilizando una nueva hoja. Aquella ya era una segunda víctima, tercera si contaba con el padre de Carlos, del cual, por cierto, Alfonso ya había pedido los papeles con las rúbricas para que pudieran ser comparados por un grafólogo, ya que había llegado lo que necesitaba del Registro Mercantil, a pesar de ser fiesta.

—¿Qué tenemos? —preguntó Nicolás al jefe de la policía local, queriéndolo hacer partícipe y así facilitar las cosas en la investigación. Sabía de sobra que había que llevarse bien con todo el mundo. Aunque ese hombre no es que le cayera demasiado bien.

Este hizo como que miraba una hoja que se sostenía en una carpeta con un clip en su parte superior, no necesitaba leer nada para saber de quién se trataba.

—Agustín Bastias, cincuenta y nueve años. Cartero de la localidad. Su mujer se queda por las noches con su madre para cuidarla, semana sí, semana no. Al parecer se turna con una hermana para esto. Al volver hoy temprano, se ha topado con la desagradable sorpresa. Un testigo afirma haber visto a Agustín en el bar de Joaquín, que no está demasiado lejos de aquí, sobre las once y media de la noche. No iba borracho ni nada, dijo que solo lo vio tomar una copa y que después lo perdió de vista. En cuanto pueda me acercaré al bar a confirmarlo.

Nicolás iba a decirle que esto no era cosa suya, que era trabajo de ellos, pero no quiso quitarle la ilusión al policía local. Si así se sentía importante, ¿para qué privarle del placer?

—¿Sabe si en el pueblo ha tenido algún tipo de percance con alguien?

—Si ha sido así, yo no sé nada.

—Es inevitable que le pregunte si le consta si tenía algún tipo de relación directa con el carnicero. Me refiero a si eran amigos o, todo lo contrario, si no lo eran en absoluto.

—En este caso no puedo ayudarle. Supongo que el carnicero tendría la misma relación que tenemos todos con el cartero, de cordialidad. Si ya eran amigos o no es cosa suya, yo no lo sé.

Nicolás soltó un bufido. O no sabía, o no quería saber.

—¿Alguien ha tocado algo? ¿Su mujer?

—La Guardia Civil ha sido la primera en llegar tras el aviso al 112, por aquello de la proximidad. No han tocado nada, son conscientes de que este caso no es para ellos ya que la jueza parece haberse decantado por ustedes para la investigación y ellos están de acuerdo. Hasta donde yo sé, la mujer tampoco ha tocado nada. Es imposible de saber a ciencia cierta, pero ella asegura que no. Aunque muchas veces, ante situaciones así, se actúa de manera inconsciente y la mente bloquea esos recuerdos.

El inspector se sorprendió por la demostración de psicoanálisis barato que acababa de mostrar aquel hombre.

—Lo sé —se limitó a contestar, obviando aquello—. Gracias por su ayuda. Si necesito algo, no dude en que se lo pediré —dijo a la vez que le tendía la mano a modo de clara despedida. Una cosa era ser cortés, otra bien distinta es que quisiera que estuviera dentro en la inspección ocular de la escena.

El policía se la estrechó y se alejó de aquel punto.

Nicolás y Alfonso llegaron hasta la entrada del supuesto escenario. Como era habitual, un policía custodiaba el acceso. Reconoció al inspector, pues había estado hacía dos días en la casa del carnicero. Sin tener que decirle una palabra, se apartó de su camino. La Policía Científica había llegado hacía un tiempo ya, por lo que el inspector confió en que ya tuvieran acotada la zona libre de acceso.

Nicolás miró a Alfonso, este le devolvió la mirada con el añadido de un gesto afirmativo: tocaba entrar. Era la primera escena de su amigo como inspector y Nicolás supo que esto impactaba. Él lo había vivido hacía unos días en sus propias carnes.

Un miembro de Científica manipulaba el maletín que siempre llevaban consigo ante cualquier aviso. Tomaba unos testigos métricos. Levantó la vista ante la llegada del inspector y lo saludó. Se presentó como el agente Casals. Zapata estaba dentro todavía, por lo que el agente se ofreció para dar el aviso de que habían llegado.

—No hace falta, entramos nosotros mismos —comentó el inspector a la vez que entregaba a Alfonso un traje estéril para que se lo colocara—. Porque ya se puede, ¿no?

—Sí, claro. Hemos tenido que delimitar con flechas de nuevo el camino libre. Esto está lleno de sangre por todos lados y es una escena un tanto complicada.

Nicolás asintió mientras terminaba de vestirse para poder acceder.

Cuando hubo acabado, miró a Alfonso. Este se colocaba la mascarilla para, acto seguido, asentir con la cabeza. Tocaba pasar.

Tras el anterior asesinato y con la sospecha de que no sería el último, ambos inspectores tenían casi claro cómo sería lo que iban a encontrar en el interior de la estancia: un cadáver con un disparo a bocajarro, un naipe sobre él y un miembro amputado que acabaría recibiendo el abogado de alguna manera.

Nada más lejos de lo que encontraron.

19

Lunes, 12 de octubre de 2009, 09.51 h.
Mors. Casa del cartero

A Alfonso le costó, más de lo que en un primer momento había creído, reprimir la arcada. Necesitó ponerse las manos sobre la boca porque sentía que iba a arrojar el desayuno ahí en medio. Acto seguido cerró los ojos y trató de aspirar aire limpio, pero el hedor a sangre fresca no contribuía a ello. No supo cómo describirlo bien, pero si tuviera que definir cómo olía aquello, hubiera puesto el símil de una carpintería metálica, con su característico aroma a hierro. Nicolás, en cambio, miraba sin pestañear hacia el cadáver y no parecía arrugarse ante lo dantesco de la situación.

Aquello había sido una auténtica carnicería.

Ante el gesto de asco por parte del inspector, uno de los integrantes de Científica que se había percatado de ello se acercó hasta a Alfonso y le pasó un bote minúsculo con algo de crema para que se lo pusiera por debajo de la nariz.

—Es eucalipto —explicó—. Como el Vicks VapoRub de toda la vida. No hace milagros, pero esto ayuda a que sea algo más llevadero el estar aquí dentro.

Alfonso aceptó de buen grado y se lo aplicó por debajo de

la mascarilla. Después se lo ofreció a Nicolás, que lo rechazó sin prestarle demasiada atención.

No quitaba la vista del cuerpo.

Al contrario de lo que esperaba en un principio, Agustín Bastias, el cartero municipal de Mors, no había muerto por un disparo en la base del cráneo, como Javier Culiáñez. Es más, no parecía haber recibido disparo alguno en ninguna parte de su cuerpo. Los enormes cortes que tenía, al menos de manera visible, en el cuello y el abdomen —que dejaba salir parte del intestino delgado fuera de su lugar habitual— parecían haber provocado la muerte del funcionario. El cuerpo se encontraba con los brazos en cruz sobre un charco considerable de sangre.

—Menudo escenario tenemos hoy, inspector —dijo el subinspector Zapata a modo de saludo mientras se acercaba hacia Nicolás—. No creo que lo sepa, pero no me gusta meterme en la parte que a usted le corresponde. Esto se lo digo porque hasta ahora había estado callado, pero ahora no puedo hacerlo y necesito preguntarle si usted también piensa que es un asesino en serie.

El inspector lo miró. El subinspector no lo veía, pero tenía el rostro desencajado por debajo de la mascarilla. Tardó unos segundos en hablar.

—Ahora mismo no lo sé. Creía que sí, pero...

—Yo tampoco sé qué pensar. Esto no tiene ni pies ni cabeza. ¿Un asesino en serie en un pueblo como este? Sería ya lo nunca visto.

Nicolás suspiró y no dijo nada. Él tampoco daba crédito. Extrajo la libreta del bolsillo, colocó la punta del bolígrafo en modo escritura y comenzó a andar en línea recta y tratando de no pisar ninguno de los incontables rastros de sangre que había por toda la habitación. Una serie de flechas de papel colocadas en el suelo por el equipo de Científica le indicaba los pasos justos que debía dar para no entorpecer la recolección de indicios. En caso de haberlos, claro.

—¿Crees que lo de los brazos en cruz es por algo? ¿Habrá algún motivo religioso detrás? —preguntó Alfonso.

—No lo creo, parece que lo ha extendido para hacer mejor su trabajo. Para lacerar mejor el vientre.

—Joder. Pues casi que prefiero que sea un asesino satánico, al menos justificaría todo esto.

Nicolás bordeó la habitación sin quitar ojo a la víctima, pero sin dejar de vigilar sus pisadas. La escena era siniestra, mucho, aunque no era eso lo que le preocupaba. Era que no se pareciera en casi nada a la anterior. Ni siquiera el escenario, a pesar de ser un salón comedor, se asemejaba al del carnicero.

La habitación parecía haber sido sacada de una de esas series de televisión de época, con muebles antiguos, cortinas de colores imposibles y estanterías repletas de enciclopedias desactualizadas desde hacía mucho. Encima de una mesa de madera con un mantel —que por cierto parecía haber sido confeccionado a mano— de color blanco, había varias fotografías sobre diferentes épocas en la vida de la pareja. No había demasiada luz en la estancia, pero Nicolás entendió que en esos momentos era necesario trabajar en esas condiciones, pues muchos de los rastros invisibles al ojo humano —cabello, fibras y otros— solían aparecer con técnicas en las que se necesitaba de estas condiciones. Cuando acabaran con ello levantarían las ventanas para trabajar mejor y así de paso ayudar a que el ambiente estuviera algo menos cargado de muerte.

Miró hacia la puerta, vio que la jueza Fernández ya había llegado a la escena acompañada del forense. No se trataba del doctor Gálvez; puede que no fuera su turno. La jueza llevaba la mascarilla de rigor puesta, pero aun así se tapaba boca y nariz con un pañuelo de seda blanco.

—Buenos días, inspector. ¿Me puede decir qué está pasando en este pueblo?

—Siento decepcionarla, señoría, pero no. No lo sé.

Comenzó a andar hacia ella. Zapata entendió ese gesto como una señal para que empezaran a hacer de verdad su trabajo. Organizó a su equipo para esto.

—¿Hay algo que relacione las dos muertes? —preguntó la mujer con la voz algo distorsionada por el pañuelo.

—A primera vista no. No parece haber herida por arma de fuego. Si hubiera sido a quemarropa como la anterior, el proyectil hubiera acabado saliendo por delante y no es así. Además, como ve, el cuerpo está entero, no se ha llevado ninguna parte. He preguntado por la relación que podrían tener ambas víctimas, pero el jefe de la policía local no me lo ha sabido decir. Supongo que en un pueblo en el que se conocen todos, si tuvieran una relación estrecha se sabría.

—¿Y si tenía relación con el primer cadáver, el del suicidio?

—Esto tendré que averiguarlo.

Aguardaron pacientes a que la Policía Científica hiciera su trabajo. Acto seguido entró en juego el forense.

—Es pronto para aventurarse —comenzó a hablar con la grabadora cerca de su boca y sin atender al gesto de desesperación de Nicolás tras pronunciar la manida frase—. El cuerpo yace en posición de decúbito frontal. Es un varón de cincuenta y nueve años que atiende al nombre de Agustín Bastias. Raza blanca, sin noticias sobre antecedentes médicos. Se trata de un vistazo frontal, pero diría que la causa de la muerte podría ser, o bien la herida en el cuello o la que tiene en el abdomen. En el levantamiento miraré su parte posterior, pero no tiene pinta de haber recibido ningún balazo como la anterior víctima. Aprovecharé que la propia herida me facilita el camino e introduciré el termómetro hepático para determinar, de manera aproximada, la hora de la muerte sin causar una nueva herida.

Extrajo de su maletín el termómetro y, con cuidado de no alterar la disposición de los órganos, se lo colocó al cadáver.

—El enfriamiento cadavérico me indica que murió hace unas siete horas, más o menos. Imposible de concretar mejor debido a la exposición de parte de los órganos al frío gracias a la laceración del abdomen. Su rigidez es propia de estos datos y la lividez que se aprecia en la parte posterior del cuerpo así lo refuerza. Por mi parte solo puedo certificar su muerte y esperar a ver qué resultados se arrojan en el posterior examen.

Apagó la grabadora y volvió hacia la puerta. El inspector Valdés agradeció mentalmente que certificara la muerte. Un dato más que necesario en aquellos momentos.

—Entonces ¿calcula que murió sobre las dos de la madrugada? —preguntó Nicolás al médico forense.

—Parece ser que sí. Pero no se fíe, con el abdomen abierto y tanta pérdida de sangre es complicado de saber; el ciclo varía según qué casos y qué condiciones.

—Entonces, lo único que coincide con el otro caso es la hora aproximada de la muerte —le comentó Nicolás a Alfonso—. Aparte de esto, no hay nada que me haga pensar que es el mismo asesino. No es lo que pensábamos. Tiene que ser otro.

—¿Otro? —Alfonso no pudo evitar mostrar sorpresa ante la posibilidad planteada por Nicolás.

—¿No lo crees? Los asesinos en serie no cambian su *modus* así como así. En la primera muerte estaba imitando claramente a Galán, ¿por qué iba a cambiar ahora su *modus operandi*? Esto escapa a toda lógica. No es la misma persona la que ha hecho esto.

—Vale, en esto estamos de acuerdo —comentó Alfonso mientras se rascaba la cabeza—, pero de ahí a que haya otro asesino... ¿No es demasiada casualidad? Joder, dos muertes violentas en un corto espacio de tiempo en un mismo pueblo. Si no es obra de la misma persona, yo no lo entiendo.

—Puede que estén compinchados. O incluso puede que haya más de un perturbado aprovechando el caos que se está apoderando del pueblo para ajustar viejas cuentas y camuflarlo en otros crímenes.

Alfonso miró con una ceja enarcada a su amigo.

—Esto ya sí que me suena a película mala, Nicolás. Es algo rebuscado.

—Pero posible.

—Sí, si posible es... pero no sé. Mejor dejemos que los datos hablen, no emitamos juicios baratos porque nos podemos llevar una sorpresa. Y me temo que nada agradable.

Nicolás asintió. Alfonso tenía razón: era pronto para dictaminar nada.

—¿Crees que le cortó de pie o cuando ya estaba tirado en el suelo?

Alfonso lo pensó unos instantes.

—Creo que primero le rajó el cuello, de pie, de ahí las salpicaduras de sangre en aquella dirección. Lo malo es que deberíamos saber qué posición tenía la víctima inicialmente para deducir si el atacante era zurdo o diestro. Con el bombeo del corazón y la posición erguida, todas estas salpicaduras son lógicas —dijo señalando el reguero—. Una vez cayó al suelo, le rajó el abdomen. Como has dicho antes, es muy probable que lo colocara en esa posición para facilitar su trabajo en la barriga. ¿Con qué fin? Ni puta idea. Pero este acto demuestra sadismo y eso me pone los pelos de punta. Oye —hizo una pausa y entornó algo los ojos—, ¿puede que se haya llevado algún órgano y por eso la laceración?

Nicolás se giró hacia el forense. Él había visto la herida mucho más de cerca que el inspector.

—Como no paro de repetir, tendremos que esperar a la autopsia. A pesar de tener parte de los intestinos fuera, no parece que sea así. Pero lo dicho, es pronto. La sorpresa puede ser mayúscula en la mesa.

Todos volvieron a girarse hacia el equipo de Científica. La jueza estaba firmando en esos momentos los papeles para el levantamiento. Uno de los policías se acercó hacia Nicolás con algo en la mano.

—Mire, inspector, estaba debajo de aquella mesa, la de las fotos.

Nicolás agarró el objeto, era un bote de cristal con algo dentro. Estaba abierto.

—¿Lo han fotografiado en su posición natural?

El policía asintió.

Nicolás se acercó el bote a la nariz, para olerlo.

—Parece algún tipo de mermelada o algo parecido —dijo arrugando la nariz después de haberlo olido.

Alfonso, con el mismo cuidado que había llevado Nicolás, se acercó hasta él y comprobó el contenido del bote.

—¿Calabaza?

—Creo que sí. ¿Esto lo habrá dejado el asesino o ya estaría aquí?

—Ni idea, pero si lo ha hecho el asesino, no veo el fin. Desde luego para maquillar el olor a muerte que hay aquí no es. El hedor a sangre no lo quita ni Dios de aquí.

—Tápenlo con film transparente y lo procesan también. —Se lo devolvió al policía—. Habrá que preguntarle a la mujer. Por cierto, ¿dónde está?

—En el hospital —intervino Zapata desde la distancia—. Se la han tenido que llevar porque parecía que le estaba dando algo de los nervios. No tengo ni idea de cómo estará, pero la cosa no pintaba nada bien.

Dos trabajadores de Medicina Legal aparecieron en escena para llevarse el cadáver a las dependencias de Alicante. El subinspector les indicó por dónde podían pasar y en menos de cinco minutos la escena quedó más despejada. Una de las cosas que pudieron comprobar era que el cadáver no tenía, con toda seguridad, ningún orificio de entrada de bala.

—Inspector Valdés —dijo la jueza—, reconozco que esto ya me está empezando a mosquear. Orihuela es diez veces más grande que Mors y aquí ya han llegado, en dos días, al número de crímenes violentos de un año entero allí. Necesito que cuanto antes arroje luz sobre si es el mismo asesino o no. Me preocupa ya bastante que haya un loco suelto como para que ahora sean dos. Manténgame al corriente con lo que sea. Anote mi número de teléfono por si me necesita para cualquier formalidad, trataré de allanarle el camino en lo que pueda.

Nicolás agradeció ese gesto por parte de la jueza. Saltarse el tener que pedir las órdenes a su jefe y que este tuviera que hacerlo a través del comisario en verdad sí facilitaba las cosas. Al menos en lo que al tiempo de espera se refería.

—Muchas gracias, señoría. ¿Podría pedirle ya un favor para agilizar algo más el asunto?

—Sí, pediré al jefe del servicio de Medicina Legal que envíe a uno de los forenses para empezar la autopsia cuanto antes. Nada de esperar a mañana.

—Gracias —dijo sinceramente al comprobar la rapidez mental de la jueza—, esto nos ayudará mucho.

Tras esto, la mujer salió del escenario dejando a los dos inspectores junto al equipo de Científica.

—No creo que podamos hacer más. Ni siquiera podemos preguntar a la mujer del fallecido.

—Bueno —dijo Alfonso—, si quieres vamos para el hospital y...

—No, la dejaremos descansar y recuperarse del shock porque así no va a ayudarnos nada. Mejor nos vamos para comisaría a esperar la llamada del forense y a seguir trabajando. Tenemos mucho que hacer —comentó el inspector a modo de despedida.

Alfonso no pudo más que asentir. Era cierto. Allí poco más podían hacer. Menudo panorama tenían encima.

10.34 h. Mors. Exterior de la casa del cartero

Carlos llevaba un buen rato mirando hacia la puerta de entrada del domicilio. Necesitaba hablar con el inspector para que le contara, en la medida de lo posible, qué había pasado. Ahora había algo más de gente que antes, pero no la esperada, quizá, ante un hecho de semejante magnitud. Puede que fuera cierto lo que había dicho la mujer de que la gente tenía miedo y estaba empezando a huir de Mors. La prensa, cómo no, sí que había llegado. Igual que hacía dos días, solo eran televisiones locales, pero ante cómo se estaban desarrollando los acontecimientos, Carlos no dudó en que pronto llegarían medios nacionales para cubrir la noticia. Aquello se pasaba de todo lo considerado como normal.

Vio salir a la persona que acompañaba al inspector Valdés en el momento de su llegada. Es probable que fuera otro inspector. Instantes después fue Nicolás el que salió. No dudó en ir a su encuentro. Alicia lo siguió sin saber qué pretendía.

—Inspector —dijo a modo de saludo.

—Señor Lorenzo —contestó este.

—Sabe que no le voy a preguntar por detalles, no soy imbécil. Pero ¿qué cojones está pasando aquí?

Nicolás miró a su alrededor en varias ocasiones.

—Baje el tono, si la jueza me ve hablando con usted, se me caerá el pelo. Le prometí tenerlo informado pero esto no implica que tenga que saberlo todo. Solo le diré algo: creo que no tiene que ver con el caso anterior.

La cara de Carlos parecía un poema.

—Sí, lo sé, esto es de locos, pero parece ser así —añadió el inspector—. Deme unos minutos y prometo llamarlo al móvil para que nadie me vea hablando con usted. Váyase de aquí, no quiero que nadie escuche la conversación, si le mantengo informado es porque se ha visto implicado en todo esto.

Carlos asintió, se dio por satisfecho mientras daba unos pasos hacia atrás.

11.13 h. Mors. Casa de Fernando Lorenzo

Al cabo de unos veinte minutos sonó su teléfono. Lo había dejado encima de la mesa pequeña que había enfrente del sofá del salón de su padre y no le había quitado ojo en ningún momento. Alicia se había marchado a reabrir el bar, necesitaba mantener por el momento a su tía alejada de todo esto. Aunque sabía que tarde o temprano se acabaría enterando. Habían quedado para comer juntos en la casa del padre de Carlos, así este le contaría lo que sabía sobre la muerte del cartero y ambos pensarían qué hacer a partir de ese momento. El abogado agradecía el apoyo de la muchacha en todo aquello.

Contestó la llamada. No había guardado el número todavía, pero reconoció los dígitos.

—Cuénteme —dijo sin más.

—El crimen no se parece en nada a lo anterior. —Nicolás también fue directo—. No se han llevado ningún miembro. El *modus operandi* ha sido totalmente diferente. No puedo darle ningún detalle, pero los crímenes se parecen como la noche y el día.

Carlos no sabía ni qué responder. Esperaba otra cosa, todo aquello también lo estaba desconcertando. Quizá debiera contarle lo de la carta y la foto, al fin y al cabo el inspector se lo estaba contando todo a él sin tener la obligación de hacerlo. Pero ¿y si se lo relataba y no conseguía llegar hasta el fondo del supuesto secreto que estaba haciendo que esto ocurriera? Puede que de momento fuera mejor que cada uno se ocupara de sus asuntos. Nicolás de las muertes y él mismo de sacar la verdad a la luz, por aterradora que fuera.

—Igualmente —prosiguió el inspector Valdés—, he pensado algo. Mandaré a un agente de paisano para que vigile de cerca su domicilio, no me fío, dudo que le envíen nada porque no hay nada que mandar, pero... por si acaso.

—Gracias, inspector. Esto me tranquiliza. Sigo sin entender por qué me han mandado a mí los dos anteriores, digamos, trofeos, pero la presencia policial me hace estar algo más tranquilo.

—Estamos para ayudar en lo que se pueda, recuerde.

—Gracias.

—Le dejo, cualquier cosa, ya tiene mi número. No se preocupe que le llamaré para que se quede más tranquilo en caso de confirmar que esto ha sido un hecho casual y aislado. Aunque no lo crea, deseo esto yo también.

—No más que yo. Muy bien, seguiremos en contacto.

Colgó.

Dejó el teléfono encima de la mesa de nuevo y se recostó en el sillón. Menudos días estaba pasando.

20

Lunes, 12 de octubre de 2009, 13.56 h.
Mors. Casa de Fernando Lorenzo

Cuando sonó el timbre de la casa, no supo decir si se había dormido o había entrado en un estado de semiinconsciencia profunda, por llamarlo de alguna manera. Todo le seguía pareciendo un extraño sueño, incluso sabiendo que ya tenía los ojos abiertos.

Deseó que en realidad lo fuera.

Un nuevo timbrazo lo sacó de estos pensamientos. Puede que ya fuera la hora de comer. La que llamaba tenía que ser Alicia.

Reconocía que el espíritu y el ímpetu de la chica le hacía llevarlo todo un poco mejor. No solía contagiarse de las emociones ajenas, aprendió hacía mucho tiempo a separar todo esto de él debido en gran parte a su trabajo, a las conductas miserables y ruines que veía día tras día en él, pero la jovialidad de la muchacha le inyectaba algo de la fuerza que tanto necesitaba en aquellos momentos.

Dio doble vuelta a la llave y abrió la puerta. No era Alicia.

—Buenas tardes ya, señor Lorenzo. —El jefe de la policía local le tendió la mano sin titubeos.

—Buenas tardes, ¿ocurre algo?

—No, verá, he venido para asegurarme de que todo está bien. Teniendo en cuenta la prisa que tenía el otro día para marcharse, ¿cómo es que se ha quedado a pasar unos días aquí, en Mors?

Carlos dudó unos instantes antes de responder. Había estado en demasiados juicios como para no reconocer el tono de la pregunta del policía, que además había estado bastante torpe a la hora de formularla. No había discusión en que lo consideraba sospechoso. Puede que no fuera algo tan descabellado, pues había sido llegar él al pueblo y comenzar a pasar de todo. Entendía la posición del policía, que solo cumplía con su trabajo —aunque también era verdad que se estaba extralimitando, ya que en realidad ese trabajo correspondía a la Policía Nacional, no a su cuerpo local—. Decidió quitarle hierro al asunto y colaborar lo máximo posible; lo único que le faltaba ya para rematar la semana eran dos acusaciones de asesinato.

—He estado pensando mucho, ¿sabe? —contestó por fin el abogado—. Mi padre se ha suicidado y yo no me hablaba con él. Ahora necesito saber un poco más de su vida y reconsiderar los motivos por los cuales nos separamos hace casi veinte años. Estar aquí me ayuda a eso. Me estoy dando cuenta de que todo lo que creía saber sobre él no era cierto. Que era una persona muy distinta al recuerdo que guardaba de él.

—Bien. En realidad no sé qué idea tenía usted de él. Yo lo conocía lo justo, de hablar alguna vez con él, pero me daba la impresión de que era un buen hombre, así que me parece genial lo que está haciendo. Creo que es un paso lógico el que ha dado, supongo que yo, en su pellejo, actuaría igual. Lo único que me fastidia es que tenga que conocernos a nosotros y a nuestro pueblo en tan jodidas condiciones. No sé qué coño está pasando, ni siquiera en los alrededores había sucedido algo parecido.

Carlos levantó los hombros.

—No sé qué decirle. Créame cuando le digo que estoy tan asustado como la gente que está huyendo del pueblo.

—Sí, se ha ido demasiada, pero no les puedo culpar por estar tan asustados. Y a usted, ¿no le entran ganas de huir como al resto de los vecinos?

Carlos siguió aguantándole el pulso. Decidió respirar antes de hablar.

—Como ya le he dicho, necesito hacer esto. Me conozco. Sé que si vuelvo a Madrid, con lo ajetreado de mi día a día, no voy a volver. Es ahora o nunca. De algún modo se lo debo a su memoria.

—Le entiendo. De acuerdo, solo quería asegurarme de que está bien. Si necesita de mí, para cualquier cosa, ya sabe. No lo dude.

—No lo haré. Tenga usted un buen día.

—Igual.

Dio media vuelta y se fue en dirección a la jefatura. Carlos se disponía a cerrar cuando vio llegar a la joven. Llevaba dos bolsas de plástico en la mano.

—¿Qué hacía ese aquí? —preguntó sin quitar ojo al policía.

—Nada, lo normal. Ha venido a intentar relacionarme con los crímenes.

—Claro, pero tu condición de abogado implacable no te habrá dejado ceder ni un poquito ante su empuje. ¿Me equivoco, letrado? —contestó socarrona.

—Sí, algo así.

Alicia entró y Carlos cerró la puerta de nuevo con la llave. Ella fue directa a la cocina a dejar las bolsas. Él la siguió.

En ellas traía la comida preparada.

—En cuanto le dije a mi tía que vendría a comer contigo se puso manos a la obra y, con dolor de cabeza incluido, nos ha preparado este cocido con pelotas.

—¿Cocido con qué?

—Con pelotas. Tal cual suena. Así llamamos aquí a las albóndigas.

—Entonces ¿es cocido con albóndigas? ¿Esa mezcla es legal?

—En serio, me dan ganas de estamparte contra una pared, abogado. Cuando lo pruebes me dirás.

—Vale, vale. Luego me acercaré a darle las gracias a tu tía por las molestias. Por cierto, ¿se ha enterado?

—¿Tú qué crees? Aquí las noticias vuelan —dijo mientras sacaba un par de platos hondos del armario—. No necesita ni bajar al bar para enterarse de todo lo que suceda en Mors. A los cinco minutos de llegar yo, la ha llamado por teléfono Remedios, una amiga suya. Se lo ha relatado todo con pelos y señales, la muy hija de puta chismosa.

—Joder —comentó mientras ayudaba a Alicia a poner la mesa—. ¿Cómo se lo ha tomado?

—Psé, no sabría decirte, creo que no lo ha asimilado. Yo creo que el shock por lo del carnicero no le ha dejado darse cuenta de lo que ha ocurrido hoy. Ha actuado con naturalidad, como si nada hubiera pasado. El cartero no le caía nada bien, era un hombre más bien arisco, de muy pocas palabras y muy estúpido la mayoría de veces. Pero de ahí a ni inmutarse... Es algo extraño. Yo creo que ni se está enterando, que su cerebro bloquea todo esto y que no puede asimilarlo.

—¿Y la has dejado sola? —preguntó el abogado mientras mostraba sin tapujos su asombro—. Podrías haberle dicho que viniera.

Alicia rio mientras negaba con la cabeza.

—Conozco a mi tía. Nunca hemos vivido algo parecido, pero sí momentos en los que, por lo que sea, hemos tenido un disgusto bastante grande. Cuando pasa algo así, lo mejor es dejarla sola. Si no, madre mía, se pone insoportable. Ella misma lo reconoce. Así que no me ha tenido que insistir demasiado —admitió sin dejar de sonreír.

Tomaron asiento y empezaron a comer. Además del cocido, Alicia había traído una barra de pan de hogaza con un aspecto suculento. Como no sabía qué tipo de postre podría gustarle a Carlos, había optado por natillas de vainilla, un par de flanes y dos tarrinas de arroz con leche. Todo ello casero y, según le había explicado, salido de las propias manos de su tía.

—Joder —comentó el abogado tras probar una cucharada del plato que le había servido Alicia—, ¡esto está buenísimo!

Carlos había dudado de echarse la primera cucharada a la boca. La verdad es que la mezcla le parecía demasiado rara. En el plato tenía dos albóndigas de tamaño considerable, no como las que él acostumbraba a ver, garbanzos, patatas y hasta una pata de pollo. El sabor no se parecía en nada al cocido que él había comido desde siempre en Madrid, pero desde luego no se quedaba atrás de aquel.

—Si es que, como te he dicho antes, tendría que estamparte contra una pared. ¿Siempre eres de juzgar antes de conocer?

—Sí.

—Pues así te tiene que ir, hijo mío. Mucho dinero y todo lo que quieras pero te falta lo más importante.

—Y, según tú, ¿qué es?

—Pues la capacidad de que te sorprendan, leches. Uno de los dichos de mi tía es que, si dejas de sorprenderte, dejas de vivir.

—Pues sí, puede que tu tía tenga razón. ¿Vives desde siempre con ella?

—Sí, a ver, al menos desde que tengo uso de razón. No llegué a conocer a mi madre, bueno, mejor dicho, no tengo recuerdos de ella. Murió por un cáncer cuando yo tenía solo dos años. Era muy guapa, por las fotos que he podido ver de ella. Mi tía me crio sola. Ella nunca llegó a casarse, por lo que he sido lo más parecido a una hija que podría tener. De hecho, yo la trato como si fuera mi propia madre. No tenemos más familia aquí, ellas son originarias de Santander, por lo que hay que hacer unos cuántos kilómetros para encontrar algún primo mío.

—¿Y tu padre? —preguntó con algo de cautela, sabiendo la propia historia que había tenido él con el suyo.

—Tampoco lo conocí. Mi tía me contó que mi madre se quedó embarazada por error, ella no quería estar con mi padre, por lo que nunca le contó nada. Creo que vive por Sevilla. O en algún sitio del sur.

—¿Nunca lo has buscado?

—¿Para qué? ¿Para decirle: «Hola, soy tu hija, a la que no ves desde hace más de veinte años y de la que no sabías ni siquiera que existía. ¿Me puedes querer como un padre?»? No, en realidad no sabría ni qué decirle y, además, he vivido toda mi vida sin él. Ya me he acostumbrado a no tener una figura paterna en mi vida. No la necesito. Para vosotros, los hombres, es inconcebible que una mujer pueda salir adelante sin un referente masculino. Es típico.

—Oye, que yo no he dicho nada. Además, te recuerdo que yo también me he criado casi sin padre.

—Bueno, Carlos, perdona pero no es lo mismo. ¿Cuánto hace que dices que se fue?

—Dieciocho años.

—Pues ya está, toda tu vida anterior viviste con él. Yo nunca lo vi. Ni me importa, te lo prometo. Para mí, mi tía lo es todo, madre y padre. Y créeme, hacer de todo esto conmigo no es sencillo, nunca he sido fácil de tratar.

Carlos no pudo evitar sorprenderse ante esa afirmación.

—Sí, no me mires así —dijo nada más darse cuenta de la cara que había puesto—. No siempre he sido tan simpática y agradable como ahora. —Sonrió picaronamente—. He causado muchos problemas, era algo rebelde, contestona. Si preguntaras a Ramírez sobre mí, te diría un par de cositas. Pero bueno, todo pasa, mi tía supo tener paciencia conmigo. Me trató con una mezcla de mano dura y rienda suelta muy difícil de explicar, pero gracias a eso logré enderezarme, como dice ella, y hace un par de semanas comencé un grado de psicología por la UNED. Acaban de implantarlos este mismo curso con toda esta historia del Plan Bolonia.

—¿UNED? ¿Por qué a distancia? ¿No prefieres en persona?

—A ver, no te digo que no sería mejor si fuera en persona, claro. De hecho podría haber ido a Alicante a estudiar de manera presencial, pero necesito agradecer de algún modo a mi tía todo lo que ha hecho por mí, por lo que estudio de noche y trabajo de día. Además, ella me pagó la matrícula y los libros. Te caerías para atrás si supieras lo que cuesta todo esto.

—Vaya —comentó Carlos tras beber un sorbo de agua—, no todas las chicas de tu edad están tan centradas como tú.

—¿Centradas como yo? ¿Qué tienes, setenta años?

—¿A qué te refieres?

—A que hablas como un abuelo.

—Joder, tampoco es tan raro lo que te digo. No sé, tenía la idea de que una persona de tu edad estaría más centrada en salir con sus amigas, en los chicos, en pasarlo bien y en esas cosas.

—Madre mía, ¿te oyes? Eres estereotipolandia en persona. ¿En los chicos? Podría ser lesbiana.

Al abogado se le atragantó la cucharada. La verdad es que no había estado fino.

—Yo... —trató de disculparse—. Solo pretendía decir que me has sorprendido. No ponía en tela de juicio tus preferencias ni nada de eso.

—No soy lesbiana. Si te lo he dicho ha sido para darte un ligero corte. Si es que no se puede ser más rancio, macho.

Que no están tan centradas, dice... Ni todos lo de tu edad son tan pedantes ni maniáticos, ¡señor! Me estás poniendo de los nervios con tus manías.

Carlos levantó una ceja ante esa frase.

—¿Te crees que no me doy cuenta de tus fijaciones? —añadió Alicia—. Otra cosa es que no te las diga, pero es que eres la hostia. Por ejemplo, no puedes estar dentro de la casa sin echar la llave. Para sentarte, tienes que agarrarte el pantalón por las rodillas. Cuando te incorporas, siempre lo haces con el pie derecho primero. Antes de echarte una cucharada a la boca, aunque esté fría, como es el caso ahora mismo, tienes que soplar tres veces lo que lleve, ¿sigo?

El abogado no sabía ni qué decir. Era muy consciente de todas sus manías, para eso eran suyas, pero la gente que se solía mover a su alrededor jamás las comentaba con él. Las veían, las acataban y callaban. Así era siempre. Ni siquiera Gala, una de las personas que más lo conocía, se lo recriminaba —al menos en lo habitual—. Quizá fuera el ímpetu de alguien tan joven lo que había llevado a Alicia a hacerlo.

Quizá necesitara más personas como ella a su alrededor, que no dijeran siempre amén a todo. Gente más auténtica.

—No hace falta que contestes —añadió ella al ver la impasibilidad de Carlos—. No pasa nada porque tengas estas peculiaridades. A mí, por ejemplo, nadie me puede tocar las palmas de la manos. Lo que pasa es que a veces te pasas.

—Tomo nota —se limitó a decir antes de soplar tres veces sobre la cuchara.

Alicia no pudo evitar reír.

—Y ahora que te he contado más o menos toda mi vida, cuéntame tú. ¿Por qué no te hablabas con tu padre?

A Carlos no le sorprendió la pregunta, sabía que tarde o temprano la iba a formular.

—Es sencillo, él desapareció un día. Nos dejó a mi madre y a mí tirados como a perros. Me costó varias sesiones de terapia poder asimilar que no había sido mi culpa que él se marchara, que el único culpable había sido él.

—¿Te sentiste culpable?

—Sí. No paraba de pensar en si había hecho algo mal, si había sido un mal hijo. Yo era tu némesis, ¿sabes? Era aplicado, nunca contestaba, había recibido una educación exquisita y se podría decir que era lo que se suele llamar el hijo perfecto. Luego no podía entender qué había hecho mal para que mi padre se fuera. Pasé cerca de un año con este sentimiento, mezcla de duda y de culpa. Fue entonces cuando me volví un poco como comentas que tú eras. Un rebelde sin causa. Hasta que mi madre me pagó una terapeuta que me ayudó a comprender la verdad. Mi padre se había marchado por su propia voluntad. Si nos abandonó fue porque quiso. No por mi culpa.

—Y eso te hizo generar un odio que te ha durado hasta hoy.

—No, eso solo fue una parte. Mi madre entró en una depresión y nunca pudo salir de ella. Dejó de comer y enfermó en repetidas ocasiones. Cuando no tenía una cosa, tenía otra. A los dos años, dos meses y dos días de su marcha, ella murió. Esto sí me hizo odiar a mi padre. Mi madre se puso así por su culpa, mi madre murió por su culpa. Aquí me importaba tres pares de narices lo que me dijera la terapeuta. Fue su culpa. Punto.

Alicia no dijo nada, solo miraba a Carlos de manera tierna. Enseguida comprendió que puede que compartieran más de lo que pensaban. Ambos sentían el dolor de la pérdida de los progenitores. Ella ni los pudo conocer, él sí, pero vio a los dos marchar. No sabía cuál de las dos historias dolía más.

El rostro de Carlos había cambiado. Había perdido parte de esa seguridad que parecía tener siempre, hasta cuando estaba asustado, como hacía dos noches en casa del carnicero. Puede que hiciera muchísimo que no se abriera a nadie de aquella manera, puede que lo llevara enquistado y necesitara sacarlo. En cualquier caso se alegraba de que lo hubiera hecho.

—¿Has pensado alguna vez que la fecha en la que murió tu madre fuera el inicio de tus obsesiones? —preguntó de repente la joven.

—¿A qué te refieres?

—A la exactitud. Dos años, dos meses y dos días. Puede que eso te hiciera generar algo en tu cabeza que sintiera esa necesidad de tenerlo todo controlado al dedillo, con exactitud.

—¿Me estás examinando? ¿Es esto lo que te enseñan en la carrera? —preguntó riendo.

—No. Bueno, sí, pero no es a lo que me refiero. —Ella también rio—. Es que es de lógica.

—Pues te equivocas. De pequeño tenía tres colecciones de cómics ordenadas por año de publicación y en orden alfabético. Tenía una ropa preparada para cada día, que yo mismo elegía los domingos por la noche. Pedía a mi madre que me sirviera la pasta con medio bote justo de tomate frito. Podría seguir, pero como verás, siempre he sido un bicho raro.

La joven comenzó a reír.

Ya habían terminado de comer, ahora tocaba el postre.

Hacía mucho que no se sentía así de bien.

Carlos igual.

21

Lunes, 12 de octubre de 2009, 16.04 h.
Alicante. Dependencias forenses

Nicolás daba vueltas nervioso en el distribuidor que había frente al ascensor y que daba acceso a todas las dependencias del IML de Alicante. Alfonso y él ya se habían ataviado con los trajes quirúrgicos que el servicio ofrecía sobre una mesita metálica que había en la entrada de la sala de autopsias. Al inspector Valdés se le veía la angustia reflejada en el rostro. Intentaba disimularla, pero era tan evidente que le resultaba imposible. Además, los constantes resoplidos no ayudaban a ocultarla. Alfonso lo miraba sin pestañear. No es que él no estuviera nervioso por lo importante del caso, solo que él sabía tomarse las cosas de otra manera y, por lo habitual, no dejaba que lo afectaran demasiado. Era solo trabajo. ¿Se consideraba peor policía por pensar así? En absoluto, lo daba todo en cada caso que participaba, pero no por ello iba a dejar que las muertes que presenciaba lo comieran por dentro. Sobre todo teniendo en cuenta que tendría que asistir a algunas de las que de verdad dolían si tenías sentimientos. Con esas ya no sabría cómo iba a reaccionar. Llegado el momento, vería. Tenía el teléfono en modo vibración para no molestar, así que cuando notó que el aparato se movía como loco en su bolsillo lo sacó.

—Gutiérrez —dijo nada más pulsar el botón verde y colocarlo en su oreja—. Ajá, sí... ¿Confirmado? ¿Y eso me lo pueden...? Sí, pregunte por mí en comisaría y lo deja encima de mi mesa, está al fondo. Son las únicas dos que están encaradas una frente a la otra. En un rato le echaré un ojo. Gracias por su ayuda, me ha servido de mucho.

Colgó a la vez que empezaba a maldecir en un tono inaudible para el ser humano.

—No te lo vas a creer, era el grafólogo externo que colabora con nuestra comisaría.

Nicolás enarcó una ceja antes de preguntar.

—¿Ha trabajado hoy? Joder, pero ¿no es fiesta?

—¿Tú estás trabajando? ¡Y yo qué cojones sé! Digo yo que esto lo podrá hacer en su puta casa y lo habrá hecho. Lo que importa es que ya tenemos los resultados. Los del Registro Mercantil han enviado los datos de creación de la empresa y los de Científica han corrido para enviárselos al grafólogo.

—¿Confirmamos entonces que la empresa sí es de Fernando Lorenzo?

—No, confirmamos que nos están tomando el pelo. Las firmas no coinciden. Al parecer son como el blanco y el negro. De igual manera se ha hecho el análisis, ya que hay gente que la cambia a lo largo de su vida por los motivos que les salgan de las pelotas. Nada, los trazos son diferentes. Además, Fernando era zurdo, y la persona que ha falsificado esos documentos, al parecer, diestra. El grafólogo se ha tomado la libertad de comparar esa firma falsa con la nota que tú le enviaste hace unos días y dice que la forma de los trazos coincide. Fue el asesino el que registró la empresa a nombre de Fernando Lorenzo.

—Joder. ¿Y ahora?

—Ahora nada. Te juro que no me explico cómo en el Registro Mercantil son tan inútiles, macho. No me puedo creer que aceptaran una constitución de empresa cuando las firmas ni siquiera coincidían entre ellas.

—Pues o quien lo hizo sabía que no iban a comprobarlo, o nuestro asesino es muy listo para unas cosas y estúpido para otras, aunque ahí ha tenido suerte. Pero lo que verdaderamente me preocupa es que se esté tomando tanta molestia a la hora de realizar estos actos. Joder, tío, ¿esto no se nos queda algo grande a nosotros dos? Que acabamos de llegar como quien dice y tenemos a un jodido psicópata tocándonos las narices.

—Oooootra vez, Nicolás. Madre mía con la cancioncita. ¿Crees que al resto de los inspectores no?

—No lo sé. Puede ser que no. Pero para estos casos envían a los de Homicidios y Desaparecidos de Canillas, ¿no? Que se ocupen ellos, tío. Imagínate que no somos capaces de seguirle la pista y acaba cometiendo una masacre.

—Entonces ¿vuelves a admitir que tenemos a un asesino en serie?

—No. Digo que el suicidio y el primer asesinato sí están relacionados. El segundo, no lo sé. Pero solo por los dos primeros casos ya está demostrando una psicopatía clara. ¿En serio ha buscado la misma arma, con la misma procedencia y con la misma munición que utilizó Alfredo Galán solo por imitarle? ¿En serio se ha molestado en crear una empresa, a nombre del primer fallecido, que ha mandado a tomar por culo solo para poder comprarla sin rastro? Tío, es un jodido psicópata. Actúa como un psicópata. El segundo no ha sido tan meticuloso. No es él.

—Vale, que sí. Lo entiendo. De todos modos los de Canillas solo entran en el caso si nuestro comisario se lo pide, Nicolás. ¿Quieres dar lugar a eso? ¿De verdad te sientes tan inútil? Te lo he dicho varias veces, te vas a quedar marcado de por vida como ese inspector que se quitó de encima un caso a las primeras de cambio. ¿Quieres eso?

—No lo sé. No sé nada, mierda.

—A ver, tranquilízate. Te conozco. Si alguien puede arrojar algo de luz sobre esto eres tú. Es solo que tienes que calmarte y creer más en que puedes. Y no me hagas decirte todas estas mariconadas porque sabes que no van conmigo.

—Vale, vale. Lo siento. Intentaré centrarme.

Ambos se quedaron un rato mirando hacia la puerta de entrada a la sala de autopsias.

—Aquí, lo único claro es que se está riendo de todos. Qué mala hostia me entra —comentó Alfonso pensando en voz alta.

—Mirémoslo por el lado positivo. Ahora al menos sabemos que la persona que buscamos es diestra, según el grafólogo.

—Qué bien. ¿Y eso es bueno? Me tranquiliza mucho saber que a ese pobre hombre le han sacado las tripas rajándolo con la mano derecha, claro, porque con la izquierda cambia todo y no podríamos localizarlo nunca.

—Joder, Alfonso, luego soy yo el que le saca peros a todo. Yo sí lo considero algo positivo, creo que cada dato que tengamos nos podría acercar un poco más él. Luego no me vengas a mí con la historia de que me crea un poco más lo que hago. Esto es un poco como el juego ese de las caras que había cuando éramos pequeños.

—¿El *Quién es quién*?

—Ese. Es un poco ir bajando las fichas de los que no coinciden con nuestro perfil. Con el tiempo solo quedará una en pie y: *game over*.

—Visto así... El problema que veo yo es que tenemos demasiadas fichas, como tú las llamas. Ni siquiera contamos con un cerco estrechado. Pensamos que podría ser alguien del pueblo, pero ¿y si no lo fuera?

Nicolás sopesó las palabras de Alfonso. Con lo que tenían era imposible asegurar este dato a ciencia cierta.

—No lo podemos confirmar, pero si no lo fuera sería muy complicado que hubiera dejado estas notitas, por no hablar de los recuerdos que se llevó de los dos primeros escenarios y mandó al hijo de Fernando. Tiene que conocerlo de alguna manera.

—Y ahora volvamos a la teoría de los dos asesinos. No te digo que me repitas lo de antes, sino que me digas qué piensas si supiéramos con seguridad que tenemos a dos homicidas actuando en un lugar tan pequeño.

—Es que así como me lo planteas suena demasiado inverosímil. Pero en caso de ser cierto, estaríamos doblemente jodidos, claro. De todos modos sigo pensando que no es tan malo que un asesinato esté tan alejado del otro en cuanto a *modus operandi*. El segundo parece más impulsivo, como si fuera cometido por un homicida desorganizado.

—¿Otra vez la filosofía Robert Ressler?

—No, en serio. Lo veo así. El primer asesinato es de un perfil claramente organizado. Ya lo hemos visto con todo lo de la empresa, la pistola y tal. El segundo se deja llevar y lo hace todo de una forma más alocada. Le corta el cuello y luego le abre la barriga, como si necesitara ensañarse con él. Como si lo odiara por algo. Parece más pasional.

—Un momento, no me estarás diciendo que piensas que la mujer...

—No digo nada, Alfonso. Solo faltaba. Pero no podemos descartar nada. Puede que no sea mala idea averiguar qué hacía este hombre cuando su mujer se iba a cuidar a su madre. Puede que así resolvamos esta parte pronto.

Oyeron un golpeteo de nudillos desde el otro lado de la puerta. El forense les reclamaba.

—¿Pasamos?

Alfonso asintió.

Ambos lo hicieron.

En la mesa de autopsias, como suponían, el forense los esperaba al lado del cadáver del cartero. A pesar de que no parecía haber empezado con el examen interno, la gran laceración de su abdomen hacía parecer que así era. Nicolás se quedó mirándolo fijamente. Exceptuando el charco de sangre que había bajo la víctima y la posición de los brazos, la imagen era muy similar a lo que se habían encontrado en el escenario del crimen. El ambiente era algo más frío de lo normal. Nicolás comprendió enseguida que, al estar el cadáver en semejantes condiciones, el frío ayudaría a evitar un poco el olor nauseabundo que desprendían sus entrañas.

De igual manera, antes de acercarse, ambos se echaron un poco de bálsamo de eucalipto debajo de sus fosas nasales de un tarro que había justo en la entrada de la sala. Habían aprendido la lección.

—Buenas tardes, doctor Legazpi. Haga el favor de darme alguna buena noticia.

—Buenos tardes, inspectores. La buena noticia es que es el día de la Virgen del Pilar y yo solía irme con la familia de mi mujer a comer a una montaña cercana que hay aquí y, gracias a esto, no lo he hecho.

—Lo sentimos —dijo Nicolás a modo de disculpa—, pero pensé que retrasar la autopsia, al ritmo de muertes que llevamos, no habría traído nada bueno.

—No, no. Si lo digo en serio. Es una buena noticia. La familia de mi mujer es repugnante, me han evitado tener que soportar a mi cuñado con el palillo en la boca arreglando el país mandando al paredón a todos los políticos. O haciéndolos no cobrar hasta que se pusieran de acuerdo en algo. También me han evitado el ardor de dos días por la comida de mi suegra. Les debo la vida. Mi jefe me preguntó si no me importaría venir y no lo he pensado. Gracias.

Nicolás y Alfonso sonrieron ante este comentario. Algo

de humor no venía mal para rebajar un poco la tensión propia del momento.

—Por lo demás, la entrega del cuerpo se ha retrasado algo más de lo previsto, no sé qué lío han tenido de papeles y no he podido ponerme hasta hace cinco minutos. Solo he tenido tiempo de fotografiarlo con el sudario, luego con él fuera, y de quitarle la ropa. Me ha costado un poco porque algunos tejidos se habían adherido a la sangre y, al haberse secado, pues ya me entienden. He hecho una inspección ocular preliminar en busca de algún indicio claro adherido en el cuerpo y ha sido negativo. Después lo he vuelto a fotografiar. Iba a lavar el cadáver en cuanto el doctor Gálvez llegara, que debía haber sido hace cinco minutos. Pepi no está hoy, como verán. No sé si lo saben, pero, al menos en este IML, a los auxiliares no se les paga ni una sola hora extra. Aunque sé que si se lo hubiera pedido, hubiera venido, pero también puedo apañármelas solo.

Casi no le había dado tiempo a terminar la frase cuando apareció el otro doctor por la puerta. Entró como una exhalación a la vez que se colocaba una bata de color verde.

—Perdón por el retraso, me he entretenido más de la cuenta en casa. Mi mujer casi me mata cuando le he dicho que no iba a estar con su hermana y mi cuñado. No saben de la que me han librado.

—Mira, otro —comentó Legazpi riendo claramente.

—Ya he leído comiendo el informe preliminar del forense de guardia —dijo Gálvez al mismo tiempo que terminaba de prepararse—. ¿Lavamos el cuerpo?

El doctor Legazpi asintió. Acto seguido comenzaron con el lavado del cadáver. Nicolás y Alfonso observaban pacientes durante este proceso. Una vez hubieron acabado y tras una nueva oleada de instantáneas tomadas por el doctor Gálvez, el doctor Legazpi puso en marcha la grabadora y comenzó a hablar.

—Expediente 155676... —Paró la grabadora de golpe—. Esto no lo puedo grabar, pero si no lo digo reviento. Esto es muy raro, pero esta víctima no corresponde al mismo asesino. El *modus operandi* es totalmente opuesto. El otro fue un homicidio, por llamarlo de algún modo, limpio. Esto ha sido obra de alguien que está muy enfadado.

—Eso mismo pensamos nosotros —comentó Nicolás—. Así, en un primer vistazo, ¿no hay nada que le recuerde a la anterior muerte?

—No. He apagado la grabadora porque no se nos permite hacer conjeturas, nosotros vamos a lo que vamos y listo. Nuestro trabajo acaba en lo estrictamente médico, pero aplicando psicología criminal, le diré que esto es prácticamente imposible.

—Eso es lo que nos desconcierta, doctor. El otro homicidio fue orquestado por alguien frío, calculador, metódico... este parece obra de alguien que ha actuado en caliente, llevado por un impulso, sin ningún tipo de cuidado.

—Se lo voy a decir sin miramientos, doctor —intervino Alfonso—. Nicolás piensa que podría haber sido su mujer en un arrebato de ira.

El doctor caviló sobre esto.

—No suena tan mal. Incluso si fuera la mujer concordaría con algo a lo que llevo dándole vueltas un rato.

—¿A qué, doctor?

—A esto, miren. —Se acercó hasta el cuerpo y señaló el abdomen de la víctima—. ¿No se han preguntado cómo pudo hacer esta laceración? Es difícil emitir un juicio tan pronto, pero miren estas marcas. —Señaló con su índice el comienzo superior de la herida—. Se dividen en cuatro con una separación exacta entre ellas. Eso no se ha hecho con un cuchillo o similar, la separación entre las hendiduras es demasiado perfecta. El problema es que la piel arrancada se ha mezclado con... Bueno, ya lo ven. El doctor Gálvez y yo tendremos que hacer aquí maravillas para separarlo todo y analizar los jirones arrancados. Pero a lo que voy es la marca en sí, cómo comienza.

—Parece algo así como un rastrillo. No demasiado grande, claro —comentó Alfonso.

—Correcto, podría ser incluso uno de esos rastrillitos que se usan en jardinería. Pero miren esto. —Se acercó hasta la cabeza y señaló el cuello—. La herida del cuello también presenta la misma marca, pero solo se aprecian dos hendiduras. Puede que solo le enganchara con media arma porque la forma es idéntica y apostaría a que se ha hecho con la misma.

—La víctima no tenía jardín en casa, por lo que hemos visto —comentó Nicolás—. Pero, según recuerdo, la vivienda sí tenía algunas plantas de tamaño considerable.

—Por lo que puede que la persona que lo mató no tuviera que irse muy lejos para tomar un arma —añadió Alfonso.

—Por lo que podría haber sido producto de una discusión y que el asesinato no haya sido premeditado —completó Nicolás.

—Por lo que sí, podría ser la mujer porque ella sabría dónde estaba ese rastrillo —sentenció el forense—. Puede que discutieran y se le fuera de las manos.

—Ojalá sea así —dijo Nicolás esperanzado—. No deseo que sea la mujer, claro, pero no estaría mal quitarnos este homicidio de en medio rapidito. Quiero centrarme en el otro, que pinta mucho peor. Por favor, doctor, proceda con lo que iba a hacer.

Legazpi asintió. El médico comenzó a realizar su trabajo con la ayuda del otro forense.

Nicolás miraba expectante. No sabía si estaba en lo cierto o no, pero había algo que lo mantenía inquieto, como si necesitara de manera desesperada una confirmación por parte de los forenses que le dijera que estaba en lo cierto y que había sido la mujer del fallecido. Alfonso, en cambio, parecía más tranquilo.

Nicolás se preguntaba a veces si solo se trataba de una pose o en realidad conseguía llevar todo aquello con la frialdad que aparentaba. En ambos casos, el inspector Valdés lo envidiaba: él era incapaz de contener sus emociones en aquellos momentos. Y sus emociones no eran precisamente positivas.

El médico empezó primero con la búsqueda de restos bajo las uñas de manos y pies. Un proceso al que llamaban hisopado subungueal y que comenzó cuando le quitaron las bolsas protectoras que solían poner en esa zona para que no se perdiera ningún indicio que pudiera haber. Al no encontrar nada, supieron que no pudo defenderse. Más tarde, con una lupa de grandes dimensiones que empujó desde una esquina de la habitación en la que estaba apartada, comenzó a mirar desde abajo hacia arriba cada rincón de la parte frontal del cuerpo del fallecido. Tanto Nicolás como Alfonso supieron que era para buscar cualquier rastro no visible en la primera inspección ocular, como pequeños hematomas u otras heridas que pudieran tener relevancia en el caso.

Se detuvo en varias zonas del cuerpo para mirar más a fondo, pero al parecer no halló nada de importancia para el caso. Al no encontrar golpes evidentes se podía presuponer que la agresión había sido por sorpresa. Nicolás lo imaginaba como un ataque inesperado directo al cuello que acabó con su vida en cuestión de segundos, para luego ensañarse con el abdomen una vez la víctima estaba inerte en el suelo.

Después tocó el turno a los orificios. Primero, el ano. Luego, los oídos. Más tarde, le tocó el turno a la nariz. Nada. Por último, la boca.

Al abrirla, el doctor abrió sus ojos casi tanto como esta lo estaba.

Ambos inspectores, de manera instintiva y sin pensarlo, se acercaron todo lo que pudieron hacia donde estaba el médico forense, que ya parecía recuperarse del momentáneo shock.

—Señores... —logró decir este con cierta dificultad—. Tengo una mala noticia que darles. Aunque escape a toda lógica, me temo que sí se trata del mismo asesino que actuó hace dos días y que, además, le quitó los ojos al hombre que se suicidó. Pueden comprobarlo ustedes mismos.

Ambos se asomaron a la boca. No era un indicio que les asegurara al cien por cien lo que el doctor les acababa de decir, pero aquello dejaba poco lugar a las dudas y parecía que no estaba equivocado.

Sí, tenía que ser él. Los detalles de la muerte anterior no habían trascendido todavía a la prensa, por lo que era imposible que otra persona supiera esto aún.

Tanto si era una sola persona la que había realizado el acto, como si eran varias compinchadas, estaba claro que ambos asesinatos tenían relación.

Al cadáver del cartero le faltaba la lengua.

22

Lunes, 12 de octubre de 2009, 16.51 h.
Calle de Mors

Carlos llevaba un buen rato dando vueltas por el pueblo. La temperatura no era tan alta como en días anteriores, pero esto no importaba ya que la sensación térmica molestaba al abogado. El sol acababa de empezar a ladearse ligeramente pero, aun así, todavía estaba en el punto más alto y céntrico del cielo, haciendo casi imposible encontrar una sombra en la que guarecerse a esas horas. Alicia hacía tiempo que se había marchado a su casa a descansar un poco y a comprobar el estado de salud de su tía. Carlos no había querido ir a ver cómo estaba por expreso deseo de la muchacha. El argumento de la necesidad de soledad lo convencía. Él también necesitaba estar solo en esos momentos.

Dudó seriamente en si salir a pasear o quedarse encerrado en la casa. La sensación de que las paredes empezaban a aprisionarlo decidió por él y no dudó en hacer lo primero. Si bien era cierto que entre sus costumbres —por no llamarlo de nuevo manías— en su vida diaria no se encontraban los paseos, reconocía que esto no lo estaba disgustando demasiado. Es más, le agradaba la sensación que le otorgaban estos recorridos por el pueblo. Le ayudaban a pensar con algo más de claridad. Ya no había duda alguna de que estar pasando esos días en ese pueblo lo estaba cambiando por dentro. No supo si a mejor o a peor, pero el cambio ya era evidente.

Dio vueltas sin sentido por las calles de Mors. Todavía no conocía muy bien su trazado, pero más o menos sabía moverse fijando referencias. Se orientaba gracias a lugares tales como la plaza del ayuntamiento, la casa de su padre o la propia carnicería —cerrada, como era lógico, desde hacía unos días.

A pesar de la supuesta paz que sentía en estos paseos, de su cabeza no podía sacar lo que estaba sucediendo. Tampoco es que fuera tan extraño no poder hacerlo. Además, no solo era eso. Por si el cambio interior no fuera poco, su vida, en general, también había dado un giro de ciento ochenta grados. No recordaba cuándo fue la última vez que había estado más de dos días sin pisar su oficina —sin contar algún viaje de trabajo—. A su mente acudían los innumerables domingos que había pasado encerrado en ella hasta las tantas de la madrugada, trabajando duro en casos complicados que requerían de todo su esfuerzo. Casos que, gracias a esa propia lucha, había ganado casi sin despeinarse, incluso cuando todo apuntaba en contra de su defendido. Y ahora ni siquiera recordaba qué llevaba entre manos cuando recibió la maldita llamada que en ese momento le hacía estar andando por aquel pueblo.

Al menos sabía que, con Gala al frente, su negocio estaba en buenas manos. Hacía tiempo que la había nombrado socia del bufete, pero no porque se acostaran juntos. No creía sentir nada por ella, por lo que esto no influyó. Si lo hizo fue por su brillantez como abogada. No lo reconocería nunca por orgullo propio, pero sabía de sobra que ella era mejor que él, que tenía algo que muy pocos tenían. Un algo que antiguos abogados de Madrid decían que poseía su padre y que hacía que él tuviera que apretar fuerte los puños cada vez que se lo recordaban.

Fuera como fuese, ahora estaba allí, en un pueblo perdido de la mano de Dios y con un asesino o dos sueltos que se estaban cargando, al parecer, personas que compartían algo con su padre. Genial todo.

Continuó andando. Apenas había gente con la que cruzarse. Al final iba a ser verdad eso de que estaban huyendo del pueblo. Carlos tenía ganas de explicarles que, si no tenían nada que ver con su padre, no les iba a pasar nada, pero claro, ni él mismo sabía esto a ciencia cierta.

Justo cuando pasaba enfrente de lo que parecía ser una tienda de fotografía —pues un prominente cartel de Kodak la delataba—, tuvo que dar un paso atrás porque estuvo a punto de chocarse con un hombre de grueso bigote. Aunque el bigote no era lo único grueso en él, ya que parecía gustarle el buen comer.

—Disculpe, casi le arrollo, no sabía que pasaba alguien —se excusó el hombre con una de las voces más graves que había oído Carlos en su vida.

—No se preocupe, yo también iba a mis cosas.

El abogado desvió su mirada hacia la maleta que llevaba el hombre en la mano.

—¿Usted también se marcha? —quiso saber el madrileño.

—Como para no hacerlo, este pueblo está maldito. Me voy a Callosa de Segura, a casa de mi hermana. Pero... usted no es de aquí, ¿verdad? Yo le conocería...

—No, no lo soy, estoy de vacaciones en el municipio.

—Pues vaya momento, hijo. Váyase ya de aquí. Si yo fuera usted, hubiera salido por piernas.

—De hecho, lo va a hacer...

—Sí, tengo una familia, tengo hijos, tengo una nieta de apenas cinco meses, no quiero que nos pase nada. —De repente se paró y comenzó a mirar a Carlos como si lo conociera de algo—. Su cara me suena, mucho. ¿No nos hemos visto antes? —añadió mientras entrecerraba los ojos y acercaba su rostro para ver más de cerca.

Carlos decidió contarle la verdad, total, muchos en el pueblo ya lo sabían.

—Mi padre vive aquí. Bueno, vivía, murió hace unos días.

El hombre se puso blanco.

—¿E... eres el hijo de Fernando? —preguntó tragando saliva.

—Sí... ¿Ocurre algo?

—Hijo, si me permites un consejo, huye, cuanto antes. Vete de aquí si quieres seguir viviendo.

Sin más, agarró la maleta y comenzó a andar con prisas hacia su coche. Carlos lo miraba totalmente perplejo. El hombre echó la maleta dentro del vehículo, como si no pesara nada, y se montó rápido en él.

El abogado salió de su sorpresa y corrió hacia la ventanilla. Comenzó a golpearla con determinación, necesitaba una explicación.

El hombre la bajó un poco. Parecía muy nervioso.

—¿Qué ha querido decir?

—No hagas preguntas, por tu bien. Cuanto menos sepas, mejor. Todos los que lo sabían están cayendo, y yo puedo ser el siguiente.

—Pero ¿a qué coj...?

No le dio tiempo a preguntar más. El hombre aceleró con brusquedad y salió tan rápido con el coche que Carlos se quedó con la palabra en la boca y una cara de no entender nada en absoluto.

Acto seguido y sin darle tregua, el móvil de Carlos sonó. No iba a contestar, pero era Alicia la que lo llamaba.

—No te lo vas a creer —dijo ella desde el otro lado sin preámbulos—, pero creo que sé quiénes son los de la foto. ¿Una cenita en casa de tu padre y lo hablamos?

—Sí... claro... —contestó el abogado sin saber muy bien por qué las cosas sucedían tan rápido y todas juntas.

—Muy bien, a las nueve y media estoy allí. Yo llevo la cena. No te preocupes. Chao.

Colgó sin dejar despedirse a Carlos.

Este se quedó mirando el móvil, todavía atónito por el episodio con aquel hombre e intentando asimilar la llamada de Alicia.

Quizá por esto, no pudo darse cuenta de que unos ojos lo observaban sin apenas pestañear.

17.22 h. Alicante. Comisaría

A Nicolás y a Alfonso no les dio casi tiempo a entrar en la comisaría.

Nada más poner un pie en ella, una agente les informó que el inspector jefe quería verlos de inmediato en su despacho.

Entraron con miedo a que les cayera algún chaparrón. La cara que tenía Montalvo no indicaba que no fuera a ser así.

—Siéntense.

Lo hicieron. No tardó en hablar.

—Tenemos dos muertes y un suicidio en un mismo pueblo. Me ha sido imposible detener a la prensa en esta ocasión y los medios ya se están empezando a hacer eco de la noticia. He intentado convencerlos de que han sido accidentes fortuitos, pero en ese puto pueblo la gente tiene la lengua demasiado suelta y han largado que son asesinatos. Mañana saldrá en el *Información*, en *La verdad* y en *Las provincias*. Esto sin contar las televisiones locales, autonómicas y puede que nacionales que seguro que también querrán informar. Tengo a los de prensa trabajando a toda leche para ofrecerles una versión *light* de lo que está pasando, pero todos sabemos que no se van a detener aquí. ¿Saben qué significa esto? Que desde arriba quieren mis huevos. Y miren ustedes por dónde que, si se los llevan, no se llevarán solo dos, se llevarán seis. No sé si me comprenden.

—Pero... —intentó decir Alfonso.

—Ni peros, ni hostias —continuó con la reprimenda—. Confié en ustedes en vez de poner a mis mejores hombres tras el caso. Más en concreto, confié en usted —dijo mirando a Nicolás—. Todavía no tengo un resultado sólido sobre la mesa, solo conjeturas de mierda que no llevan a ninguna parte. ¿Quieren que le presente conjeturas al comisario a ver qué nos dice? Estoy muy decepcionado. Y encabronado. Como no me traigan resultados a la de ya, quedan fuera del caso. Y si quedan fuera del caso, no esperen ninguno más que pase de la envergadura del robo en una frutería.

Ambos se pusieron blancos.

Alfonso se dispuso a hablar para contar lo que habían averiguado en el forense pero Nicolás le dio una patada.

—Entendido. Ahora, si nos disculpa, volvemos al trabajo. Le traeremos resultados —dijo este último.

—No, Gutiérrez vuelve al trabajo, usted se queda. Quiero hablarle a solas.

Ambos inspectores no pudieron evitar mirarse. Nicolás indicó con la mirada a su amigo que saliera.

Obedeció.

Ya solos los dos, el inspector jefe se levantó de su asiento y fue directo hacia la cafetera de cápsulas que tenía encima de un mueble marrón claro, de aspecto simple.

—¿Café? —le ofreció.

—No, gracias.

Metió una cápsula y esperó a que el producto estuviera preparado tras el ruido infernal que emitía el aparato.

—El café es una mierda, a mí me gusta recién molido, ¿sabe? Pero no tengo tiempo para eso, por lo que me tengo que tragar esta porquería. Soy capaz de tomar unos diez al día.

Llámeme adicto, no me importa, pero sin esos diez cafés no soy capaz de levantar un brazo. Y últimamente necesito mucha fuerza, no sé qué está ocurriendo en este jodido mundo.

—Con el debido respeto, no creo que me haya detenido aquí para hablar de café y de lo mal que está el mundo, inspector jefe.

—No. Nicolás —el inspector levantó una ceja al escuchar su nombre y no su apellido—, usted no está bien.

—¿A qué se refiere? —contestó intentando mantener el tipo a sabiendas de que no podría.

—Mire su cara, joder. Parece un muerto viviente. Desconozco hasta qué punto descansa, allá usted con lo que hace fuera de la comisaría, pero, una vez dentro, usted es responsabilidad mía. No puedo tener a alguien ocupándose de este caso estando como está. Y no solo es eso. Siempre tiene cara de angustia, como si la situación le quedara grande. No le pido que disfrute del caso, nos exigen cero empatía con lo que sucede a nuestro alrededor y, coño, somos personas. Pero creo que lo que le sucede no tiene nada que ver con la empatía. Creo que le recuerda demasiado a lo que ocurrió hace unos años. Séame sincero.

Nicolás notó que su corazón bombeaba a más ritmo del que estaba acostumbrado. Sabía que su rostro no era el mejor estos últimos días, pero desconocía hasta qué punto era evidente. Puede que su jefe tuviera razón y él no estuviera bien. Apenas dormía por las noches y el constante estado de tensión le estaba comenzando a agotar psicológicamente. Decidió respirar y no ocultar lo que en realidad sentía.

—Sí, no se lo puedo negar. No estoy bien. Ya hemos hablado demasiadas veces de esto y creo que soy capaz de llevar el caso adelante, pero me cuesta un poco más debido al flujo de imágenes constantes que vienen a mi cerebro. Pero quiero llegar hasta el final, sé que soy capaz de atrapar a ese hijo de la gran puta.

Montalvo respiró hondo y quedó pensativo.

—Igual que usted ha sido sincero, yo lo seré con usted. Le di este caso porque pensé que sería una gilipollez, pero a medida que ha ido creciendo, ha crecido mi confianza en usted. Tiene algo, no sé qué coño es, pero tiene algo que despierta en mí una sensación de seguridad. Ese algo me hace pensar que sí, que llegará hasta el final. No querría sonar prepotente, pero me recuerda mucho a mí, cuando comencé con esto, ¿sabe? Decían de mí que tenía perspectiva, algo que otros no. No tardé mucho en conseguir este puesto, pero ahora me ocupo más de trámites burocráticos y de poner la cara en los medios que de resolver casos. La acción para mí pasó a un segundo plano. No quiero que le cuente esto ni a su compañero, pero en pocos días he descubierto que podría usted ser uno de mis mejores hombres. No quiero decir que el mejor por respeto a policías que conozco desde hace muchos años. Le parecerá que va lento, pero otros, en su lugar, hubieran tardado semanas en descubrir lo de Galán. Tiene intuición, utilícela. —Hizo una pausa—. Pero ahora queda un inconveniente: su estado. No puedo permitir que continúe así dentro del caso, por lo que, si quiere seguir con él, no me queda más remedio que pedirle que visite a una persona.

Nicolás enarcó una ceja, se temía lo peor.

—Supongo que el nombre de Laura Vílchez le sonará.

Nicolás sintió cómo el corazón ya no daba más de sí. Y tanto que le sonaba.

—Por su rostro veo que sí —continuó—. Laura se encargó de usted cuando sucedió aquello. Según me han contado en su antigua comisaría, entró destrozado a su consulta y salió siendo otra persona. No sé si será el destino o no, pero ella ahora vive aquí, en Alicante. No creo en las señales, pero está claro que la tiene que visitar. Y más si quiere seguir en la investigación. En el caso contrario y aunque me joda, tendré que asignárselo a otro inspector. Lo peor de todo es que si lo hago y elaboro un informe de por qué he tomado esta decisión, es muy probable que lo dejen fuera de la UDEV.

Nicolás resopló, malhumorado.

—Vamos, que no tengo opción —dijo sin dejar de respirar hondo.

—No.

—Está bien, veré a Laura. Usted gana.

—No se trata de ganar o perder. Se trata de que lo necesito al cien por cien. Me he permitido el lujo de pedirle una cita mañana mismo, a las doce del mediodía. Trate de sacar algo positivo de esa visita. Ahora váyase y trabaje en lo que hayan averiguado. Como siempre, cuénteme.

—De acuerdo —dijo resignado y a modo de despedida.

Salió del despacho de su jefe con ganas de pegar un puñetazo contra uno de los cristales que revestían la parte superior de ese despacho, pero decidió dejar sus nudillos intactos, al menos por el momento.

Fue directo a su mesa, indignado pero, por otra parte, con cierto halo de positivismo por las palabras de su jefe. Sabía de buena tinta que dos de los inspectores veteranos se encontraban ahora sin caso al haber detenido al peligroso ciudadano italiano, por lo que si su jefe seguía contando con él, era por algo.

Al llegar se encontró a Alfonso leyendo el informe que le había dejado el grafólogo.

—Impresionante, si es que no hacía falta tener estudios en esto para saber que son dos personas distintas, coño —dijo este sin levantar la vista del informe.

Nicolás negó con la cabeza. Ya nada le sorprendía, por desgracia, dado el festín de tretas que había desplegado el homicida.

—Por cierto, ¿cómo ha ido ahí dentro?

—Te puedes imaginar. Pendemos de un hilo. —El inspector prefirió guardarse para él la conversación que acababa de tener con Montalvo—. Me mata que hoy esté todo tan parado. Seguimos sin saber nada de las compañías telefónicas y de la de envíos para el primer paquete, no tenemos ni idea de cómo les va a los de la UDEF con las cuentas bancarias de los dos primeros fallecidos. Ahora, no contentos con eso, añadimos otro nombre a la lista. No van a dar abasto. Es que es imposible. Y, mientras, él sigue ahí, a sus anchas.

—Tío, estoy un poco hasta las pelotas de todo esto. ¿Nos vamos a tomar algo y dejamos por hoy esto zanjado?

Nicolás se debatió durante unos segundos entre hacer caso a su amigo o dedicarle más horas al caso, aunque ya llegara el fin de su turno de día festivo. Tras pensar que poco más podría hacer con el país paralizado, se decantó por la primera.

Optaron por no irse demasiado lejos y entraron en un bar que quedaba bastante cerca de la comisaría. No había demasiada gente en su interior y los que sí estaban hablaban sin mucho entusiasmo entre ellos. Ambos inspectores tomaron asiento en la barra casi junto a la salida del mismo. Nicolás pidió su típico Nestea y Alfonso, al comentarle el camarero que solo tenían Cruzcampo como cerveza, prefirió tomar una Coca-Cola.

—Madre mía —comenzó a hablar Alfonso—, parece mentira lo que nos ha costado sentarnos a tomar algo como dos personas normales.

—¿Por qué crees que cambia de patrón? —soltó Valdés sin hacerle mucho caso.

—Joder, Nicolás, ¿en serio? ¿Ni dos putos minutos podemos hablar sobre algo que no sea el puto caso?

El inspector Valdés no contestó. Solo le mantenía la mirada.

—No lo sé, en serio —respondió Alfonso dándose por vencido, al mismo tiempo que tomaba unos frutos secos que el camarero les había servido junto a la bebida.

—Si lo piensas no tiene sentido. Los psicópatas tienden a

obsesionarse con algo. Y este algo lo llevan hasta el extremo. Lo único que suele observarse en estos casos es un perfeccionamiento de sus técnicas, una evolución, pero no un cambio tan drástico.

—Pues eso demuestra que los manuales no valen para nada, Nicolás. Parece mentira que tenga que explicarte que cada persona es un mundo y que generalizar no es nunca bueno.

—Es evidente que no. Pero en el caso de los psicópatas y asesinos en serie, está más que demostrado. Aquí hay algo que no me encaja.

Alfonso dio un sorbo a su vaso antes de hablar.

—Con todo el cariño, tío. A ti siempre habrá algo que no te encaje. A ti te puede venir mañana el asesino, presentarse ante ti como en *Seven* en comisaría y tú diciendo que hay algo que no te encaja.

—Ese ejemplo no vale, como ves. Si hubieran pensado que había algo que no encajaba en *Seven*, no hubiera acabado así.

—Ese es el problema, Nicolás, que sí habría acabado así. Te recuerdo que lo tenía todo planificado. Pues más o menos es así con nuestro homicida. Ya es mala suerte que aparezca un asesino en serie cada cinco años más o menos en este puto país y nos haya tenido que tocar a nosotros. Manda huevos. Porque descartamos que sean dos personas actuando juntas, ¿verdad?

—Totalmente. La idea de dos asesinos en serie trabajando juntos me parece ilógica. Aquí manda el ego, sería imposible.

—Pues mira qué bien.

Ambos pasaron un rato en silencio, bebiendo de sus vasos y metidos en sus propios pensamientos.

—Tenemos que investigar más a fondo el entorno de todos los fallecidos —comentó Nicolás sin dejar de mirar hacia el frente—. Ahí es donde tiene que estar la clave. Averiguar qué relaciona al cartero con el carnicero y con Fernando

Lorenzo. No me trago eso de que sean muertes al azar. Si lo fueran, la puesta en escena no sería tan elaborada.

—En eso tienes razón. Además, estaremos de acuerdo en que al final, si tuviéramos que tomar un punto de referencia, tendríamos que hacerlo con el hijo de Lorenzo. Él recibió los ojos, él recibió las manos, él recibirá, casi seguro, la lengua. ¿Has puesto la vigilancia?

—Sí, pero servirá de bien poco. Si la persona que lo entrega es un repartidor de una compañía, poco o nada se puede hacer con él. Es un mandado. Además, si el asesino es alguien del pueblo, como vea la más mínima vigilancia cerca de la casa del abogado, se andará con pies de plomo. Estúpido ya ha demostrado que no es.

Alfonso asintió. Tenía ganas de que llegara el día siguiente para que todos los departamentos empezaran a funcionar con normalidad. Había demasiado que averiguar y el tiempo cada vez corría más deprisa.

23

Lunes, 12 de octubre de 2009, 21.06 h.
Mors. Casa de Fernando Lorenzo

Carlos abrió la puerta nada más oír el sonido del timbre. Esperaba ver a Alicia, y a Alicia se encontró. Esto podría parecer una tontería, pero con la de sorpresas que se estaba llevando últimamente, agradeció no tener ningún sobresalto. Igual que al mediodía, esta llevaba un par de bolsas de plástico con la cena preparada.

Ambos se saludaron y, sin decir nada más, pasaron directos a la cocina. Lo dispusieron todo para cenar.

Alicia había traído dos ensaladas con lechuga, atún, cebolla, queso en dados y maíz dulce.

—Parecemos una pareja de casados, pero en verdad no te conozco y no sé qué te gusta —dijo nada más sacar las ensaladas de la bolsa y colocarlas sobre la mesa.

Carlos sonrió levemente.

—¿Hoy no me traes ninguna comida típica de por aquí?

—A ver, que vamos a cenar. No querrás meterte otro cocido entre pecho y espalda, que luego no hay quien duerma.

—Esto ya está bien, me gusta comer sano siempre que puedo.

—¿No puedes hacerlo siempre?

—Por mi trabajo no. Bueno, los mediodías. La mayoría de ellos acabo comiendo cualquier mierda del bar que hay debajo de mi despacho en cinco minutos. Al menos las cenas sí las respeto. Pero no creo que la comida sea el tema estrella de la conversación de hoy, ¿no?

Alicia asintió.

Terminó de prepararlo todo y comenzaron a cenar. Ninguno de los dos habló prácticamente mientras acababan con lo que tenían en sus platos. No querían que se les quedara nada en el tintero, por lo que, sin decirse nada, acordaron hablar cuando hubieran finalizado.

Una vez todo estuvo recogido, salieron al salón y tomaron asiento.

Carlos sacó la foto, se la pasó a Alicia.

—Desde el mismo momento en que la vi —comenzó a decir—, sus caras se me quedaron grabadas.

—¿Memoria fotográfica?

—No, qué más quisiera yo, me vendría genial para estudiar. Supongo que haber visto ya estos rostros me ha ayudado. Ya te dije que han cambiado, el paso del tiempo ha sido evidente en todos. El pelo que llevaban, las barbas y bigotes no ayudaban, pero al fin y al cabo los rasgos siguen siendo los mismos.

—Pues cuéntame porque no puedo más.

—Habíamos dejado claro que el de la derecha del todo es tu padre. Este de en medio, el carnicero. Este, el cartero. Faltan estos cuatro —dijo mientras los señalaba uno a uno.

—Y el que está arrancado.

—Con ese no podemos hacer nada, no vemos nada de él que nos pueda ayudar, pero de los otros sí. Saqué un viejo álbum de fotos de mi tía. En alguna foto de las fiestas del pueblo he conseguido ver los mismos rostros. Enseguida caí en quiénes son pero me hice la tonta, se me da genial hacerlo, y como si me interesaran sus viejos álbumes, le he preguntado a mi tía.

Carlos tragó saliva, estaba deseando desvelar ese misterio.

—A ver, este de aquí —dijo señalando al primero de la izquierda— es Benito Jaén, el quiosquero; es un hombre amable, yo lo he conocido toda mi vida así, con una sonrisa en la boca y con palabras biensonantes. Recuerdo que, de pequeña, iba mucho a su quiosco a comprar chucherías varias. Luego las cambié por revistas y ya a lo último dejé de ir. Supongo que es el ciclo de la vida. Me cuesta creer que esté involucrado en cualquier asunto turbio por lo buena gente que es, pero no tanto el siguiente.

Carlos levantó un momento la vista de la instantánea. No sabía a qué se refería la joven.

—Este es don Mario. Toda mi vida le he puesto el «don», ¿te preguntas por qué? Fue párroco del pueblo hace unos cuantos años. Ahora está retirado y vive aquí mismo después de haber pasado unos años en otras parroquias. Es un hombre de difícil carácter, con buenas voluntades y eso, pero algo dictador en cuanto a sus ideas. Solo Dios puede decidir qué ocurre en cada momento, según él. Ayuda de vez en cuando al nuevo párroco, don Damián, pero ya te digo, está retirado. Y menos mal, porque la Iglesia lo que menos necesita son sacerdotes como él. Y por desgracia, todavía abundan.

—Un cura... Vaya... —comentó el abogado, sorprendido.

—Esto no es lo peor, espera al último —continuó—. El tercer desconocido es Ramón Berenguer. Tiene una tienda de fotografía a unas cuantas calles de aquí...

—Espera, espera —Carlos interrumpió a Alicia—. ¿Has dicho fotografía?

—Sí, ¿por?

—Joder, lo he conocido hoy. Casi me topo con él cuando salía de su tienda. Huía. Me ha dicho el nombre del pueblo al que se iba, pero no consigo recordarlo.

—¿Almoradí? ¿Benejúzar? ¿Orihuela? ¿Callosa de Segura? —preguntó haciendo memoria la muchacha.

—Ese, ese último.

—Pues no se ha ido muy lejos... pero hace bien. Si yo estuviera retratada aquí —dijo señalando la foto—, también me iría. A un búnker o algo parecido.

—El caso es que... ha pasado algo... no sé, extraño.

Alicia lo miró con interés.

—De repente, sin más, me ha preguntado si yo era el hijo de Fernando. Supongo que algún aire tendré de mi padre para que haya dicho eso. Cuando le he contestado que sí, se ha puesto blanco y me ha contestado que huya. Tenía cierta prisa por marcharse desde un primer momento, pero cuando ha ocurrido esto se ha largado a toda velocidad. He intentado que me explicara algo y me ha dicho no sé qué de que estaban cayendo. Supongo que se refiere a los de la foto, sabiendo ahora que él también sale en ella. Estaba aterrado y temiendo por su vida.

—Joder... —fue lo único que consiguió decir Alicia mientras sentía que el vello de su brazo se erizaba.

—El caso es que me pasó algo parecido cuando fui a la carnicería. El *comolollaméis* me identificó también. Es como si, de algún modo, identificaran mi rostro con el de mi padre y sintieran que esto era algo malo.

—¿Intentas decirme que crees que, en realidad, de quien tenían miedo era de tu padre?

—Es que no lo sé. ¿Y si fuera así?

—Dos cosas: primero, te recuerdo que tu padre se suicidó. ¿Qué miedo podrían tener de una persona que se ha suicidado? Porque, perdona por lo que te voy a preguntar, pero... lo viste muerto, ¿verdad?

—Claro que lo vi.

—Y era él, ¿no?

—Sí. Los años han pasado pero su cara era su cara. No tengo ninguna duda.

—Vale, pues entonces no tendrían por qué tenerle miedo. Segundo, joder, que no es que los haya visto irse de fiesta, pero sí he coincidido con tu padre en la carnicería y te aseguro que la relación de ambos era cordial. Sin más. No sé cómo sería con el cartero, pero tanto o más de lo mismo. Y si encima tenemos en cuenta que aparecen en la foto, podríamos hasta asegurar que en algún momento de sus vidas han sido amigos. También es cierto que ahora parece que ya no lo eran.

Carlos se pasó las manos por la cara.

—No sé, puede ser que tengas razón. De todas maneras he pensado mucho en que mi padre se pudo suicidar por miedo a acabar como ellos. Lo mismo sabía algo que ellos no y lo puso en alerta. Puede que prefiriera quitarse la vida antes de que se la quitaran. Un acto cobarde pero a la vez valiente, no sé. Creo que en el fondo seguimos sin saber nada de nada.

—Bueno, aunque sigamos sin saber nada, las cosas empiezan a cobrar sentido.

—También puede que alguno de ellos sea el que se está cargando a los otros. Como si fuera algún tipo de venganza por algo que sucedió entre ellos.

—Me cuesta creer eso, bueno... —Alicia se detuvo unos instantes a pensar.

—¿Qué?

—Que podrías tener razón. Sobre todo teniendo en cuenta la identidad del último que me queda. Míralo bien, ¿no sabes quién es?

Carlos se fijó en la persona, pero por más que miraba, no conseguía reconocerlo.

—A ver —dijo Alicia al darse cuenta de que no avanzaba—. Quítale la barba, ponle mucha más barriga y tíñele bastantes canas.

El abogado se volvió a fijar haciendo el esfuerzo de seguir el juego a la joven e imaginar lo que ella le decía.

Entonces lo vio.

Supo quién era.

22.25 h. Mors. Exterior de la casa de Fernando Lorenzo

Pasó con las luces del coche oficial apagadas por delante de la puerta. No quería dar pistas de su presencia allí. Iba a una velocidad ridícula con el coche, nada extraño para las gentes del lugar, tratándose de quien era.

Al pasar por la casa vio las luces encendidas. La puerta tenía un cristal gordo enrejado que permitía ver algo del interior, aunque fuera de forma borrosa. Parecía que había gente dentro. Sería lo normal, pero no se fiaba.

Dudaba sobre si actuar o no. Algo le impulsaba a hacerlo, aunque la razón lo tenía atado de pies y manos, al menos de momento. Lo que sí hizo fue parar unos metros más adelante.

Salió del coche y, sin dejar de mirar la casa, se apoyó sobre él. Metió la mano en su bolsillo y sacó el paquete de tabaco. De él, extrajo un cigarro y lo encendió.

Tras una larga calada, el jefe de la policía local, Julián Ramírez, dudó de nuevo sobre si actuar o no.

Mejor no, decidió.

Tenía paciencia de sobra para seguir esperando. Se había preparado concienzudamente durante los últimos años si acaso llegaba este momento.

Expulsó el humo por su nariz al mismo tiempo que dibujaba una siniestra sonrisa en su rostro.

Tiró el cigarro.

—No me puedo creer que sea él —dijo Carlos con las manos en la cabeza.

—No tengo dudas, vi una foto en el álbum de mi tía en el que sale con el mismo aspecto, te lo digo en serio. Le pregunté quién era ese y no pensó ni un segundo su respuesta: Julián Ramírez, el jefe de la policía local. De todas maneras, míralo, son sus ojos sin duda. Tiene la misma mirada de hijo de puta que tiene ahora. Los pelos pueden cambiar, pero estos ojos no.

—Empiezo a intuir que no te cae bien.

—No te puedes imaginar cómo es. En este pueblo es lo más parecido que te puedes encontrar a un sheriff que jamás verás en tu vida. Peor que los que ves en las películas. Él es la ley aquí, es policía, juez y verdugo. Mucho cuidado con su cara amable porque solo la muestra cuando va a sacar la verdadera en todo su esplendor. Es por esto que me he mosqueado esta mañana cuando lo he visto aquí. Ahora que sé que sale en la foto, me mosquea mucho más.

—Ya, pero a ver, no puedes acusarlo así, sin más.

—Pues bien que lo hace él cuando le sale de las pelotas. Mira, es verdad que te he contado que, hace unos años, yo era una bala perdida, pero es que él un día me acusó, porque sí, de algo que no había hecho.

—¿Cómo?

—Como lo oyes. Resulta que un día a alguien le dio por lanzar limones a una casa que hay cerca de un huerto llegando al polideportivo. La dueña llamó a la policía y, sin más, el subnormal este vino a por mí, al bar de mi tía. Mira, porque mi tía tiene más cojones de los que tendrá el mierda este en toda su vida, por eso no me moví del bar y el asunto se acabó olvidando a pesar de las amenazas de Ramírez, que si no...

—Pero ¿tú habías hecho algo para que viniera a por ti?

—La máxima gamberrada que hice yo en esos tiempos fue pintar grafitis con un espray de color azul que compré en la tienda de todo a un euro. Como con esto sí me pillaron, ya era culpable de todo lo que sucedía aquí en el pueblo. ¿Que alguien tocaba timbres y salía corriendo? Alicia. ¿Que alguien se saltaba las clases del colegio y fumaba porros? Alicia. ¿Que alguien lanzaba limones contra una casa? Alicia. Él quería un culpable y me tomó una manía tremenda. Así que le importaba tres cojones si yo lo había hecho en verdad o no. Mira, si hasta convenció a un chaval del pueblo menor que yo para que dijera que me había visto con los limones cerca de la casa. Era una puta mentira.

—Vale, pero joder, de ahí a que sea un asesino...

—Carlos, no sé qué decirte. Puede que el asesino sea él, puede que el asesino sea el que falta en esa foto, puede que sea una tercera persona. Pero conociéndolo te digo que tiene muchas papeletas. Es un maldito hijo de puta y es capaz de todo con tal de salirse con la suya.

Carlos pensó en las palabras de Alicia. Él no conocía a Ramírez como para emitir un juicio parecido al que acababa de hacer la joven, pero justo por eso no podía descartarlo. No lo conocía de nada. Igual que a los otros.

—Vale —dijo este—, ¿y ahora qué hacemos? No puedo ir a la policía porque está metida en esto. Si involucro a los nacionales, no me fío de que le acaben diciendo algo a él. Pero no puedo dejar morir a esa gente, y tampoco puedo hacer nada para remediarlo.

Alicia se encogió de hombros. No sabía qué decirle porque ella también había tratado de pensar en cómo actuar sin dilucidar nada.

—¿Hay alguna hemeroteca en este pueblo? ¿Algo que me pueda servir para investigar? —preguntó el abogado.

—En la biblioteca se guardan, si no me equivoco, periódicos en los cuales de una forma u otra se nombra al pueblo de

Mors. Yo recuerdo haber hecho una actividad en el instituto con esto. ¿Qué pretendes encontrar?

—La foto la ubicamos más o menos hace unos veinte o veinticinco años, ¿no? Puede que saliera en los periódicos algún hecho ocurrido en ese tiempo en el que ellos estén involucrados en secreto —contestó Carlos.

La muchacha miró a Carlos escéptica.

—No me suena convincente, pero allá tú. —Volvió a mirar al frente—. ¿No prefieres alertar a las posibles víctimas?

—¿Sin saber si alguna de ellas es el asesino? Coño, Alicia, piensa un poco. Imagina que me topo de bruces con la persona que ha provocado este caos para advertirle de que sé que algo pasa. Mi cabeza sería la siguiente en rodar.

La joven encontró algo de lógica en lo que le decía el abogado.

—Bueno, haz lo que quieras. Creo que la biblioteca abre sobre las nueve o nueve y media. No te puedo acompañar porque mañana recibimos pedido, pero mantenme informada, haz el favor. Y lleva cuidado, de verdad, puede que tu vida esté en peligro.

Con esas palabras dieron su encuentro por finalizado. Carlos acompañó a la muchacha a la puerta. Una vez se hubo marchado, y con la puerta ya cerrada, cerró los ojos. Las últimas palabras de Alicia resonaron en su cabeza. No pudo evitar sentir cómo le flaqueaban las piernas.

24

Las notas de *Carrie* resonaban todavía en su cabeza. No había pegado ojo en toda la noche, salvo alguna cabezada de apenas unos minutos. Alfonso iba con su habitual charlatanería dentro del coche, pero Nicolás no lo escuchaba. Su voz resonaba en el fondo del todo de su cabeza, como si la oyese muy lejos. Era increíble lo que era capaz de hablar en apenas el minuto que duraba el trayecto en coche. Quizá lo peor no era eso, sino la música rancia que solía llevar puesta, nada más y nada menos que en cintas de casete. José Luis Perales cantaba a su velero favorito en aquellos momentos, aunque, por suerte, con un volumen apenas audible.

No quiso contarle a su amigo que había vomitado ya dos veces, no quería preocuparlo puesto que ya sabía que en realidad no le pasaba nada grave. Todo era producto de la ansiedad. No se había mirado ni al espejo al salir de su piso compartido; supuso que su cara sería una obra de Picasso en aquellos momentos.

Le importaba una mierda.

Aparcaron en la zona habilitada para trabajadores y bajaron del vehículo. El hecho de que no hubieran recibido aviso alguno de otro homicidio, ya era una buena señal. Nicolás no estaba seguro de poder enfrentarse a un nuevo cadáver sin ni siquiera haber conseguido arrojar la más mínima luz sobre la muerte anterior.

Había pasado gran parte de la noche tratando de averiguar cuáles serían los pasos más lógicos a dar para no perder tiempo en la investigación y que sus esfuerzos cayeran en saco roto. No había logrado tenerlos claros, pues cambiaba de idea constantemente.

Antes de salir de casa, había tomado un café de manera algo precipitada y notaba en su estómago que no le había sentado demasiado bien. O, al menos, con este pensamiento se engañaba a sí mismo, pues sabía que lo que en realidad le pasaba era que nada le podía sentar bien con el creciente nivel de nerviosismo que habitaba en su interior. Se disculpó con Alfonso y decidió entrar en el cuarto de baño a echarse algo de agua a la cara. Quizá esto le hiciera sentirse algo mejor.

Ya dentro, pasó varios minutos mojándose el rostro en repetidas ocasiones. De vez en cuando también pasaba la mano húmeda por su nuca. Esto le hacía sentirse bien. Ya algo más recompuesto, volvió al despacho.

Ya habían llegado varios de sus compañeros, que a su vez habían ocupado sus respectivos puestos de trabajo. Alfonso no necesitó preguntarle para saber de dónde venía o, mejor dicho, de qué. Acto seguido miró un paquete que había encima de su mesa.

—Mira, ha llegado ese paquete para ti —comentó mientras señalaba una caja de grandes dimensiones que descansaba encima de la mesa del inspector—, ¿has pedido algo a una frutería online? ¿En serio? ¿Ahora eres veguino de esos?

Nicolás lo miró como si estuviera loco, pero, en efecto, una caja con el logo de una fresa en la que se podía leer «tusfrutasonline.com» se veía en todo el lateral de la caja.

—Se dice «vegano», y no, no he pedido nada. ¿Quién ha traído eso? —preguntó Nicolás mirando fijamente el paquete.

—El mismísimo ministro del Interior en persona. Joder, Nicolás, un repartidor de Seur, ahí tienes el albarán.

Nicolás lo comprobó extrañado. En efecto, lo había traído el servicio de mensajería. Lo primero que le sorprendió es que no tenía ni idea de por qué le había llegado de una frutería online. ¿En serio existía este tipo de negocios? Era la primera noticia que tenía sobre ellos. Acto seguido, sus ojos se fueron directos al remitente. Ahí fue cuando casi cayó al suelo.

Fernando Lorenzo.

—Llama a Artificieros, ¡corre!

—¿Qué cojones te pasa? —preguntó muy sobresaltado Alfonso a la vez que pegaba un brinco de su asiento—. ¿Te piensas que aquí pueden meter una Canillas? Aquí no hay artificieros, melón.

Nicolás no se tranquilizó con eso. ¿Qué narices le habían mandado que al pasar un escáner no había levantado ninguna señal de alarma?

—¡Dame unos putos guantes! —le ordenó.

—¿Qué?

—¡Rápido!

Alfonso corrió y al cabo de treinta segundos volvió con unos guantes de nitrilo. Sus compañeros de las mesas de alrededor, que ya se habían alarmado frente a la actitud del inspector, no dudaron en levantarse y acercarse a la posición del paquete.

Nicolás se colocó los guantes y con un cúter de su propio escritorio comenzó a cortar la cinta transparente que pegaba las dos solapas. Con miedo levantó una, para luego hacer lo propio con la otra.

Era una calabaza de considerables dimensiones.

Nicolás metió las dos manos para extraerla. Cuando la

giró, no fue la macabra cara tallada lo que hizo que sus piernas temblaran, fue la lengua incrustada en la boca de la calabaza.

La lengua del cartero.

Nadie pestañeaba dentro del despacho de los inspectores de la UDEV. Pasaron apenas unos segundos que a más de uno se le antojaron como horas.

A pesar de estar preparados para encontrarse cualquier escenario posible cuando recibían un aviso, no lo estaban para que ese escenario fuera en su propio lugar de trabajo. Alguien que sí reaccionó fue rápido a avisar al jefe Montalvo y al comisario, al que Nicolás solo había tenido la oportunidad de ver el día que lo entrevistaron para el puesto. Ni siquiera lo vio el día en el que comenzó a trabajar.

—¿Qué coño ha pasado aquí? —quiso saber de inmediato el comisario.

—Es la lengua de la última víctima del caso que llevo entre manos —se atrevió a decir Nicolás no sabiendo muy bien si la respuesta debía venir por su parte o por la de su jefe.

El comisario se quedó mirando el objeto que Nicolás portaba en las manos. Respiraba acelerado; no había visto nunca algo tan macabro en sus muchos años en el cuerpo.

—No se queden ahí parados. Reaccionen. Ese hijo de puta no va a venir a reírse aquí de mí, en mi propia casa. Atrápelo a la de ya, inspector.

Dio media vuelta y regresó sobre sus pasos.

Al inspector le sorprendió la actitud del jefe de todos los allí presentes. Pero quizá fuera lógica su reacción: era el que más ejemplo tenía que dar, y si perdía la calma, nadie de allí la encontraría.

Acto seguido y sin soltar la calabaza, Nicolás miró a su jefe. Este le devolvió la mirada y se giró también. No hacía falta que dijera nada.

El inspector se volvió hacia dos agentes que tenía cerca,

que habían subido alarmados por el escándalo que se había montado en pocos segundos.

—Rápido, corran a la segunda planta, al laboratorio de Científica, y tráiganme una bandeja de plástico, de las grandes, de las de archivo de pruebas.

Los agentes reaccionaron enseguida y fueron a por lo requerido. No tardaron más de dos minutos en regresar con la bandeja.

Nicolás depositó la calabaza sobre la misma y ordenó a un subinspector que la llevara al laboratorio. No sabía si Zapata ya habría llegado a su puesto, si libraría o quién narices habría hoy por allí. Pero esperó que quien fuera hiciera su trabajo bien.

—Quiero que primero miren si tiene alguna reseña dactilar, quiero que se fijen bien en esto, incluso antes de buscar rastros en ella. Necesito tener una huella de ese cabrón. No se les ocurra llamarme sin una puta pista que ofrecerme. Si no la encuentran, la siguen buscando hasta el fin de los días. Tiene que haber cometido algún error por narices. También quiero que hagan el mismo proceso con la caja.

El subinspector asintió, dio media vuelta y se marchó rápido.

—Alfonso —añadió dirigiéndose a su amigo—, ocúpate de rastrear el envío, por favor. Ponte en contacto con la compañía y averígualo todo. No puede ser que ese hijo de puta esté campando a sus anchas. Averigua incluso si alguien de Seur vive en Mors o alrededores; hasta podría ser nuestro hombre. Que te pasen con la delegación que supuestamente lo ha servido, y en caso de que lo haya llevado personalmente, que intenten recordar algo. Asegúrate de si tienen cámaras de vigilancia o no. Consígueme algo, por favor.

Alfonso asintió e instantes después se colocó frente a su ordenador y comenzó con el rastreo.

Nicolás, por su parte, se quitó los guantes y tomó asiento.

Tenía mucho por hacer, demasiado. Lo peor era que cuando quería ponerse con algo, se le abría un nuevo frente que no le daba tregua y empezaba a conseguir que estuviera harto. Y aún peor, dentro de un rato tenía lo de la psiquiatra. Aunque visto lo visto, puede que esa visita no fuera tan mala idea.

Tras un rato de desconcierto en el que el despacho fue volviendo a la calma de manera paulatina —aunque afirmar eso era demasiado—, Nicolás pudo hablar con la UDEF, que le confirmó que las cuentas de todos los fallecidos tenían un aspecto aparentemente sano. Esto descartaba, en una primera instancia, el móvil económico, aunque en realidad nunca había apostado seriamente por él.

Alfonso ofreció un café a Nicolás, que lo rechazó en un primer momento. Al rato fue a por uno —a pesar de que prefería beber agua de un charco, ya que tendría mejor sabor—, pues necesitaba algo más de cafeína en el cuerpo o caería al suelo en breve.

Nicolás tomó asiento con el café y se dio a sí mismo dos o tres minutos de respiro, mientras Alfonso apenas había podido averiguar algo relevante sobre el envío de los paquetes. Lo único que sabía era que la oficina en la cual se hizo entrega del paquete, para su posterior envío, abría a las seis de la mañana al ser central de delegaciones y que la entrega —en la propia oficina— se había hecho a esa hora, nada más abrir. Se encontraba en el polígono industrial Las Atalayas, a las afueras de la ciudad y no tenía cámaras de vigilancia en su oficina de recogidas. Estaba esperando a recibir en su correo electrónico una copia del albarán de entrega. Además, había tratado de hablar con la empleada que atendió el envío en varias ocasiones sin éxito. Necesitaba algo tan simple de ella como saber si recordaba el aspecto de quien había mandado el paquete con la lengua, al ser el más reciente. Sobre el otro envío, el que habían hecho al abogado, no sacó nada en claro. La empresa no hacía más que darle largas diciéndole que no encontraba el recibo. Algo muy extraño, pero tendría que tener algo más de paciencia.

Nicolás, harto de ver que no conseguía que ninguna pieza encajara con la otra, elaboraba en esos momentos un esquema con el ordenador sobre los aspectos en los que necesitaba profundizar y en cómo llegar hasta ellos. Mientras hacía esto —más en concreto, anotaba las preguntas que haría con un tacto infinito a la viuda del cartero, a la que ya había descartado como sospechosa—, una agente se acercó hasta su mesa y le dejó una carpeta de color marrón cerrada con una goma.

—Gracias, agente —comentó Nicolás sonriendo con una mueca.

La abrió al mismo tiempo que Alfonso regresaba con otros dos cafés y dejaba uno encima de la mesa del inspector Valdés, que hizo caso omiso.

—¿Qué es eso? —quiso saber su amigo.

Nicolás lo leyó a fondo antes de contestar. Su entrecejo se arrugó mientras lo hacía.

—Es un informe de Rastros y Huellas. Han analizado el bote que había en el suelo, el que creíamos que no era nada.

—¿Y qué es lo que llevaba dentro?

—Es arrope. O algo así pone aquí. ¿Qué coño es el arrope?

El mismo agente que había llevado el informe hablaba ahora con uno de los inspectores del despacho. Al oír la pregunta lanzada al aire por Nicolás, se giró hacia ellos.

—Perdone que me entrometa —dijo—. El arrope es un tipo de dulce, aunque no lleva azúcar. Mi abuela lo hacía, me acuerdo de esto como si fuera ayer. Recuerdo que cocía... creo que era mosto... hasta que se hacía caramelo añadiéndole frutas según le apeteciera. El que más me gustaba a mí era el de melocotón, pero a ella le encantaba el de calabaza.

Esa última palabra hizo que todos los poros de la piel del inspector se estremecieran.

—¿Ha dicho calabaza?

El agente lo miró extrañado. Nicolás se sorprendió porque al parecer era el único en toda la comisaría que no se había enterado de lo del dichoso paquetito macabro.

—Sí, claro... A ver, creo que el de calabaza es el más popular...

El inspector Valdés seguía mirando al agente como si hubiera visto un fantasma, no se movía, ni siquiera se podía saber si pensaba algo o no.

Al ver la cara de su amigo, al borde del colapso, Alfonso le echó un capote.

—Muchas gracias, agente, no sabe lo que nos ha ayudado su explicación.

Este asintió sin dejar de mirar a Nicolás y su extraña reacción.

—¡Qué hijo de puta! —exclamó el inspector Valdés.

—Me cago en la puta —el inspector Gutiérrez puso los brazos en jarras mientras comenzaba a dar vueltas sin sentido por el despacho—, somos su mejor entretenimiento. Vale, al menos ahora tenemos algo claro...

—Que dejó el tarro adrede. No estaba allí antes del asesinato, por lo que tiene que tener algún significado. ¿Has recibido el mail de la agencia de transporte?

Alfonso lo comprobó.

—Sí, aquí lo tengo. Espera, lo descargo y veo la firma.

Alfonso recordaba a la perfección la rúbrica que buscaba y aquello no se parecía en nada. Es más, parecía hecha por un niño de apenas cinco años, con unos garabatos ininteligibles.

—No es la misma firma, es otra diferente. Ya van tres. Aquí dice que le atendió una tal Marisa. Voy a llamarla y ver qué cojones me cuenta. Espero que esta vez no me digan que está ocupada porque soy capaz de plantarme allí mismo y meterles a todos el pie por el culo.

Nicolás asintió intentando asimilar todavía lo de la calabaza. No comprendía el juego macabro que se llevaba entre manos el asesino, pero si quería ponerlo nervioso, desde luego que lo estaba consiguiendo.

Mientras Alfonso hablaba por teléfono siguió mirando el informe. En el tarro había huellas parciales. La búsqueda no había sido demasiado complicada porque pertenecían al carnicero. El asesino las había dejado ahí para confirmar él mismo la relación entre los crímenes.

Esto no sorprendió del todo a Nicolás: la vanidad que esperaba de él estaba saliendo a luz poco a poco. Algo tan tonto como este detalle lo hacía algo más humano, ya que no se alejaba del patrón esperado para alguien de su calaña. Una de sus máximas era la de ser reconocidos por sus actos. No permitían que nadie se pudiera apropiar de ellos, pues muchos solo buscaban ese reconocimiento, pasar a la posteridad aunque fuera de una forma tan siniestra. De hecho, se habían dado casos de asesinos en serie que se acababan entregando ante la ineptitud de las autoridades a la hora de atraparlos. Ese miedo a que sus actos no llevaran su nombre y apellidos en los anales hacía que desistieran y mostraran la cara. Sin ir más lejos, el caso del «asesino de la baraja» volvía a la palestra porque hizo exactamente esto. Seguía empeñado en que, a pesar del cambio de *modus*, solo era una persona la que había participado en ambos asesinatos. El ego volvía a ser la razón de más peso para apoyar su teoría. El problema era, ahora, averiguar por qué había cambiado ese *modus operandi*. Era tan impropio que lo desconcertaba. Tenía entendido que, tras el período de enfriamiento de un asesino en serie, cuando, digamos, se sentía «satisfecho» por haber calmado momentáneamente sus ansias homicidas, el asesino intentaba replantearse su método para perfeccionarlo, pero sin salirse de ese patrón con el que había actuado antes. Es decir, lo lógico sería que hubiera sido más cuidadoso —si se podía— a la hora de imitar a Alfredo Galán, incluso podría hasta haber intentado que coincidieran más los perfiles de las víctimas, que era lo que fallaba respecto al otro caso... pero no cambiar radicalmente la forma en la que acabó con la vida del cartero de Mors. Nada tenía sentido. ¿Por qué? ¿Cuántos porqués llevaba ya?

Su cabeza era un mar de dudas.

Puede que todavía fuera pronto para pensar en perfiles criminales, pero puede que trazando uno tuviera una idea más aproximada de a lo que se enfrentaba. El problema es que Nicolás no era un experto en perfiles, era algo que siempre le había atraído y tenía algunas nociones básicas, pero no como para hacer algo totalmente fiable. Se preguntó por qué la Policía Nacional estaba tan limitada en este sentido, sin un grupo específico que se dedicara a estas cosas como lo tenía la Guardia Civil desde 1994. El SACD —Sección de Análisis del Comportamiento Delictivo— ayudaba en casos de asesinos múltiples, en masa, violadores y casos, por decirlo de algún modo, extraños, y su colaboración se había demostrado que era inestimable. Nicolás sabía de expertos en su cuerpo que podrían formar un equipo todoterreno, pero ahí estaban, dedicados a otros menesteres sin prestar todo su potencial a casos como el que le ocupaba.

Con sus conocimientos no le costó demasiado elaborar un perfil más o menos aceptable, aunque por la forma en que mataba se le quedaba muy incompleto. De esto estaba seguro. Con el perfil enfrente, volvió a comenzar a darle vueltas a todo. ¿Qué clase de persona asesinaba a otra, le cortaba las manos, tomaba un tarro con mermelada de no sé qué e impregnaba el tarro de huellas para dejarlo en otro escenario donde volvería a matar y mutilar a la víctima? Ese punto de sadismo, de ser tan retorcido —bien reflejado en el perfil que tenía delante—, hizo que el vello de su cuerpo se erizara.

La voz de Alfonso lo sacó de sus pensamientos. Acababa de colgar el teléfono.

—La tal Marisa, por fin, dice recordar con claridad a la persona que dejó el paquete en la oficina.

—¿Cómo que lo recuerda con claridad? Supongo que a esa oficina no acudirá una persona cada tres horas a dejar un paquete.

—Yo también lo recordaría. Dice que era muy parecido a un mendigo. Su olor era nauseabundo y su aspecto desaliñado. Dice que apenas sabía sujetar el bolígrafo para hacer la firma, lo que justifica lo infantil de la misma, y que le costó algo recordar el número de su DNI, aunque al final lo dijo de carrerilla. Pagó por un envío urgente de dos horas.

—¿Y teniendo delante un personaje así coge el paquete, sin más?

—Ella no es policía, Nicolás. Su trabajo es recoger paquetes y, según me ha contado, le pagó en efectivo. Debe limitarse a cumplir con sus obligaciones. Además, me ha dicho que me sorprendería la cantidad de gente con este aspecto que hace envíos de Dios sabe qué.

—Resumiendo, que nuestro hombre ha pagado a alguien para que le hiciera el trabajo sucio. Y para localizarlo, tenemos que buscar a alguien que huela mal y con aspecto desaliñado. Porque supongo que el DNI lo dijo de carrerilla porque se lo estaba inventando. Genial.

—No deja un puto cabo suelto. De todos modos, voy a comprobar ese número por si es real, pero no creo.

Nicolás asintió apesadumbrado. Acto seguido miró su reloj.

—Alfonso, tengo que marcharme a esa mierda de la psiquiatra. No sé ni qué decirte que investigues. Trata de relacionar la mermelada esa de calabaza con los asesinatos, o con gente del pueblo. Comprueba si alguien se dedica a producirla. Yo regresaré en cuanto pueda. Cojo tu coche, ¿ok?

—Todo tuyo —dijo este mientras le ofrecía las llaves.

10.32 h. Mors. Exterior de la biblioteca de Mors

Carlos miró bien el edificio antes de entrar. Le sorprendió, la verdad. Las líneas arquitectónicas distaban demasiado de la armonía semianticuada que mostraba el pueblo de Mors. Una enorme fachada blanca, con decoraciones en forma de libro abstracto hechas de metal, era lo que más le llamaba la atención. Las enormes letras, también fabricadas en metal, no dejaban lugar a dudas de donde se encontraba.

BIBLIOTECA MUNICIPAL DE MORS

El abogado las solía visitar con asiduidad. Era un romántico de los libros pasados por muchas manos. Era una de las que Gala conocía como «manías positivas», algo poco común en el madrileño, pero que al fin y al cabo estaban ahí.

Carlos tenía muy claro dónde quería buscar, lo que no tenía tan claro era qué era lo que quería encontrar. Puede que alguna noticia que hiciera que su instinto comenzara a agitarse.

Entró, el olor del lugar era agradable.

Nada más acceder a la inmensa sala, un mostrador con una mujer que miraba sin pestañear hacia la pantalla de su ordenador le daba la bienvenida. Carlos le echaba unos cincuenta y cinco años, aunque se diría que se cuidaba bien. Tenía el pelo rizado, muy oscuro, y unas gafas que parecían sacadas de una serie de televisión de los setenta. Un cordón servía para poder llevarlas colgadas del cuello siempre que le viniera en gana. Sus ojos se fueron inevitablemente hacia unas largas uñas decoradas de manera imposible con un dibujo demasiado perfecto para un espacio tan reducido, aunque parecía hecho a mano.

—Buenos días.

—Hola, ¿qué necesita? —La voz de la mujer era muy nasal. Carlos recordó enseguida al cantante Bob Dylan, porque su voz parecía un calco exacto.

—Verá, tengo entendido que guardan ejemplares de periódicos en los que se nombra al pueblo. Me gustaría poder echarles un vistazo.

La bibliotecaria lo miró enarcando una ceja.

—¿De todos? —preguntó.

—Bueno, en concreto me interesan los que haya del año ochenta y cuatro al noventa y seis.

—Pero... son muchos...

—Bien —comentó Carlos intentando no perder la paciencia. En circunstancias normales, una respuesta tajante hubiera bastado para que ella le diera los periódicos y ya—, no importa, tengo tiempo.

La mujer asintió sin dejar de mirarlo. Dio media vuelta y comenzó a andar por el centro de la sala.

—Sígame.

Carlos obedeció. Fueron dejando atrás varias mesas y estanterías que, aunque no demasiado pobladas de libros, sí contenían un importante volumen. La bibliotecaria se detuvo en una ligeramente más ancha que el resto.

—Aquí los tiene. Sírvase usted mismo. La colección se empezó a hacer en mil novecientos ochenta y dos, por lo que los que busca estarán de los primeros, a la izquierda del todo. Por favor, una vez haya terminado con ellos, colóquelos como los ha encontrado. Fíjese en la parte superior izquierda de cada uno, llevan un número, están organizados desde el uno hasta el... —miró el último que había— trescientos veintitrés. Si me disculpa, he de volver a mi puesto. Nos acaban de instalar el sistema informático y tengo que meter, uno a uno, todos los volúmenes de este lugar.

A Carlos le sorprendió bastante lo que le acababa de decir la mujer: si tenía que hacerlo sola, aquello le llevaría meses. De todos modos no era su problema.

Con una sonrisa fingida se despidió.

Una vez comprobó que esta había vuelto a su asiento, se fijó en el rango de fechas que quería y extrajo los ejemplares correspondientes.

Fueron cuarenta y cuatro en total. Más de los que esperaba en un principio.

Con los periódicos en la mano, se dirigió a una mesa de las que estaban vacías. En realidad, solo dos estaban ocupadas: una por una muchacha de no más de dieciocho años que parecía estar estudiando y otra por un chico de unos treinta o así, con barba corta, pelo en punta y una camiseta de Batman, que parecía documentarse para algo a la vez que tomaba notas en su portátil Macbook Pro. Puede que fuera escritor, por lo que Carlos pudo ver de reojo en la pantalla. Pobre de él, si quería ganarse la vida con ello.

Ya sentado, abrió el primer periódico. Había decidido ampliar su rango hasta el ochenta y dos, para no descartar que pudiera haber algo en esos diarios.

Fue pasando páginas intentando leer por encima lo más rápido posible. Necesitaba encontrar el nombre del pueblo para detenerse y ya leer con algo más de atención. Al llegar a la mitad, encontró algo.

Una tontería.

Hablaba sobre la inauguración del nuevo ayuntamiento de Mors. En la foto vio que no era el mismo que ahora había en la plaza central del pueblo. De todos modos, le sonaba haber pasado por el edificio que aparecía en la instantánea. Ahora era un museo de algo del pueblo.

Pasó la página, ya hablaba de otras cosas. En este no había nada.

Repitió con el segundo diario.

Cuando llegó a la noticia referida al pueblo, entornó los ojos al ver que esta hablaba sobre lo contento que estaba el alcalde con el nuevo ayuntamiento. Era del día siguiente al primer periódico.

Carlos comprendió enseguida lo pesado que iba a ser aquello. En su cabeza todo iba a ser mucho más sencillo.

Aun así no desistió y siguió hojeando, uno a uno, todos los ejemplares. Mientras lo hacía tomaba algunas notas en su teléfono móvil sobre las noticias que mínimamente le llamaban la atención, como una explosión de gas que hubo en el ochenta y cuatro y un accidente de coche en el que falleció una familia entera en el ochenta y cinco.

En su interior sabía que nada de eso era lo que andaba buscando. Tenía una corazonada de que debía de ser algo mucho más impactante.

Las horas fueron pasando entre letras y Carlos no encontraba nada, ya se acercaba a los últimos ejemplares y su esperanza se desvanecía por momentos. No dejaba de resoplar y mover la pierna derecha sin parar, como hacía cada vez que estaba nervioso. Al mismo tiempo jugaba con el bolígrafo que había traído de casa de su padre pasándolo sin cesar de mano a mano.

Ya estaba con el último ejemplar que había cogido en su mano, los ánimos por los suelos y dos horas de su tiempo perdidas en aquel lugar. Lo abrió y buscó la ansiada noticia. Al encontrarla y comprobar que hablaba acerca de la rehabilitación de la plaza del pueblo, cerró el periódico, malhumorado.

Dejó caer la cabeza hacia atrás y comenzó a respirar fuerte para calmarse. Le apetecía gritar. Alicia tenía razón, aquello no había servido para absolutamente nada. Lo peor es que en su interior sabía que todo aquello no tenía ni pies ni cabeza, pero, por desgracia, no se le había ocurrido un hilo mejor del que poder tirar. Esto solo quería decir que en la vida llegaría al fondo del asunto, que más valía que desistiera.

Apesadumbrado, comenzó a recoger y colocar por orden los diarios, tal y como le había pedido la mujer. Para hacérselo más fácil a sí mismo, lo hizo utilizando los numeritos de la esquina. Cuando llegó al número veintiséis se detuvo, no encontraba el veintisiete. Estuvo rebuscando durante un buen rato, pero nada, no aparecía.

Extrañado, quiso encontrar el veintiocho.

Nada.

El veintinueve tampoco apareció, el siguiente que sí estaba ahí era el treinta.

Contrariado, terminó de ordenar los ejemplares y, con ellos en mano, fue directo hacia la bibliotecaria.

—Disculpe, pero me acabo de dar cuenta de que faltan tres ejemplares.

La mujer lo miró confusa.

—¿Está seguro? Es imposible.

—Aquí no están. Falta el veintisiete, veintiocho y veintinueve.

Sin decir una palabra, la mujer fue directa hacia el resto de los ejemplares, los que todavía estaban en la estantería. Carlos comprendió que quería asegurarse de que, en realidad, no estuvieran mal ordenados.

A él no se le había ocurrido.

Por la cara de esta comprendió que no, que sí estaban ordenados y que faltaban esos tres. Sin decir nada de nuevo, volvió a su puesto.

—Es muy extraño. Nunca nadie me ha dicho que falten. Aunque, claro, no es algo que se suela consultar muy a menudo. Los tenemos como curiosidad por orden del concejal de cultura que había en esa época.

—¿Y no tiene un registro de las personas que hayan consultado estos periódicos?

—Señor —contestó frunciendo el ceño—, no sé qué clase de biblioteca se piensa usted que es esta, pero es un lugar muy humilde. Aquí la gente solo se registra si se lleva un libro, este lugar es de libre acceso y consulta para todo el mundo.

—¿Y no los habrán sacado?

—Siempre he estado a cargo de la biblioteca, tanto aquí como en sus dos antiguos emplazamientos. Y no, jamás nadie ha sacado un periódico; yo no se lo permitiría. Son los únicos ejemplares que tenemos.

Carlos se empezaba a desesperar ante la impertinencia de la mujer.

—¿Tiene algún tipo de registro para saber qué periódicos son los que faltan?

—Sí, pero es una lista en papel. Todavía no me he podido poner con eso en el ordenador, por delante tengo una infinidad de libros. Tendría que buscársela porque no tengo ni idea de dónde está ahora.

—¿Sería tan amable de, cuando lo haga, avisarme por teléfono para ver si los puedo localizar por otro lado? —preguntó sin perder la paciencia; se estaba sorprendiendo a sí mismo.

La mujer lo miró levantando la ceja por enésima vez. Agarró un papel y un bolígrafo y se lo pasó a Carlos. Este anotó su número, su nombre y le devolvió ambas cosas.

—Tenga paciencia —comentó la mujer—, no puedo con todo yo sola. Le llamaré lo antes posible.

Carlos se lo agradeció con una sonrisa de nuevo fingida y salió de aquel edificio.

No sabía qué podrían contener estos tres ejemplares, ni siquiera el año, pues dejaban un vacío desde el 90 hasta el 92, pero estaba seguro de que la respuesta a sus preguntas tenía que estar publicada en ellos.

Ahora, sobre todo, le mosqueaba no saber quién se los había llevado y, más aún, por qué.

25

Martes, 13 de octubre de 2009, 11.56 h.
Alicante. Consulta de la doctora Laura Vílchez

Nicolás bajó del coche. Había aparcado relativamente cerca de la calle Martin Luther King, en la que, supuestamente, la doctora había ubicado su nueva consulta. Tras andar unos metros supo que estaba en el lugar correcto porque una marquesina incrustada en la pared del edificio mostraba el nombre de la psiquiatra.

Antes de tocar el timbre respiró profundo. Parecía una tontería, pero necesitaba armarse de valor para dar ese paso. Tras unos segundo apretó el timbre que señalaba la consulta.

Sin oírse nada por el interfono, la puerta emitió un chirrido y se abrió.

Subió hasta la tercera planta usando el ascensor. La puerta de acceso a la vivienda estaba abierta.

Nada más pasar, la doctora fue a recibirlo.

—Creo que me han dicho que ahora tengo que dirigirme a usted como inspector, Nicolás —dijo a modo de saludo tendiendo su mano.

—Así es. ¿Y usted ha subido de rango o ya era cinturón

negro en lo suyo? —contestó a modo de broma para liberar algo de tensión mientras recibía su mano.

Esta sonrió fugazmente y dio media vuelta.

—Sígame.

Nicolás obedeció y siguió a Laura por el pasillo, decorado de manera exquisita con varias figuras de forma imposible.

Ella apenas había cambiado nada. Salvo que tenía el pelo un poco más blanco que en su último encuentro. Nicolás calculaba que tendría unos sesenta años, pero su tipo era más bien el de una mujer de treinta. Ya le llamó la atención en sus anteriores sesiones. Era evidente que la doctora se preocupaba por su imagen, pues siempre iba perfectamente maquillada y con unas uñas decoradas con variopintos dibujos. Unos tacones de al menos quince centímetros no hacían sino realzarle un poco más la figura.

Accedieron tras un largo pasillo a lo que debería ser el salón de la vivienda, reconvertido en despacho improvisado. Varios libros con nombres de lo más dispares colmaban las estanterías y conferían a la estancia un aspecto de lo más profesional. Dos sillones en apariencia iguales presidían el centro de la habitación. Había una mesa de despacho fabricada en cristal al fondo, muy cerca de la ventana que daba hacia la calle.

—Siéntese en el que le apetezca.

—Hay cosas que no cambian —dijo refiriéndose al recuerdo que tenía de las sesiones anteriores, cuando la psiquiatra hacía exactamente lo mismo.

—Si algo funciona, ¿por qué cambiarlo? Sabe que me gusta dejar a mis pacientes la libertad de poder elegir. Igual que uno viene de forma voluntaria, se sienta donde le da la gana.

—Vamos, no me joda, sabe perfectamente que en ninguna de las dos ocasiones he venido por mi propia voluntad. No tenía elección. Vamos a hacernos un favor mutuo y nos dejamos el cinismo en la puerta, ¿vale?

La doctora hizo una pausa para tener clara la respuesta que darle.

—No estoy de acuerdo con usted, Nicolás. Claro que tenía elección. Podría haber no venido y haberse atenido a las consecuencias. Creía que usted ya sabía que todos nuestros actos y elecciones las tienen. Venir tendrá unas consecuencias, al igual que las tiene el no hacerlo. En sus manos ha estado el poder de decisión de enfrentarse a unas o a otras.

Nicolás odiaba a esta mujer con todas sus fuerzas. No creía en los psiquiatras. Sin embargo sí creía, con firmeza además, que cada cual era capaz de llevar su propia carga, al fin y al cabo era suya. Pero lo que sobre todo odiaba era que, en el noventa y nueve por ciento de las ocasiones, tuviera razón en lo que decía. Esto se lo comía por dentro.

—Está bien, dejémonos de frases filosóficas, me sentaré aquí —dijo a la vez que tomaba asiento en el más cercano a las estanterías y que daba de cara a la ventana exterior.

La psiquiatra hizo lo propio.

—Bien, cuénteme, ¿cómo se encuentra a día de hoy?

—Podría dar vueltas diciéndole que bien, pero me andaré sin rodeos, estoy jodido.

—Su jefe me ha puesto al corriente del caso para intentar saber hasta dónde se ha podido ver usted afectado. Yo también me dejaré de rodeos, ¿lo está relacionando con lo que ocurrió en Madrid?

—Sí.

—¿Y por qué? Reconozco similitudes, pero no creo que tenga nada que ver el uno con el otro.

—Son prácticamente iguales.

—A ver, no lo son. Pero, en caso de serlo, ¿de qué tiene miedo?

—De no saber reaccionar de nuevo, de que me pase lo que me pasó la otra vez. Temo por la vida de mi compañero.

—¿Ha vuelto usted a trabajar con compañero? —preguntó sorprendida—. No sabe lo importante que es esto en su propio desarrollo personal. Hay ocasiones en las que los afectados por casos como el suyo los rechazan de por vida. Esto me demuestra que es usted un valiente.

—Yo no lo creo así, es más, me considero un cobarde. Creo que elegí a Alfonso porque él me podía proteger de mis propios miedos sin darme cuenta de que, en realidad, lo que podría estar haciendo es condenarle a él también.

—Y dígame algo, ¿le ha servido para lo que me comenta? ¿Se siente más seguro a su lado?

Nicolás hizo una pausa para pensar su respuesta.

—No —dijo al fin.

La doctora hizo unas anotaciones en la libreta que tenía al lado, en una mesita de reducidas dimensiones.

—Déjeme decirle que este caso no tiene nada que ver con el anterior porque usted mismo no es la misma persona cuando aquello ocurrió. Ahora está más instruido, ya no es un novato. La experiencia es un grado y estoy segura de que no ha accedido a este puesto de inspector dorando la píldora a las personas adecuadas. Usted no es así. Tengo el convencimiento de que se lo ha ganado merecidamente, Nicolás.

—Y si no soy el mismo, ¿por qué me siento igual?

Laura se echó para atrás y pareció buscar las palabras exactas.

—Porque pensar que un miedo se puede destruir es de ilusos. No, no podemos levantarnos un día y haber perdido el miedo a algo, más que nada porque no podemos vivir sin ellos. Son necesarios. Lo que podemos aprender gracias a los mismos es a enfrentarnos y usarlos en nuestro favor. Utilice ese miedo a que pase algo parecido para darlo todo de usted mismo y lograr meter entre rejas a ese asesino. Si no le teme, no le podrá dar caza.

—Para usted es fácil decirlo...

—Mire, Nicolás, usted pensará que tengo un discursito

preparado para cada paciente, y no es así. Tengo la suerte de conocerlo bien, y no veo en usted a ese chaval novato que vino a mí hace unos años, asustado, horrorizado por lo que acababa de vivir. De hecho, creo recordar que le di la razón en cuanto a su forma de sentirse. Era normal, era lógica. Ahora, en cambio, veo a una persona adulta, con la preparación necesaria para enfrentarse a esto. El miedo seguirá con usted. Le pido, además, que no lo pierda nunca porque le hará siempre andar con cautela y no tomar decisiones precipitadas. En casos como este es necesario. Enfréntese a él con su miedo. Con suerte, el asesino no lo tendrá y esto será lo que le haga cometer un error. Usted decide. ¿Está tomando alguna medicación para el insomnio? Tiene una cara horrible.

Nicolás sonrió ante el desparpajo de la afirmación de la psiquiatra.

—La que usted misma me recetó hace años. Voy alternando el Orfidal y el Lexatin.

—Vale, pues no la tome más. Por su aspecto veo que poco le está ayudando, por lo que si tampoco va a dormir, no se medique. Le ayudará a estar con el cerebro más despejado para lo que realmente importa. Atrape a ese malnacido, no deje que esos fantasmas de su pasado le persigan. Enfréntese a ellos y derrótelos. En esta ocasión, tiene el poder de cambiarlo todo. No lo desperdicie con lamentos.

Nicolás siguió charlando un buen rato más con la doctora. No sabía hasta qué punto iba a venirle bien esta charla, pues marcaría un antes y un después en la investigación.

14.14 h. Alicante. Comisaría

Llegó a la hora de comer. Como era lógico, Alfonso no se encontraba en su puesto. Había salido al bar de la esquina a tomar el menú diario que ya se estaban acostumbrando a pedir.

Él no tenía hambre, puede que fuera por la inyección de moral que tenía puesta en esos momentos, así que pasó de comer: necesitaba ponerse con esa renovada fuerza con el caso. No se demoró en sentarse frente a su PC y continuar con la investigación.

Había una nota de Alfonso encima de su teclado en la cual se disculpaba por no haber podido hallar relación con ninguna productora, ni de arrope ni de calabazas, en la zona que les pudiera indicar algo. Si alguien en el pueblo lo hacía debía de ser por su cuenta, por lo que podría ser cualquier persona.

Nicolás pensó que, a pesar de esto, no se detendría ahí con este punto en concreto. Si hacía falta iría vivienda por vivienda para saber quién se dedicaba a la producción casera de este producto.

Sabía que lo del arrope era muy importante. No estaba ahí por casualidad, mucho menos habiendo dejado las huellas impresas del carnicero. Dudaba que el asesino lo hubiera dejado como prefacio del envío de la calabaza, pues esto último le pareció más un acto burlesco que otra cosa. Esa especie de mermelada tenía algún significado. Y él lo iba a averiguar.

Buscó algo de información en internet sobre esto, pero nada hizo que su instinto reaccionara lo más mínimo. Comprobó su correo electrónico, vio que el forense le había remitido el informe completo de la autopsia del cartero. Nada revelador, aparte de lo que ya sabían, como ocurrió con la primera.

La lengua había sido cortada con algo que podría ser una tijera de podar o similar. El corte se había producido *post mortem*, pues no se apreciaban rasgos de vitalidad alrededor de la herida. Los análisis practicados confirmaban una enorme subida de adrenalina justo en el momento de la muerte, fijada sobre las 3.30 de la madrugada. Esa subida podría haberse producido en el momento en el que fue atacado en el cuello. Además, la herida, al contrario que con la lengua, sí mostraba signos de vitalidad. La del abdomen no, por lo que también era *post mortem*, tal y como suponían. En su sangre no había restos de ninguna sustancia tóxica. Su nivel de alcohol era mínimo. A pesar de ello, se remitirían muestras a Barcelona para un análisis más exhaustivo y centrado en otro tipo de sustancias concretas. Aunque esto se demoraría algunos días y él no tenía tiempo que perder. No consideraba que fuera relevante para el caso.

—¿Qué tal tu charla con la loquera? —La voz de Alfonso hizo que pegara un pequeño salto en su asiento.

—Joder, qué susto, ¿tú no estabas comiendo?

—Si no me das conversación, me aburro rápido —contestó con ironía debido a que últimamente Nicolás ni hablaba mientras comía.

—Bien, ha ido bien. Hemos charlado un rato y ya está.

Nicolás no quiso contarle que se sentía algo mejor después de la charla, prefería guardarse este sentimiento para él ya que no estaba seguro de cuánto tiempo le duraría. Si en verdad se encontraba mejor, Alfonso ya se acabaría dando cuenta. No era demasiado difícil de ver.

—¿Ya está? Menuda mierda. Con la de trabajo que tenemos aquí y te hacen perder el tiempo en tonterías, en fin. ¿Cómo vas?

—Bien. Estoy leyendo el informe del forense. Nada que no sepamos, todo se confirma según las primeras hipótesis.

—Esto está bien, pero seguimos sin saber por qué ha matado de esta manera, el puto cambio de *modus* me va a volver loco. Si no logramos meternos en su mente, no vamos a pillar ni un resfriado.

—Espera —dijo Nicolás mientras levantaba la mano—, esto no me lo esperaba...

Alfonso se quedó mirando a su amigo.

—Aquí dice que, por la fuerza de las incisiones, puede que el arma la llevara incrustada en la propia mano, que sujetándola es imposible atacar con tanta fuerza, pues solo contabiliza tres tajazos precisos en el abdomen.

—Un momento. ¿Qué? O sea, que si la llevaba incrustada... quiere decir que lo hizo con algo así como... ¿una garra?

—Algo así como una garra —contestó Nicolás confirmando lo que también él pensaba.

—Eh... ¿Hola? ¿Andamos detrás de Freddy Krueger?

Nicolás no pudo reprimir la risa ante el comentario de su amigo. Hasta en los momentos de máxima tensión era capaz de tener gracia, el muy jodido.

—No sé, pero esto me mosquea mucho —dijo una vez recuperó la compostura—. Me preocupa bastante que haya sido capaz de ponerse una garra para hacer esto. Este acto sobrepasa el sadismo, yo creo. Es algo así tipo fetichista.

—Ni puta idea, pero tienes razón. No me gusta un pelo el cariz que va tomando todo esto. Pero ¿de dónde coño ha sacado una garra? O sea, ¿en el todo a cien venden garras para esto?

Nicolás se quedó callado unos instantes. Tenía la vista fija en la pantalla de su ordenador, parecía estar embobado, aunque en realidad no la estaba mirando. Eso sí, no pestañeaba.

—¿Estás bien?

El inspector Valdés no dijo nada. Seguía mirando pero, a diferencia de antes, cada vez fruncía más el ceño.

—Nicolás, ¿pasa algo?

—Me cago en la puta, ¡me cago en la puta!

—¿Qué? —preguntó Alfonso alarmado.

—Dame unos instantes, necesito comprobar una cosa.

Acto seguido, comenzó a teclear ante la mirada pasmosa de su amigo, que no entendía nada. Según iba haciendo clic en su ratón, su rostro iba cambiando, empezaba a entenderlo todo.

—¿Me vas a contar qué cojones haces? —insistió desesperado Alfonso.

—Ya sé qué está pasando aquí. Ya sé cómo va a morir la próxima víctima.

Alfonso no podía articular palabra, aquello era imposible.

—Cuéntame, coño.

—Ven al despacho del jefe, no tengo ganas de dar dos explicaciones.

Alfonso, con el corazón latiendo cada vez más deprisa, siguió a su amigo, que se había levantado de un salto de su asiento y había comenzado a andar a toda prisa hacia el despacho del inspector jefe.

Al llegar, este salía por la puerta, con su habitual cara de pocos amigos.

—Jefe, creo saber casi al cien por cien cómo será la próxima muerte —comentó el madrileño.

Montalvo, en vez de alegrarse por lo que le contaba el inspector, lo miró con gesto sombrío.

—¿Qué ocurre? —quiso saber Nicolás.

—Que tendrá la oportunidad de comprobar muy pronto si tenía o no razón. Ha aparecido otra víctima.

—Joder, ¡me cago en la puta! ¿Qué está pasando en Mors?

Su jefe tragó saliva antes de hablar.

—No, esta vez no se dirigen a Mors.

26

Martes, 13 de octubre de 2009, 14.25 h.
Alicante. Afueras de la comisaría

Alfonso no podía esperar más para saber qué es lo que había averiguado su amigo. Su jefe, debido a presiones incesantes del comisario, no había podido parar a escuchar las explicaciones del inspector, por lo que tendría que esperar a que regresaran para hacerlo. El tiempo apremiaba.

Gutiérrez arrancó el coche, esperó a que Valdés se montara y no aguardó ni un segundo más.

—Dispara.

—Ha estado delante de nuestros ojos todo este tiempo y no hemos sabido verlo. Ya nos dejó una pista esclarecedora en la primera víctima y no nos dimos cuenta. Somos unos novatos de mierda.

—¿Qué pista?

—El saco.

Alfonso lo miró, desentendiéndose momentáneamente de la carretera.

—¿El saco? Ya lo procesaron, no tenía ni un rastro, ni siquiera una fibra que indicara que alguna vez se hubiera podido utilizar. Estaba nuevo.

—Es el saco en sí la pista. ¿A ti nunca te han asustado con «el hombre del saco»?

Alfonso no sabía si responder o no. Comenzaba a pensar que a su amigo se le había ido la cabeza del todo.

—Emmmm, sí...

—¿Y si te dijera que la leyenda está basada en algo real? Antes de nada quiero que sepas que todo esto lo sé porque, cuando estudiaba en la universidad, estuve colaborando con una revista que se creó en clase. Yo escribía dossiers sobre famosos asesinos en serie. De ahí que, bueno, más o menos sepa algunas cosas. En fin, como te decía «el hombre del saco» existió. No quizá como nos han contado desde pequeños para asustarnos, pero sí, está basado en la figura de varios personajes que infundieron miedo en su día. Este en concreto, al que me refiero, es un personaje que durante el siglo XIX mató, que se sepa, a trece personas. Todas mujeres y niños.

—No me suena haber oído nunca esto.

—Sí te suena, lo que pasa es que si no te digo su nombre, no te vendrá a la mente la imagen de Manuel Romasanta.

—¿El Sacamantecas?

—El mismo. Pasó a la historia con ese nombre, pero al igual que con lo de «el hombre del saco», hubo varios personajes en la historia a los que se les llamó «sacamantecas». Sin ir más lejos, está el vitoriano Juan Díaz de Garayo. Todo un personaje.

—Lo sé... Pero ¿no se le llamaba así porque se llevaba el sebo de sus víctimas para venderlo? Lo vi en una película.

—Sí, aunque no sé qué tiene esto de cierto. El cine tiende a distorsionar demasiadas cosas. Fíjate en nuestro trabajo. Todos piensan que tenemos un equipo de CSI detrás de nosotros que nos resuelve el caso solo viendo una escena del crimen. Sea como sea, no se ha llevado el sebo de su víctima, como se supone que hacía el otro, porque no le interesa para nada. Ese era el propósito de Romasanta, el de nuestro hombre es otro muy distinto.

—¿Y cuál es?

—Joder, Alfonso, si lo supiera te lo diría. Supongo que lo único que busca es imitar la muerte, no sus motivaciones.

—¿Y cómo coño has llegado a esa conclusión?

—Ha sido por el arrope. Bueno, en realidad lo del arrope me ha ayudado a saber sobre lo que nos encontraremos donde vamos. Al meterme dentro de esta hipótesis, al aplicarla a la muerte anterior, me he cruzado con lo de Romasanta. ¿Sabías que fue el primer caso de licantropía clínica documentada?

—Vale, ¿eso qué coño es? —dijo mirando a su compañero y perdiendo otra vez de vista la carretera.

—Es sencillo. Romasanta se creía un hombre lobo. Lo primero que te lleva a pensar esto es que está loco, yo también lo pensaría. Pero, una vez que lo atraparon, varios estudios determinaron que, en realidad, tenía esta enfermedad que te he dicho. No deja de ser un síndrome psiquiátrico, pero está reconocido como enfermedad. Es decir, la persona no sería considerada como un demente, sino como un enfermo. Él de verdad creía que era un hombre lobo porque su mente era incapaz de pensar en que era otra cosa.

—A mí que no me jodan, eso es de putos tarados. Hombres lobo, tócate los huevos. Además, enfermo y demente es prácticamente lo mismo.

—Sí y no. No hace falta irnos muy lejos para rebatirte esto. Mira las psicopatías. Bueno, lo que importa es que mataba a sus víctimas utilizando sus propios dientes y manos, como si fuera un lobo. Se dice que se dejó crecer las uñas y las afiló para que parecieran garras. Otros, en cambio, cuentan que se las fabricó él mismo.

Esta última frase hizo que se encendiera algo en Alfonso.

—¿Has dicho garras? ¿Fabricadas por él mismo?

—Exacto, como las que se supone que se han utilizado para destripar al pobre cartero. Nuestro homicida no ha tenido tiempo de dejarse las uñas largas y afilarlas, como una de las creencias, pero en cambio parece ser que ha fabricado o comprado algo que le ha servido para el mismo cometido, que sería la otra opción. Además, he mirado algo en internet y entonces me he acojonado. Anoche había luna llena. No sé si es producto de la casualidad o lo tenía tan estudiado, pero sea como sea me pone la piel de gallina.

—Pero a ver, Nicolás, recapitulemos. ¿Me estás diciendo que estamos buscando a un tipo que se cree hombre lobo? Venga ya, si en la primera muerte no había nada de la filantropía esa de los cojones.

El inspector Valdés miró para delante y sonrió.

—Es licantropía. No seas idiota, no —respondió—. Lo del bote con la mermelada esa rara me confirma que no.

—Joder, cómo te gusta hacerte el interesante, ¿me quieres contar las cosas de una vez?

Nicolás miró por su ventana. Comenzaban a caer gotitas de lluvia justo en el momento en el que un cartel de metal les anunciaba la salida de la autovía en dirección a Callosa de Segura. Estaban a punto de llegar al pueblo.

—Esto confirma que es un psicópata y que, en realidad, no se ha salido del patrón, pues este engloba varios patrones. En este caso creo que habrá actuado el Arropiero. Tenemos a un imitador de los asesinos en serie más brutales de la historia de nuestro país.

Alfonso tardó bastante en reaccionar. No podía. Necesitó detener el coche en una estación de servicio que había justo al salir de la autovía. Miró a Nicolás y tragó saliva.

—¿Y dices que faltan tres periódicos? Joder, qué yuyu da eso —comentó Alicia mientras apilaba una caja de botes de refrescos encima de otra.

El bar estaba muy tranquilo a esas horas. Apenas un grupo de mujeres tomaba café en una de las mesas del fondo. Este momento de tranquilidad solían aprovecharlo Alicia y su tía para reorganizar algo el apartado que usaban como almacén. El abogado se había ofrecido a ayudar a la muchacha en esta labor, total, no tenía nada mejor que hacer y se moría de ganas por contarle lo que había averiguado.

—Sí, y ahora me toca esperar. La bibliotecaria no tenía mucho ánimo para ayudarme. Creo que no le he caído bien —contestó Carlos mientras echaba una mano a Alicia con una caja de Fanta de naranja—. ¿Aquí está bien? —preguntó indicando con sus ojos un hueco antes de dejarla.

—Sí. Y respecto a lo de caer bien, mira que es raro. Con lo simpático y abierto que tú eres.

—Ja, qué graciosa. Soy simpático con quien lo tengo que ser.

—Y dime, ¿conmigo lo eres?

—Contigo soy muy simpático, o sea, que imagina con quien no me cae bien cómo soy.

Alicia rio ante el comentario.

—Vaya, soy una afortunada. Volviendo al tema, me parece muy extraño esto que me cuentas. Es más, apostaría todo a que si todavía están enteros esos periódicos, tienen que estar en casa de alguno de los involucrados en toda esta historia.

—Vale, entra tú a buscarlos en casa del policía y yo en la del resto.

La joven le mostró su dedo corazón.

—Supongo que lo único que te queda es esperar.

Carlos suspiró ante tal afirmación. Tenía razón, era lo único que podía hacer en aquellos instantes.

Siguieron apilando cajas. Después el abogado la ayudó a reponer el congelado mientras ella limpiaba la barra que tenía dentro de la cocina.

Un grito desgarrador se oyó en la calle. Parecía provenir de una mujer. Instantes después se volvió a oír otro igual, estaba histérica.

Los dos dejaron lo que estaban haciendo y salieron a toda prisa del bar, seguidos por las mujeres que estaban allí dentro. Miraron hacia un lado y otro y la vieron. Una mujer lloraba desconsolada mientras dos hombres, también alertados por el grito, corrían hacia ella para ver qué le sucedía.

Sin importarle dejar el bar abandonado, Alicia también echó a correr. Carlos tardó algo más en reaccionar, pero hizo también lo mismo.

Al llegar donde estaba la mujer, uno de los hombres la agarraba por los hombros tratando de sonsacarle qué le pasaba. Esta lloraba a moco tendido y cada dos por tres emitía un grito desgarrador. Tenía el teléfono móvil en la mano.

—¿Qué ha pasado, María del Carmen? —preguntó Alicia, que parecía conocerla.

Pero la mujer no contestaba, por lo que volvió a insistir.

—Cálmate, por favor, ¿qué ha pasado?

La mujer miró desesperada a la joven, como si lo que iba a decir no se lo pudiera creer ni ella misma.

—¡Han asesinado a mi hermano! —logró decir entre balbuceos, pero con determinación.

Alicia la soltó, poniendo cara de incredulidad. Los dos hombres se acercaron de nuevo a la mujer y comenzaron a avasallarla a preguntas. Unas preguntas que ni ellos mismos entendían y que ni mucho menos ella podía responder.

La muchacha se giró hacia Carlos. Este estaba completamente blanco, no hacía más que tragar saliva y respirar algo acelerado. Necesitó unos instantes para poder encontrar las palabras.

—¿Quién es su hermano?

Alicia lo miró con lágrimas en los ojos y bastante temblorosa. Agarró las manos de Carlos, apretó fuerte los párpados y contestó.

—Ramón Berenguer. El fotógrafo. El que ayer huyó de Mors.

15.23 h. Callosa de Segura. Casa de Elisa Berenguer

Nicolás levantó el cordón policial con su mano izquierda. Alfonso aprovechó este gesto para pasar él también. Allí sí había un buen número de curiosos en la puerta, no como en el anterior crimen en Mors. Seguramente, estos vivían algo ajenos a lo que allí estaba sucediendo. No se explicó cómo, si en realidad eran pueblos vecinos.

Los recibió un guardia civil.

Nicolás no pudo evitar pensar en la de veces que le habían hablado del recelo que solía haber entre la Guardia Civil y la Policía Nacional. Lo mucho que les costaba colaborar a unos con otros era siempre el tema central de esas conversaciones. La verdad, dentro de su experiencia, no había vivido nada de esto. En los casos en los que él había estado involucrado, la unión de ambos cuerpos había sido plena. Pudo comprobarlo más en primera persona que nunca en la primera muerte, la de Fernando Lorenzo, un caso que a priori había llevado la Guardia Civil y que había pasado a manos del inspector sin ningún impedimento.

—Sargento Pérez —se presentó este tendiéndoles la mano a ambos.

—Inspectores Nicolás Valdés y Alfonso Gutiérrez. Cuénteme.

—La casa pertenece a Elisa Berenguer, hermana del fallecido. Se encontraba de viaje y ha regresado hace tres o cuatro horas, no sé exactamente. Al parecer su hermano llegó ayer por la tarde aquí. Se había separado de su mujer hacía unos cuantos años ya y sus hijos están casados. Viven fuera de Alicante, lo que no sé es dónde. Él no es de este pueblo.

—Es de Mors, ¿verdad?

—En efecto, ¿ya se lo han dicho?

—No hace falta. Continúe.

—Bien, ¿por dónde iba? Ah, sí, al llegar la hermana, pensando que estaría aquí dentro ha estado tocando el timbre para no utilizar su llave. Al ver que no abría ha supuesto que estaría dormido y ha entrado. Se ha encontrado esto que van a ver.

—¿Alguien más ha entrado, aparte de ustedes?

—Sí, por desgracia a ella la acompañaban su marido y sus dos hijos. Tienen quince y diecisiete años, lo han visto todo. Hemos trasladado a los dos al cuartelillo. No está demasiado lejos de aquí, por si quieren tomarles declaración, pero no sé si será algo necesario.

—No lo será, ya han sufrido suficiente. No les incordiaré. Sé que no hace falta que lo diga, pero proporciónenles toda la ayuda psicológica que necesiten. Si quieren, nosotros nos hacemos cargo de ese gasto, pero no escatimen.

Pérez asintió. Así lo haría.

—Pasemos y, bueno, hagan su trabajo.

Nicolás asintió y siguió al sargento Pérez. El inspector andaba decidido, bastante más que en su anterior víctima. Puede que fuera la charla, puede que fuera lo que había descubierto sobre la relación entre los casos, pero una nueva confianza le empujaba a andar con esa decisión. Con un aplomo que debería haber llevado con él desde la primera vez que había pisado Mors. Esperaba que le durara. Le haría falta, por el bien de las víctimas.

Al entrar en la sala, la imagen que encontró no distaba demasiado de lo que esperaba. Sus pesquisas eran ciertas. Tirado, casi en el centro de la habitación, un hombre estaba acostado boca arriba. Tenía los ojos abiertos de par en par, con los globos oculares a punto de salirse de las órbitas. Estaba morado, por lo que la causa de la muerte parecía bastante clara. Si acaso esto no era suficiente, los panties de mujer que llevaba enredados en el cuello así lo confirmaban. Zapata y su equipo trabajaban sin pausa en la escena.

—Muerte por asfixia, tal y como lo hacía el Arropiero —comentó Nicolás nada más entrar.

—¿Cómo dice? —quiso saber el sargento.

—Perdone, le agradezco su colaboración por encima de todo, pero ahora me toca hacerme cargo de la situación. Me encantaría contar con su punto de vista sobre todo esto, pero ya sabe cómo funciona esto y nos podemos buscar ambos un lío.

—No se preocupe, lo entiendo. Si me necesita para cualquier cosa estaré fuera.

Nicolás asintió y el guardia civil salió de la estancia.

—¿Confirmamos entonces? —quiso saber Alfonso.

—No hay duda. Me esperaba esto, demasiada casualidad sería.

—Vale, reconozco que todo esto empieza a acojonarme, ¿cómo detener a alguien que cambia cada dos por tres de identidad?

—Ciñéndonos a los indicios que descubramos. Ya hablamos de lo complicado que era encontrarnos con un asesino en serie, ya que son poco comunes. Imagina las probabilidades de que fuera ritualista y vanidoso. Se empeña constantemente en demostrar que va un paso por delante de nosotros. Creo que sigue pensando que estamos perdidos, por lo que nos va a dejar un indicio que se relacionará con la identidad de su próximo verdugo. Nos lo quiere poner fácil en este sentido para que nuestra desesperación por no atraparlo sea mayor. Esto que te voy a decir sé que suena peliculero total, pero juega con nosotros.

—Te ha faltado decir: nos sermonea. Bueno, por lo pronto, ya se ha llevado su trofeo.

—Ya no me pilla por sorpresa —comentó el inspector mientras miraba hacia el gran charco de sangre que había en el lugar en el que deberían estar los pies de la víctima.

—Hay algo que no logro entender. ¿Por qué aquí? ¿Por qué se ha salido de Mors para matar a alguien de allí?

Nicolás no dudó en la respuesta.

—Está claro que tiene una lista. Ya tiene elegida a la gente que morirá. No la elige al azar, como habíamos pensado. Si este hombre sentía miedo y ha huido, el asesino ha ido tras él. Tengo entendido que mucha gente lo está haciendo. No quiere cambiar ni un trazo de su plan. Me jode que sea tan perfecto, pero lo de que no mate al azar nos dice muchísimo de él. Lo tiene todo muy estudiado.

—¿Piensas que dentro de esa lista sigue algún tipo de patrón?

—A ver. Todos han sido hombres. Todos tienen más o menos la misma edad. Yo diría que sí. Lo que no sé cuál es ese patrón.

—Lo averiguaremos, compi. Voy a llamar para ver dónde coño está la jueza y el forense. Como siempre, llegan tarde.

Nicolás asintió al tiempo que se giraba sobre sí mismo para observar el escenario. Distaba de los demás en que la vivienda parecía estar decorada con algo más de gusto que las anteriores. La modernidad era palpable en cada uno de los rincones en los que se fijaba. Figuras de extrañas formas daban una sensación de exquisitez que los tonos pastel de sus paredes realzaban todavía más. Un sofá de cuero destacaba por encima de todo el conjunto. Este estaba encarado a lo que parecía ser un carísimo televisor de plasma de tamaño descomunal. Nicolás no supo calcular las pulgadas que tendría, pero podía ser perfectamente el doble de las de su televisor. En uno de los laterales había una mesa acristalada con patas, al parecer, de acero. Su mirada se desvió rápido hacia el objeto que, seguramente, le revelaría la identidad del próximo asesino a suplantar.

Sabía que no estaba ahí por casualidad, ya que se encontraba en el mismo lugar que el de los dos anteriores. Lo miró con detenimiento, todavía no lo podía tocar, pues Científica indagaba en busca de indicios a su alrededor.

Era un guante viejo, con los dedos cortados.

El subinspector Zapata acabó con lo que estaba haciendo y se acercó al inspector.

—¿Qué coño está pasando en esta zona? Ayer le hubiera dicho en Mors, pero ahora he tenido que ampliarlo a zona.

—Ojalá pudiera decírselo, Zapata, ojalá. Y me temo que sigue siendo en Mors. Este hombre era de allí. ¿Tiene algo digno de contar?

— Vaya, no tenía ni idea... En cuanto a lo de contar, le diré lo que ya sabe, que estamos ante uno de los mayores hijos de puta con los que he tenido la mala suerte de toparme. El muy cabrón deja la escena tal cual lo desea. Ni más, ni menos. Supongo que para asesinar utiliza un mono parecido al que llevo yo puesto. Es imposible que no deje ni una fibra, ni un cabello, ni una puta mota de su aliento en todo el escenario. Nunca me he enfrentado a algo así. Siempre hay algo, siempre. Joder, estoy entrenado para encontrar cosas donde no parece que las haya, pero en estos asesinatos nunca hay nada. Solo lo que quiere que encontremos. Estoy hasta los cojones ya. Temo que la desesperación no me deje ver lo que necesito.

—Todos tememos esto, subinspector, pero no nos dejemos llevar por estos pensamientos, que al final va a ser cierto que nos van a pasar factura. Alguna vez tiene que cometer un error. No es un dios. Y nosotros vamos a estar ahí para pillarlo. Después de esto le meteremos una pierna por el culo.

27

Martes, 13 de octubre de 2009, 16.04 h.
Mors. Casa de Fernando Lorenzo

Carlos se encerró en la casa de su padre. Por enésima vez, necesitaba rebuscar en todos los cajones con el fin de encontrar algo que le demostrara por qué seguía en ese lugar a pesar de todo lo que estaba sucediendo. Jamás había experimentado la sensación de que su vida corriera peligro, pero la muerte del fotógrafo, justo después de haberle advertido que saliera pitando de allí, estaba provocando en él ese sentimiento.

Por más que lo intentaba no lograba sacarse ese momento de la cabeza. Las palabras resonaban, una a una, en lo más profundo de su cerebro y no se callaban. Parecían un disco rayado.

«Hijo, si me permites un consejo huye, cuanto antes.»

Cada vez que las recordaba, un escalofrío de lo más desagradable recorría todo su cuerpo. Tenía miedo, mucho miedo, más del que había sentido en toda su vida.

Vació uno de los cajones del salón tirando todos los papeles que contenía al suelo. Rebuscó entre ellos pero solo eran facturas de luz, teléfono y agua de los años anteriores. Nada relevante. Al no obtener resultados, fue a por otro.

Vació la cajonera entera sin hallar nada.

Tras esto siguió rebuscando en todos los rincones de la casa durante más de veinte minutos. No dejaba ni un solo metro donde no pareciera que había pasado un huracán arrasándolo todo. En su búsqueda no le importaba tirar jarrones viejos y feos, que se acabaron rompiendo en decenas de pedazos al caer al suelo.

Levantó incluso los cojines del sofá, arrojándolos también junto a todo el caos que se había formado. Colocó las manos sobre su cabeza y la echó hacia atrás ahogando un grito que, seguramente, hubiera sido ensordecedor. Aquello lo estaba trastornando. Sin pensarlo demasiado, fue corriendo a por una silla, la colocó en el centro de la habitación y se subió a ella casi de un salto, sin importarle ni siquiera la posible caída.

Una vez arriba, comenzó a levantar placas de escayola y, según las apartaba, se aupaba un poco más para meter su cabeza dentro del techo. Necesitaba encontrar algo pero, aparte de oscuridad, no veía nada más. Con gran parte del techo desmoronado se bajó de la silla y pensó en que quizá su padre tuviera una linterna guardada en algún lugar. Recordó —o creyó recordar— que, cuando vivían juntos, siempre había una en la cocina, así que allí fue con la esperanza de poder encontrar una. Ya allí, rebuscó en la cajonera de los cubiertos, donde las imágenes fugaces le decían que antes la guardaba allí. Pero aparte de lo que por fuerza encontraría en ese cajón, no había nada más. Aprovechó y se sirvió un vaso de agua, estaba temblando. Su respiración era tan fuerte que se podía oír a varios metros de él. Bebió solo medio vaso, pues el recipiente se le cayó al suelo. Se sentía mareado, puede que estuviera hiperventilando. No le importaba lo más mínimo, necesitaba seguir buscando, necesitaba conocer la verdad. ¿O era mejor hacer caso a ese pobre hombre y salir corriendo de allí? Pero ¿y si era peor y se llevaba el mal con él, a Madrid? ¿Quién le garantizaba que huir iba a hacer que acabara con sus problemas? El fotógrafo se había marchado y no había servido de nada. Fuera lo que fuese lo que había acabado con su vida, porque estaba seguro de que un ser humano no era, lo había perseguido. No importaba que el fotógrafo se hubiera escondido. Lo encontró. No. Lo importante era descubrir la verdad. Conocerla y saber quién era el que estaba detrás de toda esta locura. Quizá así fuera la única forma de detener este mal y conseguir salir con vida de allí. Con esa idea, siguió buscando algo que le pudiera acercar a esa verdad. Ahora fue el turno de las ollas. Puede que fuera una idiotez, pero su madre guardaba dinero en efectivo dentro de una de ellas, por lo que ¿por qué su padre no podría guardar algo para hacerlo más difícil de encontrar?, aunque dudaba que las hubiera usado nunca. Por desgracia, no halló nada dentro de ellas. En un arrebato de ira, tiró al suelo todas las que había dejado encima de la encimera, causando un gran estruendo.

Salió de la cocina y fue al aseo. Puede que ahí...

Como había hecho en salón y cocina, comenzó a arrojar todos los productos de su padre al suelo. Esta vez no estaba ni siquiera seguro de estar buscando algo, pensó que ya tiraba por tirar. Aquí tuvo algo de suerte, pues ninguno de los recipientes de cristal se rompió en los mil pedazos esperados. Miró en el armario de las toallas, las sacó una a una de su lugar y fue desdoblándolas por si había algo oculto en ellas.

Volvió a las cajoneras. Estaban vacías, pero seguía en su empeño de que debía de haber algo oculto en ellas, por lo que las sacó. Al comprobar que no tenían nada, las arrojó al suelo, fuera de sí. Una de ellas se partió en varios pedazos; el impacto había sido brutal. Volvió a colocar las manos sobre su cabeza y esta vez se tiró fuerte del pelo. No supo si fue por el dolor que se infligió o si fue por la rabia que le estaba llevando a cometer este acto, pero ahora sí gritó y, sin ninguna duda, fue oído en al menos medio pueblo.

Después de esto, todo se volvió negro mientras caía al suelo sin conocimiento.

16.51 h. Camino a Alicante

—Te noto algo callado. Bueno, más callado que de costumbre.

—Estoy pensando, no puedo dejar de pensar.

—¿Piensas en el guante? —quiso saber Alfonso.

Nicolás calló unos instantes antes de responder, miró por la ventanilla del coche. La lluvia caía ahora con algo más de fuerza. Por fin parecía refrescar algo después de tantos días de calor insoportable. La lluvia le gustaba. No llevaba tanto tiempo fuera de Madrid, pero era una de las cosas que echaba en falta. No es que Madrid fuera Galicia, pero comparado con el litoral levantino... Observaba las distintas formas que las gotas creaban al chocar contra el cristal. No sabía explicar por qué, pero esto lo estaba relajando un poco. Hasta casi llegó a conseguir no pensar más de dos segundos seguidos en lo mismo.

—Sí —dijo al fin.

—Daremos con el significado, no te preocupes. Al menos ya sabemos por dónde tirar. De todos modos, por un momento he llegado a pensar que nuestro amigo había variado su patrón, esta vez de verdad, a la hora de actuar.

—¿Cómo? —Nicolás salió de su ensimismamiento.

—Me refiero a que, si lo piensas, es la primera vez que no vamos a primera hora del día. Pensé que había actuado a plena luz. Esto hubiera sido un cambio significativo en su proceder.

—Ya has visto lo que ha dicho el forense de guardia. Además, que me perdonen por lo que voy a decir, pero estaba tieso como un garrote. Murió anoche. En esto no varía, al menos.

—¿Crees que deberíamos tener más unidades patrullando por las calles de Mors? No es un pueblo demasiado grande.

—No, ya tenemos dos y pienso que es una pérdida de tiempo. El asesino no actúa en la calle. A no ser que se les aparezca la Virgen y lo encuentren entrando en una casa, no sirven para nada. Además, ya has visto, esta vez ha actuado fuera de Mors. Con la de gente que está huyendo del pueblo, ahora podría actuar en cualquier lugar. Aceptando la hipótesis de la lista, claro.

—Yo me la creo.

—Y yo, pero no podemos dar nada por hecho. Ya hemos visto de lo que es capaz. Si lo subestimamos, nos dará un mazazo, de eso estoy seguro.

—Sí, bueno, ahora toca ceñirnos a lo que tenemos con esta nueva víctima. ¿Voy directo a Medicina Legal o espero a que nos llamen? Supongo que el cadáver tardará un rato en llegar, no demasiado, pero quizá tengamos que esperar.

—No, ve a comisaría, no necesitamos estar presentes en el análisis forense, sé lo que nos va a revelar. Supongo que Montalvo lo entenderá. El tiempo corre en nuestra contra. No tenemos ni puta idea de cuándo volverá a actuar. Pongámonos a trabajar con lo del guante e intentemos adelantarnos a sus pasos. Intentemos también seguir buscando una relación entre las víctimas. Tiene que haber algo.

—Guay, oye, una cosita que no tiene que ver con el caso, bueno, un poco sí, ¿sabes si la jueza tiene pareja? Creo que me ha puesto ojitos.

Nicolás se echó a reír mientras miraba a su amigo.

—Alfonso, cada vez que nos cruzamos con una mujer, esta te pone ojitos —comentó divertido.

—Chico, ¿qué quieres que te diga? No es mi culpa, será que les recuerdo a Paul Newman.

—Claro. Será eso...

Nicolás rio fuerte con una carcajada muy sonora. Era la primera vez que lo hacía en mucho tiempo.

16.54 h. Mors. Casa de Fernando Lorenzo

El sonido de los fuertes golpes en la puerta despertaron a Carlos. No sabía qué había pasado, ni siquiera por qué le dolía tanto la cabeza. Se incorporó lentamente, los golpes en la puerta cada vez sonaban más fuertes. Alguien estaba dando puñetazos en ella. Trató de ponerse en pie, pero el mareo era tan grande que le costó horrores poder hacerlo. Tambaleándose, consiguió llegar hasta la entrada. Antes de girar la llave y quitar el pestillo, colocó su mano de nuevo en la zona que más le dolía de la cabeza. Estaba algo hinchada, posiblemente se había dado un golpe al perder el conocimiento. Pero ¿por qué se había desmayado? Era la primera vez, que recordara él, que le había sucedido algo así.

Giró la llave dos veces y después tiró de la manilla.

Era Alicia.

—¿Qué ha pasado? —Tenía el rostro desencajado, su preocupación era evidente.

—Creo que me he desmayado —respondió él, no sin dificultad.

—Joder, Carlos, qué susto, ¿y el grito?

Carlos hizo memoria y a su mente acudieron las imágenes de lo que había sucedido antes de caer al suelo.

—Creo que he sufrido un ataque de ansiedad o algo parecido. No sé lo que es porque nunca me había pasado esto.

—Coño, creía que te habían atacado. He estado a punto

de llamar a la policía pensando que te pasaba algo. ¿Te encuentras bien? ¿Por qué no te sientas?

Carlos decidió no rechistar. Seguía mareado, necesitaba sentarse.

Alicia lo ayudó agarrándole el brazo y acompañándolo en el corto trayecto hasta el sillón. De manera lenta, tomó asiento.

—¿Qué te ha llevado a ese ataque? —preguntó sin dejar de mirarlo a los ojos.

Entonces se dio cuenta. Con la preocupación de si le había ocurrido algo, no se había percatado del aspecto del salón. Estaba todo patas arriba, Alicia no podía creer que hasta hubiera levantado más placas de escayola del techo. Todo estaba hecho un desastre, con objetos rotos desperdigados por el suelo y todo.

—No sé ni siquiera qué es lo que estaba buscando. Tenía la esperanza de que aparecieran los periódicos, u otra cosa, no sé.

—Macho, creo que estás perdiendo la cabeza.

Carlos no tenía réplica para esto. Él también lo pensaba.

—A ver, creo que esto se te está yendo de las manos. Pienso que deberías marcharte de aquí. Todo esto no puede acabar bien.

—¿Temes por tu vida? —preguntó el abogado sin miramientos.

—¡Que va! —respondió extrañada por la pregunta—. Yo no salgo en esa foto, tú tampoco sales, por lo que no deberías preocuparte por esto. No creo que vayan a por ti. Además, perdona por ser tan directa, pero creo que si te quisieran matar ya lo habrían hecho.

—Entonces ¿por qué me han mezclado a mí en todo esto? ¿Por qué me enviaron los ojos de mi padre y las manos del carnicero?

—No puedo responderte a esto, Carlos. No lo sé. Sea

como sea, ese juego parece haber parado. No sé si de las otras víctimas se llevaron algo o no, pero no te ha llegado nada, por lo que parece ser que te ha dejado fuera de toda esa mierda.

Carlos no supo qué responder. No lo había visto desde ese punto de vista. Pero de igual manera, que ahora lo hubiera dejado fuera tenía el mismo o menos sentido que sus pensamientos anteriores.

—Lo que de verdad me quita el sueño —continuó hablando Alicia— es tu salud mental. No estás bien, Carlos, esto que has hecho no es normal.

El abogado miró a su alrededor. Alicia tenía razón.

—Supongo que ha sido un momento de bajón. Normalmente no soy así, soy más frío, menos visceral.

—No, Carlos, creo que sí que eres así. El problema es que intentas aparentar todo el rato que no te importa nada, que nada puede contigo. Joder, eres humano, no pasa nada por que algo te supere. No eres un superhombre. Ya sabes que todavía no debería saber una mierda de psicología porque acabo de empezar la carrera, pero he leído decenas de libros sobre el tema y algo lo controlo. Esto viene a decir que creo que desde que tu padre se fue has intentado tapar todo lo que sientes y ahora está aflorando. El Carlos de estos dieciocho años anteriores era una armadura que tú mismo te creaste y ahora estás comportándote como tú mismo eres. Creo que ni recordabas cómo eras en verdad. Y lo peor es que veo que no lo sabes llevar bien.

Carlos se sorprendió ante la madurez del discurso que le acababa de soltar Alicia. No imaginaba a una joven de veinte años diciendo estas palabras. Aunque la chica ya había demostrado con creces no ser, digamos, normal, él no podía dejar de admirarse.

—Vale, reconozco parte de lo que dices. Sí, toda mi vida he intentado reprimirme. En los últimos años lo he llevado mucho mejor, supongo que me he acabado creyendo al personaje, pero sí es cierto que al principio, cuando se marchó, me volví... no sé... difícil. También es verdad que todo esto me ha hecho llegar donde estoy, soy consciente y no me arrepiento de haberlo hecho. Quizá hasta tenga que agradecer a mi padre el duro golpe porque, gracias a él, soy quien soy. Y, bueno, sí, es verdad que hoy he perdido algo los nervios, pero joder, parece que el asesino me observa y se carga a quien aparezca en la foto y hable conmigo. El carnicero, el fotógrafo...

—¿Hablaste también con el cartero? —quiso saber la joven.

—No, que yo sepa, pero ya no sé ni qué pensar.

—¿Ves? Tu teoría se va a la mierda. Quiero que te quites hipótesis conspiranoicas de la cabeza. Las cosas están sucediendo tal y como quiere el asesino que sucedan. Tú no tienes nada que ver con esto. Eres el hijo de Fernando, nada más. Además, piensa que podrías no haber venido a este pueblo. Llevabas sin hablar con tu padre la tira de años, podrías haber pasado del asunto. Tu decisión no puede entrar en los planes de nadie. Es tuya y de nadie más. No creo que tengas nada que ver con que maten a unos u otros. Y, sobre lo otro, da igual que estés contento por todo lo que hayas conseguido hasta ahora porque me temo que no importa. Si tu verdadero yo está saliendo ahora a flote, no sé si volverás a ser el mismo.

Carlos se echó las manos a la cara y respiró profundo. Ya se sentía algo mejor, aunque todavía le quedaban restos del mareo.

—¿Y ahora qué hago, Alicia?

—Hacemos. Yo estoy contigo, no te olvides. Y no lo sé, ojalá te lo pudiera decir. Pero te vuelvo a repetir lo mismo: si en algún momento sientes que no puedes más, antes de que te vuelva a pasar lo mismo, recoges tus cosas y carretera y manta. No te quiero ver más así. ¿Ok?

El abogado asintió.

—¿Cómo te encuentras?

—Mejor, aunque algo mareado todavía. Puede que una ducha me ayude a recobrar la parte de mí que sigue aturdida.

—Buena idea, date una ducha. Yo empezaré a recoger todo este desastre. Aunque las placas de escayola las pondrás tú cuando se te haya pasado del todo; no soy precisamente Sabonis.

Carlos sonrió, no imaginaba que la chica pudiera conocer a toda una vieja leyenda del baloncesto. Sin más, se levantó, entró en la habitación para recoger algo de ropa para cambiarse y fue directo al cuarto de baño.

El agua comenzó a recorrer su cuerpo y volvió a sentir sangre dentro de él. Lo había pasado mal durante unos instantes, lo reconocía. Quizá Alicia tuviera razón y debiera alejarse de todo aquello. Lo que fuera que su padre hubiera hecho, hecho estaba, él no podía hacer nada para cambiar el pasado. La idea de que ahora estuviera apartado del macabro juego que pareció empezar hacía unos días con lo de los ojos enviados le hacía reconsiderar con fuerza esta opción. Casi con toda seguridad seguiría viviendo su vida como más o menos la había dejado. Tendría pesadillas durante mucho tiempo, eso sí, pero al menos, alejado del foco de ellas, se recuperaría y todo volvería a la normalidad. A duras penas, entorpecido por el sonido del agua golpeando en el suelo, oyó que su teléfono móvil empezaba a sonar.

—Alicia —vociferó temiendo que fuera algo importante—, haz el favor de contestar.

Ella obedeció, dejó los papeles que estaba organizando y cogió el móvil. No salía nombre en la pantalla, pero el número era de Mors, ya que reconoció el prefijo. Pulsó la tecla verde.

—Dígame.

—Pregunto por el señor Lorenzo —contestó una voz conocida para ella, pero que no supo identificar en un primer momento.

—Disculpe, pero está en la ducha, ¿quiere dejarle algún recado?

Su interlocutora dudó unos instantes.

—Sí, está bien. Dígale que ya sé cuáles son las fechas de los ejemplares de los periódicos desaparecidos. ¿Toma nota?

—Eh... sí, deme unos instantes. —Alicia agarró el primer papel que tuvo a mano y un bolígrafo que había encima del mueble—. Ya.

La muchacha escuchó atentamente lo que la bibliotecaria le decía y lo anotó. Colgó sin despedirse.

Miró lo que había escrito. No podía creer lo que estaba viendo. Temblorosa, dejó el papel y el móvil encima del mueble y se acercó hasta la puerta del cuarto de baño.

—Carlos, he de irme, nos vemos, ¿vale?

—Vale —dijo la voz de este desde dentro.

El abogado se tomó su tiempo para salir, no le apetecía en absoluto andarse con prisas. Su recentísimo ataque todavía hacía que su corazón latiera algo acelerado. Al salir del cuarto de baño, Carlos fue directo hacia donde tenía el teléfono, quería saber si quien había llamado había dejado un recado.

En efecto, había un papel.

Carlos lo miró excitado. Aparecían las fechas exactas y el nombre de los diarios desaparecidos. Fue tanto el subidón por tener algo a lo que aferrarse que no se fijó en la repentina marcha de Alicia. Tampoco en que había dejado todo como estaba, sin recoger.

28

Martes, 13 de octubre de 2009, 17.29 h.
Mors. Casa de Fernando Lorenzo

Carlos colgó el teléfono. Había llamado a uno de esos números de información telefónica para que le dieran el teléfono de *La Verdad* y de *Información* de Alicante, que eran los dos diarios de los que faltaban ejemplares. Una vez los hubo conseguido, los marcó y esperó, de algún modo, poder hacerse con esos ejemplares y comprobar si su corazonada era cierta o no.

Pero en ninguno le cogían el teléfono. Supuso que era por la hora. Puede que el teléfono correspondiera a alguna centralita de información, y que trabajaran solo de mañana. No sería tan raro.

Decidió que lo mejor era intentarlo al día siguiente.

Su teléfono móvil sonó, era un mensaje. Lo abrió y vio sorprendido que era de Alicia. En ese momento fue consciente de su repentina marcha. Estaba tan metido en sus propios pensamientos y conjeturas que el mundo fuera de su cabeza dejaba de existir. Puede que se hubiera enfadado y por eso se había marchado así. Lo que no entendía era por qué, si cuando se metió en la ducha parecía estar bien.

Leyó el mensaje.

Carlos, llama a tu amigo el policía y cuéntale todo. Hazlo YA, hazme caso. Mññ t cuento. No m intentes localizar hoy. Bss.

Carlos no entendía nada. ¿Por qué ese cambio repentino de actitud de la joven? ¿Por qué le había escrito que no la intentara localizar si hacía un rato le había dicho que ambos estaban juntos en esto? Como con cada cosa que pasaba últimamente en su vida, las preguntas se le amontonaban en el cerebro y no era capaz de obtener ninguna respuesta. Necesitaba saber qué había pasado. Marcó el número de Alicia. El teléfono estaba apagado.

Se asomó por la ventana tratando de ver si estaba o no en el bar.

Tras un rato mirando, solo fue capaz de ver a su tía, por lo que llegó a la conclusión de que Alicia no estaba allí.

¿Dónde se había metido? ¿Estaría en peligro? ¿Por qué se había marchado?

Hizo memoria. Lo único que pudo haber causado su marcha era la llamada, pero ¿por qué? Había sido la bibliotecaria la que la había hecho. No entendía nada.

Su primer impulso fue salir a buscarla. Tal vez fuera lo más lógico, pero por una vez y sin que sirviera de precedente, pensó que quizá lo mejor fuera hacerle caso y contarle toda la verdad al inspector Valdés. A Carlos se le habían agotado las ideas — si bien ninguna de las que había tenido había sido buena hasta ahora— y quizá fuera el único que pudiera ayudarlos.

17.39 h. Alicante. Comisaría Provincial de la Policía Nacional

—¿Por dónde empezamos? —quiso saber Alfonso.

—Ocúpate de las relaciones entre los fallecidos, busca un nexo común, sea cual sea. Los elegidos no pueden ser casuales. Yo me ocupo de contarle al jefe lo nuevo; estará ansioso por saber con qué nos hemos encontrado.

Alfonso asintió y se puso manos a la obra, aunque siendo sincero, no tenía mucha idea de por dónde buscar.

Nicolás, por su parte, fue directo al despacho del inspector jefe.

—Pase —dijo la voz desde dentro.

Al entrar, Nicolás no pudo ocultar su cara de sorpresa al encontrar dentro del despacho a su jefe con el jefe de la policía local de Mors.

—Oh, vaya —acertó a decir el inspector.

—Creo que ya se conocen, ¿es así?

—Sí, claro, encantado de volver a verle —dijo Nicolás en el tono más amable posible.

—El placer es mío, aunque sea en estas circunstancias.

—¿Qué le trae por aquí?

—Le comentaba a su jefe que creo que les puedo ser de gran ayuda en la investigación. Tengo grandes sospechas de quién puede ser el asesino que está jodiendo la vida de los vecinos de mi pueblo.

Nicolás enarcó una ceja y tardó unos segundos en responder.

—¿Ah, sí?

—Así es, inspector. El jefe Ramírez sospecha directamente del hijo del hombre que se suicidó. Su nombre era...

—Fernando el del padre, Carlos el del hijo —se adelantó Ramírez.

—Exacto.

—¿Y a qué se debe esa sospecha? —quiso saber Nicolás.

—Todo comienza con la muerte de su padre. Se suicida. Según me cuenta lleva años sin hablarse con él y ¿de repente, sin más, se queda en el pueblo viviendo en la casa del fallecido? Es que, si esto no es siniestro de cojones, que a mí me lo expliquen. A partir de ahí comienzan las muertes, qué casualidad. Opino que cree que los que se ha cargado después llevaron a su padre a suicidarse, creo que es un acto de venganza.

—¿Quiere que declare sospechoso al hijo de uno de los fallecidos porque usted tiene una corazonada? —preguntó Nicolás a punto de mandar a la mierda a aquel hombre.

—No es una corazonada. Lo he estado observando un tiempo. Da la casualidad de que en todas las muertes habló con el fallecido el día anterior. Bueno, le seré sincero, con el cartero no lo vi, pero no me importa. Cuando habló con el fotógrafo, seguro que le contó que se marchaba del pueblo, y por eso sabía dónde estaría. Este hijo de la gran puta se está cargando a mi gente. Tienen que detenerlo. Cuanto antes.

—Mire, le comento. No suelo creer en las casualidades, pero esto tiene que ser una de ellas. Su primera hipótesis se la desmonto yo en un periquete, ya que se quedó en Mors porque yo mismo hablé con él para que lo hiciera. No es que lo convenciera, pero sí es cierto que cuando lo hice estaba dispuesto a salir corriendo del pueblo. Estaba asustado, muy asustado. Yo le dije que se tomara aquello como unas vacaciones, como una oportunidad de reconciliarse con la memoria de su padre. Lo único que pretendía era tenerlo cerca. El asesino le acababa de enviar los ojos de su padre y quería ver adónde me llevaba esto y qué tipo de conexión tenía. Luego, no sé si sabe que también le envió las manos de Javier Culiáñez, por lo que con más fuerza necesitaba encontrar ese nexo. Solo quiero al abogado en el pueblo para intentar atar esos cabos, nada más, pero el señor Lorenzo no ha matado a nadie, haga el favor de no decir gilipolleces —le recriminó el inspector.

—A ver, cálmense —intervino el inspector jefe—, no podemos descartar ninguna hipótesis. A mí también me suena inverosímil lo de que ese tal Carlos sea el hombre que buscamos, y lo que cuenta el inspector Valdés tiene mucho sentido.

—Gracias.

—Pero a pesar de ello no podemos pasar nada por alto —continuó hablando el inspector jefe—. Hoy día ninguna posibilidad es lo suficientemente descabellada. Mucho menos con la que está cayendo en ese pueblo.

—Pues esta posibilidad sí es descabellada, inspector jefe. El asesino no es Carlos Lorenzo. Por favor, qué gilipollez. Haga el favor de dedicarse a hacer su trabajo y dejarnos a nosotros hacer el nuestro —le dijo a Ramírez—. Pasaré por alto que está vigilando por su cuenta a una persona y, por lo tanto, interfiriendo en una investigación que es nuestra —recalcó la última palabra—. No sé si sabe que una llamada a la jueza y usted no se vuelve a vestir de uniforme en su puta vida.

—¿Cómo se atreve? —contestó Ramírez alzando la voz—. Cuando usted todavía jugaba con sus amigos en la calle, yo ya estaba luchando para que mi pueblo tuviera la paz que teníamos antes de que llegara ese abogado.

—¿Para que su pueblo tuviera la paz que tenían? Pero ¿qué se piensa, que vive en el puto Bronx? Despierte y vea la realidad, que usted es policía local en un pueblo de mierda, no quiera creerse lo que no es. ¿Qué está, frustrado por haber querido ser más en la vida y porque se ha tenido que conformar con poner paz en peleas de borrachos en un bar? Pues mire lo que digo, no sabe cómo me alegra que no llegara a más. Lo que nos faltaba en el cuerpo es un puto sheriff que se cree mierda y no llega ni a pedo.

—Si usted estuviera haciendo bien su trabajo, yo no tendría que estar aquí, ya habría llegado solito a la conclusión a la que yo mismo he llegado...

—¡Señores! —intervino Montalvo—. Todos estamos nerviosos por lo que está sucediendo, no nos dejemos llevar por la desesperación porque todos estamos en el mismo bando. Los dos se están midiendo la polla y parecen niños así.

De repente, el teléfono móvil de Nicolás comenzó a sonar.

Miró la pantalla. Era precisamente la persona menos esperada: Carlos.

Joder, menudo momento, pensó.

Aunque tenía que cogerlo. Había alguna pieza que no encajaba dentro del puzzle, había algo que le olía a chamusquina.

—¿Me disculpan? Es del forense —mintió sin dejar de mantener la mirada desafiante al policía local.

Ambos asintieron y siguieron hablando sobre la hipótesis de Ramírez. Nicolás se separó un poco de ellos y contestó.

—¿Sí?

—Inspector, necesito hablar con usted, es muy urgente.

—Eh... ahora no es un buen momento.

—Lo siento pero tiene que ser ya. Mejor en persona, ¿le espero en casa de mi padre?

Nicolás no supo qué responder. Miró primero a ambos policías, que seguían hablando de lo suyo. Observó bien el juego de Montalvo, que parecía darle cancha al policía admitiendo su hipótesis aunque él sabía que no se la creía. Seguramente lo seguía queriendo como colaborador, por lo que pudiera pasar. Volvió a centrarse en la llamada. Con la que estaba cayendo, lo normal hubiera sido decirle que no, que no era un buen momento para verse, pero su instinto le indicaba lo contrario. Estaba seguro de que Carlos no tenía nada que ver con las muertes, pero para confirmarlo del todo tenía que saber qué era lo que quería contarle.

Iría.

—Perfecto, pues voy ya, no tardaré demasiado. Gracias por su llamada.

Colgó.

—Me han de disculpar, ya ha llegado el cuerpo a las dependencias forenses. Quiero estar presente en el examen, como en los anteriores. A la vuelta le cuento, jefe.

—Está bien, vaya.

—Buenas tardes, agente, le prometo investigar lo que me ha contado, pero no creo que sean más que sospechas infundadas. Disculpe si me he puesto nervioso, pero como comprenderá, este caso es bastante peliagudo y no podemos andarnos con tonterías. Aunque le prometo que lo miraré bien.

Ramírez le dedicó media sonrisa. No dijo nada.

Sin más, Valdés dejó a los dos hombres hablando y salió del despacho. Fue directo al suyo.

—Déjame tu coche, tengo que comprobar algo.

—¿Eh? —soltó Alfonso con evidente gesto de sorpresa.

—Luego te cuento. Si no he llegado a la hora de salir, vete andando. Yo iré directo al piso.

—Vale... —respondió sin cambiar su rostro.

Nicolás salió. Prefería no contar a su amigo dónde iba para que este no tuviera que mentir a su jefe. Una vez estuviera seguro de lo que estaba pasando, se lo contaría todo, como siempre.

Había un nudo que deshacer.

18.46 h. Mors. Casa de Fernando Lorenzo

Carlos abrió la puerta. El rostro que tenía el inspector Valdés no era el de una persona que estaba de buen humor.

—Pase, por favor. ¿Quiere algo de beber?

—No, le agradecería que fuera al grano. No tiene ni idea de la que me estoy jugando al estar aquí.

—Bien, en ese caso tome asiento. Lo que le voy a contar es complicado.

Nicolás obedeció y se sentó en uno de los dos sillones. Carlos lo hizo en el sofá que había perpendicular a ellos, para estar lo más de frente posible al inspector.

—Usted dirá.

—Verá, no le he contado esto antes por miedo. No sé muy bien en lo que estoy metido, ni siquiera si estoy en peligro. ¿Recuerda el mensaje que me dejó mi padre en el momento de... ya sabe... el suicidio?

—Ahora mismo no. Tengo demasiadas cosas en la cabeza.

—El que hablaba sobre una torre blanca.

—Ah, sí. Disculpe, pero como le digo, tengo un barullo mental que para qué.

—No se preocupe. Pues... verá, descifré lo que quería decir.

Nicolás no comentó nada, solo fue capaz de poner una cara que demostraba su escepticismo.

—¿Habla en serio? ¿Y qué quería decir?

—Era más sencillo de lo que parecía. Me indicaba que fuera hasta ese ajedrez que tiene detrás —Nicolás se giró para mirar, Carlos aguardó a que volviera a su posición natural para seguir— y mirara en la pieza de la torre de color blanco. Metido en ella había otro papel con otro mensaje. Me instaba a mirar a Dios para averiguar la verdad.

—¿A Dios?

—Bueno, en este caso era hacia arriba. —El inspector miró hacia arriba—. Oculto, tras las placas de escayola, encontré esta carta. —Carlos la sacó de su bolsillo trasero y se la ofreció a Nicolás—. En ella, como podrá ver, mi padre se disculpa con mi madre por habernos dejado abandonados. También habla de una foto que tiene el carnicero. Estaba seguro de que en esa foto se revelaría mucho sobre lo que estaba pasando. No me equivoqué.

—Espere, espere. ¿Qué foto y cómo la consiguió?

—Nos colamos en casa del carnicero. La encontramos sin muchos problemas.

Nicolás no podía creer lo que estaba escuchando.

—¿Nos colamos?

—Alicia y yo. Alicia es la sobrina de la dueña del bar de enfrente. Es muy buena chica, muy inteligente y me está ayudando mucho. La foto es esta. —Se levantó y fue hacia el armario donde la guardaba, la cogió y se la dio a Nicolás.

—¿Se coló en la casa del carnicero? ¿Usted es consciente del delito que cometió al hacerlo?

—Por favor, olvídese del tema judicial por un momento y céntrese en la foto.

Nicolás lo miró con una creciente ira. Decidió hacerle caso.

—¿Quiénes son estos?

—Mi padre y varios de los que han ido muriendo.

Nicolás se levantó hecho una furia, apretando su puño derecho. Tenía ganas de estampárselo a Carlos en la cara.

—¿Se da cuenta de lo grave del asunto? Ha ocultado información a la policía durante una investigación criminal, esto sin contar que sigue muriendo gente. ¿Quiere que lo declare cómplice del asesino? ¿En qué mundo vive? ¿Y usted es el famoso abogado que dicen? ¡Usted lo que es gilipollas! Haré que lo detengan por obstrucción a la justicia —dijo sin parar de escupir con cada palabra que soltaba; estaba fuera de sí.

—Inspector —Carlos había sopesado una posible reacción así por parte de Nicolás y estaba preparado para ello, por lo que contestó tratando de rebajar la tensión del momento e intentando no dar motivos para que se lo llevaran preso—, hay una razón por la que no le he dicho nada.

No sabía en quién confiar. Una de las personas que hay en esa foto es Julián Ramírez, creo que lo conoce.

Nicolás abrió mucho los ojos y observó la foto tratando de localizarlo. No le costó demasiado reconocer su mirada.

—No sé qué es lo que pasa con los miembros de la foto, algo hicieron en el pasado y alguien les está haciendo pagar sus pecados. Alicia cree que puede ser el policía. Dice que es un hijo de puta inimaginable. Tengo miedo de que me pueda pasar algo. O a ella.

El inspector respiró hondo. ¿Qué estaba pasando? En menos de una hora ambos se habían acusado mutuamente de ser los culpables de lo que estaba sucediendo. Trató de serenarse. Él jamás hubiera actuado como el abogado, pero en caso de ser verdad lo que le contaba, comprendía levemente sus motivos de silencio.

—¿Y ahora por qué ha decidido contármelo? —quiso saber. Necesitaba entender algo.

—No lo sé —contestó omitiendo el mensaje de Alicia—, creo que son varias las razones. La principal es que tengo miedo. Estoy acojonado. No me da vergüenza admitirlo. Por otro lado, como le he dicho, al estar Ramírez implicado, no sabía si tendría o no de mi parte a la policía, pero creo que puedo confiar en usted. Por esto le he llamado. Además, quiero que haga algo por esa gente de la foto, la que todavía vive. No quiero más muertes sobre mi conciencia. Lo que le pediría es que llevara este asunto con discreción. Imaginemos que Ramírez se entera de esta conversación. No le acuso de nada, pero si fuera él el asesino... ¿Y si comete una locura?

Nicolás puso los brazos en jarras y echó la cabeza para atrás mirando al techo. Carlos había vuelto a colocar bien las placas de escayola mientras esperaba a que el inspector llegara desde Alicante. El resto del revoltijo también había sido reordenado y ya no parecía que hubiera ocurrido un desastre natural en ese salón.

—No se preocupe por eso, pensaba tenerlo vigilado y ahora tengo más motivos para hacerlo.

—¿Lo iba a vigilar ya?

—Olvídese de esto. Cosas mías. Ahora indíqueme, una a una, las identidades de la foto. Hay que hacer algo para protegerlos.

Carlos lo hizo según recordaba de la explicación de Alicia. A Nicolás no se le pasó que faltaba una identidad, la que estaba arrancada.

—No tengo idea de quién es. Podría ser el asesino o alguien que también morirá. Imposible de saber —comentó el abogado.

—Bueno, centrémonos ahora en dar protección a los que siguen vivos. Yo trabajaré en las pistas que tengo sobre el asesino y, además, vigilaré de cerca a Ramírez. Reconozco que hay algo que no me gusta en ese tipo. —Omitió la acusación que había hecho sobre Carlos, una técnica hábil, por otra parte—. Debo pedirle que se quede quietecito. Al final, si le sigue provocando, vendrá a por usted. No dé lugar a eso.

—No puede pedirme esto —dijo Carlos al mismo tiempo que se levantaba de golpe del sofá—. Estoy muy cerca de averiguar la verdad. Mañana intentaré conseguir tres periódicos en los que puede que haya algo escrito sobre lo que sucedió en este pueblo. Alguien se los llevó de la biblioteca. Puede que el asesino.

Nicolás no puedo ocultar su mueca de sorpresa. Aquello parecía sacado de una película.

—Por favor —insistió Carlos—, déjeme seguir con mis investigaciones, le puedo ayudar más de lo que piensa. No diga nada a nadie de que le ayudo, así le evitaré un problema.

—Está bien, pero no haga que me arrepienta. No le quiero encima de la mesa de autopsias; sentiría su muerte sabiendo que la habría podido evitar. Y por favor, ocúpese de su amiguita, no quiero un disgusto con ella tampoco.

—Lo haré.

—Y no vuelva a ocultarme nada. Le prometí que le contaría siempre la verdad, por lo que haga usted lo mismo. Estoy jugándome el puesto confiando en usted. Si llega a oídos de alguien esta conversación, ambos estaremos acabados. No sé si me comprende.

Carlos asintió.

—¿Ahora qué va a hacer? —quiso saber el abogado.

—Ahora tengo que buscar al cura, al quiosquero y al propio Ramírez. A los dos primeros les daré protección, al último lo quiero tener bastante cerca.

29

Martes, 13 de octubre de 2009, 19.26 h.
Mors. Exterior de la casa de Fernando Lorenzo

Nicolás salió de la casa tembloroso. El giro que acababa de dar el caso era asombroso y su cerebro era incapaz de procesar más información de la que ya manejaba. Un solo dato más y le explotaría o se bloquearía sin posibilidad de reinicio. Necesitó de unos segundos para asimilar bien lo que había escuchado ahí dentro. Con una idea más clara, sacó el teléfono móvil de su bolsillo con la intención de llamar a Alfonso. Su sorpresa aumentó cuando vio que tenía cuatro llamadas perdidas de su compañero. ¿Qué habría pasado ahora?

Marcó su número y esperó.

—No te vas a creer lo que acabo de descubrir —dijo Alfonso a modo de saludo en un tono apenas audible.

—¿Por qué hablas tan bajito?

—Porque tu amigo el policía local está todavía por aquí, haciendo de turista por las instalaciones. No quiero que oiga esto porque tiene relación con él.

Nicolás volvió a pensar en su cerebro, en su pobre cerebro. Le haría hueco a esto, como fuera.

—Dispara —comentó ansioso.

—Ha llegado el registro de llamadas de todas las víctimas, también del mecánico, el que visitamos en su casa. En primer lugar te cuento que de este último no parece haber nada interesante. De Fernando Lorenzo, tampoco. Pero en cuanto a los otros, las víctimas, todos, y escúchame bien lo que te digo: todos hicieron una última llamada a un mismo número. Y esta llamada fue horas antes de su muerte. Y adivina a quién pertenece el teléfono, no me ha sido nada difícil localizarlo.

—No me lo digas, a Ramírez.

—Bingo.

—Joder...

—De igual modo, esto no quiere decir nada. Es el jefe de la policía local de Mors, por lo que si sintieron peligro no es una locura que se pusieran en contacto con él. Yo lo hubiera hecho.

—Ya, pero en este caso me parece a mí que no era por esto.

—¿A qué te refieres?

Nicolás le relató, por encima, lo que había averiguado en la casa de la que acababa de salir y lo que necesitaba ahora, a partir de ese momento.

—¿Por qué no has llamado primero al jefe? Tío...

—No lo he llamado porque sospechaba que seguiría estando con el gilipollas de Ramírez y tú me lo acabas de confirmar —contestó Nicolás.

—Macho, como te pillen actuando por tu cuenta la vas a liar. Te recuerdo que, en el fondo, somos unos novatos aquí. ¿Quieres buscarte un lío así de buenas a primeras? Que esto no es una peli de *Harry el sucio*. Esto es España, la Policía Nacional y tú un pringado, como yo —le recordó Alfonso en un tono apenas audible.

—¿Me vas a ayudar o no?

—Me cago en la puta, cabezón. Escuchas lo que te sale de

los cojones. Ya lo que me faltaba... Lo peor no es que te busques la ruina, mamonazo, es que me lías a mí.

—Alfonso...

—No hay dios que te haga entrar en razón. ¿No?

—No.

—Madre mía. Vale. Pues ya está. Si nos echan, que nos echen a los dos. Más vale que tengas razón y que sepas justificar todo esto. Me veo poniendo multas. Espera, anda.

Nicolás suspiró, lo que menos le apetecía era esperar ni un segundo. Necesitaba actuar, necesitaba actuar ya, pero entendía que Alfonso tardara algo en encontrar lo que le había pedido. Pasaron un par de minutos que se le hicieron eternos.

—Escucha, ya lo tengo. A ver, el cura, ese tal don Mario, vive en la calle Joaquina Tomás número dos. Estoy consultando Google Maps y está al lado de la iglesia, en un callejón estrecho. —Hizo una pausa—. Benito Jaén vive en la plaza de España número cinco, piso tercero, letra A. Si te pones de cara al ayuntamiento, su edificio está en tu derecha, encima de una caja de ahorros, que a su vez está al lado de una pizzería. El otro vive en la calle Federico García Lorca número cuatro, es una casa de dos plantas que tiene en la parte de abajo una cochera. Está en la salida de Mors hacia Callosa de Segura, el pueblo al que hemos ido esta tarde. En la misma carretera que sale. No tiene pérdida.

—Perfecto, he tomado nota de todo. Voy a ver qué puedo hacer.

—Vamos a ver, Nicolás, fuera de coñas, lleva cuidado. Cuando veas lo más mínimo, llama a una puta patrulla. No quiero tonterías, ¿me entiendes?

—Vale, mamá.

—No, en serio. Haz las cosas medianamente bien. Nos jugamos mucho. Todos.

—Que sí. Te cuento. Chao.

—Adiós.

Colgó.

Nicolás fue directo a la casa del exsacerdote. Según sus cálculos era la que más cerca le quedaba, por lo que, aparte de esto, no tenía ninguna razón más para ir en este orden. Aparcó en la calle anterior, pues el callejón era tan estrecho que le era imposible dejar el coche más cerca. Durante el corto trayecto intentó pensar en qué decir una vez lo tuviera enfrente, pero no tenía la mente tan despejada como le hubiera gustado y no tenía del todo claro el poder afrontar aquella situación con solvencia. Ojalá su capacidad de improvisación le sacara de aquel atolladero, aunque no confiaba demasiado en ella.

Golpeó dos veces en la puerta sin percatarse de que en el lado derecho había un pulsador de timbre de muy pequeñas dimensiones. La puerta era de madera, muy antigua, raída por el paso de los años y con aspecto de venirse abajo con un par de golpes más. En verdad, toda la casa ofrecía esa sensación. Sus paredes no tenían ni una sola capa de pintura. El mismo revestimiento del cemento con el que enlucieron los ladrillos servía como capa exterior a ojos del resto del mundo. Esto no era un problema en sí, ya que no era la primera construcción que optaba por esto, solo que ese revestimiento había sido colocado, al parecer, hacía décadas y todavía mostraba su cara original. A Nicolás le llamó la atención porque el conjunto de casas que había alrededor no es que fueran el colmo de la modernidad, pero sí, al menos, parecían haber sido construidas durante este siglo o a finales del anterior. La fachada de cemento era como una mancha en una pared de aspecto bastante decente.

Mientras pensaba esto pasaron unos segundos en los que esperó paciente. Como no obtenía respuesta, pulsó el timbre hasta en tres ocasiones más. Nadie aparecía al otro lado.

La posibilidad de que no hubiera nadie no era tan rara pero, dados los acontecimientos, puede que hubiera alguien dentro que se negara en rotundo a abrir movido por el miedo.

Tratando de escuchar algo, pegó su oreja a la puerta. Era tan vieja como delgada, por lo que sin duda podría oír hasta una respiración contenida. Pero no lo hizo.

Se separó unos pasos y miró a su alrededor. No sabía qué hacer. Mirando, se dio cuenta de que una vecina se estaba asomando por la ventana de la casa contigua a la del sacerdote. Lo más seguro es que ante la insistencia del inspector en sus llamadas hubiera salido a fisgonear qué sucedía.

Nicolás le dedicó una media sonrisa, tratando de mostrarse amistoso. La mujer relajó su expresión, que en un primer momento parecía ser de desconcierto total. No tardó en hablar.

—¿Buscaba a don Mario?

—Emmm... sí.

—Yo diría que no está en su casa. Lleva dos días sin ir a la misa de las siete y no por nada pero eso es muy extraño en él. Siempre se sienta en el mismo lugar en el banco, por lo que es fácil ver que no está.

La alarma de Nicolás se disparó enseguida, aunque intentó mantener la compostura.

—¿Insinúa que puede que se haya marchado del pueblo?

—¿Don Mario? ¡Qué va!

—Bueno, no sería tan extraño. Hay mucha gente que se ha ido.

—Ya, pero no, don Mario no. Bueno, creo. Me hubiera dicho algo, ¿sabe? Son muchos años como vecinos y, aunque hemos tenido nuestros más y nuestros menos, tenemos una relación estupenda. Yo le ayudaba en todo cuando era sacerdote. Es verdad que ahora no es como antes, pero es imposible que se haya marchado sin avisar. Al menos me habría dicho adiós, por la de años que hemos estado juntos en la iglesia.

Nicolás meditó las palabras de la mujer. No le gustaba como pintaba aquello. Pensó en la posibilidad de que, si era cierto que ella lo había ayudado tanto tiempo en la iglesia y, además, eran vecinos, tuviera una copia de la llave para poder acceder al inmueble. En pocos segundos consideró que no, que lo último que quería era levantar polvo, así que no podía hacerlo así.

—Bien, pues... muchas gracias, volveré en otro momento. Seguro que ha salido del pueblo para cualquier cosa y vuelve.

—Eso espero. Adiós.

El inspector asintió.

La vecina se metió de nuevo en la casa. Nicolás se quedó parado, otra vez no sabía qué hacer.

El instinto le decía que tenía que entrar en la vivienda de algún modo. La razón, en cambio, que no podía hacerlo sin una orden o un requerimiento. Acababa de ascender al puesto de inspector y ya se lo estaba jugando con unos actos tan irresponsables. Primero, con la visita a alguien que su jefe estaba pensando en considerar como posible sospechoso, y ahora dudando de si entrar en la casa de una posible víctima. Pero ¿y si estaba muerto en casa? No podía obviarlo, así, sin más.

Aunque, al mismo tiempo, si encontraba el cadáver del sacerdote, ¿cómo podría justificar el haber entrado a buscarlo? ¿Por qué? A toda costa tenía que evitar contar la visita al abogado y no sabía qué excusa podría inventar. La vecina parecía preocupada de verdad por la ausencia del sacerdote en la misa diaria, por lo que, si lo encontraba muerto, él podría hablar con ella y hacerle entender que necesitaba que declarara que fue ella la que lo llamó preocupada por no saber de él.

No le sonaba creíble ni a él, pero esto hizo que desoyera la voz que le hacía actuar como inspector y decidió hacerlo como un agente de policía.

El balcón de la planta superior estaba relativamente bajo. Si apoyaba un pie en el saliente de la pared que había más o menos a unos cuarenta centímetros del suelo, podría llegar hasta él sin problemas.

Miró a su alrededor, no pasaba nadie cerca. No se había fijado en la pocas personas que solía ver por las calles de Mors hasta este momento. Lo agradeció. Observó de reojo la ventana de la vecina: si estaba asomada, debía de estar bien escondida, pues no lograba verla.

Actuó.

De un salto se agarró a la cornisa del balcón y, apoyando su pie izquierdo en el saliente, se aupó hasta que logró plantarse en el suelo del propio balcón. Había una persiana que llegaba hasta el suelo, vieja, como el resto de la casa. Con todas sus fuerzas la levantó. Tuvo mucha suerte: no fue necesario romper cristales porque la ventana doble cedió con facilidad a su empuje con las rodillas.

Sin pensarlo entró.

La humedad de la habitación era más que evidente, aquello parecía llevar cerrado un tiempo. La cama estaba hecha, la decoración no pasaba de un simple mueble viejo que hacía la función de mesilla de noche y un austero crucifijo pegado en la pared detrás de la cama. Nicolás echó en falta el ir preparado con una linterna o incluso un juego de guantes, ya que seguía sin estar convencido de cómo narices iba a justificar lo que estaba haciendo. Aunque, bien pensado, no importaba ahora. Lo único que le preocupaba era saber qué había sido del hombre.

Bajó las escaleras, sigiloso. Intentaba que sus pasos no lo delataran, pero la escalera estaba revestida, de una forma un tanto cutre, con unos azulejos antideslizantes que crujían con cada uno de sus pasos. En verdad dudaba que hubiera nadie, al menos vivo, en la vivienda, pero aun así prefería no hacer ruido. Al llegar abajo entró primero en la cocina. Nada, todo muy bien ordenado, sin rastro reciente de que alguien hubiera hecho uso de ella. Miró en el cuarto de baño. Vacío. Abajo seguía oliendo a humedad. Al menos este olor no era parecido al de la muerte, que ya había aprendido a distinguir con claridad.

Acto seguido pasó al salón, donde sintió que las piernas le temblaban con mayor intensidad. Sin duda esperaba que ahí estuviera el desastre.

Estaba vacío. Una tele de tubo que a saber los años que tenía, un sofá ajado y una estantería desconchada con varios libros eran los únicos inquilinos de la estancia. Desde luego, el sacerdote se había tomado muy en serio lo del voto de pobreza.

Nicolás respiró hondo, aliviado. Sus peores presagios no se habían cumplido y puede que el hombre en verdad hubiera salido por piernas de Mors. No tenía ni idea de si ellos eran conscientes del verdadero peligro que parecían correr, pero de ser así, no lo culpaba por haberlo hecho. Que no se hubiera despedido de la vecina solo le venía a decir que quizá la relación entre ambos no fuera como ella le había descrito. Fuera como fuese, esto ahora daba igual. No encontrarse con una escena desoladora le insufló una nueva dosis de ánimo.

Decidió salir por la puerta principal, pues era preferible que lo vieran haciéndolo por allí que descolgándose del balcón. Si alguien lo descubría, haría uso de su placa para salir indemne. Esa placa era un salvoconducto asegurado, aunque prefería seguir llevándola guardada en el bolsillo.

No haberse encontrado con el infierno allí dentro no quería decir que todo estuviera bajo control. De hecho no sabía dónde estaba y no era la única persona sometida a una supuesta amenaza. Es por esto que decidió ir a buscar al quiosquero.

Montó de nuevo en el coche y puso rumbo hacia la plaza de España, aunque apenas estaba a unos doscientos metros.

Aparcó enfrente de la entrada del edificio que le interesaba. Tal y como Alfonso le había contado por teléfono, este estaba entre una sucursal de banco y una pizzería. Bajó del coche y se dirigió hacia el portero automático. Pulsó repetidas veces el timbre que tenía anotado, pero igual que le había sucedido hacía unos minutos al lado de la iglesia, no obtuvo respuesta. Decidió probar con el timbre de al lado.

—¿Sí? —preguntó la voz de una mujer.

—Policía —necesitaba entrar, por lo que no se anduvo con chiquitas—, ¿puede abrirme la puerta? Es para comprobar algo con un vecino suyo, no se asuste.

Sin más, se oyó el sonido de apertura. Nicolás pasó al interior. Decidió usar la escalera, siempre era más rápido.

Subió al tercero, localizó la puerta A y tocó el timbre varias veces, de manera insistente.

No tuvo respuesta.

Nicolás comenzaba a sentirse desesperado, ¿dónde se había metido todo el mundo?

Golpeó con sus nudillos de forma repetida, cada vez con más insistencia y mayor fuerza. En varias ocasiones, tal y como había hecho en la casa del sacerdote, pegó la oreja a la puerta tratando de escuchar algo. Ni un solo ruido se oía en su interior.

Desesperado al no contestar nadie, se giró. Un ojo lo miraba por la mirilla de la puerta de enfrente. Confirmó que lo observaban al ver la sombra de las piernas de alguien por debajo de la puerta.

—¿Puede abrir un segundo? —le dijo a la persona.

Se oyó sonido de un pestillo. La puerta se abrió. Era la mujer que, presuntamente, le había permitido acceder al edificio.

—¿En qué puedo ayudarle? —preguntó titubeante.

—Estoy buscando a Benito Jaén.

—Es esa puerta de ahí.

—Ya, ya lo sé, pero no abre nadie. ¿Sabe si se ha marchado del pueblo?

—No sé nada, no solemos coincidir en los horarios laborales, por lo que apenas lo veo.

—¿Sabe si está casado o algo? ¿Tiene hijos?

—Su mujer murió hace un par de años o tres, no recuerdo bien. Sus hijos viven fuera, se fueron a la universidad. Vive solo. Puede que esté en el quiosco, sería lo más lógico a estas horas. No sé si lo ha visto, está a unos metros de la entrada de este edificio.

Nicolás agradeció mentalmente ese dato: era tanta la prisa por comprobar si estaba sano y salvo en casa que ni se había dado cuenta.

—Muchas gracias, echaré un vistazo allí.

Dio media vuelta, con la esperanza de encontrar al quiosquero.

—¿Ha pasado algo? —preguntó la mujer desde su puerta.

Pero Nicolás ya bajaba por las escaleras.

Efectivamente, el quiosco estaba a unos pocos pasos de la entrada, en la acera de enfrente, ya en la plaza. Lo rodeó, pero comprobó apesadumbrado que estaba cerrado.

Soltó un bufido. La situación estaba empeorando por momentos.

Un hombre bastante mayor se le acercó al verlo parado frente a la ventanilla del quiosco. Vestía con unos pantalones de pinza de color gris y, a pesar del calor que hacía, llevaba un jersey no demasiado grueso de un rojo muy oscuro.

—Lleva dos días sin abrir —dijo con voz temblorosa.

—¿Perdón? —preguntó Nicolás al girarse.

—Que hace dos días que no abre. Se habrá marchado del pueblo, otro mierda que huye. Llevo toda mi vida en Mors, no me fui cuando los nacionales quisieron meternos sus escopetas por el culo, me voy a ir ahora... Ya sabe, los camisas azules, como los llamábamos por aquel entonces. Entraban en el pueblo con camionetas y cadenas en la mano. Pero yo no me achanté ante eso. Aunque aquí metieron una vez una paliza tan grande a una joven que acabaron matándola. Su novio apareció en el último momento y mató de una pedrada a los hijos de perra esos. Hasta creo que se escribió un libro. Pero no, yo no huyo por eso ni por nada. No. La gente es cobarde. Pensaba que Benito estaba hecho de otra pasta, pero es otro mierda.

—Pero ¿sabe usted a ciencia cierta si se ha marchado?

—Pues claro, nunca cierra el quiosco. Abre de lunes a domingo, incluso el día de Navidad y Año Nuevo. Esto es lo último que le quedaba desde que falleció su Maruja. Me cuesta creer que haya sido tan cobarde, pero otro perro que huye. Mejor, este pueblo es para gente con cojones, no mierdas.

Nicolás se quedó pensando mientras el viejo seguía soltando improperios. Si era verdad lo que este decía, si el quiosco era lo único que quedaba en su vida, era impensable que se hubiera marchado así, sin más. Aunque claro, si sentía que su vida corría peligro, por otra parte, tenía su lógica que lo hubiera dejado todo y se hubiera marchado para conservar el pellejo. En realidad tampoco sabía nada de lo que representaba ese quiosco en él.

Pero también estaba lo del sacerdote.

Demasiadas casualidades.

Estaba seguro de que en este caso no podía tratarse de una. Aunque poco podía hacer en esos instantes. Estaba atado de pies y manos. Pensó en no contar nada, de momento, al inspector jefe. Sabía que le podía caer una buena, pero no tenía demasiado claro si tomaría en serio o no la explicación que le había dado Carlos. Además, antes de contarle nada, necesitaba comprobar algo por su cuenta. Aquella misma noche regresaría a Mors.

20.23 h. Mors. ¿¿??

A no tanta distancia como hubiera creído el inspector, Benito Jaén, el quiosquero, luchaba por liberarse de sus ataduras. Había perdido ya la cuenta de las ocasiones en las que lo había intentado ya. Ni siquiera sabía por qué lo seguía haciendo ya que estaba claro que antes le saldrían alas. A pesar de ello, había algo que le empujaba a mover las muñecas de un lado a otro como si eso fuera a servir de algo. No quería abandonar ese pequeño halo de esperanza.

Estaba muy oscuro, pero aun así distinguía muy cerca de él otra silla con alguien también amarrado a ella. No podía ver quién era, la silueta no daba para tanto. Tampoco podía preguntárselo porque la mordaza le impedía articular sonido alguno. Aunque tenía que ser uno de ellos, de eso no tenía duda. No sabía quiénes todavía seguían con vida, pero lo que estaba claro era que estaban cayendo uno a uno y parecía que nada ni nadie podría impedirlo. Oía pasar coches de vez en cuando. No tenía ni idea de la ubicación exacta del almacén en el que se encontraba, pero estaba convencido de que no había salido del pueblo, pues los coches no pasaban a una velocidad muy notable. Un fuerte olor a pintura impregnaba la estancia, no supo identificar si era porque había botes o porque las paredes estaban recién pintadas. En caso de ser lo primero, le hubiera dicho bastante porque podría tratarse del almacén de un pintor. Aunque esto, en realidad, lo desconcertaba algo más, pues conocía bien a los pintores del pueblo, los que podrían tener un almacén así, y estaba seguro de que serían incapaces de cometer la barbarie a la que se estaba viendo sometido Mors. De todos modos, Benito, que se consideraba un tipo inteligente a pesar de las tonterías que había hecho a lo largo de su vida, se decantaba más por otra opción. ¿Y si el asesino tenía botes abiertos de pintura para disimular el olor que se había generado ahí adentro por culpa del orín y las heces que tanto él como su acompañante habían arrojado fuera de sus cuerpos? Puede que fuera la idea inicial, pero a pesar de esto, nada ensombrecía el fuerte olor a amoníaco que pugnaba por convertirse en el predominante de la estancia.

En circunstancias normales esto le hubiera importado.

Era muy quisquilloso con los olores y, en general, bastante aprensivo. De hecho, cuando alguien se acercaba a su quiosco con la intención de comprar algo, él intentaba atenderlo a una distancia prudente que le impidiera oler su aliento. No solo con esto, también se consideraba especialito con los olores de alimentos como el chorizo, el plátano o simplemente una lata de atún. Yendo un poco más allá, reconocía que casi no podía abrir la nevera sin sentir el empuje de una arcada que quería convertirse en otra cosa. Era curioso como nada de esto le importaba ahora.

Maldijo su suerte y se odió a sí mismo por no haber hecho caso a la llamada telefónica de su hijo advirtiéndole que se marchara del pueblo. Cuando colgó, hasta se rio de la histeria mostrada por su hijo, casi rogándole que se fuera junto a él. Ahora se veía ahí y le dolía el doble. Y no solo le dolía el orgullo y su cabezonería, también el pecho, y mucho. El recuerdo de la táser sacudiéndole una descarga de treinta y tres mil voltios le había dejado una marca que jamás se borraría. Eso suponiendo que saliera de ahí y pudiera vérsela algún día reflejada en un espejo, algo que casi descartaba viendo el cariz que estaba tomando todo.

Se arrepintió una vez más de lo que había sucedido hacía años, lo hizo al instante, pero de nada servía ya. Lo hecho, hecho estaba.

Ahora tocaba pagar por sus actos.

En el fondo, sabía que este día acabaría llegando. Lo que realmente le sorprendía era que hubiera pasado tanto tiempo desde que todo sucedió. Su suerte era haber podido vivir tantos años, con la conciencia manchada, eso sí, pero al menos vivo y coleando.

Tenía muchísima hambre. No había comido nada desde hacía dos noches, momento en el que fue sorprendido llegando al portal de su vivienda después de pasarse todo el día metido en el quiosco. Suerte tenía que la noche anterior su captor y futuro verdugo se había acercado hasta él y le había humedecido por fuera la mordaza. Al menos había podido beber algo, aunque solo fueran unas gotas de agua. No tenía ni idea de cuánto tiempo podía estar una persona sin comer, pero había oído que, sin beber, no demasiado. Tenía la garganta tan seca que estaba seguro de que, si ese malnacido le dejaba beber un poco de agua, sería algo parecido a echarse un cubo de alfileres a la boca.

Cerró los ojos y deseó haberle podido ver el rostro a quien le había llevado hasta esa silla, pero el pasamontañas no dejaba ver nada más que no fueran unos ojos que apenas tuvo tiempo de mirar y unos labios que no le decían nada.

O sí...

No estaba seguro. Ahora solo le quedaba esperar a que su hora llegara. Sabía que no tardaría demasiado en hacerlo.

Puede que esto último no fuera algo tan malo.

Ahora a esperar.

Solo esperar.

Nada más.

Esto y el silencio.

Su compañero hacía rato que había dejado de moverse tras, también, un vano intento por desatarse. Puede que estuviera muerto. Ojalá él también lo estuviera ya.

30

Martes, 13 de octubre de 2009, 21.55 h.
Alicante. Casa de Nicolás y Alfonso

—¡Qué hijo de puta! —exclamó Alfonso una vez hubo escuchado, con pelos y señales, la historia que le contó Nicolás—. Yo no sé cómo aguantaste sin meterle una buena hostia en toda la nariz. ¿Y cómo sabes que te dice la verdad? Podría ser cierta la acusación del policía del pueblo, ¿cómo sabes a quién creer? Es que, tío, luego dicen que los abogados tienen mala fama. Me cago en la hostia, si es que son todos igual de mentirosos. Creo que es una profesión con un alto porcentaje de psicopatías. Menudos bastardos.

El inspector pensó muy bien su respuesta. En verdad no debía hacerlo, ya que tenía muy claro por qué estaba actuando tal y como lo estaba haciendo.

—A ver, sobre esto último no te digo nada. Puede que sí haya bastante porcentaje de psicópatas, pero ahora me da igual. Sobre por qué no le metí un guantazo, pues no sé, me muevo por intuición. No pongo la mano en el fuego por el abogado, pero ese Ramírez me inspira mucha desconfianza. Si a esto añadimos lo de las llamadas, ¿para qué más? Además, vi la foto, y es cierto que aparecen todos en ella, incluido él. Mi intuición me dice que si tengo que apostar por uno de los dos, me decanto por el abogado.

—Pero es que yo no creo que tengas que inclinarte por uno. ¿Por qué tenemos que dar por sentado que uno de los dos cuenta la verdad? Yo creo que ambos son unos hijos de puta mentirosos. Recapitula porque creo que no lo ves claro. —Tomó un sorbo de su botellín de cerveza—. No digo que el Ramírez ese sea trigo limpio, en serio, yo tampoco me trago nada de lo que salga por su boca, pero pienso en el abogado. Te ha mentido, te ha omitido información y, lo peor, no solo una, sino varias veces. ¿Por qué coño te viene ahora contándotelo todo?

—Tiene miedo, lo vi en sus ojos, es imposible que finja.

—Es abogado, coño. No me hagas repetirte lo de los psicópatas porque me pongo de peor hostia. Tío, son seres a los que solo les importa la pasta. Para conseguirla han aprendido a no tener escrúpulos, aunque alguno ya traía esto de casa. Que no, tío, que no quiero a ninguno cerca. Que no me los creo. Y menos a ese lerdo.

—Ya lo sé, pero te aseguro que su miedo era real. Además, te recuerdo que le enviaron los ojos y las manos. Creo que intentan acojonarlo y lo han conseguido. No me había contado nada porque, de una forma u otra, quería llegar a la verdad. Es su padre el que se ha suicidado, son los amigos de su padre quienes están muriendo. Quiere llegar al trasfondo de todo. Que lo ha hecho mal, sí. Que ha querido ser mierda cuando no llega ni a pedo, sí. No ha confiado en nadie, ni siquiera en mí cuando le ofrecí toda mi confianza, pero ahora lo ha hecho. Tarde, pero lo ha hecho. Su historia me suena verosímil. Piensa que sin esto no tenemos absolutamente nada.

—Joder, no sé qué decirte. —Bebió otro trago—. Fíate de tu instinto y ya está, solo espero que no te equivoques.

—¿Y tú qué, has averiguado algo?

—Sí y no. No, porque he estado investigando todo lo que he podido con censos y tal, he mirado registros mercantiles en los que aparezca Mors tratando de encontrar alguna sociedad, algo que relacionara las víctimas. Nada. Ni siquiera parientes lejanos.

—Y sí ¿por?

—Te he hecho la mitad del trabajo, o sea, que ya sé quién será el próximo asesino a imitar.

Nicolás abrió mucho los ojos, sorprendido por la eficiencia de su amigo.

Alfonso sacó un papel de su bolsillo trasero del pantalón; se lo había apuntado para no olvidarse.

—Antes de nada, quiero que sepas que la noticia es jodida, no podría haber otro peor. Se trata de —leyó— Francisco García Escalero.

—¡Me cago en la puta! —exclamó Nicolás reconociendo al instante el nombre—. ¿El Matamendigos?

Alfonso se limitó a asentir. Comprendía que su amigo se había dado cuenta de lo grave del asunto.

—Joder, pero ese fue uno de los peores de toda la historia.

—Es, todavía vive, está encerrado en la penitenciaría psiquiátrica de Fontcalent aquí, en Alicante, según he investigado. Y sí, es muy jodido, he visto que practicaba necrofilia y canibalismo, un puto demente, de lo peor.

—Sí, a este no lo traté en mi trabajo, pero sí que recuerdo haber leído sobre él. Leí algo de que, de pequeño, le gustaba frecuentar el cementerio de La Almudena por las noches y hacer de todo en él. Madre mía, casi nada.

—Sí, en serio, he leído bastante sobre él y daba escalofríos. Por lo que he visto, Escalero es la viva imagen del asesino en serie desorganizado. No hay nadie que haya actuado más por impulsos e ira que él. Mucho más incluso que el Arropiero, que a pesar de elegir sus víctimas al azar, al menos era más cuidadoso en sus actos. Este no actuaba así, está jodidamente loco. Bastaba con llevarle la contraria en algo para que te reventara la cabeza de una pedrada. ¿Sabes que una mujer consiguió escapar de él?

Nicolás asintió. No conocía la historia con todo lujo de detalles, pero sí tenía conocimiento de ella.

—¿Y cómo has llegado a la conclusión de que era él? —Según hacía la pregunta, se dio cuenta de la respuesta—. Claro, el guante. Se podía interpretar como un guante de mendigo. Buen trabajo, Alfonso, estoy tan metido en mis mierdas que no he conseguido verlo antes.

—Eh, eh, no te fustigues, cada uno con lo suyo. Somos un equipo, ¿no?

Nicolás le dedicó una sonrisa.

—¿Has dicho que está encerrado aquí, en Alicante?

—Sí. Está en el psiquiátrico de la cárcel de Fontcalent. He preguntado por él y está medicado y tranquilo. ¿Es que quieres hacerle una visita?

—No sé, si tuviéramos tiempo para algo la haría. Puede que sirva, puede que no. Pero, joder, poder hablar cara a cara con un psicópata de su calaña tiene que ser acojonante.

—Eres un enfermo, en serio.

—Lo sé. Por cierto, ¿has visto algo de la autopsia? ¿Algo que remarcar?

—Sabes que estás al mando, así que la información llega a tu correo. Soy cotilla, pero no hasta ese punto.

—En fin, mañana lo veremos.

—Bien —añadió Alfonso—, ¿y ahora qué piensas hacer?

El inspector le relató su plan, no era nada del otro mundo pero sí lo único que podía hacer en aquellos instantes.

—Bueno, si no se te ocurre algo mejor, puedes contar conmigo —comentó el inspector Gutiérrez—. Ahora descansa un poco, creo que la noche va a ser muy larga.

22.43 h. Mors. Casa de Fernando Lorenzo

Carlos, preocupado, presionó el botón rojo de su teléfono móvil. Alicia seguía sin dar señales de vida y él no tenía el valor para presentarse en su casa a pedirle explicaciones. Si ella así lo disponía, tenía que intentar respetarla, aunque se estuviera saltando esto a la torera por haberla llamado hasta en quince ocasiones. Le parecía todo tan raro que no podía evitar estar preocupado por ella. Esperaba que esa ausencia fuera por su propia voluntad y no en contra de ella. Aunque, por lo poco que la conocía, había muchas más posibilidades de la primera que de la segunda opción.

Dejó el teléfono sobre la mesita con el sonido activado, por si acaso ella decidía dar señales. Según se recostaba sobre la cama, Gala vino a su mente. Hacía demasiado que no sabía de ella, algo tampoco demasiado común, pero a ella sí la conocía bien y su espíritu libre no necesitaba llamadas de control. Aunque puede que por la mañana se animara a hacerlo con la excusa de saber cómo iba todo por su bufete.

Con la cabeza llena de pensamientos cerró los ojos. La sensación de cansancio siempre iba con él, de la mano, supuso que era por luchar contra tanta emoción junta y seguida.

No tardó en dormirse, mañana le esperaba un día interesante.

Miércoles, 14 de octubre de 2009, 02.34 h.
Mors. Calle Federico García Lorca

—Te recomiendo que vayamos cambiando el coche de posición de vez en cuando. Si siempre estamos en la misma, nos pueden descubrir.

—No es el primer seguimiento que hago, te lo recuerdo —contestó molesto Nicolás.

—Lo sé, lo sé, pero nunca habíamos hecho uno juntos. No sé cómo eres en ese sentido.

El inspector no lo escuchaba. Miraba hacia fuera con el cuello alargado como si eso sirviera para ampliar su campo de visión.

—Voy a llamar —dijo.

—¿Ya?

—Sí, necesito saber si esto va a servir para algo. ¿Cómo era eso del número oculto?

—Marca asterisco, treinta y uno y almohadilla. Después su número de teléfono.

—¿Y esto funciona?

—Que sí, hazme caso. Llamé dos veces a mi ex de esta manera.

Nicolás marcó el número del fijo de Ramírez. No les había sido difícil de conseguir, pues venía en las Páginas Blancas. En Mors solo había un Julián Ramírez.

El teléfono dio tono, una luz se encendió en la vivienda.

Nicolás tapó el auricular.

—Estamos seguros de que vive solo, ¿no?

—Confirmado, está soltero y sin hijos. Vive solo y además no tiene turno esta noche —contestó Alfonso.

Alguien descolgó el teléfono.

—¿Diga? —La voz era de Ramírez, no había duda.

El madrileño colgó. Confirmaba que al menos el agente estaba todavía en su casa. Esperó que no se diera cuenta de la jugada que habían hecho. Nicolás confió en que no. Cualquier policía avispado lo hubiera notado, dada la situación, pero no veía al agente capaz de esto.

Esperó unos segundos hasta comprobar que la luz se apagaba.

Parecía que había vuelto a la cama.

—Vale, sí está en casa. El edificio no tiene otro acceso, por lo que podemos comprobar si sale o entra alguien, incluido nuestro amigo Ramírez. Si saliera, lo seguiremos donde vaya. Aparte de unas llamadas que no dicen nada, no tenemos ninguna prueba de que pueda ser él quien está causando todo este alboroto, por lo que si lo fuera, nuestra única opción es pillarlo con las manos en la masa.

—¿Y si no actúa? —preguntó Alfonso.

—Se está estrechando el cerco. Él lo sabe y está nervioso, podría no concluir su obra y esto le provoca ansiedad. El asesino actuará hoy, como mucho mañana. No tenemos nada más que esto. Así que confiemos.

Alfonso suspiró, sabía que la noche iba a ser larga.

03.07 h. Mors. Calle Fernando el Católico

Había visto el coche de los policías. No se podía ser más chapuzas que ellos: mira que montar un dispositivo de vigilancia cerca de la entrada principal de la vivienda... Entendía que fueran unos novatos en la comisaría, pero ¿acaso también lo eran en el cuerpo como para estar cometiendo un error tan tonto como este?

Es cierto que esto hacía que su plan tuviera que ser dibujado de nuevo, pero no por ello iba a ser menos efectivo de como tenía previsto hacerlo.

Entró por la casa que estaba de espaldas a la de su destino final. No le fue complicado abrir la puerta, como en otras ocasiones. El curso intensivo de apertura de cerrojos con ganzúa que había recibido en las últimas semanas a mano de aquel caco muerto de hambre estaba dando sus frutos a la perfección. Ahora no había llave que le impidiera poder acceder a lo que quisiera.

Había dejado el coche —alquilado a nombre de Fernando Lorenzo en un *rent a car* del aeropuerto de Alicante— aparcado justo en la entrada de su nuevo acceso. Era un coche modelo Ford Fiesta de color azul oscuro con algunos años a sus espaldas. Esto sí le había sido difícil de localizar, pues ahora todas las oficinas disponían de modelos nuevos y él no quería esto. Su coche debía ser antiguo —que no viejo— y en el que nadie fuera capaz de fijarse. Le costó, pero ahí lo tenía. No le era cómodo a la hora de cargar los cuerpos, pero el maletero que tenía era más que suficiente para lo que él necesitaba. Lo tenía aparcado en la misma puerta porque su salida tenía que ser veloz, pero sin levantar sospecha.

Dejó el salón atrás, habiendo pasado previamente por la cocina y, a su vez, habiendo dejado la puerta del pequeño patio abierta por si las moscas; subió por las escaleras intentando que sus pasos no se oyeran. Tuvo éxito en esto. Pasó de puntillas por las habitaciones; la familia dormía en ellas. Sintió un ansia casi irrefrenable de entrar y sesgar el cuello de todos los allí presentes; sus ansias de derramar sangre cada vez eran más fuertes y sentía el temor de no poder controlarse. Quizá hubiera sido lo más fácil, porque él se hubiera sentido satisfecho y todo hubiera sido mucho más sencillo. Era como el que tenía mucha hambre y por sus narices pasaba un suculento plato que podría llevarse a la boca. Pero si lo hacía, todo dejaría de tener sentido, y esta idea ya no le gustaba tanto. Era mejor esperar al plato que con tanto esmero estaba cocinando. Es por eso que dejó atrás este deseo y se limitó a darles a probar el pañuelo que previamente había mojado en cloroformo. Ahora no hacía ruido, pero en unos instantes no sería así y no podía arriesgarse a que se despertaran. Así que el cloroformo aspirado de forma involuntaria le daría unos simples pero valiosos minutos. Rio al recordar la efectividad del líquido en las películas, cuando incluso antes de ser colocado en la boca las víctimas ya caían. Si esos espectadores supieran que se necesitaban unos cinco minutos de aspiración para conseguir una anestesia total, ya no lo verían todo tan sencillo como siempre se quería mostrar. Cuando despertaran, los miembros de la familia tendrían un horrible dolor de cabeza y unas ganas locas de vomitar, pero esto ya no era problema suyo. Se dirigió hacia la ventana del aseo. No era demasiado grande, pero cabía sin problema por ella. El plan era sencillo: saltaría desde ella hasta el borde del muro que separaba los patios de ambas casas. Para la vuelta, su salto sería más fácil, pero en el patio de esa familia no había nada que le pudiera servir para impulsarse y no le quedaba más remedio que hacerlo así. Aunque era cierto que, una vez consiguiera su premio, no sería tan sencillo, pero lo tenía todo pensado. Había agarrado una sábana en la habitación de los padres y ya la había lanzado por encima del muro. Ahí la dejaría hasta que volviera con su trofeo.

Saltó sin pensarlo dos veces. Llegó a su meta sin percances y descendió con cuidado al patio. Colocó la sábana de manera estratégica. Era tan larga y resistente como necesitaba, al menos en teoría y esperaba que en la práctica fuera igual.

Como ya sabía, ya que lo había comprobado durante dos noches mientras estuvo de guardia, la puerta del patio que daba acceso a la cocina estaba cerrada sin pestillo. Menuda confianza tenía el tipo, dado lo que estaba pasando. Mejor para él. Peor para él.

Accedió al inmueble y, sin vacilar, fue directo a la habitación. Se asomó con suma cautela, pues la televisión estaba encendida. Los ronquidos confirmaron que dormía.

Sonrió mientras agarraba el pañuelo y lo rociaba con algo más de cloroformo del pequeño frasco que llevaba oculto en el bolsillo de su pantalón. Lo acercó todo lo que pudo a la nariz de su víctima. Ahora debía ser paciente. Lo bueno era que bastaban unos segundos de aspiración para que su cuerpo quedara atontado e incapaz de reaccionar como normalmente lo haría, mientras seguía aspirando de manera involuntaria. Aunque le hubiera dado tiempo a despertarse, poco o nada hubiera podido hacer. De todos modos, iba preparado para cualquier cosa y sus músculos estaban en alerta. Mejor prevenir que curar.

Ramírez ni se movió, seguía dormido como una marmota.

Lo tuvo aspirando durante casi diez minutos. Necesitaba una inconsciencia total y lo más larga posible, por lo que no dudó en rociar varias veces más el pañuelo con el compuesto para que su efecto no disminuyera. Cuando ya consideró que había pasado el suficiente tiempo, dejó el pañuelo encima de la mesita de noche y agarró su cuerpo por las axilas con bastante dificultad: ese hombre pesaba una barbaridad.

Lo arrastró escaleras abajo. Intentó que el sonido de sus pies al golpear los escalones fuera el mínimo posible, pero aun así no podía evitarlo del todo. Dudaba mucho que esto alertara a alguien, y los policías seguían jugando a serlo dentro de su coche y era imposible que oyeran nada. Siguió arrastrando el cuerpo y salió de nuevo al patio. Irguió como pudo a su víctima y rodeó con la sábana sus brazos y espalda. Esperó que su plan funcionara. Sin soltar al hombre, arrastró una mesa de hierro algo pesada que tenía cerca y la colocó detrás de Julián, dejándolo pegado contra la pared y sin posibilidad de caerse. La mesa aguantaba de sobra su peso.

De igual manera, el subirse para saltar de nuevo al otro lado sirvió para hacer más peso. Casi llegando arriba del todo, agarró la sábana con todas sus fuerzas y con su pierna derecha empujó el borde de la mesa para moverla para atrás. Sin soltar el trapo descendió hacia el otro lado. El momento más crucial había llegado. Comenzó a tirar con todas sus fuerzas para elevar el cuerpo y pasarlo por el muro. Sabía que se estaría magullando, pero la integridad del agente no era su principal preocupación. Con mucho esfuerzo —y tras dos atascos— consiguió que este llegara hasta arriba. Siguió tirando y se colocó debajo, con la espalda doblada hacia delante, para que su cuerpo sirviera de amortiguación. Sabía perfectamente que sus brazos no soportarían el peso del agente. Tiró de él de nuevo y se preparó para el impacto. Sintió el golpe del cuerpo cayendo encima y, acto seguido, el golpe contra el suelo. Su plan había funcionado. Ni siquiera le había hecho daño el choque de cuerpos, tan solo había conseguido que se le doblaran un poco las rodillas.

Lo agarró de nuevo por debajo de las axilas y lo metió dentro de la casa de sus vecinos. Sin perder tiempo salió por la entrada principal, eso sí, asegurándose bien previamente de que nadie le viera.

Introdujo el cuerpo en el maletero del Ford y ató al hombre de pies y manos. Después se montó en el coche y puso rumbo hacia el almacén con la satisfacción de haber realizado un buen trabajo.

Al igual que con la familia, podría haber matado en su propia cama al agente de policía, claro, hubiera sido lo más fácil. Así hubiera cumplido con su plan y su ansia no estaría al límite. Pero para él tenía reservado un destino mucho más interesante y que hacía que todo mereciera mucho más la pena. Tanto esfuerzo se vería recompensado. Pronto llegaría su hora.

08.03 h. Mors. Calle Federico García Lorca

Alfonso miraba su reloj cada cinco minutos, su rostro reflejaba el cansancio y sus constantes aperturas de boca no daban a entender otra cosa. A pesar de que habían acordado turnos para dormir que se iban alternando cada hora, ninguno había conseguido conciliar el sueño. Demasiada expectación por ver si ocurría algo.

Pero las horas fueron pasando y nada ocurría. Apenas llegaron a ver dos personas por la calle en toda la noche, y estaban seguros de que no eran el asesino debido a su evidente estado de psicotropía y a que eran jóvenes.

—Son las ocho de la mañana, entramos a trabajar en una hora. Macho, necesito al menos un café antes de presentarme en comisaría. Si no, no va a ser solo una noche perdida, también lo será el día.

Nicolás no dejaba de mirar por la ventana del coche. Su gesto era de evidente cansancio también, pero había mucho más en su mirada. Quizá esa decepción de saber que, aunque era un plan un tanto descabellado, confiaba al cien por cien en él y no había dado resultado alguno.

—Está bien, vámonos, no creo que actúe ya a la hora que es. Su patrón siempre ha sido en torno a las tres o cuatro de la mañana. En fin, puede que esta noche sea diferente.

Alfonso lanzó a su amigo una mirada fulminante: si esperaba que él lo acompañara en esa gilipollez una noche más, lo llevaba claro. Aunque prefirió no decirle nada todavía. Necesitaba de verdad ese café para ser persona de nuevo.

Arrancó el coche y dio la vuelta. Tomó la avenida principal de Mors, la que tenía por nombre Miguel Hernández y luego pasaba a llamarse calle Mayor, para acabar siendo avenida de la Libertad. La iglesia les esperaba a mitad de camino en el largo tramo de la misma antes de tomar una curva algo pronunciada y bastante rara, pues la iglesia formaba parte de ella. El cansancio les sumía en un estado de semiinconsciencia consciente, pero hubo algo que les hizo salir de golpe de él.

—¿Qué es eso? —preguntó Alfonso señalando con el dedo.

Nicolás miró hacia donde indicaba: por encima del campanario se podía ver una columna de humo negro.

—No sé —contestó—, algo se está quemando.

Al tomar la curva, se dieron de bruces con el mismísimo infierno.

—¡Para, para! —gritó el inspector Valdés.

—¡Joder! ¿Qué cojones es eso?

Sin decir nada más, Nicolás bajó del coche. Casi no se le veían las piernas de lo que corría. Un cuerpo ardía tirado en el suelo, enfrente de la entrada principal de la iglesia.

Instintivamente, se quitó la fina chaqueta que llevaba y comenzó a golpear las llamas con ella. Alfonso lo imitó, sabía que era la única forma de sofocar aquello. Cuando consiguieron reducir considerablemente el nivel del fuego, ambos tiraron sus chaquetas encima del cuerpo de la víctima y el fuego se extinguió del todo.

Ambos sudaban como no lo habían hecho en sus vidas y tenían sus caras cubiertas de un hollín negro que daba escalofríos verlo. Sonidos de persianas comenzaron a oírse: los vecinos, ante el alboroto, se estaban asomando a ver qué había sucedido.

Lo más aterrador de aquella imagen no era el cuerpo en sí, calcinado, sino la sorpresa que aguardaba al lado del mismo.

Una cabeza separada del resto del cuerpo reposaba en el suelo junto a dos pies también cortados que sin duda no pertenecían a la víctima, ya que todavía conservaba los suyos. Nicolás supo enseguida de dónde habían salido estos.

Enfrente de los dos siniestros objetos había un papel en el que se podía leer lo siguiente:

Estos pies dieron muchas patadas. Mientras, en esta cabeza, no hubo ni un mínimo de conciencia.

31

Miércoles, 14 de octubre de 2009. 08:15h.
Mors. Plaza de la iglesia.

—¡Rápido! Llama para que manden unos diez agentes. Que vengan desde Orihuela a toda hostia. Necesito acordonar por completo la zona, no puede acercarse ni Dios. Di a los de Científica que traigan el camión laboratorio, no tengo ni puta idea de si está preparado o no, pero me importa una mierda. Necesito que las pruebas lleguen lo antes posible y sin contaminar. Esta escena no me gusta un pelo.

Alfonso obedeció la orden de Nicolás, sacó su móvil y solicitó refuerzos.

Una de las vecinas que se habían asomado salió a la calle y, sin dudarlo, se acercó a ver qué había pasado. Era la vecina del exsacerdote, la que Nicolás había conocido el día anterior, cuando fue a preguntar por él.

Cuando vio el panorama comenzó a gritar como una posesa.

Nicolás corrió rápidamente a apartarla del escenario, Alfonso lo cubrió poniéndose delante de la víctima intentando evitar que nadie se acercara.

—¡Es él! —gritó como si estuviera loca—. ¡Es él!

—Señora, es complicado, pero necesito que se calme, ¿a qué se refiere?

—¡Es él! ¡Es don Mario! —La mujer señalaba como una posesa la cabeza desmembrada a la vez que hiperventilaba y pataleaba sin cesar.

Nicolás entrecerró los ojos a la vez que trataba de empujar a la mujer con suavidad para alejarla de la escena. Esta se resistía, fruto del propio nerviosismo que la situación le generaba, pero al final acabó cediendo.

—Señora, métase dentro de su casa, por su bien. Soy inspector de policía, mi nombre es Nicolás Valdés, ese es mi compañero, Alfonso Gutiérrez. Déjenos hacer nuestro trabajo y atraparemos a ese malnacido lo antes posible, se lo juro.

La mujer estaba en shock, había dejado de gritar y tenía los ojos muy abiertos. Nicolás comprendió esa reacción y la aprovechó para empujarla hacia su puerta.

—Hágame caso. No salga, déjenos trabajar a nosotros, le prometo resultados. Tómese una tila e intente calmarse.

Esta, sin decir nada, se metió dentro de su vivienda. Echó el pestillo, advirtió el inspector.

Resoplando y con las piernas todavía temblando por lo que acababa de vivir, regresó hacia la posición de Alfonso.

Este último lo miraba preocupado. Nicolás pensó que era por la situación que acababan de atravesar, pero en realidad era por el objeto que había encontrado justo al lado del cuerpo quemado. Un objeto que había agarrado y se había guardado en el bolsillo, intentando evitar que Nicolás lo viera y sin importarle la contaminación con sus huellas.

Pasara lo que pasase, Nicolás no podía verlo todavía.

Transcurrieron veinte minutos de intensa espera en los que tuvieron que lidiar con varios curiosos que enloquecían cuando se daban cuenta de la magnitud de lo ocurrido. Alfonso ni hablaba, estaba muy preocupado por lo que había encontrado. Mucho más que por lo que acababan de vivir.

Una vez estuvieron los agentes, acordonaron la zona y se distribuyeron para impedir que ningún curioso se acercara. Cortaron la calle Mayor y gran parte de las perpendiculares, necesitaban aislamiento. El protocolo establecía que al menos unos cien metros a la redonda estuvieran delimitados, aunque esto, debido al dibujo de las calles de Mors, era imposible. Aun así, trataron de que nadie ajeno pudiera acercarse a ver el espectáculo y, sobre todo, a contaminar cualquier posible indicio.

El equipo forense no tardó en llegar acompañado de la jueza y de alguien con cara de querer asesinar a los dos inspectores.

El inspector jefe.

—¿Qué cojones ha pasado aquí? —preguntó sin ni siquiera saludar.

—Ya ve. No hemos llegado a tiempo para pillar a ese hijo de la gran puta, aunque hemos estado a punto.

—Pero, a ver, ¿qué hacían aquí? ¿Cómo han llegado tan rápido?

—Anoche —intervino a toda prisa Alfonso, pues sabía que su amigo tenía que pensar más sus mentiras—, el inspector Valdés me propuso venir muy temprano y hacer una ronda personalmente, para ver si con nuestros propios ojos podíamos descubrir algo. Evidentemente, no hemos visto nada sospechoso. Cuando ya nos retirábamos para volver a Alicante, nos hemos dado de bruces con esto. No había nadie cerca, por lo que no hemos podido ver nada aparte de lo que usted ve. Bueno, con alguna llama que otra. Lo hemos sofocado nosotros mismos, por lo que no será raro que hayan fibras nuestras en el cuerpo.

Lucas Montalvo dio una vuelta sobre sí mismo. Era el primer escenario de ese demente que veía en persona, la cabeza cortada y los pies lo impresionaron. Un intenso escalofrío recorrió toda su columna vertebral.

—Joder, menudo desastre. Me quedaré con ustedes a ayudarles en esta investigación, hay que averiguar por qué ha hecho esto —dijo resoplando a la vez que se echaba las manos a la cabeza.

—Ha imitado al Matamendigos —contestó Nicolás.

—¿Qué?

—Francisco García Escalero, alias el Matamendigos.

—Sé quién es, no soy imbécil. Pero ¿a qué se refiere con esto?

—Escalero, en varios de sus actos, decapitó a su víctima y luego quemó su cuerpo. Ha imitado lo que este hacía. Es un imitador de asesinos en serie españoles famosos. Un *copycat*.

—Pero ¿qué cojones me está contando? ¿Sabía usted esto? ¿Cuándo pensaba contármelo?

—No he podido, lo intenté ayer por la tarde en dos ocasiones, pero en una tuvimos que salir corriendo hacia el tercer escenario y, después, estaba el jefe de policía en su despacho; no iba a contarle lo que sé delante de él. Por cierto, ¿dónde coño está? ¿No debería estar aquí?

Los tres miraron a su alrededor buscando con su mirada al jefe Ramírez. A lo lejos vieron a alguien vestido de uniforme, pero parecía bastante más joven que su hombre.

—¿Puedes ir y preguntarle, Alfonso?

Este asintió y salió corriendo.

08.49 h. Mors. Casa de Fernando Lorenzo

Carlos despertó sobresaltado. El alboroto era evidente en la calle, las voces se oían casi como si las tuviera dentro de la propia habitación. Se levantó bastante alterado, no recordaba qué había soñado, pero sí sabía a ciencia cierta que habían sido pesadillas. Tenía el mal cuerpo propio de cuando las solía tener, pero ¿qué otra cosa podía soñar con la que estaba cayendo en ese pueblo de mala muerte? Sin pensarlo demasiado, se colocó una fina chaqueta y salió a la calle con el pijama. Había mucha gente. Muchos lloraban, otros tenían las manos en la cabeza, el resto simplemente tenía cara de no creerse lo que estaba sucediendo.

Se abrió paso entre el tumulto. La calle estaba cortada por un cordón policial, pero pudo ver que lo que fuera que hubiera pasado había sucedido enfrente de la iglesia. No lograba ver el qué, pero no necesitaba hacerlo para averiguar que había aparecido otra víctima más. Se sintió desesperado, necesitaba confirmar si era uno de los retratados en la foto. Se colocó de puntillas y pudo ver a lo lejos a Nicolás. Cuando quiso hacerle una seña, alguien lo agarró del brazo. Era su compañero.

—Hazme caso, vete a casa de tu padre. Cuanto menos te vean por aquí, mejor.

—¿Quién ha muerto?

—No te lo puedo contar, pero sí, uno de los que tú ya sabes.

Carlos sintió que el mundo se le caía encima, estaba a un noventa y nueve por ciento seguro de que la víctima saldría en la foto, pero la confirmación le dolió tanto como un cuchillo clavado en la espalda. El inspector no había llegado a tiempo de salvarlo.

Ahora no sabía qué hacer, sus instintos primarios pugnaban con la lógica y no sabía a cuál de ellos debía hacer caso.

—Necesito hablar con el inspector Valdés. Necesito saber cómo ha pasado esto si ayer le conté lo que sabía. ¿Es que no me creyó?

Alfonso vio su estado desesperado y decidió dedicarle algo más de paciencia.

—Sigue mi puto consejo, te prometo que le diré que te llame después. Pero ahora vete a casa, puedes llevarte una sorpresa desagradable si no lo haces. Hazme caso, coño.

Carlos se quedó mirando fijamente a Alfonso sin saber qué decir. Decidió seguir su consejo y volver a casa de su padre, total, ahí no hacía nada y los gritos de la gente solo conseguían que se pusiera más nervioso de lo que ya estaba. Además, aunque la situación no invitara a tener ganas de nada, le esperaba una mañana ajetreada con lo del periódico y una nueva muerte lo único que hacía es que sintiera un ansia mayor por desenmascarar la verdad. También quería localizar a Alicia para saber qué mosca le había picado. Ya no podía hacer nada por la víctima, quizá por las futuras sí.

08.55 h. Mors. Plaza de la iglesia

Alfonso regresó a la posición donde lo esperaban Nicolás y su jefe.

—Le he preguntado al agente. Dice que lo ha llamado varias veces esta mañana al teléfono móvil, que le da tono, pero que no contesta. Piensa que se puede haber quedado dormido, que no sería la primera vez. Tiene un juego de llaves en su oficina. Va a su casa a despertarlo en persona. Le he dado mi número de móvil, por si acaso.

Nicolás ya le había explicado todos los detalles de su investigación a su jefe, obviando la parte de su encuentro con Carlos y la vigilancia de la noche anterior. Montalvo, a pesar de encontrarse con la imagen que quedaba a sus espaldas, comenzaba a estar satisfecho con el trabajo del inspector. Reconocía que no era fácil haber llegado a sus conclusiones, y actos como el que acababa de suceder solo hacía que reforzarlas. Deseó para sus adentros que siguiera avanzando: no podían permitirse más muertes.

—Es muy extraño que no haya dejado nada para indicar su siguiente muerte —comentó Nicolás.

—Puede que esta haya sido la última, puede que el nombre de este pobre hombre sea el último de su lista.

El inspector Valdés se quedó con ganas de responder, de decir que no, que mínimo habría una más suponiendo que fuera Ramírez el causante de todo. En caso negativo, serían dos más. Pero se calló y se limitó a encogerse de hombros.

Alfonso, que había escuchado las dudas de su amigo al no encontrar nada, sintió una punzada en el estómago. Tocó su bolsillo, el objeto seguía ahí. De momento, era el mejor lugar en el que podría estar.

Su teléfono comenzó a sonar.

—Gutiérrez —dijo a modo de saludo.

Escuchó atento a lo que le decía su interlocutor. Colgó.

—Era el policía local que estaba ahí, dice que Ramírez no está en su casa, tampoco en la oficina. Su coche está en la puerta del domicilio y es imposible que se haya marchado a ningún lugar. Intentará seguir localizándolo.

El jefe asintió ante la explicación de Alfonso, pero Nicolás y él no pudieron evitar mirarse con cierto disimulo aunque muy preocupados.

Puede que el asesino hubiera aprovechado el momento de incertidumbre y caos generado para asaltar al agente.

Era imposible de saber.

—Jefe —comentó Alfonso—, aquí no podemos hacer nada, pero sí podemos seguir la investigación en comisaría. El tiempo es oro, ya sabe. ¿Le importa que nosotros nos marchemos a ponernos manos a la obra?

—En absoluto. Váyanse, buen trabajo. Cacen a ese hijo de perra. Yo me quedo para firmar los papeles y ver cómo va la inspección ocular. Va a ser complicado, muy complicado. Al estar al aire libre puede volverse algo tedioso. Y, bueno, al menos hoy no llueve, como ayer.

Después de despedirse de su jefe, los dos se montaron en

el coche. Estaba parado en medio de la carretera, dentro del cordón. Les abrieron paso para salir y emprendieron rumbo hacia Alicante.

—Gracias, lo necesitaba —comentó Nicolás a su amigo.

—No hay de qué, estoy muy cansado y lo último que me apetece es esto ahora. Además, así como tenemos la mente tú y yo, lo único que podemos hacer es entorpecer. Mejor despejarnos algo.

—Te entiendo. Oye, ¿crees que le habrá pasado algo a Ramírez o que simplemente se esconde?

Alfonso tomó aire por la nariz. Lo soltó por el mismo sitio.

—Ni idea. Tengo la mente dividida al cincuenta por ciento. Pienso que el asesino es la persona esa que me contaste que falta en la foto.

Nicolás lo sopesó, se había centrado tanto en Ramírez que había obviado eso.

—Puede que tengas razón —contestó al fin—. Esto solo significaría que nos ha ganado en un nuevo movimiento. Puede que ahora mismo el policía esté en peligro. No sé.

—Pues ya sabemos lo que toca: trabajemos a muerte para intentar averiguar su siguiente paso. Ya sabemos mucho de cómo actúa, a ver si somos capaces de usarlo en nuestro beneficio.

—Joder —comentó Nicolás mientras miraba por la ventana—, no sé si es que no hemos mirado bien o si no le ha dado tiempo, pero me parece muy raro que no haya dejado nada para sacarse la polla y decirnos cómo va a ser su siguiente asesinato. Esto es lo que más nos podría ayudar. También es posible que se sienta amenazado, que no quiera dejar pistas por miedo a que nos acerquemos más de la cuenta. Yo creo que está acojonado. Por fin.

Alfonso tragó saliva antes de hablar.

—Nicolás, respecto a eso...

El inspector dejó de mirar a la carretera y comenzó a mirar a su amigo con el ceño fruncido.

—¿Qué?

—Verás, sí había algo. No te lo he dicho porque no sé si podrás soportar esto. No quiero que te enfades conmigo, apenas te lo he ocultado unos minutos, pero necesitaba, al menos, que estuviéramos solos para mostrártelo.

—Alfonso, ¿de qué coño hablas?

El que iba de piloto metió la mano en el bolsillo de su pantalón y extrajo el objeto. Una caja de cerillas, con las que previsiblemente había prendido fuego al exsacerdote. Se las dio a Nicolás.

—Te pido calma, cazaremos a ese hijo de puta antes de que actúe.

Nicolás dio la vuelta al paquete. Un número, un simple número que hizo que todo el peso del cielo se le viniera encima. Todo su pasado cayó como una losa sobre su cabeza. Se sintió mareado, no podía ni hablar. No podía creer que aquello estuviera sucediendo de verdad.

32

Miércoles, 14 de octubre de 2009, 09.36 h.
Alicante. Redacción del diario Información

Carlos entró en el edificio muy tembloroso. Pensaba que su mente no era capaz de aguantar más, que la locura estaba apretando tan fuerte a la cordura que ya quedaba poco para echarla de su cabeza. No tenía ni idea de cuál era su principal pensamiento o preocupación. Estaba lo de Alicia, lo de la muerte que había sucedido en Mors hacía un rato, lo que puede que descubriera en el lugar en el que se encontraba... En definitiva, todo.

Buscó en su interior algún resto de la seguridad que le caracterizaba, supuso que se había marchado junto a todo lo que él consideraba positivo de su personalidad. Ahora solo imperaba el miedo. Miedo y dudas. Muchas dudas.

Miró a su alrededor, aquello era más simple de lo que esperaba. Sería porque nunca había estado en la redacción de un periódico, o quizá tuviera culpa la imagen que nos transmitía la televisión sobre estos lugares, pero aquello era demasiado simple. Apenas cuatro mesas de despacho con ordenadores, ocupadas por cuatro personas aparentemente jóvenes que miraban atentos a sus monitores. Nada del bullicio que pensaba que se encontraría allí dentro. Nada de tipos corriendo de un lado a otro, hojas en mano, exclamando que se parasen las rotativas pues tenían un bombazo de ultimísima hora. No. Allí solo parecía haber estudiantes recién salidos de la universidad con más pinta de pulpos en un garaje que otra cosa. También era cierto que últimamente había aprendido que, prácticamente, nada era lo que parecía y que le podrían dar una lección de profesionalidad y buen hacer.

Una recepción hecha de madera fue lo más cercano que encontró. Tras ella, una mujer de avanzada edad también miraba sin pestañear su monitor.

—Buenos días —saludó el abogado.

—Buenos días —contestó la señora, sin levantar la mirada de su ordenador.

—Me preguntaba si me podría ayudar.

—Usted dirá. —Ahora sí lo miraba a la cara, al menos.

—Necesitaría consultar dos ejemplares de su periódico, estas son las fechas.

Carlos le dejó el papel encima del mostrador. La mujer lo agarró y lo observó desconfiada.

—¿Acaso usted no dispone de internet?

—¿Cómo dice?

—Podría haber consultado en la hemeroteca digital que tenemos en la página web del periódico.

Carlos estuvo a punto de darse un cabezazo contra el mostrador. ¿Cómo no había caído en esto? Su cerebro se estaba secando por momentos, su forma de actuar no se parecía en absoluto a como él solía ser.

—No tengo internet, estoy de vacaciones —mintió con algo de habilidad—, y como pasaba por aquí, me dije, no me cuesta nada —volvió a mentir.

—Bueno, pues en ese caso... Le cuento: sí, tenemos una hemeroteca con todos los ejemplares impresos, pero es de acceso restringido y para nuestro uso personal. Lo siento, pero en ese sentido no le puedo ayudar.

Carlos sintió que una oleada de rabia le recorría el cuerpo. Otra más. Le hubiera cantado las cuarenta a la mujer, pero no se sentía con fuerzas ni para eso. Estaba agotado mentalmente y lo más seguro es que no tuviera ni razones para hacerlo.

—¿No podría hacer una excepción? Solo quiero consultar algo rápido y que es de vital importancia. Puede estar usted presente, comprobará que no tengo otra intención.

—Ya le he dicho que no puede ser. Es tan simple como que encuentre un ordenador con internet y consulte lo que le dé la gana.

Carlos suspiró desesperado, estaba harto de contratiempos. Sus últimos días no eran otra cosa, contratiempo tras contratiempo. Estaba cansado ya.

—¿Ocurre algo? —dijo una voz detrás de la espalda del madrileño.

Este se dio la vuelta, pero el propietario de la voz ya se había colocado al lado de Carlos.

—Nada, le explicaba a este amable señor que no puede consultar de forma presencial nuestra hemeroteca. Son órdenes suyas.

El hombre, que tenía unas enormes gafas de pasta y el pelo algo largo y alborotado, se quedó mirando fijamente a Carlos.

—¿Es usted don Carlos Lorenzo?

Carlos no entendía nada, ¿cómo le conocía ese hombre? ¿También era de Mors? Ya sería el colmo de las casualidades.

—No me recordará, hace un par de años necesité de sus servicios. Tuve un lío legal con una empresa de diseño gráfico que me quiso demandar, usted puso a mi disposición una abogada muy buena. Una tal Gala. Todo llegó a buen puerto gracias a ella.

Carlos sonrió al oír el nombre de Gala. Nunca se había

dado cuenta de cuánto la necesitaba hasta aquellos días. El solo oír su nombre le proporcionaba una paz que no le llegaba de ninguna otra manera.

—Le soy sincero, no le recuerdo —contestó Carlos—, pero me alegro de que nuestros servicios le ayudaran. No sabe cuánto.

—¿Qué ha dicho que necesitaba?

—Consultar dos periódicos de los años noventa. —Carlos soltó su enésima mentira—: Es para un caso con el que me encuentro.

—Por favor, el señor Lorenzo es VIP aquí —soltó exagerando lo de VIP con el dedo en alto—, yo mismo le acompañaré. Usted tendrá lo que necesite de nosotros.

—Gracias, no sé cómo agradecérselo.

—Ya lo hizo en su día. Acompáñeme.

Carlos se despidió de la recepcionista con una sonrisa triunfal. Esta tenía la cabeza gacha, avergonzada por el desarrollo de los acontecimientos.

Ambos llegaron a una puerta en la que se podía leer la palabra ARCHIVO, acompañada de una señal de prohibido que impedía el paso a toda persona ajena al periódico.

Pero Carlos ya no era ajeno a aquel periódico.

—No sé si le he recordado mi nombre, soy Luis López Nievas, director de toda esta parafernalia que ve aquí.

—Encantado de volver a conocerle en este caso —comentó sonriendo y dando gracias, por fin, por haber tenido algo de suerte.

—¿Qué fecha es?

Carlos le mostró el papel.

—Año noventa y uno —comentó para sí mismo Luis mientras miraba en las estanterías perfectamente organizadas—. A ver, aquí. Ahora, septiembre... aquí. Y ahora el veinte y veintiuno... Ya los tengo.

Extrajo dos ejemplares y los colocó encima de la mesa.

—Todo suyos. ¿Busca algo en particular? Por si le puedo ayudar.

—Busco cualquier noticia relacionada con el pueblo de Mors.

—Mors... —El hombre se quedó pensativo—. ¿Mors? ¿Mors es donde están pasando todos esos asesinatos?

—Sí, no le puedo contar demasiado, pero colaboro con la policía.

—¡Vaya! —exclamó excitado el director—. Pero eso es genial, quiero decir, poder ayudar en la investigación, no que esté muriendo gente.

—Pues cuanto antes lo localice, mejor.

—Yo le ayudo. Tome usted el del día después, yo, el anterior.

Carlos asintió. Llegados a ese punto, no pensaba rechazar ninguna ayuda que le pudieran proporcionar.

Los dos abrieron su periódico y comenzaron a buscar.

El abogado estaba nervioso, sabía que había algo, lo que no podía imaginar era el qué.

Pasaba páginas con cuidado de no estropear el ejemplar pero decidido, porque sabía que estaba más cerca que nunca de conocer la verdad.

—Creo que tengo algo —comentó el director mientras miraba fijo el papel.

Carlos se acercó, muy nervioso, con el corazón latiendo a un ritmo cada vez mayor. Llegó a sentir que de un momento a otro se le iba a salir por la boca.

Cuando leyó el titular, supo que no se había equivocado, que su corazonada era cierta.

10.04 h. Alicante. Comisaría

Alfonso prefirió no hablar con Nicolás durante el resto del trayecto. Intuía lo que pasaba por su cabeza, por lo que prefirió dejarlo con sus pensamientos y no agobiarlo. Ya bastante debía de estar pasando. A punto estuvo un par de veces de intervenir, ya que comprobó que, en dos ocasiones, estuvo al borde del ataque de ansiedad. Pero se recuperó.

Nicolás era fuerte, Nicolás era, quizá, la persona más fuerte que había visto jamás. Él no se creía capaz de aguantar todo lo que estaba pasando su compañero. Su admiración por él crecía a cada segundo que transcurría. Ya sabía de su excepcionalidad desde hacía mucho tiempo, casi desde cuando se conocieron, pero este se empeñaba en demostrarlo con creces una y otra vez.

Aparcó y esperó pacientemente a que su amigo saliera del coche. Tardó algo más de lo normal pero no podía reprocharle nada. Una vez ambos habían dejado el vehículo entraron en la comisaría. Alfonso decidió hablar.

—Estoy pensando en que quizá debamos tomarnos el día libre, seguro que el jefe lo entiende. Estamos muy tensos y así es imposible.

—No.

—Vale, respeto que no quieras, pero, tío, te hablo en total confianza. Así no puedes trabajar, tu cabeza estará pensando en eso y puedes entorpecer la investigación. ¿Me escuchas?

Pero Nicolás no reaccionaba. Estaba blanco.

—¿Qué te pasa? —quiso saber Alfonso.

De pronto, el inspector Valdés cayó al suelo alarmando a toda la comisaría, que se lanzó rápidamente en su socorro.

10.09 h. Camino a Mors

Carlos conducía rápido, muy preocupado por lo que acababa de encontrar. Luis le había permitido hacer fotocopias a las dos noticias, a la que había encontrado este y a la que aparecía el día posterior hablando del mismo hecho.

El abogado miró de reojo ambos papeles. Estos descansaban encima del asiento del copiloto. Sintió una nueva punzada en el estómago. Tenía que localizar a Alicia, tenía que hacerlo cuanto antes.

El manos libres de su coche comenzó a sonar sacándolo de sus pensamientos.

Era Gala. Lo que sintió en el estómago ahora era distinto a la punzada. Algo más satisfactorio.

—Dime —contestó Carlos.

—Eres un gilipollas.

—¿Perdón?

—Si tengo que esperar a que me llames, estoy lista. ¿De qué coño vas? ¿Desapareces y listo? Eres imbécil, hay gente a la que le importas, ¿sabes?

—Joder, Gala —contestó avergonzado—, lo siento, de veras.

Esto sorprendió a Gala. ¿Carlos Lorenzo pidiendo perdón? ¿Qué estaba pasando por su vida?

—No pasa nada —dijo la madrileña suavizando sus palabras—, pero no me hagas esto. ¿Qué sucede, Carlos? ¿Por qué estás tan desaparecido y... raro?

—Todo se complica por momentos, hay gente muriendo a diestro y siniestro en este puto pueblo y yo me estoy volviendo loco. Ya no sé qué hacer, parezco un puto demente corriendo de un lado para otro, buscando no sé muy bien qué.

—Ya lo he visto en las noticias. Hablan mucho pero no cuentan nada en realidad. Carlos, regresa, por favor.

—No puedo... Estoy cerca de averiguar la verdad, me lo debo a mí mismo y, sobre todo, se lo debo a mi padre.

—¿A tu padre? —preguntó sorprendida—. ¿A ese mismo que odiabas con todas tus fuerzas y al que culpabas de todos tus males?

—La cosa ha cambiado. Ya no estoy seguro de nada, ni siquiera de mis sentimientos.

—Mierda ya, Carlos, me tienes muy preocupada, ¿quieres que vaya yo allí?

Gala ya conocía la respuesta, pero tenía que intentarlo.

—Sí...

—¿Has dicho sí? —preguntó sin creer lo que acababa de oír.

—Te... necesito... Cada día me siento más pequeño. Contigo estoy seguro de que todo irá a mejor.

A Gala le costaba hablar, no podía creer las palabras de Carlos.

—Voy para allá.

—No, espera. Ya sabes cómo soy. Si vienes y dejas todo sin organizar, me dará un ataque al corazón. Es preciso que dejes todo en buenas manos. No sé el tiempo que estarás aquí, por lo que necesito sentirlo todo bajo control.

—Pero Carlos...

—Sin peros. Deja organizada nuestra ausencia, por favor. Delega lo que puedas en Smitchtz, pero solo lo estrictamente necesario. Una vez lo tengas todo, te vienes. Me da igual que sea mañana, me da igual que sea pasado, pero solo te pido este favor. En mi ordenador está todo el trabajo pendiente, no vengas sin cumplir esta lista.

—Está bien... —contestó apesadumbrada—. Y por favor, tómate las cosas de otra forma, en breve estaré allí, no me jodas y tranquilízate, que cuando llegue vas a ser un muerto viviente.

—Te lo prometo.

—Un beso, te llamo antes de ir.

—Perfecto. Chao.

Carlos quiso decirle que la quería, pero jamás en su vida había pronunciado estas palabras. No estaba preparado para decirlas.

—Chao.

Se cortó la comunicación.

No quedaban demasiados kilómetros para llegar a Mors. Al ritmo que iba con el coche, llegaría apenas en unos minutos. Tras esta charla tenía la conciencia algo más tranquila. Ahora, su único anhelo era encontrar a Alicia y hablar con ella. Solo la muchacha podía ayudarlo con todo aquello en ese momento.

10.12 h. Alicante. Comisaría

—Parece que ya vuelve en sí, dejadle espacio.

A Nicolás le pareció oír la voz de su amigo Alfonso en sueños, pero ¿en realidad era aquello un sueño?

La luz se fue apoderando de todo, un destello cegó al inspector. Enseguida comprendió que estaba tumbado en el suelo. Le habían puesto las piernas en alto, pensó que lo hicieron para que le llegara mejor la sangre a la cabeza. Se sentía desconcertado, sin saber muy bien qué había pasado.

—¿Te encuentras bien? —Ahora sí sentía clara la voz de su amigo.

—¿Qué ha pasado? —acertó a decir.

—Te has desmayado. Suerte que me tenías cerca y te he agarrado, pues, según has caído, la hostia hubiera sido impresionante.

Nicolás se incorporó lentamente, ayudado por Alfonso. Comprobó que toda la comisaría estaba pendiente de él, hasta la gente que había ido a renovarse el DNI o el pasaporte. Sintió algo de vergüenza. Desde que había llegado, ya había protagonizado dos episodios en los que todos lo miraban. Y eso que hacía muy poco tiempo que estaba ahí.

—Gracias por preocuparos, chicos, pero dejadnos solos. El inspector necesita algo de descanso.

Poco a poco se fueron dispersando, volviendo cada uno a sus quehaceres.

—Menudo susto me has dado, cabrón.

—No sé qué me ha pasado.

—Que no duermes, joder, que no descansas, que todo es asesino, asesino y asesino. Así no se puede vivir, que pareces tonto.

—No se lo cuentes a Montalvo, por favor —balbuceó.

—Al final me vas a hacer pensar que sí que te has dado fuerte. ¿Crees que Montalvo no se va a enterar? Por Dios, si te ha visto todo el mundo. Ahora no creo que sea esa la mayor de tus preocupaciones.

De pronto vino todo a la mente de Nicolás, todo lo que había sucedido le golpeó con fuerza, pero lo que más duro golpeó fue el último acontecimiento que había vivido en el coche.

—La caja de cerillas... —acertó a decir medio en shock.

—Deja la puta caja de cerillas apartada de tus pensamientos. No sé qué coño quieres atrapar si no eres capaz ni de permanecer de pie.

—No puedo dejarlo ahora, Alfonso, no ahora.

—Nicolás Valdés, no me va a pasar nada, no me tienes que proteger de nada, me sé cuidar solito.

—No quería decir eso.

—Sí querías decirlo, tío, soy consciente de lo que pasó, joder. Lo viví muy cerca de ti, recuerda que todos te dieron la espalda y yo seguí a tu lado. No te voy a dejar ahora, pero no puedes trasladar todo tu puto pasado al presente. Así no.

—¿Y qué puedo hacer? —preguntó desesperado, al borde de derramar alguna lágrima.

—Ve a verla otra vez, ella sabrá qué hacer, yo no te puedo decir nada.

—Ya, pero el caso...

—Si no vas, no habrá caso. Yo me encargo de hablar con el jefe cuando vuelva, lo va a entender. Sobre todo ahora, tío, solo tú puedes atraparlo, pero tienes que actuar con cabeza, deja que ella te la libere del todo. Además, si hay alguien que sepa por lo que estás pasando ahora mismo es ella.

Nicolás suspiró, sintió la necesidad de abrazar a su amigo, pero sabía lo que este le diría respecto a esto. Tenía razón, necesitaba hablar una vez más con ella acerca de él, solo así podría despejar su cabeza y darlo todo.

Ahora partía con una ventaja, tenía que aprovecharla: conocía, quizá más que nadie, el asesino por el que se haría pasar ese hijo de puta.

Llegaba la hora de jugarse el todo por el todo.

Sacó su teléfono móvil y marcó el número.

—¿Doctora Vílchez? Soy el inspector Valdés. Necesito verla, ya mismo.

—¿Ha pasado algo? —preguntó extrañada al otro lado del teléfono—. Ahora mismo me es imposible, estoy haciendo unas cosas.

Cuando Nicolás le explicó el motivo, la doctora no pudo hacer más que decirle que subiera al coche y volara hacia su consulta.

33

Miércoles, 14 de octubre de 2009, 10.57 h.
Mors. Bar de Adela

Alicia seguía sin aparecer. Carlos no conseguía que contestara al teléfono móvil, por lo que decidió apostarlo todo y entrar en el bar en su búsqueda.

Tal y como se temía, esta no se encontraba allí.

¿Qué había pasado con la muchacha?

Ocupándose del negocio se encontraba Adela, su tía. Estaba ordenando bolsas de hielo dentro de un arcón gigantesco con puertas transparentes. Carlos se acercó a ella decidido, mostrando toda la tranquilidad que podía en esos momentos. No sabía si a otros ojos mostraría ese resultado, pero él tenía que intentarlo.

—Adela, buenos días, ¿puedo preguntarte dónde está Alicia?

—Alicia no está disponible —respondió con un tono seco y sin dejar de hacer lo que hacía.

El abogado dudó unos instantes en si seguir insistiendo o no después de la tajante respuesta. Al final pensó que sí.

—Pero ¿se encuentra bien?

—Perfectamente. —Seguía sin levantar la cabeza.

Carlos no entendía qué estaba sucediendo. La mujer no quería ni mirarlo a la cara. ¿Había dicho o hecho algo que le hubiese molestado? ¿Alicia le había contado algo? Pero, en caso de haberlo hecho, ¿qué? Ni él mismo tenía claro el haber hecho algo que pudiera haber provocado esta situación.

—¿Pasa algo, Adela?

Esta levantó la cabeza. Tenía unas ojeras muy marcadas y su cara estaba demacrada. No parecía la misma mujer que había conocido días atrás. No quedaba ni rastro de la bonachona sonriente.

—Dejad ya de remover la mierda, por vuestro propio bien. Agarra tus maletas y márchate de nuestro pueblo. Solo traes muerte, ¡vete!

La mujer comenzó a llorar de manera desconsolada. Carlos no entendía nada, no daba crédito a su llanto. Quiso acercarse a ella para consolarla, pero esta puso su mano delante.

—¡Atrás! No te lo repito más veces, ¡vete! —Temblaba mientras decía eso—. Aléjate de nosotras, deja de remover o acabaremos todos muertos.

El abogado creyó estar en una especie de pesadilla, aquello no parecía real. Las piernas le flaqueaban y su espalda sudaba a mares. Una fuerte presión hacía de las suyas en el estómago. Oía llorar a Adela como si estuviera, en realidad, muy lejos de él. Como si no estuviera ahí, en el bar, como si nada de aquello fuera real. Sin entender nada y sin fuerzas para replicar, abandonó el negocio de la mujer. No solo seguía sin saber dónde se encontraba Alicia, ahora también tenía que digerir el momento que acababa de vivir.

¿Qué mosca le había picado a Adela?

Ahora, sin Alicia cerca, no tenía ni idea de cómo afrontar la situación. Miró las fotocopias, las llevaba en la mano. Solo se le ocurrió una persona capaz de ayudarle en todo este embrollo.

Extrajo su teléfono móvil del bolsillo y marcó su número.

La mujer lo seguía mirando con una creciente sensación de ira descontrolada a través de la puerta del negocio. Necesitó serenarse para no acabar cometiendo una locura.

O mejor dicho, otra locura.

11.13 h. Alicante. Consulta de la doctora Laura Vílchez

Nicolás apagó su terminal antes de entrar en la consulta. Alfonso le había dejado conducir solo con la condición de que se tomara una tila doble antes de partir. Como si eso fuera a hacer algo con su sistema nervioso. Pero por no escucharlo más, lo hizo.

La doctora lo recibió con un evidente gesto de preocupación.

—Pase.

Nicolás obedeció y ambos fueron directos a la sala de consultas. Esta vez, la doctora no se anduvo con jueguecitos de sillas, tomó asiento y esperó a que el inspector también lo hiciera.

—Está bien, para poder entender qué está sucediendo, necesito que me cuente todo, con pelos y señales. No omita nada.

—Como creo que ya sabe, el caso me vino nada más incorporarme a la comisaría —comenzó a relatar.

Durante los siguientes veinte minutos, Nicolás contó con hasta el más mínimo detalle todo lo que había sucedido desde su llegada a Alicante. En momentos determinados, la doctora Vílchez no pudo disimular su enorme apertura de ojos, según qué datos le ofrecía. No omitió nada, como le pidió ella. Le relató todo lo de Carlos, lo de la fotografía, lo de las personas que aparecían, lo de que no pudo llegar a tiempo de ponerlos a salvo, hasta que llegó el turno de la parte más complicada, la que le había conducido hasta ese salón. Sabía que la doctora era de plena confianza para el cuerpo y que su secreto profesional le impediría revelar nada de lo que allí le había contado.

—Y Alfonso encontró el objeto que nos había dejado para indicarnos su próxima muerte.

—¿Y era? —preguntó ella.

—Una caja de cerillas, con el número cinco pegado en ella. Lo había puesto encima de su verdadera decoración, que no sé cuál es ni me importa. Habrá que analizar la pegatina de encima antes de retirarla, pero no creo que tenga nada interesante. Lo importante está arriba. En el número. Lo demás es mierda.

—¿Y está seguro de que es una alusión a él?

—No me joda, doctora, usted lo sabe igual que yo. Conoce el caso a la perfección.

—Sí, claro que lo conozco. Es solo que quiero que me lo cuente usted todo, necesito que hable sobre ello.

—Vale —contestó resignado—, pero le pido que se deje ahora de jueguecitos de psiquiatría. Sí, sí estoy seguro de que hace alusión a él. El cinco, ¿qué otra cosa podría ser?

—Está bien, aceptemos que está en lo cierto. Se refiere a él, ¿qué cree que es lo que pasará ahora?

Nicolás respiró hondo, no creía tener la respuesta a tal pregunta. O eso, o le daba miedo pensarla.

—No tengo ni idea —respondió—. No sé si está diciendo que va a por mí, que va a por Alfonso, o que simplemente se va a ceñir a su guion.

—¿Guion?

—Sí, estoy convencido de que todo lo que hace lo tiene calculado al milímetro, es por eso que es tan perfecto, no deja nada a la improvisación. Puede que no sea capaz de actuar según se presenten las cosas. Usted creo que también entiende bastante de esto. Es un psicópata organizado, de lo peor que te puedes echar a la cara.

—Entonces, usted tiene un punto a su favor.

—¿Cómo?

—Claro, usted sí es capaz de eso.

—¿De qué?

—De improvisar según la situación lo demande. Lo ha demostrado no una, ni dos, lo ha hecho muchas veces. En ocasiones, el don de saber moverse según sople el viento es una clara ventaja. Si él ya tiene escrito lo que va a pasar, usted puede leer ese guion y anticiparse a él.

—Ya, pero ¿dónde está ese guion? ¿Cómo puedo leerlo? No tengo la menor idea de cómo seguir.

—El guion lo tiene más cerca de lo que pueda imaginar. Al alcance de su mano.

—Joder, o habla más claro o no la entiendo.

—Tiene que pensar como él.

Nicolás resopló.

—¿Eso es todo lo que me va a decir? ¿La misma frase que me repitieron en clase una y otra vez? Si yo no supiera esto no creo ni que me hubieran dejado ascender a inspector. Vamos, no me joda.

—No le estoy diciendo lo mismo, se lo estoy diciendo de verdad. En este sentido, tiene otra ventaja, puede consultar la propia fuente. Incluso en el caso de Escalero lo podría haber hecho. No sé si sabe que está preso aquí, en Alicante.

Nicolás comenzó a ponerse nervioso ante lo que trataba de sugerir la doctora.

—No creo que...

—Sí, no va a volver a pasar lo mismo. Creo que usted está confundido. Si como dice lo tiene todo guionizado, no pretenderá creer que incluir a este maníaco en su lista a imitar lo hace por usted. Esto lo tendría planeado de antes. Si busca asesinos famosos y sanguinarios en la historia de este país, este nombre tenía que aparecer a la fuerza.

—Puede que tenga razón, pero...

—Nada de peros. Deje de pensar que en todo esto usted es la víctima porque no es así. Esto es, precisamente, lo que no le deja llegar al fondo del asunto. Creo que ha confundido su papel en toda esta historia. Usted es el bueno, el que tiene que acabar con todo lo que está ocurriendo. Nicolás, no es el centro de todo, le ha tocado este caso por pura casualidad. Si no estuviera investigando lo estaría haciendo otro y el guion sería el mismo. A usted no le va a pasar nada, ni a su compañero, la historia no se repetirá. Pero si actúa como es debido puede salvar la vida de una persona que, haya hecho lo que haya hecho, no se merece la muerte. —Se puso en pie—. Espere aquí un momento.

—¿Dónde va? —preguntó a la vez que se levantaba de forma apresurada.

—Empiece por hacer caso de una vez. Siéntese y espere aquí.

Nicolás obedeció a regañadientes mientras la veía marchar hacia el pasillo.

Acto seguido oyó varios ruidos, entre ellos el de un microondas que parecía calentar algo.

Pasados un par de minutos, la doctora regresó con una taza de color verde claro en la mano. Soplaba su interior.

—Tómese esto.

—Verá, doctora, ya he tomado una tila doble en comisaría y nada. Estas cosas no están hechas para mí.

—Hágame caso —insistió por enésima vez—. Esto sí le hará efecto.

Nicolás, escéptico, pegó un sorbo. Quemaba mucho y sabía a rayos.

—¿Un poco de azúcar? —preguntó el inspector.

—El azúcar es estimulante. Esto tiene que tomarse así. Parece un niño pequeño con tanta queja.

Nicolás pegó otro leve sorbo y no dudó en mostrar su cara de asco.

—Si no se lo toma entero no le calmará los nervios —comentó la doctora.

El inspector hizo el esfuerzo y, tras varios sorbos, consiguió acabarse el líquido. Le dejó un sabor horrible en la boca.

—Ya verá cómo se siente mejor en un rato. Ahora, escúcheme atentamente. Tiene que hacer lo que le digo. Tengo dos razones para creer que será lo mejor para usted. La primera, que se enfrentará directamente a la raíz de sus miedos y temores. Es muy probable que después de hacerlo se sienta de otra manera. No mejor, ni peor, pero sí de otra manera. Esto será algo positivo, pues saldrá de ese estado en el que lleva sumido tanto tiempo. Debe enfrentarse a él.

—Ya, algo así como el claustrofóbico que se mete en un ascensor de golpe. ¿No?

—Así es. Hay que enfrentarse a los miedos de golpe. Nada de poco a poco. Terapia de choque.

—Doctora, hay mucha gente, mejor dicho, muchos profesionales que no creen en eso de la terapia de choque...

—Usted está en mi consulta. Aquí se hace lo que yo diga. Lo que yo crea.

Nicolás respiró hondo.

—¿Y la segunda?

—Que puede dar pasos de gigante en la investigación hablando directamente con la fuente, como ya le he dicho. Imagine lo importante que hubiera sido poder hablar con el Arropiero o con Romasanta. O, como le he dicho, que se le hubiera ocurrido ir a hablar con Escalero, que sigo sin entender por qué no lo ha hecho. Usted más que nadie sabe lo importante que es obtener información sin filtros. Cabe la posibilidad de que hubiera podido ir un paso por delante del asesino. Ahora no lo sabremos, pero estamos a tiempo de comprobarlo antes de la siguiente muerte.

Nicolás sopesó las palabras de la psiquiatra. Quizá tuviera razón, pero ¿tendría el valor para hacerlo? Algo en su fuero interno le decía que no, que era un auténtico cobarde y que se iba a pasar la vida huyendo de sus problemas. Pero claro, ahora no era solo la vida del que aparecía en la foto la que corría peligro, y nada sacaba de su cabeza la posibilidad de que Alfonso pudiera sufrir en sus carnes el ataque del asesino. La doctora hablaba de meterse en la cabeza del psicópata, y lo que más le aterraba era que, cuando lo hacía, veía a Alfonso sin vida en el suelo. Ojalá estuviera equivocado, porque no solo no podría soportar de nuevo la muerte de un compañero, en este caso sería la de su mejor amigo. La de su hermano.

Mientras pensaba comenzó a notarse cansado en exceso. El peso de no dormir durante tanto tiempo y tener la cabeza tan llena de historias empezaba a ser bastante importante. Sentía una especie de escozor en la zona de los ojos que hacía que le costara cada vez más tenerlos abiertos del todo y no estar parpadeando constantemente.

—Está bien —claudicó—. Lo haré, hablaré con él.

La doctora no dudó en mostrar satisfacción en su rostro. Nicolás pensó que ella, de alguna forma, se había involucrado emocionalmente en aquello y no podía disimular su alegría.

—Es muy importante lo que va a hacer, inspector, me siento muy orgullosa. Que vaya es un paso esencial para su total recuperación.

—Eso espero —comentó mientras abría la boca de manera involuntaria.

El cuerpo le pesaba más que de costumbre. Apenas podía mantener los ojos abiertos, se le cerraban solos con más fuerza que antes, todavía. Los bostezos se sucedían uno tras otro, al tiempo que los ojos le lloraban sin poder controlarlos.

—Doctora —comentó alarmado ante lo que estaba sintiendo, en un tono mucho más bajo de lo habitual—, no sé qué me pasa, no me puedo mover.

La doctora Vílchez sonrió mientras Nicolás terminaba de

cerrar los ojos. Este cayó hacia atrás y quedó postrado en el sillón, a merced de la psiquiatra.

A los pocos segundos borró la sonrisa de su rostro.

Ya había hecho lo fácil, lo difícil iba a ser la siguiente parte. Marcó el número de teléfono que la había llamado hacía unos instantes.

Alfonso contestó.

Esperaba abajo, en la calle.

12.02 h. Mors. Casa de Fernando Lorenzo

Carlos desistió de intentar localizar tanto al inspector Valdés, como a Alicia. Se sintió solo, solo como hacía demasiado tiempo que no se sentía. No era el rey de las amistades, de hecho, no tenía ningún amigo de confianza con el cual poder hablar sobre sus cosas. Prefería guardarse todo para sí mismo. Pero sí era cierto que, al menos, tenía a Gala.

Sin ella en Mors, había encontrado en Alicia esa compañera, o amiga, que no le hiciera sentirse que estaba solo.

Era como si hubiera sustituido esa pieza que tanto necesitaba, aunque hasta ahora no se había dado cuenta. Esa pieza que le ayudaba a mantenerse cuerdo dentro de su infinito arsenal maniático. Esa pieza que actuaba como la voz de la conciencia que él nunca creía haber escuchado.

Esa pieza que le hacía ser un ser completo. No como se sentía en esos momentos.

Ahora, sin ella también, no sabía qué hacer.

Miró el papel, deseó poder descifrar a quién pertenecían las iniciales MCCP, pero no tenía ni idea de cómo hacerlo.

34

Miércoles, 14 de octubre de 2009, 17.21 h.
Camino a Madrid

Nicolás abrió los ojos de manera gradual. Estaba extrañamente relajado y sentía algo muy parecido al movimiento constante. No iba desencaminado, pues iba montado en el asiento de copiloto de algún coche.

Le costaba mucho mover la cabeza, pero consiguió mirar hacia el lado del piloto. Estaba asustado y no tenía ni idea de qué hacía ahí. De cómo había llegado hasta ahí.

Su sorpresa fue mayúscula cuando vio a la doctora Vílchez al volante. Ella miraba hacia delante, atenta a la carretera. Parecía de buen humor.

Se miró el cuerpo. No estaba atado ni nada, aun así, le costaba horrores mover sus extremidades, como si pesaran tres veces lo que en verdad pesaban.

¿Qué coño había pasado?

—No se preocupe, una vez que se despierta se tarda un rato en recuperar la movilidad total, pero en apenas unos minutos podrá moverse con absoluta normalidad —dijo la psiquiatra sin quitar ojo de la carretera.

—¿Qué coño me ha dado? —preguntó Nicolás cerrando

los ojos con fuerza en varias ocasiones. Su visión dejaba de ser borrosa poco a poco.

—Nada perjudicial para su salud, inspector. Es una mezcla de hierbas que me enseñó mi abuela: sume a la persona que la toma en un profundo sueño. Según la dosis administrada, así pasarán las horas aseguradas de sueño. No me pregunte porque no le revelaré la composición, todo queda en familia.

—Pero todo lo que ha puesto al menos es legal, ¿no?

La doctora no contestó. Solo sonrió.

—¿Y por qué lo ha hecho?

—Porque se niega a descansar. Su compañero me llamó mientras usted se dirigía a mi consulta, me contó su problema y me pidió ayuda urgente. Le expliqué lo que podíamos hacer. Él me ha ayudado a echarlo en el coche, yo sola no podría. Además, no solo era el descanso. Los dos teníamos miedo a que se negara a hacer esta visita tan necesaria. Usted es como una montaña rusa. Pero no solo por los vaivenes de su estado de ánimo, sino por la propia velocidad que sus emociones toman y que hacen que pase de arriba a abajo en menos de un segundo.

—Cabronazo... —dijo para sí mismo—. ¿Y se puede saber adónde vamos? ¿Cuánto tiempo he estado dormido?

—Le he dado la dosis calculada para, al menos, unas cinco horas. Es usted un maldito reloj, se ha despertado justo al pasarlas. Vamos de camino a Madrid, más en concreto a Navalcarnero. Estamos llegando ya.

—Vamos a verlo... —comentó Nicolás, que ya comenzaba a mover con soltura sus extremidades.

—Sí. Yo no entraré, no se me permite mezclarme en una investigación oficial sin unos papelajos de por medio, pero le prestaré apoyo moral una vez salga. Bueno, y antes de entrar. Su compañero se está encargando de todo para que tenga preparada la visita nada más llegar.

Nicolás tiritó al pensar lo que le esperaba. Era enfrentarse de golpe con todo lo que le hizo estar como estaba en esos momentos, con la raíz de todos sus miedos y temores. Con la razón de por qué se hizo inspector —aunque fuera algo con lo que siempre hubiera soñado, tras aquello decidió que era el momento.

—Recuerde que tiene unas medidas de seguridad excepcionales, a usted no le pasará nada. Estará todo el tiempo acompañado por tres funcionarios que vigilarán su integridad. Además, todo ocurrirá en una sala especial, el único lugar donde podría recibir visitas. Estarán aislados el uno del otro, no podrá tocarlo.

—Me parece bien, aunque no creo que tenga intenciones de tocarme.

—Hablo por usted. La seguridad, en este caso, es para él. No puedo correr el riesgo de que se deje llevar por sus instintos primarios. Sería algo humano, no le estoy llamando monstruo.

El inspector sopesó las palabras de la psiquiatra. Quizá tuviera razón, puede que se dejara llevar y acabara arrancándole la cabeza a ese malnacido. Aunque dudaba de que fuera así, era miedo lo que sentía por este encuentro.

—Otra cosa —añadió la psiquiatra—, si se agobia, si siente que no puede, cuente hasta cinco, despacio. Si después de hacerlo sigue sintiendo lo mismo, abandone automáticamente la estancia. Estamos hablando de su salud mental. Esto puede ser tan bueno como malo para usted.

—Joder, esto no me lo había dicho.

—Perdón. Se me pasó.

Nicolás miró al frente. Ahora tenía ganas de matarla a ella.

Al acabar la charla, justo, llegaron al centro penitenciario.

Los dos bajaron del coche. Nicolás, titubeante; la psiquiatra, expectante por ver la reacción del inspector.

La doctora se acercó al control, dio los nombres y, tras una llamada por parte del guardia civil que había dentro, les dio acceso al interior y órdenes precisas de adónde tenían que dirigirse.

Laura no dejaba de mirar a Nicolás. Este apenas pestañeaba y movía mucho los dedos de su mano; era evidente su nivel de nerviosismo.

Tras un paseo solos por una larga pasarela acristalada y con el suelo metálico, llegaron hasta una puerta enrejada, la primera de muchas que encontrarían. Les estaban esperando. Un funcionario les abrió la puerta y les hicieron entrar en una sala donde les pasaron un detector de metales por todo el cuerpo. Una vez comprobaron que no llevaban nada sospechoso y hubieron firmado varios papeles, les entregaron a cada uno una acreditación especial para acceder al módulo que necesitaban visitar.

El de máxima seguridad.

Un funcionario con barba y alguna que otra cana se ofreció a acompañarlos hasta allí. Fueron andando por una infinidad de pasillos y puertas, hasta que llegaron a la meta.

—Es aquí, yo no puedo acompañarles más. Ahora, dentro del módulo, se les llevará a una sala especial de visitas. Estarán acompañados en todo momento por dos funcionarios y dos guardias civiles. Uno de los funcionarios, de nombre Leonardo, les explicará las precauciones que deben tomar. Les veo en la salida. Hasta luego y que vaya todo bien.

—Hasta luego —respondió la doctora, que no quitaba ojo a Nicolás. Estaba rígido como un palo—. Inspector, recuerde lo que hemos hablado: no quiero que se agobie, y si lo hace, respire y vea si es capaz usted mismo de controlar la situación. Si no lo es, fuera. ¿Entendido?

Nicolás asintió. Sin más.

La doctora tocó el timbre que había al lado de la puerta. A los pocos segundos se abrió. Ambos comprendieron que la cámara que les apuntaba directamente en una de las esquinas había servido para identificarlos.

—Buenas tardes, soy Leonardo, jefe de seguridad de este módulo. Ahora me acompañarán a una sala, previa inspección rutinaria. Sé que ya les han hecho una, pero es el protocolo. Las normas son sencillas pero estrictas. Cuando andemos por el pasillo, a sus laterales tendrán celdas. Oigan lo que oigan, no contesten. No tenemos locos, al menos diagnosticados, pero hay alguno que es una buena pieza. Cuando entremos en la sala, esperará, si no ha tomado asiento todavía, a que el recluso lo haga. Después lo hará usted. Es muy importante esto último. Tendrán un funcionario y un guardia civil a su lado cada uno, no se preocupe porque estarán separados por una mampara antibalas y el recluso estará atado a su asiento. No le revele nunca datos personales, bajo ningún concepto. ¿Lo ha entendido todo?

—Sí —comentó Nicolás sin dejar de mirar al frente.

—Perfecto, dicho lo cual, esperen un segundo y vamos.

El funcionario les volvió a pasar el detector a ambos. Como era lógico, no pitó, ya que habían dejado todos sus objetos personales en la entrada de la penitenciaría.

Leonardo les indicó con la mirada que le siguieran. La doctora se quedó ahí, puesto que no tenía autorización para continuar por ese pasillo.

Esta le guiñó un ojo al inspector. Él tomó una bocanada de aire y comenzó a andar. No había marcha atrás.

Pasaron por el pasillo que daba acceso a la sala sin ningún incidente. Nicolás pensó que en esos momentos era probable que los reclusos estuvieran descansando. Prefirió no preguntar, ya tenía bastante con lo suyo.

Cuando llegaron a la sala especial, Nicolás aguardó a que el funcionario la abriese. Le sudaba la espalda, el corazón le latía a dos mil por hora y tenía la boca algo seca. Cerró los ojos e hizo caso al consejo de la doctora: contó hasta cinco respirando pausadamente.

Al abrirlos se encontró con la puerta abierta. Había llegado la hora.

Pasó. El portazo a sus espaldas le hizo darse cuenta de que aquello era real.

La sala era tal cual la había imaginado, austera, sin decoración alguna, solo el revestimiento de las paredes y una mampara gigante que la dividía en dos. Una mesa que servía para los dos lados con sendas sillas aguardaba ser ocupada.

Una puerta cerrada al fondo indicaba por dónde iba a entrar su peor pesadilla.

No tardó en abrirse. El inspector tragó saliva.

Primero pasó un funcionario, más tarde entró él, seguido muy de cerca por un guardia civil que lo apuntaba con algo parecido a una escopeta.

No había pasado tanto tiempo desde su último encuentro, pero su aspecto era distinto. Estaba mucho más delgado que la última vez que se vieron cara a cara. Su pelo ahora estaba rapado casi al cero y una barba de pocos días asomaba en su rostro. Sus ojos eran los mismos, unos ojos que pasaran los años que pasasen no podría olvidar. No por su color, pues eran tan normales como los del setenta por ciento de la población, sino por su forma de mirar. Una forma que demostraba que, al margen de lo que pasase, siempre tenía la sartén agarrada por el mango. Incluso estar ahí, recluso, parecía ser parte de un plan minuciosamente trazado. El inspector no se podía fiar de él lo más mínimo. Lo conocía demasiado y sabía de lo que era capaz.

Mientras su peor enemigo caminaba, Nicolás aguantaba el tipo; no pensaba mostrar debilidad frente a ese monstruo. Sabía que querría sacarle de quicio, por lo que necesitaba mostrarse lo más sereno posible.

Esperó a que el monstruo tomara asiento. El funcionario

lo encadenó a la silla aprovechando su propio encadenamiento de pies y manos. Era imposible que se levantara.

Leonardo le hizo un gesto a Nicolás. Ya podía tomar asiento.

Este lo hizo sin mostrar titubeos.

Se miraron a los ojos. El inspector pudo soportarlo sin problemas a pesar de esa mirada. Aguantaron sin moverse durante una considerable cantidad de tiempo. Si ese hombre esperaba a que Nicolás agachara la cabeza lo llevaba claro.

—Vaya, vaya —comenzó a hablar el preso—. Soy una persona muy positiva, ¿sabe? Todos los días me despierto pensando en que la jornada me puede deparar una sorpresa. La de hoy, desde luego, no tiene precio. ¿Cómo se encuentra, agente?

—Inspector Valdés, si no le importa —contestó tratando de mostrar carácter en su tono.

—¡Oh!, qué grata sorpresa. Parece ser que recogió el testigo de quién nos dejó.

Primera provocación, Nicolás estaba preparado para esto.

—No, seguí los pasos y promocioné como lo haría cualquier agente.

—Pero usted no es cualquier agente, Nicolás.

—No, no lo soy, Domingo —contestó para seguirle el juego de los nombres.

—¿Y qué es lo que le trae por mi humilde morada?

—Nada en particular —mintió—, me apetecía verlo después de tanto tiempo.

El hombre sonrió, mostrando una sonrisa perfecta y macabra.

—No sabe cuánto agradezco que sea tan considerado, pensaba que nunca tendría el valor de hacerlo. Pero no se preocupe, le entiendo, debe de ser duro mirarme a la cara después de lo que sucedió. Aunque estoy seguro de que cada noche, cuando duerme, ve mi rostro. Porque duerme, ¿verdad?

—Cada noche, plácidamente —volvió a mentir.

—Yo no, bueno, se podría decir que duermo poco. ¿Quiere saber por qué? Porque cuando cierro los ojos veo sus caras pidiéndome clemencia, que no les quite la vida, que me apiade de ellos, que no los corte en pedacitos. ¿Sabe? Anoche soñé con su compañero, me desperté sobresaltado porque me vi arrancándole las tripas con mi cuchillo. No sé si habrá olido unas entrañas por dentro, pero es un olor nauseabundo. En el caso de su compañero, era mucho peor. Quizá por la grasa que le saqué primero.

—Ya basta...

—Pero bueno, es una suerte que se me aparezca él en sueños y no usted, porque sabrá que mi cuchillo tenía su nombre grabado. Fue una suerte para usted que su compañero, el inspector Sánchez, se hiciera pasar por usted y se prestara como cebo para atraparme.

—No siga...

—Recuerdo esa noche a la perfección, intentaron tenderme una trampa en su domicilio, pero yo fui más inteligente y acabé rajando y cortando en cachitos a la persona que confió en usted para atraparme siendo un simple agente. Recuerdo su cara cuando trató de actuar y se quedó bloqueado, recuerdo cómo me miraba mientras hundía mi cuchillo por todo el cuerpo de quién creyó en usted... Supongo que cada día piensa que pudo haberlo evitado y no lo hizo por pusilánime. Espero que haya mejorado en esto, porque si no, no sé muy bien a quién pretende proteger, Nicolás.

—¡Basta! —gritó levantándose de pronto y golpeando con sus puños el cristal.

Tanto Leonardo como el guardia civil, así como los otros dos que estaban al otro lado, se pusieron en alerta.

Domingo Gámez reía como un demente, le estaba encantando el cariz que estaba tomando la situación. Le tenía en sus manos, tal y como a él le gustaba.

Una mano tocó la espalda de Nicolás. Era la de Leonardo, que lo miraba preocupado.

El inspector cerró los ojos y contó hasta cinco. Al abrirlos contempló que todo seguía igual, el monstruo reía y aquello no iba a ninguna parte.

De pronto el hombre dejó de reír.

—Reconozca que le encantaría que no nos separara este cristal —comentó el que la prensa apodó el «asesino del cinco» con semblante serio—. Reconozca que le encantaría que estuviéramos solos, sin cámaras ni vigilancia alguna. Con un cuchillo y yo esposado, como ahora. Reconózcalo. Le encantaría cortarme en pedacitos a mí. Lo merezco, ¿verdad? Claro que sí. Lo que pasa es que yo sí que tengo huevos para reconocer las cosas y usted no. Esta ha sido la gran diferencia que siempre nos ha marcado a ambos. Los huevos. Si los hubiera tenido en su momento, su querido inspector seguiría vivo. Esa mujer tendría marido todavía y esos hijos, un padre. Dígame. ¿Qué le dijo ella después de saber que murió por su culpa? ¿Le escupió a la cara como merecía? ¿O aprovechó su ausencia para tomar su lugar y follársela cada noche como si su querido inspector Sánchez no hubiera muerto rajado como un cerdo?

Nicolás lo miró enfurecido y apretó fuerte los puños. Tenía razón, si hubieran estado solos y sin esa mampara hubiera acabado con él. No le hubiera hecho falta un cuchillo porque lo habría desfigurado solo con sus puños. Respiró hondo y trató de relajarse. Liberó la fuerza de sus nudillos y se dio la vuelta.

—Esto no merece la pena. Ha sido un error venir —dijo mientras comenzaba a andar hacia la salida.

—Muy bien, váyase. Ha sido un placer recibir su visita. Espero que atrape a ese asesino imitador. Si lo hace, que lo dudo, dele recuerdos de mi parte y mi enhorabuena por haber llegado a este punto sin cometer un solo error. Reconozco que estoy sorprendido.

Nicolás se detuvo en seco.

¿Cómo sabía él todo aquello?

Miró al funcionario, también estaba perplejo. Levantó sus hombros indicando que no sabía cómo podía saber eso. Su situación de aislamiento era total. Ni televisión, ni prensa. Sabía además que ningún otro funcionario se habría atrevido a contarle nada del exterior porque eso suponía la expulsión inmediata de ese trabajo.

Nicolás se giró, sin decir nada.

—Veo sorpresa en su rostro, inspector Valdés.

—Vamos a dejarnos de jueguecitos, dígame cómo sabe usted esto.

Gámez sonrió y puso cara de superioridad. Estaba claro que no se lo iba a poner fácil al inspector.

—Siéntese y charlemos, puede que le cuente algo.

Nicolás inspiró por la nariz tratando de tranquilizarse, sus ansias de estampar la cara de aquel cabrón contra el cristal crecían como la espuma. Obedeció y tomó asiento.

—Dígame qué coño quiere.

—Quiero que me cuente qué siente, qué le gustaría hacerme para poder tener su conciencia tranquila.

—Mi conciencia está tranquila mientras usted esté aquí dentro.

—Sí, todo eso está muy claro. Pero quiero saber cómo se sintió, si se sintió un afortunado por conservar su vida o un desgraciado por acarrear con la muerte de su compañero.

Nicolás dudó si ser sincero o no. Se inclinó por la primera opción.

—Imagine cómo me sentí. León decía que tenía algo que no tenían el resto de los agentes. Es por eso que pidió el permiso especial para que yo pudiera acompañarlo en la investigación siendo un simple agente de a pie. Pero a la hora de la verdad, no lo tuve, fue gracias a la rápida intervención de mis compañeros por lo que pudimos atraparle, si no, estoy seguro de que usted también me hubiera matado.

—Ni lo dude, querido. Además, mi objetivo era usted, ya sabe. Usted nació un cinco de mayo, al igual que el resto de mis víctimas. Matar a su compañero me descolocó algo los primeros días, hasta que descubrí que había nacido en 1965. Eso me calmó.

Nicolás procesó las palabras del maníaco. Aunque tenerlo a la cara le producía pavor y asco por partes iguales, pensó que le encantaría poder tener una charla de verdad con él para poder adentrarse algo en su mente y comprender más por qué un psicópata actuaba como lo hacía. Tal y como hizo Ressler en los años setenta. De todos modos sabía que ese hombre que tenía enfrente poseía la capacidad de pasar de la verdad a la mentira casi sin inmutarse. Era un psicópata fuera de lo habitual, pero en esto sí se parecía a todos. Era un maestro de las mentiras y no había que tomarse nunca sus palabras como ciertas. Siempre había que analizarlas para tratar de encontrar la verdad en ellas.

—Ya le he contado —sentenció el inspector—, ahora dígame qué sabe.

El preso lo miró entrecerrando los ojos.

—No se lo voy a dar todo mascado. Conozco la identidad de quien está provocándole dolores de cabeza. Conozco todo su plan. Revise bien mi caso porque actuará tal cual lo hice con mi cuarta víctima, lo hará de manera idéntica. Puede respirar tranquilo, no irá a por usted. Aún.

Nicolás abrió los ojos como platos. Había tratado de olvidar todo lo relacionado con aquel caso, por lo que no recordaba todos los detalles. Pero sabía el lugar exacto al que debía dirigirse para consultarlos con la mayor rapidez posible.

—Gracias, me ha sido de gran ayuda.

—No hay de qué. Me divertirá saber si consigue detener sus pasos, aunque me parece que es más probable que no lo haga.

—Eso ya lo veremos. Espero que disfrute de su estancia aquí.

—Ya lo hago, querido.

—Adiós —dijo el inspector mientras se levantaba y daba la vuelta para salir.

—Hasta pronto —replicó el preso con una amplia sonrisa en la boca—, hasta muy pronto.

35

Miércoles, 14 de octubre de 2009, 19.02 h.
Centro de Madrid. Comisaría de la Policía Nacional

Laura Vílchez había aceptado de buena gana llevar a Nicolás hasta ese lugar. No podía negarle ese favor, mucho menos habiendo llegado hasta ese punto.

Estaba orgullosa del inspector. No podía evitar empatizar con él, pues recordaba con claridad cuando apareció por primera vez en su consulta en Madrid. Estaba destrozado, perdido, completamente desquiciado. Él era muy cabezón, se negaba a recibir todo tipo de ayuda, casi como ahora, pero algo más testarudo. Creía que sus visitas no servían para nada, que el trabajo de un psiquiatra no iba con lo que a él le sucedía. Pero sin darse cuenta y en muy pocas sesiones consiguió asomar la cabeza del pozo y tener la valentía de tratar de promocionar en lo suyo y llegar a inspector. En una de sus confesiones le contó que siempre había querido serlo, pero que en ese momento lo deseaba más que nunca ya que quería evitar que personas como Domingo Gámez se dedicaran a destrozar vidas.

Ahora había cogido a su miedo por el mismo cuello, se había enfrentado a él cara a cara, mirándolo a los ojos. No creía que estuviera curado al cien por cien, pero desde luego el paso dado había sido gigante.

Este muchacho no dejaba de sorprenderla.

Aparcaron en los aledaños de la comisaría.

Nicolás le pidió que lo acompañara dentro. Se negaba a que esperara fuera.

Al entrar, fue reconocido enseguida.

—¡Coño! —dijo uno de los agentes que pasaba cerca de la entrada—. ¡Mirad a quién tenemos aquí, chicos!

—Hola, Sonseca, cuánto tiempo, ¿eh?

Este se acercó a estrecharle la mano, Nicolás le devolvió el gesto, encantado.

—Y tanto, joder.

—¿Cómo va todo por aquí?

—Como siempre, sin parar. Madrid es una jodida jaula de delincuentes. No tenemos un descanso, ya sabes. ¿Y tú? Se rumorea por aquí que ahora eres un peso pesado en Alicante —comentó sonriendo.

—Eso quisiera yo. Sigo siendo un pringado, pero con mayor graduación. —Sonrió también—. Oye, ¿está el comisario Huertas por aquí?

—Seguro que en su despacho. Tío, me alegro un montón de verte. Ojalá vuelvas pronto por aquí, no te iba a faltar acción.

Nicolás sonrió mientras pensaba que eso era precisamente lo que no le faltaba.

—Gracias, voy a hacerle una visita.

Atravesó la comisaría saludando sin parar a todo el que reconocía e intentando no detenerse a charlar, pues el tiempo apremiaba. Llegó hasta la puerta y golpeó con sus nudillos.

—Adelante —contestó Huertas con su habitual voz dura.

—Buenas tardes —dijo Nicolás a modo de saludo mientras sonreía.

—¡Dichosos los ojos! Dígame que ha venido para quedarse. No tiene ni idea la panda de inútiles que me toca dirigir aquí.

—Ojalá, comisario, me encantaría volver. De hecho creo que lo haré de aquí a un tiempo, aunque puede que lo haga a Canillas. Me llama bastante la atención la Unidad Central de Homicidios y Desaparecidos. Aunque no sé si ellos pensarán lo mismo de mí.

—Bobadas. Además, en confianza: si no pasa nada, dentro de poco seré comisario de judicial allí, en Canillas.

—¡No me diga!

—Así es. Así que presionaré a quien haga falta para que trabaje conmigo. Necesito a más gente como usted.

—Muchas gracias, de verdad. Pero ahora, por desgracia, el motivo de mi visita es otro. Creo que ya conoce a la doctora Vílchez.

El comisario, que se había centrado en Nicolás, reparó en ella. Al verla no pudo evitar mostrar su sorpresa.

—¿Ha ocurrido algo? —preguntó directo.

—Me temo que sí, déjeme que le cuente.

Nicolás le relató toda la historia, desde el principio, aunque trataba de resumir para perder el menor tiempo posible con explicaciones. El comisario Huertas no ocultaba su sorpresa según la historia iba aumentando de intensidad.

—Me deja sin palabras —dijo al finalizar la escucha—. No sé qué decir. He estado siguiendo el caso en la televisión pero no con demasiado interés. No sé por qué, pero no imaginaba que fuera usted el que estaba detrás de la investigación. Además, si le soy sincero, no pensaba que fuera para tanto.

—Estoy, creo, por pura casualidad. Lo bueno es que el inspector jefe Montalvo ha decidido dejarme al frente de la investigación. Si la prensa no ha contado tanto ni le ha dado su verdadera importancia, es precisamente porque nuestro gabinete de prensa se está dejando los cuernos para que no cunda el pánico más de lo necesario. Aunque tampoco creo que haga falta ser un lumbreras para ver que lo que está pasando es de todo menos normal.

El comisario asintió.

—Primero déjeme felicitarle por su trabajo, pero sobre todo por lo que ha hecho esta tarde. Es usted un valiente.

—Gracias.

—Segundo, por supuesto que le ayudaré, deme unos segundos y tendrá aquí mismo el informe.

Descolgó el teléfono, marcó el número y cuando le contestaron solicitó lo que Nicolás necesitaba. Mientras esperaban, Máximo Huertas le preguntó a la psiquiatra por los motivos del cambio de aires.

—Necesitaba huir de la gran ciudad, supongo —comenzó a explicar—. Si bien es cierto que no me marché precisamente a un pueblo, Alicante no es como Madrid. La gente se toma la vida de otra manera, es más tranquilo, se respira mejor... Ya tengo cierta edad, la capital ya me ha dado todo lo que me podía dar. Además, los problemas de la gente persisten, pero son otros, no sé si me entiende.

El comisario asintió. Y tanto que lo entendía.

Hablaron durante unos minutos más de asuntos personales. La puerta del despacho del comisario se abrió.

Una muchacha joven vestida de uniforme policial pasó al interior con una carpeta en la mano.

—Gracias —dijo el comisario a modo de despedida hacia la joven.

Cuando cerró la puerta, Huertas le ofreció a Nicolás el informe.

—Sabe que no lo puede sacar de aquí, al menos este, pero fotocopie todo lo que necesite. Esto quedará entre nosotros. Además, la investigación lo requiere, qué coño.

—Gracias, comisario. Voy rápido a la fotocopiadora, me ha sido de gran ayuda. Le prometo que volveré aquí siendo un inspector experimentado, es mi única meta en estos momentos.

—Confío en que así será. Suerte con el caso y atrape a ese hijo de la gran puta. Lo hará, estoy seguro.

Ambos se estrecharon la mano. La doctora y Huertas repitieron el mismo gesto. Salieron del despacho.

Nicolás fue directo a la fotocopiadora, sabía donde estaba. El informe constaba de unas cincuenta páginas, mecanografiadas con todo tipo de pruebas, pesquisas, posibles perfiles psicológicos y datos, muchos datos. Pero al inspector solo le importaban once páginas, las referentes a la cuarta víctima. Las fotocopió lo más rápido que el aparato le permitió y salió de comisaría acompañado de la psiquiatra, despidiéndose de todo el que se cruzaba con él. Prometía a todos su vuelta. Sabía que algún día sería cierto.

Ahora, por el momento, tocaba un largo viaje hacia tierras alicantinas.

22.44 h. Alicante. Casa de Nicolás y Alfonso

Nicolás entró en su vivienda agotado. Lo que más le apetecía era tirarse en la cama y pasarse los próximos dos días durmiendo, pero sabía que era algo que por el momento no ocurriría. Alfonso estaba sentado delante de su ordenador portátil. No quitaba la vista de la pantalla salvo para dar un sorbo a su botellín de cerveza.

—¡Hombre! Por fin vuelves, ¿qué tal el viaje? —preguntó mientras miraba su pantalla.

—Eres un cabronazo, menuda encerrona me has preparado.

—Espero que al menos te haya servido de algo.

Nicolás agitó los papeles que llevaba en su mano haciendo ruido con ellos.

—¿Qué es eso? —preguntó su amigo.

—Las directrices de la próxima muerte, así ocurrirá.

—¿Qué? —dijo a la vez que se levantaba de un salto de su asiento.

Nicolás le contó todo. Alfonso no pudo evitar soltar una sonrisa de victoria al escuchar la historia que le estaba relatando su compañero de piso.

—Y supongo que te habrás leído los folios —quiso saber este.

—En realidad no me ha hecho falta. Ha sido recordar cuál fue esa muerte y me han venido todos los detalles. Los recuerdo a la perfección.

—¿Y bien?

—Es extraño —dijo mientras tomaba asiento y se quitaba la chaqueta—, el asesino del cinco mató a diez personas, de todas ellas nuestro asesino ha elegido a la más atípica.

—Normal en él.

—No, no lo digo en ese sentido. Ha elegido la que se salía del patrón del resto de muertes. Domingo siempre mataba un día que tuviera un cinco en él: el cinco, el quince, el veinticinco... a las cinco de la mañana. Eso lo cumplió a rajatabla con esta muerte, pero todo lo demás no: en vez de asesinar a un hombre, en este caso mató a una mujer; no tenía ningún cinco en su fecha de nacimiento, todas sus víctimas sí. Pero el tipo de muerte fue igual que las demás. Como no había trascendido todavía en prensa, supimos enseguida que era él, pues era imposible que nadie más conociera los detalles.

—¿Y se confirmó que era él quién actuó?

—Sí, confesó el crimen una vez fue detenido, como el resto de los que se le atribuían. Cuando le preguntaron por qué esa fue diferente, solo contestó que era un encargo.

—¿Un encargo?

—Sí, nunca se supo de quién, nunca se supo por qué. Pero

lo que estaba claro es que alguien le dijo que matara a esa mujer y él lo hizo a su manera.

—Joder —dijo Alfonso con la boca algo abierta y sin pestañear—, ¿y quién coño le haría ese encargo? Quizá tenga que ver con todo esto.

—No, no creo que esto sea importante. Al menos en el caso anterior. En esto tengo claras dos cosas. Una, que el asesinato se saldrá de lo que hemos visto hasta ahora. Dos, que el que lo ha encargado es Domingo. No me preguntes por qué, pero lo sé.

—Tiene sentido, joder, pues miremos quiénes han visitado a Domingo en la cárcel; uno de ellos tiene que ser nuestro hombre.

—¿Crees que habrá ido a visitarlo? No creo que sea tan estúpido.

—Bueno, si no ha ido él, puede que alguien de su entorno. No perdemos nada por intentarlo. Además, tiene que tener un régimen superestricto de la hostia con las visitas. No creo que haya recibido muchas en todo este tiempo.

—Vale, ¿me haces tú ese favor? Necesito una ducha.

—Sí, sí, dátela, haré un par de llamadas.

22.49 h. Mors. Casa de Fernando Lorenzo

Carlos cenó un trozo de pan con atún en aceite vegetal. Apenas conseguía tragar lo que se echaba a la boca. Estaba muy preocupado por cómo estaba sucediendo todo. Había perdido toda la tarde pensando en cientos de conjeturas que no le llevaban a ninguna parte. No podía dejar de pensar a su vez en Alicia, no entendía nada de lo que estaba ocurriendo. Había pasado de convertirse en su único apoyo en ese pueblucho de mala muerte a, al parecer, odiarlo o algo parecido.

Las dudas se golpeaban entre ellas en su mente, no tenía

nada claro, ni creía tenerlo a corto plazo. Deseaba que Gala llegara cuanto antes y poder, al menos, refugiarse en ella. Puede que juntando sus cabezas lograran averiguar algo. Tenía ganas de que la jornada acabara, el día estaba resultando ser nefasto, por lo que decidió acostarse a descansar. Estaba molido, cada día más cansado, aquello le estaba absorbiendo la energía vital. Se arropó sin tener nada de frío, cerró los ojos y pensó una última vez en Gala. Ojalá llegara mañana.

Ojalá.

22.58 h. Alicante. *Casa de Nicolás y Alfonso*

La ducha le sentó genial, la necesitaba y no escatimó agua. A pesar de estar concienciado con el medio ambiente, pensó egoístamente en él. Nunca lo hacía, por una vez no iba a pasar nada.

Al salir, ya con un pantalón de chándal y una camiseta de manga corta, tomó asiento mientras Alfonso terminaba de hablar por teléfono.

—Gracias, lo espero —dijo a modo de despedida.

—¿Has conseguido algo? —quiso saber el inspector Valdés.

—No tanto como esperaba, pero puede que sí lo consiga. A ver, no ha recibido ni una sola visita en la cárcel de Navalcarnero. Ni una sola desde que ingresó. Ni de familiares ni nada.

—Joder, ¿entonces?

—No corras. Antes de entrar en esa recibió alguna visita en la anterior que estuvo.

—Joder, no me acordaba de que estuvo en preventiva en Soto del Real.

—Así es. El funcionario recuerda que alguna visita sí que recibió, pero no recuerda de quién.

—Coño, pero habrá, digo yo, un registro de visitas. A mí me ha faltado que me pidan una muestra de sangre hoy.

Alfonso rio ante el comentario.

—Sí, claro que hay un registro, pero el funcionario que se encarga de eso no está de turno.

—Ufff, ¿esta es nuestra suerte?

—No te precipites, entra a las tres de la mañana. Hacen turnos de doce horas por lo que me la mandarán al correo electrónico. Lo malo es que he tenido que dar el oficial. No me dejaban a otro que no tuviera la extensión de la policía, por seguridad.

—Pues iremos a comisaría esta noche si hace falta.

—No, no hará falta. Déjame que llame para localizar a ese chaval raro que lleva la informática de comisaría, no sé cómo se llama, pero alguien lo sabrá. Dame dos minutos. Configuraré el correo en mi portátil y listo. Cuando me llegue el mail trabajaremos enseguida en ello. Puede que lo pillemos a tiempo.

—Más nos vale, casi no nos queda tiempo. A partir de las doce de la noche será día quince.

36

Jueves, 15 de octubre de 2009, 04.07 h.
Alicante. ¿¿??

Miró hacia el que supuestamente era su piso. La luz estaba encendida. Esto podría plantearse como un contratiempo, pero prefería considerarlo un pequeño obstáculo sin importancia. No era hora para estar despierto, por lo que puede que se hubiera dejado la luz olvidada. Esto pasaba a veces.

Fuera como fuese lo iba a comprobar en breve.

Dejó el coche de alquiler aparcado a cierta distancia de la vivienda. Sabía que nadie lo identificaría, pero aun así, toda precaución era poca. El plan a seguir era sencillo, no había necesitado demasiado tiempo para elaborarlo. La experiencia que estaba cogiendo muerte tras muerte le facilitaba las cosas.

Vivía en un tercero de no demasiado fácil acceso a no ser que se entrara por la galería, que daba a un patio de luces. Sabía de sobra que el piso de encima estaba deshabitado, por lo que accedería a esa vivienda por la puerta de entrada normal y se descolgaría de una galería a otra. En caso de estar cerrada con pestillo, ya había ensayado con la de arriba hacía unas cuantas noches. Tenía una cerradura simple que podría abrir sin problemas con sus ganzúas.

Accedió al portal sin demasiada complicación. Subió por la escalera, no quería hacer el más mínimo ruido usando el ascensor. Llegó al cuarto y se metió en él con el mismo coste de la puerta de abajo. Además, lo había dejado sin pestillo en su última visita para facilitarle todavía más las cosas. Atravesó el piso dando pasos suaves; era muy importante que no se oyera nada en la vivienda de abajo ya que, estando vacío, hubiera sido algo muy extraño.

Salió por la galería y se descolgó por el saliente que daba al patio de luces, le fue bastante fácil llegar hasta el otro saliente apoyando su pie en él. Bajó del mismo y trató de entrar con extremo cuidado.

No pudo creer su suerte al comprobar que la puerta que daba a la cocina estaba abierta. Quizá no se esperara que alguien pudiera colarse por este punto.

Craso error.

Entró de puntillas. Sus zapatillas no hacían nada de ruido y esto era un punto a su favor. Con extremo cuidado se asomó al pasillo. La luz del salón estaba encendida. Estaba trabajando en algo. Menudas horas para hacerlo.

Le daba igual. Sería la última vez que sus ojos vieran algo de luz.

Extrajo el cuchillo de su funda. Lo miró. Sintió una gran dosis de excitación.

Sí, en efecto, aquella muerte no tenía nada que ver con lo trazado en su plan. O sí, según se mirara, pero en ello radicaba principalmente la gracia. No se lo tomaba como un juego, ni mucho menos, pero sí era cierto que salir un poco de la monotonía le hacía mantenerse vivo e ilusionado por lo que estaba haciendo. Para que luego dijeran que gente como él no experimentaba ningún tipo de emoción. ¿Qué sabrían ellos?

Durmieron, uno en el sofá, el otro en uno de los sillones. Alfonso había dejado el portátil encendido y con el volumen a tope en el centro de la mesa. Cuando sonara el aviso del mail lo oirían al instante.

Nicolás no había necesitado las pastillas para poder conciliar el sueño: a pesar del nerviosismo de saber que aquella noche sucedería algo, no le costó demasiado cerrar los ojos. No supo decir si había sido por el propio cansancio acumulado, si era porque se sentía algo mejor consigo mismo tras la visita al asesino del cinco o cualquier otra cosa. El caso es que esas horas de descanso, aunque insuficientes, lo estaban resucitando por dentro.

A Alfonso no le había sido difícil configurar su correo con su dirección de la comisaría. Siguiendo las directrices del informático, de nombre Rafa, no le había costado nada. Había necesitado el consentimiento del comisario, pero dada la situación, se le había concedido sin problema. Aunque a punto estuvo de no hacerlo, ya que había estado toda la tarde soltando improperios al saber que Alfonso había ocultado la prueba de la caja de cerillas para que no impactara tanto en Nicolás. Montalvo tuvo que convencerlo de no retirarlos del caso debido a sus avances.

El timbre de aviso de nuevo correo sonó.

Ambos saltaron de sus respectivos lugares de descanso. Se podía escuchar el sonido de sus corazones retumbando a toda pastilla dentro de sus cajas torácicas.

—¿Es de Soto del Real? —quiso saber Nicolás mientras emitía un bostezo.

—Sí, y solo han tardado una hora y media desde que comenzó el turno, coño —contestó Alfonso con grandes dosis de ironía.

Este abrió el archivo adjunto, era un escaneo del registro

de visitas del preso 2134-A, de nombre Domingo Gámez Gálvez.

Solo había recibido dos visitas, pero las dos eran de la misma persona: La doctora Laura Vílchez. Nicolás pegó un salto y corrió a buscar su teléfono móvil.

Marcó el número muy nervioso, le costó dos intentos dar con el correcto. Esperó a que contestara.

—Vamos... vamos... contesta...

Pero no obtuvo respuesta.

A una cierta distancia de su domicilio, el teléfono de la doctora Laura Vílchez se iluminaba. Pero al estar en silencio y sin vibración, como lo ponía cada noche, no se enteró de la llamada.

—¡Joder! —exclamó—. No contesta.

—No es tan raro, estará dormida. ¿Qué hacemos?

—Vamos —contestó Nicolás mirando su reloj.

—¿Pido refuerzos?

—Sí, pero que esperen a nuestra orden con las luces apagadas cerca. Entraremos nosotros. No quiero que la jodan, que nos conocemos.

Dicho esto, Nicolás se vistió rápido mientras Alfonso pedía varias patrullas. Acto seguido y tras vestirse Alfonso, salieron a toda velocidad hacia la casa de la psiquiatra. Confiaron en que las horas que eran ayudaran a que no hubiera nada de tráfico; necesitaban llegar lo antes posible.

04.48 h. Alicante. Consulta de la doctora Laura Vílchez

No podía dormir. Puede que por las emociones vividas durante todo el día, puede que por algo que hacía que sintiera inquietud. No sabía el qué, pero había un dato en la historia que le había contado ese día el inspector Valdés que le despertó algo que no sabía identificar bien.

Estaba sentada frente a su escritorio, con la luz de la lamparita encendida y cavilando un buen rato. No conseguía dar con lo que fuera que le inquietaba, pero sabía que algo se había removido en ella y tenía que ser por alguna razón en concreto. Repasó mentalmente la historia una vez más. Llegado a un determinado punto de la misma, sintió un escalofrío.

Ya creía saber qué era.

Consultó algo en su miniportátil, un cacharrito con apenas prestaciones pero de gran utilidad para llevar de aquí para allá. Como estuviera en lo cierto, sabría casi con toda seguridad quién era la persona que estaba sembrando todo el terror en Mors.

Al leer lo que tenía frente a ella, ya no le quedaban dudas.

Fue corriendo a por su teléfono móvil, lo tenía encima de su mesita de noche. Cuando lo desbloqueó vio que tenía una llamada de no hacía mucho tiempo del inspector Valdés. Esto hizo que se sorprendiera mucho más.

Fue de nuevo hacia su asiento, marcó el número y esperó que este contestara: tenía que contarle lo que había descubierto.

Lo que no pudo imaginar es que unos ojos la miraban fijamente. Ni que esa persona que la observaba comenzó a andar sigilosamente hacia ella.

04.58 h. Alicante. Exterior de la consulta de la doctora Laura Vílchez

El teléfono de Nicolás sonó. Al ver que era la doctora, sintió un gran alivio. Estaba viva.

—Doctora —contestó emitiendo un gran bufido—, no sabe la alegría que me da oír su voz.

—La misma que me da a mí. Y más alegría le va a dar cuando le cuente algo.

—Escúcheme, debe marcharse de ahí cuanto antes. Alfonso y yo estamos aquí abajo, ábranos la puerta y subiremos a escoltarla.

—¿Cómo dice?

—No hay tiempo que perder, abra, por favor.

—Pero yo quería contarle que sé quién es...

De pronto se oyó un ruido. Era como si el teléfono hubiera caído al suelo.

—¡Doctora! ¡Laura! —gritó el inspector al aparato—. ¡Mierda, Alfonso! ¡Está con ella!

—¡Aparta!

Alfonso miró la puerta de entrada al edificio, era de cristal con barras de metal hacia abajo. Con un buen golpe podría romperla. Su pie cupo sin problema, pero el cristal no se rompió. Tomó algo más de impulso y volvió a la carga. Comenzó a rajarse algo. Una nueva repetición consiguió que uno de los paneles de cristal saltara en decenas de pedazos y quedara un enorme hueco. Alfonso se apartó y Nicolás metió su mano y consiguió abrir la puerta sin perder tiempo.

—Sube por el ascensor, no le dejemos vía de escape por esta puerta —le dijo Nicolás a Alfonso mientras comenzaba a subir escalones.

Los subía de dos en dos, como si apenas le costara esfuerzo. La adrenalina que recorría todo su cuerpo contribuía a ello. Llegó a la puerta de la vivienda y consulta. La puerta del ascensor se abrió y apareció Alfonso, arma en mano.

Nicolás hizo lo propio y desenfundó la suya. Nunca había disparado a nadie, pensó que ese día no le importaría estrenarse. En esa ocasión, fue Valdés el que tomó el impulso para darle una patada a la puerta. Pero esta no cedía.

—Quita, lo he visto en muchas películas. Hazte para atrás y cúbrete, no sea que rebote.

Alfonso se colocó justo en la puerta de enfrente, a su lado tenía a Nicolás. Apuntó con el arma y disparó un par de veces entre el marco de la puerta y la cerradura. Abrió un buen boquete, se veía todo el sistema de apertura.

Ahora sí, tras una certera patada, la puerta cedió y ambos entraron en la vivienda.

A pesar de la prisa por dar caza a ese hijo de la gran puta y, por supuesto, de socorrer a la doctora, caminaban despacio; aquello podía ser una trampa. Ambos se cubrían las espaldas con el arma preparada para la acción. Despejaron las primeras habitaciones, el aseo, más tarde la cocina, lo siguiente era el salón que la psiquiatra utilizaba de consulta. Había una luz encendida.

Se ocultaron tras la pared que precedía a la puerta de entrada, ambos se miraron y Nicolás asomó la cabeza.

La imagen de la doctora, tirada en el suelo, desangrándose, le hizo olvidarse de todo lo demás y lanzarse en su ayuda.

—¡Joder! Laura, ¿me oye?

Pero esta apenas podía abrir los ojos. Estaba llena de sangre que salía de varios orificios. Tenía el abdomen prácticamente destrozado, con los intestinos por fuera.

Alfonso entró en el salón tras asegurarse de que en la otra habitación que faltaba no había nadie. No tenía ni idea de cómo, pero estaban solos en la casa.

Al mirar hacia la ventana que daba al exterior comprendió por qué. Estaba abierta.

Se asomó. Justo al lado de la misma, el cartel luminoso que anunciaba la consulta psiquiátrica de la doctora Vílchez. Lo más seguro es que el asesino lo hubiera usado para impulsarse y acceder al balcón del lado.

Salió corriendo por el pasillo, puede que todavía estuviera ahí.

Al llegar al rellano, vio que la puerta de la vivienda que antes estaba cerrada ahora estaba abierta de par en par.

—¡Me cago en tu puta madre! —gritó maldiciendo su suerte.

Una vez más había sido más astuto que ellos.

Alfonso volvió corriendo hacia la vivienda; tenía muy claro que no lo iban a detener aquella noche.

Cuando entró en el salón, vio a un desesperado Nicolás haciendo un masaje cardíaco a la doctora e insuflando aire en una boca totalmente llena de sangre.

Estaba muerta.

—Déjalo, amigo, no puedes hacer nada.

Pero este no hizo caso.

—Nicolás —insistió—, escucha, ha fallecido. Con ese masaje solo consigues que salga más sangre.

Seguía sin detenerse.

—Nicolás. —Le puso la mano en el hombro. El inspector reaccionó girándose con brusquedad y golpeando la mano de su amigo.

Acto seguido y ante la incredulidad de Alfonso, se levantó y, llorando como un niño pequeño, se abrazó a él.

Alfonso no dudó en devolvérselo. Lloraba desconsolado, la situación estaba pudiendo por completo con él. Lo mismo sucedía con él mismo, pero tenía que mostrar fortaleza, pues si no su amigo acabaría rompiéndose del todo.

Pasaron más de dos minutos abrazados, hasta que Nicolás se separó.

—Ha conseguido escapar, amigo, pero hemos estado muy cerca. No quiero que te culpes de lo que ha sucedido, lo que me has contado de la cárcel demuestra que esto estaba preparado de mucho antes. Pediré responsabilidades al funcionario que me ha mandado el informe tarde, quizá habríamos podido evitarlo.

—¿Para qué? Ya ha muerto, eso no le va a devolver la vida —contestó Nicolás secándose las lágrimas.

—Ya... no sé. Estoy desesperado.

—Quería contarme algo —dijo mientras la miraba—. Creo que de alguna forma había descubierto quién era el asesino.

—¿Tú crees?

—Estoy seguro.

—Pero ¿cómo?

—No tengo ni idea. —Comenzó a girarse sobre sí mismo hasta que se detuvo mientras miraba el escritorio—. Puede que en ese ordenador que falta estuviera lo que había encontrado.

Alfonso miró hacia donde miraba su compañero. El cable de un cargador desconectado y un ratón de muy reducidas dimensiones descansaba sobre la mesa. En un principio le costó creer que el asesino hubiera ido por la ventana con un ordenador a cuestas, aunque cuando vio las dimensiones de los periféricos comprendió que era uno de esos miniportátiles.

Acto seguido, sacó su teléfono móvil y marcó el número de la comisaría. Otra víctima más, otra inspección ocular que hacer.

37

Jueves, 15 de octubre de 2009, 06.02 h.
Alicante. Consulta de la doctora Laura Vílchez

El equipo de Científica no tardó en llegar. Tuvo que intervenir gente del turno de noche así como del turno de día, pues también había que realizar una inspección ocular en la vivienda contigua, por la que había escapado el asesino.

Alfonso se había asegurado de que sus ocupantes estuvieran bien. Era una pareja joven, al parecer recién casados. Puede que hubieran hecho lo más inteligente cuando oyeron unos ruidos tan fuertes en la vivienda de al lado y decidieron no salir de su habitación. Cuando esos ruidos se trasladaron a la suya actuaron todavía mejor, pues se escondieron dentro del armario empotrado y permanecieron ocultos hasta que oyeron las sirenas.

Por fin una buena noticia.

Una psicóloga del cuerpo los estaba tranquilizando en esos momentos. Aunque estaba claro que sus vidas no serían iguales a partir de ahora.

Con el equipo llegó el inspector jefe, además del comisario. Debido a la magnitud que había cogido el caso, ninguno de los dos quiso estar ausente en semejante escena. Al poco llegó la jueza Fernández, acompañada del secretario judicial, un hombre con aspecto de pedante, además del forense de guardia, que otra vez se trataba del doctor Gálvez.

—¿Han llegado a verlo? —quiso saber el comisario.

—Negativo, señor —respondió Nicolás—. Nos ha sido imposible acceder antes a la vivienda. Como verá, nos ha tocado reventar puertas, y ni aun así.

El comisario resopló, no podía echarles nada en cara por lo mismo que le había dicho el inspector jefe esa tarde: estaban avanzando en el caso cuando pensaba que otros no serían capaces.

—No pierdan la concentración, solo les pido eso. Afinen un poco más sus sentidos, están haciendo un buen trabajo, intenten la próxima vez adelantarse un paso más a él. Ya casi le tienen. Ahora intentemos seguir jugando con la prensa. Si actuamos con tacto, podemos mostrar esto como un hecho aislado. Como le sigan dando cancha, esto va a acabar como el rosario de la aurora.

Dicho esto y sin dar oportunidad a la réplica, se giró y comenzó a hablar con la jueza, que tenía en su mano la carpeta con las certificaciones para ir rellenándolas y acelerar todos los trámites burocráticos.

—¿Cuál es su siguiente paso? —preguntó el inspector jefe—. ¿Necesitan algún tipo de ayuda? ¿Me necesitan a mí?

—No, jefe, creo que podremos solos, no se moleste —contestó el inspector Valdés—. ¿Ahora? No sé, parece que siempre nos damos cuenta tarde de las cosas.

El inspector jefe no supo qué responder. Estaba agotado mentalmente aunque no se lo contaba a nadie, hacía varias noches que no dormía debido al caso. Quería entrar en él, pero su propio jefe no le dejaba porque estaba en su propia cruzada personal intentando sacar algo en claro de la muerte del empresario amigo suyo. Este era el dueño de una cadena de hoteles y hacía ya dos meses de su muerte. Aquello no iba a ninguna parte porque además estaba seguro de que se lo habían cargado sus propios empleados ya que era lo más parecido a un tirano, pero no tenía pruebas que lo sustentaran.

—En fin, denlo todo, espero por el bien de las víctimas que así lo hagan.

El inspector jefe dio media vuelta y fue hacia el corrillo que habían formado el comisario, la jueza y el secretario.

—¿Y ahora qué hacemos? —preguntó Alfonso, casi de forma retórica.

—La clave estaba en ese ordenador. Si hubiera algún modo de averiguar qué era...

—Por lo que sé, si su consulta fue a través de internet, se puede rastrear su IP y ver qué tipo de búsquedas ha realizado; ahí puede estar lo que encontró. Si en cambio lo hizo offline, no hay nada que hacer. Pero por probar...

—Bueno, algo es algo.

—Por cierto —era la voz de su jefe, que volvía de nuevo hasta su posición—, ha pasado algo muy extraño. Han declarado desaparecido a Julián Ramírez, el jefe de policía de Mors.

Nicolás sintió un nudo en el estómago al oír esto. De manera instintiva, miró a Alfonso.

—Puede que sea la siguiente víctima. Quiero que tengan vigilado al abogado, no me fío nada de él. Espero que aparezca con vida.

—Lo haremos —se adelantó Alfonso—, no le quitaremos ojo.

Cuando de nuevo se dio la vuelta y volvió con los otros tres, Alfonso se dirigió a Nicolás, en voz baja.

—¿Cómo coño lo hace?

—No descartes a Ramírez como asesino —contestó Nicolás—. Me cuesta creer que nadie tenga secuestrado a ese cabestro. Vimos luz en su casa, contestó al teléfono, tuvo que irse por su propio pie en cuanto nos fuimos nosotros.

—En ese caso es imposible que sea el asesino, Nicolás.

Si no lo vimos salir, ¿cómo le dio tiempo a preparar el espectáculo de enfrente de la iglesia?

—No lo sé, no tengo ni idea, Alfonso. No sé nada. Nada.

Dicho esto dio media vuelta y se dispuso a abandonar el salón. Necesitaba salir de la vivienda y respirar aire fresco. La conversación con el asesino del cinco sobre el olor que desprendían las entrañas de una persona había llegado a su mente a traición. Desde luego, aquello no se podía soportar.

—Disculpen, inspectores —dijo una voz a sus espaldas. Era uno de los miembros del equipo de Científica.

—¿Sí?

—Hemos encontrado esto detrás de la pata de la mesa. No creo que se haya caído, está demasiado bien colocado, y además, de haberlo hecho, se hubiera roto.

Nicolás miró el objeto que el hombre tenía dentro de la bolsa reglamentaria para indicios.

Una dentadura.

Laura era una mujer madura, pero Nicolás no tenía tan claro que la pieza pudiera pertenecer a ella. Era por eso —y por la posición en la que la habían encontrado— que sabía que esa era una alusión a la siguiente muerte.

Ni a Nicolás ni a Alfonso les hizo falta perder ni un segundo para saber quién era el próximo asesino en actuar, para esto se habían leído la lista y las características de los más importantes de la historia de España.

El próximo sería: José Antonio Rodríguez Vega, alias el Mataviejas.

07.49 h. Mors. Casa de Fernando Lorenzo

Carlos tomó una reconfortante ducha. Hacía unos minutos que se había despertado y, a pesar de la hora que era, sentía que lo necesitaba. Las pesadillas continuaban. Creyó haber soñado con su padre, con el momento en el que se fue y dejó abandonados a él y a su madre, sumidos en la más absoluta desesperación al no entender nada. No estaba seguro de haber tenido este sueño o no, pero lo que sí sabía es que se había despertado con el cuerpo rígido y esto no podía deberse a otra cosa.

Estaba ya cansado de tanta pesadilla.

Secó su cuerpo y se vistió. Solo tenía leche de soja y magdalenas para desayunar. Le hubiera apetecido comprar algo más, pero tenía la sensación de que empezaba a ser una persona *non grata* en cualquiera de los establecimientos del pueblo. No entendía por qué, pero lo era.

En la ducha se había planteado, por enésima vez, si en realidad no era mejor dejar atrás toda esta mierda y recuperar su controlada vida. Se fijó en que ni él mismo era la misma persona que había llegado allí. No solo por la constante inseguridad por la que andaba desde que puso un pie en el pueblo, sino porque incluso había dejado atrás muchas de sus manías. Al parecer su cerebro estaba ahora ocupado con otras cosas que no fueran la temperatura exacta de la leche, la cantidad de azúcar que le echaba o el beberla con la mano derecha y el dedo meñique levantado. Ahora todo aquello le importaba tres pares de cojones. No supo decidir si aquello era algo bueno o malo. Dejaría a Gala que lo juzgase al llegar. Desde luego, se iba a sorprender.

Gala.

Nunca pensó que podía tener tantas ganas de verla. Habían estado separados durante más tiempo que ahora por temas vacacionales de ella, por lo que supo que no era el tiempo lo que le hacía pensar así. Tenía que haber algo más. Puede que ella simbolizase la estabilidad necesaria que no conseguía encontrar en aquella jaula de grillos. Quizá fuera el único nexo con la realidad que le quedaba. Con su antigua vida. La que quería recuperar a toda costa.

Sintió la tentación de llamarla, pero sabía que era mejor dejarla a su aire. Además, él mismo le había dado la orden de no ir a Mors hasta que en Madrid no estuvieran todos los cabos bien atados. Y no eran pocos.

Se sorprendió a sí mismo preocupándose por su negocio en esos momentos. Puede que, después de todo, no hubiera perdido toda su personalidad.

Esto le hizo sonreír.

Su teléfono sonó, un mensaje de texto.

Tenía que ser de Gala.

Cuando lo leyó, casi se atragantó con una magdalena.

Era de Alicia.

Nos vemos para cenar. Tengo que contarte algo. Mi tía no se puede enterar de que nos vemos. Cuando te haga una perdida me dejas la puerta abierta, bajaré y entraré rápido en tu casa.

A.

09.02 h. Alicante. Comisaría

Entraron todos juntos en comisaría. Tanto el inspector jefe como el comisario habían ido en coches patrulla a la escena, por lo que regresaron junto a Alfonso y Nicolás. Ninguno habló durante el trayecto de vuelta. Todos iban metidos en sus propios pensamientos.

Nicolás, a pesar de que, como decía su amigo Alfonso, todo parecía estar orquestado de antes de que él llegara al pueblo, no podía quitarse de encima ese sentimiento de culpabilidad por lo que le había pasado a la doctora Vílchez. Seguía sin creer en las casualidades aunque aquello tuviera la pinta de serlo. Ella había visitado hacía años al psicópata en la cárcel, quizá preocupada por el devenir de los acontecimientos cuando Nicolás comenzó a visitarla, así que puede que ahí fuera cuando Domingo dio la orden de matarla. Eso sí, le sorprendía que hubieran pasado tantos años. Nada tenía sentido. Mucho menos esto.

Trató de recomponerse. Necesitaba centrarse en el caso y dar el trescientos por ciento de su capacidad como inspector, se lo debía a la psiquiatra. Ella había apostado por él, pues no tenía por qué hacer todo lo que había hecho la tarde anterior. Ahora debía aprovechar en su favor esa nueva fuerza adquirida tras la salida de la penitenciaría. Atraparía a ese hijo de la gran puta. Aunque fuera lo último que hiciera. El comisario les había citado en cinco minutos en su despacho, tanto a Nicolás como a Alfonso, y estarían acompañados por el inspector jefe.

Ya sentados, habló el comisario.

—Señores, nos enfrentamos a algo sin precedentes en esta comisaría. Tenemos muy encima a la prensa, todos los telediarios se hacen eco y a mí me han entrevistado una decena de veces. No sé ya qué decirles. Aunque, como les he dicho, vamos a intentar desviar este caso de momento. Aunque supongo que, tarde o temprano, todo acabará saliendo a la luz. Necesito que lo atrapen cuanto antes, debemos detener esta barbarie. ¿Qué tienen?

—Ha dejado una dentadura postiza en la escena, ya está en Rastros para buscar algún resto de ADN por si pertenece a la doctora, pero ya sé que no. De igual modo necesitaremos una petición especial por su parte para que en Madrid se den la mayor prisa posible en ese análisis. Total, solo es una comparación de alelos.

El comisario asintió.

—Siguiendo con lo de la dentadura como objeto, estoy seguro de que es la pista que nos ha dejado para indicarnos que el próximo asesino a imitar, será el Mataviejas.

—He oído hablar de él, pero no conozco el caso en sí —reconoció sin pudor el comisario mientras atusaba su imponente barba blanca.

—Actuó por los años ochenta, no sé decirle en qué fechas exactas —comenzó a relatar Nicolás—. Mató a dieciséis ancianas, que se sepa. Antes de eso violó a unas cuantas mujeres y estuvo ocho años en prisión. Las solía matar por asfixia, por lo que supongo que actuará de la misma manera. Pero hay algo que me desconcierta en todo esto, este hombre solo asesinó a ancianas, ¿acaso quiere decir que se cargará a una mujer mayor del pueblo? —preguntó omitiendo que en realidad conocía al cincuenta por ciento la identidad del próximo cadáver.

—No lo sé. Al cambiar tanto de personalidad no podemos seguirle el patrón —repuso el inspector jefe.

—¿Han elaborado un perfil psicológico del asesino? —quiso saber el comisario.

—A ver, en este sentido hemos hecho lo que hemos podido, pero no podemos esperar algo altamente profesional salido de nosotros. De todos modos, me parece que esto importa poco porque ha demostrado ser un caso fuera de lo común —contestó Nicolás.

—Si acaso lo necesitan, conozco la identidad de un perfilador exquisito en Madrid, lleva tiempo peleando para que se cree una unidad especializada en esto, tal y como la tiene la Guardia Civil o como el mismísimo FBI. Es muy bueno, ha creado métodos propios. ¿Lo necesitan? Incluso podríamos pedir ayuda a Vicente Garrido, el criminólogo. Creo que ya saben quién es.

—¿Eso se puede?

—No. Bueno, no de manera oficial. La figura del criminólogo aquí en España, si no se es policía, vale más bien poco. Es algo harto injusto, ya que en todos los países se les tiene en mayor consideración y su ayuda a veces es fundamental.

—Pues vaya, lo cierto es que cualquier ayuda no estaría de

más —contestó el inspector—, pero en este caso, ya le digo, no sé si llegaría a servir de algo con tanto cambio de personalidad.

—¿Piensan que se cree ser la persona o que simplemente la imita? —añadió el comisario.

—A mi modo de ver, creo que en estos momentos se cree el propio asesino, adecuándolo, eso sí, a su plan. Creo que el asesino tiene un trastorno de personalidad múltiple.

Todos asintieron al unísono.

—Bien, investiguen todo acerca de a quien va a imitar. Quiero que ustedes también piensen como él. Métanse en su jodida cabeza y encuéntrenlo. Tráiganmelo vivo porque pienso darle una patada en los cojones cuando lo tenga cara a cara. Respecto a la desaparición del jefe de la policía local... ¿Qué opinión tienen sobre él?

—Descubrimos que todas las víctimas hicieron, como última llamada, una al jefe. Eso podría ser importante o no, sobre todo teniendo en cuenta que ha desaparecido.

—¿Sospechan de él?

—Sí, claro. Pero en estos momentos hay las mismas posibilidades de que esté en un bando como que lo esté en el otro. No hay nada que incline un poco la balanza a un lado u otro.

—Mierda... Investiguen eso... Pondré a otro inspector para que les ayude con la desaparición. Es importante acabar dando con él. Espero que vivo.

Ambos asintieron, les quedaba un duro día por delante.

21.32 h. Mors. Casa de Fernando Lorenzo

Carlos había mirado una infinidad de veces el reloj. Quizá ese fue el día más largo de toda su vida. Pero todo llegaba y sabía que el mensaje de Alicia no tardaría demasiado en sonar en el móvil.

Nada más hacerlo, corrió hacia la puerta para abrirla como ella le había indicado.

Como si de una fugitiva se tratase, mirando hacia todas direcciones, la joven entró en casa del padre del abogado.

—Dichosos los ojos —soltó este tratando de romper el hielo desde el minuto cero.

Ella no dijo nada.

Se quitó una fina rebeca y se la dio a Carlos para que la dejara donde le placiera. Cuando el abogado regresó, no pudo esperar más.

—¿Me vas a contar qué está pasando? —preguntó de pronto.

—Así no, cenemos, esto es complicado. Tenerte ahora delante me está poniendo muy nerviosa.

Carlos prefirió no presionarla. No se imaginaba la magnitud de lo que ocurría porque debía de ser algo muy complicado: no había visto a Alicia con esa cara desde que había llegado al pueblo. Sus ojos estaban hinchados, como si hubiera estado llorando sin consuelo durante mucho tiempo. Carlos se sintió nervioso, cada vez más.

Preparó la mesa en un periquete. Alicia no había traído nada como en ocasiones anteriores, pero ya lo había previsto y tenía preparadas un par de pizzas congeladas que había comprado en el súper que había al lado de la plaza donde había encontrado los ojos de su padre. No se atrevía a entrar en la tienda que había cerca de su casa.

Metió las pizzas en el horno y esperó a que se hicieran. Ambos miraban embobados el electrodoméstico, como con miedo a hablar de lo que estaba sucediendo.

Al cabo de unos veinte minutos las pizzas estaban hechas y en la mesa.

Comenzaron a comer.

Tras dos bocados a una porción y teniendo claro que no le entraban, Carlos volvió a insistir.

—Alicia, creo que no me merezco mucho de ti, pues apenas te conozco, pero al menos una explicación de qué está pasando sí. De pronto, desapareces. Comprenderás que no entienda nada.

—No sé ni por dónde empezar, Carlos.

—Prueba por el principio. Te fuiste estando yo en la ducha, cuando cogiste el recado de la biblioteca indicando la fecha de los periódicos. ¿Por qué te fuiste?

—Tenía que comprobar algo.

—Joder, qué poco habladora estás hoy. Intentaré sonsacarte con preguntas. ¿Ese algo tenía que ver con la fecha que me dieron?

—Sí —respondió sin levantar la cabeza de su plato.

—Supongo que esa fecha tiene que significar algo para ti, ¿estoy en lo cierto?

—Sí.

—Vamos avanzando. ¿Qué significa esa fecha para ti?

Levantó la cabeza del plato y miró a Carlos directamente a los ojos a punto de echarse a llorar.

—¿Fuiste en busca de esos periódicos? —preguntó obviando la pregunta del abogado.

—Claro, ¿cómo no iba a ir?

—¿Te has traído alguna copia o algo? Quiero leerlo.

—Claro —respondió Carlos muy extrañado—. Espera un momento.

Salió de la cocina y fue directo al armario donde había guardado el par de papeles. Los agarró y los llevó hasta la cocina.

—Aquí los tienes. Lee y me cuentas.

Así lo hizo Alicia. Según iba leyendo, las lágrimas comenzaban a hacer acto de presencia en su rostro, cada vez con más intensidad.

—¿Qué pasa, Alicia?

Esta comenzó a leer en voz alta.

—«... Se ha encontrado el cuerpo de la mujer de nombre MCCP sin vida, todo apunta al suicidio como causa de la muerte...»

—Sí, al día siguiente el periódico habla de la consternación en el pueblo por la muerte de la mujer, dicen incluso que nunca antes nadie se había suicidado. Ahora mi padre engrosa esa lista. ¿Conoces las iniciales, te suenan de algo?

—Sí —respondió entre sollozos—. MCCP. Mari Carmen Cruz Pérez. Era mi madre.

38

—¿Qué piensas? —quiso saber Alfonso mientras se recostaba sobre el sofá.

Nicolás salió de su ensimismamiento con la pregunta de su amigo.

—En si estamos actuando de la manera correcta.

—¿A qué te refieres?

—Esto que te digo, lo digo por mí, pero no sé si valgo para esto.

—Macho, eres una montaña rusa. ¿Te lo han dicho alguna vez? Lo mismo estás arriba pensando que puedes con todo, que después todo puede contigo. Claro que vales para esto, cojones.

—Sí, lo de la montaña rusa me lo dijo, precisamente, Laura. Y sobre lo otro, no lo sé, ya no sé nada.

—Vale. Quieres que te dore la píldora, ¿no? Sin que sirva de precedente, lo haré.

Nicolás sonrió levemente.

—No —contestó—, no quiero eso, es que veo que solo damos palos de ciego.

—Pero Nicolás, ¿qué te esperabas? ¿Que llegáramos aquí, sin experiencia alguna, y resolviéramos un caso completo como hacen en CSI en un solo capítulo? Tío, pensaba que sabías distinguir realidad de ficción. Aquí todo va lento, el procesamiento de un simple indicio tarda siglos. Un análisis de ADN, cuando muchos piensan que son horas, son a veces semanas. Es imposible que podamos ir más rápido.

—Lo sé, pero la gente muere mientras estamos aquí, rascándonos la barriga.

—Ya, tío, pero no podemos hacer nada. Demasiado nos estamos acercando a él. Bueno, tú lo haces, yo sí que me pregunto a veces si tengo madera para esto. Si yo estuviera al frente del caso, no hubiera llegado ni a la mitad que tú. Y no lo digo para que me vengas ahora con adulaciones e inyecciones de ánimo porque no las necesito. Soy consciente de mis carencias, pero trabajaré duro para ir sorteándolas poco a poco. No tengo prisa, eso es lo único malo que se puede tener en nuestro trabajo. La prisa. Sé que muere gente, claro, lo veo, pero a no ser que nos convirtamos en seres divinos o esto resulte ser una mala serie americana, no podemos hacer nada hasta que los cabos no terminen por atarse. No desesperes porque lo estás haciendo de puta madre.

Nicolás miró a su amigo. Era extraño, pero siempre encontraba esas palabras tan necesarias para él. No era muy dado a tener amigos por su complicado carácter, pero en Alfonso había hallado ese apoyo que tanto necesitaba pero que trataba de ocultar a ojos de los demás. Sus dudas no desaparecieron al instante, la vida no funcionaba así, pero gracias a estas palabras, al menos, el efecto devastador que provocaban en su interior había pasado a ser una ligera brisa. Aunque sabía que después volvería el tifón.

—Creo que deberíamos dar una vuelta por el pueblo esta noche. Ha variado sus actuaciones y ahora las hace más seguidas. Estoy seguro de que esta noche matará —comentó el inspector Valdés.

—Yo también lo creo, pero ¿sabes qué? Sin querer ser negativo, te digo que va a matar igual, vayamos o no.

—Ya, pero me quedaré más tranquilo si hacemos algo al respecto.

—Hazme caso, Nicolás, lo estamos dando todo. Descansa, mañana será otro día. Si quieres hacer todo lo que esté dentro de tus posibilidades, más vale que tengas el cerebro a pleno rendimiento. Solo así podrás.

Nicolás asintió. Le dolía reconocer que su amigo tenía razón. Más le valía estar más descansado. Mañana sería otro día.

22.21 h. Mors. Casa de Fernando Lorenzo

Carlos tardó un buen rato en reaccionar. Era como si por separado entendiese una a una cada palabra, pero la frase careciese de sentido para él. O eso, o su cerebro no estaba preparado para recibir semejante noticia.

Alicia seguía llorando, no tenía consuelo. Quizá lo lógico hubiera sido que el abogado se hubiera levantado de su asiento para estrecharla entre sus brazos y ofrecerle esas palabras que no servían para mucho, pero que siempre debían decirse.

Pero no, ahí estaba, inmóvil.

Al final pudo hablar.

—¿Cómo que tu madre? Pero ¿tu madre no...?

—Sí —respondió secándose las lágrimas con la servilleta—. Mi tía me había contado que había muerto tras una enfermedad fulminante, un cáncer, aunque nunca pregunté de qué. No me pareció necesario saberlo, ¿para qué? Estaba muerta, daba igual si había sido por esto o por lo otro.

—Entonces, tu tía no te contó la verdad —dijo como para él mismo, pero en voz alta—. Pero ¿por qué no lo hizo? O sea, entiendo que no lo hiciera de pequeña. Es duro contarle a una niña que su madre se ha quitado la vida, ¿pero mantener la mentira hasta el día de hoy? ¿Por qué?

—Eso quise yo saber. Nada más ver las fechas en el periódico, supe que tenía algo que ver con ella. La fecha era la misma que la de su muerte. Al menos en esto no me mintió. Es por eso que fui a preguntarle directamente a mi tía. Se cerró en banda, me dijo que mi madre murió de un cáncer y punto. Que no preguntara más, que dejara a los muertos en paz.

—Pero tú no lo hiciste.

—No, supe que había algo más. Así que, aprovechando que ella había salido a dar un paseo después de cerrar para respirar aire puro, me puse a rebuscar por todos lados. Nunca lo había hecho, quizá por eso mi tía se había confiado y no había escondido demasiado sus secretos más personales. Lo encontré todo en una cajita que guardaba en una caja fuerte que tiene escondida en el armario. La combinación era el día de mi cumpleaños, no me fue difícil sacarla.

—¿Y qué había en esa caja?

—Adivina.

—¿Los periódicos?

—Sí.

—Jo-der —contestó el abogado poniendo énfasis en cada una de las sílabas.

—Sí, fue ella quien se los llevó de la biblioteca. Era como si quisiera ocultar lo que ocurrió a los ojos del pueblo, como si no lo supieran ya. Supongo que siempre ha tenido miedo a que alguien me lo hubiera podido contar. Lo único que quería era protegerme.

—No sé qué decir, Alicia. Por una parte la entiendo, pero creo que no ha obrado bien ocultándote eso. Además, te repito lo de antes, cuando eras pequeña sí, pero ahora que puedes tomarte las cosas de otra manera, ¿no hubiera sido mejor que te contara la verdad? Supongo que lo habrías encajado mejor.

A ver, en eso sí que tengo experiencia, se pasa muy mal cuando alguien cercano se quita la vida, pero creo que somos adultos para saber sobrellevarlo.

—Sí, hubiera sabido encajar la noticia, pero hay algo más. En la caja encontré algo, algo que puede que lo cambie todo.

Carlos la miró expectante. No sabía a qué se refería, pero dados los últimos acontecimientos ocurridos, podría esperar cualquier cosa.

—Cuéntame —dijo al fin.

—Mejor lee, toma.

Alicia se incorporó levemente para sacar de su bolsillo trasero un papel doblado. Lo recompuso y se lo ofreció a Carlos. Comenzó a llorar de nuevo.

Hola.

Me prometí que nunca más juntaría esas cuatro letras para dirigirme a ti, pero aquí me tienes de nuevo, escribiéndote esa palabra. Puede parecer la más simple del mundo, pero a mí me duele decirla, sobre todo cuando a quien va dirigida es a ti. Prefiero utilizar su contraria, utilizarla de una vez por todas, pero una vez más, no soy capaz de hacerlo.

Hola.

Hace tiempo que no te escribo, más que nada porque no pienso que merezcas que lo haga. No te mereces ni siquiera que piense en ti.

¿Por eso he dejado de hacerlo?

Ni un minuto, siempre estás en mi cabeza. Debería ser algo positivo. Dicen que no hay nada más bonito que el amor, dicen. Yo hay veces que confundo ese sentimiento. Me es imposible saber si te quiero o te odio. Hay momentos en los que desearía estar abrazada a ti, como hacíamos antes. Hay otros, en cambio, que desearía que te llegara la hora. No te puedo mentir. No me sale.

Nuestra hija crece bien, feliz, ya ha dado sus primeros pasos. Es tremendamente inteligente, como su padre. Doy gracias a que no haya sacado ni una facción tuya, creo que no podría soportar ver en su rostro el tuyo, es lo único que me reconforta.

Mi hermana nos ayuda en todo, siempre lo hizo. Es la única que sabe lo que ocurrió, pero confío en ella, sé que nunca hablará. De la que no confío tanto es de mí misma. Esto me pesa mucho, demasiado, cada noche cuando cierro los ojos veo la misma imagen, me es imposible olvidarlo. Y mira que lo intento.

Muchas veces he dudado de ellos, demasiadas, no sé si serán capaces de tener cerrada la boca. He ido varias veces al peñasco a ver si seguía ahí, enterrado. Sé que es una tontería porque solo yo sé que está ahí. Acordamos que así sería por motivos de seguridad. Como no te voy a enviar esto, ni siquiera lo sabrás tú. Me he quedado tranquila al comprobar que sí, pero eso se me pasa enseguida con cada jornada que amanece. No confío en ellos, del que menos es de Julián, ya sabes que no soporto a ese hombre. No sé cómo lo harás desde allí, pero te pido que lo tengas controlado, es capaz de cualquier cosa. Ya lo conoces.

Quiero confesarte que me siento como una estúpida escribiéndote estas líneas, pues no me atreveré a mandarte esta carta, nunca lo hago. Posiblemente acabe quemándola como hago con el resto. Eso último me hace gracia. Me contó mi hermana que las cartas que se queman el viento las lleva a su destinatario, puede que hayas recibido entonces todas las anteriores. Si es así, no me contestes, preferiría saber que sigues viviendo ajeno a todo. Prefiero no saber si piensas en mí o no, si piensas en ella. Ella no piensa en ti, nunca lo hará. Su padre se fue para siempre, nunca sabrá de tu existencia. Si alguna vez leyeras esto, lo único que te pediría es que siguiera siendo así. No quiero que la pequeña Alicia llegue a saber nunca quién fue su padre y qué hizo.

Protégela con tu ausencia.

Me despido, tengo aquí mismo una foto de los dos, la miro cada día. He pensado muchas veces en romperla, no soy capaz. Empiezo a pensar que he perdido la cabeza.

Te diría adiós pero, como siempre, no soy capaz.

Hasta luego, seguro que te volveré a escribir, aunque mi cabeza me diga que no.

MARI CARMEN

—Vaya... —comentó Carlos después de leer la carta de su madre.

Alicia no dijo nada, seguía llorando, con algo menos de intensidad, pero sin dejar de derramar lágrimas.

—Me he quedado sin palabras. ¿Crees que tu madre se quitó la vida por la pena que sentía ante el abandono de tu padre?

Alicia se encogió de hombros.

—¿Qué es eso que nombra del peñasco? Dice que hay algo enterrado ahí.

—Si es lo que yo creo que es, es una zona que hay ya casi fuera del pueblo, pasado el polideportivo. Siempre lo hemos llamado así, por lo que creo que debe de ser eso.

—¿Sabes lo que pienso? Puede que lo que haya enterrado en ese peñasco sea un cuerpo. Puede que de la persona que falta en la foto. Si lo que hicieron es tan grave como para justificar lo que está sucediendo ahora, matar a otra persona desde luego lo es. Me cuesta creer que mi padre estuviera involucrado en esto pero, visto lo visto, ya no puedo poner la mano en el fuego por nadie. Tenemos que ir a ese peñasco a averiguar lo que hay.

—Si quieres vamos mañana, allí no hay ningún tipo de luz. Es una zona muy apartada, no creo que nos vea nadie.

El abogado asintió, conforme.

—Carlos, hay algo más.

Él la miró extrañado.

—¿A qué te refieres?

Alicia repitió la acción anterior. Se incorporó levemente para introducir la mano en su bolsillo trasero. Extrajo de él algo y se lo pasó al abogado.

—¿Recuerdas que mi madre nombraba una foto?

Él asintió a la vez que comenzaba a mirarla.

De pronto, todo su mundo se paralizó.

—Esa es la foto que nombra, esa es la persona a la que va dirigida la carta. Ese es mi padre.

Carlos no pestañeaba, era incapaz de hablar. Las palabras no le hubieran salido aunque lo hubiera estado intentando durante diez años.

—La carta que encontraste dentro de la escayola no iba dirigida a tu madre, iba a la mía. Carlos, el de la foto es tu padre. Tú y yo somos hermanos.

39

Jueves, 15 de octubre de 2009, 23.02 h.
Mors. Casa de Fernando Lorenzo

Carlos se sentía muy mareado. Quizá más que en toda su vida. Notaba el cauce de un río recorriéndole toda la espina dorsal, la cabeza le daba vueltas y los dedos de la mano le temblaban como nunca lo habían hecho. Tenía la boca extremadamente seca y notó cómo sus oídos se taponaban. Su respiración, profunda y rápida, solo contribuía a que esta sensación de que el mundo entero se tambaleaba se acrecentara cada vez más. Cuando la muchacha vio la cara de Carlos volverse pálida, se levantó de su asiento y fue en socorro de este, ya que parecía que caería de la silla de un momento a otro.

Mojó sus dedos en el vaso de agua que tenía delante y los pasó por la nuca de Carlos, que agradecía este gesto al sentir algo de alivio. Aunque no parecía ser suficiente. Ella permaneció a su lado, repitiendo una y otra vez lo mismo hasta que vio cómo poco a poco recuperaba algo de color en su tez. Finalmente, le ofreció el vaso en el que estaba mojando los dedos para que bebiera. Pasaron unos minutos hasta que consiguió recomponerse algo más. Lo supo porque parecía temblar menos y su respiración ya no era tan exagerada. Sin embargo, lo que era su rostro, seguía estando totalmente descompuesto. Era un shock evidente.

La joven le ayudó a levantarse y a caminar. Dejó que se apoyara en su hombro mientras se dirigían hacia el salón. Al llegar, tomó asiento en el sofá, no sin dificultad.

—¿Estás mejor? —se interesó ella con una evidente preocupación.

—Sí... supongo... ¿Qué coño me acabas de decir?

—Sé que es complicado de asimilar, pero es así.

—¿Estás segura? —preguntó con el rostro desencajado.

Alicia no habló de inmediato. Carlos no lo supo, pero en realidad lo que hacía era buscar alguna prueba que refutara lo que le acababa de contar. No la tuvo. La verdad era la que era.

—Sí, claro. Mi madre nombra una foto y la foto estaba junto a la carta. Ese es tu padre, de eso no me cabe duda. Al principio estaba como tú, intentando asimilar todo esto, sin poder creérmelo. Hasta que me armé de valor y le pregunté a mi tía. Necesitaba conocer la verdad.

—¿Qué te contó ella?

—No mucho, no creas que ha sido fácil sacarle nada. Apenas me confirmó mis sospechas y poco más. Me dijo que no quería hablar del tema porque había mucho dolor de por medio. No quiere recordar nada de aquello.

—Entonces por eso me ha tratado así en el bar, no quiere que me acerque a ti. Pero yo no he hecho nada, no tengo culpa de todo lo que está pasando.

—Lo sé, créeme. Lo hace para protegerme, o eso cree ella. Lo último que me dijo tras la charla es que no quería que te viera nunca más. Podría haberle contestado que soy mayor de edad y que hago lo que me sale de ahí, pero vi tanto dolor en su cara que preferí callar. Está destrozada con todo esto. Lo peor es que sé que sabe perfectamente lo que está sucediendo, pero no puedo preguntarle. No puede soportar tanto dolor. Me da miedo que haga alguna tontería.

Carlos se levantó de pronto de su asiento y se dirigió hacia la puerta.

—Alicia, tenemos que preguntarle. La vida de personas está en juego, quizá podamos saber los motivos por los que ocurre todo esto y frenar ya mismo la barbarie. O mejor, llamaré al inspector Valdés, él sabrá que hacer.

—¡No! —gritó mientras corría a detener a Carlos—. No tienes ni puta idea de por lo que está pasando. Mi tía ya es una mujer mayor, lleva casi veinte años sufriendo y no puede más. ¿Qué quieres, matarla?

—Quizá hablar le ayude.

—No, no lo creo. Carlos, por favor, mañana iremos a ese lugar e investigaremos por nuestra cuenta. Te prometo que si no hallamos nada hablaremos con ella, pero déjala al margen de momento. Igual que ella ha querido protegerme a mí, yo también debo velar por ella. No voy a hacer que lo pase peor de lo que ya lo está pasando. Me niego.

El abogado respiró hondo. Su instinto le decía que debía desoír a Alicia y correr en busca de la verdad. Quizá fue la razón la que le hizo reconsiderar su posición y entender que puede que fuera cierto, que si fustigaba a la tía de la muchacha, lo único que conseguiría sería que se cerrara en banda y le acabaría provocando más dolor. Trató de calmarse mientras miraba directamente a los ojos de la joven. Estos suplicaban una especie de clemencia a la que no pudo más que doblegarse. Volvió hacia su asiento, las piernas todavía le temblaban.

Alicia, al verlo más calmado, le siguió.

—Así que somos hermanos. O hermanastros. ¿Cómo es esto? Es que te juro que es rarísimo para mí.

—Joder, Carlos, imagina para mí. Y sí, seríamos hermanastros. Yo tampoco sé ni qué pensar. Te juro que de pequeña soñaba con tener un hermano o hermana cerca, pero sabía que eso era imposible. Ahora, de repente, me encuentro que tengo uno y no sé qué sentir. ¿Podría ser por esto que hemos conectado tan pronto?

El abogado se encogió de hombros.

—No sé qué decirte. Supongo que tengo que asimilar todo esto. Es que, coño, ya me costaría aun siendo la única noticia recibida en los últimos días. Después de todo lo que está pasando, creo que mi cabeza ya no es capaz de procesar más información. Más sorpresas. Es que, joder, esto parece una novela mexicana de esas de la televisión. Es muy fuerte.

Alicia no pudo más que asentir.

—Entonces —continuó hablando Carlos—, mi padre nos abandonó por esto.

—Yo también lo he pensado. Tú ya habías nacido, eso está claro, por lo que estaba casado y con un hijo cuando mi madre se quedó encinta. No sé de qué forma se enteró de lo del embarazo y mi nacimiento, pero supongo que fue un palo para él todo esto. No supo cómo reaccionar y lo dejó todo para venirse aquí cerca.

Carlos sopesó las palabras de Alicia, puede que tuviera razón. Entonces cayó en la cuenta de algo. No supo de qué manera ni cómo, pero parecía que la muchacha también se había dado cuenta de eso a la vez que él.

—¿Cuando os abandonó tu padre? ¿En qué fecha exactamente?

Al abogado no le hizo falta hacer memoria: tenía la fecha grabada a fuego en su mente.

—El veintiséis de septiembre de mil novecientos noventa y uno.

—Cinco días después del suicidio de mi madre...

Carlos se quedó mirando a Alicia.

—¿Sabes lo que significa eso? —preguntó casi sin mover los labios.

La joven negó con la cabeza. Carlos no supo identificar si era porque no sabía o porque no quería saber.

—Que nuestro padre —Carlos utilizó esta palabra sin poder creer él mismo que lo hiciera— volvió al pueblo para cuidarte. Solo quería estar cerca de ti.

Alicia no pudo evitar romper de nuevo a llorar.

23.57 h. Mors. Casa de Fernando Lorenzo

Carlos se acostó en la cama con el corazón todavía acelerado. No podía creer el vuelco que había dado todo y de qué manera. La noticia sobre lo de su padre lo había pillado desprevenido aunque empezaba a asimilar, poco a poco, que Alicia fuera su hermanastra. Y no le era fácil ya que, ni en sus más locas elucubraciones, hubiera imaginado toda esa historia. Lo peor es que estaba rompiendo una promesa que se hizo a sí mismo, y era la de perdonar a su padre. Todo lo que había descubierto explicaba su manera de actuar. No lo compartía, pero tampoco podía asegurar que él no hubiera actuado así en una situación similar. No creía que hubiera podido llevar una doble vida y quizá hubiera tenido que elegir una de las dos. Hiciera lo que hiciese, creyó que nunca se hubiera quedado satisfecho, pues implicaba dejar a uno de sus dos hijos desamparado. Quizá todo se resumiera en algo así como una balanza del dolor en la que sabes que, hagas lo que hagas, todo va a hacer daño, por lo que no te queda más remedio que seguir el camino que crees que será menos costoso. Y, claro, Alicia se había quedado sin madre, cosa que él, en esos momento no.

Le gustara o no lo que hizo, supuso que actuó de corazón.

Alicia hacía un rato que había marchado de nuevo a su casa. Su tía pensaba que estaba encerrada en su cuarto, como lo había estado durante el día anterior. Ahora tocaba colarse de nuevo en la vivienda, a hurtadillas, para no seguir dándole más disgustos.

Carlos ahora entendía su actitud con él en su negocio. Ver al abogado suponía golpearse de frente con el pasado, y esto debía de dolerle demasiado. Al parecer había intentado fingir, pero su sobrina —y él— había llegado tan lejos desenmascarando el pasado que ya le era imposible poner buena cara estando él cerca.

De todos modos él seguía pensando que, a pesar de ser parte implicada en aquel embrollo, no tenía culpa de cómo sucedió todo en el pasado, así que no debía tomarla con él. Los actos de su padre sus actos fueron. Recordó una frase que solía repetir muy a menudo, algo que también comentaba el sin par de su abuelo. Tenía que ver con lo que hacía cada uno y con su capacidad de dormir por las noches tras esto. Por mucho que estuviera en desacuerdo con él en demasiadas cosas, en esto tenía mucha razón.

Apartó esto de su mente y se centró en tratar de entender los motivos que pudo tener la madre de Alicia para haberse quitado la vida. Por más que intentaba, al igual que con su padre, no podía imaginarlos. Sobre todo teniendo en cuenta que tenía una niña pequeña a su cargo.

Él nunca se imaginó con niños. No entraba en sus planes, sin más. Pero sí se había planteado en diversas ocasiones, tratando de ver en ojos de otros, lo que tendría que sentir un padre por una criatura que había salido de él. Lo pensó muchas veces intentando ponerse en la piel de su propia madre. ¿Qué no hubiera dado ella por él? Pensándolo así, el escalofrío al tratar de ponerse en la piel de Mari Carmen a la hora de haberse quitado la vida con un bebé a su cargo fue mucho mayor. ¿Qué no hubiera dado, seguramente, ella por su hija? ¿Tanto era el dolor que tuvo que acabar con todo así? Si lo pensaba con frialdad, su suicidio y el de su padre poco tenían que ver en cuanto a dureza, pues este último ya había gozado de una larga vida. Quizá era algo frívolo pensar de aquella manera, pero si se obligaba a compararlo lo sentía así.

En el fondo, por el bien de Alicia, daba gracias a que todo hubiera sucedido cuando ella apenas tenía conciencia de lo que ocurría a su alrededor. Menudo palo si ella hubiera recordado este momento de por vida.

Lo de tener una hermanastra le seguía sonando rarísimo. Toda su vida pensando que era hijo único y ahora parecía ser que no era así. Se recordaba a sí mismo, de pequeño, jugando solo y anhelando tener una hermanito con el que poder compartir sus cosas. Casi todos en clase lo tenían y él se sentía un poco el bicho raro. Le entristecía escuchar las redacciones de otros niños cuando les tocaba hablar de su familia. Muchos de ellos decían odiar a sus hermanos porque se pasaban el día fastidiándolos. Él envidiaba sentir, al menos, ese fastidio. Ahora que sabía que sí tenía una, no sabía ni cómo se sentía. Todo era tan raro que no era capaz de distinguir entre los límites de sueño o realidad. O pesadilla.

Sintió algo en el estómago. Sabía que el día siguiente iba a ser muy importante, quizá el que más. Sentía la verdad tan cerca que casi la podía rozar con sus dedos. Lo malo es que no tenía claro del todo si quería conocerla o no. Desde que había puesto un pie en ese pueblo, ninguna de ellas había sido agradable. De esta no esperaba algo diferente. O mejor dicho: de esta esperaba lo peor.

Decidió tratar de cerrar los ojos e intentar dormir; necesitaba estar descansado.

Aunque algo dentro de él le decía que no iba a descansar nada por las malditas pesadillas. Se preguntó cuándo dejaría de tenerlas.

No tardó demasiado en dormirse.

Viernes, 16 de octubre de 2009, 04.18 h. Mors. ¿¿??

Si durante el día se veía más bien poco, ahora que suponía que era de noche, mucho menos. A pesar de ello tenía claro que su compañero de cautiverio estaba muerto. El silencio allí dentro era tal que sus respiraciones eran lo único que lo podía romper algo. Nada. Un silencio absoluto. Casi enloquecedor. Ese cabrón se había llevado al otro. Cuando él despertó en ese lugar había dos, porque pudo distinguir las sombras. Por lógica, debían de ser o don Mario o Benito. No sabía a cuál de los dos se había llevado. Tampoco quería pensar en para qué lo había hecho, aunque no hacía falta ser demasiado listo para intuirlo.

Nada de esto importaba ya. Tenía su muerte asumida, daba igual el turno en el que lo hiciera. Puede que fuera el siguiente, puede que no. Lo único claro es que su vida ya no valía nada.

Estaba hambriento y sediento. Si la situación ya de por sí no tenía nada de humano, aquello la deshumanizaba todavía más. Su garganta estaba tan seca que aunque no estuviera amordazado no hubiera podido hablar para pedir ayuda. Sabía que estaba en Mors, porque ese loco no se lo había llevado fuera del pueblo, pero a pesar de esto se sentía como a miles de kilómetros de su hogar. Se arrepentía de no haber podido formar una familia. Nunca tuvo novia formal, ni siquiera de las informales. Las mujeres, si no era pagándolas —algo que nunca le había supuesto un problema—, no querían acostarse con él.

Puede que lo encontraran repugnante. Nunca le importó demasiado ese aspecto, aunque sí era cierto que él no se consideraba un ser repulsivo. Aunque ahora sí se planteaba qué podía haber fallado en su vida para llegar a este punto.

Siempre supo que su personalidad, complicada donde las hubiera, contribuía a eso. Eso estaba claro, pero como para no haber conseguido congeniar nunca con ninguna mujer, era algo exagerado. Quizá debía haber llevado otra vida. Quizá debía haber sido más amable con las personas que un día lo rodearon, esas mismas que acabaron dándole la espalda. Esas que un día se comportaron como verdaderos amigos y a los que él, sin duda, había menospreciado.

En medio de todos sus arrepentimientos deseó no haber estado aquel día, en aquel lugar. Deseó que nada de aquello hubiera sucedido. Deseó haber puesto algo de cabeza en ese asunto, cuando nadie la puso. Puede que fuera lo que se esperaba de él, un agente de la ley. Pero no, aquello había sucedido. Era muy real. Aquello mismo que ahora le hacía estar atado a esa dura silla. Pero no podía cambiar su pasado. Estaba ahí y ahí seguiría. Ni siquiera su muerte serviría para enmendar ese error.

Se planteó sin en verdad se arrepentía o era algo relacionado con la situación que estaba viviendo. Hasta ese mismo día no había sentido remordimiento alguno por lo que pasó. Por supuesto que se acordaba de vez en cuando, pero hasta que esos actos comenzaron a sucederse en Mors no lo pensaba con la intensidad con que ahora lo hacía.

Ya daba igual todo.

Solo deseaba algo: poder ver la cara del hijo de puta que lo había llevado hasta ese lugar.

Oyó pasos acercarse.

Cuando la puerta del almacén se abrió y la luz se encendió, pudo ver con claridad el lugar en el que se encontraba retenido. Había muchos cubos de pintura, estaban abiertos. Entendió eso como una forma de disimular el hediondo olor que se había formado con los orines —y posiblemente excrementos en el caso de su compañero— que había bajo ellos. Pudo girar la cabeza y vio una estantería en la que había algo parecido a un guante con garras metálicas, igual que el que llevaba cierto villano de películas de terror del que no recordaba el nombre. No sabía si sería para utilizarlo con ellos, pero el simple pensamiento le hacía temblar.

Entonces miró al frente y vio el rostro que tanto deseaba observar. No llevaba pasamontañas, iba a cara descubierta.

No podía creer lo que veían sus ojos.

No supo si le aterró más la cara o lo que llevaba en cada una de sus manos.

Una pesadilla hubiera sido menos terrorífica que aquello.

40

Viernes, 16 de octubre de 2009, 10.04 h.
Alicante. Comisaría

Hacía una hora que habían llegado a la oficina. Tanto Nicolás como Alfonso andaban algo perdidos entre revisiones de informes forenses y otros tantos de distintos departamentos del laboratorio criminalístico. Los análisis de balística de Madrid habían llegado y revelaban que el arma del primer crimen, el del carnicero, no se había usado en ningún otro acto criminal. Algo que en el fondo no les revelaba nada, pero necesario para un juicio cuando atraparan a ese mal nacido. El resto de los informes solo mostraba resultados negativos en cuanto a coincidencias o similitudes con alguna otra muestra dubitada. Lo verdaderamente impresionante del asunto es que ni siquiera conseguían en la escena una huella parcial dubitada que pudiera pertenecer al asesino. Nada. ¿Cómo era posible que alguien fuera capaz de moverse así? Parecía que el asesino fuera un fantasma, un ente que se colaba en las casas de las víctimas, les quitaba la vida sin apenas esfuerzo como a él le daba la gana y sin dejar rastro alguno volvía a salir.

Ambos inspectores habían estudiado mil escenarios posibles durante su formación y una máxima que se les recordaba antes de cada estudio era que el asesino siempre dejaba algún tipo de rastro. Por invisible que pareciera.

Pues bien. A ver quién era el listo que encontraba algo que no hubiera querido dejar él adrede.

Por más que le dieran vueltas, hasta en los más célebres y enrevesados casos el homicida había dejado —por error— algún indicio que podría acercarlos o no hasta él, pero que al menos demostraba que era humano y que no era perfecto. Este no era el caso, y era lo que de peor humor ponía a Nicolás.

Alfonso tenía en sus manos el informe que demostraba que no había rastros de ADN en la dentadura encontrada. Parecía que no había sido usada nunca, por lo que claramente se había dejado para indicar la siguiente muerte. Nada nuevo, al fin y al cabo. Pero a través de eso surgían otras preguntas: ¿Cómo la había conseguido? ¿Podrían seguir un rastro a través de eso? Se le ocurrían miles de enrevesadas posibilidades que seguramente no conducirían a ninguna parte. No era tan fácil seguir el camino recorrido por un objeto como nos dejaban entrever las películas americanas.

—La buena noticia es que nos ha dado un día de margen —comentó Alfonso sin levantar la vista de los papeles.

—Y no creas que esto no me preocupa —repuso Nicolás—, cambia tanto de patrón que así es imposible. Había comenzado a asesinar todas las noches. Si esta no lo ha hecho, debe de ser por algo. Tengo miedo de que se esté reforzando para algo todavía más gordo. Como si nos fuera a meter el hachazo definitivo. El acto final.

—No lo sé. Puede que se esté desinflando. Está loco, tío, quizá haya cambiado de idea y ahora se la esté cascando mientras mira por su ventana y se le cae la baba.

Nicolás sonrió levemente, pero enseguida su rostro volvió a la seriedad.

—No cometas el error de llamarlo loco. Yo lo he estado

haciendo desde el mismo día en que robó los ojos del padre del abogado. Lo hacemos con menosprecio y nos saca mucha ventaja. Ese loco ha resultado ser un genio, aunque nos pese. De momento está muy por encima de nosotros.

—Oh, sí, un genio. Hagamos algo: cuando lo pillemos, si es que lo hacemos, le abrimos el tarro y lo mandamos a los científicos para que estudien su cerebro. Puede que estén con el de Einstein, pero seguro que les interesa más este, que es un genio.

Nicolás negó varias veces con su cabeza mientras sonreía. Alfonso no tenía remedio.

Pero él sí creía firmemente que el tipo era un genio. Alfonso era un gañán, pero tenía ni más ni menos que un CI de 152. El suyo Nicolás ni lo sabía, pero no se consideraba precisamente imbécil. Si entre los dos no conseguían ni acercarse a él debía de ser por algo. Les llevaba una ventaja kilométrica.

—De todos modos no es tan malo que esté preparando un acto final —comentó Alfonso.

—¿A qué te refieres?

—Joder, no hay que ser muy listo. Si es un acto final, se acabó. Vale, no hemos sido capaces de detenerlo a tiempo y ha muerto gente, pero ya no volverá a matar y eso es una especie de triunfo.

—¿De verdad lo crees así?

—Pues claro que sí. Lo importante es que se encierre en su cueva y no vuelva a salir.

—Si diera por cierto lo que dices, que no lo doy, no sería ningún triunfo, tío. Ha hecho exactamente lo que quería. Ahora lo tenemos todo más o menos controlado, pero esto acabará trascendiendo a la prensa a lo grande. Entonces se creará alrededor de él una figura de culto, ya sabes cómo va esto. Hasta se le pondrá un nombrajo ridículo de mierda y su nombre será leyenda. Negra, pero leyenda. ¿Crees que esto hará que se quede encerrado en una cueva? Ni de coña. Es que ni aunque no trascendiera y nadie supiera de su figura.

Cambiará todas las veces que quiera de identidad a la hora de matar, variará el patrón a su antojo con la maestría que le salga de los huevos, pero no deja de ser un psicópata y actúa por una razón.

—¿Y es?

—Saciar una necesidad que siempre va a estar ahí. No digo que no lo sacie durante un buen tiempo, pero el hambre volverá. Siempre estará ahí. La psicopatía no tiene cura, ya lo sabes. Siempre va a ser como es y, con otras razones, las que él crea, volverá a matar. Así que no es ningún triunfo, tío. Hay que pillarlo. Hay que pillarlo como sea.

El teléfono móvil de Alfonso comenzó a sonar.

Contestó.

—Hola, Marcos —dijo a modo de saludo.

Escuchó lo que este le decía.

—Perfecto, ¿qué planta era? Ah, ok, menos dos. Voy enseguida.

Colgó.

—¿Qué pasa? —quiso saber Nicolás.

—Era el cerebrito que la Brigada de Investigación Tecnológica nos ha dejado para uso y disfrute de los alicantinos. Lo mandaron anoche a toda hostia de Madrid. Ya tiene la IP y ha conseguido comunicarse con la compañía telefónica para que nos den acceso al historial web de la doctora. Te lo estoy explicando de forma sencilla, pero en realidad dice que ha sido complicado de la hostia. Me ha dicho que tiene algo, pero que está codificado. Necesita un rato pero cree que puede sacar qué estuvo viendo con claridad porque sí hubo consultas en internet a esa hora de la noche con su IP. Me bajo con él, quiero estar presente porque esto nos puede allanar mucho el camino. Aprovechemos que la mañana está tranquila. Por una puta vez.

—Venga, corre. Ojalá saque algo en claro, esto lo puede cambiar todo.

La voz del inspector jefe irrumpió de golpe justo al lado de ellos.

—Señores, se acabó el descanso, la situación se ha complicado bastante.

—¿Perdón? —preguntó el inspector Valdés sin saber bien si hacerlo o no.

—Han sido profanadas dos tumbas en cementerios. Una en Mors, la otra en Callosa de Segura, el pueblo en el que apareció el fotógrafo. En ambos casos se han llevado los cadáveres, pertenecían a señoras que superaban la ochentena y que, casualmente, no hacía tanto de su muerte.

—Me cago en la puta, lo que faltaba ya —se lamentó Nicolás—, iremos para allá.

—No, ya he mandado a dos subinspectores y a varios agentes. Eso es lo de menos, créanme. Ya sabemos por qué todo ha amanecido tan tranquilo cuando esperábamos marcha. Han sido halladas dos señoras muertas en un banco de la plaza de España, en Mors. Nadie se había percatado porque parece que simplemente descansan en él, sentadas. A eso sí que quiero que vayan. Puede que sean los cadáveres que han sustraído. Esto es una puta locura.

—Iremos. Ahí tenemos al Mataviejas.

—Perfecto, manténgame informado, por favor. Me cago en la hostia...

Salió maldiciendo del despacho.

—Eso, vuelve a tu silla que nosotros haremos el trabajo sucio, en fin —comentó Alfonso mientras el inspector jefe se alejaba—. ¿Vamos?

—No, te prefiero junto al informático. Aquello puede ser vital y estoy hasta los huevos de que tarden una eternidad en comunicarnos las cosas que se hallan. Siempre estamos perdiendo tiempo con las comunicaciones. Cuando volvamos, recuérdame que me queje de esto a Montalvo.

Alfonso dudó unos instantes, pero Nicolás tenía razón.

—Sí, te va a hacer un caso... Pero bueno, de acuerdo, me quedo. Pero estate atento al móvil, que a veces no sé para qué coño lo llevas.

El inspector asintió mientras abría el cajón y extraía su arma reglamentaria. La colocó en su funda y se puso una chaqueta fina que había traído. Podía estar todo lo atento que quisiera al móvil, pero con un dos por ciento de batería, ya que la noche anterior se había olvidado de cargarlo, sería por muy poco tiempo.

10.25 h. Mors. Casa de Fernando Lorenzo

Recibió un SMS bien temprano en el que Alicia le decía que, cuando pudiera, escaparía para que ambos fueran al dichoso peñasco para una inspección. Carlos no tenía prisa para ir, así que tomó asiento en el sofá y esperó paciente a que la muchacha decidiera mandarle el mensaje para ir al lugar.

11.15 h. Mors. Plaza de España

Nicolás aparcó el coche en los alrededores de la plaza. Ya había algún que otro curioso mirando, pues aunque el cordón policial levantado fuera bastante amplio, el mero hecho de estar puesto invitaba a ello.

El inspector lo traspasó accediendo por debajo del mismo y se dirigió hacia el banco en el que las dos mujeres sin vida parecían esperar sentadas. Un agente llegó a su encuentro.

—Cuénteme —soltó Nicolás sin ni siquiera esperar un saludo.

—Ha dado la alarma una vecina del pueblo. Al parecer, pensó que era alguna conocida suya y se acercó a saludar.

Su sorpresa fue mayúscula cuando vio que ninguna de las dos se movía.

—¿Sabe si ha tocado algo?

—Según ella, al ver que ninguna de las dos se movía llamó rápido al 112. Ellos han sido los que nos han puesto en alerta. Es curioso porque, por proximidad, deberían haber llamado primero a la Guardia Civil, pero creo que ya conocen tanto el caso que nos remiten a nosotros. A lo que iba, llegó enseguida una de las patrullas que tienen asignadas a Mors para vigilancia, son esos dos agentes de ahí —dijo señalando con el dedo— y aseguran no haber tocado nada tampoco. El forense ya está aquí, la jueza ha enviado al secretario por no poder personarse ella misma. Como puede ver, Científica también ha llegado.

—¿Cree que son las mujeres fallecidas cuyos ataúdes han profanado?

—¿Qué otra cosa podría ser? Esto me pone la piel de gallina.

—Y a mí.

Nicolás levantó el cuello y miró a su alrededor. La escena era tal cual le contaba.

—Gracias, agente. Buen trabajo. Mantenga a la gente a raya.

El policía asintió y se retiró.

El que se acercó ahora era el forense de guardia. No recordaba su nombre, pero lo había visto en el segundo o tercer escenario, no supo en cuál con exactitud.

—Inspector Valdés —dijo a modo de saludo.

Este se limitó a inclinar la cabeza como respuesta.

Ambos se estrecharon la mano.

—Curiosas muertes estas —comentó directo al grano.

—No me diga más. No han sido asesinadas. Ya habían fallecido, han robado sus cadáveres en el cementerio y los han colocado aquí.

El forense lo miró muy raro, con el ceño fruncido y sin parecer entender nada.

—No, aunque... esto explicaría muchas cosas. Acompáñeme, por favor, Científica lleva un buen rato trabajando y ya nos podemos acercar al cadáver.

Nicolás, contrariado al haber fallado una explicación tan evidente por lo que le había contado su jefe que había pasado, obedeció.

—Mire usted mismo.

El inspector se vistió como debía primero y después obedeció asegurándose de que, con sus pasos, no se llevaba algún rastro por delante. Se acercó todo lo que pudo a ellas. Estaban sentadas cada una en un extremo del banco, que no era demasiado ancho, pero sí lo suficiente para que cupiera otra persona entre ellas dos. Y eso que eran considerablemente corpulentas. Demasiado. Ambas tenían la cara hacia abajo, como si miraran hacia el suelo. La verdad es que, visto de pasada, no alertaba para nada, pues parecía la típica escena de dos mujeres mayores que simplemente dejaban pasar el tiempo mientras tomaban algo de sol.

Nicolás se fijó en las manos de una de ellas. Esas manos no eran de mujer. Hizo lo propio con la otra. Lo mismo.

Entonces lo entendió todo.

Necesitaba verles las caras.

—¿Hay algún riesgo en que levante la cabeza de una de ellas un poco?

—No —contestó el forense—. Sus caras están limpias.

Apoyó sus dedos índice y corazón —ayudándose también del pulgar— en la frente de la más corpulenta de las dos y con extremo cuidado —aunque con algo de esfuerzo pues el rigor ya había hecho acto de presencia en esa zona— levantó algo la cabeza.

La devolvió a su posición resoplando. Desde el mismo momento que había visto que las manos no eran de mujer lo tuvo claro.

Era el jefe de policía local, Julián Ramírez. Aunque no sabía qué cara tenía, no le hacía falta ver el otro rostro para saber que era el del quiosquero.

A no demasiada distancia del punto en el que se encontraba el inspector Valdés, como uno de tantos curiosos que se iban acercando a la escena a ver qué había sucedido, observaba sin pestañear los movimientos de Nicolás.

Era extraño, había aparecido sin el otro inspector y sabía de primera mano que habían ido a trabajar juntos: ya llevaba dos días siguiendo sus pasos casi las veinticuatro horas y esa misma mañana los había visto entrar en comisaría a las nueve de la mañana.

Sintió un nudo en el estómago, el plan a seguir se torcía algo, pero quizá no tanto. Podría ser divertido. Pensó que lo mejor era que el río siguiera su cauce con el inspector Valdés. En cuanto hallara el objeto actuaría de una forma predeterminada, estaba claro.

En cambio, al no saber por qué el otro no había venido le dejaba algo en fuera de juego. Podría aprovechar esta oportunidad para localizarlo y neutralizarlo; esto lo facilitaría todo mucho más.

Sonrió, dio media vuelta y, sin que nadie reparara ni en su presencia ni en su ausencia, comenzó a andar hacia el coche. Se montó, arrancó y puso rumbo a Alicante.

Justo al comenzar a andar hizo una llamada a comisaría. Uno de los agentes, despistado al ser una llamada de lo más inocente, le confirmó que Alfonso no había abandonado las dependencias.

Craso error.

41

Alfonso estaba desesperado ya, no sabía hacia dónde mirar porque no entendía ni papa de lo que el informático estaba haciendo con dos pantallas simultáneas. El inspector hacía sus pinitos con la informática, pero estos no pasaban de saber grabar discos de música, chatear por el Messenger o bajarse alguna película o serie de manera ilegal. Lo que estaba haciendo Marcos, el técnico de la BIT, le parecía sacado de una película de ciencia ficción.

Tecleaba sobre una pantalla de fondo blanco; la otra tenía el fondo negro y las letras de color verde. La velocidad a la que lo hacía era demencial, pues era capaz de escribir miles de caracteres por minuto.

Lo peor de todo era que, al mismo tiempo que lo hacía, trataba de explicarle a Alfonso lo que estaba haciendo en cada momento. Como si él fuera a entender lo más mínimo.

Hacía exactamente cuatro meses y tres días que había dejado el tabaco. Llevaba la cuenta clavada en su mente, pero en todo este tiempo nunca le había apetecido tanto un cigarrillo como en aquellos instantes. Decidió aguantar y ser fuerte tras la enésima vez que el informático le dijo que estaba a punto de conseguir su propósito, aunque él solo viera una y otra vez lo mismo en las dos pantallas.

Los segundos seguían pasando, pero a él le parecían años. Le fastidiaba mucho no haber podido acompañar a Nicolás a Mors. Perderse la acción mientras miraba como un bobo esos monitores no iba con él. Quizá, lo que más le provocaba ese fastidio era no poder ver con sus propios ojos la que había preparado aquel psicópata.

De todas las imitaciones, aquella era la que más lo desconcertaba. Los otros asesinos habían matado a un target concreto, como por ejemplo a mujeres, en el caso de Romasanta o mendigos, en el caso del Matamendigos, más que de otro. Pero al fin y al cabo todos habían asesinado a gente fuera de ese grupo. Romasanta también había matado a niños y el Matamendigos a mujeres que no estaban en la indigencia. Pero el Mataviejas no, este solo se había cargado a ancianas. Esto rompía demasiado el único esquema que estaba siguiendo. Quizá incluso si hubiera elegido imitar a otro asesino todo tendría algo más de lógica. Si es que a aquello se le podía llamar lógica. Si lo advertido por el abogado era cierto y los próximos en morir serían el policía y el quiosquero, no tenía ningún sentido. Aunque la posibilidad de que ambos murieran era la más potente, pues los dos se encontraban en paradero desconocido.

Y todo esto volviendo a la posibilidad de que ninguno de ellos fuera el malo malísimo.

Entre tanto pensamiento confuso, el informático le avisó de que su búsqueda había dado frutos.

Excitado, el inspector se acercó hasta la pantalla.

—Puede parecer que me haya sido complicado, pero para nada. Internet deja huella de todo lo que hacemos y, por suerte para nosotros, la doctora utilizaba un programa de base de datos en MySQL que hacía los *backups* en una nube de internet. Así podría acceder a toda la información aunque formateara su PC o desde cualquier otro ordenador, utilizando su usuario y contraseña. Las nubes suelen ser bastante seguras en la mayoría de los casos, pero en este, para nada. Antes de reventar la contraseña he probado con la recuperación con preguntas de seguridad, y la psiquiatra no podía haber sido más básica en ello. ¿Le digo cuál ha sido la respuesta?

—No. No hace falta. Y, vale, he entendido algo, ¿entonces lo tienes?

—Por supuesto, lo difícil ha sido descodificar la maraña de caracteres aplicando la extensión que utiliza el programa en cuestión, de ahí que haya tardado algo más. Pero aquí lo tiene. Esta entrada a la base de datos fue consultada a las cuatro cuarenta y ocho.

—Tiene que ser esa, déjame ver.

Alfonso se acercó a la pantalla del ordenador. Aquello parecía ser un informe psiquiátrico de alguien. Lo leyó entero sin pestañear. No podía hacer esto último porque los datos que leía no le dejaban hacerlo. Por unos instantes pensó que no podía ser real, que aquellas cosas solo pasaban en las películas. Volvió a leer el informe.

—¿Este teléfono de aquí hace llamadas externas o solo internas?

—Inspector, yo no soy de aquí, pero lo habitual es que en los sótanos de las DGP solo se hagan internas, pues suelen ser lugares de análisis...

Pero Alfonso no lo escuchaba ya. Sin más echó a correr. No tenía cobertura ahí abajo, por lo que tenía que salir a toda prisa al exterior y disponer de ella. Necesitaba avisar cuanto antes a Nicolás.

No se despidió ni agradeció la ayuda al informático, pero sabía que entendería sus prisas repentinas.

Cuando salió del ascensor, comprobó la cobertura de su

teléfono. Ya volvía a tener. Marcó rápido el teléfono del inspector. Esperó apenas dos segundos.

Le salió el contestador.

—¡Mierda, Nicolás! ¡No me lo puedo creer!

Probó de nuevo a llamar.

Nada, debía de tenerlo apagado.

—¡Me cago en la puta! ¿Por qué coño apagas el teléfono ante una situación así?

Tenía que avisarlo y rápido, por lo que fue hasta la agente que se encargaba del registro de coches patrulla y le pidió uno de los reservados a oficiales. Ella le indicó que la entrada a la cochera estaba por fuera, doblando la esquina de la calle, así que Alfonso salió a toda prisa y fue en su búsqueda.

Cuando solo hubo caminado unos pocos metros se topó de bruces con una mujer. Esta lloraba, estaba de rodillas en el suelo.

Su primer instinto, algo que no hubiera hecho jamás en circunstancias normales, fue pasar de ella y seguir corriendo, era demasiado importante. Pero su conciencia actuó por él, dio media vuelta y se detuvo al lado de ella.

—¿Señorita, ocurre algo? —se interesó.

La mujer ni lo miraba, seguía llorando arrodillada en el suelo.

—¿Está bien? —insistió de nuevo.

Se acercó a ella agachándose un poco.

De repente, sin que lo esperara, esta se levantó muy rápido propinando un cabezazo al inspector que hizo que cayera hacia atrás. Al golpearse la cabeza contra el suelo, quedó inconsciente.

La mujer sonrió. Le dolía la cabeza, pues el golpe había sido tremendo, pero había merecido la pena.

Tenía el coche justo al lado, por lo que no le fue demasiado complicado echar el cuerpo del inspector dentro. Hubiera deseado tener unas bridas a mano, pero como no las tenía, cerró con llave.

Miró hacia la puerta de la comisaría, nadie la había visto actuar. Posiblemente, las cámaras que enfocaban hacia donde estaba sí habrían captado el momento y serían utilizadas en su contra, pero ya daba igual. Nada podría detener la línea ya que ya estaba trazada desde hacía mucho.

Arrancó el coche y volvió hacia Mors sonriendo.

12.54 h. Mors. Casa de Fernando Lorenzo

Por fin sonó el timbre de la casa del padre de Carlos. Parecía que ese momento no iba a llegar nunca.

Carlos abrió la puerta. Alicia pasó como un rayo sin mirar atrás.

—Espero que no se haya dado cuenta, joder —dijo esta a modo de saludo.

El abogado no dijo nada, se limitó a mirar por la ventana.

—¿Dónde tienes el coche? —preguntó ella.

—Al doblar la esquina.

—Joder, me puede ver. Sal tú por aquí, yo saldré por la ventana de la cocina.

—No creo que te vea nadie, no está a la vista.

—Da igual, no me la quiero jugar. Hazme caso.

Carlos sonrió, agarró las llaves del coche y salió por la puerta principal, dejando a la joven dentro de la vivienda.

Al salir fue hacia el coche, lo abrió y esperó dentro con el motor arrancado. La muchacha, tal como había dicho, salió por la ventana. La dejó abierta. Pero eso no importó al abogado, tenía cosas más importantes en su cabeza como para preocuparse de esto.

—Tienes que ir todo recto, hasta que llegues al polideportivo, yo te indicaré después el camino. Es algo complicado y está muy escondido, pero sé llegar de sobra.

Él obedeció y empezó a andar. La verdad les esperaba.

13.14 h. Mors. Plaza de España

Nicolás miraba paciente mientras el equipo de la Policía Científica hacía su trabajo. Los dos sacos de mortaja ya esperaban a las dos falsas ancianas. El inspector ya había podido ver con toda claridad el macabro espectáculo. Se preguntó varias veces hasta dónde era capaz de llegar el ser humano en su maldad para provocar una estampa como aquella.

El secretario judicial estaba a su lado, tampoco salía de su asombro.

—Pero ¿quién o qué es capaz de hacer algo así? —preguntó el hombre sin dejar de mirar los cuerpos.

—Alguien que no teme a nada.

—¿Se está riendo de nosotros? ¿Es una burla?

—Hay ocasiones en las que opino que sí, hay otras en las que pienso que trata de decir algo.

—¿De verdad cree eso? ¿Qué coño va a intentar decirnos?

—Si lo supiera, ya estaría entre rejas, supongo. No lo sé, en la academia a uno lo preparan para casi todo, nos pusieron en casos extremos, pero estoy seguro de que nunca se les pasaría por la cabeza a esos instructores el toparse con un ser así. Esto escapa a todo raciocinio.

—Usted me dirá si escapa. Joder, ha disfrazado a esos dos hombres de ancianas. ¿Por qué?

—Para seguir con su plan de imitar a asesinos en serie famosos de nuestro país. No sabía cómo actuaría, era difícil de imaginar. Lo que ya era imposible era saber que iba a robar dos cadáveres de ancianas, desvestirlos, quitarles el mismísimo cuero cabelludo y colocarlo todo a sus dos próximas víctimas. Esto no lo imaginaría nadie.

—Pues ya ve que sí. Pero ¿por qué ha matado a dos? He estado mirando de cabo a rabo el expediente y siempre ha actuado de uno en uno. ¿Cree que hay algo en especial?

Nicolás respiró profundo antes de contestar.

—Creo —dijo— que ha llegado al final de su lista. Supongo que ha precipitado las muertes porque se ha sentido amenazado. Estuvimos a punto de cogerle en Alicante, en casa de la doctora, puede que no esperara que llegásemos tan pronto porque se creía con ventaja. Si se ha visto acorralado y quería dar un número determinado de muertes, lo tenía que cumplir a toda costa. En este caso han sido dos, pero si le hubieran quedado cinco, puede que hoy se hubiera cargado a cinco.

El forense se unió a ellos.

—Aunque es pronto para decir nada, creo que han muerto esta madrugada, al menos el que usted dice que es el jefe de la policía de aquí. El otro parece llevar más tiempo muerto. Será la mesa de autopsias la que lo confirme, pero todo parece indicar que el jefe de la policía local ha muerto...

—Estrangulado —terminó la frase Nicolás.

—Sí, ¿cómo lo ha sabido?

—Porque el Mataviejas actuaba así.

—En efecto —continuó el forense—, aunque yo me he basado para deducir esto mismo en sus ojos, ya que se muestran petequias en ellos. Además del tono azulado del rostro, aunque esto se podría confundir con la exposición del cuerpo al frío que ya va haciendo por la madrugada. Pero lo que de verdad me indica el estrangulamiento es la marca alrededor del cuello: apretaron y lo hicieron muy fuerte. Se pueden ver las marcas de los pulgares a la altura de la nuez de Adán.

—¿Acaso el otro no ha muerto así?

—Me temo que no. Hemos visto que, en el caso del policía, había sido atado con bridas al banco, para no caer. El otro se mantenía solo debido a un *rigor mortis* de aproximadamente unas quince a veinte horas basándome en la propia lividez de las piernas acompañado de la nada fiable temperatura corporal. Ya digo que todo puede variar, estaba en el exterior, pero diría que incluso murió sentado. No es fácil adaptar una posición cuando el cuerpo se encuentra en tal estado. Sus labios me indican que puede que muriera deshidratado, pero igual que en la otra víctima, se confirmará en Medicina Legal. Lo que sí es remarcable es que el asesino debe de tener una fuerza por encima de la media. No debe de ser fácil maniobrar con estos dos cuerpos debido a sus dimensiones. Mucho menos con el rigor avanzado que presenta la segunda víctima.

—Gracias, muchas gracias —dijo Nicolás dándose la vuelta hacia el secretario judicial—. Bien, creo que esto confirma el porqué de ser dos. Uno ya estaba muerto. Es tan cabezón que seguro que no quiso dar otro tipo de muerte al agente Ramírez. Tenía esta reservada para él y así debía ser. En ese caso no sé decirle si las muertes han acabado o no.

—Eso dependerá de usted, de si lo atrapa o no.

Nicolás se esforzó por no mandar a la mierda a ese hombre. Tenía educación de sobra para no hacerlo, pero el cansancio mental que atravesaba podía jugarle una mala pasada.

En lugar de hacer lo que su corazón quería, asintió.

—Creo que todo está hecho por aquí, ya he firmado los informes, regreso a Alicante. El inspector Gutiérrez estaba con algo importante, puede que tengamos algo en firme.

—Suerte, inspector.

Nicolás no dijo nada. Salió de la zona acordonada y volvió hacia su coche. De camino sacó su teléfono móvil: necesitaba saber si Alfonso había encontrado algo, necesitaba una luz entre tanta oscuridad.

—¡Mierda! —exclamó al ver su teléfono apagado.

Ahora tenía más motivos para regresar a toda prisa, no tenía cargador de coche y puede que Alfonso lo estuviera intentando localizar. Compraría el dichoso cargador en cualquier bazar chino nada más tener oportunidad.

Cuando llegó al vehículo, algo llamó su atención. Había un sobre doblado, de unas dimensiones algo más grandes de lo normal, metido entre la manija para abrirlo y la puerta.

Miró a su alrededor sin entender nada. Por ahí cerca no había nadie. Por si había alguna confusión, su nombre escrito en la parte delantera le indicaba que, sin duda, era para él.

Sintiendo que el corazón le latía cada vez más deprisa, lo abrió.

Eran papeles.

Los extrajo y comenzó a leerlos.

Se quedó sin sangre en todo el cuerpo de la impresión.

42

Viernes, 16 de octubre de 2009, 13.29 h.
Mors

Había tres papeles.

Uno de ellos era una carta manuscrita. Otro parecía ser algo así como un mapa, con las calles de Mors dibujadas, también a mano. El otro era un informe psiquiátrico, escrito por la doctora Laura Vílchez, impreso.

Había leído ya la carta una vez, pero necesitó volver a hacerlo para comprenderla.

Hola, inspector Nicolás Valdés.

Se preguntará por qué, después de lo que usted ha corrido detrás de mí, ahora le pongo las cosas tan fáciles y le digo dónde voy a estar. Es muy sencillo: ya he cumplido con mi propósito.

Así que no me queda otra que convertir esta carta en una invitación formal al que será mi acto final. Sí, sé que usted también lo ha llamado así. No se asuste, no estoy en su cabeza, es que sería lo más lógico, ¿no?

No olvidemos que ambos nos movemos en el mundo de los psicópatas, ese tan predecible, si bien es cierto que a cada uno de nosotros nos ha tocado vivirlo desde cada lado de la barrera. Aunque, bueno, no tengo del todo claro que en realidad sea así, pero ¿quién soy yo para andar rompiendo etiquetas? Tengo mejores cosas que hacer.

Seguro que usted es tan listo que sabrá por qué lo he hecho, o al menos lo intuirá. Sí, todos los fallecidos cometieron hace veinte años un acto que, a pesar de que siempre los ha perseguido en sus cabezas y sueños, nunca se han atrevido a confesar por miedo a lo que pudiera suceder.

Menuda panda de cobardes. Cobardes e hijos de puta.

Pero dejémonos de tonterías, no creo que quiera que le explique todo en una simple carta, mejor hacerlo en persona.

Tranquilo, le esperaré para dar muerte a la última de mis víctimas, la peor de todas, la que tiene toda la culpa de que todo esto esté sucediendo. Le espero en el peñasco. Como sé que no sabrá dónde se encuentra, le dejo un mapa con el que le será fácil llegar. Disculpe mis dibujos, soy mejor trazando con el cuchillo.

Ah, por cierto. Sé que querrá mandar hasta a los GEOS para detenerme, pero si lo hace, mi víctima morirá antes de tiempo, yo me quitaré también la vida y no acabará sabiendo los motivos que han impulsado todo este juego. Para asegurarme de que, a pesar de ello, decide realizar un sacrificio con mi última víctima con tal de verme muerto, he dejado unos cabos muy bien atados para que esta carta llegue a donde tenga que llegar y se sepa que usted pudo hacer más para evitar una muerte y no lo hizo. No se preocupe, esto también le servirá para justificar que no tuvo elección. Que tuvo que hacer lo que le pedía para tratar de salvar una vida.

No deje que muera.

¿Podrá vivir con eso en su ya atormentada cabeza?

Usted decide.

Nos vemos en un rato.

P.D. Le adjunto algo que para mí es muy especial. En ese informe se explican muchas cosas. La verdad es que su amiga Laura lo hizo muy bien conmigo, lástima que nadie la tomara en serio en su día.

Nicolás miró el mapa. Sí, parecía indicar con claridad adónde dirigirse. A continuación miró el citado informe. Cuando lo leyó creyó que todo aquello era una broma mala. No podía ser real.

En un primer momento no supo cómo actuar. La lógica le decía que debía avisar a las autoridades, pero dada la especial situación y sabiendo que podía equivocarse, se montó en el coche y comenzó a seguir las instrucciones del mapa, como si fuera un GPS.

Esperó poder llegar a tiempo y poner sobre aviso a Carlos.

13.34 h. Mors. Aledaños del peñasco

Alicia y su acompañante acababan de llegar al lugar en cuestión. Habían salido del coche y estaban inspeccionando el terreno. Era árido y la vegetación del conjunto tan solo eran matojos secos. El abogado llevaba una pala nueva que portaba en el maletero de su vehículo, la había comprado esa misma mañana en la ferretería del pueblo. Era de los pocos lugares que todavía permanecían abiertos en Mors después de lo que estaba pasando.

Carlos hablaba poco. Normalmente era serio, pero en ese momento lo era algo más que de costumbre. Alicia tampoco hablaba mucho, parecía pensativa.

Siguieron andando entre la maleza, el terreno estaba lleno de ella. Puede que esto dificultara algo la búsqueda, pero no por ello dejaban de andar hacia su destino.

Él seguía a Alicia, que caminaba segura, como si hubiera

estado en ese lugar decenas de veces. Ambos se daban la mano si la zona andada así lo requería para no caer. No habían vuelto a hablar del tema de su parentesco, parecía como una conversación tabú que dejaban para otro momento.

Cuando llegaron a una enorme piedra que se elevaba casi dos metros hacia el cielo, Alicia se detuvo.

—Aquí es, el famoso peñasco.

—¿Y ahora? —preguntó él rascándose la oreja por detrás.

—No sé, si enterraron algo, no se me ocurre otro punto de referencia mejor que la propia piedra. Creo que deberíamos probar por aquí, pero con cuidado de no romper nada en el caso de que sea un objeto frágil.

El abogado asintió y, sin decir nada, se puso a cavar con la pala cerca de sus pies. Tras varios palazos sin éxito, volvió a probar más o menos medio metro más al oeste.

Obtuvo el mismo resultado.

—Esto nos puede llevar una vida —comentó Alicia.

—Si es aquí, no hay tantos puntos donde excavar, y no creo que sea más allá.

—Ya, pero ¿cómo sabemos que no es más allá? Es que es mucho suponer...

—Lo sé —respondió cortándola de manera tajante.

Dicho esto, volvió a intentarlo en otro punto cercano. Tocó algo duro. Nada, era una piedra.

No desistió. Volvió a intentarlo un poco más cerca de la piedra.

Tras dos golpes de pala con su correspondiente extracción de tierra, creyó haber tocado algo. Era más blando que una piedra.

Con cierta parsimonia se tiró de rodillas al suelo y comenzó a excavar con sus propias manos. Fue apartando toda la arena que pudo hasta que logró que apareciera un objeto rectangular. No demasiado grande. Era una caja de zapatos. Continuó apartando arena alrededor de la caja hasta que pudo meter sus dos manos en los laterales y la pudo sacar.

Alicia la miró con ojos como platos. Abrió la tapa y miró su contenido.

Sintió excitación al verlo.

13.46 h. Mors. Aledaños del peñasco

Nicolás aparcó el coche en la entrada del último camino que le quedaba por recorrer para llegar a su meta. No quería advertir de su presencia, por lo que optó por ir andando este tramo. Era una soberana estupidez, le estaba esperando casi con toda seguridad, pero quería quemar su última bala. Sacó su arma e intentó recorrer a pie el mismo camino trazado en el mapa, escondiéndose cada vez que le era posible por si le aguardaba una fea sorpresa. Ya podría pasarle de todo y no pensaba dar pie a ningún error por su parte.

Confió en que ese psicópata mantuviera su palabra y esperara a que llegara él.

Una vez allí, pondría a prueba unas habilidades negociadoras que él consideraba nulas. No creía en Dios, pero se santiguó.

13.49 h. Mors. El peñasco

Alicia extrajo la carta. Era una declaración firmada por todos los que habían muerto sobre lo que había sucedido. Aparte de esto había una foto. Era la misma que habían encontrado en la casa del Pancetas, solo que en esta sí se podía ver con toda claridad quién era la persona que faltaba en la otra foto, ya que no tenía ningún trozo arrancado. Era Mari Carmen, la madre de Alicia.

Esta comenzó a leer la carta, Carlos se colocó a su lado.

Los abajo firmantes declaramos lo siguiente:

Que el día 20 de febrero del año 1988, en este mismo lugar en el que se encuentra enterrada esta carta, debido al alcohol y al abuso de ciertas sustancias estupefacientes que no nombraremos (aunque nada de eso justifica nuestros actos) forzamos a tener sexo y agredimos con varios golpes a la señorita que aparece junto a nosotros en la foto, de nombre María del Carmen Cruz Pérez. Confesamos esto en esta carta para que ninguno de nosotros lo haga de manera particular nunca, ya que de acuerdo con la señorita y tras obtener su perdón, mantendremos este acto tan repudiable como indigno en secreto. Ella, a continuación, esconderá la misma en el lugar que crea conveniente sin comunicar al resto su paradero. Así se asegurará de que ninguno actúe por su cuenta porque todos acabaríamos con el peso de la ley encima. Tras saber que el bebé que esperaba en el momento de dicho error permanece en perfectas condiciones y podrá nacer sin problema, manifestamos que, en caso de que ocurriese algo al feto, nosotros no tendríamos nada que ver con ello. Ni siquiera el padre de la futura criatura, implicado también en tan deshonroso acto.

Así mismo manifestamos que los nombres de cada uno de nosotros y nuestro Documento Nacional de Identidad son verdaderos, sabiendo que si cae uno en las manos de la justicia, caeremos todos. Los firmantes somos:

Julián Ramírez Negrete 74567890E
Mario Hurtado López 74231865T
Fernando Lorenzo Rodríguez 74354722Y
Javier Culiáñez García 74333526R
Agustín Bastias Giménez 746700134H
Benito Jaén Muñoz 74973462R
Ramón Berenguer Sáez 74218002T

P.D. Manifestamos que solo esta copia es auténtica y debido a eso la acompañamos de nuestras firmas. Cualquier intento de copia falsa traerá consigo el desenmascaramiento de la original.

Alicia respiraba muy fuerte y rápido. Parecía contener un ataque de ira que se hacía cada vez más presente por momentos. Dejó caer la carta al suelo, tenía ganas de vomitar.

Él, en lugar de comprobar el estado de su hermana, tomó asiento encima de un pedrusco de considerables dimensiones, comenzó a coger piedras más pequeñitas y a lanzarlas al horizonte.

—¿No vas a decir nada? —preguntó Alicia con lágrimas en los ojos.

—¿Qué quieres que te diga?

—Tu padre violó a mi madre, pero no solo eso, permitió que otros también lo hicieran. Y lo peor es que ya estaba embarazada de mí. ¡Y él lo sabía! Te enteras de todo esto, ¿y tú te quedas tan tranquilo?

Carlos no le hizo caso, siguió lanzando piedras mientras le daba la espalda.

—¡Carlos! —le increpó ella mientras le agarraba del hombro y tiraba de él.

La cara que vio a continuación puede que fuera la más siniestra y terrorífica que había visto en toda su vida. El abogado sonreía de oreja a oreja, mostrando mucho los dientes y con los ojos inyectados en sangre.

Alicia cayó para atrás de la impresión.

El abogado se levantó.

—Eres una maldita zorra, ¿lo sabes? —comenzó a decir sin quitar la sonrisa del rostro—. No paro de pensar en que ojalá te pasara a ti lo de la violación en masa. Creo que lo merecerías. Eso sí, siempre y cuando luego te mataran y te descuartizaran.

—Pero, Carlos... —logró decir muy asustada mientras lloraba y andaba hacia atrás con manos y pies al mismo tiempo que este avanzaba hacia ella.

—¡No me vuelvas a llamar en tu puta vida Carlos! —gritó escupiendo sin parar—. ¡Carlos está muerto! ¡Ha muerto para siempre!

Alicia seguía llorando sin entender nada. Aquel no parecía el mismo tipo que había conocido hacía unos días y que había resultado ser su hermano. Ese hombre que tenía enfrente estaba completamente loco.

De pronto este se abalanzó sobre ella y la agarró del cabello. Después la levantó en volandas sin que ella pudiera ofrecer resistencia; estaba paralizada del miedo. Él sacó un cuchillo no demasiado grande de su bolsillo y se lo colocó en el cuello.

—Mi padre no nos abandonó porque quisiera cuidarte, listilla. Mi padre volvió a Mors, lugar del que, por cierto, era oriundo, por culpa del suicidio de tu madre. Ella no pudo soportar la carga de que su primer amor de la infancia y ahora amante hubiera vuelto con su mujer e hijo tras cometer tal aberración. Tu madre veía en ti a una niña que había nacido por error, una niña que ni siquiera tras una violación, con patadas y puñetazos incluidos, sucumbió, sino que acabó naciendo. Fíjate que hasta creo que tu madre provocó que la violaran para ver si así morías, y ni con esas. Eres una puta aberración. No tendrías que haber nacido nunca.

—¿Y por qué has estado actuando todo este tiempo, Carlos? —preguntó sin poder creer todavía lo que escuchaba—. ¿Por qué has estado fingiendo que no sabías nada y que querías conocer la verdad? Dime, Carlos, ¡dime!

—¡Que no me llames Carlos! —le gritó en el oído dejándola sin audición por ese lado durante unos segundos—. Carlos es un puto blando, un puto maníaco del orden y de sus putas excentricidades, incapaz de darse cuenta de lo que sucede a su alrededor. Si no fuera por mí, nunca hubiera conocido la verdad.

—¿Qué? —preguntó Alicia sin entender nada—. ¿Se te está yendo la olla? ¿Te estás escuchando?

—¡Suéltala! —gritó una voz a lo lejos.

Era Nicolás, que apuntaba con su arma hacia la posición de ambos.

—Hombre, el que faltaba —comentó divertido el agresor de Alicia.

Nicolás avanzó despacio hasta la posición de los dos sin dejar de apuntar con su pistola. Sabía que ese demente no lo iba a dejar escapar vivo de esta situación, pero tenía que intentar a toda costa salvar la vida de la muchacha, ya que no había podido hacerlo por los integrantes de la foto.

—Quería haber llegado a tiempo de hablar con Carlos y haberlo hecho entrar en razón sobre lo que estaba sucediendo, pero veo que no ha sido así. ¿Cómo quieres que te llame?

—Por mi nombre. Llámame Fernando, Fernando Lorenzo.

Nicolás lo entendió todo de golpe, era por esto que siempre firmaba con ese nombre. No se estaba riendo de ellos, estaba siendo él mismo. Sencillamente perfecto.

—Vale, Fernando, tú tienes el control. ¿Vas a matarla sin más o le vas a explicar lo que está sucediendo aquí? Creo que lo merece, y toda tu obra no tendría sentido si no fuera así —dijo intentando ganar tiempo sin saber muy bien qué hacer para salvarla.

—Cómo no —contestó divertido—, pero lo va a hacer usted mientras baja el arma. Me importa una mierda que me mate, pero antes me la llevo yo a ella por delante y, como le he dicho, todo se sabrá. Lo tengo mejor atado de lo que cree.

—Está bien, está bien. —Levantó las manos mientras ponía su arma al revés enganchándola a su dedo y mostrándola en todo momento—. Usted es la señorita Cruz, ¿verdad?

Alicia asintió levemente. No le salía ni la voz, además de que le daba miedo pincharse con el cuchillo.

—Perfecto. Fernando tiene cierto problema psiquiátrico, tratado hace dieciocho años por una doctora que, casualmente, murió anoche. Fernando y Carlos son la misma persona, aunque Carlos lo desconoce. Padece trastorno de identidad disociativo, o como lo conocemos todos: doble personalidad. ¿Me equivoco, Fernando?

—En absoluto. Prosiga.

Alicia no podía creer lo que estaba escuchando. ¿Acaso esas cosas que había visto en ciertas películas pasaban en la realidad? ¿Carlos era, en verdad, dos personas en una?

—En el trastorno de identidad disociativo, para que la otra personalidad salga a la luz, muchas veces es recurrente el tema de la hipnosis, pues rara vez aparece sin utilizarla. Hay pocos casos, como el suyo, en los que, tras entrar en fase REM, actúan ciertas enzimas que hacen que el cerebro esté en un estado similar al de la hipnosis, según he leído en el informe de la doctora. No siempre es así y sale la segunda o incluso más personalidades a la luz, pero usted lo tiene tan desarrollado que casi siempre lo hace cuando se queda dormido. Ahora es como si usted lo estuviera, pero es capaz de actuar y pensar incluso con más frialdad que estando en estado normal. Además, es capaz de imponer su voluntad sobre la otra personalidad sin que el otro individuo sea consciente. Incluso podría acabar predominando sobre la otra personalidad y decidir quedarse siempre. Aunque, si le digo la verdad, espero que esto no ocurra.

—Desde luego, la doctora era muy buena en lo suyo —comentó divertido—. En cierto modo me dolió rajarle la barriga hace dos noches. Ella trató de ayudarme en su día, en su consulta en Madrid, pero lo mío era una enfermedad tan desconocida y con tan pocos casos en nuestro país que todo el mundo pasó de ella y acabó desistiendo en su ayuda. Puede que si lo hubiera hecho, nada de esto hubiera pasado, pero qué se le va a hacer.

—Ahora viene lo que yo creo que ha ocurrido —prosiguió el inspector—. En uno de sus desdoblamientos de personalidad, usted, no sé de qué manera, descubrió lo que había hecho su padre. La personalidad de Carlos lo odiaba y trataba de no pensar en él, pero la suya era bien distinta. Usted quería a su madre por encima de todo y lo culpó directamente de su muerte. Es por eso que comenzó a amenazarlo. Su padre no sabía de dónde venían estas amenazas y decidió acabar con su vida; no lo podía soportar. Fue entonces cuando usted decidió poner en marcha su plan de ir matando uno a uno a todos los que participaron en este acto. Carlos no tiene ni idea de su existencia, porque la doctora le preservó para que nunca lo supiera, pero sí le contó a usted, después de sesiones de hipnosis, lo que estaba sucediendo. En la mayoría de los casos, la amnesia que va con esta enfermedad hace olvidar las cosas que hace la segunda personalidad o que le cuentan, pero en este caso, esta identidad ha conseguido hacerse un hueco hasta convertirse casi en la principal. Usted influye en las decisiones de Carlos, como por ejemplo quedarse en Mors. A usted le venía de perlas para llevar a cabo su plan. Estoy seguro de que el pobre Carlos quería irse, irse muy rápido de aquí, pero usted no lo dejaba de manera sutil. Usted ha controlado a Carlos como si fuera su marioneta. Es algo común que suelen hacer los psicópatas, solo que esta vez de una manera un tanto especial.

Fernando sonrió ampliamente.

—Me sorprende. No es del todo así lo que ha contado, pero ha dado en el clavo con casi todo.

—¿Qué no es del todo así?

—Eso ya se acabará sabiendo, inspector. No tenga tanta prisa.

Nicolás se mordió el labio. No comprendía a qué se refería, pero quizá esto fuera lo que menos importaba en ese momento.

—Pero por favor —insistió el inspector tratando de ganar algo más de tiempo. No sabía muy bien para qué, pero mejor eso que morir tan pronto—, ilústrenos sobre cómo acabó enterándose de lo que había hecho su padre, esta parte no logro esclarecerla.

—Si se lo contara no lo creería, inspector, pero por desgracia es un as que me quiero guardar en la manga. No se preocupe, le prometo que llegará el día en el que lo sabrá y en el que necesitará beber mucho para creer que lo que sabe es cierto. Pero ya digo, dejemos algo de misterio en todo esto todavía.

—¿Es que piensa seguir asesinando? ¿Su plan no ha acabado?

—¿De verdad quiere quitarle magia al asunto? De todos modos, ya que quiere saber, le contaré cómo empecé con las visitas a Mors. El imbécil de Carlos y sus manías me lo ponían todo demasiado fácil. En épocas de trabajo duro, que era casi todo el año, había días que tenía la costumbre de irse a la cama a las nueve y media de la noche. Madrid y Mors está lejos, ¿verdad? No si se viene a más de doscientos por la autopista. Se llega en apenas tres horitas. Lo cierto es que una vez aquí no me quedaba demasiado tiempo, pues tenía que volver para que Carlos continuara con su vida, pero visitas frecuentes durante un buen tiempo dieron para mucho. En ellas averigüé mucho sobre las costumbres de los implicados en la violación. Siempre hacían lo mismo, cada noche. Esto facilitaba muchísimo las cosas. Las no tan fáciles no ha sido complicado de resolver si se está preparado. Y lo estaba. En mis últimas visitas fue cuando comencé a dejar notitas amenazantes a mi padre, por debajo de la puerta de su vivienda. En ellas le decía que sabía lo que había sucedido y que iba a por él. El mierda apenas aguantó y, bueno, ya sabéis cómo acabó. Con los pies colgando sobre el suelo.

—¿Tuviste algo que ver de manera directa en su ahorcamiento?

—No me importaría decirte que sí, pero no. Ya digo, un mierda.

—Entonces, a partir de ese momento —añadió Nicolás—, comenzó a asesinar uno a uno a los implicados en lo ocurrido. Muchos pensarán que ha actuado de manera tan rebuscada por llamar la atención, pero no, usted es abogado y sabía que hay mil formas de poder echarle el guante encima. Ha cambiado en cada muerte, imitando a los asesinos más famosos de nuestra historia con el único fin de tenernos ocupados devanándonos los sesos buscando un porqué. Cuando el porqué no se encontraba en su forma de actuar, sino en su fin.

—¡Vaya! Me impresiona. ¿Cómo es capaz de saber todo esto y ni siquiera pudo acercarse a mí para atraparme?

—Le recuerdo que sí lo hice, hace dos noches, en el apartamento de la doctora.

—¿Eso? No me haga reír. Llegó porque yo quería que llegara. Yo hice que su querido Domingo Gámez le dijera cómo iba a actuar. Todo ha sucedido porque yo he querido que así fuera. También podría haberle esperado y haberle rajado la garganta a usted y a su compañero sin que se dieran cuenta. Pero no me interesaba. ¿No se ha llegado a plantear cómo Domingo sabía esas cosas? Ni siquiera se molestó en comprobar el nombre de su abogado. No puedo darle las cosas tan mascadas y que no sepa hacer uso de ellas. Así nunca podrá ser el inspector que pretende ser.

Nicolás trató de esconder su sorpresa, pero no pudo evitar abrir mucho los ojos.

—Claro, coño. Si lo hubiera hecho me hubieran trincado. Eso sí, ya me cuidé yo de que Carlos no lo visitara en la cárcel. Solo llamadas telefónicas y juicio. Juicio en el que usted estuvo presente, por cierto. Si hubieran comprobado que muchas de estas llamadas se produjeron por la madrugada, puede que hubieran tenido alguna pista más sobre todo esto. Domingo logró hablar conmigo, con Fernando, sin él conocer esta identidad. Le sorprendió bastante cuando me presenté como lo que en realidad soy. Eso sí, tardó algo en creerme al pensar que era una puta encerrona. Cuando comprobó que no lo era, comenzó a confiar en mí mientras el gilipollas de Carlos defendía lo indefendible. ¿A que ya no se siente tan buen policía?

—No me diga cómo me he de sentir. Una persona que no puede saber cómo se siente ella misma no debería emitir estos juicios.

—Emito los juicios que me da la gana. No sé si ha visto el juicio que he emitido con todos los hijos de puta que salen en la foto. Yo mismo los juzgué y los declaré culpables, la justicia nunca lo haría. Sí, podría haberles metido un tiro a todos ellos en la cabeza, pero ¿qué clase de diversión hubiéramos tenido todos? Además, le he entrenado como inspector, jamás en su vida se encontrará con un caso como este. Ha recibido un curso acelerado por mi parte. Debería estarme agradecido.

—No diga idioteces. Hubiera acabado encontrándole de una forma u otra.

—Esto sí que es gracioso. ¿Acaso no recuerda que está aquí porque yo he querido que esté? Le he dejado pistas en todo momento para poder olerme el culo y no lo ha hecho, amigo. Solo quería que presenciara el espectáculo y que, cómo no, formara parte de él. Le he demostrado ser mejor que los mejores asesinos en serie de la historia de este país. No he cometido ni un solo error, cuando usted y su amiguito no hacían más que dar palos de ciego. Esto sin tener en cuenta el tiempo que se ha pasado llorando porque el caso le abrumaba. ¿Así pretende ser un buen inspector? Las muertes deberían pesarle, amigo, podría haberlas evitado pero no estuvo preparado para hacerlo. Es un puto novato y ha actuado como tal.

El inspector se quedó mirándolo con la rabia inyectada en los ojos. Deseaba apretar ese gatillo por encima de todo, pero quería salvar a la muchacha y no había ninguna garantía de poder hacerlo así. Necesitaba algo más de tiempo. No sabía muy bien para qué, pero lo necesitaba.

—Sigo sin entender por qué se tomó la justicia por su mano. Si según usted, culpa a Alicia y a su madre de todos sus males, no entiendo por qué ahora ha actuado como si la estuviera vengando.

—Muy astuto por su parte. ¿Esto qué es, para ganar tiempo, o es de verdad un intento burdo de que le cuente todas mis razones sin dejar lugar a la magia del misterio?

Nicolás no sabía ni qué decir. Ese loco tenía la sartén por el mango.

—Ahora, le aconsejo que me mate, porque si no lo hace escaparé y le buscaré; y le acabaré encontrando, no lo dude. Carlos ha muerto para siempre, no pienso dejarlo salir nunca más, esa mierda de dormir y de la hipnosis ya no valdrá conmigo. Su personalidad jamás volverá a salir a la luz. Ya me encargaré yo de eso.

Nicolás sabía que esto podría pasar. Es lo que más temía la doctora en sus observaciones. Decía claramente que una personalidad se podía imponer a la otra y acabar perdiendo la verdadera. Sus temores se basaban en esto ya que en muchos casos era la segunda la que acababa ganando. De ahí sus constantes insistencias para que le hicieran caso, porque veía que la segunda era una personalidad violenta y con una falta de empatía evidente.

—Vale —dijo el inspector volviendo a empuñar el arma y apuntando nuevamente a Fernando—. Ya me he cansado de jugar. Acabemos de una vez con esto.

—Me temo, inspector, que no va a ser así —dijo una voz

femenina tras él mientras Nicolás sentía el frío acero de un cañón en la nuca—. Acabaremos con esto, pero no a su manera.

Fernando sonrió ampliamente antes de saludar a su cómplice.

—Hola, Gala, cariño.

43

Viernes, 16 de octubre de 2009, 14.19 h.
Mors. El peñasco

Hacía un buen rato que Alfonso se había despertado de su estado de inconsciencia. Al principio no supo dónde se encontraba, pero al instante, debido al ruido, comprendió que estaba en el maletero de algún vehículo. Lo último que recordaba era haber intentado ayudar a una mujer que lloraba, a partir de ahí se tornó todo negro.

¿Estaría en manos de Carlos o de su álter ego, o lo estaba de esa mujer que no tenía ni idea quién era?

Haber podido leer el informe de la doctora había hecho que todo lo que creía imposible ya no lo fuera tanto. ¿En verdad existía un trastorno así? Entonces, en efecto, Carlos no sabía nada y había actuado de manera natural mientras, por las noches, el psicópata que habitaba dentro de él hacía de las suyas en las calles de Mors. Si se lo contaban no se lo creía.

Intentó varias veces abrir el maletero para poder escapar pero no tuvo éxito, pues parecía estar cerrado con llave. Se le ocurrió otra idea que esperó que funcionara.

Para llevarla a cabo aguardó a que el coche su hubiera detenido del todo. Oyó que una de las puertas se abrió para después ser cerrada y rezó para que en el coche solo hubiera un ocupante aparte de él. A pesar del poco espacio que tenía, logró colocarse de tal forma que podía mover con bastante soltura las piernas. Comenzó a dar patadas con todas sus fuerzas a los asientos traseros. El sonido de un muelle forzándose le hacía tener algo de esperanza. No sabía dónde estaba, pero si quien ocupase el asiento del piloto regresaba y se encontraba con que trataba de escapar, le iba a meter un tiro entre ceja y ceja, ya que con lo poco que podía palparse él mismo, no notaba su arma por ningún lado. Seguramente se la habrían arrebatado.

Tras varios intentos dando patadas consiguió que el asiento cediera y él pudo salir por el estrecho hueco que quedaba. Se quedó algo desorientado y aturdido en cuanto recibió el golpe de luz, pero le pareció ver que estaba en medio de un paraje semidesértico.

Volvió a palparse para tratar de encontrar su pistola. Con resignación aceptó que no la llevaba. Esto complicaba un poco más las cosas.

Salió del coche por la ventanilla de una de las puertas de atrás que, por suerte, era de manivela.

Una gran sorpresa le esperaba fuera. Su propio coche estaba aparcado justo al lado del que había logrado escapar. Nicolás también se encontraba en ese lugar. No supo distinguir si esto era en realidad bueno o malo, pero su instinto le decía que seguramente debía inclinarse más por la segunda opción. Acudió a su coche con la esperanza de que siguiera estando ahí lo que iba a buscar.

Abrió la puerta y se agachó. Comenzó a palpar debajo del asiento y la notó. Ni siquiera Nicolás sabía que guardaba una semiautomática ahí. Lo hubiera llamado loco y él solo la llevaba por si acaso. No era su arma reglamentaria y esto le podía acarrear algún problema, pero ahora puede que le salvara la vida, y nada le importaba más que eso.

Comenzó a andar por el angosto camino arma en mano. Este parecía acabarse justo cuando se podía divisar una fila de árboles alineados. Le pareció oír voces.

14.25 h. Mors. El peñasco

Alicia no podía creer que la famosa Gala, la que en alguna ocasión le había nombrado Carlos, estuviera también metida en todo aquello. Si todo eso era una pesadilla, quería despertar cuanto antes.

—Gala —dijo Fernando—, cuéntales a este par de almas cándidas cómo me has ayudado, les encantará saberlo.

Esta sonrió, parecía que también le divertía el juego.

—No hay mucho que contar. Comencé acostándome con Carlos hace algunos años. La verdad es que siempre me atrajo su físico, pero nada más, no podía soportar todas esas mierdas de manías que tenía para todo. Pero me gustaba follar con él, punto. Siempre me iba a casa después de cada polvo, pero él se fue encaprichando de mí y empezó a pedirme que me quedara a dormir. La primera noche que lo hice, reconozco que me asusté, pues abrí los ojos y lo vi sentado en un sillón, mirándome fijamente y sonriendo. Pensé que lo hacía para reírse de mí, pero de pronto empezó a contarme su secreto. Al principio pensé que me estaba tomando el pelo. ¿Qué otra cosa podía pensar? Pero era verdad que había algo distinto en su manera de hablar, en su manera de mirarme... No sé qué me pasó pero me atrajo para sí para siempre. Cada noche, después de follarme al otro, esperaba a que se durmiera para disfrutar de Fernando, alguien que desde siempre me ha vuelto loca. Cuando me contó lo de su padre y comprendí el origen de todos sus males, decidí que quería ayudarlo. Lo haría a toda costa. Mi labor ha sido muy simple pero efectiva, he vigilado cada movimiento que han hecho ustedes para permitir a Fernando moverse a sus anchas. Se lo merecía, merecía hacer justicia.

—¿Y no había otra manera? La justicia nunca puede ser tomada de esa forma. No se puede ir por ahí decidiendo quién debe vivir y quién debe morir.

Gala comenzó a reír. Fernando se contagió de esa risa.

—¿De verdad se cree esa mierda? Precisamente por eso apoyé a Fernando. A estas personas no les iba a pasar nada. Un delito de hace tantos años ahora quedaría en apenas una falta con unos buenos abogados. No, esa no era la forma. Hice creer todo este tiempo al bobo de Carlos que vendría a estar con él nada más pudiera hacerlo. Lo conozco demasiado, lo que más le importa es su trabajo. Sabía que me diría que dejara sus casos bien atados antes de aparecer por aquí. Esto le hice creer, mientras me dediqué a vigilarle a usted y a su compañero, que por cierto, está en el maletero de mi coche.

Nicolás sintió cómo el corazón se le aceleraba al escuchar esas palabras.

—¿Qué coño le has hecho a Alfonso? —quiso saber.

—Quieto, gallito, todavía nada. Pero no te prometo que Fernando no vaya a saludarlo una vez hayamos acabado contigo y con la mocosa.

El abogado comenzó a reír descaradamente ante la frase de Gala. Su risa era siniestra, macabra, Nicolás no pudo evitar acordarse del Joker, el villano de los cómics de *Batman*, al ver esta cara.

El inspector sintió que la sangre le hervía. Sabía que un movimiento en falso podría acabar con su vida y con la de Alicia. Tenía que pensar rápido, estaban cayendo los últimos granos de arena dentro del reloj. No sabía cuánto tiempo de vida les quedaba.

Miró a su derecha moviendo solo los globos oculares. Nada de lo que pudiera ayudarse.

Miró a su izquierda, hacia una línea de árboles.
Entonces lo vio.

14.36 h. Mors. El peñasco

Alfonso estaba tirado en el suelo, escondido. Estaba muy nervioso porque no tenía a tiro a ninguno de los dos ya que ambos estaban cubiertos por la chica y por Nicolás, y necesitaba que este lo mirara para indicarle rápidamente su movimiento. Pero no lo hacía. No llegaba a oír bien de lo que estaban hablando, pero le importaba tres narices. Solo quería sacar a Nicolás y la chica joven de aquello. Era imposible que estuvieran viviendo una situación como esta. Esperó con toda la paciencia que pudo encontrar dentro de él, reprimía su instinto de apretar el gatillo y que fuera lo que Dios quisiera. No podía dejarse llevar, la razón debía de imponerse. Pero Nicolás no lo miraba.

De pronto, lo hizo.

Alfonso le indicó con el brazo cómo tenía que actuar. Habían practicado una docena de veces esta situación en la academia por si en alguna ocasión se encontraban negociando de cerca con un delincuente armado. Nunca pensaron que este caso pudiera darse.

¿Cómo imaginarlo?

Pero ahí estaban. Tocaba actuar.

Era el momento.

14.38 h. Mors. El peñasco

Nicolás comprendió lo que pretendía hacer su amigo. Sabía que era ahora o nunca. Si dejaba pasar más tiempo, la situación podía torcerse y entonces podría irse todo a la mierda.

No lo pensó, sabía que Alfonso esperaba ese movimiento. Como un rayo saltó en diagonal hacia la derecha. Gala no esperó que lo hiciera y no supo reaccionar a tiempo, ya que Alfonso le incrustó un balazo en el costado que hizo que cayera de bruces al suelo.

Fernando, que tampoco lo esperaba, reaccionó echándose hacia delante, movimiento que aprovechó Nicolás, que se había colocado con el arma en alto y disparó hacia él teniendo bastante más ángulo que en su posición anterior. La bala dio de lleno en su hombro e hizo que soltara el cuchillo tras el impacto. Sin pensarlo un segundo comenzó a correr hacia él, que se dolía en el suelo, y se abalanzó encima. El forcejeo entre ambos no fue tal, ya que Fernando se retorcía de dolor en el suelo y Nicolás contaba con la ventaja de estar entero. Tras esto, consiguió apresarle las manos y colocarle con habilidad unos grilletes que guardaba en la parte trasera de su cinturón. Después se dejó llevar momentáneamente por la rabia y le propinó un par de puñetazos que más tarde justificaría como parte del forcejeo. Lo necesitaba. Miró hacia el punto en el que estaba la cómplice de Fernando y comprobó satisfecho que Alfonso había logrado hacer lo mismo y se encontraba encima de ella. Este, en cambio, miró a Nicolás e hizo un gesto con el pulgar hacia abajo. El impacto de la bala había acabado con su vida.

Fernando, que todavía se dolía por la bala y que no había sido capaz de reaccionar tras su detención por parte de Nicolás, levantó como pudo la cabeza y vio el gesto de Alfonso, al que respondió con un grito muy agudo y estridente. Comenzó a patalear con mucha fuerza, intentando liberarse de Nicolás. Pero toda la fuerza de este último estaba empleada en que esto no pudiera suceder.

Tanto Carlos como él estaban enamorados de la misma mujer, de Gala, aunque esta solo correspondiese a uno de ellos. Al peor de los dos. Nicolás pensó que, al final, esto era un reflejo de cómo era casi siempre, donde el lado rebelde, el mal, atraía mucho más que la luz.

—¡Hijo de puta! —Siguió gritando y escupiendo baba como un auténtico demente mientras se revolvía una y otra vez—. ¡Te voy a matar! ¡Te voy a sacar hasta la última gota de sangre de tu puto cuerpo! ¡Te mataré a ti y a tu amigo! ¡También a ella, lo juro!

Nicolás no lo pensó y golpeó con la culata del arma en la sien de aquel loco. En las películas, esto solía dejar noqueado al que recibía pero, en la realidad, lo único que consiguió era que se calmara algo por el profundo dolor que sentía tras el golpe. Alfonso fue corriendo y ayudó a tener controlado a Fernando, ya que con Gala no había nada que hacer.

Nicolás se levantó y, sin perder de vista a su presa, se dirigió hacia Alicia. Estaba tirada en el suelo, llorando. No había consuelo para ella, pero, aun así, el inspector trató de ofrecérselo.

—¿Estás bien?

Esta tiritaba. Nicolás le tocó el cuello. Tenía algo de sangre pero parecía ser una herida superficial, nada importante. Se recuperaría, al menos físicamente, enseguida.

—¿Llevas el teléfono móvil encima?

A la muchacha le costó comprender la petición del inspector, pero al final asintió.

—Déjamelo, por favor. Pediré ayuda.

Alicia obedeció y le prestó el teléfono a Nicolás. Este llamó directamente a comisaría, solicitando refuerzos y una ambulancia.

Parecía ser que la pesadilla había terminado. Aunque ya fuera tarde para muchos.

44

Viernes, 16 de octubre de 2009, 15.27 h.
Mors. El peñasco

Hasta cuatro patrullas se desplazaron a la zona. No tardaron demasiado en llegar, pues ya estaban allí en Mors cuando recibieron el aviso. El comisario y el inspector jefe no dudaron en hacerlo también, aunque llegaron algo más tarde. La noticia de la detención de uno de los asesinos más crueles de toda la historia reciente del país no podía ser menospreciada así como así.

Una ambulancia atendió de inmediato al demente de Carlos/Fernando. La herida por el impacto de bala había sido limpia y ni siquiera había tocado el hueso. Se recuperaría de manera fácil y sin complicaciones.

Ninguno de los allí presentes supo plantearse con claridad si en realidad aquello era algo bueno o no.

El psicópata no dejaba de mirar hacia donde el forense manipulaba el cuerpo de Gala. No lloraba, no mostraba emoción alguna, solo miraba.

Nicolás, a su vez, lo miraba a él. Prefería no pensar sobre qué se le pasaba por la cabeza, puede que algún día volvería a quedar libre y, sin duda, iría a por él y los suyos. Estaría preparado para entonces, aunque todavía quedaba mucho para esto.

Fue hasta donde estaba Alfonso.

Estaba también muy callado.

—¿Qué piensas? —quiso saber.

—En cientos de cosas a la vez —contestó sin dejar de mirar al frente—. Nunca había temido por mi vida como hoy, ¿sabes? Me he dado cuenta de muchas cosas.

—Eso es hoy, que ha pasado todo esto. Mañana volverás a ser el mismo capullo de siempre.

Alfonso lo miró.

—No disparé a matar, ¿sabes? Erré el tiro.

—Son cosas que pueden pasar en nuestro trabajo. Ya lo sabíamos cuando nos metimos en esto, ¿no?

—Tengo que seguir practicando mi tiro —dijo mirando de nuevo hacia el frente.

Nicolás no dijo nada más. Estaba claro que a Alfonso le afectaba el haberle quitado la vida a la chica pero, en un momento así, era ella o ellos. No podía justificar esta muerte, pero tampoco lamentarla. Sobre todo después del complicado entramado que se habían montado ambos delincuentes para llegar a esta situación.

Decidió dejar a su amigo solo con sus pensamientos y se acercó hasta Alicia, que estaba con una de las psicólogas del cuerpo.

—¿Nos disculpa un momento? —le dijo a la psicóloga.

Esta asintió y se alejó de ambos.

—¿Cómo está?

—No lo sé, todavía pienso en que esto es una pesadilla. No puedo creer que todo esto haya pasado de verdad. En ningún momento me había planteado que pudiera ser esa persona, la misma que me miraba con esos ojos tan preocupados, la que hubiera sembrado todo este caos.

—Es complicado de creer. Incluso yo tengo mis dudas de

que esto pueda ser real o no. Pero mucho me temo que sí. La doctora Vílchez lo averiguó, trató de contármelo pero no le dio tiempo. Ya no sé si todo fue producto de la más pura casualidad o él mismo esperó a que se diera cuenta para matarla. Es que da vértigo pensar en cómo se ha desarrollado todo.

—Pero es que he sido tonta al creerme todo lo que me contaba. Me ha usado como si, no sé, como si yo fuera una marioneta. No me lo puedo creer.

—No sienta eso porque la persona que le hablaba era Carlos. Todo lo que él le decía, se lo decía de verdad. Su preocupación por hallar la verdad era real. Es cierto que su otra personalidad le empujaba a hacerlo, ya que yo mismo vi en sus ojos un ansia de querer salir corriendo del pueblo de inmediato. Ahora me lo explico todo, pero en su momento no lo pensé. Dudo de que Fernando le haya hablado alguna vez. Yo, al menos, estoy seguro de que las veces que había hablado con él lo había hecho con el abogado maniático, no con el psicópata. Esto es muy complicado. Pasará mucho tiempo y supongo que seguiremos sin creer haber vivido algo así. Es que tiene narices la cosa.

—Es lo que digo, una pesadilla.

—No crea que yo no lo siento a veces, pero parece ser que todo ha llegado a su fin.

—¿Irá a la cárcel? —preguntó la muchacha mirando hacia la ambulancia.

—No lo creo. Debería, pero seguro que tendrá un buen abogado de su bufete a su lado que alegue todo el tema de la doble personalidad. Supongo que irá a una penitenciaría psiquiátrica. Puede que aquí mismo, en Alicante. Esto tampoco es malo del todo, porque podría estar encerrado de por vida en ella si todo se gestiona de la manera correcta, aunque no sé yo...

—Vamos, que vivirá a cuerpo de rey.

—Bueno, no muy distinto a como viviría en la cárcel, esto es España. Al menos, yendo al psiquiátrico se evita que lo maten en la cárcel. Este tipo de personalidades no son muy bien recibidas en los penales. No sé si sabes lo que le pasó al Mataviejas, uno de los espejos en los que se ha mirado.

Ella negó con la cabeza.

—Pues que como son como son, pues les encanta alardear de lo que han hecho. Están muy orgullosos de sus actos y, muchas veces, esto no se perdona en la cárcel. Al Mataviejas lo mataron por eso. El que mata a un psicópata también se hace famoso. Esto es un poco la pescadilla que se muerde la cola.

—Vaya. Entonces, dentro de lo malo, hasta le ha salido bien la jugada a él. En fin, debería llamar a mi tía. He desaparecido del bar y debe de estar muy preocupada. No sé cómo contarle todo esto.

—Ojalá la pudiera ayudar yo mismo, pero no tengo ni idea. Eso sí, cuente con nuestra psicóloga incluso si la necesita para su tía. Todo lo que esté en mi mano lo va a tener. Hay que seguir para adelante como sea.

—¿En realidad cree que es posible?

—Una buena amiga me hizo creer que sí —respondió pensativo.

—Gracias.

—No me las dé.

Nicolás comenzó a alejarse, pero de pronto se paró y dio media vuelta.

—Por cierto, ha sido usted muy valiente. Conozco poca gente que pueda soportar una situación como la que usted ha vivido. Es una persona magnífica. Téngalo en cuenta para todos los aspectos de su vida.

Alicia le dedicó una sonrisa sincera.

El inspector pasó por delante de la ambulancia, sin mirar al detenido. Este, en cambio, no le quitó ojo.

Nicolás fue hasta el círculo que habían formado el comisario, la jueza que acababa de llegar y su jefe.

—Parece que todo ha acabado —dijo nada más llegar.

—Mi enhorabuena. —El comisario se adelantó ofreciendo su mano para ser estrechada.

Nicolás la aceptó de buena gana y sonrió mientras lo hacía.

—Gracias, ha sido algo complicado, pero ya ha acabado todo. Siento no haber llegado hasta él antes, tenía que haberlo visto. Al final Ramírez tenía razón. Ahora él está muerto, podría haber evitado todo esto.

—No se disculpe, inspector. Es la primera vez en toda mi larga carrera que veo algo parecido. Creo que nadie hubiera sido capaz de llegar hasta él, dadas las circunstancias. Lo importante es que esta noche dormirá entre rejas y que, bueno, acabe en un sitio o en otro, los veinte años reales a la sombra no se los quita nadie.

—Esperemos.

—¿Puedo hablar con usted a solas? —preguntó el inspector jefe a Nicolás.

—Claro. Si me disculpan.

La jueza y el comisario asintieron.

Ambos se alejaron unos metros.

—Está mal que lo diga, pero no me suelo equivocar. Confié en usted, usted lo ha apresado. No puedo más que darle mi enhorabuena. Ha demostrado que para ser un buen policía no se necesitan años a la espalda, sino saber observar bien los detalles y, cómo no, tener ese instinto del que tanto se habla.

—Ya, pero ha muerto demasiada gente. No puedo sentirme feliz por ello. Ojalá ese instinto me hubiera hecho fijarme en ciertas cosas que me hubieran ayudado a atraparlo y evitar alguna muerte que otra. Eso supongo que sí lo da la experiencia.

—Sí, lo sé, pero ya le digo yo que esa experiencia no es garantía de nada. La experiencia es una forma de llamar a lo que aprendemos a base de repetición. Para tenerla en esto, tendría que haber vivido muchos casos así y me temo que esto sí que es imposible, gracias a Dios. Ya ha oído al comisario, ha hecho usted un trabajo excelente. Han hecho, mejor dicho.

—Sí —dijo girando la cabeza hacia Alfonso—. Está algo afectado, haberle quitado la vida a la mujer le ha dejado algo tocado. Me ha dicho que no disparó a matar. Aunque no sé cuál hubiera sido el resultado en caso de que ella hubiera seguido con vida. Puede que no estuviera aquí ahora, hablando con usted. Creo que las cosas han salido de la mejor manera posible.

—Lo de Gutiérrez es natural. Yo tampoco le he quitado la vida a nadie y no llego a comprender cómo se puede sentir. Hagamos una cosa. Tómense hoy y el resto del fin de semana libre. Emborráchense y el lunes les espero para hacer todo el informe y prepararlo todo para el juicio que habrá contra este cabrón. Tenemos que asegurarnos de que los indicios se conviertan en pruebas irrefutables y que dejen bien claro que no debe volver a ver la luz en mucho tiempo. Ahora no piensen en nada más. De verdad, gracias.

Este le estrechó la mano. Nicolás se sintió orgulloso de sí mismo por primera vez en muchos años.

Puede que sí estuviera hecho para este trabajo.

Con la herida del hombro ya desinfectada y estabilizada, había llegado la hora de meter al detenido en el furgón blindado y trasladarlo a prisión preventiva hasta que el juez dictaminara qué hacer realmente con él.

Nicolás no pudo evitar mirarlo directamente a la cara.

Fernando le devolvió la mirada y le añadió una sonrisa. Acto seguido le guiñó un ojo.

El inspector sintió un enorme escalofrío.

Sabía que tarde o temprano volverían a cruzarse.

Lo que no sabía era que todavía guardaba un as en la manga. La parte de la historia que había omitido contar y que explicaba el verdadero motivo por el que había decidido tomarse la justicia por su cuenta. Una justicia que, por otro lado, no había hecho más que empezar.

Pero esto era algo que tarde o temprano acabaría averiguando el inspector.

De lo que sí estaba seguro era de que no le iba a gustar la forma en la que lo haría.

Nada había acabado. La rueda seguiría girando.

Agradecimientos

Y llegó la parte que más me gusta y más detesto. Seguro que te preguntas: ¿cómo puede ser eso? Es sencillo, estoy agradecidísimo a mucha gente y me gustaría expresarlo en estas líneas, pero el problema viene cuando esa gente crece día a día y necesitaría cuatro novelas más para poder incluirlos a todos. Es por esto que voy a tratar de centrarme, directamente, en todos los que de alguna manera me han ayudado con esta novela o los tengo en mi día a día.

En primer lugar, como siempre, a Mari, mi sol; y Leo, mi luna. No hay día que no haya luz gracias a vosotros. Sois el sentido de todo. Gracias por aguantar esas veces que estoy fuera de casa y esas que me pongo insoportable, que es casi todo el tiempo. Gracias por estar en mi vida.

Al resto de mi familia, muy en especial a mi madre, por creer siempre en que un día podría. He podido.

A Chus por haber luchado durante mucho tiempo por llevar esta novela donde ambos sabíamos que tenía que estar. Llegamos.

A Carmen Romero, mi editora. Por mandarme ese mail donde empezó todo. Por creer ciegamente en mí y apostar tanto. Por esos *brainstorming* vía WhatsApp. Por lo que vendrá en un futuro en el que quiero seguir trabajando contigo.

Al resto de profesionales de Penguin Random House.

A mi ostra azul: Juan Gómez-Jurado, César Pérez Gellida, Gabri Ródenas, Luis Endera, Bruno Nievas, Benito Olmo, Roberto López-Herrero y Gonzalo Jerez. Por dejarme aprender de vosotros.

A Leandro Pérez y Arturo Pérez-Reverte, capitanes de un transatlántico llamado Zenda. Por darme la oportunidad de aprender de los más grandes, empezando por vosotros dos. Gracias, jefes.

A Sergio Pisa, por esos interminables mails, WhatsApp, llamadas y encuentros donde solo hacías que responderme mil dudas sobre procedimiento policial. Te debo tanto que no hay líneas para expresarlo. Eres un gran amigo, tío.

A los doctores José Manuel Muñoz y Ximena Arean, forenses del IML de Alicante y Almería respectivamente, que no dudaron en mostrarme cómo era su lugar de trabajo y sus procedimientos forenses, además de atender mil preguntas de un pesado como yo.

Al doctor Álvaro Herrero (en redes @Ordinarylives), por lo mismo de arriba, pero mucho más. Por siempre estar dispuesto a contestarme cualquier duda, por inverosímil que sea. Por hacerlo de manera profesional y por haberte convertido en mi amigo. Sé que nuestros encuentros seguirán llegando y yo los aplaudiré, porque eres único.

Al inspector Serna, de la Comisaría Provincial de la Policía Nacional de Alicante. Por mostrarme la realidad policial y sus procedimientos en la provincia. Gracias por tu amabilidad.

Al inspector jefe de la Sección de Análisis de la Conducta de la Policía Nacional Juan Enrique Soto. Porque te admiro, porque te abriste de par en par a mí y me dejaste ver en primera persona cómo lo hacéis en la SAC. Es un honor que nunca olvidaré. Y por la visita a Canillas, un sueño cumplido.

A los integrantes de las unidades centrales de Homicidios

que me han ayudado también con muchas dudas. Me pedisteis anonimato, pero aun así quería agradeceros el dejarme conocer vuestro trabajo.

A Mario, José y Carlos JG, de la Guardia Civil. Por vuestra amistad y por lo mismo, por tanta y tanta y tanta y tanta y tanta ayuda.

A mis amigas MariaJo, Silvi, Olga, Sonia M. y Silvia (ozziluz). Sobre todo, por vuestra amistad, pero también por haber hecho de betas y contarme vuestras impresiones antes que nadie.

Al resto de betas. Por primera vez habéis sido muchos y ya me es hasta imposible nombraros, así que, para no dejarme a nadie, no lo voy a hacer. Solo me encantaría destacar a Alberto Sierra, un tipo capaz de hacerse una porrada de kilómetros incontable solo para tomarse algo una mañana contigo y charlar un buen rato. Es un genio.

Y, en definitiva, a esos lectores que estáis desde siempre y a todos esos nuevos que llegáis cada día. Lo más importante es que, gracias a vosotros, no solo soy escritor, me siento escritor.

Ahora es el momento en el que me dejo a alguien y me tiene que perdonar, pero es que la lista, como ves, es larga. Si te he dejado fuera ha sido sin querer, seguro que me lo sabrás perdonar.

Si quieres contarme algo, lo que sea, búscame en redes sociales, donde casi siempre uso el mismo nick: @blasruizgrau. Te atenderé encantado.

Blas Ruiz Grau,
Mors 2015 – Almoradí 2019

megustaleer

Descubre tu próxima lectura

Apúntate y recibirás recomendaciones de lecturas personalizadas.

www.megustaleer.club